Elisabeth Herrmann

Der Teegarten

GOLDMANN

Elisabeth Herrmann

Der Teegarten

Roman

GOLDMANN

Originalausgabe

FSC www.fsc.org MIX Papier aus verantwortungsvollen Quellen FSC® C014496

Penguin Random House Verlagsgruppe FSC® N001967

1. Auflage

Umschlaggestaltung: UNO Werbeagentur, München
Umschlagmotiv: Gettyimages/Nazman Mizan; FinePic®, München
CN · Herstellung: ik
Satz: Uhl + Massopust, Aalen
Druck und Bindung: GGP Media GmbH, Pößneck
Printed in Germany
ISBN: 978-3-442-20636-0

www.goldmann-verlag.de

Für Shirin

Ein Wort vorab …

Dieses Buch spielt in den 1870er- bis 1880er-Jahren, es ist fiktiv und jede Ähnlichkeit mit realen Personen ist nicht beabsichtigt.

Nicht fiktiv sind die politischen und gesellschaftlichen Umstände, die das Leben sowohl im Bremen der Kaiserzeit als auch im Indien unter der britischen Kolonialherrschaft prägten.

Es werden in diesem Roman umgangssprachliche Begriffe verwendet und Situationen geschildert, die in heutiger Zeit absolut inakzeptabel sind.

Es wäre jedoch bigott und verfälschend, diese zu ersetzen, gänzlich zu vermeiden oder aus moderner Sicht einzuordnen.

Ich habe mich entschieden, für diesen Roman die Wortwahl zu verwenden, die damals üblich war, sofern dies unumgänglich notwendig für den Inhalt ist. Allerdings werden Sie viele Fußnoten finden, die diese einordnen und erläutern.

Es ist mir bewusst, dass wir für unsere Vergangenheit Verantwortung tragen. Deshalb bedeutet die Verwendung solcher Begriffe keinerlei Tolerierung.

Elisabeth Herrmann
2023

Erster Teil

Prolog

Bremen, 18. April 1874

Die Tür schlug hinter ihr ins Schloss. Es gab kein Zurück mehr.

Bettina Vosskamp, elf Jahre alt, stand frierend im Seiteneingang des schönsten Hauses am Bremer Markt: dem Teepalast. Schlagartig machte ihr die Kälte dieses Vorfrühlingstages klar, dass das Abenteuer begonnen hatte. Ein steter, frostiger Wind trieb Wolken vor sich her, die nichts Gutes verhießen.

Sie verknotete ihr Kopftuch unter dem Kinn und lugte vorsichtig zum Standbild des Bremer Roland. Ja, er lächelte. Mild und großzügig, dieser riesige steinerne Mann, der mit Ritterschwert und Schild Wacht hielt über die Freiheit der Stadt.

Ich will auch frei sein, dachte sie. Du verstehst mich. Dann wandte sie sich ab und lief in die schmale Gasse hinter dem Schütting Richtung St. Ansgarii. Vorne, auf dem Marktplatz, herrschte reges Treiben. Aber nur ein paar Schritte weiter, in den Schatten der kleinen Gassen, warteten zerlumpte Gestalten auf das Mittagsläuten vom nahen Dom. Sie hatten sich hinter dem Gildehaus der Kaufleute zusammengefunden, um die Ersten zu sein, wenn der Teepalast die Pforte an der Rückseite des Hauses für sie öffnen würde. Dann gab es Tee für die Armen – heiß und süß –, und das übrig gebliebene Gebäck vom Vortag.

Doch damit könnte es bald vorbei sein. Unnütze Geldausgabe, hatte Bettinas Vater Joost behauptet. Sie mussten Geld einnehmen und nicht zum Fenster hinauswerfen. Der Teepalast war ein Restaurationsbetrieb mit Ladengeschäft und nicht der vaterländische Frauenverein vom Roten Kreuz.

Hartherzigkeit hatte Großmutter Helene ihrem Sohn vorgeworfen. Es war der letzte Streit der beiden Starrköpfe gewesen. Nur einer von vielen, aber er musste zu diesem Bruch geführt haben. Helene war nach Indien zu ihrer Teeplantage aufgebrochen, und alle vermuteten, dass sie nie mehr zurückkommen würde.

Bettina vermisste ihre Großmutter so sehr, dass es wehtat. Ihre Eltern waren sicher gute Christenmenschen, aber Helene war viel mehr: gütig, liebevoll, großzügig, und etwas, das sie besonders machte und sich nur hinter vorgehaltener Hand zugeflüstert wurde – frivol. Bettina hatte nur eine vage Vorstellung davon, was das sein könnte. Aus dem Mund ihrer Eltern klang es wie etwas Schlechtes. Aber wenn die Damen, die nachmittags in den Teepalast auf eine Tasse Brenny's kamen, in den Modezeitungen blätterten und den neuesten Klatsch und Tratsch austauschten, hatte das Wort einen fast bewundernden Klang. Frivol.

Vielleicht war das, was Bettina vorhatte, auch *frivol.* Ihr Vater würde es wohl Fisimatenten nennen, ihre Mutter war härter. *Buurdeern* – du benimmst dich wie ein Bauernmädchen. *Fluddertrine.* Hast *Grappen in'n Kopp. Da kriggt man jo dat Gräsen*, wenn ich dich seh! Nein, liebevoll war Bettinas Mutter nicht. Und bei den Beschimpfungen, die bei der geringsten Kleinigkeit auf Bettina herunterprasselten, gab sie sich auch gar nicht erst die Mühe, hochdeutsch zu reden, wie sie das sonst mit den feinen Damen im Teepalast machte, sondern verfiel ins Hamburger Platt ihrer Heimatstadt. *Grote Klappe un keen Bodder up'n Kopp.* Große Klappe und nichts dahinter. Frech. Aufsässig. Gefräßig. Am Schlimmsten war, dass sie Bettina nach diesem letzten großen Streit um den Tee für die Armen strikt verboten hatte, hinauf zu ihrer Großmutter zu gehen.

Und so war Helene abgereist, ohne ihre Enkelin noch einmal in den Arm zu nehmen. Bettina musste schlucken, als sie daran dachte, wie die Kutsche vor dem Haus gehalten hatte und ihre Großmutter eingestiegen war. Vor vier Wochen war das geschehen, an einem Tag, der sich noch grauer und eisiger präsentiert hatte als der heutige. Durch die verregneten kleinen Fensterscheiben hatte sie nur schemenhafte Umrisse erkennen können. Ein paar kleine Kisten und Koffer waren verladen worden, dann hatte sich die Gestalt noch einmal umgedreht und zu ihr hinaufgesehen.

»Endlich ist sie aus dem Haus!«, hatte ihre Mutter hinter ihrem Rücken gesagt und sich zufrieden über ihren Stickrahmen gebeugt. »Jetzt kehrt Ruhe ein, ein für alle Mal. Ihr böses Blut wird dich jetzt nicht mehr vergiften.«

Bettina hatte sich auf die Lippen gebissen, um nicht loszuheulen. Und den Entschluss gefasst, dieses Haus zu verlassen. Das böse Blut, Helenes Erbe, brodelte in ihr. Wenn sie schon verderbt bis in die Tiefen ihrer Seele war, dann würde ihr Verschwinden ja eher Freude als Bestürzung auslösen.

Sie sind froh, wenn sie mich los sind, dachte sie und trat entschlossen hinaus auf die Straße. Sie wusste, dass sie das Richtige tat.

Ein schmaler, hoch aufgeschossener Junge in viel geflickter Kleidung löste sich aus der Gruppe der Bettler, sah sich vorsichtig um und eilte dann auf sie zu. Seine Mütze saß schräg auf dem Kopf, und obwohl er sie fast wütend anblitzte, fiel ihr bei seinem Anblick ein Stein vom Herzen.

»Da bist du ja endlich!«, herrschte er sie an.

»Ich musste erst Fräulein Mitzi ablenken!«

»Eure Katze?«

»Meine Gouvernante.«

Er schnaubte verächtlich. Sie kannten sich seit Kindertagen. Bettina Vosskamp, die Tochter aus gutem Hause, und Finn ohne

Nachnamen, der Laufbursche, der sie immer zum Lachen gebracht hatte. Mal jonglierte er mit Bäcker Susewinds Schmalzkrapfen, mal lockte er sie vor die Türe, wenn er wieder einmal ein Spatzenkind gefunden hatte und es für ihn eine Frage der Ehre war, es durchzufüttern, bis es flügge wurde. Spannenlanger Hansel, nudeldicke Dirn, sagte Mamsell Schwicke dann immer, wenn sie Bettina zurück ins Haus zog und dem Jungen eine Kopfnuss verpasste.

Bettina war nicht dick, aber im Vergleich zu dem mageren Burschen ziemlich wohlgenährt. Er hatte ein offenes Gesicht und ein lausbübisches Grinsen, und die Kombination aus schmalen blauen Augen und breitem Mund erinnerte an ein Wiesel, was durch seine abstehenden Ohren noch betont wurde.

»Na, die wirst du so schnell nicht mehr brauchen. Hast du es?«

Sie nickte und fuhr mit der Hand in die Tasche ihres Rocks. Das kühle Gold ließ ihr einen Schauer den Rücken hinunterrieseln. Aber vielleicht war es auch nur die Kälte.

»Lass sehen.«

Sie holte die Taschenuhr hervor. Er schnappte schneller danach als eine Elster.

»Und die funktioniert?«

Mit klammen Fingern zeigte sie ihm, wie der Deckel aufsprang. Es war neun Uhr zweiundfünfzig.

»Und die ist echt?«

»Ja.«

»Und was ist das?« Er wies auf den kunstvoll gearbeiteten Deckel und einen tiefgrünen, funkelnden Stein.

»Ein Smaragd.«

Den hat mir einmal ein Maharadscha geschenkt.

Warum?

Er war in mich verliebt. Aber ich nicht in ihn. So hat er mir den Stein zum Abschied gegeben, und ich habe diese wunderschöne Uhr daraus machen lassen. Siehst du die goldenen Blütenblätter, die den Stein umranken und gleichzeitig halten? Das ist eine Chrysantheme, mit einem Herz aus kleinen Diamanten. Eines Tages wirst sie mit eigenen Augen sehen. Eines Tages …

Die Uhr gehörte ihrer Großmutter, die sie bestohlen hatte.

Nein, nicht bestohlen. *Die wird einmal dir gehören, mein Kind. An dem Tag, an dem du deine große Liebe heiraten wirst.*

Aber so lange konnte sie nicht warten. Da wäre sie ja schon uralt.

Finn beäugte die Kostbarkeit von allen Seiten. »Und was ist das drum herum?«

Er meinte die Blütenzweige aus Gold.

»Eine Chrysantheme«, sagte sie in schulmeisterlichem Ton, als ob das jeder auf den ersten Blick erkennen würde.

»Und was ist eine Kri-krisante?«

Bettina musste ein Kichern unterdrücken.

»Chry-san-the-me«, verbesserte sie ihn. »Eine Blume«, setzte sie schnell hinzu, weil nicht davon auszugehen war, dass Finn sich mit so etwas auskennen würde und sie sich auch nicht über ihn lustig machen wollte. »Aus ihr wird Tee gemacht.«

Jetzt eine Tasse Brenny's, mit Sahne und Kluntjes … Noch konnte sie sich eine Erklärung ausdenken, warum sie allein auf die Straße gegangen war. Einfach umkehren und zurück in die warme Stube oder in der Küche verschwinden, in der die Köstlichkeiten zubereitet wurden, die die Vosskamps den Damen zum *High Tea* servierten. Törtchen. Kuchen. Dieses fluffig-buttrige Gebäck aus England, das man Scones nannte. Sie konnte sich eines vom Backblech stibitzen und sich dann von Fräulein Mitzi erwischen und zurück an die Tafel in ihrem Lernzimmer bringen lassen. Keiner würde etwas merken.

Sie wollte gerade sagen, gib sie mir wieder, aber da hatte Finn die Uhr schon zugeklappt und eingesteckt. Dass sie so schnell von ihrer Hand in seine Tasche gewandert war, gefiel ihr nicht. Aber sie traute sich auch nicht zu protestieren. Die Bettler, die sich gegen die eiskalte Zugluft in den Kellereingang des Gildehauses zurückgezogen hatten, spähten schon die ganze Zeit in ihre Richtung.

»Wir müssen los. Ist das alles?«

Bettina hielt ein kleines Bündel unter den Arm geklemmt. In ihm befanden sich dicke Strümpfe, die letzten Osterkekse, ein paar Pfennige aus ihrer Spardose und etwas Wäsche. Sie hatte keine Ahnung, was man in Indien brauchte, aber das würde sich irgendwie ergeben. Spätestens, wenn sie Helene und die Teeplantage Brenny's Garden in Darjeeling gefunden hatte.

Das Märchenland. Der Ort, an dem ihre Großmutter glücklich war.

»Ja. Und du? Hast du nichts dabei?«

Er grinste sie an und tippte sich an die Stirn. Vierzehn war er oder vielleicht schon fünfzehn? Auf jeden Fall ein welterfahrener Bursche, der schon einmal in Bremerhaven gewesen war. Behauptete er zumindest. »Da ist alles drin, was ich brauche. Abmarsch. Wir müssen den Zug erwischen und vorher noch die Uhr verkaufen.«

Er schnappte sich das Bündel und lief los, die Gasse zur Weser hinunter. Bettina folgte ihm, was in ihren feinen Lederschuhen gar nicht so einfach war. Kaum hatte sie den Windschatten des Gebäudes verlassen, erwischte sie eine Bö mit voller Wucht. Während sie zähneklappernd das Wolltuch eng um die Schultern schlang und hinter Finn hereilte, überkamen sie erneut Zweifel. Sie hätte das Cape mitnehmen sollen. Den Pelzkragen. Den wollenen Rock anziehen, aber alles, was sie von Indiens Klima wusste, war, dass es dort ziemlich heiß sein sollte. Also hatte sie sich entschieden, nicht zu viel Ballast mitzunehmen, und bereute es keine zwanzig Meter von ihrem Zuhause entfernt. Wenigstens die Handschuhe hätte sie anziehen können.

Finn bog schon in die Martinistraße ein. Der hatte auch nichts dabei. Warum lief er denn so schnell und drehte sich kein einziges Mal nach ihr um? Sie beschleunigte das Tempo, aber bevor sie sich ebenfalls nach links ans Ufer des Flusses wandte, hielt sie inne und sah noch einmal zurück zum Marktplatz.

Die Altstadt, umgeben von uralten Mauern, war wie ein Nest gebaut, das sie nun verlassen würde.

Ein letztes Mal blieb ihr Blick am Teepalast hängen. Ihr Zuhause. Drei Stockwerke, gekrönt von einem barock anmutenden Staffelgiebel und opulenten Beschlagwerken in Ohrmuschelform. Unten kehrte die Bremer Gesellschaft ein und aus, ließ sich den besten Tee, Kaffee und Kakao servieren, darüber lebten die Vosskamps auf zwei Etagen, und unter dem Dach hatten die Dienstboten ihre Kammern. Gleich würde Mamsell Schwicke den Zehn-Uhr-Tee servieren. Ihre Mutter würde dafür die Lektüre des neuesten Romans von Eugenie Marlitt unterbrechen, der in der *Gartenlaube* abgedruckt wurde und von dem sie keine Fortsetzung verpasste. Fräulein Mitzi dürfte gerade die Karten für den Geografieunterricht aufhängen und frühestens in einer Viertelstunde misstrauisch werden, wenn Bettina noch nicht zurückgekehrt wäre. Ihr Vater war im Contor, ihr Bruder Paul hatte Fechtunterricht.

Es war die letzte Chance zurückzukehren in das warme Haus, sich an einen der Kachelöfen zu schmiegen oder eine heiße Schokolade zu holen. Aber dann fiel ihr wieder ein, was ihr Vater ihr angedroht hatte, wenn sie noch einmal die Absicht äußern würde, lieber bei Helene in Indien zu sein, statt hier die Nase in die Schulbücher und den Handarbeitskasten zu stecken. Hausarrest. Klosterschule. Und, wenn sie immer noch keine Ruhe gäbe, der Rohrstock.

Sie wusste nicht, warum ihr Vater die Frau so vehement ablehnte, die ihm und ihrer Familie Reichtum und Wohlstand brachte: seine eigene Mutter. Bettina liebte Helene, nicht nur, weil sie sich bei ihr geborgen fühlte, sondern auch, weil diese schöne alte Dame so viele Geheimnisse zu umschweben schienen, die verlockender waren als jeder Unterricht oder, Gott bewahre, die Aussicht darauf, eines Tages einen der Söhne der Bremer Pfeffersäcke zu heiraten. Helene hatte nie geheiratet! Und im Winter, wenn man halb erfroren von der Kirche zurückkehrte und die Eisblumen über die Fenster wuchsen, verschwand sie einfach in ein sagenumwobenes Land und kehrte Monate später zurück. *Frivol* braun gebrannt, mit strahlenden Augen und fremden Schätzen.

Und eines Tages wirst du sie mit eigenen Augen sehen.

Jemand packte sie so grob am Arm, dass sie zusammenzuckte.

»Kommst du endlich?«, fauchte Finn. »Der Zug wartet nicht, und das Schiff auch nicht!«

Gemeinsam eilten sie die Martinistraße hinunter Richtung Kaiserbrücke und dem Weserbahnhof. Bettina kannte die Gegend allenfalls aus Durchfahrten mit der Kutsche. Nie hatte sie auch nur einen Fuß auf das buckelige Kopfsteinpflaster gesetzt, nie Halt gemacht an einem der Straßenstände oder den vielen Läden, in denen Colonialwaren verkauft wurden. Nie wäre es ihr in den Sinn gekommen, an den Litfaßsäulen stehen zu bleiben und die Anschläge zu begutachten, die von höchst zweifelhaften Theater- und Varietévorstellungen kündeten, von Bekanntmachungen und, *Kind, mach die Augen zu!*, Miedergeschäften … Kurz verschwand sie hinter Finns Rücken, als ihnen der Commis[1] Casper Groth entgegenkam, auf dem Weg ins Contor ihres Vaters, wo er die Bücher führte. Bürodiener,

1 Kontorist, Handelsgehilfe

wurde er leicht verächtlich von ihren Eltern genannt. Helene hingegen schien große Stücke auf ihn zu halten.

Mit gebeugtem Rücken hastete er an ihnen vorbei. Hätte er sie gesehen, wäre er bestimmt stehen geblieben, um sich nach dem Woher und Wohin zu erkundigen und dann in den Tiefen seiner Jacke nach einem Zuckerplätzchen zu suchen, in Papier eingewickelt und mit Orangenwasser oder Zimt parfümiert. Die reichte er ihr immer mit einem Lächeln und einer Frage aus dem großen Einmaleins. Beantwortete sie sie richtig, bekam sie das Plätzchen, das im Teepalast *Bonbon* genannt wurde. War die Antwort falsch, drückte er es ihr natürlich auch in die Hand. Sie mochte Casper und seine leicht verhuschte, liebevolle Zuneigung. Als er hinter der nächsten Ecke war, schämte sie sich, als hätte sie ihn persönlich hintergangen.

Aber durch Glück oder Fügung blieb das die einzige Begegnung mit einem bekannten Gesicht. Je näher sie dem Bahnhof kamen, desto belebter wurden die Straßen. Frauen mit Bauchläden boten Reiseproviant an – Äpfel, Brot, Käse. Hemdsärmelige Zeitungsjungen riefen das *Bremer Montagsblatt* und das *Volksblatt* aus, beides Publikationen, die ihr Vater Joost als »gerade gut genug, um Fische einzuwickeln« schmähte. Und immer mehr hilfreiche Männer boten sich an, ihnen Tickets für jeden Zug, jedes Schiff und jedes Reiseziel zu besorgen.

»Aus dem Weg!«, rief Finn, wenn sie zudringlich wurden. »Das sind Schlepper. Wenn du denen dein Geld anvertraust, siehst du es nie wieder.«

Einer der Abgewiesenen grinste sie mit schiefen Zähnen an und verzog sich zurück in einen dunklen Verschlag, nicht ohne sich vorher spöttisch an die Schiebermütze zu tippen.

»Wir gehen zu einer Agentur«, beantwortete Finn ihre unausgesprochene Frage. »Aber erst einmal müssen wir die Uhr zu Geld machen.«

Er blieb vor einem staubigen Schaufenster stehen, über dem in schiefen Lettern »Leihhaus« stand. »Komm.«

Sie betraten ein düsteres, enges Ladenzimmer mit vollgestopften, deckenhohen Regalen. Die Bretter bogen sich unter Geschirr, Zinn, Büchern, Kupfertöpfen und Kleiderbündeln. Jedes Teil war mit einem kleinen, handbeschriebenen Anhänger versehen. Es roch nach Mottenpulver und Staub. Im hinteren Teil des Raums, verborgen von einem Gebirge aus Nachttöpfen, Nähtischen und aufeinandergetürmten Möbeln, rührte sich etwas.

»John? Bist du da?«

Ein Mann erschien, klein und verwachsen wie ein Kobold, mit abstehenden Haaren, die ihm aus Kopf, Ohren und Nase gleichermaßen zu wachsen schienen.

»Ah, Finn. Du bist das.«

Mit der Behändigkeit eines Eichhörnchens kletterte er über einen Stapel Fußschemel und löchrige Eimer und baute sich, die knotigen Fäuste in die Hüften gestemmt, vor Bettina auf. Er war mindestens einen halben Kopf kleiner als sie. Dennoch wich sie einen Schritt zurück. Ihr Herz schlug bis zum Hals.

»Und wen hast du mir da mitgebracht? Für so ein mageres Ding kriege ich noch nicht mal mehr einen Taler, geschweige denn eine neue Mark!«

Entsetzt ruckte ihr Kopf zu Finn.

»Das ist eine Freundin. Lass sie in Ruhe«, sagte er bestimmt.

Der Kobold verzog sein grobes Gesicht zu einem Lächeln. »Dann pass gut auf sie auf. Ist keine Gegend für ein hübsches Kind. Was wollt ihr?«

Finn zog Helenes Taschenuhr hervor. Bettinas Herz pochte erneut heftig, als sie daran dachte, wie sie sie am Morgen heimlich aus dem großen Schrank, der Wunderkammer in Helenes Schlafzimmer, gestohlen hatte.

Geliehen, redete sie sich immer wieder ein. Nur geliehen. Großmutter wird das verstehen. Sie hat ja selber so viele Abenteuer erlebt, da wird sie stolz auf mich sein, dass ich jetzt mein erstes eigenes wage.

John, der Kobold, griff nach der Uhr, die im Halbdunkel geheimnisvoll schimmerte.

»Ist das Gold?«

»Natürlich. Was denkst du?«

»Und das?«

Ohne die Uhr aus den Augen zu lassen, holte er eine kleine Lupe aus seiner Hosentasche und begutachtete den Stein, soweit das im Dämmerdunkel möglich war.

»Ein Smaragd«, sagte Finn. »Und das drum herum sind Diamanten mit Krisantezweigen.«

Bettina öffnete den Mund, um ihn zu verbessern. Chrysan … Aber sie kam nicht dazu, denn John ließ die Lupe sinken und hatte einen Ausdruck im Gesicht, als hätten sie ihm etwas geradezu Unerhörtes ins Haus gebracht.

»Wisst ihr eigentlich … woher habt ihr die?«

Finn sah zu Bettina. Die spürte, wie sie knallrot anlief. »Von meiner Großmutter, Helene Vosskamp.«

»Vosskamp?« John betrachtete das Mädchen, das ihm das Glück oder die Vorsehung in seinen heruntergekommenen Verschlag geweht hatte, genauer. Ihm fielen die teuren Lederschuhe auf, die Strümpfe aus dicker Wolle, der gute Rock, das gewebte Tuch. Vielleicht auch die runden Wangen und die ordentlich gekämmten, zu Zöpfen geflochtenen Haare unter dem Tuch. Die sauberen Hände. Das schlechte Gewissen.

»Du meinst die am Markt? Der Teepalast und das Handelscontor?«

Ihr hilfesuchender Blick glitt zu Finn. Es war nicht das erste Mal, dass sich das Verhalten der Leute änderte, wenn sie erfuhren, welchen Namen sie trug. Für die einen war sie ein Reiche-Leute-Kind. Für die anderen ein Bastard aus einer Familie von mehr als zweifelhaftem Ruf, gegen den ihr Vater ankämpfte, seit sie denken konnte.

»Ist doch egal«, sagte Finn. »Was gibst du uns dafür?«

John klappte die Uhr auf und hielt sie sich an sein buschiges Ohr. Dann musterte er sie noch einmal. Vor allem der große grüne Stein hatte es ihm angetan. Er sah auch wunderbar aus, grün schimmernd wie das Meer an einem Sommertag und so geschliffen, dass er selbst in diesem Halbdunkel noch funkelte.

»Wartet.«

Er stieg über die Fußschemel zurück und rief: »Ottilie? Ottilie! Komm runter! Kundschaft!«

Bettina zupfte Finn am Ärmel und flüsterte: »Ich mag ihn nicht.«

»Keiner mag Pfandleiher. Aber wir können die Uhr sonst nirgendwo verkaufen.«

Er nahm von einer schiefen Kommode ein Körbchen hoch, in dem sich ein Sammelsurium von Heiligenbildchen befand. Eines nach dem anderen nahm er heraus und betrachtete stirnrunzelnd die verschiedenen Torturen, denen die frommen Männer ausgeliefert waren.

»Und wenn er sie stiehlt?«

Schwere Schritte von Holzpantinen erklangen vom Dielenboden über ihnen, die anschließend die Treppe hinunterkamen. Unter Fluchen und Stöhnen tauchte in der schmalen Öffnung zum Hinterzimmer die Silhouette einer Frau auf. Bettina stellte sich wieder schutzsuchend hinter Finn. Der stellte das Körbchen schnell zurück.

»Tach auch«, brüllte sie. »Wer stiefelt denn hier rin?«

»Kundschaft!«, war von noch weiter hinten zu hören. »Mach 'n lütteschen Tee!«

Die Frau trat so weit in den Raum, wie es die Nachttöpfe zuließen. »Ah, feine Leut.«

Sie musterte Bettina, dann fiel ihr Blick auf Finn.

»Und einen Beschützer hast du dir auch mitgebracht. Schiet dir nich in de Büx, wir tun dir nix.«

Damit drehte sie sich um und verschwand in der düsteren Enge des Hauses. Wenig später kehrte sie mit zwei Bechern zurück, in denen lauwarmes Wasser schwappte. Zumindest schmeckte es so, denn mit dem Tee, den Bettina gewohnt war, hatte es nichts zu tun.

Finn setzte sich auf eine Seemannskiste, über die eine mottenzerfressene Decke gebreitet war. Bettina stellte sich sittsam neben ihn und nippte an ihrem »Tee«. Nun tauchte auch der Kobold wieder auf und scheuchte seine Frau zurück ins Hinterzimmer.

»Tscha«, sagte er, als sie unter sich waren, und kratzte sich am Kopf. »Jetzt mal Butter bei die Fische. Wo habt ihr die Uhr her?«

»Sie gehört mir«, sagte Bettina. Ihre Stimme zitterte. »Meine Großmutter hat sie mir geschenkt.«

»Die Lene …« Der Pfandleiher lächelte, und es war, als ob hinter einem zerklüfteten Gebirge die Sonne aufgehen würde. »Die war öfter hier.«

»Ja?«, fragte Bettina und versuchte das Befremden, das diese Bemerkung ausgelöst hatte, halbwegs zu verbergen.

»Um Sachen auszulösen. Für ihre Leut, wenn der Lohn nicht gereicht hat, den ihr Sohn ihnen bezahlt hat, und sie zu uns kommen mussten.« Er musterte die beiden Besucher mit einem rätselhaften Blick. »Hat sie heimlich gemacht und nie gewollt, dass jemand es erfährt.«

Bettina atmete auf. Das sah Helene ähnlich: still in die Pfandhäuser zu gehen und die Schulden anderer zu bezahlen.

Die Scham auf ihren Vater wuchs im selben Maß wie der Stolz auf diese großartige Frau.

»Aber was hergebracht hat sie nüschts. Wo ist sie gerade?«

»In Indien«, sagte Bettina, weil sie so erzogen worden war, auf höfliche Fragen zu antworten. Zu spät erkannte sie, dass sie in die Falle getappt war.

»Dann weiß sie nicht, dass ihr hier seid?«

Finn stand auf. Er war um so vieles größer, jünger und stärker als der verwachsene Pfandleiher, aber das schien dem Mann egal zu sein.

»Habt ihr die Uhr gestohlen?«

»Nein!«, rief Bettina.

Finn baute sich neben ihr auf. »Gib sie zurück. Wir gehen woandershin, wo man uns nicht behandelt wie Verbrecher.«

»Wohin denn, werte Herrschaften?«

Der Kobold setzte vorsichtig einen Fuß hinter den anderen, um sich rücklings auf das Hinterzimmer zuzubewegen. Vielleicht gab es dort einen zweiten Ausgang – ganz sicher gab es den.

»Zu den Halsabschneidern in den Speichern? Am Zollwerk? Bei den Schiebern am Doventor oder den Tagedieben rund um den Weserbahnhof? Beim Takelzeug[2] der Neustadt, wo sie in Schweineställen leben und für einen Teller Grütze ihre Mutter verkaufen?«

»Gib uns die Uhr zurück.«

Finn trat drohend einen Schritt auf den kleinen Mann zu, der wich noch weiter nach hinten aus und kam an die Nachttöpfe, die vom Stapel fielen und Bettina vor die Füße kollerten.

John hob die Hände. Die Uhr war verschwunden. »Gemach,

---

2 Pöbel

gemach, die Herrschaften. Man wird wohl noch Fragen stellen dürfen.«

Blitzschnell drehte er sich um und war hinter dem Gepolter von weiteren herabfallenden Gegenständen verschwunden.

»Halt!«

Finn setzte ihm nach. Bettina, die das Gefühl hatte, in ihren Adern würde ein Feuerwerk des Schreckens explodieren, folgte ihm. Der Kobold schlängelte sich durch einen schmalen Gang, vorbei an getragenen Wollmänteln, alten Schuhen, Körben voller Krimskrams und unter Büchern ächzenden Regalen, wobei er alles, was er Finn in den Weg werfen konnte, hinter sich schleuderte. Aber der Junge war schneller. Gerade als John die Hand nach dem Riegel einer niedrigen Tür ausstreckte, hatte er ihn schon am Kragen gepackt.

»Gib mir die Uhr!«, schrie er und schüttelte den kleinen Mann, außer sich vor Wut. Mit flinken Bewegungen tastete er ihn ab und wurde im Hosensack fündig. Triumphierend holte er die Kostbarkeit hervor. »Ich hab dir vertraut!«

Er schubste den Pfandleiher an eines der Regale. Beide atmeten schwer. Der kleine Mann wischte sich den Mund mit dem Ärmel seiner Jacke ab.

»Ihr rennt ins Unglück, alle beide. Habt ihr denn nur Stroh im Kopf? Ihr endet schneller mit durchschnittener Kehle hinterm Wall, als ihr bis drei zählen könnt!«

»Und da bestiehlst du uns lieber?«

Finn steckte die Uhr ein und griff nach Bettinas Arm, die das alles in stummem Entsetzen mit angesehen hatte. »Gehen wir. Wir versuchen es woanders.«

Er zog sie aus dem Hinterzimmer hinaus in den Ladenraum. Die Glocken der Kirche St. Stephani läuteten. Ein leichter Nieselregen hatte eingesetzt, aber Bettina sog die frische Luft tief in ihre Lunge. Sie hatte das Gefühl, diesen Geruch aus

Kampfer und Schimmel nie mehr aus ihren Kleidern zu bekommen. Ihr Herz klopfte zum Zerspringen. So nah war sie dem Leben außerhalb des Teepalasts noch nie gekommen.

»Wohin gehen wir?«

Finn wandte sich nach links, Richtung Weserbahnhof.

»Ich kenn noch einen. Der zahlt nicht so viel, aber dieses Mal sind wir vorbereitet.«

»Auf was vorbereitet? Ich will …«, nach Hause, hätte sie um ein Haar gesagt.

Fräulein Mitzi musste ihr Fehlen bald bemerken. Sie würde hinunterlaufen und sie in der Küche des Teepalasts suchen. Dann ihre Mutter fragen. Vermutlich wäre dann das ganze Haus auf den Beinen, um sie zu finden. Für eine glaubhafte Erklärung war es zu spät. Finn blieb stehen und drehte sich zu ihr um.

»Was willst du? Alles abblasen? Das geht jetzt nicht mehr. Los! Sonst gehe ich alleine.«

Bettina fuhr zusammen. Der durchdringende Ton einer Trillerpfeife zerschnitt ihr fast das Trommelfell. Finns Augen weiteten sich. Er sah hinter sie, hastig fuhr sie herum. Schutzmänner in grünen Uniformen tauchten auf, mit gezogenen Knüppeln fielen sie wie ein Hornissenschwarm in die Straße ein. Passanten suchten hastig Schutz in den Hauseingängen und pressten sich an die Häuserwände, um der Horde nicht im Weg zu stehen. Es war klar, auf wen es die Polizei abgesehen hatte: auf Finn und sie.

Ein zweiter Pfiff und ein lautes »Stehen bleiben!« kam von der anderen Seite der Straße.

Finn sah sie an. Bettina öffnete den Mund, aber sie brachte kein Wort heraus. Das Entsetzen schnürte ihr die Kehle ab.

Die Tür zum Pfandhaus öffnete sich, und der Kobold trat mit verschränkten Armen heraus und postierte sich im Eingang.

»Hier!«, rief er den Männern zu. »Hier sind die Diebe!«

Es war aus und vorbei. In tiefster Schande und untilgbarer Schmach. Bettina wollte sterben. Auf der Stelle. Aber Finn gab nicht auf. Er wandte sich ihr noch einmal zu, rief: »Wir sehen uns in Indien! Beim Krisantentee!« und lachte aus vollem Halse.

Was sagte er da? Sie nahm nur noch wahr, wie der Junge in allerletzter Sekunde zu einem Sprung ansetzte und sich am Ladenschild des Pfandleihers festhielt. Dem ersten Schutzmann versetzte er einen Tritt, dann hangelte er sich hoch zum Fensterbrett im ersten Stock und von dort aus zur Fahnenstange, von der eine traurige preußische Flagge herabhing.

»Komm runter, Bursche!«, brüllte der Polizist und blies wieder in seine Trillerpfeife. Aber Finn grinste breit übers ganze Gesicht und deutete einen Gruß an seiner Mütze an.

»Tut mir leid, Betty!«

Und damit war er verschwunden. Und mit ihm all ihre Träume und Märchengespinste, ihre Fahrkarte nach Bremerhaven und das Ticket für ein Schiff übers Meer, weit, weit weg von hier und dem bodenlosen Elend, das sie erwartete.

Und mit Helenes Uhr.

»Nehmt sie mit«, knurrte der Kobold. »Und du, min Deern, sei froh, dass es so gekommen ist.«

Einer der Schutzmänner packte sie am Arm und schob sie, vorbei an den Schaulustigen, die sich wieder aus ihren Ecken heraustrauten, die Straße entlang. Sie hasste den Kobold so tief und glühend, wie sie nur konnte.

Sie hasste ihn lange.

So lange, bis sie begriff, welcher viel schlimmeren Gefahr sie gerade noch entkommen war. Sie hätten Indien nie erreicht. Und so wandelte sich über die Jahre der Hass in Bedauern und schließlich in eine müde, resignierte Dankbarkeit.

Die Züchtigung war bald vergessen. Und das Gefühl von damals, hinaus auf die Straße in die Freiheit zu treten, verbarg sie tief in ihrer Seele. So tief, dass sie irgendwann glaubte, es wäre nicht mehr da.

Von Finn hörte sie nie wieder etwas.

Der Untergang

Lebong, Darjeeling, Juli 1886
The Elgin Club

Feinster Damast bedeckte die lange Tafel, an der sich ein gutes Dutzend Herren und Damen niedergelassen hatten. Die Gläser funkelten im Licht der Kerzen, Gaslampen an den Wänden beleuchteten die Seidentapeten und die großen Landschaftsgemälde. Weiß gewandete indische Diener traten diskret heran und schenkten Wein nach, und vor der geöffneten Tür hatte sich bereits das Servierpersonal mit Tabletts aufgereiht, auf denen unter silbernen Hauben die Köstlichkeiten des nächsten Ganges warteten.

Der Duft von Reis, Gewürzen und scharf gebratenem Fleisch stieg in Bettinas Nase. Vor ihr stand eine winzige Suppentasse mit einer Art Bouillon, die sie mit einem Schluck leeren könnte. Ihr Magen knurrte so laut, dass ihre Tischnachbarin, ein junges, fast elfenhaftes Wesen, kichernd die Hand vor den Mund hielt. Wahrscheinlich ernährte sie sich von Tautropfen und Hochnebelschwaden.

Das Separee im Elgin Club schirmte die Gesellschaft von den anderen Gästen des Hotels ab, die draußen in der Empfangshalle Zeitung lasen, auf Kutschen warteten, ihre Dienstboten zusammenstauchten oder mit riesigen Koffern an- und abreisten. Bettina wäre viel lieber dort gewesen, um bei einem Sandwich von britischen Ausmaßen die Garderobe der Damen zu bestaunen oder einen Blick durch die Drehtür hinaus auf die Higher Mall zu erhaschen, von der immer mal wieder fremde,

Neugier erweckende Geräusche hereindrangen. Glockenklang, Hufschlag, laute Stimmen, einmal hatte sie geglaubt, von weit her das Trompeten eines Elefanten zu hören. Gab es die hier in der Stadt überhaupt?

Alles vor der Tür war fremd, spannend, verlockend und schien nur darauf zu warten, entdeckt zu werden. Indien. Darjeeling. Bunt, exotisch, geheimnisvoll. Nie Gerochenes, nie Gesehenes. Nie Gegessenes, dachte sie, und versuchte, das winzige Bröckchen in ihrer Suppe zu identifizieren. Wahrscheinlich Huhn … Aber ihr Vater wollte diesen Besuch so schnell wie möglich hinter sich bringen. Was sie von dem Land bisher gesehen hatte, waren Eisenbahnabteile, Kutschen, dieses Hotel und ihre Teeplantage. Brenny's Garden.

Noch immer kam es ihr unwirklich vor, Besitzerin eines eigenen Tea Garden zu sein. Am besten gewöhnte sie sich gar nicht erst an den Gedanken. Ihr Vater hatte mehr als verdeutlicht, dass diese Erbschaft zu nichts anderem diente, als sie so schnell wie möglich zu Geld zu machen. Dafür saßen sie nun an diesem Tisch mit einer hastig ausgewählten Schar an Interessenten zusammen, die bunt zusammengewürfelt schienen und nur einen gemeinsamen Berührungspunkt hatten: an diesem Abend ein Geschäft zu tätigen.

Mit ihrem Erbe. Sie wusste, dass ihre Großmutter Helene ihr damit etwas ans Herz hatte legen wollen. Sie hatte auch erfahren, dass der Grund für die monatelangen Reisen der alten Dame keinesfalls nur die »frische Luft« in den Bergen Darjeelings war. Hergeführt hatte sie ihre letzte große Liebe, deren Vermächtnis nun Bettina zugefallen war.

Ihr Vater musste das geahnt haben. Anders war seine kategorische Weigerung, die Plantage zu behalten, nicht zu verstehen. Am Vorabend hatten sie wegen des Monsuns dort übernachtet. Aber wenn sie geglaubt hatte, dass das wunderschöne Herrenhaus, der herrliche Garten oder die Aussicht auf eine ertragreiche Ernte ihn umstimmen würden, sah sie sich getäuscht. Am Morgen erwartete sie dieselbe versteinerte Miene, mit der er sich am Abend in sein Gästezimmer zurückgezogen hatte.

»In zwei Stunden sind wir zurück im Hotel. Dann prüfe ich die Bücher, und wenn es Interessenten gibt, wird Brenny's Garden verkauft. Keine Widerrede.« Seine mächtige Stimme hatte schon wieder eine Tonlage erreicht, bei der nicht im Traum an eine Erwiderung zu denken war. »Das ist der letzte Scherz, den deine Großmutter sich mit uns erlaubt hat. Dem wird ein Riegel vorgeschoben, unwiderruflich.«

Erschrocken hatte sie über den Tisch hinweg zu Scott Ewan gesehen. Der Manager der Plantage, ein hochgewachsener, rothaariger Engländer mit unübersehbaren Sommersprossen in seinem braun gebrannten Gesicht, hatte so getan, als würde er Joosts Bemerkung überhören und sich mit herzhaftem Appetit seinem Frühstück widmen. Oder was auch immer das sein sollte, was die Briten hier in sich hineinschaufelten. Bohnen, Spiegelei und Porridge, alles zusammen serviert und verzehrt. Als er mit vollen Backen wieder hochgesehen hatte, glaubte sie, ein Zwinkern in seinen Augen zu erkennen. Fragend hatte sie die Augenbrauen hochgezogen, aber er grinste sie nur an, soweit das mit zwei Pfund gebackenen Bohnen im Mund möglich war.

Wahrscheinlich hatte er schon längst eine andere Stellung in Aussicht. Der neue Besitzer würde seinen eigenen Manager mitbringen. Bettina hatte an ihrem Toast geknabbert und nicht gewagt, die Sprache noch einmal auf die Plantage zu bringen.

Beim Abschied hatte Ewan einen Handkuss angedeutet und sie zur Kutsche geleitet. Bevor sie einstieg, ließ er allerdings eine leise Bemerkung fallen.

»Wir sollten reden.«

Ihr Vater stapfte gerade durch die Pfützen auf die andere Seite des Wagens. Noch bevor sie etwas erwidern konnte, fügte Ewan hinzu: »Nicht jetzt. Heute Abend.«

Aber der Abend im Elgin Club schritt immer weiter voran, und es sah nicht so aus, als gäbe es auch nur den Ansatz einer Möglichkeit, Ewan unter vier Augen zu treffen. Er scherzte zur Linken und lachte zur Rechten. Zwischendurch hob er das Glas und prostete einem weiter entfernt sitzenden Gast zu. Wahrscheinlich hatte er seine Worte vom Morgen schon wieder vergessen, denn er würdigte sie bei all der Liebenswürdigkeit, die er über den Tisch warf wie eine bunt bestickte Decke, keines Blickes.

»Was ist das?«, fragte sie ihre Tischnachbarin und deutete auf die Suppentasse.

In diesem Land sollte man wissen, was man zu sich nahm.

Ewan, im Gespräch mit einem aufgeplusterten Mann, der entfernt an eine Bulldogge erinnerte, geruhte nun doch einmal, in ihre Richtung zu sehen.

»Das ist eine Lady Curzon mit Sperlingsgras[3]«, sagte er einmal quer über den Tisch, damit wohl alle mitbekamen, welch ein Dorftrottel mit ihnen an der Tafel saß. »Schildkrötensuppe. Nehmen Sie einen Löffel Sahne dazu, dann werden Sie es überleben.«

Ein Diener trat von hinten an sie heran und hielt ihr eine Schüssel mit Schlagsahne entgegen, die sie dankend ablehnte. Sie kannte das Gericht, aber was der erste Löffel mit ihrer Kehle anstellte, ließ vermuten, dass man hierzulande statt Schildkröten eher Feuerquallen und Schlangengift verwendete. Mit hochrotem Gesicht griff sie nach ihrem Weinglas und stürzte den Inhalt hinunter. Eine Sekunde später war es wieder aufgefüllt.

---

3 Spargel

Ewan hatte sich schon wieder abgewandt und erläuterte einer älteren Dame zwei Plätze weiter irgendetwas über die Herstellung von Holzkohle. Bettinas Kenntnisse auf diesem Gebiet waren beschränkt. Die der Dame offenbar auch, dennoch lauschte sie atemlos seinen Ausführungen und stieß zwischendurch allenfalls gackernde Bewunderungsrufe aus.

Bettina beugte sich über ihre Tasse und versuchte, den Löffel mindestens so geziert zu halten wie die blasse Elfe neben ihr. Auf der Plantage war er höflich und zuvorkommend gewesen. Hier im Club war er wie ausgewechselt. Scherzte mit jedem, nahm dem verblüfften Diener die Karaffe ab und schenkte sich selbst ein, und wenn er eine Anekdote zum Besten gab, hingen alle an seinen Lippen. Nur ihr Vater saß mit einem Gesicht bei Tisch, als hätte man ihm Regenwürmer serviert. Er war und blieb ein hanseatischer Kaufmann, ob in Bremen oder in Darjeeling. Geschäft und Vergnügen hatten einander auszuschließen.

Immerhin: Wenn die Plantage zu einem guten Preis den Besitzer wechselte, würden sie noch ein paar Tage in Calcutta anhängen. Den Zoo besuchen, den Botanischen Garten, in einem der neuen, schönen Hotels mit eigenem Badezimmer logieren. Zu Gast sein bei einigen Handelspartnern ihres Vaters, der das vosskampsche Teecontor in Bremen leitete. Und dann ging es zurück nach Hause, in die öde Zukunft einer heiratsfähigen Frau, die langsam begann, sich in nasskalten Farben vor Bettina auszubreiten.

Scott Ewan schlug mit der Gabel an sein Glas. Die Gespräche verstummten, und alle wandten sich ihm erwartungsvoll zu. Er stand auf und sah erst einmal jedem Einzelnen in die Augen. Als er bei Bettina anlangte, vertiefte sich sein Blick für den Bruchteil einer Sekunde, bevor er weiterglitt. Ihre Tischnachbarin zog kaum hörbar die Luft ein. Ewans Verhalten fiel auf. Nicht jedem, aber der jungen Dame neben ihr.

»Zunächst möchte ich unseren Besuch aus dem jungen Deutschen Reich begrüßen. Ich hatte die Freude, Sie, Mr Vosskamp, und Ihre bezaubernde Tochter schon gestern kennenzulernen. Ich hoffe, der Besuch auf Ihrer Plantage hat Ihnen für die Schönheit und die Profitabilität Ihres Besitzes gleichermaßen die Augen geöffnet.«

Er hob sein Glas, und Bettina entging nicht die kleine steile Falte zwischen den Augenbrauen ihres Vaters. Der nahm Scott Ewans Trinkspruch zum Anlass, nun auch ein paar Worte an die Anwesenden zu richten. Steif und etwas ungelenk, wie es seine Art war, erhob er sich ebenfalls und fuhr sich in den Kragen, um die Fliege etwas zu lockern. Er trug denselben Anzug, den er auch in Bremen bei gesellschaftlichen Anlässen ausführte und der seinen Rücken noch gerader und seine Haltung noch steifer erschienen ließ. Allerdings herrschten dort andere Temperaturen. Bevor Joost begann, tupfte er sich mit seinem Taschentuch den Schweiß von der Stirn.

»Vielen Dank für die freundliche Aufnahme und Ihnen, Mr Ewan, für die Zeit, die Sie uns gewidmet haben. Lassen Sie es mich so sagen: Schönheit ist wie die Steine eines Mosaiks, Profitabilität allerdings der Mörtel, der es zusammenhält.«

Der Vergleich hinkte etwas, genauso wie Joosts Englisch, aber alle wussten, was er meinte. Brenny's Garden war keine Goldgrube. Davon hatten sie sich bereits unmittelbar nach ihrer Ankunft überzeugen können. Ewan hatte wohl sein Bestes getan, aber die anderen Plantagen arbeiteten wesentlich effizienter.

»Immerhin: Ein großer Teil der Ernte landet ja schon seit Jahrzehnten im vosskampschen Speicher. So auch jetzt.« Joost griff in die Westentasche und holte ein zusammengefaltetes Telegramm heraus, das er mit einem Schlenker öffnete. »Während wir hier sitzen, ist schon ein Dampfschiff im Auftrag des ehrenwerten Reedervereins Bremens von Calcutta in die

Heimat unterwegs: die Schonerbark *Hera*, die über Madras, Colombo und den Sueskanal in Rekordzeit unseren Tee und andere Colonialwaren über London nach Bremerhaven bringen wird. Die alten Kaufmannsreeder sehen damit der Zukunft gut aufgestellt entgegen.«

Bettina hörte das zum ersten Mal. Hieß das, die Zeit der eigenen Schiffe war vorüber? Oder konnten sich die Vosskamps das einfach nicht mehr leisten? Als ihre Großmutter Helene noch die Zügel im Teepalast und im Contor in der Hand gehalten hatte, war ihre Familie an vier Schiffen beteiligt gewesen. Aber wenn Bettina ehrlich war, hatte sie davon schon seit einigen Jahren nichts mehr gehört. Die Zeit raste in Dampfmaschinengeschwindigkeit, und überall veränderte sich der Takt. Schneller. Weiter. Höher. Die Klipper lieferten sich Wettrennen über den großen Teich, und ein Carl Benz aus der Nähe von Karlsruhe hatte schon ein erstes »selbstbewegendes Fahrzeug« auf die Straßen geschickt, ein Automobil. Die neuen Sozialgesetze führten bei ihrem Vater in regelmäßigen Abständen zu Tobsuchtsanfällen, und immer mehr Menschen verließen Dorf und Feld, um in Spinnereien und Bergbau, Eisengießereien und Maschinenfabriken ihr Glück zu suchen.

An Bettina rauschten diese Entwicklungen vorbei. Zu Hause hatten sie ab und zu Gäste aus dem Schütting, der Bremer Kaufmannschaft. Die Gespräche dieser Männer drehten sich fast immer um Fracht- und Lagerkosten, Löhne, und … ja, gelegentlich auch um den Transport von Tee und Kolonialwaren. Ihr Bruder Paul hatte mit großen Ohren zugehört, er sollte schließlich die Familientradition weiterführen und wartete darauf, dass auf dem Firmenschild endlich der Zusatz »Vosskamp & Sohn« erschien. Bettina war froh, wenn sie sich nach diesen Abenden zügig verabschieden konnte, bevor sie am Tisch einschlief.

»Statt eigene Schiffe auf die Weltenmeere zu entsenden, werden wir uns mehr und mehr aufs Kerngeschäft konzentrieren. Trinken wir also auf eine glückliche Ankunft der *Hera*!«

Alle fielen ein und prosteten sich zu. Zufrieden ließ sich Joost wieder auf den Stuhl fallen.

»Hört, hört!«

Der Mann, der ihr gegenübersaß, hieß Timothy Shelby. *Tea Manager* wie Ewan, aber, so hatte sie aus dem Geplauder vor Beginn des Dinners herausgehört, offenbar auf der Suche nach neuen Herausforderungen. Er musste Mitte dreißig sein, ein kräftiger Mann, mittelgroß, mit drahtigen, abstehenden Haarbüscheln. Seine Augenbrauen erinnerten an Kehrbesen, und die stechenden grauen Augen, die er ziemlich häufig auf ihr Dekolletee richtete, ruhten in einem von Ausschweifungen zerfurchten Gesicht.

Nun hatte sie schon die einfachsten Reisekleider mitgenommen – was nicht zwangsläufig bedeutete, dass es auch die schönsten waren. Aber natürlich befanden sich in den beiden Schrankkoffern, die den weiten Weg von Bremen nach Indien gemacht hatten, auch einige Teile für gesellschaftliche Anlässe. Ihre Mutter hatte darauf bestanden, vermutlich mit der langsam versiegenden Hoffnung, unterwegs einen Gentleman damit zu beeindrucken, der ihre schwer vermittelbare, weil eigenwillige, komplizierte, trotzige und anspruchsvolle Tochter doch noch für eine Ehe in Betracht ziehen könnte.

Shelby würde es jedenfalls nicht sein. Sie hob ebenfalls das Glas und wich seinem Blick aus. Schon der Gedanke, sich allein mit ihm in einem Raum aufzuhalten, ließ sie frösteln. Sie hätte das Granatcollier nicht anlegen sollen, über das er ihr pausenlos Komplimente machte, nur um seinen Blick immer wieder in ihren Ausschnitt wandern zu lassen.

Die übrigen Gäste waren nicht so zudringlich. Vermutlich,

weil sie andere Interessen verfolgten. Der Direktor der örtlichen Bank of England, ein weiterer Plantagenbesitzer, Reginald Plumrose, der von seiner Frau Matilda und seiner Tochter Margret, der Elfe, begleitet wurde. Dann zwei Trader aus London – Vater und Sohn, Lord Jasper Bigett und Liam Bigett, wortkarg der Alte, scheu und wohl auf seiner ersten Handelsreise der Junge, der jedes Mal knallrot anlief, wenn er eines seiner wenigen Worte an Bettina richtete. Ein Advokat, vermutlich engagiert, um den Verkauf der Plantage in die Wege zu leiten. Der Direktor der Eisenbahnlinie. Zwei weitere Plantagenbesitzer, deren Namen sich Bettina nicht hatte merken können und die sich wohl ein Bietergefecht um Brenny's Garden liefern würden. Und dann ein junger Mann indischer Abstammung, der hinter Ewan stand und ihm ab und zu etwas ins Ohr flüsterte. Er trug einen europäischen Anzug, hatte aber einen Turban um sein Haar geschlungen, was ihm ein geheimnisvolles, exotisches Aussehen verlieh.

»Das ist Jacob, der Munshi von eurem Teemanager.« Margret, die links neben ihr saß, hatte sich zu ihr gebeugt und die Stimme gesenkt.

»*Dark, tall and handsome*[4], wie es in den romantischen Liebesromanen heißt.«

Die blauen Augen des Mädchens funkelten amüsiert. Ihre Haare changierten zwischen rötlich und blond, was sie in diesen Breiten noch mehr wie ein Wesen von einem anderen Stern erscheinen ließ. Allerdings schien sie einen irdischen Sinn für Humor zu besitzen.

Bettina nahm den zweiten und letzten Löffel Suppe.

»Was ist das – ein Munshi?«

»Ein Sekretär. Er führt die Bücher und die Korrespondenz

---

4 Englisch: Dunkel, groß und gut aussehend

und übersetzt. Wahrscheinlich kennen sich unsere Munshis besser mit den Geschäften aus als wir alle zusammen. Eigentlich darf er gar nicht hier sein. Der Aufenthalt auf der Mall draußen und im Hotel ist nur Dienern oder Coolies[5] gestattet. Scott Ewan hat aber einen Narren an ihm gefressen, er nimmt ihn überall mit hin. Haben Sie ihn nicht kennengelernt?«

»Nein, dafür war keine Zeit.« Bettinas Hunger war nun erst recht angefacht, nachdem die Gewürze ein wahres Feuerwerk in ihrem Magen gezündet hatten.

»Um ehrlich zu sein, ich habe die Plantage noch nicht einmal zu sehen bekommen. Dafür hat es zu viel geregnet. Wir waren nur im Haupthaus und haben dort übernachtet.«

»Unter einem Dach mit Scott Ewan? Oder im Gästebungalow?«

Margret war entzückend. Ein zartes, herzförmiges Gesicht unter den Korkenzieherlocken, die allerdings in der Luftfeuchtigkeit langsam ihre Form verloren. Sie trug ein hellblaues Seidenkleid mit Rüschen und Zierschleifen, das in diesen Breiten auf eine verzweifelte Weise romantisch wirken sollte. Bei Timothy Shelby verfehlte es seine Wirkung nicht. Wenn sein Blick nicht gerade Bettinas Ausschnitt abtastete, ließ er ihn mit einem leicht anzüglichen Ausdruck auch über Margrets zierliche Gestalt wandern.

Bettina fühlte sich in ihrer Anwesenheit wie ein Schlachtross neben einem Reh. Vielleicht sollte sie ihre Essgewohnheiten doch noch einmal überdenken.

»Er ist sehr charmant«, fuhr Margret fort, nachdem sie lange genug auf eine Antwort gewartet hatte.

»Der Sekretär?«, kam es verblüfft zurück.

»Nein. Ich meinte Ihren Tea Manager, Mr Ewan. Übrigens

---

5 Tagelöhner des 19. und Anfang des 20. Jahrhunderts

ist er nicht verheiratet, falls das für Sie von Interesse ist. Leider ohne Vermögen, er wird es also nie zu einer eigenen Plantage bringen.«

Das klang etwas bedauernd.

»Er müsste sich eine erheiraten.«

»Sich eine was?«, fragte Bettina perplex.

Ewan sah zu ihnen. Ahnte er, dass er gerade Thema war? Sie spürte, wie ihr die Röte in die Wangen stieg, und griff nach dem Weinglas, um diese Reaktion zu verbergen oder abzulenken oder auf den Wein zu schieben oder um einfach nur etwas zu tun, das sie nicht nervös machte. Das Gefühl, dass alle hier von dem schnellen Notverkauf wussten, verunsicherte sie. So kannte sie sich nicht.

»Er müsste die Tochter eines Plantagenbesitzers heiraten, um selbständig arbeiten zu können«, flüsterte Margret. »Hat er schon so etwas angedeutet?«

Bettina bekam den Wein in die falsche Kehle und verschluckte sich. Und zwar derart, dass nun alle am Tisch kurz zu ihr sahen. Sie wartete mit der Antwort, bis sie wieder Luft bekam.

»Nein!«, zischte sie.

»Wirklich nicht? Jedenfalls wird die Nachricht von Ihrer gemeinsamen Nacht wie ein Lauffeuer durch Darjeeling rasen.«

Alarmiert sah sich Bettina um. War das vielleicht der Grund, weshalb sie von den einen so unverhohlen gemustert und den anderen komplett ignoriert wurde? Auch wenn Bettina sicher war, dass sie nie wieder einen Fuß in diese Stadt setzen würde, wollte sie doch nicht als Ewans letzte vertane Chance in Erinnerung bleiben.

»Von mir aus«, gab sie zurück und merkte selbst, wie rechtfertigend das klang. »Mein Vater war schließlich auch dabei.«

»Oh mein Gott! Die ganze Nacht?«

Bettina zog scharf die Luft ein.

»Das war ein Scherz.« Margrets Elfenmündchen verzog sich zu einem breiten Lächeln. »Sind Sie immer so empfindlich?«

Margrets Mutter Matilda, eine etwas aus den Fugen geratene Person mit schmalen Augen unter schweren Lidern, sah kurz zu ihnen. Empfindlich … es sollte ihr egal sein, was Margret von ihr hielt. Sie würde sie nie wiedersehen. Trotzdem ärgerte sie sich.

»Ich bin nur müde von der langen Reise und den vielen neuen Eindrücken«, antwortete sie im schönsten Teepalast-Plauderton. Knie zusammen, Rücken gerade, Schultern zurück. Alles an sich abprallen lassen. »Die Sitten und Gebräuche in den Kolonien sind mir fremd. Vor allem, wenn es um die der britischen Krone geht.«

»Nun, immerhin sind unsere Kolonien exotischer als die Ihren. Und, soweit ich weiß, auch friedlicher. Gibt es nicht immer wieder Aufstände in Deutsch-Südwest?«

»Und wurde hier nicht vor Kurzem der indische Nationalkongress gegründet?«, konterte Bettina und dankte dem Himmel für die zerlesenen Exemplare der *Calcutta Times* in der Bahn. »Um unabhängig vom britischen Empire zu werden?«

»Indien ist und bleibt die Perle in der Krone der britischen Königin«, erwiderte Margret schnippisch. »Und Lord Dufferin ist sein Vizekönig. Daran wird sich auch durch Aufstände von Anarchisten nichts ändern. Dieses Land gehört uns. Wir waren es, die Wohlstand, Handel und Zivilisation hierhergebracht haben. Aber man sagt ja, dass Ihre Großmutter da etwas anderer Ansicht gewesen war.«

»So?«, fragte Bettina spitz.

Margret beugte sich näher zu ihr und senkte die Stimme. »Einmal ist sie mit ihrem Pferd hier hereingeritten. Hier, in diesen Raum! Weil sie Mitglied im Planters' Club werden wollte und man ihr das verweigert hat, natürlich. Der Club ist *pukka*, also erstklassig und über jeden Zweifel erhaben. Wo kämen wir denn hin, wenn Frauen der Zutritt erlaubt würde?«

Bettina, die sich noch nie Gedanken darüber gemacht hatte, fragte: »Wohin kämen wir denn?«

Die junge Frau hob nun auch ihr Glas, nippte ein wenig und blinzelte sie über den Rand hinweg an. »Sie stellen seltsame Fragen. Aber das geht vielen so, die gerade angekommen sind. Sie denken, in diesem fremden Land gelten andere Gesetze. Aber das stimmt nicht. Wir befinden uns auf britischem Boden. Wer anderes behauptet, begeht Hochverrat. Also fangen Sie nicht an, von Dingen zu reden, von denen Sie keine Ahnung haben. Und vor allem nicht«, ihre Stimme wurde zu einem Flüstern, »vom Zutritt für Frauen in Clubs und vom indischen Nationalkongress.«

Sie wandte ihren Blick wieder zu Scott Ewan, der sich gerade angeregt mit dem Bankdirektor unterhielt. Ihre Stimme kehrte zur normal zwitschernden Tonlage zurück.

»Er ist der begehrteste Junggeselle in Darjeeling. Zumindest bei den Damen, die nicht wegen des Geldes heiraten müssen. Und wenn man den Gerüchten Glauben schenken mag, gehen seine Vorzüge weit über die eines Angestellten auf leitender Ebene hinaus.«

»Was Sie nicht sagen«, gab Bettina zurück. Das Gespräch begann sie zu langweilen. Sollte Margret sich an jemand anderem abarbeiten. »Sie nähren die Gerüchte hoffentlich nicht mit eigener Erfahrung?«

Margret starrte sie erschrocken an und brach dann in ein hilfloses Kichern aus, das ihre Mutter dazu brachte, ein mahnendes Zischen auszustoßen. Dieser Punkt ging an Bettina. Mit einem leisen Lächeln lehnte sie sich zurück, als ein Diener an sie herantrat, die Suppentasse abräumte und ein zweiter ihr von seiner silbernen Platte etwas servierte, das sie noch nie gesehen, geschweige denn gekostet hatte.

»Das ist ein Curry aus Huhn«, erklärte ihre Tischnachbarin. »Sehr schmackhaft, aber seien Sie vorsichtig. Hier verwendet man viele Gewürze. Sie brauchen viel Tee und jederzeit einen Nachttopf in der Nähe.«

»Margret!«

Ihre Mutter Matilda schüttelte missbilligend den Kopf. »Das sind keine Konversationen bei Tisch! Wie benimmst du dich eigentlich?«

Bettina probierte vorsichtig das Gericht. Es schmeckte mild, nach Zimt und Kurkuma, doch dann entfaltete es auf ihrer Zunge einen Flächenbrand. Hastig griff sie nach dem Brot und kaute so lange auf dem Bissen herum, bis das Schlimmste vorüber war.

Ihr Gespräch war von den anderen weitgehend unbemerkt geblieben. Nur Liam, der Sohn des Lords, der auf Bettinas rechter Seite saß, hob kurz den Kopf, zwinkerte ihr zu und senkte sofort wieder den Blick. Das war so schnell passiert, dass sie fast an eine Sinnestäuschung glaubte.

Wer um Himmels willen hatte diese Tischordnung zusammengestellt? Wahrscheinlich Ewan. Er hatte diese Runde aus Kaufinteressenten, Tradern und Anwälten ziemlich eilig einberufen, auf den nachdrücklichen Wunsch ihres Vaters, der niemanden in Darjeeling kannte. Die Tischgespräche drehten sich um den Monsun, die britischen Eroberungen in Burma und Segen und Fluch der Dampfeisenbahn. Nicht um Frauen, nicht um den indischen Nationalkongress. Und sie würde den Teufel tun und daran etwas ändern.

Ewans Blick traf sie über dem blumengeschmückten Tafelaufsatz. Es war, als ob er eine unausgesprochene Frage stellen würde.

Für eine Sekunde hielt sie diesem Blick stand, dann sah sie hinunter auf ihre im Schoß verschränkten Hände. Hoffentlich fühlte er sich nicht ermuntert. *Heute Abend.* Was um Himmels willen wollte er von ihr?

Margrets Frage ließ sie hochschrecken. »Wie lange bleiben Sie denn? Ich würde Sie gerne zum Tee auf unsere Plantage einladen.«

»Ich weiß es nicht. Das ist nicht meine Entscheidung.«

Die Elfe nickte. Sie war wieder das süße junge Mädchen, das ein harmloses Gespräch führte. »Ich habe Sie mir ganz anders vorgestellt. Als es hieß, die Erbin von Brenny's Garden käme persönlich nach Darjeeling, hatte ich tatsächlich befürchtet, sie wären ihr ähnlich.«

Das klang schon fast wieder nach einer Beleidigung, verpackt in eine sanfte Stimme und eingewickelt in honigsüße Freundlichkeit.

»Warum?«, fragte Bettina trotzdem. Alles, was Helene betraf, interessierte sie brennend.

»Miss Vosskamp war eine beeindruckende Frau. So voller Tatkraft und Elan und mit einem großen Herzen.« Das klang immerhin ehrlich. »Jedes Mal, wenn sie hier ankam, hat sie ein großes Fest auf der Plantage gegeben. Sie glauben nicht, wie viele Ehen dem Einfluss Ihrer Großmutter zu verdanken sind.«

»Glückliche, hoffe ich.« Bettina legte das Besteck auf dem Teller ab – sie brachte keinen weiteren Bissen hinunter. Das Essen musste in der Hölle gekocht worden sein. »Und … haben Sie auch Mr Stirling gekannt? Robert Stirling?«

Helenes letztes Geheimnis … eine Liebe in Indien. Jahrzehnte musste sie gedauert haben. Immer dann, wenn ihre Großmutter dem »Schietwetter« in Bremen den Rücken kehrte und für Monate in wärmere Gefilde reiste. Dschihu, der alte chinesische Teemeister von Brenny's Garden hatte ihr am gestrigen Abend einiges erzählt. Aber der Verdacht blieb, dass er wohl mehr ausgespart hatte.

»Oh ja.« Margrets Augen begannen zu leuchten. »Robert Stirling! Ein echter Haudegen. Selbst im Alter strotzte er noch vor Kraft und Durchsetzungsvermögen. Wir vermissen ihn alle sehr. Er war oft unser Gast und hat von seinen Abenteuern in China erzählt. Er war ein begnadeter Teedieb, wussten Sie das?«

In solchen Momenten kam es Bettina vor, als wären das Leben und die Lieben ihrer Großmutter ein überlebensgroßes Wandgemälde. Ein reich bestickter Gobelin in sprühenden Farben, der tausend Geschichten erzählte. Niemals würde sie an diese einzigartige Frau heranreichen. Im Vergleich zu ihr war sie ein … Taschentuch. Etwas, das man versteckte und nur herausholte, wenn man es brauchte.

»Ja, das wusste ich«, antwortete sie.

Ich bin nicht so stark wie sie, dachte Bettina. Sie ist als junges Mädchen aus Friesland geflohen und hat sich bis China durchgeschlagen. Sie hat aus dem Nichts ein Tee-Imperium aufgebaut, und sie hat der ganzen Welt die Stirn geboten. Sie hat mit diesem Robert Stirling zusammengelebt und ihn sogar nach indischem Ritus geheiratet. Kein Wunder, dass sie uns nichts davon erzählt hat. Niemand von uns hat sie verstanden.

Für den Rest des Essens versuchte sie, den leisen Schmerz zu ignorieren, den diese Gedanken in ihr auslösten.

Endlich wurde die Tafel aufgehoben. Die Herren gingen für eine Zigarre in den Smoking Room, die Damen zogen sich zum Likör in einen luxuriös ausgestatteten kleinen Salon zurück.

Der Elgin Club, ein Hotel erbaut im Stil eines britischen Landsitzes in den Bergen von Darjeeling, gehörte einst dem Maharadscha von Cooch Behar, um reichen englischen Familien während ihrer Besuche im Hochland ein standesgemäßes Domizil zu bieten. Mittlerweile war die Stadt in den Bergen ein beliebtes Ziel für die Sommerfrische der Briten, wenn es in Calcutta zu heiß wurde. Die reizvolle Verschmelzung von gediegenem europäischem Interieur und exotischer Prachtentfaltung trug viel dazu bei, sich innerhalb dieser Wände und in dem zauberhaften Garten wie zu Hause zu fühlen, aber dennoch mit allen Sinnen die Fremdheit dieses Landes auf ziemlich ungefährliche Weise zu genießen.

»Willkommen im Hühnerhaus«, sagte Margret spöttisch.

In dem Salon saßen nur Frauen.

»Das hier ist das *moorghi kaahna*, so wird dieser Wartesaal genannt. Lassen Sie sich nicht von Bezeichnungen wie Salon oder Tea Room irreführen. Hier dürfen wir uns aufhalten, bis die Herren endlich bereit sind aufzubrechen.«

Matilda Plumrose stieß einen empörten Zischlaut aus, um ihre Tochter zur Ordnung zu rufen.

»Hat Margret Sie schon gefragt, ob Sie zu uns zum Tee kommen?«, fragte sie und wies mit einer Handbewegung den Diener ab, der ihr ein zweites Glas Pimm's Cup servieren wollte.

»Ja, vielen Dank. Aber ich fürchte, das wird sich nicht mehr einrichten lassen«, antwortete Bettina. Sie hatten sich in die Sessel am Kamin gesetzt. Abends wurde es in dieser Höhenlage empfindlich kühl. »Sobald mein Vater unsere Angelegenheiten erledigt hat, werden wir wieder zurückfahren.«

Nervös drehte sie ihr Glas in den Händen. Sogar ihr Englisch, auf das sie in Bremen so stolz gewesen war, kam ihr in der Gesellschaft dieser beiden Damen schwerfällig und plump vor. An jeder unbedeckten Stelle von Matildas üppigem Körper glitzerte, funkelte und klapperte etwas. Margret trug, wie es sich für junge, unverheiratete Mädchen gehörte, nur eine hauchzarte Silberkette und zwei kleine Ohrringe. Jede ihrer Bewegungen war grazil und anmutig, darauf angelegt, sich von ihrer vorteilhaftesten Seite zu zeigen.

Bettina war beigebracht worden, den Mund zu halten, irgendwann einen Haushalt zu führen und, was die öffentliche Präsenz anging, eher zu unter-, als zu übertreiben. Natürlich war sie auch die Einzige, die sich ein Shortbread von dem Diener reichen ließ, während Margret und Matilda ablehnten.

»Dann ist das ja ein sehr kurzer Aufenthalt für Sie.« Matilda senkte ihren Kopf auf ein beachtliches Doppelkinn.

Mit etwas Fantasie konnte man ahnen, wie ihre Tochter in dreißig Jahren aussehen würde – drall, rosig, etwas verschwitzt und sich unablässig die Stirn mit einem Taschentuch abtupfend. »Nun, eine Konkurrenz weniger.«

Es klang unverfänglich, und doch schwang ein Unterton mit, der vor allem Margret erreichen sollte. Bettina fiel Ewans Blick bei Tisch ein, in dem sie sich für einen Moment länger, als es schicklich gewesen wäre, verfangen hatte. Gab es da etwas, das sie nicht wusste? Irgendwelche zarten, noch gar nicht richtig geknüpften Bande, in denen sie sich gerade verhedderte und ins Stolpern geriet?

Der Rest der Unterhaltung verlief wieder in den geordneten Bahnen von Wetter, Mode und all den mildtätigen Organisationen, denen sich die Plumroses angeschlossen hatten. Bettina war gerade so weit, bei der nächsten kleinen Pause des sowieso etwas zähen Gesprächs die Verabschiedung einzuleiten, als einer der Diener mit einem Schild durch die Halle lief und »Mr Vosskamp!« rief.

»*Telegram!* Mr Vosskamp Sahib!«

Ihr Vater meldete sich nicht. Vermutlich war er mitten in den Verhandlungen mit den anderen Plantagenbesitzern und bekam gar nicht mit, was sich vor den Türen des Rauchsalons tat.

»Sie entschuldigen mich?«

Mutter und Tochter nickten gnädig, und Bettina eilte aus dem Kaminzimmer hinaus in die kühle Halle. Der Diener machte an der zweiflügeligen Tür zum Garten kehrt und kam wieder zurück.

»Ich bin Miss Vosskamp«, sagte sie und folgte dem Mann zu einem kleineren Raum, über dem in goldenen Lettern »Bureau« stand. Dort wurde ihr von einem älteren Herrn ein gefaltetes Papier ausgehändigt.

»I am so sorry«, sagte er.

Offenbar nichts Geschäftliches. Oder doch? Er wusste, was sie gleich lesen würde. Trotzdem wollte sie das Papier nicht vor seinen Augen entfalten, nahm es an sich und eilte durch die Halle hinaus in den Garten.

Fackeln beleuchteten das tropische Paradies. Ein Springbrunnen mit zwei lebensgroßen Löwen aus Stein lud zum Verweilen ein. Bettina vergewisserte sich, dass niemand in der Nähe war, und faltete besorgt das Blatt auseinander.

Was sie las, ließ ihr Blut zu Eis gefrieren.

»MS *Hera* in den Sandbänken des Hooghly-Delta[6] mit britischem Segelschiff havariert. Stop. Mittschiffs getroffen und gesunken. Stop. Passagiere und Besatzung gerettet, Ladung verloren. Stop. Gez. Papendeik Bremer Dampfschiffahrts-Gesellschaft.«

Sie las es noch mal. Und noch mal.

Die *Hera* war gesunken und mit ihr die Ladung der Vosskamps, auf die ihr Vater sein ganzes Vermögen gesetzt hatte.

Und das Letzte, was sie noch besaßen, war eine heruntergekommene Teeplantage in Indien.

---

6 Der Hooghly River ist ein Seitenfluss des Ganges, er ist die Lebensader von Calcutta Richtung Meer.

Ein unmoralisches Angebot

Die Plantagenbesitzer und der Advokat kamen in den Garten und steckten sich Zigarren an. Bettina faltete das Papier hastig zusammen und ließ es in ihrem kleinen Beutel verschwinden. Offenbar waren die Verhandlungen durch eine Pause unterbrochen worden.

Gut so, dachte sie. Dann kann ich Vater noch rechtzeitig vorwarnen.

Sie stand auf und wollte zurück ins Haus, als die hochgewachsene Gestalt Scott Ewans erschien. Lässig warf er den Herren ein paar kurze Grußworte zu und tat dann so, als würde er Bettinas Anwesenheit jetzt erst bemerken. Die eine Hand in der Hosentasche kam er auf sie zugeschlendert. Im Licht der Gaslampen leuchteten seine Haare wie Kupfer, und die kleinen Fältchen um seine Augen ließen ihn nicht mehr ganz so jugendlich wirken.

»Genießen Sie den Abend?«

»Ja, sehr«, sagte sie und wollte an ihm vorbei, um zurück ins Haus zu gelangen.

»Warten Sie, bitte.«

Er sah sich nach den Gentlemen um, aber die ließen sich gerade die Zigarren von einem indischen Pagen anzünden und waren abgelenkt. »Ich wollte Sie etwas fragen. Würden Sie mir die Freude bereiten, ein paar Schritte mit mir zu gehen? Dann kann ich Ihnen den Garten zeigen, einen der schönsten von Darjeeling.«

»Ich muss zu meinem Vater.«

»Der braucht ein paar Minuten Pause. Das sind harte Sparringspartner.« Er nickte kurz in Richtung der Dreiergruppe, die rauchend zu einem schmiedeeisernen Pavillon ging und sich mit gedämpften Stimmen unterhielt.

»Ja?«

Er reichte ihr den Arm. Zögernd hakte sie sich ein und wurde von ihm über einen breiten, gepflasterten Weg vom Haus weggeführt. Fackeln erhellten das Dunkel und tauchten die riesigen, fremden Bäume in zuckende Schatten. Von Ferne war das Plätschern von Wasser zu hören. Überall raschelte es, seltsame Laute kamen aus den Wipfeln.

»Hören Sie die Pittas?«, fragte Ewan. »Kleine bunte Sperlinge, die einen Platz für die Nacht suchen. Und da!« Etwas huschte in zwanzig Metern Entfernung über den Weg. »Eine Bengalkatze! Halten Sie sich von ihnen fern. Sie sind alles andere als verschmuste Haustiere.«

Überraschenderweise fühlte es sich ganz gut an, an seinem Arm zu gehen. Er war einen Kopf größer als sie und benahm sich ganz anders als die Trader, Contoristen und Handelsherren, die Bettina bisher kennengelernt hatte. Ein Mann, der sich in dieser Wildnis genauso gut auskannte wie in den Salons der Grand Hotels. An dessen Seite sie sich ernst genommen fühlte. Dann fiel ihr wieder Margrets Bemerkung ein, dass Ewan sich eine Plantage *erheiraten* wollte, und das Gefühl verpuffte.

War es das, was von Indien bleiben würde? Ein paar gestohlene Minuten an der Seite eines Mannes, der sich nicht für sie, sondern vor allem für seine eigene Zukunft interessierte?

Einen Moment überlegte Bettina, was Margret wohl zu diesem seltsamen Spaziergang sagen würde. Dann beschloss sie, wenigstens für diese paar Schritte einzutauchen in eine indische Nacht, ohne darüber nachzudenken, ob das, was sie hier taten, schicklich oder *frivol* war. Es standen genug Diener in der Nähe, um der Situation jeden Hauch von etwas Kompromittierendem zu nehmen.

»Wollen wir hier Platz nehmen?«

Sie hatten den Brunnen erreicht, eine große Elefantenstatue, aus deren Rüssel das Wasser ins Becken plätscherte. Ringsum standen prächtig behauene Steinbänke, die dazu einluden, das Schauspiel zu genießen. Oder, vor den Blicken geschützt durch interessant beschnittene Büsche, sich ganz anderen Dingen zu widmen.

Noch bevor sie ein Taschentuch als Unterlage aus ihrem Beutel holen konnte, war auch schon ein weiß gewandeter Hoteldiener herbeigeeilt. Mit einem Pfiff befahl er zwei Laufburschen heran, die Kissen anschleppten und auf der Bank, der sich Bettina genähert hatte, drapierten.

»Es tut mir leid, ich habe nicht viel Zeit.« Jetzt eilte auch noch ein dritter mit einem Tablett heran, auf dem Gläser und ein Wasserkrug standen. »Ich habe eine Nachricht für meinen Vater bekommen, die keinen Aufschub duldet.«

Ewan deutete auf ihren Sitzplatz. »Es dauert nicht lange.«

Dann sprach er ein paar Worte, die offenbar Bengali waren, und die weiß gewandeten Männer verschwanden.

Bettina setzte sich. Knie zusammen, Rücken gerade, Blick gesenkt auf den perlenbesetzten Beutel in ihrem Schoß, in dem ein kleines Stück Papier alles verändern würde. Bankrott. Ein Wort wie ein Fallbeil.

Ewan nahm Platz, ließ aber freundlicherweise gut einen Meter Anstand zwischen ihnen. Und kam ohne Umschweife zur Sache.

»Miss Vosskamp, gestern Abend hatte ich das Gefühl, dass Sie sich vorstellen könnten, Brenny's Garden zu behalten.«

Sie schwieg.

»Der Preis, den Sie in dieser Eile, die Ihr Vater an den Tag legt, erzielen, liegt weit unter dem realen Wert der Plantage. Ich verstehe, dass für Sie ein solcher Besitz zunächst einmal unbegreiflich und vielleicht sogar Furcht einflößend sein könnte. Doch in den letzten Jahren ging es langsam, aber stetig bergauf. Wir sind noch weit davon entfernt, so profitabel wie die anderen *Tea Garden* zu sein, aber wir sind auf einem guten Weg. Wenn Brenny's Garden verkauft wird, wird die Vision, die nicht zuletzt auch Ihre Großmutter hatte, vernichtet.«

»Welche Vision?«, fragte sie und fühlte sich, als würde sie auf glühenden Kohlen sitzen.

»Wir gehen etwas anders mit unseren Leuten um. Ihre Großmutter hatte die Ansicht, dass sie eine Verantwortung für diese Menschen trägt. Andere sehen das nicht so. Sie glaubte daran, auf Ansporn zu setzen statt auf Strafe, auf Respekt statt Furcht.«

Das sah Helene ähnlich. Im Teepalast wären alle für sie durchs Feuer gegangen. Es war nicht die erste schwierige Zeit, die die Vosskamps mitmachten. Casper Groth, der Commis, hatte ihr erzählt, dass es immer Helene gewesen war, die den Karren aus dem Dreck gezogen hatte.

Weil sie die Menschen geachtet hatte, und die gaben ihr diese Achtung zurück, auch wenn das hieß, ein paar Monate auf den Lohn zu warten.

»Ich war anfangs nicht überzeugt, muss ich gestehen. Darjeeling hat harte Jahre hinter sich. Das begann mit dem Sepoy-Aufstand, dem indischen Aufruhr 1857 gegen die Kolonialherrschaft der Britischen Ostindien-Kompanie, der blutig niedergeschlagen wurde und auch hier seine Spuren hinterlassen hat. Und geht weiter mit den Schwierigkeiten im Zusammenleben der Ureinwohner, den Lepchas und Tibetern, mit den bengalischen und nepalesischen Zuwanderern. Kulturelle Unterschiede und das Kastensystem erschweren die Zusammenarbeit der Pflücker, Missernten durch Erdbeben und Überschwemmungen kamen dazu, die unsichere Grenze zwischen Sikkim und Tibet ...«

»Was wollen Sie?«, unterbrach sie ihn.

»In den letzten Jahren ist die Zahl der Teeplantagen geradezu explodiert. Die Konkurrenz ist gnadenloser geworden, Brenny's Garden liefert eine ausgezeichnete Qualität, aber sie kostet ihren Preis.«

»Mr Ewan …«

»Ich möchte Sie überzeugen, nicht so schnell die Flinte ins Korn zu werfen.«

Bettina hob die Hand, Ewan verstummte sofort.

»Ich habe nichts mit der Zukunft von Brenny's Garden zu tun.«

»Das ist falsch. Die Plantage gehört Ihnen.«

Sie hörte kaum zu. Andere Dinge waren wichtiger als die Probleme in Darjeeling. Wie würde ihr Vater reagieren, wenn er von dem Verlust des Schiffs und der Ladung erfuhr? Wahrscheinlich wäre für ihn jedes Angebot akzeptabel. Vielleicht sollte sie es ihm noch nicht sagen und ihn die Verhandlungen in Ruhe weiterführen lassen. Der Zeitdruck war auch ohne diese Hiobsbotschaft enorm. Wenn jetzt noch die Nachricht vom Untergang der *Hera* die Runde machte, konnten sie die Plantage gleich verschenken.

Sie griff nach der Karaffe und war froh, dass nicht gleich wieder jemand aus dem Schatten sprang und sie ihr abnahm, um einzuschenken.

»Brenny's Garden war ein schöner Traum. Aber selbst wenn wir die Plantage behalten würden, wie sollte das von Bremen aus gehen?«

Er nahm ihr die Karaffe ab und berührte dabei ihre Fingerspitzen. Um ein Haar hätte sie sie fallen gelassen. Er machte sie nervös und fahrig. Empfindungen, die sie an diesem Abend schon zur Genüge gespürt hatte. Unwillig wartete sie darauf, dass er Wasser in das Glas füllte und es ihr reichte.

»Das stimmt. Von Bremen aus wird das schwierig.«

Sie nahm das Glas und stürzte ein paar Schlucke hinunter. Es war kühl und schmeckte nach Felsen und Wind.

»Aber stellen Sie sich einmal vor, Sie würden nicht zurückkehren.«

»Bitte?«

Er hob beschwichtigend die Hände und lächelte sie an. Er war jemand, der wusste, wovon er redete. Leider ohne es genauer zu erklären, was jeglichen Interpretationen Tür und Tor öffnete, auch den verwegensten. Bettina tappte völlig im Dunkeln.

»Sie würden die Plantage leiten, wie es Ihre Großmutter getan hat.«

Entschlossen stellte sie das Glas zurück aufs Tablett. »Das geht nicht. Sie war eine erwachsene, mündige Frau und zudem wohl auch noch verheiratet mit Mr Stirling.«

»Das könnten Sie auch.«

Mit weit aufgerissenen Augen starrte sie ihn an. Dies war der Moment aufzustehen, zurück in den Club zu eilen und sich drei Liter Eiswasser kommen zu lassen, in das sie den Kopf tauchen konnte. Ewan war ein Glücksritter. Ein Schwindler. Ein …

»Heiraten Sie mich.«

»Was?«

»Ich weiß, das klingt überraschend.«

Sie stand auf. »Nicht überraschend. Es ist beleidigend! Für wen halten Sie mich?«

Er erhob sich ebenfalls, Bettina wich zwei Schritte zurück.

»Hören Sie mich doch an!«

»Keine Sekunde!«

Sie wandte sich ab, aber Ewan war schneller. Er packte sie am Arm und zog sie zu sich heran. So nah, dass sie seinen Atem auf ihrem Gesicht spüren konnte und für einen fürchterlichen Moment glaubte, die Kontrolle über ihre Knie zu verlieren.

»Bitte! Ich weiß, dass Sie es wollen!«

»Sind Sie verrückt geworden?«

»Sie wollen etwas anderes vom Leben! Ich habe Sie doch gesehen und erlebt. In Ihnen steckt so viel mehr als die brave Tochter. Sie können es wagen!«

»Damit Sie sich die Plantage unter den Nagel reißen können?«

»Ja«, erklärte er mit verblüffender Ehrlichkeit und ließ sie los. »Ich habe sonst keine Chance, jemals auf eigenen Beinen zu stehen.«

Wütend wischte sie die Stelle ihres Armes ab, an der er sie festgehalten hatte.

»Da habe ich einen ganz anderen Eindruck«, erwiderte sie schneidend. »Es scheint hier ja nur so von reichen Erbinnen zu wimmeln. Suchen Sie sich eine aus!«

»Nun, ohne eigenes Vermögen ist das nicht möglich.«

Ihr blieb fast die Luft weg. Gab er gerade zu, dass er zu arm zum Heiraten war? Und ihre Plantage der einzige Weg, an Eigentum zu gelangen?

Der Blick aus seinen Augen wurde bittend. »Ich bin ehrlich zu Ihnen, und ich glaube, dass das eine der wichtigsten Voraussetzungen für eine gute Partnerschaft sein könnte.«

»Ich höre mir das nicht länger an!«

Sie wollte zurück zum Haus, aber er stellte sich ihr in den Weg.

»Ja, ich bekomme Brenny's Garden, wenn wir heiraten. Aber Sie auch! Sie könnten hier leben. Etwas Sinnvolles tun. Der Enge und der Kälte Ihrer Heimatstadt entfliehen. Etwas gemeinsam aufbauen. Ich bin Ihre Chance, und Sie sind meine.«

»Ich kann nicht glauben, was die größere Beleidigung ist.

Dass Sie mir eine Scheinehe vorschlagen – oder dass Sie glauben, ich würde mich allen Ernstes darauf einlassen!«

Sie wollte an ihm vorbei, doch dieses Mal packte er sie mit beiden Händen und zog sie zu sich heran. Ihr Herzschlag galoppierte, ihre Nackenhaare stellten sich auf. Der Schock, ihn so nah zu spüren, raubte ihr fast den Atem.

»Wer redet denn von einer Scheinehe?«

Etwas glitzerte in seinen Augen, das ihr Angst machte. Sie wollte sich losreißen, aber er hielt sie nur noch fester. Ein Griff wie Eisen, und sie spürte, wie eine Schwäche in ihr hochstieg, die ihren Willen, sich aus dieser beleidigenden Situation zu befreien, schachmatt setzte.

»Lassen Sie mich los!«

»Nur wenn Sie das wirklich wollen.«

Sein Mund beugte sich zu ihr herab. Bettina ahnte, dass etwas kommen würde, das selbst in den wüstesten französischen Romanen nur ansatzweise umschrieben wurde. Ihr erster richtiger Kuss. Nicht so ein schwitziges Gehampel wie mit Hannes im Flur hinter dem Vorhang, nicht so ein zarter Hauch auf die Stirn wie von Klaas, dem Bäckerjungen, bei dem sie auch noch von ihrem Vater erwischt worden waren. Nicht so eine widerliche Berührung ihrer Hand wie die von Gottfried von Püsken, der sie seit Jahren mit seinen Anzüglichkeiten verfolgte und der sich umso mehr in abstruse Besitzansprüche hineinsteigerte, je kälter sie ihm die Schulter zeigte.

Ihr erster richtiger Kuss von einem richtigen Mann.

Sie holte aus und rammte ihm die Spitze ihres Schuhs ins Schienbein. Das Überraschungsmoment glückte. Er stieß einen überraschten Schmerzenslaut aus und fuhr zurück. Sein Griff lockerte sich, und sie konnte sich aus dieser eisernen Umarmung befreien.

Ohne sich umzudrehen, rannte sie aufs Haus zu.

Mehrere Diener eilten ihr entgegen und wichen elegant aus. Sie hörte noch einen Fluch aus Ewans Kehle, dann hatte sie den Eingang zum Club erreicht. Die drei Herren waren verschwunden.

Sie hielt einen der grün livrierten Pagen an und fragte nach dem Rauchsalon. Drei Sekunden später riss sie die Tür auf und überraschte ihren Vater dabei, wie er gerade einem der beiden Verhandlungspartner die Hand über den Tisch reichen wollte.

»Nein!«, schrie sie.

Sie brauchte Zeit, um zu überlegen, wie es weitergehen sollte. Brenny's Garden konnte ihr Verderben oder ihre Rettung sein, aber das mussten sie erst einmal herausfinden. Es war alles, was sie noch besaßen.

Joost zuckte erschrocken zurück.

»Bettina? Was ist los?«

Alle starrten sie an. Wahrscheinlich wirkte sie, als hätte sie gerade einen Geist gesehen oder etwas ähnlich Furchterregendes.

»Ein Telegramm«, antwortete sie und versuchte, wieder zu Atmen zu kommen. »Ein Telegramm aus Bremen.«

Freier Fall

Joost ging in seinem Zimmer auf und ab, die Hände auf dem Rücken verschränkt, den kantigen Kopf ein ums andere Mal schüttelnd, als ob er damit die Zumutung des Schicksals doch noch irgendwie von sich weisen könnte.

»Wie kann das sein? Die *Hera* gesunken? Man hat mir versichert, dies wäre das modernste, sicherste Schiff auf den Weltmeeren!«

Die Verbindungstür zu Bettinas Zimmer stand offen. Das Zimmermädchen, eine zarte, junge Frau in einem farbenfrohen gewickelten Gewand, klopfte gerade die Kissen auf und spähte nervös zu ihnen hinüber.

»Ich bin fassungslos! Ich habe alle Ressourcen, die ich noch hatte, in diese Fahrt gesteckt!«

»Was ist denn aus unseren Schiffen geworden?«

Er blieb stehen und starrte Bettina an, als hätte sie zum ersten Mal seit Jahren gesprochen.

»Unsere Schiffe?«

»Als ich klein war, hatten wir doch noch welche.«

»Die sind weg«, schnaubte er.

»Gesunken?«

Joost ließ sich kraftlos in einen kleinen Sessel fallen. Bettina schloss die Verbindungstür und setzte sich ihm gegenüber. Sie zitterte. Nicht nur, weil ihr die Nachricht in dem Telegramm so zusetzte, sondern auch wegen des Vorfalls mit Ewan im Garten. Immer wenn sie an ihn dachte, schoss eine fast unkontrollierbare Flamme der Wut in ihr hoch. Sie fühlte sich, als wäre sie in letzter Sekunde einem Raubtier entkommen.

»Was ist passiert, Vater?«

Er schüttelte abwehrend den Kopf. »Davon verstehst du nichts.«

»Dann erklären Sie es mir!«

»Wir besaßen nur Anteile an Schiffen, keine eigenen. Schon lange nicht mehr. Und auch diese Anteile sind … weg.«

»Weg?«

Er lehnte sich nach vorn und sah sie wütend an. »Wir haben Verbindlichkeiten. Wir führen ein großes Haus, und diesen verdammten Teepalast dazu. Mit Tee hat man sich früher eine goldene Nase verdient. Jetzt steigt jeder in das Geschäft ein und ruiniert die Preise. Dann bin ich betrogen worden. Mit Porzellan und Seide aus China, mit Gewürzen und Kakao aus Westindien … als die Ware ankam, war sie verdorben oder lag in Scherben in den Kisten. Ich musste Geld leihen, um die Verluste aufzufangen. Geld, das ich jetzt nicht zurückzahlen kann.«

Er rieb sich mit beiden Händen über das Gesicht. Bettina hatte ihren Vater noch nie so gesehen: wütend, verzweifelt, ratlos.

»Kann uns der Verkauf von Brenny's Garden retten?«

»Das ist ein Tropfen auf dem heißen Stein. Ich muss Paul telegrafieren, wenn er das nicht schon längst weiß. Wir müssen sie hinhalten, irgendwie.«

»Wen?«

Sein Blick, verloren im Nichts, kehrte zu ihr zurück. »Leute, die mir Geld geliehen haben. Das ich mit Zins und Zinseszins zurückgezahlt hätte, wenn die verdammte *Hera* das getan hätte, was ihr einziger Daseinszweck war!«

»Und die Bank? Denen können Sie das erklären. Im Herbst gibt es eine neue Ernte, und dann …«

»Nichts kann ich erklären!«, schrie er unvermittelt. »Es ist nicht die Bank! Die hätten uns keinen Pfennig mehr gegeben! Es ist … warum ist Paul nicht hier? Verdammt!«

Er sprang auf und tigerte wieder im Zimmer herum. »Wir packen und reisen ab.«

»Und der Verkauf?«

»Der wird abgeblasen. Wir müssen alles komplett neu denken.«

Sie verstand das nicht. Aber das war nichts Neues. Immer mal wieder hatte sie im Contor ausgeholfen und sich theoretische Kenntnisse der Buchführung angeeignet. Casper Groth hatte ihr das beigebracht, gerade so geduldet von ihren Eltern. Damit könnte sie sich ihr Brot verdienen, wenn sie eines Tages unverheiratet ihrem Bruder auf der Tasche liegen würde, war das Argument.

Natürlich hatte sie sich gewundert, dass die Ausgaben die Einnahmen mehr und mehr überstiegen. Der gute alte Casper hatte manchmal bis tief in die Nacht sorgenvoll über den Büchern gebrütet. Aber dann war auch wieder Schokolade aus Deutsch-Südwest eingetroffen oder Kaffee aus Ostafrika. Und Tee. Aus China, aus Assam, aus Niederländisch-Indien. Und aus Darjeeling, zweimal im Jahr die ganze Ernte von Brenny's Garden. Joost verkaufte die Waren, Geld flutete in die Kassen und der Umsatz vom Teepalast tat sein Übriges dazu, dass alles immer irgendwie ausging. Aber irgendwie schien nicht mehr zu reichen.

Da ihr Vater nicht antwortete, sondern am Kamin stehen blieb und in die kalte Esse starrte, fragte sie: »Gibt es denn keine Rücklagen? Das Haus? Können wir es beleihen?«

»Das ist es bereits«, knirschte er. »Wir stecken bis zum Hals in Schulden.«

Ihre Hand verkrampfte sich um die kleine Beuteltasche. Ein Erbstück von Helene, die ihr so fehlte wie noch nie zuvor. Was hätte ihre Großmutter in dieser Situation getan?

Joost drehte den Kopf in ihre Richtung und fixierte sie mit einem Blick, der nichts Gutes verhieß.

»Die Plantage bleibt vorerst in deinem Besitz. Sie ist das Einzige, das uns noch bleibt. Wir müssen jetzt sehr klug sein, sehr überlegt.«

Er kam langsam auf sie zu und blieb vor ihr stehen.

»Du wirst den Antrag von Gottfried von Püsken annehmen. Ich telegrafiere noch heute.«

Bettina starrte ihn an.

»Ich weiß, er gefällt dir nicht. Er ist älter, verwitwet und dazu von einem unvorhersehbaren Temperament.«

Wenn ihr Vater damit meinte, dass er ihr zweimal im Anschluss an einen seiner Besuche aufgelauert und sie aufs Schlimmste bedrängt hatte, dann war das noch heillos untertrieben. Er war dick, fast haarlos, ständig schwitzend, und er roch wie eine Kiste reifer Käse, die jemand in der Sonne vergessen hatte. War schon sein Äußeres eine Zumutung, so war sein Charakter geradezu abstoßend. Aus irgendeinem Grund musste sie ihn einmal bis aufs Blut gereizt haben. Seitdem stellte er ihr nach, belästigte sie, suchte nach Gelegenheiten, ihr seine nassen Pfoten irgendwohin zu legen, wohin sie nicht gehörten, und hatte seit neuestem die fixe Idee, sie heiraten zu wollen. Wahrscheinlich nur, um sich immer wieder an ihrem Entsetzen zu weiden, wenn die Sprache auf die Angelegenheit kam.

Es hatte lange Diskussionen im Hause Vosskamp gegeben. Ein Freiherr in der Familie! Alter Adel! Ressourcen! Aber Bettinas tiefe Abneigung war schlussendlich respektiert worden.

Bis zu diesem Abend.

»Du hast seinen Antrag abgelehnt. Ich habe das auch verstanden. Aber deine Zeit zu wählen läuft langsam ab. Püsken hat Geld und einen Namen.«

»Bitte, Vater, das können Sie nicht von mir wollen!«

»Doch. Genau das will ich. Es wird zudem die Chancen deines Bruders auf eine gute Partie erhöhen.«

Joost erkannte nach einem Blick in das ratlose Gesicht seiner Tochter, dass sie die komplizierten Verflechtungen der Heiratsdiplomatie nicht durchschaute.

»Paul macht schon seit längerer Zeit dem Fräulein Stukenborg den Hof«, erklärte er mit einem ungeduldigen Seufzer.

»Sabine?«

Sabine Stukenborg war die Tochter eines Bremer Kaufmanns, der, wenn Bettina sich richtig erinnerte, Waren aus den deutschen Kolonien importierte und es damit weit gebracht hatte. Seit ein paar Jahren war er Senator, zuständig für Handel, Zollangelegenheiten und Schifffahrt. Einer jener Männer, die im Haus ein und aus gingen und mit denen sich ihr Vater nach dem Essen zum stundenlangen Debattieren ins Rauchzimmer zurückzog. Sabine blieb dann bei den Frauen zurück, ein mageres, fahlblondes Mädchen im gleichen Alter wie Bettina. Konversation mit ihr war schwierig. Mode interessierte sie nicht. Bücher las sie nicht. Dem Wetter schenkte sie kaum Beachtung, Kunst, Gärten, Inneneinrichtung – es gab nichts, bei dem Bettina anknüpfen konnte.

Und diesem langweiligen Wesen, das man vergessen hatte, kaum dass es den Raum verließ, machte ihr lauter, kraftstrotzender Bruder Paul den Hof?

»Sabine, ja.« Ihr Vater ging zu einer opulent verzierten Nussbaumanrichte und schenkte sich aus einer Karaffe ein Glas Wein ein. Während er ihr den Rücken zudrehte, sagte er: »Ihre Mitgift ist beträchtlich. Aber Stukenborg zögert. Es ist immer noch unser Ruf.«

Er trank einen Schluck mit dem Gesicht zur Wand.

»Ich konnte durch die Heirat mit deiner Mutter Amalie einiges auswetzen, was deine Großmutter angerichtet hat. Aber nicht alles.«

Er war unehelich geboren.

Helene hatte nie verraten, wer sein Vater war. Es gab Gerüchte, und was Bettina bei ihrem Besuch in Brenny's Garden mitbekommen hatte, schien einiges zu bestätigen. Aber das konnte sie ihrem Vater kaum gestehen. Dass Helene sich mit dem britischen Teedieb und Hasardeur Robert Stirling eingelassen hatte, den sie alle zwei Jahre für Monate besuchte. Ihr Leben lang, bis zu ihrem Tod.

Die Leute vergaßen nicht. Lange nicht. Über Generationen hinweg nicht. Auch Bettina hatte sich eine Menge anhören müssen, was unter halb vorgehaltener Hand geflüstert wurde. Reichtum schützte. Wenn er wegfiel, konnten sie sich auf einiges gefasst machen.

Ihr Vater kam wieder zu ihr zurück.

»Einen Freiherrn in der Familie zu haben wäre in diesem Fall sehr hilfreich. Ganz abgesehen davon, dass der Baron mehrfach andeutete, ins Teegeschäft einsteigen zu wollen.«

»Ich soll Herrn von Püsken heiraten, damit Paul eine gute Partie machen kann? Und Sie einen solventen Teilhaber bekommen, der unsere Schulden bezahlt?«

Er sah sie prüfend an. Es war das erste Mal, dass sie so offen über die Zukunft der Vosskamps sprachen, die es wahrscheinlich bald nicht mehr geben würde.

»Ja«, sagte er. »Du nimmst seinen Antrag an.«

Es war, als hätte Joost ihr soeben ein Brett vor den Kopf genagelt. Vor kaum einer halben Stunde hatte ihr Ewan einen Heiratsantrag gemacht, der an Durchtriebenheit den neuen Plänen ihres Vaters in nichts nachstand. Allerdings sah der Hauptakteur um einiges besser aus als Püsken und roch auch anders. Nach … Mann, nicht nach Pavian. Nach Eau de Cologne. Arbeit. Kraft. Urwald. Grünem Tee. Verdammt, was hatte Ewan an sich, dass sie ihn nicht genauso verabscheuen konnte wie den Freiherrn?

Ihr Vater deutete ihre Schweigsamkeit als Einverständnis und fuhr etwas wohlwollender fort. »Es sind schon Ehen unter weitaus ungünstigeren Voraussetzungen geschlossen worden. Diese Verbindung ist das Einzige, das die Vosskamps noch retten kann. Du wirst Püsken heiraten. Er wollte sich schon immer unser Geschäft einverleiben. Ein familiärer Zusammenschluss mit ihm ist besser als unser Bankrott.« Joost stöhnte auf und stellte das leere Glas zurück. »Allein der Gedanke, ihn um mich herum zu haben …«

»Ah ja?«, konterte Bettina, die endlich ihre Sprache wiederfand. »Wie soll es dann mir erst gehen?«

»Schluss! Aus! Keine Diskussionen!«

Püsken war ein Widerling. Mindestens zwanzig Jahre älter als Bettina. Mit rücksichtsloser Tatkraft hatte er das schwindende Vermögen seiner Familie gerade noch rechtzeitig aus der Landwirtschaft gezogen, in den Handel investiert und sich als Trader etabliert. Auf Brautschau ging er in der unerschütterlichen Gewissheit, sein Adelstitel und sein Vermögen müssten jede Frau dazu bringen, sich ihm an den Hals zu werfen.

Und es gab durchaus genügend Bewerberinnen, die bereit waren, über sein Äußeres und seine Manieren hinwegzusehen. Bettina war ihm bei der Wiedereröffnung des Stadttheaters vor vier Jahren vorgestellt worden, nachdem er ständig aus seiner Loge zu ihr hinübergeäugt hatte. Ihrer Mutter war das aufgefallen, und so hatte sie ihre Tochter diesem Freier auf dem Silbertablett serviert. Möglich, dass ihnen damals schon das Wasser bis zum Hals gestanden hatte und das der treibende Hintergedanke gewesen war.

Aber Bettinas Abneigung war unübersehbar gewesen. Püskens Wille, sie zu brechen, auch. Ihre Eltern zwangen sie, an gesellschaftlichen Ereignissen teilzunehmen, bei denen auch er zu Gast war. So häuften sich die Begegnungen und wurden von

Mal zu Mal unangenehmer. Er konnte einfach nicht akzeptieren, dass Bettina seine Avancen zurückwies. Als ob sie ein Stück Wild wäre und er nicht eher Ruhe geben würde, bis er sie zur Strecke gebracht hatte.

»Ich will nicht«, sagte sie leise. »Eher bringe ich mich um.«

Joost baute sich vor ihr auf. Er wartete, bis sie den Kopf zu ihm gehoben hatte.

»Ich will ihn auch nicht. Aber ein Zusammenschluss der Handelscontore Vosskamp und von Püsken ist die einzige Möglichkeit, an Sabine Stukenborgs Mitgift zu kommen. Damit zögen wir unseren Hals aus der Schlinge. Denk an die Familie. Ist dir unser Schicksal so egal?«

Sie schüttelte den Kopf. Joost atmete erleichtert auf.

»Gut. Ich gehe hinunter und telegrafiere. Sag der Maid, dass sie den Kamin anzünden soll. Es wird langsam frisch im Raum.«

Er verließ das Zimmer. Bettina fühlte sich wie eine mechanische Puppe. Schritt nach Schritt, Hand ausstrecken, Verbindungstür öffnen. Die Maid war verschwunden, aber ein Zug an der Glasperlenschnur neben der Tür rief sie umgehend ins Zimmer. Bettina gab ihr die Anweisung mit einer flachen, gefühllosen Stimme, die sie so noch nie bei sich bemerkt hatte. Als das Mädchen nach einer tiefen Verbeugung verschwunden war, warf sie sich aufs Bett und krümmte sich zusammen.

Bankrott.

Sie wurde geopfert, damit es für alle anderen weitergehen konnte wie bisher. Allein der Gedanke, sich in einem Raum mit Püsken aufzuhalten, war kaum auszuhalten. Sie blinzelte hinüber zu dem kleinen englischen Sekretär. In einer Perlmuttschale lag ein Brieföffner. Ob der reichte, wenn sie ihn sich mitten ins Herz stieß?

Feigling, flüsterte eine Stimme in ihr. Das schaffst du nicht.

Und wenn sie … Sie setzte sich auf. Ihr Herzschlag begann zu jagen, ihr Atem wurde schneller. Wenn sie Ewans unsäglichen Antrag annahm? Es war egoistisch, unüberlegt und nur zu ihrem eigenen Vorteil. Es würde ihrer Familie nicht helfen. Aber etwas sagte ihr, dass sie die Teeplantage mit Sicherheit nicht geerbt hatte, um sie als Mitgift in die Ehe mit Püsken einzubringen.

Ihr war klar, dass sie keine Ahnung vom Teegeschäft hatte. Aber eine Ernte, eine einzige gute Ernte, und die Gläubiger konnten vorerst befriedigt werden. Joost würde es ihnen erklären. Keine einfache Aufgabe. Er würde toben vor Wut. Und Paul … Paul war ihr Bruder. Aber sollte sie ihr eigenes Leben opfern, nur damit er eine gute Partie machen konnte? Auch seine Verbindung mit Sabine war keine Liebesheirat. Das arme Mädchen wusste wahrscheinlich gar nicht, auf was es sich einließ. Paul war nicht charmant. Kein Mann, der Frauen betörte. Er war ein Kaufmann, und er hatte das Zählen gelernt. Sabine war für ihn nur eine weitere Nummer in den Kontobüchern.

Alles, was ihr Vater wollte, war falsch.

Es gab nur eine Lösung. Warum um Himmels willen hatte sie sie nicht gleich erkannt?

Sie stand auf und stürzte aus dem Zimmer, als wären ein Dutzend bengalische Teufel hinter ihr her. Die Maid, die gerade mit dem Feuereimer das Zimmer ihres Vaters verließ, starrte ihr auf dem Flur verdutzt hinterher.

Bettina rannte die Treppen hinunter, immer auf der Hut, nicht über den Saum ihres Kleides zu stolpern, und spähte in die Empfangshalle, die sich zu dieser Stunde mit neu ankommenden Gästen füllte. Sie strebten in die Salons oder direkt in jenes verruchte Etablissement, das man Bar nannte und in dem man, anders als im Teepalast, abends öffentlich einen Punsch, Julep oder Sling trinken konnte.

Ewan war fort.

Bettina durchquerte die Halle und wich dabei einer Gruppe angetrunkener junger Männer aus, die gerade vom Bahnhof gekommen sein mussten. Gepäck und Koffer wurden in Windeseile von den Pagen ins Haus gebracht. Der Portier, ein älterer Engländer mit spitzem Kragen und Lorgnette[7], dessen Namensschild ihn als Mr Buchanan auswies, stand schon tief über die Gästebücher gebeugt, um den Eintreffenden auch die richtigen Zimmer zuzuweisen.

Sie sah sich um. Niemand achtete in dem Gewimmel auf sie. Mr Buchanan hob den Kopf, als sie fast schüchtern an den Tresen trat.

»Mr Ewan? Ist er noch hier?«

Er reichte einen schweren Schlüssel mit Messinganhänger an einen Pagen weiter, der ihn entgegennahm und davoneilte.

»Mr Ewan?«, fragte er.

»Der *Tea Manager* von Brenny's Garden?«

»Oh, ja. Er ist soeben gegangen.«

»Danke.«

Sie wandte sich in Richtung Ausgang.

»Nein, Mylady, er ist zu den Ställen. Er kam mit seinem Pferd.«

»Oh. Ach so. Wo ist das?«

Der Portier versuchte, nicht allzu deutlich ihre Kleidung zu mustern. Ihr war klar, dass sie für einen Besuch in den Ställen alles andere als passend angezogen war. Rock, Unterrock, Bluse, Jacke, Strümpfe, Tuch, unter den Achseln und am Rücken schon getränkt von Schweiß. Warum konnte man sich nicht so anziehen, wie es die Einheimischen taten? Sogar die indischen Frauen trugen weite Hosen unter den bunten Röcken

---

7 Eine Art Brille am Stiel

und luftige, lange Kopftücher, die vor der Sonne schützten, während sie, verpackt in steifen Stoff, verknotet und geknöpft, fast erstickte.

Er schnippte mit den Fingern, und einer der weiß gewandeten indischen Pagen löste sich aus seiner starren Haltung und kam auf sie zu.

»Zeig Mylady, wo die Pferde unserer Gäste stehen.«

Der Junge, fast noch ein Kind, nickte eifrig und lief los.

Bettina hatte Mühe, ihm zu folgen. Damenhaft jedenfalls sah die Eile, mit der sie die Halle verließ, auf keinen Fall aus. Sie passierten eine Tür und einen langen Flur, der nicht ganz so prächtig aussah wie der Rest des Hauses. Zwei befrackte Kellner mit um die Hüfte gebundenen weißen Tüchern kamen ihnen entgegen. Sie trugen Tabletts mit hohen, silbernen Speiseglocken. Der Junge presste sich an die Wand, um sie vorbeizulassen. Auch Bettina machte sich so schmal wie möglich. Nachdem die Diener sie passiert hatten, liefen sie weiter und erreichten noch eine Tür, die hinaus ins Freie in den hinteren Teil des Gartens führte. Bevor sie das einfache Nebengebäude erreichten, stieg ihr schon der Geruch von Pferden in die Nase.

»*Here*, Mylady.«

Er drehte sich um und wieselte zurück ins Hotelgebäude.

Eine Seitentür wurde geöffnet, und ein Mann, von der Kleidung und den Ausdünstungen her offenbar ein Kutscher, kam heraus und zündete sich eine schmale Pfeife an. Argwöhnisch beobachtete er, wie Bettina an ihm vorbei in das Stallgebäude ging. Es gab Boxen für Pferde und Kutschen, viele waren belegt. Stallburschen kümmerten sich um die Tiere, indische Coolies machten sich an den Wagen zu schaffen, überprüften die Räder, schüttelten die Kissen auf oder wischten den Straßendreck vom Kasten. Die Besitzer waren nirgendwo zu sehen.

Ein schmaler Gang in der Mitte führte zum Ausgang Richtung Straße. Niemand achtete auf sie. Draußen an den Barren standen weitere Pferde, aufgezäumt oder abgesattelt. Auch hier wurde gestriegelt, geputzt, gezurrt, gefüttert, getränkt. Sobald sie auftauchte, erstarben die Gespräche, und es wurde mit gesenkten Köpfen schweigend weitergearbeitet.

»Mr Ewan?«, fragte sie einen der Stallburschen.

Ohne aufzublicken wies er mit seiner Bürste hinaus. Ihre Augen hatten sich gerade an das dämmrige Halbdunkel der Stallung gewöhnt. So traf sie nicht nur die Helligkeit draußen völlig unvorbereitet. Denn das war nicht die Straße, über die sie gekommen war, sondern die, die hinter dem Hotel lag.

Es war, als würde sie das Gleichgewicht verlieren und kopfüber in eine Laterna magica fallen. Eine Leinwand betreten. Auf einer Theaterbühne stehen, und der Vorhang hob sich, ohne dass sie eine Ahnung hatte, welches Stück gespielt wurde. Es war bunt, laut, heiß. Es roch nach Kuhmist und Verwesung, nach verbranntem Fleisch und balsamischen Ölen. Schwere Ochsenkarren bahnten sich einen Weg durch die dicht gedrängten Passanten. Verkäufer, die ihre Ware abenteuerlich aufgetürmt auf dem Kopf trugen, priesen mit lauter Stimme ihre Kostbarkeiten an. Frauen in Seide, leuchtende Farben, Männer in weiten Hosen und mit nacktem Oberkörper. Gegenüber hölzerne Gerüste, Stoffe und Gewürze in den Regalen, der Tresen Verkaufsfläche und Liegeplatz der Besitzer zugleich.

Es war beängstigend und magisch. Als hätte sie ein Märchenbuch geöffnet und lief nun staunend durch die Seiten. Getränkeverkäufer wollten ihr Becher mit – hoffentlich – Wasser aufdrängen, die sie freundlich ablehnte. Kinder stürmten auf sie zu und hielten ihr klebrige Süßigkeiten entgegen. Sie ging weiter, ignorierte die verblüfften und zuweilen auch verständnislosen Blicke der Männer und Frauen. Eine Peitsche knallte, erschrocken sprang sie zur Seite und machte einem kleinen Chariot

Platz. Der schmale, einachsige Wagen war überdacht von einem Stoffbaldachin, darunter, mit dem Rücken zum Kutscher und baumelnden Beinen, zwei britische Gentlemen in leichten Leinenanzügen und dem hier beliebten breitkrempigen Hut.

»Wohin des Wegs, schöne Dame?«, rief der eine ihr auf Englisch zu.

Der andere lüpfte galant seinen Hut. »Können wir Sie ein Stück mitnehmen? Wir rücken gerne etwas zusammen!«

Bettina tat so, als hätte sie die beiden weder gesehen noch gehört und trat etwas näher an eine offene Kochstelle, der ein unwiderstehlicher Duft von geröstetem Hühnchen entstieg. Obwohl sie ihr Dinner bereits hinter sich hatte, begann ihr Magen schon wieder zu knurren. Der Verkäufer, ein hagerer Mann mit scharfen Zügen unter einem Turban, wendete die Keulen in einer Virtuosität, mit der er auf englischen Jahrmärkten ein Vermögen verdienen könnte.

»Khat, khat[8]*!«*

Jemand zerrte von hinten an ihrem Rock. Erst glaubte sie, einer der Straßenhunde hätte sie angesprungen. Dann sah sie einen Mann auf dem Boden hocken, ohne Beine, in Lumpen gehüllt und von Geschwüren übersät. *»Damla, damla! Goup gomisama!«*[9]

Er streckte ihr seine schwieligen Hände entgegen. Hastig suchte Bettina in ihrem Beutel nach ein paar Pennys. Noch nie hatte sie einen so verunstalteten, halb verhungerten und verwahrlosten Menschen gesehen. Sein Geruch stieg zu ihr hinauf, vermischte sich mit dem der offenen Feuerstellen und umfing würgend ihre Kehle.

»Einen Augenblick«, stammelte sie, weil die Münzen auf

8 Sherpa: Brot

9 Sherpa: Verflucht, ich brauche Essen!

dem Grund der kleinen Tasche immer wieder aus ihren zitternden Fingern glitten.

Der Mann kroch noch näher. Nun griff er abermals mit den verkrümmten Händen nach ihrem Rock und zerrte daran. Dabei stammelte er Worte, die kaum zu verstehen waren. Sie trat zurück und hätte um ein Haar einen Brotverkäufer gerammt, der die Laibe auf seinem Kopf gerade noch festhalten konnte.

»*Kuwa*[10]*!*«, zischte er sie an.

Bettinas Schuhe fanden auf dem unebenen Grund keinen Halt. Sie rutschte aus, fiel, die Faust des Bettlers zerrte sie nach unten, sie sah den Matsch auf sich zufliegen, spürte den Aufprall, der durch den aufgeweichten Boden gemildert wurde, und das Nächste, was sie mitbekam, war das Gewicht eines Lebewesens – Mensch?, Tier? –, das sich auf sie geworfen hatte und sie mit sehnigen Gliedern zu Boden presste. Der Beutel wurde ihr aus der Hand gerissen, dann griffen die Klauen an ihren Hals. Das kleine Granatcollier leistete keinen Widerstand.

»Hilfe!«, schrie sie.

Das alles war so schnell geschehen, dass sie es gar nicht richtig begriff. Der Bettler sprang erstaunlich behände auf seinen Armen und den Beinstümpfen davon.

»Mylady!«

In Windeseile war sie von den Stallburschen des Elgin Club umringt. Sie war keine zwanzig Meter von dem Gebäude entfernt, aber in einer völlig anderen, schockierenden Welt gelandet. Keiner von ihnen wagte es, sie anzurühren, aber sie hielten immerhin die Schaulustigen in Schach, die wohl selten eine Lady im Straßendreck von Darjeeling gesehen hatten.

»Zurück!«

Die laute Stimme zerteilte die Menge wie Moses das Rote

---

10 Sherpa: Dummkopf

Meer. Eine kräftige Hand packte sie und zog sie hoch. Es war Ewan. Als er sie erkannte, ließ er sie so schnell los, als hätte er sich verbrannt.

»Miss Vosskamp? Was machen Sie hier?«

Fassungslos starrte Bettina auf den Dreck an ihrem Rock und den Handschuhen. Etwas klebte an ihrer Wange, und mit größtem Widerwillen wischte sie es weg.

»Sind Sie wahnsinnig?«

Sie fuhr zusammen. Erst jetzt bekam er ihren Zustand mit: zitternd, beraubt, verdreckt und hilflos. Und wütend, dass sie so dumm gewesen war und ausgerechnet er sie jetzt in diesem Zustand auch noch sehen musste.

»Wo zum Teufel wollten Sie hin? Warum nehmen Sie sich keine Kutsche oder wenigstens eine Rik-Shaw[11]? Sie sind in der Lower Mall[12] gelandet!«

Ohne eine Antwort abzuwarten, zerrte er sie aus dem Pulk der Gaffer hinaus und weg von der matschigen, mit Regenlöchern übersäten Straße. Einen Blick auf ihre Schuhe und den Saum des Rocks ersparte sie sich.

Erst am Eingang zum Stall ließ er sie los.

»Keine Lady betritt diese Gegend, schon gar nicht allein. Sie sind hier nicht in Bremen auf dem Marktplatz. Sie sind in Bengalen! Und dumm genug, sich ohne Begleitung auf den Weg zum Nachtmarkt zu machen! Sie sind hier leichte Beute!«

»Ich weiß«, zischte sie und griff sich an den Hals, wo sich bis eben noch die kleine Kette befunden hatte. »Ich habe es gerade erlebt.«

Er atmete tief durch. Dann strich er sich mit beiden Händen

---

11 Rikscha: von Menschen gezogenes Gefährt auf zwei Rädern

12 Eine Straße, meist fünfzig Meter unterhalb der Kolonialherren-Mall, die die indischen Einwohner nicht betreten durften.

durch die widerborstigen Haare, die ihm in alle Richtungen abstanden.

»Verzeihung. Ich wollte nicht unhöflich sein. Hat man Sie beraubt?«

Bettina nickte und wischte sich mit dem Handrücken über Nase und Mund.

»Ein kleines Granatcollier. Aber es ist nicht so wichtig. Viel wichtiger …« Sie schluckte. Tränen stiegen ihr in die Augen. »… ist der kleine Perlenbeutel. Er war eine Erinnerung an meine Großmutter.«

»Das tut mir leid.«

Der Kutscher, der sie schon beim Hineingehen in den Stall beobachtet hatte, kam mit wiegenden Schritten heran und platzierte sich in Hörweite. Ihr war klar, dass sie gerade zum Gespött des Hauses wurde.

»Kommen Sie.«

Ewan ging voraus in das niedrige Gebäude und suchte eine leere Pferdebox. Als er sie gefunden hatte, winkte er Bettina herein. In der Ecke stand ein Eimer mit Wasser.

»Säubern Sie sich wenigstens das Gesicht.«

Im ersten Moment schreckte sie vor dieser Zumutung zurück. Eine Dame im Pferdestall, die sich mit hochgekrempelten Ärmeln das Wasser ins Gesicht schaufelte? Aber Ewan hatte sich in den Eingang der Box gestellt. Seine breite Gestalt schirmte sie vor den Blicken Neugieriger ab.

Den Dreck konnte sie wegwaschen, die Schmach nicht. Sie hatte nicht nachgedacht, als sie hinaus auf die Straße getreten war. Aber was noch schlimmer war: der Grund, den sie dafür gehabt hatte, kam ihr mittlerweile genauso idiotisch vor.

Immer wenn ich etwas allein entscheide, geht es schief, dachte sie und schöpfte die nächste Handvoll Wasser. Eine andere Erfahrung blitzte auf: ein Leihhaus, Helenes Uhr und ein Junge, der wie Pole Poppenspälers Kasper noch einmal feixend auf sie herabgrinste, bevor er, wie von Marionettenfäden gezogen, hinter den Dächern verschwand.

Triefend richtete sie sich wieder auf und wischte sich das Wasser aus den Augen.

»Hier.«

Er reichte ihr ein Baumwolltuch, von dem sie nicht wissen wollte, für was es benutzt wurde. Es stank nach Pferdeschweiß. Damit tupfte sie sich das Gesicht und den Ausschnitt ab. Ihr Kleid war ruiniert, die Schuhe auch. Der Gedanke an die Kosten und was ihr Vater dazu sagen würde, verursachte bei ihr ein flaues Gefühl in der Magengegend. Fast so wie damals, als ein Schutzmann sie bei den entsetzten Eltern abgegeben hatte.

»Danke.«

Sie gab ihm das Tuch zurück.

»Wenn Sie noch eine halbe Stunde warten, ist es dunkel genug, dass Sie zurück ins Hotel schleichen können, ohne dass man Sie in diesem Aufzug sieht.«

Täuschte sie sich oder glitzerte ein amüsiertes Lächeln in seinen Augen?

»Hier soll ich warten?«, fragte sie skeptisch.

Er nickte. »Es sei denn, sie wollen in Darjeeling einen unvergesslichen Eindruck hinterlassen. Und das würden Sie, wenn sie so durch die Eingangshalle stolzieren.«

Sein Blick wanderte an ihr herab. Mit einem Mal wurde ihr die Enge der Box bewusst. Das Halbdunkel, erfüllt von tanzenden Schatten, die das Licht der Fackeln verbreiteten. Von der Straße kamen die Geräusche einer lebhaften Menschenmenge, die sich den Geschäften und Verlockungen der Nacht in die Arme warf.

Sie räusperte sich. »Das ist nicht unbedingt meine Absicht. Ich wollte eigentlich … eigentlich wollte ich …«

War sie von allen guten Geistern verlassen? Zu Hause in Bremen erwartete sie die Hölle. Aber es war eine vorhersehbare. Vielleicht eine von der Art, mit der man irgendwann zu leben lernte. Nach außen hin gute Miene zum bösen Spiel machen und im Innersten um die Gnade der Ergebenheit beten. Sie wäre nicht die erste Frau, die gezwungen wurde, aus rein wirtschaftlichen Erwägungen zu heiraten. Nach dem ersten Sohn trennten sich die Wege, und mit etwas Glück verlor der Mann das Interesse an seiner duldenden, schweigsamen Gattin. So konnte das Leben auch aussehen, wenn man nicht in einem Pferdestall in Darjeeling stand und von einem Mann wie Ewan eine Alternative geboten bekam.

Falls er seinen Vorschlag noch aufrechterhielt. Sie hoffte, er würde von alleine darauf kommen, warum sie ihm hinterhergelaufen war. Aber das Gegenteil war der Fall. Er schien ihre desaströse Situation sogar noch zu genießen.

»Ja?«, fragte Ewan. Er hob den rechten Arm und stützte sich damit in der Öffnung der Box ab. Es sah nicht so aus, als ob er sie ohne eine Antwort vorbeilassen würde.

»Nichts«, sagte sie.

Ihr Herz pochte so heftig, dass sie Angst bekam, er könnte es bemerken. Es war der Wahnsinn, der pure, reine Wahnsinn. Gesellschaftliche Ächtung wäre noch das mindeste. Ihre Familie würde sie verstoßen. Die Vosskamps gerieten erneut ins Gerede, dieses Mal mit noch schlimmeren Folgen. Der Ruin war unabwendbar, wenn sie nicht ihre Pflicht erfüllte.

Es war so klar, was sie zu tun hatte. Und gleichzeitig hasste sie sich dafür, so feige zu sein und den zweiten Rückzieher zu machen.

»Ich habe mich im Ausgang geirrt«, sagte sie. Es war die dämlichste aller Ausreden, aber sie hatte nicht die Nerven, auch noch vor Ewan ihr Gesicht zu wahren. »Es ist allein meine Schuld.«

»Ich habe gehört, Sie hätten mich gesucht.«

Sie spürte die Röte, die ihr ins Gesicht schoss.

»Und dass es ziemlich dringend klang«, fuhr er fort. »Kann es sein, dass Sie sich noch einmal Gedanken über meinen Vorschlag gemacht haben?«

Sein Gesicht, schmal mit hervortretenden Wangenknochen und einem willensstarken Kinn, wirkte entspannt, fast schon amüsiert.

»Und dass er Ihnen nach Abwägung aller Ihnen zur Verfügung stehenden Möglichkeiten gar nicht mehr so absurd erscheint?«

»Sie wissen, was passiert ist?«

Er nahm den Arm herunter und lehnte sich an die Wand. »Bevor ein Telegramm bei seinem Adressaten ankommt, geht es durch viele Hände.«

»Und war Ihnen unsere Lage auch schon bekannt, als Sie mir Ihren Vorschlag unterbreitet haben?«

»Nein. Zu diesem Zeitpunkt kam er aus offenem und ehrlichem Herzen.«

»Hat sich daran etwas geändert?«

Sie wunderte sich, dass sie so ruhig sprechen konnte. Aber der Abstand zu ihm half, und wahrscheinlich auch das Wasser, mit dem sie sich abgekühlt hatte.

Er ließ seinen Blick über ihre verdreckte Gestalt wandern. »Ihre Lage hat sich dramatisch verschlechtert. Das macht schneller die Runde als mein Pferd einen Sack Hafer fressen kann. Brenny's Garden ist nichts mehr wert, jetzt, wo Ihnen das Wasser bis zum Hals steht. Ihr Vater hätte einschlagen sollen. Warum haben Sie ihn daran gehindert?«

Bettina zuckte mit den Schultern. »Wahrscheinlich, damit er in Ruhe nachdenken kann.«

»Hat er das?«

Ein Stalljunge quetschte sich an ihm vorbei, kam in die Box und holte den Wassereimer. Sie wartete, bis er wieder verschwunden war.

»Ja. Die Plantage ist meine Mitgift.«

Das Grinsen, das sich auf Ewans Gesicht ausbreitete, war für sich schon eine Frechheit. Seine Antwort allerdings ließ Bettina nach Luft schnappen.

»Und Sie glauben im Ernst, ich nehme Sie jetzt noch?«

»Und Sie glauben im Ernst, es geht um Sie?«

Das Grinsen erlosch.

»Ich muss zurück«, sagte sie nur und wollte an ihm vorbei.

Er machte ihr halbherzig den Weg frei.

»Jetzt hineinzugehen sollten Sie sich nicht antun.«

»Aber mich von Ihnen beleidigen zu lassen, das ist in Ordnung?«, fragte sie wütend.

»Sie sind am Ende ohne mich.«

Sie schloss die Augen und atmete tief durch. Noch nie hatte sie einen Mann geohrfeigt, obwohl es ihr bei Püskens Zudringlichkeiten mehr als einmal in den Händen gejuckt hatte. Ewan legte es darauf an, dass sie die Beherrschung verlor. Diesen Gefallen würde sie ihm nicht tun.

»Brenny's Garden wird die nächsten Jahre für die Schulden Ihres Vaters herhalten müssen«, sagte er leise. »Es wird die Plantage ausbluten. Er wird den Manager nehmen, der ihm den höchsten Gewinn verspricht, und das ist Timothy Shelby.«

Der Mann mit den stechenden Augen und dem widerwärtigen Grinsen, der ihr beim Essen gegenübergesessen hatte.

»Was ist so schlimm daran?«, fragte sie mit aller Selbstbeherrschung, die sie aufbringen konnte. »Außer, dass Sie Ihre Arbeit verlieren.«

Er stieß ein verächtliches Schnauben aus. »Falls es Ihnen entgangen ist, wir sitzen auf einem Pulverfass. Der indische Nationalkongress will das Joch der Kolonisation abstreifen. Offiziell gibt es die Sklaverei nicht mehr. Aber inoffiziell ist sie das Geschäftsmodell, das dem Empire seinen Reichtum beschert. Ihre Großmutter hat das erkannt. Wer für Brenny's Garden arbeitet, dem geht es wenigstens etwas besser als den anderen armen Teufeln. Wenn Shelby übernimmt, wird er in kürzester Zeit den maximalen Profit herauspressen, natürlich auf Kosten der Arbeiter und der Qualität. Nicht viele Plantagen werden überleben. Die Aufstände, der Monsun, die Wut der Bauern, die drei Viertel ihrer Einkünfte als Steuern abgeben müssen, all das wird zu einer harten Auslese führen.«

»Dann hat Brenny's Garden keine Chance? Vorhin hat sich das noch anders angehört.«

Seine blauen Augen hefteten sich auf sie, und zum ersten Mal hatte sie das Gefühl, er nahm sie ernst.

»Nur mit mir. Ich habe Ihnen ein Angebot gemacht, als wir beide mit unseren Wünschen ebenbürtig waren. Jetzt aber …«

Sie spürte seine Nähe bis in jede Pore ihrer Haut. Vermutlich machte bereits das nächste Gerücht in Darjeeling die Runde: Miss Vosskamp und Mr Ewan, beide zusammen in der Pferdebox. Sehr nahe zusammen.

»Was?«, fragte sie.

»Bin ich der letzte Strohhalm, nach dem Sie greifen.«

Er kam näher. Nur eine Winzigkeit, aber sie genügte, um all ihre Fluchtreflexe in Gang zu setzen und sie trotzdem wie angewurzelt stehen bleiben zu lassen. Sie musste sich aus diesem Bann befreien, aber es gelang ihr nicht, auch nur einen winzigen Schritt zu tun.

»Miss Vosskamp, auch Sie und Ihre Sprunghaftigkeit sind ganz offensichtlich eine Zumutung. Was sind Sie bereit zu tun, um Sie mir etwas erträglicher zu machen?«

Noch näher. Seine Augen funkelten im Halbdunkel, und

wieder zuckte ein verräterisches Lächeln um seine Mundwinkel.

»Ich will …«, sein Atem streifte ihre Wange, während er sprach, »… dass Sie mir sagen, was *Sie* wollen. Klar und deutlich. Darum sind Sie mir doch hinterhergelaufen, oder? Dafür haben Sie Ihren hanseatischen Stolz vergessen und alles, was Ihre Gouvernanten Ihnen beigebracht haben. Sie brauchen mich, aber Sie wollen immer noch, dass ich der Bittsteller bin. Kommen Sie herunter von Ihrem hohen Ross. Fragen Sie mich. Und ich werde Ihnen die Antwort geben, die Sie verdienen.«

Ihre Knie gaben nach. In letzter Sekunde konnte sie sich noch fangen und hoffte inständig, dass er nichts von ihrer Schwäche bemerkt hatte. Wie konnte ein Mensch Retter und Teufel in einer Person sein? Wie konnte jemand die unsäglichsten Beleidigungen mit einer solchen Sanftheit in der Stimme sagen?

»Danke, Mr Ewan.«

Sie schaffte einen Schritt und stand in der Stallgasse. Noch einen. Der knappe Meter Abstand gab ihr das Gefühl, wieder Luft zu bekommen. Nur weg hier. Fort von diesem Menschen, der bereit war, ihre Lage aufs Rücksichtsloseste auszunutzen.

»Ich wollte mich nur von Ihnen verabschieden und Ihnen für Ihre langjährigen Dienste auf meiner Plantage danken.«

Sie wusste, dass sie arrogant und hochnäsig klang, aber etwas anderes hatte er auch nicht verdient.

»Tatsächlich.«

Er geruhte nun auch, aus der Box hinaus in den engen Gang zu treten.

»Ich dachte schon, es wäre um etwas wirklich Wichtiges gegangen.«

»Nein«, erwiderte sie. »Wie kommen Sie auf die Idee?«

Er trat einen Schritt zurück und deutete eine knappe Verbeugung an.

»Dann wünsche ich Ihnen eine glückliche Heimreise und eine gesegnete Zukunft. Meine Resignation erhalten Sie schriftlich.«

Er wollte sich abwenden, hielt dann aber inne und drehte sich noch einmal zu ihr um. »Und falls Sie es sich anders überlegen, schreiben Sie mir an den Planters' Club hier im Elgin.«

Damit kehrte er zurück auf die Lower Mall. Bettina, unfähig, sich zu rühren, sah ihm hinterher. Die Schande über das, was sie sich gerade geleistet hatte, traf sie mehrfach. Zum einen war sie Ewan hinterhergelaufen. Zum zweiten hatte sie sich draußen im Schlamm gewälzt und war auch noch beraubt worden. Zum dritten hatte er ihre jämmerlichen Absichten sofort durchschaut und ihr dennoch eine Brücke gebaut. Sie war sich nur nicht sicher, ob er sie nicht in dem Moment, in dem sie sie betreten hätte, zum Einsturz gebracht hätte.

Sie würde es nie erfahren, und das war vielleicht das Beste, was sie aus diesem Abend ziehen konnte.

Versuch einer Rettung

Bremen, 30. August 1886

»Ich habe sie gesehen, mit meinen eigenen Augen!«

Gottfried Freiherr von Püsken, ein beleibter Mann, dessen träge Gesichtszüge langsam nach unten glitten und es sich auf einem Doppelkinn bequem machten, sah Beifall heischend in die Runde. Die wenigen verbliebenen Haare hatte er messerscharf in der Mitte gescheitelt und an den Kopf geklatscht. Er dominierte jeden Raum mit dröhnender Stimme und stiernackiger Kraft. Immerhin war er es gewohnt, an Tafeln wie diesen zu sitzen und mit erstaunlich zierlichen Bewegungen, die gar nicht zu seinem Auftreten passten, das Besteck zu führen.

»Die Freiheitsstatue! Sie wird ja erst noch enthüllt, aber schon jetzt überragt sie die gesamte Hafensilhouette. Sie steht auf Liberty Island, eine Fackel in der Hand. Da sieht man mal, wozu Frankreich und England imstande sind. Hat ja auch lange genug gedauert.«

»Hört hört«, brummte Henning Stukenborg, Senator und Mitglied des Krameramts in Bremen. Ein hagerer, vornübergebeugter Mann mit Backenbart und in die Stirn gekämmten Haaren, der die ganze Last der anstehenden Schulreformen auf seinen hängenden Schultern zu tragen schien. Seine Gattin Else war eine der bekanntesten Salondamen Bremens und bereicherte diesen Abend durch ihren Pompadour, eine Frisur, bei der das Haar nach oben gehoben und festgesteckt wurde, wobei man bewusst kalkuliert einige lockige Strähnen herunterfallen ließ.

Ihre Tochter Sabine kam am ehesten nach … niemandem. Blass, fast durchscheinend, mit fahlblonden glatten Haaren, ähnlich gesteckt wie bei ihrer Mutter, aber mit ganz anderer Wirkung. Bei ihr sah es aus wie ein zerzaustes Vogelnest. Darunter verschwand beinahe ein flaches Gesicht, das vielleicht ganz hübsch gewesen wäre, wenn sie einmal gelächelt hätte. Stattdessen zog sie ein Gesicht, als säße sie auf einem Nadelkissen oder hätte Zahnschmerzen. Einmal hob sie kurz den Blick und sah schmachtend zu Paul, der ihr gegenübersaß. Noch bevor er das Wort an sie richtete, hatte sie sich schon wieder über ihren Teller gebeugt. Ein seltsames Paar, dachte Bettina. Mein Bruder und die magerste Weihnachtsgans aller Zeiten. Aber wahrscheinlich würden die Leute sich ähnlich freundliche Gedanken über sie und Püsken machen.

Es war eine jener Abendgesellschaften, die sie mittlerweile fürchtete. Püsken ging ein und aus, schwadronierte von seinen Reisen, seinem Haus und seinem Reichtum, und hatte den Vosskamps gegenüber eine herablassende Gönnerschaft entwickelt.

»Wollen Sie das wirklich?«, hatte Bettina ihre Eltern an einem der wenigen Abende gefragt, die sie noch ohne seine Gesellschaft verbrachten.

»Jeder tut, was er tun muss«, war Joosts einzige Antwort gewesen. »Auch du.«

Ihre Mutter hatte sich über ihre Stickarbeit gebeugt und gemurmelt: »Wie Gott will, ich halte still.« Was ihr einen fragenden Blick ihres Gatten eingebracht hatte, auf den sie nicht reagierte.

Der Freiherr trank einen weiteren Schluck Rotwein und nahm Bettina ins Visier.

»*Liberty Enlightening the World.* Das heißt, Freiheit erhellt die Welt. Ich bin absolut dafür, solange das nicht auch für

Krethi und Plethi gilt. Freiheit für unsere Schiffe! Wenn der Panamakanal endlich fertig ist, wird das den Warenverkehr revolutionieren.« Er hob das Glas mit seiner Pranke. Bettina bekam Angst um das Kristall, das in seiner Hand so zerbrechlich aussah. »Die einzige Revolution, die ich von Herzen begrüße! Prost! Hoch das Glas!«

Stukenborg murmelte wieder »Hört, hört«, alle griffen nun ebenfalls nach ihren Gläsern und stimmten in seinen Trinkspruch mit ein.

Püsken leerte sein Glas in einem Zug, stellte es zurück auf den Tisch und fixierte Bettina mit demselben Gesichtsausdruck, den er auch beim Anblick der Russischen Eier bekam. Seiner Leibspeise, die jedes Mal auf dem Tisch zu stehen hatte, wenn er den Vosskamps einen Besuch abstattete. Und das war in letzter Zeit ziemlich häufig.

»Man könnte die Flitterwochen mit einem Besuch meiner amerikanischen Geschäftspartner verbinden. Ich selbst halte nichts von reinen Vergnügungsreisen. Sich die Knöchel in römischen Ruinen brechen oder den Magen an griechischem Essen verderben, ist nichts für mich. Und diese Italiensehnsucht, ich verstehe sie nicht. Harte Betten, schreckliche Hitze und billiger Wein.«

Bettina merkte, dass alle am Tisch auf ihre Meinung warteten, die vollkommen mit der ihres zukünftigen Gemahls übereinzustimmen hatte.

»Nun, ich fand Indien sehr interessant«, sagte sie vorsichtig. »Aber da ging es ja auch vorzugsweise um meine Teeplantage.«

Sie konnte fast hören, wie ihre Mutter Amalie die Luft anhielt. Nach der Eheschließung würde Bettina gar nichts mehr ihr Eigen nennen. Sie war beschlossene Sache, auch wenn der förmliche Antrag bis jetzt noch nicht erfolgt war. Ihr schwante, dass dieser Abend genau darin enden könnte.

»Brenny's Garden.« Püsken zog seine Stirn in tiefe Falten. »Ich habe die Bücher angesehen, und so, wie dieser Scott Ewan sie geführt hat, wundert es mich, dass sie überhaupt etwas abgeworfen hat.«

Er sah zu Joost, der am Kopfende des Tisches saß und sich konzentriert der Trennung von hart gekochtem Eigelb und Eiweiß widmete.

»Da muss ordentlich Zug rein. Man kann sich ja nicht um alles kümmern, aber der neue Teemanager, Shelby, hat ganz gute Ansätze.«

»Shelby?«, entfuhr es Bettina. »Der neue Teemanager?«

Also hatte Ewan recht gehabt. Die Erinnerung an diesen Abend in der Stallgasse vom Elgin Club tauchte so unvermittelt auf, dass sie Mühe hatte, ihr Gesicht unter Kontrolle zu halten.

Püsken wandte sich wieder an seine zukünftige Braut. »Sie haben ihn kennengelernt?«

»Ja.«

»Guter Mann.«

Joost sah kurz von seinem Teller hoch. Sie hatte damals ihren desolaten Zustand bei der Rückkehr ins Zimmer mit einem Überfall erklärt. Einmal falsch abgebogen, einmal aus der falschen Tür gegangen, und schon war es passiert. Ihr Vater hatte kaum zugehört und war in Gedanken ganz woanders gewesen. Weitere Telegramme waren eingetroffen und hatten das Schicksal der Vosskamps besiegelt: bankrott, wenn nicht ein Wunder geschah. Dass dieses Wunder ausgerechnet in der Gestalt Püskens erschien, kam ihr immer noch unwirklich vor. Neben diesem Mann würde sie in nicht allzu ferner Zukunft im Bett liegen, und er konnte mit ihr machen, was er wollte. Die Vorstellung war so entsetzlich, dass sie sie sofort aus ihrem Hirn verbannte.

»Ich dachte …«, sagte sie.

Püsken lachte kurz auf. »Denken ist nichts für schöne Frauen, meine liebe Bettina.«

Es war das erste Mal, dass er sie vor anderen mit ihrem Vornamen anredete. Paul lehnte sich mit einem selbstsicheren Lächeln zurück. Sobald sie unter der Haube war, würde er seinem Goldfasan einen Antrag machen. Alle warteten darauf, dass es endlich dazu kam. Aber Püsken schien es zu genießen, sie zappeln zu lassen.

»Er wird endlich Zucht und Ordnung in den Betrieb bringen. Seine Referenzen sind erstklassig. Ich habe ihn eingestellt, nachdem dieser Ewan gekündigt hat.«

»Sie?«, fragte Bettina.

Püsken, die Gabel mit Ei und Remoulade schon halb auf dem Weg zum Mund, legte sie wieder ab.

»Ich. Als zukünftiger Partner und Hauptanteilseigner von Püsken & Vosskamp ist es meine Pflicht, die Mitgift meiner … *Braut* genauer unter die Lupe zu nehmen.«

Amalia stieß einen erleichterten Seufzer aus und hob ihr Glas, wobei sie auffordernd zu ihrem Mann blickte. Doch noch freute sie sich zu früh.

»Denn davon hängt ja so einiges ab«, fuhr Püsken fort. »Ich mache keine halben Sachen. Wenn ich einsteige, dann richtig. Ein Gewinn muss mich reizen, wenn ich mir diese Bemerkung erlauben darf.«

Amalie setzte ihr Glas wieder ab. Paul presste die Lippen zusammen. Eine kleine steile Falte bildete sich auf seiner Stirn. Auch er musste Püsken akzeptieren, das hatte Joost unmissverständlich klargemacht. Die Zeiten, in denen jeder im Haus »tun und lassen konnte, was er wollte«, waren vorbei.

»Und, Herr Baron, wenn Sie mir die Frage erlauben«, mischte Stukenborg sich ein. »Wie genau stellen Sie sich Ihren Einstieg vor?«

Es ging nicht ums Geld, davon hatten die Stukenborgs genug. Es ging darum, Sabine nicht in eine vom Ruin bedrohte Familie einheiraten zu lassen.

»Wir werden eine klare Arbeitsteilung haben«, fuhr Püsken ungerührt fort. »Ich kümmere mich um den Einkauf, Herr Vosskamp um den Verkauf. Unterstützt von Paul, der sich zusammen mit Casper Groth ums Contor kümmern wird. Apropos Casper Groth.«

Nun geruhte Joost endlich einmal von seinem Teller aufzusehen.

»Der Mann ist bald achtzig. Er sieht kaum noch die Hand vor Augen. Ich verstehe Ihre Loyalität, aber seine Buchführung hat Sie fast in den Ruin geführt.«

Bettina öffnete den Mund, um zu protestieren. Casper hatte gewarnt, immer wieder. Sie selbst war Zeugin von unerfreulichen Auseinandersetzungen geworden. Joosts Strategie, immer verzweifelter auf immer riskantere Unternehmungen zu setzen, hatten den alten Contoristen tief besorgt.

»Nicht jetzt«, zischte ihr ihre Mutter zu.

Bettina schloss den Mund wieder.

»Ich werde ihn durch Leute aus meinen eigenen Reihen ersetzen. Dann schauen wir uns auch den Teepalast an. Die Verluste decken kaum noch die Einnahmen. Diese Armenspeisungen müssen aufhören. Die Gesindezimmer werde ich in Räume für zahlende Gäste umwandeln. Kostgänger und Schlafburschen beispielsweise.«

Amalies Gabel fiel klirrend auf den Teller.

»Fremde? In unserem Haus?«

»Sie haben Sie doch schon jeden Tag in Ihrem Teepalast, meine Gnädigste. Es geht ja nur darum, ungenutzte Flächen zu nutzen. Das Gesinde kann auf den Dachboden. Wo kommen wir denn hin, wenn jede Dorfgöre ein eigenes Reich haben will?

Eines Tages wollen sie auch noch in unsere Federbetten. Wehret den Anfängen!«

Püsken machte eine wegwerfende Handbewegung, bevor er sich von Clara, dem Hausmädchen, noch einmal nachlegen ließ. Sie war eine kräftige, rotgesichtige Person, gewohnt, die Mistgabel zu schwingen und Wäsche zu schlagen, aber ohne jedes Feingefühl, was das Servieren betraf. So landete denn auch ein Spritzer Mayonnaise auf Püskens seidenem Halstuch.

»Herrgott! Pass doch auf!«, herrschte er sie an.

Clara wurde noch röter, machte einen Knicks und verzog sich in die Ecke des Esszimmers. Unwillig wischte der Freiherr mit seiner Serviette an dem Fleck herum. Amalie war das entsetzlich peinlich.

»Nehmen Sie das Tuch doch bitte ab«, sagte sie. »Mein Mann wird Ihnen eines von seinen geben, und meine Tochter bringt es Ihnen gewaschen und geplättet zurück. Nicht wahr, Bettina?«

Bettina beugte sich sittsam über ihren Teller, um nicht hochzusehen. Das war eine eindeutige Aufforderung an den lauten Gast, endlich seine Absichten kundzutun. Aber Püsken dachte immer noch nicht daran, klare Verhältnisse zu schaffen.

»Nun denn.«

Er stand auf und löste den Knoten. »In meinem Hause wird so ein Vergehen vom Lohn abgezogen. Man muss dem Gesinde Mores lehren. Hier.«

Er drückte Clara das Halstuch in die Hand, die hastig damit den Raum verließ. Schnaufend nahm er wieder Platz.

»Dabei können sie froh sein, in einem anständigen Haus Dienst zu tun und nicht in einer stinkenden Fabrik. Nun, es wird mir eine Freude sein, Ihr Fräulein Tochter zu empfangen. Und Sie, Herr Senator Stukenborg, und Ihre Familie natürlich auch. Wie Sie wissen, habe ich an der Horner Heerstraße einen Landsitz erreichten lassen, direkt neben Gut Kreyenhorst. In bester Gesellschaft sozusagen und sehr gut erschlossen, wenn endlich die Elektrische kommt. Ich möchte Sie am Sonntag zum Tee einladen und Ihnen mein neues Domizil zeigen.«

In der allgemeinen Zustimmung atmete Bettina unhörbar auf. Keine Verlobung heute. Noch vier Tage Galgenfrist. Während Püsken sich über die Neuheiten ausließ, mit denen er seine Villa ausgestattet hatte – Wasserklosetts, Gaslampen mit sogenannten Glühstrümpfen, die ein Vielfaches an Helligkeit spendeten, eine Warmwasserheizung statt der aufwendigen Kamine und Öfen –, hörten ihre Eltern und Paul höflich zu. An Bettina rauschte die Aufzählung dieser Herrlichkeiten vorüber wie das Wasser von Püskens Toilettenspülung. So bekam sie auch erst zu spät mit, dass am Tisch plötzlich Stille eingekehrt war.

»Nun, mein Kind?«, fragte ihre Mutter mit ungewohnt sanfter Stimme, unter der etwas Lauerndes lag.

»Verzeihen Sie bitte – was war die Frage?«

Püsken lehnte sich zurück. Alle starrten sie an.

»Gottfried Freiherr von Püsken hat gerade um deine Hand angehalten.« Amalie schenkte ihr ein eisernes Lächeln, hinter dem die Drohung stand, angemessen zu reagieren.

Bettina schluckte. »Ich … ähm … welche Ehre.«

Schweigen. Sie holte tief Luft. Es musste sein.

Und dann fiel Sabine von ihrem Stuhl, schlug mit einem dumpfen Geräusch auf dem Boden auf und blieb reglos liegen. Else Stukenborg stieß einen Schrei aus. Paul und Amalie sprangen zeitgleich auf, um sich um die Ohnmächtige zu kümmern.

»Was ist passiert?«, fragte Joost so ratlos, als hätte man ihm gerade erneut ein Telegramm mit Untergangsnachrichten gezeigt.

Amalies Kopf tauchte über der Tischkante auf. »Das Mieder. Ich fürchte, es wurde zu eng geschnürt. Wir bringen sie in mein Zimmer.«

Sie lief zur Klingel neben der Tür und läutete nach Clara und

Wenzel, dem Hausdiener und Mann für alles. Sabine, die schon wieder die Augen aufschlug und offenbar gar nicht verstand, was passiert war, wollte aufstehen. Sofort war Bettina bei ihr.

»Ich helfe Ihnen.«

Das Mädchen wehrte erst ab, ergriff dann aber doch Bettinas Hand.

»Kann ich etwas Wasser haben?«, flüsterte sie.

»Aber natürlich! Mutter?«

Amalie griff sofort nach der Karaffe und schenkte ein. Mit zitternder Hand führte Sabine das Glas zum Mund. Bevor sie trank, hauchte sie: »Ich muss mit Ihnen reden.«

Erst glaubte Bettina, sie hätte sich verhört.

»Unter vier Augen. Wir beide.«

Clara und Wenzel kamen herein und wurden sofort mit der Anweisung betraut, den Gast so behutsam wie möglich ins Schlafzimmer der Hausherrin zu bringen. Bettina begleitete die kleine Prozession bis zur Tür und hielt sie auf. Niemand außer ihr hatte gehört, was Sabine gerade gesagt hatte. Und nichts in deren bleichem Gesicht verriet, um was es sich handeln könnte.

Ihr Bruder Paul trat neben sie, während Püsken, sichtlich aus dem Takt gebracht, noch neben dem Tisch stand und nicht wusste, wohin mit seinem abgewürgten Antrag. Else und Henning Stukenborg kehrten ebenfalls etwas ratlos zum Tisch zurück.

»Willst du sie nicht begleiten?«, flüsterte Bettina ihrem Bruder zu. Sie standen etwas von den anderen entfernt, sodass sie sicher sein konnte, nicht gehört zu werden.

Paul, etwas größer als sie und das Ebenbild ihres sturköpfigen Vaters, sah sie erstaunt an.

»Warum?«

»Weil sie deine Braut werden soll? Und du wenigstens den Anschein von Sorge erwecken solltest?«

Paul lockerte sich mit zwei Fingern den Kragen. Er war, ebenso wie Joost, nicht gerade gesegnet mit Charme und Höflichkeit.

»Sie kommt schon wieder auf die Beine«, sagte er genauso leise und mit einem freundlichen Lächeln, das nicht im Mindesten dem entsprach, was er von sich gab. »Ganz im Gegensatz zu uns, wenn du Püsken weiterhin behandelst wie einen Armenhäusler, der sich einen Becher Tee erschnorrt. Hast du es immer noch nicht kapiert?«

Bettina drehte sich um und schenkte dem Freiherrn ein bezauberndes Lächeln.

»Ich hatte gehofft, dass wenigstens du auf meiner Seite stehst.«

»Ich?«, fragte Paul ebenso freundlich zurück. »Auf deiner Seite? Ist dir in Indien ein Elefant auf den Kopf gefallen? Du jammerst, wie schlecht du es mit einem Freiherrn triffst. Dabei steht uns das Wasser bis zum Hals!«

»Ich will jedenfalls nicht nur aus Berechnung heiraten.«

»Berechnung.« Die falsche Freundlichkeit war wie weggewischt. Paul packte sie am Arm. So fest, dass Bettina um ein Haar aufgeschrien hätte. »Alles hier ist Berechnung. Stukenborg würde seine Tochter an jeden verkaufen, der ihm Macht und Einfluss sichert.«

»Warum verkuppelt er sie dann nicht mit Püsken?«

»Bist du verrückt geworden? Dann sind wir erledigt!«

Paul ließ sie los.

»Sabine liebt mich. Frag mich nicht, warum. Die Stukenborgs stimmen der Verbindung nur zu, wenn deine Hochzeit mit einem Freiherrn unseren Makel auslöscht. Wie kannst du nur so sturköpfig sein?«

»Und du?« Sie rieb sich über die schmerzende Stelle an ihrem Arm. »Liebst du sie auch?«

»Was zum Teufel hat Liebe mit alledem zu tun?«

Die Gesellschaft nahm langsam wieder am Tisch Platz. Lange konnten sie nicht mehr in der Ecke stehen bleiben.

»Es ist die Familie, Bettina. Sie ist alles, was zählt. Der Name Vosskamp darf nicht untergehen in einem Strudel aus Skandalen, Klatsch und Bankrott. Versteh das endlich. Oder geh in die Weser und ersäuf dich.«

»Was?«

Er ließ sie stehen und ging zurück zu den anderen.

»Bettina!«

Ihre Mutter sah auffordernd in ihre Richtung. Der Freiherr griff bereits zum Glas. Es sah ganz so aus, als ob er vorhatte, an derselben Stelle fortzufahren wie vor der Unterbrechung.

Amalie spürte, dass etwas mit ihrer Tochter nicht stimmte. Sie sah fragend zu Paul, der ihren Blick mied und sich umständlicher setzte, als es nötig gewesen wäre.

»Verzeihen Sie.« Bettina deutete einen Knicks an. »Mir ist nicht wohl.«

Damit verließ sie fluchtartig den Raum.

Amalies Schlafzimmer befand sich im zweiten Stock des Hauses. Die ausglühende Wärme des Spätsommertags nistete noch in den Wänden, deshalb stand das Fenster zum Marktplatz offen, und der leichte Vorhang bewegte sich sachte in der Zugluft, als Bettina nach einem kurzen Klopfen eintrat.

»Fräulein Stukenborg?«

Sabine fuhr erschrocken hoch. Das Mieder hing, zusammen mit der Kostümjacke, Rock und Turnüre[13] über der Stuhllehne

13 Auch Tournure: Ein Reifrock aus Metall oder Fischbein, über die der Überrock drapiert wurde, was der Gestalt von vorne eine schmale Silhouette gab und von der Seite das Gesäß betonte.

vor dem kleinen Sekretär. Auf dem Boden standen ihre Schuhe, zierliche, geknöpfte Stiefel aus besticktem Leder. Ohne die eng anliegenden Kleider sah das Mädchen noch zarter und zerbrechlicher aus. Das Unterhemd hing von knochigen Schultern, die Arme waren dünn wie Streichhölzer. Ihre hellen, wasserblauen Augen weiteten sich bei Bettinas Anblick, dann ließ sie sich mit einem unterdrückten Seufzen wieder etwas nach hinten sinken.

»Danke, dass Sie gekommen sind.« Sabines Stimme klang wie das Zwitschern eines aus dem Nest gefallenen Vögelchens.

»Das ist doch selbstverständlich. Vor allem, nachdem Sie offenbar den Wunsch haben, sich etwas von der Seele zu reden. Was ist es?«

Sabine holte tief Luft. »Was haben Sie gegen den Baron?«

Das war nicht die Frage, die Bettina erwartet hatte. Schon gar nicht von diesem Wesen, das bis jetzt nicht das mindeste Interesse an ihr gezeigt hatte.

»Warum wollen Sie das wissen?«

Wieder so ein Rehaugenaufschlag, der selbst dem bösesten Wolf Einhalt geboten hätte.

»Es ist nur … ich wünsche mir so sehr, Pauls Frau zu werden. Aber wir können nicht heiraten, bevor Sie … also …«

»Bevor ich nicht mit einem Freiherrn vor den Altar getreten bin. Ich stehe Ihrem Glück im Weg. Das meinen Sie doch.«

»Nein. Ich meine …« Sabine richtete sich wieder auf. »Es wäre für alle eine große Erleichterung, wenn Sie eine Entscheidung treffen könnten.«

»Und wenn sie ein Nein ist?«

»Dann müssen Paul und ich einen anderen Weg finden.«

Bettina setzte sich auf die Bettkante.

»Ich hoffe, er sieht das auch so«, sagte sie.

Sabine verschränkte die Arme und legte die Hände auf die Schultern, als ob sie frieren würde. »Das tut er.«

»Hat er Ihnen das gesagt?«

Wieder ein Blick, der Eisberge geschmolzen hätte.

»Ich weiß es.«

»Und woher?«

»Ich bin seine Rettung. Und er meine. Vielleicht haben wir unterschiedliche Gründe, diese Ehe einzugehen. Aber wir brauchen einander. Er hat mich zum Tanzen aufgefordert, beim Krämerball in Ihrem Teepalast.«

Sabines Augen bekamen einen verträumten Glanz.

»Er wusste nicht, wer ich war. Ich war ein Jahr in der Schweiz gewesen, in einem Mädchenpensionat am Genfer See. Ich fuhr hin als Kind und kam zurück …« Sie strich sich verlegen eine der Haarsträhnen hinter die Ohren, die sich aus ihrem verrutschten Pompadour gelöst hatten. »… verändert. So sehr, dass er mich erst gar nicht erkannt hat.«

Bettina, weit davon entfernt, sich für Pauls Eroberungsstrategien zu interessieren, fragte sich, worauf dieses Gespräch hinauslaufen sollte.

»Ich weiß, was mein Vater von mir erwartet«, fuhr Sabine fort. »Als er merkte, dass zwischen Paul und mir eine Freundschaft wuchs, eine Seelenverwandtschaft, hat er alles versucht, unsere Verbindung zu verhindern. Ich sollte einen Mann aus gutem Hause heiraten. – Oh, verzeihen Sie mir! Ich wollte Sie nicht beleidigen.«

»Das tun Sie nicht. Es ist eine stadtbekannte Tatsache, dass mein Vater unehelich geboren wurde und meine Großmutter Helene die Herkunft seines Vaters verschwiegen hat.«

Sabine senkte den Kopf. Zu viel Information für ihre zarten Ohren.

»Glauben Sie wirklich, dass durch eine Ehe mit dem Baron dieser Makel jemals vergessen wird?«, fragte Bettina.

Das Mädchen zuckte mit den mageren Schultern. »Sein

Geld, sein Titel – das würde viel wegwaschen. Nicht alles, natürlich. Aber Sie könnten als Freifrau ein sorgloses Leben führen. Wäre es das nicht wert?«

»Ein sorgloses Leben an der Seite dieses Menschen?«

Sabine starrte sie an. Im gleichen Moment wusste Bettina, dass sie einen Fehler gemacht hatte. Dieses Kind war weltfremd, behütet und so von seinen Gefühlen für Paul besessen, dass es die Opfer der anderen gar nicht bemerkte.

Bettina räusperte sich. »Aber vielleicht wird er im Lauf der Jahre etwas umgänglicher.«

»Und ich könnte die Liebe meines Lebens heiraten. Bettina …« Sie griff nach ihrer Hand. »Wenn Sie sich doch nur dazu durchringen könnten! Er wird Ihnen nicht mehr lange den Hof machen, wenn Sie sich weiterhin so sträuben. Die ganze Stadt tuschelt schon über Sie.«

Die Tür wurde aufgestoßen. Clara trat herein, ein Handtuch über dem Arm und einen ausgespülten Nachttopf in der Hand.

»Oh! Dat deit mi leed![14] Ich dachte …«

»Schon gut.« Bettina zog ihre Hand weg, stand wieder auf und wandte sich an Sabine. »Bleiben Sie, bis Sie sich wieder besser fühlen.«

»Einen Moment noch.«

Etwas unbehaglich blieb Bettina stehen, bis Clara die Tür hinter sich geschlossen hatte und im Flur wartete.

»Ja?«

Ein zaghaftes Lächeln stahl sich in das blasse Gesicht des Mädchens.

»Wenn mein Glück Ihr Unglück ist … dann sollten wir vielleicht etwas daran ändern.«

»Wie meinen Sie das?«

---

14 Friesisch: Das tut mir leid.

»Nun, die Reihenfolge unserer Verbindungen steht doch fest. Erst Sie, dann ich. Aber was wäre, wenn wir sie über den Haufen werfen?«

Bei aller Fantasie konnte Bettina sich nicht vorstellen, wie Stukenborg oder Püsken dazu gebracht werden sollten.

»Wenn man Paul und mich in einer, nun, verfänglichen Situation überraschen würde ...«

»Einer verfänglichen Situation?«, fragte Bettina etwas begriffsstutzig.

»Dann ...«

»Dann was?«

Sabine raffte ihren Unterrock und stand auf. Sie war einen halben Kopf kleiner als sie, aber mit einem Mal ging von ihr eine Kraft aus, die Bettina noch nie bemerkt hatte.

»Dann *müssen* wir heiraten! Egal, ob Sie und der Freiherr schon vor den Altar getreten sind oder nicht! Verstehen Sie?«

Durch Bettinas Kopf rasten verschiedene Bilder von verfänglichen Situationen, die vor allem in französischen Romanen heraufbeschworen wurden. Aber keines passte auf dieses zerzauste Persönchen und ihren stocksteifen Bruder.

Sabine trat noch näher an sie heran und senkte die Stimme zu einem Flüstern. »Und wenn Paul und ich erst einmal verheiratet sind und meine Mitgift das Handelshaus Vosskamp rettet, dann könnten Sie ...«

»Ja?«, fragte Bettina atemlos. »Ich könnte was?«

»Es sich anders überlegen.«

In Sabines wasserblauen Augen schimmerte mit einem Mal der Stahl der Entschlossenheit.

»Ich habe, was ich will. Und Sie auch.«

Bettina atmete tief durch. »Haben Sie irgendeine Ahnung von verfänglichen Situationen? Wissen Sie, dass uns das alles in Teufels Küche bringen kann?«

»Nicht, wenn wir es schlau anstellen. Bringen Sie mich mit Paul zusammen. Irgendwie. Sorgen Sie dafür, dass wir so öffentlich überrascht werden wie möglich. Dann ist der Weg frei. Und wenn Paul und ich erst einmal verheiratet sind, dann müssen Sie den Freiherrn nicht mehr nehmen.«

»Und was ist mit Ihrer Mitgift?«

Sabine lächelte. Nun sah sie aus wie eine Maus, die gerade das fetteste Stück Käse aus der Küche geklaut hatte.

»Ich bin das einzige Kind. Denken Sie, mein Vater würde mich enterben?«

Es war riskant. Skandalös. Perfide. Genial.

»Gut.« Bettina nickte. »Ich werde darüber nachdenken.«

Sabine nahm sie in die Arme. In dieser kleinen Frau steckte mehr Willensstärke und Energie, als man auf den ersten Blick vermutete.

»Unser Glück in unseren Händen. Nicht wahr?«

»Wir sehen uns unten«, antwortete Bettina.

Und so war es.

Die Gesellschaft war schon in Aufbruchsstimmung. Püskens Kutsche stand vor dem Eingang zum Teepalast, umrundet von Schaulustigen, Straßenjungen und der Dienerschaft der umliegenden Häuser. Die Stukenborgs mussten nur den Marktplatz überqueren und dann hinter dem Schütting zu ihrem Haus in der Böttcherstraße gehen. Zwei Diener standen mit brennenden Laternen bereit, denn die Gasbeleuchtung am Markt reichte nicht bis in die dunklen Ecken.

Der Teepalast war geschlossen. Nur im hinteren Teil des Salons brannte noch Licht, wo Mamsell Schwicke die Spülmädchen und Tagelöhner beaufsichtigte, die noch schnell die Tische neu eindeckten. Große Körbe mit übrig gebliebenen Backwaren standen schon bereit, um sie am Hinterausgang zusammen mit einer Tasse Tee an die Armen zu verteilen.

Dieser Umstand entging Gottfried von Püsken glücklicherweise. Er lüftete den Hut, um sich zuerst von den Damen zu verabschieden. Es lag eine unzufriedene Stimmung in der Luft, der Abend war nicht so verlaufen, wie man ihn sich vorgestellt hatte. Bettina trat vor.

»Ich möchte etwas sagen.«

Ihre Mutter Amalie wechselte einen besorgten Blick mit Else Stukenborg. Sabine stand im Schatten des Eingangsportals. Von ihrem Gesicht sah man nur einen kleinen hellen Fleck in der Dunkelheit. Paul war schon zu Püskens Kutsche gegangen, um sie sich mit Kennermiene anzusehen.

»Ja?«, fragte Joost vorsichtig.

Mit einem strahlenden Lächeln wandte sie sich an den Freiherrn.

»Mein lieber Herr Baron, ich möchte Ihnen von Herzen für Ihren Antrag danken.«

Stille. Man hätte eine Stecknadel fallen hören, wenn das lebhafte Treiben auf dem Markt in den Abendstunden und das Schnauben der Pferde diesen unangenehmen Moment nicht mit Alltagsgeräuschen untermalen würden.

»Und ich nehme ihn an.«

Amalie riss die Augen auf. Else Stukenborg wechselte einen vielsagenden Blick mit ihrem Mann. Paul blieb der Mund offen stehen. Joost griff an seine Weste und zog sie stramm.

Püsken allerdings entgleisten die Gesichtszüge. Bettina hatte ihm den großen Moment gestohlen.

»Nun«, sagte er verblüfft. »Mein Fräulein ...«

»Weihnachten?«, fragte Bettina. »Wollen wir an Weihnachten heiraten?«

Ihm ging das alles zu schnell. Monate, wenn nicht Jahre hatte er Bettina drangsaliert. Sie hatte den Verdacht, dass er das gerne noch einige Zeit länger getan hätte.

»Weihnachten!«, rief Amalie entzückt.

Sie eilte auf ihre Tochter zu und nahm sie in die Arme. »Mein liebes, liebes Kind!«

Dann wandte sie sich an den Freiherrn. »Und Sie, lieber Herr Baron! Herzlichen Glückwunsch!«

Von allen Seiten wurde Bettina und Püsken gratuliert. Zum Abschied nahm er ihre Hand und machte eine Verbeugung. Dabei strich er mit dem Daumen fordernd über ihre Handinnenfläche. Der Reflex, sie ihm zu entziehen, war fast übermächtig. Nur mit größter Disziplin gelang es Bettina, ein strahlendes Lächeln aufzusetzen. Danach richtete er sich auf und flüsterte ihr ins Ohr: »Sie machen mich zum glücklichsten Mann der Welt.«

Ein Schauder rieselte ihren Rücken hinunter. Unbemerkt rieb sie sich die Hand an ihrem Rock ab. Ihr Blick suchte Sabine, die nun auch aus dem Eingang herausgetreten war und sich freudestrahlend neben ihre Eltern stellte.

Das schnelle, kurze Nicken des Mädchens bekam niemand mit. Nur Bettina wusste, dass es ein Versprechen war. Unser Glück in unseren Händen. Der Gedanke hätte sie froh stimmen müssen. Aber vielleicht lag es an Püskens Gesichtsausdruck, mit dem er sie beim Einsteigen in seine Kutsche noch einmal von oben bis unten musterte, oder an Pauls schnellem Schritt zur Seite, als Sabine sich bei ihm einhängen wollte – Bettina fühlte kein Glück, obwohl das Lächeln wie eingefroren um ihre Lippen lag.

Nur den Wunsch wegzulaufen. Ganz weit weg.

Paula

In den nächsten Wochen hielt sich Bettina unverhältnismäßig oft in der Hausbibliothek auf oder trödelte sich durch die Wagnersche Sortimentsbuchhandlung in der Schillerstraße, wo sie die deckenhohen Regale mit naturkundlichen Folianten und griechischen Klassikern keines Blickes würdigte. Stattdessen verzog sie sich in die Ecke mit den Romanen und blätterte sich durch Neuerscheinungen wie *Jess* von Henry Rider Haggard – eine Liebesgeschichte vor dem Hintergrund des Burenkrieges –, oder *Thelma* von Marie Corelli, einer britischen Schriftstellerin, deren Werke Joost mit Acht und Bann belegt hatte, weil sie in seinen Augen den Tiefpunkt der Schundliteratur markierten. Bettina kaufte das Buch – diskret in braunes Papier eingeschlagen – und schmuggelte es heimlich in ihr Zimmer. Dort verschlang sie die Geschichte der verbotenen Liebe eines geächteten Mädchens zu einem Mitglied der königlichen Familie. Sie war gefesselt, kam aber bei der Suche nach verfänglichen Situationen nicht viel weiter. Sie hatten keinen Garten, wo man ein heimliches Treffen hinter einem Rosenbusch arrangieren konnte. Paul hasste Pferde, also fiel auch ein fingierter Reitunfall aus. Für einen Hausball hatten sie schon lange kein Geld mehr. Frustriert legte sie das Buch nach seinem zu erwartenden glücklichen Ende zur Seite.

Letzten Endes lief es darauf hinaus, dass Paul und Sabine bei etwas überrascht werden mussten, was nicht viel mehr als ein Kuss sein durfte. Aber wie und wo brachte man die beiden zusammen? Und zwar so, dass man sie in flagranti dabei erwischen konnte?

Das literarische Schmachten und Sehnen hatte zwar wenig praktischen Nutzen, aber dennoch einen erstaunlichen Einfluss auf sie. Immer wieder musste sie an Scott Ewan denken. Der kurze Moment im Garten vom Elgin Club, indem er sie fast geküsst hätte, wurde in ihren Tagträumen zu ganzen Kapiteln romantischer Liebesschwüre, die einem solchen Akt eigentlich vorausgehen sollten. Jedes Mal, wenn ihre Gedanken zu ihm abdrifteten, musste sie sich energischer zurück in die Gegenwart holen. Sie war im Begriff, sich etwas vorzugaukeln, das mit der harten Realität nichts zu tun hatte. Liebe war wohl nur zwischen zwei Buchdeckeln zu finden, aber nicht, wenn es ums Überleben der Vosskamps ging.

Und falls Sie es sich anders überlegen, schreiben Sie mir an den Planters' Club.

Mehr als einmal hatte sie die Briefschatulle, Tinte und Feder herausgeholt.

Werter, sehr geehrter Mr Ewan, bitte heiraten Sie mich. Erlösen Sie mich von dieser Zwangsehe, die wie ein Fluch auf mir lastet. Lassen Sie uns gemeinsam aus Brenny's Garden etwas Großes machen. Damit retten Sie mich und meine Familie.

Und ebenso oft war das Papier zerfetzt und zerknüllt im *Poubelle*[15] gelandet. Sabines Plan war vielleicht nicht der beste, aber es war wenigstens einer.

Nach den letzten schönen Tagen meldete sich der Herbst zurück. Innerhalb kürzester Zeit riss der Wind die bunten Blätter von den Bäumen, es regnete ohne Pause, und das Kopfsteinpflaster am Grasmarkt spiegelte sich im Licht der Gaslaternen. Ihre Großmutter hatte davon erzählt, wie den Bremern damals, 1847, tatsächlich ein Licht aufging, als der erste Eisenbahnzug in den neuen Bahnhof einfuhr und zur Feier gleich zwei Straßenzüge mit dem neuen Kunstlicht erhellt worden waren.

15 Französisch: Abfalleimer, Papierkorb

Die Zeiten von Petroleum, Kerzen und Ziehbrunnen klangen mittlerweile wie düstere Märchen aus alten Zeiten. Schon lange war das Flusswasserwerk an die öffentlichen Leitungen angeschlossen, und der Wasserturm erhielt wegen seiner seltsamen Form schnell den Spitznamen »umgedrehte Kommode«, brachte aber Errungenschaften wie das Wasserklosett in Püskens neuen Familiensitz, das sie von seinem vor Stolz fast platzenden Besitzer in aller Ausführlichkeit vorgeführt bekamen. Glücklicherweise mit Papierknäueln und nicht nach vollbrachter … nun, Sitzung.

Die Zeit raste. Nicht nur die technischen Entwicklungen schienen viele zu überfordern. Wie sollte man auch verstehen, dass es einem Werner von Siemens gelungen war, elektrische Funken in sogenannten Generatoren zu speichern? In den letzten Ausgaben hatte sich die *Gartenlaube* ausführlich der Erfindung von Thomas Alva Edison gewidmet: einer Glaskugel in Form einer Birne, in der sich ein glühender Kohlefaden befand, der einen ganzen Raum erhellen konnte. An einem verregneten Nachmittag – Bettina hatte einen der begehrten Fenstertische im Teepalast ergattert, was von ihrer Mutter gar nicht gerne gesehen wurde – vertiefte sie sich bei einer Tasse Brenny's Garden in einen Bericht über einen verwegen aussehenden jungen Mann, dessen Porträt eher an einen Theaterstar oder Zirkusdompteur erinnerte als an einen seriösen Wissenschaftler: Nicola Tesla. Der Österreicher mit serbisch- kroatischen Wurzeln widmete sich einer ganzen Reihe von Erfindungen, die alle etwas mit Elektrizität zu tun hatten. Die *Gartenlaube* hielt sich nicht sehr damit auf, sie näher zu erläutern. Ihr war die »Manneskraft« und das »energische Genie« wichtiger, das aus seinen »romantisch verhangenen Augen« blitzte.

Bettina legte die Zeitung ab.

Manneskraft.

Blitze.
Licht.
Dunkelheit.
Romantisch verhangene Augen.

Die konnte sie sich bei ihrem Bruder Paul wirklich nicht vorstellen. Sie sah hoch, weil die Silhouette einer Frau, eingewickelt in ein Cape und sichtlich im Kampf mit dem Regenschirm, am Fenster vorüberging. Etwas an ihr kam Bettina bekannt vor. Erst recht, als die Frau nicht den Eingang zum Teepalast nahm, sondern um die Ecke bog, hinein in die schmale Gasse, die zur Hintertür des Hauses führte.

Dort, neben der Küche, lag das Contor der Vosskamps. Es war noch zu früh für die Armenspeisung, und die Frau hatte nicht so ausgesehen, als ob sie sie nötig hätte. Im Gegenteil. Wenn es die war, für die Bettina sie hielt …

Paula. Paula Ekhoff.

Ihr Herzschlag beschleunigte sich. Paula war eine Art stille Teilhaberin des Handelshauses. Sie hatte ihre Ansprüche von einer sagenumwobenen Gestalt aus Helenes Kosmos geerbt, der ebenso vielfältig wie rätselhaft gewesen war: Anne. Dieser Frau, so hatte Helene bis zu ihrem Tod bekräftigt, war es zu verdanken, dass es das Haus Vosskamp überhaupt gab. Warum – das war *nichts für Bettinas Ohren*.

Sie wusste, dass Joosts Bemühungen, erst Anne und dann ihre Nachfolgerin Paula aus dem Geschäft zu drängen, bis zu diesem Tag erfolglos geblieben waren. Immerhin hatte er erreicht, dass die Öffentlichkeit sie nicht mehr mit dem Teepalast und dem Handelshaus in Verbindung brachte. Eine stillschweigende Übereinkunft, die jetzt durch Paulas Auftauchen gebrochen wurde.

Denn Paula war eine Hure.

Ein Wort, das es im Hause Vosskamp nicht gab. Dafür aber

in Bremen, wo sich rund um den Hafen und den Bahnhof einige Etablissements von zweifelhaftem Ruf angesiedelt hatten, und der Senat, um Unzucht und Krankheiten einzudämmen, erst kürzlich eine ganze Straße zum Sperrbezirk erklärt hatte. Wenn es also jemanden gab, der Ahnung von verfänglichen Situationen hatte, dann Paula.

Bettina hängte die *Gartenlaube* zurück an den Zeitungsständer. Mamsell Schwicke, rund, resolut, mit dem unbezahlbaren Fingerspitzengefühl ausgestattet, den Gästen genau die Plätze zuzuweisen, die sie brauchten (diskret im hinteren Bereich oder demonstrativ vorne an den Fenstern, wenn man gesehen werden wollte), Mamsell Schwicke also hob nur die Augenbrauen bis fast an den Rand ihrer Haube und wieselte dann, so schnell es Kleid, Schürze, Schlüsselband und Leibesfülle erlaubten, an Bettinas Tisch, um ihn zusammen mit dem Dienstmädchen abzuräumen.

In der Küche arbeiteten zwei weitere Mädchen, Eugenie und Clara. Sie hielten das Wasser für den Tee heiß und bereiteten die Tabletts mit Kuchen und kleinen belegten Broten vor, die weltläufig Sandwiches genannt wurden. Auf den Regalen standen die Blechkisten mit den einzelnen Teesorten, der Zuckerkasten wurde jeden Abend abgeschlossen und der Schlüssel an Mamsell Schwickes Band sicher verwahrt.

»Moin moin!«, grüßte Bettina und stibitzte sich einen der Kekse, nach denen die ganze Küche duftete.

Die Mädchen grüßten mit Knicksen zurück. Clara wich Bettinas Blick aus. Vermutlich hatten Püskens angekündigte Sparmaßnahmen bereits die Runde gemacht.

Bettina schloss die Tür zur Küche hinter sich und wandte sich im Flur nach links. Dort, direkt neben dem Hintereingang, lagen die beiden Räume des Contors, das schon jetzt aus allen Nähten platzte. An eine Erweiterung oder gar ein eigenes *Bureau* war allerdings nicht zu denken. Es fehlte das Geld.

Stimmen erklangen. Dröhnend laut die ihres Vaters, beschwichtigend die von Paul, dazwischen raue, zornige Rufe. Das musste Paula sein.

Sie räumte zwei Körbe mit Äpfeln von der schmalen Bank im Flur und setzte sich. Sie und Paula kannten sich kaum, aber wenn sie die richtigen Worte fand … Die Tür zum Contor wurde aufgerissen, aber nicht so weit, dass die Person, die das getan hatte, den Lauscher im Flur sehen konnte.

»Das wirst du bereuen, Joost.«

Paula. Eine Stimme wie ein Reibeisen. Wütend. So wütend, dass Bettina sich unwillkürlich kleiner machte. Vielleicht war das doch kein so guter Moment, um delikate Fragen zu stellen.

Aber Paula kam nicht heraus. Sie ließ die Klinke los und kehrte zurück ins Contor.

»So schnell stellt mich keiner kalt. Unser Geld, das Hurengeld, wie du es nennst, hat die Vosskamps erst groß gemacht. Helene hat das nie vergessen!«

»Ich muss jetzt an andere Dinge denken.«

Joost, zornig und aufgebracht, dass jemand es wagte, ihm zu widersprechen.

»Uns steht das Wasser bis zum Hals. Denkst du, Püsken und Stukenborg steigen bei uns ein, wenn eine Hure stille Teilhaberin ist?«

»Also soll ich jetzt verschwinden? Und wie willst du das machen, wenn du mich nicht auszahlen kannst?«

»Mit einem *lettre de change*!« Joost brüllte fast. »Einem Wechsel! Wenn Püsken Teilhaber ist und Paul das Fräulein Stukenborg geheiratet hat …«

»Wenn, wenn, wenn! Du setzt auf lahme Pferde, Joost.«

Paulas Stimme wurde etwas ruhiger. »Siehst du denn nicht, dass dein ganzes Geschäft nur noch auf tönernen Füßen steht? Casper!«

Aus der Tiefe des Contors kam eine altersdünne Stimme. Der Contorist meldete sich zu Wort. »Es gibt keine andere Rettung mehr. Großhanns will sein Geld zurück, und wir können es ihm nicht geben.«

»Großhanns?«, fragte Paula entsetzt. »Du hast dir von diesem Wucherer Geld geliehen?«

»Es gab mir ja kein anderer mehr einen Kredit! Ich hätte es zurückgezahlt, wenn dieses verdammte Schiff nicht gesunken wäre!«

»Großhanns?«

Das Entsetzen in Paulas Stimme beunruhigte Bettina mehr als alles andere. Großhanns ... sogar sie hatte den Namen schon einmal gehört. Er selbst nannte sich Trader, aber es gab auch andere Namen für ihn. Halsabschneider. Verbrecher. Totschläger. Gerüchte und Geflüster rankten sich um diesen Namen. Wer das Geld samt Wucherzinsen nicht zurückzahlte, landete mit einem Stein um den Hals in der Weser.

»Hast du den Verstand verloren? Warum bist du nicht zu mir gekommen?«

Das Schweigen sprach Bände.

»Ich verstehe«, fuhr Paula fort. »Hurengeld nimmt man nicht. Aber Blutgeld von Großhanns. Dir kann keiner mehr helfen, Joost. Mach den Laden zu. Verkauf das Haus. Mit etwas Glück reicht es für eine Kate in den Marschen.«

»Hinaus!«

»Du setzt mich vor die Tür? Mich? Ich werde dir sagen, was passiert. Püsken hält dich zum Narren. Ganz abgesehen davon, dass ich meine Tochter, wenn ich eine hätte, niemals einem solchen Supsack[16] ins Bett legen würde.«

»Ich muss schon sehr bitten!«

16 Drecksack

»Und du, Paul.«

An dem scharrenden Geräusch erkannte Bettina, dass ihr Bruder wohl unruhig auf seinem Stuhl herumrutschte.

»Sabine Stukenborg ist ein feines Mädchen. Sie glaubt, du liebst sie. Stattdessen wird sie von dir genauso zur Schlachtbank geführt wie deine Schwester!«

Bettina stand auf und wollte verschwinden. Sie konnte sich das nicht mehr länger anhören. Doch dann sagte Paul: »Ja und?«

Ja und? Sie blieb stehen.

»Wir alle müssen Opfer bringen. Meine Schwester wird sich den Rest ihrer Tage als Freifrau auf die faule Haut legen können. Etwas anderes hat sie ja nicht gelernt. Und Fräulein Stukenborgs Glaube an die große Liebe wird vielleicht einen Dämpfer erhalten, aber sie bekommt, was sie will. Genau wie wir. Was ist daran unmoralisch? Oder, anders gesagt – was bedeutet einer Hure überhaupt Moral?«

»Das kann ich dir sagen.« Paulas Stimme klang gefasst, aber im Unterton schwang abgrundtiefe Enttäuschung mit. »Wir handeln mit einer Ware, genau wie ihr. Aber ihr handelt mit falschen Versprechen. Ihr redet von Liebe und meint damit Geld. Wie konnte es nur so weit kommen!«

Sie ging ein paar Schritte und blieb stehen.

»Joost. Ich kenne dich, seit du im Bauch deiner Mutter aus Indien in Bremen angekommen bist. Wie hat Helene gekämpft, ihr Ziel zu erreichen! Was hat diese Frau geleistet! Welch ein tapferes, glühendes Herz in ihrer Brust schlug. Und wie hat sie dich geliebt.«

Schweigen. Bettina wagte kaum zu atmen.

»Anne war deine Patin.«

Der Verstand weigerte sich zu glauben, was die Ohren gerade gehört hatten. Eine Patenschaft war eine ernste Sache unter

Geschäftsleuten. Sie wurde eingegangen, um die Beziehungen zweier Häuser, die nicht miteinander verwandt waren, so eisern zu schmieden, wie es sonst nur in Familien üblich war. Joost war der Patensohn der berühmtesten Hure Bremens. Und Paula, die nach Annes Tod die Geschäfte übernommen hatte, ließ keinen Zweifel daran, dass das nicht vergessen wurde.

»Ich weiß«, kam es von Joost in einer Mischung aus Ärger und Überdruss zurück. »Aber Anne lebt nicht mehr. Und du, Paula, kannst ja vieles übernehmen, aber nicht diese alten Seilschaften.«

»Ist das wirklich dein letztes Wort? Du hast es Helene nie verziehen, dass sie dir den Vater vorenthalten hat. Du hast viel aushalten müssen, und du auch, Paul. Denkst du, ich weiß nicht, wie dir immer wieder die Türen vor der Nase zugeschlagen werden? Wie du ausgeschlossen wirst aus den Gesellschaften und Herrenclubs, weil immer noch Helenes sogenannter Makel an dir klebt? Euer großer Fehler ist, dem, was die anderen denken, mehr Gewicht beizumessen als euren eigenen Taten. Du, Joost, bist ein passabler Händler geworden, weil man auf den Weltmeeren nicht danach fragt, woher einer kommt. Und du, Paul, hast wie Bettina das Rechnen von Casper gelernt. Doch statt den Gewinn sparsam zu verwalten und ihn zu mehren, habt ihr die Zeichen nicht erkannt. Ihr wolltet leben wie alle anderen großen Familien. Mit Hausstand, Kutschen, Putz und Salons, um mithalten zu können. Ihr habt euch euer Ansehen erkauft, teuer erkauft. Und es war ein Handel, an dem immer nur die anderen verdient haben.«

Es war still, totenstill.

»Und nun«, fuhr Paula fort, »opfert ihr auch mich. Für euer *Ansehen.*«

Sie spuckte das Wort fast aus.

»Und ihr glaubt, das zieht euren Hals aus der Schlinge? Die

Püskens und Stukenborgs werden euch niemals retten. Püsken wird das Contor und den Teepalast übernehmen. Stukenborg will nichts anderes, als seine Tochter mit dem Bruder einer Freifrau verheiraten. Habt ihr mit ihm schon über die Mitgift verhandelt?«

»Natürlich.« Joosts Stimme klang wie die Eisblöcke, die im Winter auf der Weser aneinander zerbarsten. »Fünfzigtausend Goldmark. Die Hälfte in Kurant, die andere in Anleihen.«

»Und wie viel davon geht an Großhanns?«

Schweigen. Schließlich räusperte sich Casper.

»Mit Zins und Zinseszins fünfundfünfzigtausend.«

»Was?«, entfuhr es Joost. »Es ist die Hälfte!«

Caspers leise Stimme widersprach. »Schon lange nicht mehr, Herr Vosskamp.«

»So was passiert, wenn du dich mit einem Wucherer einlässt«, konterte Paula. »Was kommt von Püsken?«

»Er bekommt fünfzig Prozent des Contors und wird dafür die Außenstände übernehmen.«

»Soll ich dir sagen, was er kriegt? Alles. Ihr beide seid genauso schnell aus dieser Tür, wie ihr mich jetzt hinauswerft. Er will den Teehandel für sich alleine. Ihr seid nur Mittel zum Zweck. Und statt den Laden zu kaufen, nimmt er ihn sich einfach durch die Heirat. Wie dumm seid ihr eigentlich?«

»Es reicht! Paul, zeig ihr den Weg hinaus.«

»Keine Sorge, den finde ich schon alleine. Und noch etwas: Ich lasse mich nicht auf einen Wechsel ein. Wenn Püsken hier das Ruder übernimmt, muss ihm wenigstens ein Mensch die Stirn bieten. In meinem Etablissement lässt er sich das jedenfalls ganz gerne gefallen.«

Püsken im Bordell? Bettina hatte genug gehört. Sie hob den Rocksaum und machte, dass sie zurück in die Küche kam. Denn im Contor brach gerade die Hölle aus. Dem wütenden

Geschrei und Gekeife nach wurde Paula unsanft durch den Hinterausgang auf die Gasse hinauskomplimentiert.

Clara, mit beiden Händen bis zu den Knöcheln im Teig für die süßen Brötchen, Scones, sah irritiert hoch. »Dat läis[17]«, sagte sie in ihrem moormerländischen Dialekt. »War das 'n Rütsmite[18]?«

»Ich weiß nicht«, sagte Bettina. Ihre Wangen mussten knallrot sein. Der Lauscher an der Wand …

»Bin ja naisik[19], wann es uns erwischt.«

»Was?«

Clara versuchte, den klebrigen Teig mit dem Schaber zu entfernen, und bemühte sich, einigermaßen hochdeutsch zu reden. »Ich weiß doch, was im Busche ist. Seit zwei Wochen keinen Lohn, nur den Abschlag aus der Tageskasse. So fängt's an. Und wo's endet, wissen wir doch alle. Auf der Straße.«

Wütend schleuderte sie die Teigklumpen in die Schüssel.

»Es tut mir leid«, stieß Bettina hervor. Sie musste Paula unbedingt abfangen, bevor sie sich am Marktplatz eine Kutsche nahm oder zu Fuß im Hafenviertel verschwand, in das niemand nach Einbruch der Dunkelheit gehen sollte. Davor auch nicht.

Sie stürmte aus der Küche hinaus in den Gastraum und stieß beinahe mit Mamsell Schwicke zusammen. Die wich ihr gerade noch rechtzeitig aus, bevor ein Tablett mit Geschirr zu Boden gehen konnte, achtete nicht auf die versammelten Damen und Herren, die ihr verwundert hinterhersahen, und erreichte den Ausgang in dem Moment, in dem Paula um die Ecke bog.

Erstaunt blieb die Frau stehen.

---

17 Friesisch: Das ist aber laut, das knallt.

18 Friesisch: Rausschmiss

19 Friesisch: neugierig

»Bettina!«

Alt war sie geworden. In der Erinnerung war Paula eine fast exotische Erscheinung gewesen, mit kunstvoll frisiertem Haar und einer Aura, die exakt das traf, was man wohl unter *frivol* verstand.

Jetzt musste sie mindestens siebzig sein. Immer noch groß und imposant, immer noch elegant gekleidet, immer noch mit einer Prise Extravaganz wie der Granatbrosche am Hut und dem Federbesatz am Cape, der im Regen allerdings ziemlich gelitten hatte. Doch der Zug um ihren Mund war müde, und tiefe Falten hatten sich in ihr Gesicht gegraben, das einmal sehr schön gewesen sein musste.

»Bist du es wirklich?« Ein Lächeln schimmerte in ihren braunen Augen. »Ich habe dich zum letzten Mal bei deiner Konfirmation gesehen. Das ist Jahre her. Damals warst du ein mageres Ding und bist in St. Martini fast hinter dem Taufbecken verschwunden. Lass dich ansehen.«

Ihre Hand legte sich unter Bettinas Kinn.

»Du bist wunderschön geworden. Wie ich hörte, wirst du Weihnachten heiraten. Herzlichen Glückwunsch! Wer ist denn der Glückliche? Kenne ich ihn?«

»Ich glaube ja«, sagte Bettina kühl. »Freiherr Gottfried von Püsken.«

»Oh, ich habe von ihm gehört.« Die Hand ließ sie los. »Er hat irgendwo ein Landgut, wo sich wohl Fuchs und Hase gute Nacht sagen. Und dorthin wirst du verschleppt?«

Das amüsierte Lachen klang echt, aber Paula konnte ihr nichts vormachen. Nicht nach allem, was sie im Flur gehört hatte.

»Möchten Sie eine Tasse Tee mit mir trinken?«, fragte sie.

Paula warf einen abschätzigen Blick durch die Fensterscheiben des Teepalasts.

»Deine Einladung ehrt dich sehr, mein Kind. Aber es ist besser, wenn wir nicht zusammen gesehen werden. Deshalb werde ich mich jetzt auch auf den Weg machen.«

Sie drehte den Regenschirm, damit ein Teil des Wassers ablaufen konnte, und setzte sich in Richtung Droschkenplatz in Bewegung.

»Ich weiß, warum Sie hier waren.« Bettina folgte ihr. »Ich brauche Ihre Hilfe.«

»Nun, wenn du es weißt, dann kannst du dir vielleicht denken, dass meine Hilfe von den Vosskamps nicht sonderlich geschätzt wird.«

»Es tut mir leid, wie mein Vater Sie behandelt hat.«

»Das muss es nicht, mein Kind. Wir gehen die Wege, die wir gehen müssen. Auch du.«

Ihre Schritte wurden schneller. Sie wollte Bettina abhängen.

»Aber ich will ihn nicht.«

»Wen? Den Freiherrn? Dann sag Nein. Diese Chance hat jede Frau vor dem Altar.«

»Das kann ich nicht!«

Paula wurde ungeduldig. Am anderen Ende des Grasmarkts warteten zwei einsame Kutschen auf Gäste. Wenige Passanten überquerten den Platz, dem Regen und Wind entgegengestemmt.

»Was willst du von mir?«

»Wenn man Paul mit dem Fräulein Stukenborg zusammen bei … bei etwas Delikatem erwischen würde, dann …«

Die alte Hure verlangsamte ihre Schritte. »Bei etwas Delikatem? Was meinst du?«

»Einen Kuss. Oder so etwas Ähnliches.«

Die Antwort war ein amüsiertes Kopfschütteln.

»Dann müsste er noch vor mir heiraten. Ihre Mitgift würde die Vosskamps retten!«

»Und du könntest den Hals aus der Schlinge ziehen? Sieh an. Ich dachte, du bist eines dieser langweiligen, verzogenen Gören, die es gar nicht abwarten können, stickend in einem Salon zu sitzen und sich Kinder und Pfunde wie Mühlsteine anzulegen.«

Der Kutscher des ersten Wagens, dessen Pelerine im Regen glänzte, als wäre sie lackiert, wurde aufmerksam, dass sich Kundschaft näherte. Er sprang vom Bock und machte sich geflissentlich am Verschlag zu schaffen.

»Aber da blitzt nun doch etwas von meiner geliebten Helene in dir durch.« Sie blieb stehen und klappte den Regenschirm zu. »Immer einen Weg finden, auch wenn die Situation noch so ausweglos scheint.«

»Sie waren Freundinnen, nicht wahr?«

»Freundinnen … das ist vielleicht zu viel gesagt. Mit meiner Vorgängerin, der roten Anne, mit der war sie sehr verbunden. Wenn Dienstbotentag bei den Vosskamps war, hat sie sich öfter reingeschlichen, und die beiden haben bis nachts zusammengesessen und sich von ihren Abenteuern erzählt.«

Der Dienstbotentag. Bettina erinnerte sich noch daran, aber auch er war schon lange den Sparmaßnahmen zum Opfer gefallen.

»Wie kam es dazu?«

»Hat dir das Helene nicht erzählt?«, fragte Paula zurück und nickte dem Kutscher zu.

»Nein. Nicht so viel.«

»Ist vielleicht besser so. Sie kam aus einer anderen Welt. Vieles war noch möglich.« Paulas Blick glitt über die Fassaden der Bürgerhäuser am Markt. Der Juwelier Schroth bot Galanterien und Schmuck an, mittlere und feine Ware, direkt daneben hatte Madame Delacroix ihr Schneideratelier. Die Apotheke verkaufte Duftwasser aus Paris, die Buchhandlung Melzer, in der Bettina sich ebenfalls durch einige Romane geblättert hatte, verlegte sich mehr und mehr auf häusliche Ratgeber für Hausmütter und Anleitungen für Heimarbeiten. »Aber die neue Zeit erstickt die modernen Ideen. *Das Dulden geziemt der Frau, die Tat dem Manne.*[20] All die grünen Triebe der Hoffnungen, die wir einst hatten, werden uns von den bürgerlichen Moralaposteln gestutzt.«

Paula näherte sich der Kutsche und raffte ihren Rock.

»Aber was mache ich jetzt?«, fragte Bettina schnell. Die Zeiten konnten sie nicht ändern. Man musste sich mit ihnen arrangieren und diskret versuchen, trotzdem irgendwie an sein Ziel zu kommen. »Wie kann ich die beiden zusammenbringen?«

»Weiß Fräulein Stukenborg davon?«

Bettina senkte die Stimme, damit der Kutscher nicht mitbekam, welche Intrige sie hier gerade spannen.

»Es war ihr Vorschlag.«

Paulas Gesicht spiegelte Erstaunen. »Tatsächlich? Das hätte ich der Kleinen auch nicht zugetraut. Liebt sie deinen Bruder?«

»Von ganzem Herzen.«

»Na, wenigstens eine … Hier, nehmen Sie das.«

Der Mann, eine gedrungene Gestalt im bodenlangen Mantel, der drei Meter gegen den Wind nach Pferdemist roch, nahm Paula den Schirm ab und verstaute ihn im Wageninneren. Dann trat er diskret zur Seite.

»Und Paul? Ist er eingeweiht?«

»Nein.«

»Wen liebt er?«

Bettina schwieg. Was sollte sie dazu sagen?

Paula schenkte ihr einen wissenden Blick. »Er liebt ihre Mitgift.«

---

20 Karl Gustav von Berneck, 1803–1871

»Das klingt sehr hart.«

»So hart wie das Leben.« Paula stieg ein. Der Wagenkasten neigte sich bedenklich unter ihrem Gewicht. »Und du?«

»Ich?«, fragte Bettina verblüfft. »Keinen.«

Die Frau lächelte. Ihr strenges Gesicht bekam einen fast zarten, weichen Zug.

»Kind. Ich sehe dir doch an, dass da ein anderer ist.«

»Nein.«

»Hast du es verbockt? Warst du launisch? Wählerisch? War er unter deinem Stand? Ich sage dir eines. Nach einem langen Leben, das sich fast ausschließlich dem Studium der Männer hingegeben hat, weiß ich, es hat keine Bedeutung, woher einer kommt.«

»Sondern?«

»Wohin er will.«

Paula gab dem Kutscher ein Zeichen, um die Tür zu schließen.

»Paula! Was mache ich jetzt?«

Sie konnte sie nicht fahren lassen, ohne vorher von ihr einen Ratschlag erhalten zu haben. Aber Paula schien sich nur in ein- und nicht in zweideutigen Situationen auszukennen.

»Lass mich nachdenken. Das muss gut überlegt sein. Ich schicke dir eine Nachricht. Guter Mann, können wir, oder soll ich mich bei Ihnen häuslich einrichten?«

Bettina trat ein paar Schritte zurück, die Wagentür wurde verschlossen, und Paulas Gesicht verschwand hinter dem Vorhang des kleinen Seitenfensters. Der Kutscher enterte den Bock, ließ die Peitsche schnalzen, und das Pferd, ein schwerer, dunkler Karossier, setzte sich in Bewegung.

Bettina eilte durch den Nieselregen zurück zum Teepalast. Sie war klatschnass. Immerhin hatte Paula sie nicht gänzlich abgewiesen, was einen minimalen Hoffnungsschimmer bedeutete.

Doch an diesem Abend, als sie in ihrem Zimmer lag, ihr Kopf zu schmerzen begann und der Regen an die Scheiben klopfte, ging ihr eine ganz andere Bemerkung nicht mehr aus dem Sinn. *Es hat keine Bedeutung, woher ein Mann kommt, sondern wohin er will …* Hieß das, die Stände verloren an Bedeutung? Es konnte ein ebenso inspirierender wie erschreckender Gedanke sein, je nachdem, auf welcher Ebene man sich befand.

Scott Ewan wusste ganz genau, was er wollte. Mehr noch: Die kurze Begegnung mit ihm hatte gereicht zu erkennen, dass sein Ziel und ihre Sehnsucht eine ganze Menge Berührungspunkte hatten.

Es gab noch einen zweiten Weg aus ihrem Dilemma. Der erste Versuch war grandios im Straßendreck von Darjeeling gescheitert. Der zweite könnte sie noch tiefer sinken lassen. Aber er war es wert.

Sie schlug die Decke zurück und ging an ihren Sekretär. Es waren nur drei Worte, die sie aufschrieb, und sie wünschte sich inständig, dass sie den Adressaten noch rechtzeitig erreichten. Gleich morgen würde sie sich auf dem Weg zum Telegrafenamt machen, und in weniger als drei Tagen würde Scott Ewan wissen, dass sie ihre Meinung geändert hatte.

Er die seine hoffentlich nicht.

Von der Kunst, verfängliche Situationen herbeizuführen

In diesen Tagen fegten die scharfen Winde das letzte Laub von den Bäumen, und vom Grasmarkt drangen die ersten Rufe der Krapfenverkäufer. Draußen war es bitterkalt, aber geheizt wurde nur der Teepalast, es sei denn, man erwartete Besuch. Im Hause Vosskamp war der Schmalhans eingezogen und wurde ein erbarmungsloser Küchenmeister. Morgens gab es Milchsuppe, am Vormittag ein Stück Schwarzbrot mit Butter, mittags nur noch selten Fleisch, dafür immer öfter Heringe mit Kartoffeln. Zum Nachmittagstee wurde Kuchen vom Vortag gegessen, abends kamen ziemlich oft Buchweizengrütze und nur noch selten Roggenbrot mit Käse auf den Tisch.

Zumindest im Erdgeschoss am Küchenherd war es noch warm, aber gebacken wurde nur noch einmal am Tag. Teewasser wurde auf einem kleinen Bollerofen erhitzt. Das Contor gleich nebenan profitierte davon und war etwas wärmer als der Rest des Hauses. Paul schaufelte, einen Schal um den Hals, morgens missmutig seinen Haferbrei in sich hinein. Joost wärmte sich die klammen Finger an einer Tasse Tee.

Bettina, mit laufender Nase und kratzendem Hals, konnte erst nach drei Tagen das Bett wieder verlassen. Zwar hustete sie noch und der Schnupfen erwies sich als hartnäckiger als gedacht, aber es ging ihr gut genug, um Amalie am Nachmittag mit dem Säumen der Leinentischdecken zur Hand zu gehen.

»Wir müssen uns um dein Hochzeitskleid kümmern«, sagte ihre Mutter und pickte eine der Stecknadeln von dem Kissen, das sie um ihr Handgelenk trug. »Madame Delacroix ist zu teuer. Dabei versetzt sie nur ein paar Bänder und behauptet, es sei der *Dernier Cri* aus Paris. Und schon kostet es fünfzig Mark mehr.«

»Was verdient eigentlich Clara?«

Amalie runzelte die Stirn. »Dasselbe wie alle Hausmädchen. Dreißig Mark im Monat.«

»Und mein Hochzeitskleid, was kostet das?«

Ihre Mutter verengte die Augen bei dem Versuch, zwischen diesen beiden Fragen einen Zusammenhang herzustellen. »Mindestens zweihundert Mark. Vielleicht auch mehr.«

»Clara müsste also für ein Hochzeitskleid mindestens ein halbes Jahr arbeiten.«

»Ich denke nicht, dass jemand wie Clara dafür zu Madame Delacroix geht. Das schickt sich nicht. Und du heiratest einen Freiherrn, da musst du standesgemäß ausgestattet sein. Nächste Woche sind wir bei Herrn Paustian, um Maß zu nehmen.«

Paustian war ein langweiliger, biederer Schneider im Schnoorviertel, einer in die Jahre gekommenen Gegend mit kleinen, schiefen Häusern und engen Gassen. Die Modehefte, in denen man während der umständlichen Anproben blättern konnte, stammten aus den vergangenen zwanzig Jahren, und seine Entwürfe hatten die Extravaganz einer Kutschenplane.

»Er ist handwerklich gut, die Stoffe sind solide, und die Schnitte schmeicheln deiner Figur.«

Wenn Amalie damit meinte, dass ihre Tochter in ihnen aussah wie eine Bonbonniere, hatte sie recht.

»Können wir nicht noch ein bisschen warten?«

»Warum?« Eine weitere Stecknadel wurde aus dem Kissen gezogen. »Bis Weihnachten sind es nur noch gut sechs Wochen. Da fällt mir ein – der Baron hat sich für heute zum Essen angekündigt. Du warst ja indisponiert, er hat sich mehrfach nach dir erkundigt.«

Bettina zwang sich zu einem freundlichen Nicken und

dachte an das Telegramm, das vermutlich gerade auf dem Weg von Calcutta nach Darjeeling war.

Immer, wenn Zweifel an dieser Aktion in ihr aufstiegen, tröstete sie sich damit, dass es besser war, noch ein Ass im Ärmel zu haben. Scott Ewan. Ihr Herz klopfte jedes Mal, wenn sie an ihn dachte. Vor dem Einschlafen stellte sie sich vor, wie er auf seinem Pferd über den Marktplatz geritten kam, abstieg und fordernd an die Tür klopfte. Sie würde aufspringen, hinunterlaufen und sich in seine Arme werfen …

Ihre Mutter ließ die Hände mit dem Stoff sinken.

»Bettina. Denkst du, ich sehe nicht, dass du alles andere als eine glückliche Braut bist? Dass du an Liebe auf den ersten Blick glaubst, an den Ritter auf dem weißen Pferd, an Schwüre von Treue und ewiger Hingabe?«

Konnte sie Gedanken lesen? Bettina spürte, wie die Hitze ihr in die Wangen stieg. Um abzulenken, fragte sie: »Wie war das bei Ihnen?«

»Nun.« Amalie legte die Arbeit zur Seite. Sie hatte Fragen erwartet. Wahrscheinlich eher die, die etwas mit der *Reise auf die Insel der Aphrodite* zu tun hatten, wie gewisse Vollzugsakte in der Hochzeitsnacht verschämt und hinter vorgehaltener Hand genannt wurden. Dann schon lieber eine weniger heikle Erinnerung.

»Meine Eltern waren zunächst skeptisch. Aber dein Vater hat beharrlich um mich geworben und sie schließlich davon überzeugt, dass harte Arbeit und strenge Moral die Makel der Abstammung mildern können.«

Amalie und Helene hatten sich nie verstanden. Aber noch nie hatte ihre Mutter das so deutlich ausgedrückt.

»Immerhin«, fuhr sie fort, »hat deine Großmutter ein Handelshaus gegründet und solide gewirtschaftet, sodass ihre Extravaganzen uns finanziell nicht geschadet haben. Aber all das

Gerede, das Getuschel hinter unserem Rücken ... Es geht bei deiner Heirat mit Freiherr von Püsken nicht nur um deine gesicherte Zukunft, sondern auch darum, Paul keine Steine in den Weg zu legen.«

»Warum kann er denn nicht genauso beharrlich bei den Stukenborgs um Sabine werben?«

Amalie zuckte mit den Schultern und setzte die Stecknadel. »Wir kennen die Bedingungen. Deine Hochzeit mit dem Freiherrn ist der Zutritt zu den höheren gesellschaftlichen Kreisen, der uns Händlern bisher verwehrt war. Das gilt vor allem für deinen Bruder. Senator Stukenborg legt sehr viel Wert auf solche Dinge. Er beehrt uns heute Abend auch, also reiß dich zusammen.«

Sie seufzte.

»Ehen werden nicht im Himmel geschlossen, sondern am Verhandlungstisch. Sieh das endlich ein.«

»Ja, Mutter.«

»Wir hätten dir die Reise nach Indien nie erlauben dürfen. Sie hat dir den Kopf verdreht.«

»Ja, Mutter.«

Der Rest der Arbeitsstunde verging schweigend.

Beim Abendessen servierte wie immer Clara. Allerdings scharf beobachtet von der Hausherrin, damit sich das Dienstmädchen nicht noch einmal einen Fehler erlaubte. Im Kamin prasselte ein wärmendes Feuer aus den letzten Holzvorräten. Püsken war bester Laune, aß alleine die Hälfte der Russischen Eier und warf seine Themen in weitem Schwung über die Anwesenden, die gar nicht die Chance hatten, selbst einmal das Wort zu ergreifen. Senator Stukenborg und seine Gattin Else hielten sich an die Pasteten, Sabine brachte in Pauls Gegenwart sowieso kein Wort heraus und kaum einen Bissen hinunter.

»Nun, meine kleine Bettina«, sagte Püsken, nachdem er auch noch das letzte der Victoria Sandwiches[21] verspeist hatte, die sich nicht nur im Teepalast großer Beliebtheit erfreuten. »Wie geht es Ihnen?«

»Gut«, antwortete sie wohlerzogen. »Wir werden nächste Woche das Hochzeitskleid in Auftrag geben.«

Püsken zog die Augenbrauen zusammen. »Doch nicht etwa bei dieser französischen Madame am Markt? Ausgeschlossen. Meine Braut soll anständig gekleidet vor den Altar treten.«

Bevor Bettina ihn fragen konnte, woher Püsken denn unanständig gekleidete Damen aus Madame Delacroix' Boudoir kannte, schaltete sich Amalie ein.

»Natürlich bei unserem Hausschneider. Weißer Batist, ein Spitzenschleier, mit hochgeschlossenem Kragen und einer kleinen, dezenten Krause.«

Das war … neu. Und unfassbar altbacken zugleich. Mit weit aufgerissenen Augen wandte sich Bettina an ihre Mutter. Doch die schnitt ihr, noch bevor sie den Mund öffnen konnte, das Wort ab.

»Meister Paustian schneidert auch die Gewänder der Geistlichen nach dem preußischen Talar-Erlass für St. Georg.«

»Daher sein Faible für Halskrausen?«, fragte Bettina.

Ein seltsames Geräusch kam aus Sabines Richtung. Es klang, als ob sie ein amüsiertes Schnauben unterdrückte. Alle Köpfe wandten sich ihr zu.

»Wenn ich heirate, dann nur in einem Kleid von Madame Delacroix«, sagte das Mädchen bestimmt und nahm Paul ins Visier. »Ich möchte an diesem Tag die Schönste für meinen Mann sein.«

---

21 Beliebte Nachspeise aus gefülltem Biskuit, der in schmale Streifen geschnitten wird.

Pauls Grinsen wirkte etwas abwesend, aber Püsken hatte wohl nur auf solch einen Einwurf gewartet. »Das können Sie halten, wie Sie wollen, Fräulein Stukenborg. Aber meine Frau wird ein Sinnbild für Tugend und Reinheit sein. Immerhin trägt sie meinen Namen. Ich kann mir kaum vorstellen, Herr Senator, dass Sie das anders sehen.«

»Nein«, beeilte sich Stukenborg zu versichern. »Wir haben Sabine erzogen, einem mindestens ebenso großen Haus wie dem Ihren vorzustehen.«

Else, seine Frau, presste die Lippen zusammen und ließ vielsagend den Blick durch den Raum schweifen, der natürlich nicht mit dem Stadt- oder Landsitz eines Freiherrn mithalten konnte.

Noch immer war Helenes Geist in allen Ecken zu spüren, daran hatte auch Amalie nichts ändern können. Die Fenster zum Markt waren hoch und ließen viel Licht herein. Der dunkle Eichenboden glänzte vom Wienern, und der Teppich war eines der Mitbringsel ihrer vielen Indienfahrten und leuchtete in herrlichen Farben von Burgunderrot bis Gold. Das Porzellan hatte die Weltreisende angeblich selbst in China ausgesucht, und die Gemälde an den Wänden verzichteten auf die ewig gleichen Schäferszenen, Nymphenverführungen und romantischen Schiffsuntergänge, sondern hatten, wenn man sie genauer betrachtete, einen kühnen, fast schon groben Strich. Jagdszenen, Stillleben, wilde, manchmal sogar verstörende Landschaften. Deshalb wurden sie auch nicht besonders in Szene gesetzt, sondern fristeten ein Schattendasein, während der silberne Tafelaufsatz in Form eines Schiffs, der noch aus den großen Repräsentationszeiten der Vosskamps stammte, in der Mitte des Tischs die Aufmerksamkeit beanspruchte.

Es war Bettinas Zuhause. Dass Else Stukenborg es für unter ihrer Würde und erst recht der ihrer Tochter hielt, ärgerte sie.

»Entschuldigen Sie mich bitte.« Sie legte die Serviette neben den Teller und stand auf. »Ich glaube, eine meiner Haarnadeln sitzt nicht richtig.«

So wurde der Toilettengang umschrieben.

Püsken nickte gnädig und zog die Platte mit den letzten zwei Scheiben kalten Bratens zu sich heran. Wäre er nicht so verfressen, könnte man durchaus bewundern, wie er Vor- und Nachspeisen, Süßes und Salziges eher nach Reichweite denn Reihenfolge in sich hineinstopfte.

»Oh!«

Sabine verließ ebenfalls ihren Platz.

»Darf ich Sie begleiten? Ich kenne mich in Ihrem Haus nicht aus.«

»Ja, natürlich.«

Gemeinsam liefen sie die Hintertreppe hinunter ins Erdgeschoss, wo sich die Toiletten befanden. Der Teepalast hatte schon geschlossen, doch die Tür zur Gasse hinter dem Haus stand sperrangelweit geöffnet. Ein ungemütlicher Wind wehte hinein und trieb einige welke Blätter in den Flur. Draußen hatten sich mindestens zwei Dutzend Bettler und Almosenempfänger versammelt, die auf die Reste aus der Küche warteten.

»Es wird von Tag zu Tag weniger!«, schrie eine alte Frau erbost und reckte die Faust. »Ihr Geizhälse!«

»Lass gut sein, Hertha.« Eine junge Mutter, das kleinere Kind an der Brust, das andere an der Hand, in einem viel zu dünnen Kleid für diese Jahreszeit und barfuß in Holzpantinen, zog den Arm der Alten herunter. »Wir müssen froh sein, überhaupt noch etwas zu bekommen.«

»Was …« Sabine blieb auf der untersten Treppenstufe stehen. »Was passiert hier?«

Mamsell Schwicke kam aus der Küche, gefolgt von den beiden Küchenhilfen mit Körben, die tagsüber auch die Gäste im Teepalast bedienten.

»In die Reihe! Sofort! Sonst schließen wir gleich wieder ab! – Oh. Guten Abend, Fräulein Vosskamp. Fräulein Stukenborg? Ist alles in Ordnung? Die nächsten Platten werden gleich gebracht, die Fasanenbrust muss noch aufgeschnitten werden.«

Beim Anblick der armen Leute vor der Tür war das eine mehr als unsensible Bemerkung. Die Mamsell deutete einen Knicks an und ließ die beiden Frauen mit den Körben an sich vorbei.

»Und was ist mit dem Tee?«, keifte die Alte. »Helene hat es uns versprochen! Solange der Teepalast steht, gibt es Tee für die Armen!«

Mamsell Schwicke hielt es nun für geraten, ebenfalls an die Hintertür zu treten. »Tee gibt es nicht mehr. Und Helene will ich hier gar nicht mehr hören. Die gnädige Frau Vosskamp, Gott hab sie selig, so heißt das!«

»Es gab immer Tee. Wer hat's verboten?«

»Der Herr Vosskamp.«

»Ah! Der werte feine Herr!«

Mamsell Schwicke gab ein Zeichen, die Brotstücke und einige wenige Scheiben trockenen Kuchens vom Vortag unter den Leuten zu verteilen, die sich auf sie stürzten wie ausgehungerte Krähen.

»Oh mein Gott«, flüsterte Sabine. »Macht ihr das jeden Abend?«

Bettina nickte. Es war so entsetzlich wenig. Und jetzt hatte Joost auch noch den Tee gestrichen. Die Körbe waren in Windeseile leer. Das Murren fing wieder an, hauptsächlich von denen, die weiter hinten gestanden hatten. Die junge Mutter war abgedrängt worden. Der kleine Sohn an ihrer Hand hatte Tränen in den Augen.

»Wartet!«

Mamsell Schwicke drehte sich erstaunt zu ihr um. Bettina rannte in die Küche, wo zwei weitere Platten standen, die hoch in den Salon getragen und Leuten wie Püsken serviert werden sollten. Roastbeef, kandierte Früchte und geräucherter Aal. Bei diesen Abendessen kamen alle Gerichte zeitgleich auf den Tisch, und so griff sie auch noch nach einem Laib Brot und klemmte ihn sich unter den Arm. Schwer beladen stellte sie sich den entsetzten Blicken von Sabine und Mamsell Schwicke, die sie ansahen, als hätte sie den Verstand verloren.

»Verteilt das. Und du, du dahinten!« Sie wies auf den Jungen, der sich zögernd von der Hand der Mutter löste. »Komm her! Du darfst dir als Erster nehmen!«

Sie reichte ihm das Brot. Der Kleine raffte, was er in den Händen tragen konnte, und eilte damit zurück zu seiner Mutter. Dann stürzten sich die anderen auf die seltenen Kostbarkeiten. Das Gedrängel war so groß, dass Bettina beinahe zu Boden gegangen wäre.

»Zurück!«, schrie Mamsell Schwicke und riss Bettina die leeren Platten aus der Hand.

Die Alte, zahnlos, hager, mit vor Wut glühenden Augen, baute sich direkt vor Bettina auf.

»Ich kenn dich«, zischte sie und versuchte, ein Stück kandierte Ananas zu zerkleinern. »In der Gosse nennen sie dich immer noch *dat deiwesche Kateiker*[22]. Hab gesehen, mit eigenen Oogen, wie de Schendarmen dich geholt haben!« Sie wandte sich an die Menge, die bedrohlich nahe zusammengerückt war und wie eine Wand vor dem Hintereingang stand. »Die goldene Uhr von ihrer Großmutter wollte sie versetzen!«

Eine harte, knochige Hand fuhr vor und wollte Bettinas Gesicht berühren. Entsetzt stolperte sie zurück in den Hauseingang.

»Helene hat uns nie vergessen! Aber ihr, ihr feinen Voss-

22 Bremer Platt: das diebische Eichhörnchen

kamps, wollt nicht mehr wissen, aus welchem Loch ihr gekrochen seid!«

»Genug! Weg da! Upte Stie[23]!«

Mamsell Schwicke schob Bettina zurück in den Hausflur, und mit den vereinten Kräften der Dienstmägde schaffte sie es, die Tür zu schließen. Schwer atmend drehte sie sich nach den beiden jungen Frauen um, die wie zu Salzsäulen erstarrt am Fuß der Hintertreppe standen.

»Nun«, sagte die stämmige Frau und blies sich eine Haarsträhne aus der Stirn, die sich bei dem Ansturm gelöst hatte. »Wenn Sie die Güte hätten, oben zu erklären, warum die Tafel heute nicht ganz so reich gedeckt ist?«

»Ja, ja natürlich«, stammelte Bettina.

Sabine krallte sich an ihrem Arm fest. Vor der Tür waren immer noch das Rufen und Lärmen der Leute zu hören, allen voran die keifende Stimme der Alten.

»Wie hat sie Sie genannt?«, fragte sie. »Und was hat sie gemeint?«

Bettina machte kehrt und lief die Treppe hinauf. In dem kleinen Salon, der zum Esszimmer führte, blieb sie stehen. Sabine war ihr in Windeseile gefolgt.

»Eine Jugendtorheit«, sagte sie knapp.

»Sie haben eine goldene Uhr gestohlen?«

»Ich war ein Kind. Ich wollte nach Indien, zu meiner Großmutter. Keine Ahnung, wie ich das mit elf Jahren anstellen wollte. Zusammen mit einem Laufburschen, er hieß … ich weiß es nicht mehr. Ich habe es vergessen.«

Sie setzte sich auf einen der beiden kleinen Sessel, die vor einem Alkoven am Fenster standen. »Aber die Straße nicht. Die Straße erinnert mich immer noch daran.«

---

23 Bremer Platt: auf der Stelle

Sabine setzte sich ihr gegenüber. »Was ist passiert?«

»Der Pfandleiher hat uns den Gendarmen gemeldet, und ich wurde abgeführt und meinem Vater übergeben.«

»Das ist ja unglaublich!«

Bettina seufzte. »Fragen Sie mich nicht, wie lange mir das hier im Haus nachgetragen wurde. Auch als der Stubenarrest schon längst vorbei war. Ich glaube, sie sind bis heute der Meinung, dass in mir eine Revolutionärin schlummert.«

Sabine lehnte sich vorsichtig zurück. Durch die geschlossene Tür drang Püskens laute Stimme, der wieder mal als Einziger schwadronierte und die anderen bei Tisch wahrscheinlich schon in einen komatösen Schlaf geredet hatte.

»Ich bewundere Sie.«

»Das ist nichts, für das man Lorbeeren erntet«, entgegnete Bettina.

»Aber es zeigt doch, dass Sie für das Erreichen Ihrer Ziele auch unkonventionelle Wege gehen. Ich wünschte, ich könnte das auch.«

»Lieber nicht. Sie ersparen sich damit eine Menge Schwierigkeiten.«

»Das, was Sie gerade getan haben, war richtig.«

Bettina warf einen vielsagenden Blick auf die Esszimmertür. »Da sind wir die beiden Einzigen in diesem Haus.«

Sabine beugte sich vor und legte die Unterarme auf den Knien ab. Ihr schmales Gesicht mit der spitzen Nase konnte eine enorme Willensstärke in sich tragen, die sich jetzt auch in dem entschlossenen Zug um ihren Mund spiegelte.

»Gibt es schon etwas Neues?«

Bettina hatte die Frage erwartet und gefürchtet. »Nein. Ich habe jemanden um Rat gefragt und …«

»Was?«

»Keine Sorge. Eine sehr vertrauenswürdige Person.«

»Wen?«, fragte Sabine entsetzt.

»Sie kennen sie nicht.«

»Wen haben Sie eingeweiht?«

»Eine Dame mit, ähm«, Bettina räusperte sich, »Erfahrung.«

»In was?«

Der stechende Blick ihres Gegenübers fokussierte sich noch mehr.

»In diesen Dingen«, wand sie sich heraus. »Sie können mir vertrauen.«

Sabine öffnete ihren Pompadour[24], der tatsächlich eine vage Ähnlichkeit mit den gleichnamigen Frisuren hatte, und holte eine kleine Flasche heraus. Hastig schraubte sie sie auf und sog den Geruch, der ihr entströmte, tief ein.

»Lavendel, Nelkenöl und Ammoniak. Vorsichtshalber, damit ich nicht in Ohnmacht falle. Das heißt, unser Schicksal liegt in den Händen einer Person, die eine Expertin in zweideutigen Situationen ist?«

»Nun …«

Sabine schraubte das Fläschchen so heftig zu, als ob sie einen Geist gleich mit einschließen wollte. »Und was will sie?«

Bettina dachte kurz nach. »Nichts.«

Das Fläschchen wanderte in die Tasche.

»Nichts«, wiederholte Sabine eisig. »Ich kenne nur eine Sorte von Damen, die für so einen Auftrag infrage kämen. Das heißt, natürlich nicht persönlich. Aber man weiß ja, was in den Häusern mit den roten Laternen geschieht. Und dass dort immer bezahlt wird. Egal, um welche Leistung es sich handelt.«

»Sie ist eine Freundin meiner Großmutter.«

Die Hände, die den kleinen Pompadour mit der seidenen Verschlussschnur fast erwürgt hatten, kamen zur Ruhe.

---

24 Kleine runde Handtasche

»Ach so. Warum sagen Sie das nicht gleich?«

»Weil diese Beziehungen in unserem Hause nicht mehr gerne gesehen werden.«

»Ich verstehe. Gibt es denn schon Nachricht von dieser Dame?«

Bettina stand auf. Sie mussten zurück in den Salon, bevor jemand misstrauisch werden würde.

»Noch nicht.«

Sabines schmale Augen konnten eiskalt werden, auch wenn sie nach wie vor ein freundliches Gesicht machte. »Und wie lange sollen wir noch warten?«

»Ich weiß es nicht. Ich vertraue ihr. Es wird ihr schon etwas einfallen.«

»Uns rennt die Zeit davon. Mir kann es egal sein, nur hatte ich eigentlich erwartet, dass Sie etwas mehr Ehrgeiz entwickeln würden. Aber vielleicht hat sich Ihre Meinung ja auch geändert? Und sie entdecken ganz neue Vorzüge an Ihrem zukünftigen Gatten?«

Bettina zwang sich, ruhig zu bleiben. »Es hat sich nichts geändert. Aber mir persönlich sind die Hände gebunden. Paul wird sich nicht von mir irgendwohin locken lassen. Wenn die Sache eindeutig sein soll, und zwar so, dass eine direkte Entscheidung anstehen muss, dann sollten wir das jemandem überlassen, der sich damit auskennt.«

»Gut.« Sabine hängte sich die kleine Tasche wieder ans Handgelenk. »Aber wehe, Sie lassen den Freiherrn als letzten Ausweg vor der Kirche stehen.«

An diese Möglichkeit war noch nicht einmal in den schlimmsten Albträumen zu denken. Es hätte das komplette Aus für die Vosskamps bedeutet und das Ende von Sabines Träumen. Sie wusste das, und das triumphierende, spitzlippige Lächeln konnte sie sich schenken.

Schritte eilten die Treppe hinauf, und Mamsell Schwicke enterte schnaufend den Salon.

»Alles muss man selber machen! Clara soll die Post empfangen. Dafür bin ich nicht zuständig! Ah. Fräulein Vosskamp, da sind Sie ja.«

Das Kuvert in der Hand der Mamsell ließ Bettinas Herz stocken. Hatte Scott Ewan etwa geschrieben? Nein, unmöglich. Post aus Indien war Wochen unterwegs.

»Bitte sehr. Für Sie.«

Der Brief wurde mit einem angedeuteten Knicks überreicht. Bettina wartete, bis die Mamsell abdrehte und wieder hinunterlief. Immer auf Trab, immer in Eile. Dann riss sie das versiegelte Blatt auf.

Kommt heute Abend neun Uhr in den Pavillon am Herdentor.

Bettina ließ den Brief sinken. Jetzt war es kurz nach acht. Das konnte doch nicht Paulas Ernst sein, dass sie um diese Zeit noch einmal vor die Tür gingen?

»Was ist das?«, fragte Sabine.

»Die Antwort auf unsere Probleme.«

Sie ließ Sabine die wenigen Zeilen lesen, ohne den Brief aus der Hand zu geben. Die Schrift war deutlich, klar und so gesetzt, dass sie zwar keine Rückschlüsse auf den Schreiber dieser Zeilen zuließ, aber dem Papier entstieg ein verheißungsvoller Duft nach Sünde und Rosen.

»Der Pavillon am Herdentor?«

»Die Straße zum Breitenweg über dem Wall.« Gedankenverloren ging Bettina einige Schritte auf und ab. Wie sollten sie dorthin kommen, ohne Kutsche, ohne Begleitung? »Wo das Hillmann Hotel steht, direkt neben dem Hotel Europa. Wir waren dort manchmal zum Tee. Da ist ein schmaler, parkähnlicher Flanierweg mit einem Pavillon.«

»Und da sollen wir hinkommen? Allein?«

»Ich finde das auch etwas seltsam.«

Bettina faltete den Brief zusammen und verstaute ihn in ihrem mehr als züchtigen Ausschnitt.

»Und dort treffe ich Paul?« Sabines Augen leuchteten. »Ich kann ihn überraschen … und Sie müssten dann dazukommen! Ist das der Plan?«

Sabine sah kurz zur Tür, hinter der Püsken ohne Punkt und Komma weiterredete. »Wir könnten eine abendliche Promenade vorschlagen.«

»Das werden meine Eltern sicher nicht erlauben.«

»Aber in Begleitung des Herrn Baron?«

Mit Püsken? Das würde der Sache eine ganz andere Dimension geben, die Bettina immer weniger gefiel. Aber Sabine ließ sich nicht davon abbringen, in dieser rätselhaften Aufforderung ihre Rettung zu sehen.

»Vielleicht zusammen mit meinen Eltern? Es liegt doch auf unserem Nachhauseweg. Wir könnten sagen, wir hätten noch so viel zu besprechen.«

Ihre Wangen hatten sich gerötet. Der Gedanke, dass eine *zweideutige Situation* unmittelbar bevorstand, versetzte das Mädchen in helle Aufregung. Sie war nicht verliebt in Paul, sie war geradezu besessen von ihm.

»Beruhigen Sie sich.« Bettina zog sie am Arm ein paar Schritte weiter zurück in den Raum, weg vom Esszimmer. »Wollen Sie das wirklich tun?«

»Ja!«, kam es im Brustton der Überzeugung.

Bettina ging auf die Tür zum Esszimmer zu. Bevor sie die Klinke drückte, holte sie tief Luft. Heute Abend würden einige Schicksale entschieden.

Paul war nicht mehr da. Amalie zog leicht die Augenbrauen zusammen – der einzige Ausdruck der Missbilligung, den sie sich vor Fremden gestattete.

»Wo ist Paul?«, fragte Bettina.

Ihre Stimme zitterte, aber es schien niemandem aufzufallen.

»Er musste noch mal ins Contor«, sagte Püsken. »In der nächsten Woche möchte ich mir die Bücher vorlegen lassen.«

Joost kniff die Lippen zusammen. Eine heiße Welle des Mitgefühls schoss in Bettinas Herz. Er hatte schon jetzt nicht mehr viel in diesem Haus zu sagen. Püsken und Stukenborg würden das Fell des Bären untereinander aufteilen, und ihr Bruder war auch nur eine Schachfigur in ihrem Spiel um Macht, Einfluss und gesellschaftlichen Rang.

Sein leerer Platz hinterließ eine Lücke am Tisch. Er war definitiv nicht im Contor, das hätte sie bemerkt.

Etwas Rätselhaftes geschah, und in Kürze würden schockierende Dinge passieren, die sie selbst heraufbeschworen hatte. Es war aufregend und beängstigend zugleich. Sie sah kurz zu Sabine, die im gleichen Augenblick den Kopf hob. Ihre Blicke kreuzten sich, und in den Augen des Mädchens stand der eiserne Willen, dieses Abenteuer in Angriff zu nehmen. Ein winziges wissendes Lächeln zuckte in ihren Mundwinkeln, als sie sich an ihre Mutter wandte.

»Könnten wir Bettina mitnehmen? Ich würde so gerne über ihre Hochzeit plaudern«, sagte sie. »Sie redet zwar kaum noch von etwas anderem, aber es ist alles so aufregend!«

Der Augenaufschlag, mit dem sie Püsken bedachte, wirkte. Er grunzte wohlwollend.

»Also dann, auf zu einer kleinen Promenade!«

»Wie freundlich von Ihnen!« Amalies Begeisterung war, nachdem es auch von Joost keine Widerrede gab, groß. Sie hatten sich schon lange keine Kutschfahrt mehr gegönnt. »Den Tee nehmen wir dann nach unserer Rückkehr.«

Die Falle schnappt zu

In der allgemeinen Aufbruchsstimmung gelang es Bettina, sich in Stukenborgs Kutsche zu schmuggeln, während ihre Eltern notgedrungen bei Püsken Platz nahmen.

Dann ging es los. Das Gespann des Freiherrn übernahm die Führung, die zweite Kutsche zuckelte hinterher. Über den Marktplatz vorbei an der Baumwollbörse mit ihren mächtigen, geschwungenen Portalbögen, hinunter ins Zentrum der Stadt, zur Contrescarpe mit den Bürgerhäusern und weiter zum Herdentorsteinweg und der Wallgrabenbrücke. Direkt gegenüber vom Hotel Hillmann befand sich eine kleine Grünanlage mit einer Wettersäule samt Uhr, die zu einem beliebten Treffpunkt von Spaziergängern geworden war. Am anderen Ende des Wegs, überwuchert von Efeu und Blauregen, stand der Pavillon, von dem in dem Brief die Rede gewesen war.

Es war fast so wie früher, als Ausfahrten noch ein tägliches Vergnügen gewesen waren. Bettina erzählte von ihrer Indienreise, was bei den Stukenborgs auf großes Interesse stieß, wenn auch nur, um sich über die dort herrschenden Zustände und Unbequemlichkeiten aufzuregen. Dann begann sie, ihr Brautkleid zu beschreiben, und schließlich, kurz bevor ihr die Themen ausgingen, landete sie beim Wetter.

»Da!«, stieß Sabine hervor. »Da ist Paul!«

Bettina, die ihr gegenübersaß, wischte die beschlagenen Scheiben frei.

»Wo?«

»Dahinten!«

Stukenborg beugte sich über seine Tochter und spähte mit zusammengekniffenen Augen hinaus in den Nieselregen. Es war dunkel, und die Gaslaternen verbreiteten einen kalten Schein, der nur bis an den Rand der Promenade reichte. »Was macht er denn hier? Er sollte doch im Contor sein!«

»Aber ich habe ihn gesehen. Wollen wir anhalten? Vielleicht können wir ihn mitnehmen.«

Stukenborg lehnte sich mit einem erbosten Schnaufen wieder zurück und klopfte mit seinem Spazierstock an die Decke der Droschke, das Zeichen zum Anhalten.

»Er sollte über den Büchern sitzen! Er sollte jede freie Minute dem Gedanken widmen, wie Ihr bankrottes Haus noch zu retten ist! Und Sie, wertes Fräulein Vosskamp, sollten allen erdenklichen Einfluss auf Ihren Bruder ausüben, damit er tut, was der Herr Baron ihm sagt!«

Ihr lag auf der Zunge zu antworten, dass sie noch keine Leibeigenen von Püsken waren. Aber vorläufig triumphierte die Erziehung.

»Es muss alles unterbunden werden, was den Baron davon abbringen würde, Sie zu ehelichen! Ich habe die Zustimmung zu einer Verbindung meiner Tochter mit Ihrem feinen Herrn Bruder nur gegeben, wenn Ihr Haus durch einen Baron geadelt wird und …«, erneutes energisches Klopfen ans Wagendach, »… ich mir sicher sein kann, dass Sabine keinem Mitgiftjäger in die Hände fällt! Denken Sie nicht, ich weiß, was ihr wollt?«

Else Stukenborgs »Henning!« kam zeitgleich mit Sabines entsetztem »Vater!«.

Die Kutsche hielt, und das Chassis schaukelte, als der Kutscher abstieg.

»Ja?«, fragte Bettina gefährlich leise. »Was wollen wir denn?«

Zum ersten Mal, seit sie sich kannten, sah Stukenborg ihr direkt ins Gesicht. Die Stille, die ihrer Frage folgte, hätte man in Würfel schneiden können.

»Euch an den Meistbietenden verkaufen.«

Er wandte sich an seine Tochter. »Und du denkst, es wird eine Ehe, die im Himmel geschlossen wird? Was hat er dir denn vorgelogen? Dass er dich liebt? Dich? Schau dich doch an!«

»Das reicht«, sagte Else Stukenborg. »Mir sind die Gründe egal, die dieser junge Mann hat. Hauptsache, er macht meine Tochter glücklich.« Die Bitterkeit, die in ihren Worten mitschwang, ließ einige Rückschlüsse auf ihr eigenes Eheleben zu.

Stukenborg stieß einen ärgerlichen Ton aus und richtete seinen Hut.

»Du willst doch nicht jetzt etwa aussteigen?«, fragte ihn seine Frau entsetzt.

»Es ist sicher eine Verwechslung.« Bettina versuchte, trotz Stukenborgs Verachtung so ruhig wie möglich zu bleiben. »Paul wird natürlich im Contor sein und arbeiten. Er weiß ja, was er der Verbindung mit Ihrer Familie schuldet.«

»Wirklich?«

Der Mann griff nach seinem versilberten Spazierstock. Er merkte, dass er sich entschieden im Ton vergriffen hatte, wollte aber jetzt keinen Rückzieher machen.

»Den Eindruck habe ich in letzter Zeit nicht. Er ist unkonzentriert und ausgesprochen vage, was die geschäftlichen Verbindlichkeiten betrifft, und besitzt keinerlei kommerzielle Tüchtigkeit. Wenn er nicht dieses Fossil Casper Groth an seiner Seite hätte, hätte ich diese Posse schon längst unterbunden.«

Der Kutscher öffnete die Wagentür. Ein eisiger Wind wehte hinein. Von Ferne war noch das Hufeklappern der Pferde zu hören, die Püskens Kutsche um die nächste Ecke zogen.

»Wenn ich ihn erwische …«

Glücklicherweise ließ er offen, was er dann zu tun gedachte.

Sabine stolperte als Erste hinaus, immer noch fassungslos über das, was ihr eigener Vater ihr gerade an den Kopf geworfen hatte, gefolgt von ihren Eltern. Stukenborg sah sich ratlos um.

»Wo hast du ihn gesehen?«, herrschte er seine Tochter an. »Da drüben?«

Die Miene des Senators wurde beim Anblick der hell erleuchteten Fassade des Hotels Hillmann noch eisiger.

»Er will doch nicht etwa in diese Bar, in die jetzt alle gehen? Wenn ich dich erwische, Bürschchen. Ihr bleibt hier bei der Kutsche und wartet auf uns!« Er marschierte mit strammem Schritt auf den Haupteingang zu, gefolgt von seiner Gattin.

Die Androhung weiterer Konsequenzen verwehte der Wind. Nasse Blätter wirbelten auf. Der Kutscher band seinem Pferd den Futtersack um. Bettina fühlte sich immer noch, als hätte Stukenborg sie gerade geohrfeigt. Dabei hatte er eigentlich nur die Wahrheit gesagt.

»Er hat es nicht so gemeint«, sagte sie wider besseres Wissen.

Sabine wischte sich über die Augen. »Ich kenne es nicht anders. Seit ich denken kann, genüge ich nicht seinen Ansprüchen. Er kann nicht glauben, dass Menschen sich auch um ihrer selbst willen lieben können.«

»Sabine ... sind Sie wirklich sicher, dass Sie das tun möchten?«

Bettina sah in den dunklen Park. Dies war mehr als eine verfängliche Situation, auf die sie zusteuerten. Sie wusste nicht, ob sie das, was passieren könnte, noch unter Kontrolle hatten.

Die junge Frau hörte gar nicht mehr zu, sondern marschierte einfach los.

»Er ist dort.« Ihr Blick erfasste den Pavillon. Dichter Efeu umrankte die Holzsäulen und das spitz zulaufende Dach, sodass man in diesem verregneten Zwielicht nicht erkennen konnte, ob sich jemand darin befand.

»Wenn das schiefgeht, sind wir am Ende. Sie nicht, Fräulein Stukenborg.«

»Oh doch«, zischte sie. »Ich auch.«

Der Pavillon war als Achteck errichtet, verziert mit Holzschnitzereien. Die Brüstung reichte ungefähr einen Meter hoch, darüber stützten freie Pfosten den Baldachin. Wände gab es nicht. Aber der Efeu hing dicht wie ein Vorhang herunter und schützte vor zufälligen oder auch neugierigen Blicken. Deshalb war der kleine Unterstand so beliebt, weil man sich zwar in der Öffentlichkeit befand, aber durchaus für ein paar Minuten unbeobachtet sein konnte.

Wenn nicht eine junge Frau auf der Suche nach ihrem Verlobten den Efeu zur Seite schob und genau wissen wollte, was sich in dem Pavillon abspielte.

»Paul?«, stieß sie hervor und trat ein.

Bettina folgte ihr mit klopfendem Herzen. Sie blieb hinter Sabine, stellte sich aber auf die Zehenspitzen, um besser sehen zu können, welchen Skandal sich Paula ausgedacht hatte. Es roch dumpf nach feuchter Erde und Laub. Spinnweben streiften ihr Gesicht, etwas huschte zwischen ihren Füßen hindurch ins Freie – wahrscheinlich eine Maus. Wer war um diese Jahreszeit so verrückt, diesen Ort für ein Rendezvous zu wählen?

Die Antwort ließ nicht lange auf sich warten. Zunächst konnte sie nur einen unförmigen Schatten erkennen, der so gar nichts mit ihrem Bruder gemein hatte. Aber dann löste sich Pauls Silhouette von der einer Frau und kam auf die beiden ungebetenen Überraschungsgäste zu.

»Was soll das?«

Bettina versuchte, die zweite Person zu erkennen, aber da war Paul auch schon bei ihnen und schirmte die Unbekannte vor ihren Blicken ab.

»Was zum Teufel habt ihr hier verloren?«

Sabine wollte an ihm vorbei, aber das ließ er nicht zu und verstellte ihr den Weg. Sie hätte ihn beiseite drängen müssen, und das ließ die Etikette für reiche Senatorentöchter wohl nicht zu.

»Wer ist diese Person, mit der Sie sich hier getroffen haben?«

»Das geht Sie nichts an!«

»Ich will wissen, mit wem Sie sich heimlich treffen!«

Nun versuchte sie, sich rechts vorbeizuschlängeln. Wieder stellte sich Paul ihr in den Weg. Das war Bettinas Chance, links von ihm doch noch einen Blick ins Dunkle zu werfen.

Die Frau hatte die Röcke gerafft, stieg gerade über die Brüstung und machte, dass sie davonkam. Paul warf seiner Schwester einen so wütenden Blick zu, dass sie die Lippen zusammenbiss und schwieg.

»Da ist niemand!«, herrschte er Sabine an.

»Warum schleichen Sie dann heimlich aus dem Haus? Sie hatten eine Verabredung. Ich will wissen, mit wem!«

Ihre Stimme kippte. Sie hatte ein Rendezvous mit ihrem Zukünftigen erwartet, und alles, was sie vorfand, war ihr Zukünftiger bei einem Rendezvous mit einer anderen. Paula hatte ganze Arbeit geleistet. Der Skandal war perfekt, allerdings nicht geeignet, die Dinge zwischen Paul und Sabine in irgendeiner Weise voranzubringen.

»Bitte.« Paul warf einen Blick über die Schulter und stellte wohl fest, dass die Luft rein war. »Sehen Sie sich um.«

Er trat zur Seite. Sabine stürmte in den kleinen luftigen Raum – er war leer. Wütend wischte sie sich etwas aus dem Gesicht und beugte sich an der Stelle über die Brüstung, über die die Unbekannte ihr Heil durch den Efeu gesucht hatte.

»Bettina? Sie haben sie doch auch gesehen!«

Paul wandte sich an seine Schwester. »Nichts hast du gesehen. Ich war allein. Ist das klar?«

»Ich weiß nicht …«

»Ob das klar ist?«, wiederholte er drohend.

Ein Schrei kam aus der Dunkelheit. Bettina fuhr herum. Was sie sah, ließ ihr das Blut in den Adern gefrieren.

Stukenborg war zur Kutsche zurückgekehrt. Er musste die Flucht der Dame aus dem Pavillon bemerkt haben, zudem Bettina und Paul auch noch für jeden sichtbar im Eingang standen, und eins und eins zusammengezählt haben. Also hatte er sich ihr in den Weg gestellt und sie mit einem kräftigen Griff eingefangen. Sie schrie und wehrte sich nach Leibeskräften, während Stukenborg brüllte: »Ich hab sie! Kommt sofort hierher!«

Das Entsetzen auf Pauls Gesicht hätte für drei Skandale gereicht. Bettina trat zur Seite. Er schien ernsthaft zu überlegen, ob er nicht auch die Flucht ergreifen sollte, aber dann straffte er die Schultern und marschierte los. Seine beiden Verfolgerinnen liefen hinter ihm.

Die Dame war eindeutig eine Angehörige von Paulas Zunft. Das Kleid zu eng, das Dekolletee zu tief – und die Schimpfworte zu deutlich. Sie war mindestens zehn Jahre älter als Paul. Nicht schön, aber sehr leidenschaftlich, denn sie kämpfte wie eine Furie gegen Stukenborgs eisernen Griff.

Dem stand der Ekel ins Gesicht geschrieben, aber er ließ die Frau nicht los. Ihr Geschrei hallte durch den Park, auf den Boulevard und bis ins Hillmannsche Hotel. Der Portier kam heraus, dazu einige Gäste, die sich das Schauspiel nicht entgehen lassen wollten. Else Stukenborg stand, beide Hände auf die Wangen gelegt, ein Sinnbild erstarrten Entsetzens, ein paar Meter weit entfernt und rief um Hilfe. Das ließ sich der Portier nicht zweimal sagen. Er eilte die Stufen herab, so schnell es seine Leibesfülle und die Uniform erlaubten, um dem Senator beizustehen.

Bettina achtete nicht mehr auf Sabine. Sie beeilte sich, zu ihrem Bruder aufzuschließen.

»Was um Himmels willen hast du dir dabei gedacht?«, fragte sie.

Paul stieß einen wütenden Laut aus. »Und ihr? Spioniert ihr mir jetzt nach?«

Er wandte den Kopf, um zu sehen, ob Sabine noch in Hörweite war. Offenbar nicht, denn er fuhr mit ungeminderter Lautstärke fort. »Ich werde den Rest meines Lebens in Langeweile ersticken. Da kann ich mir ja vor der Hochzeit noch ein bisschen Vergnügen gönnen!«

»Hier?«, fragte Bettina entsetzt.

»Wo denn sonst? Soll ich sie in unser Haus einladen?«

»Paul!«

»Dir kann es egal sein. Freifrau von Püsken. Du setzt dich ins gemachte Nest. Aber ich werde einen Geizhals und einen Berserker im Nacken haben.«

»Glaubst du etwa, ich habe mir das alles gewünscht?«

Sie waren nur noch zwanzig Meter von dem unwürdigen Schauspiel entfernt. Die Hure sah gerade ein, dass sie gegen den Zugriff der beiden Männer machtlos war. Sie verlegte sich auf verbale Gegenwehr, was Else Stukenborg dazu brachte, in ihrer Handtasche nach dem Riechsalz zu suchen.

»Du bist eine Frau«, zischte Paul. »Außer Kindern hast du nichts zu wünschen.«

»Ach ja? Denkst du nicht, ich wäre viel lieber in Indien geblieben und hätte Brenny's Garden wiederaufgebaut?«

»Du? Etwas aufbauen?«

Er warf ihr einen verächtlichen Blick zu. Hinter ihrem Rücken hörte sie Sabine rufen. Sie blieb stehen, um auf das Mädchen zu warten.

»Du weißt ja noch nicht mal, wo bei einer Hacke der Stiel ist.«

Damit eilte er auf Stukenborg zu.

Sabine kam keuchend bei ihr an. »Ihre feine Freundin hat ihn unter einem Vorwand in diese Situation gebracht, damit ich mich von ihm lossage!«

Bettina blieb buchstäblich der Mund offen stehen.

»Aber da hat sie sich verrechnet. Ich werde auf so einen billigen Trick nicht hereinfallen.«

»Nein?«

»Warum sonst sollte sie uns ausgerechnet zu dieser Stunde hierher zitieren? Damit ich Paul überrasche und die Verlobung löse! Das ist infam!«

»Ab in die Kutsche!«, bellte Stukenborg die beiden jungen Frauen an, als sie in Rufweite kamen. Und war erstaunt, dass sie seinem Befehl nicht Folge leisteten.

Paul steckte dem Portier gerade einen Geldschein zu.

»Lassen Sie sie gehen«, sagte er.

»Oh ja, lasst mich gehen!«, höhnte die Frau. »Aber nicht, bevor Sie mich bezahlt haben!«

Else Stukenborg sah aus, als würde sie sich gleich direkt in die Rabatten übergeben. Paul hatte die Hand schon wieder am Geldbeutel, als Sabine ihn zurückhielt.

»Nein.« Ihre Stimme klang erstaunlich fest. Überhaupt schien sie gerade um einen halben Kopf gewachsen zu sein und parierte den wütenden Blick ihres Vaters. »Das war ein abgekartetes Spiel.« Und an die Unbekannte gewandt sagte sie: »Sie sind hier, um unsere Verbindung zu zerstören!«

Bettina unterdrückte ein Wutschnauben. Wie naiv konnte ein Mensch eigentlich noch sein?

»Ich?« Die Hure schüttelte den Kopf. Wilde Locken rieselten über ihre Schultern, und ihr Gesicht verzog sich zu einer verächtlichen Grimasse. »Unser Geschäft ist es, Verbindungen oder wie auch immer Sie das nennen, zu erhalten. Nicht, sie zu zerstören.«

Stukenborg ließ sie nun auch los. Die Frau strich sich mit einem leisen Stöhnen über die schmerzenden Stellen an ihren Oberarmen.

»In die Kutsche mit dir!«, befahl er seiner Tochter noch einmal.

Aber Sabine stellte sich neben Paul. »Sag es. Sie haben einen Brief bekommen, genau wie wir. Sie haben geglaubt, er wäre von mir geschrieben worden und dass ich Sie hier treffen wollte. Stattdessen wartete diese … dieses Weib auf Sie, um genau die Situation heraufzubeschwören, die wir jetzt haben. Bettina ist meine Zeugin.«

»Welcher Brief?«, knirschte Stukenborg. »Von wem?«

Bevor Bettina den Mund aufmachen konnte, aus dem sowieso nichts anderes als Gestammel kommen würde, hatte Sabine schon wieder das Wort ergriffen. »Von Paul, dachten wir. Haben Sie uns geschrieben?«

Pauls Hand schoss in die Höhe. »Ich schwöre, nein.«

Zum ersten Mal in ihrem Leben bemerkte Bettina eine minimale Unsicherheit bei ihrem Bruder. Er stand kurz davor, alles zu verlieren.

»Sabine, niemals würde ich Sie bei Nacht und Nebel in diesen Park bitten. Ich bin genauso in diese missliche Situation gerutscht wie wir alle. Frau Senatorin, es tut mir unendlich leid. Bitte nehmen Sie meine tief empfundene Entschuldigung an.«

Else Stukenborg, die nach dem Riechsalz nun ein Taschentuch an ihre Nase hielt, winkte unwirsch ab. Ihr Mann wandte sich an die vermeintliche Urheberin der Blamage, die gerade ihre Frisur überprüfte und eine Haarsträhne feststeckte.

»Von wem kamen diese ominösen Schreiben? Von Ihnen?«

»Ich weiß von nichts. Ich bin zwölf Stunden tätig, und Vorbestellungen werden nacheinander erledigt. Um acht im Pavillon, nur eine kurze Handarbeit, so war der Auftrag. Bekomme ich jetzt mein Geld?«

Stukenborg schien kurz davor zu explodieren. Immer mehr Gäste drängten sich auf den Stufen vor dem Hotel. Eine Hure im Park war vielleicht nichts Besonderes. Eine Hure nachts im

Park auch nicht. Aber zusammen mit der Familie eines Senators und den Vosskamp-Geschwistern war das mindestens bemerkenswert.

»Nein!«, fauchte Stukenborg. »Verschwinden Sie, und wagen Sie es nie wieder, in unsere Nähe zu kommen!«

Die Frau zuckte nur mit den Schultern und machte sich mit wiegenden Schritten auf den Weg.

»Und Sie, Bürschchen. Sie will ich auch nie wieder zusammen mit meiner Tochter …«

»Vater! Nein!«

Sabine stellte sich vor Paul. Sie musste sich in der Rolle der selbstlosen Retterin ungemein gut gefallen, während Bettina nur den Wunsch hatte, der Erdboden würde sich auftun und sie verschlingen. Halt! Nicht sofort. Vorher musste sie noch mit Paula reden und ihr ihre Verachtung für diese Intrige ins Gesicht schleudern.

Stukenborg allerdings hatte genug von den Faxen. »Rein in die Kutsche!«

»Nein!«

Sabine verschränkte die Arme und funkelte ihren Vater wütend an. »Fragen Sie lieber, wer unser Glück vernichten will! Waren Sie das?«

»Bitte?«

»Haben Sie die Briefe geschrieben? Oder Sie?«

Sabine sah anklagend zu ihrer Mutter, die entgeistert das Taschentuch sinken ließ.

»Natürlich nicht! Woher hätten wir denn solche Kontakte haben sollen?«

Der Senator drückte dem Portier ein weiteres Geldstück in die Hand, damit er seine Ohren, die mittlerweile die Größe von Suppenschüsseln erreicht hatten, wieder einklappte und von dannen zog.

»Das diskutiere ich nicht in der Öffentlichkeit. Diese Geschichte wird Folgen haben.«

»Oh ja, das wird sie.« Sabine griff nach Pauls Hand, der sie in einer Anwandlung von Leidenschaft, die Bettina noch nie bei ihm bemerkt hatte, an seine Lippen zog. Ihre Stimme wurde lauter, damit auch die Gaffer vor dem Hotel mitbekamen, was sie zu sagen hatte. »Ich folge meinem Herzen und nicht den Lügen, die andere über uns verbreiten wollen. Paul, wollen Sie und ich unseren Bund besiegeln? So schnell wie möglich, damit unsere Feinde keine zweite Chance bekommen?«

Statt einer Antwort riss er sie in die Arme und küsste sie.

»Henning!«, schrie Frau Stukenborg. »Tu doch was!«

Bettina konnte die Augen kaum von dieser Scharade wenden. Die Einzige, die hier tatsächlich ihrem Herzen folgte, war Sabine. Paul presste seine Lippen auf ihren Mund, dass sie wahrscheinlich kaum noch Luft bekam, denn als er sie losließ, taumelte sie, nach Atem ringend, zwei Schritte zurück.

»Paul!«

Er ging auf die Knie. »Ich liebe Sie, Sabine. Es gibt keine andere außer Ihnen. Wollen Sie mich heiraten?«

Das entsetzte Nein von Else Stukenborg wurde von Sabines begeistertem Ja geradezu durchbohrt.

»Morgen bestellen wir das Aufgebot.«

Von Ferne, fast verschluckt von der Dunkelheit, war ein spöttisches Lachen zu hören. Bettina drehte sich nicht um, aber Stukenborg kniff die Augen zusammen und reckte die Faust in die Richtung, aus der der einzige ehrliche Kommentar zu dieser Verbindung gekommen war.

»Und nächste Woche sind wir Mann und Frau.« Paul kam wieder auf die Beine. »Wer auch immer diese Intrige angezettelt hat, er bringt uns nicht auseinander. Im Gegenteil.«

»Im Gegenteil!«, bekräftigte Sabine.

Es hätte nicht viel gefehlt und zu dem strahlenden Lächeln der Braut hätte sich noch ein Heiligenschein gesellt. Bettina versuchte, mit steinernem Gesicht Kontrolle über ihre Gefühle zu bekommen. Vor dem Hotel klatschten die Gäste Beifall.

Stukenborg war knallrot angelaufen. »Darüber reden wir noch«, stieß er schließlich hervor.

»Ich werde herausfinden, wer uns diesen unappetitlichen Skandal anhängen wollte, und ich habe bereits einen Verdacht.« Paul wandte sich an seine Schwester. »Gib mir den Brief.«

Bettina holte ihn hervor und reichte ihn ihrem Bruder. Der warf nur einen kurzen Blick darauf und knüllte ihn dann zusammen. »Ich kenne diese Schrift. Die Dame hatte in der Vergangenheit Geschäftsbeziehungen zu unserem Hause unterhalten. Ich habe sie rigoros unterbunden, und dafür hat sie sich auf perfide Art gerächt.«

Die Zuschauer steckten die Köpfe zusammen und tuschelten. Aber die Dramatik hatte ihren Höhepunkt überschritten, und der Regen verwandelte sich langsam in Eis, das wie Nadeln auf der Haut stach. Einer nach dem anderen ging ins Hotel wieder hinein, um beim Punsch vor einem flackernden Kaminfeuer das Gesehene und Gehörte in den neuesten Klatsch und Tratsch zu verwandeln.

Stukenborg lüftete in die eine oder andere Richtung den Hut. Dann enterten sie die Kutsche und machten sich auf den Weg in eine Zukunft, die sich schlagartig verändert hatte – hoffentlich, dachte Bettina. Im Wagen herrschte Schweigen. Aber das, da war sie sich sicher, würde bald vorüber sein.

Besuch in der Nacht

Tatsächlich wurde das Aufgebot bereits am darauffolgenden Tag bestellt, und die nächsten zwei Wochen vergingen mit den Vorbereitungen für eine fast überstürzte Hochzeit, die ihrerseits wieder Spekulationen Tür und Tor öffnete. Was genau war im Park geschehen? Welcher Eklat machte so eine Eile nötig? Wer als Zaungast dabei gewesen war, verbreitete seine Sicht der Dinge, die nicht unbedingt deckungsgleich mit den tatsächlichen Ereignissen war.

Clara hielt Bettina über die verschiedenen Versionen, die draußen kursierten, auf dem Laufenden. Sie reichten von Erpressung über Sabines »gute Hoffnung« bis hin zu dem Verdacht, das junge Paar sei in letzter Sekunde am Durchbrennen gehindert worden. Aus der Hure wurde mal eine eifersüchtige Nebenbuhlerin, mal eine Geliebte von … Senator Stukenborg. Vor allem dieses Gerücht verursachte bei Bettina einen seltenen Anflug von Heiterkeit, denn ihre innere Anspannung wuchs von Tag zu Tag. Diese Hochzeit musste stattfinden, nur dann konnte sie ihren Hals aus der Schlinge ziehen. Sabine schaltete ebenfalls auf stur, wenn auch aus anderen Gründen. Sie wollte Paul, jetzt. Wer weiß, welche Intrige sich die alte Hure sonst noch ausdenken würde.

Stukenborg und Püsken übernahmen endgültig das Regiment. Joost und Paul waren nur noch Erfüllungsgehilfen. Im Teepalast fiel nun auch auf, dass die Vosskamps sparten. Sahne und Zucker wurden nur auf Nachfrage und dann in kleineren Kannen und Dosen auf den Tisch gestellt. Kunstbutter, Oleomargarine, ersetzte das teure Produkt, und das schmeckte einigen nicht. Es reichte, dass ein paar sich mokierten und dann lieber in Hoppes Restaurant oder in die Kaffeehäuser am Schütting gingen. Das Weincontor Ludwig von Kapff kündigte seine Lieferungen, weil zweimal die Rechnung nicht bezahlt worden war. Paul stieg auf einen billigeren Lieferanten um – und auch das blieb nicht unbemerkt. Die Preise wurden erhöht, was noch mehr Kunden verprellte.

»Das kann so nicht weitergehen«, sagte Bettina eines Morgens beim Frühstück. »Mamsell Schwicke muss sich den ganzen Tag über Beschwerden anhören. Sollen wir auch noch mit dem Teepalast bankrottgehen? Er hat uns über die härtesten Zeiten gebracht, aber jetzt bleiben sogar treue Gäste weg.«

Sie hatte diese Frage an Paul gerichtet, der hinter der *Weser-Zeitung* verschwunden war, aber ihr Vater geruhte zum ersten Mal seit längerer Zeit, das Wort an sie zu richten.

»Neues Geld geht neue Wege. Sie werden schon wiederkommen.«

»Und du willst einfach nur zusehen?«

Amalie zog scharf die Luft ein. »Bettina!«

»Den Leuten geht es gut. Sie haben Arbeit!« Bettina setzte sich einfach über den Einwurf ihrer Mutter hinweg. Helenes Lebenswerk löste sich vor ihren Augen in Luft auf. Sie konnte nicht wortlos dabei zusehen. »Aber sie geben ihr Geld nicht bei uns aus. Weil wir nicht mehr das erste Haus am Platz sind. Die anderen haben schon längst die neuen Patent-Reichslampen auf den Tischen. Und arbeiten mit Registrierkassen und Kaffeemaschinen mit Dampfdruck.«

Erst vor ein paar Tagen hatte Bettina auf dem Rückweg von Schneider Paustian einen heimlichen Besuch bei der Konkurrenz gemacht. Trotz des grauen Himmels und der frühen Dämmerung war das Café im Hotel Europa hell erleuchtet gewesen. Der Butterkuchen dort schmeckte nach Butter, und der Tee war ein kräftiger Assam. Sahne und Zucker wurden freigiebig gereicht und nicht knausrig zugeteilt. Die Einsicht war so bitter wie der erste Schluck ohne umrühren: Mit dem Teepalast ging es dem Ende zu. Schuld waren Misswirtschaft und Ignoranz. Beides neue Eigenschaften, die sie an ihrem Vater und Paul entdeckte und die sie gleichermaßen bestürzten wie beunruhigten.

»Möchtest du uns eine Registrierkasse kaufen?«, fragte Joost gefährlich leise. »Und vielleicht auch noch ein paar Zylinderlampen?«

»Ich meine doch nur …«

Er warf seine Serviette auf den Tisch. »Schluss! Ich höre mir das nicht länger an! Mir von unnützen Essern sagen zu lassen, wie ich meine Geschäfte zu führen habe!«

Paul schaufelte seinen Brei in sich hinein und sah noch nicht einmal von seiner Schale hoch.

»Dann lassen Sie mich ins Contor!«, sagte Bettina. »Ich habe bei Casper Groth in all den Jahren mehr gelernt als …«

»Still! Ich will nichts mehr hören!« Er wandte sich an seine Frau.

»Wie weit sind die Vorbereitungen zur Hochzeit?«

»St. Petri hat nur unter der Woche noch etwas frei«, sagte Amalie beschwichtigend. »St. Martini geht. Die Einladungen zum Ball werden heute noch versandt.«

»Wo ist die Liste?«

Ihre Mutter sprang auf und lief hinaus. Bettina wandte sich an ihren Bruder.

»Was willst du tun?«

Paul legte den Löffel beiseite, griff nach der Serviette und wischte sich den Mund ab. Dann lehnte er sich mit einem unwilligen Seufzen zurück.

»Wenn ich erst verheiratet bin, wird sich alles ändern. Der Ball ist unser Wiedereintritt in die Gesellschaft. Ich will, dass er perfekt ist!«

»Aber …«

»Ruhe!«, brüllte Joost. »Kann man noch nicht einmal seine Mahlzeiten bei Tisch ungestört zu sich nehmen?«

Bettina senkte den Kopf und löffelte den letzten Rest Brei. Bis zum Mittag würde es nichts mehr geben. Vorbei auch die Zeiten, in denen sie unten in der Küche Kekse stibitzen konnte. Seit neuestem wurden sie gewogen und abgezählt.

Amalie kam zurück und legte ein Papier vor Joost auf den Tisch. »Wirf bitte einen Blick darauf, damit wir auch niemanden vergessen haben.«

Er nahm das Blatt hoch, nestelte nach seiner Brille und las dann die Namen durch. Ab und zu schnaubte er ärgerlich auf, aber im Großen und Ganzen schien die Auswahl in Ordnung zu sein. Als er sie wieder ablegte, schnappte Bettina sie sich.

Alle standen darauf, einfach alle, die in Bremen etwas zu sagen hatten. Der Bürgermeister, die Senatoren, Trader, Banker, Firmen- und Hoteldirektoren. Die meisten Namen kannte sie.

»Und Paula?«

Joost, der sich gerade beruhigt hatte und schon im Aufstehen begriffen war, ließ sich wieder nieder. Eine steile Falte bildete sich zwischen seinen Augenbrauen. Amalie sah ihn unsicher an.

»Wir haben sie gestrichen«, sagte sie.

»Warum?«

Joost schürzte die schmalen Lippen. »Weil eine Hure kein Umgang auf der Hochzeit meines einzigen Sohnes ist.«

Amalie schnappte nach Luft. *»Excusez-moi?«*, japste sie. »Ein solches Wort an unserem Tisch?«

»Helene hätte das anders gesehen«, sagte Bettina. »Es geht um die Geste. Sie ist wütend. Und wohin das führen kann, haben wir doch erst neulich …«

Nun reichte es Joost. Er schlug mit der Faust auf den Tisch, dass die Teetassen auf den Untertellern klapperten. »Ist jetzt endlich einmal Schluss? Wer trifft hier eigentlich die Entscheidungen? Ich? Oder diese nutzlose Person, die ich einundzwanzig Jahre an diesem Tisch durchgefüttert habe?«

Püsken und Stukenborg, dachte Bettina, war aber geistesgegenwärtig genug, die Augen zu senken. Joosts verletzende Bemerkung verdrängte sie. Seit sie im heiratsfähigen Alter war, kam dieser Vorwurf immer wieder hoch.

»*Fräulein* Ekhoff«, Joost betonte Paulas ledigen Familienstand überdeutlich, »ist nicht mehr Teilhaberin am Handelshaus Vosskamp. Und deshalb wird sie auch nicht auf Pauls Hochzeit erscheinen. Habe ich mich klar ausgedrückt?«

Paul faltete die Zeitung zusammen und warf einen ärgerlichen Blick auf den Scheitel seiner Schwester.

»Beruhigen Sie sich, *mon père*. Wenn meine Schwester mit dem Baron verheiratet ist, kann sie in ihr Haus einladen, wen sie will. Aber bei den Vosskamps heißt es immer noch: Wes Brot ich ess, des Lied ich sing.«

Bettina stand wortlos auf und begann, den Tisch abzuräumen. Keine Clara, die musste sich um die Wäsche und die groben Arbeiten kümmern. Stattdessen ein Teewagen auf Rollen, auf den sie das Geschirr stellte.

Sie hatte sich erstaunlich schnell in diese Situation hineingefunden. Statt Kissen zu besticken und kitschige Romane zu lesen, war der Tag, der ihr sonst so lang erschienen war, mit einem Mal kurz geworden. Abends fiel sie erschöpft ins Bett, morgens half sie beim Eindecken unten im Teepalast, trug dann die Tabletts mit dem Frühstück nach oben, übernahm das Bettenschütteln und Teppichklopfen und war sich nicht zu schade, auch einmal unten in der Waschküche mit anzupacken. Positiver Nebeneffekt: die Gespräche mit Clara. Was sie von ihr erfuhr, war viel mehr als Klatsch und Tratsch. Weit davon entfernt, sich zur *Sozialistin* zu entwickeln, erfuhr Bettina auf diese Weise immer mehr von den Lebensbedingungen der Arbeiterklasse und vor allem vom Elend der Frauen, als es ihrem Seelenheil zuträglich war.

Vielleicht sollte sie Püsken doch heiraten. Mit seinem Geld konnte man so viel Gutes tun. Dann aber wurde Wenzel entlassen, der alte Hausdiener. Püsken war gnadenlos und machte Bettina noch einmal klar, dass er gar nicht daran dachte, irgendetwas zum Besseren zu wenden. Er würde investieren, aber ausschließlich in den Teehandel.

»Um die Siechen und Alten kümmert sich die Kirche«, bügelte er ihre zaghaften Vorschläge ab. »Wer sein Brot nicht verdienen kann, kann es auch nicht essen.«

Ihr wurde übel, wenn sie ihn nur sah. Unvorstellbar, dass er sie mit seinen feisten Fingern berühren würde, dass dieser fleischige Mund sich auf ihren pressen könnte und Dinge geschähen, die letzten Endes in der Produktion von Erben enden würden.

Nicht nur deshalb fieberte sie der Hochzeit von Paul und Sabine entgegen. Vor dem Einschlafen malte sie sich aus, wie sie Püsken noch auf dem Hochzeitsball von Sabine und Paul den Laufpass geben würde. Am liebsten vor der versammelten Bremer Bürgerschaft.

Und dann kam der Brief.

Der lange Enno, Königlicher Briefträger in einer alles anderen als königlichen Uniform, brachte ihn mit der anderen Post und warf den Packen achtlos auf den Küchentisch, um sich von Mamsell Schwicke einen Becher Tee geben zu lassen.

Bettina, die gerade die Zuckerdosen auffüllte, warf einen Blick auf eine oben liegende Briefkarte und fuhr zusammen. Sie war lang, gelb, fleckig, mit fremden Marken und Stempeln bedeckt und sah aus, als wäre sie schon durch viele Hände gegangen.

Miss Bettina Vosskamp, Teepalast am Markt, Bremen, Deutsches Reich.

Vorsichtig stellte sie die Zuckertüte neben den Dosen ab. Enno und Mamsell Schwicke tauschten Neuigkeiten aus und bekamen nicht mit, wie sie hinter ihrem Rücken nach dem Brief griff.

»Universal Postal Union British India« stand darauf gedruckt. Eine längliche rote Marke verriet, dass die Briefkarte zunächst als Overland Mail verschickt worden war, bevor sie in Kotgarh gestempelt und dann, so stand es handschriftlich vermerkt, via Brindisi nach Europa auf die Reise gegangen war. Auf der Rückseite stand: »The Elgin Club, Lebong, Darjeeling, British India«.

Sie hatte die Briefkarte noch nicht in ihre Schürzentasche gesteckt, als Enno nach einer der Zuckerdosen griff und ihm sofort auffiel, dass das exotischste Schreiben, das dieses Haus je erreicht hatte, verschwunden war.

»Helenes Perlenhandtasche«, sagte sie, bevor er den Mund öffnen konnte. »Man hat sie mir in Indien gestohlen. Wahrscheinlich wurde sie im Hotel abgegeben, und ich kann sie dort abholen. Wenn ich mal wieder in Indien bin.«

Mamsell Schwicke hob fragend die Augenbrauen. Bettina eilte aus der Küche hinaus in den eiskalten Flur.

Natürlich würde innerhalb kürzester Zeit jeder, ob er wollte oder nicht, davon erfahren, dass das junge Fräulein Vosskamp eine *correspondance indienne* unterhielt. Ein Glück, dass Ewan klug genug gewesen war, seinen Namen nicht unter die Hausadresse zu setzen.

Sie rannte nach vorne in den Teepalast, der zu dieser Zeit noch geschlossen hatte. Dort setzte sie sich an einen Tisch am Fenster und holte mit zitternden Händen die Briefkarte hervor. Dann wappnete sie sich mit einem tiefen Atemzug der zu erwartenden Absage und öffnete die versiegelte Karte.

Sie war ein längliches, etwas stärkeres Stück Papier, das zweimal gefaltet und anschließend verschlossen worden war. Der Inhalt war in einer kühnen, weit ausholenden Handschrift verfasst und ließ bei ihrem Anblick ihr Herz höherschlagen.

Darling, in answer to your flattering telegram I say – YES!

Sie schnappte nach Luft. *Darling? Yes?* Das konnte doch nicht wahr sein!

Lassen Sie uns nicht über ehrenwerte Motive und Liebe auf den ersten Blick fantasieren. Wir beide wissen, was wir wollen, und ich bin entzückt, geehrt und überglücklich, dass Sie sich entschlossen haben, gemeinsam mit mir einer Zukunft entgegenzugehen, die uns beide weit über das hinaushebt, was wir alleine erreichen könnten.

Und ich muss gestehen, dass ich von dem Moment an, in dem ich zum ersten Mal in ihre blauen Augen gesehen habe, nicht mehr aufhören konnte, an Sie zu denken.

Bettina stieß ein wütendes Schnauben aus. Ihre Augen waren braun!

Dieses Land wartet auf Sie. Es will von Ihnen erobert werden, wie der Mann, der diese Zeilen schreibt. Ich werde mich demnächst auf eine Reise in meine Heimat machen und hoffe, Ihnen auf diesem Weg meine Aufwartung persönlich machen zu dürfen. Alles Weitere dann, meine Liebste!

Ihr ergebenster Bewunderer, Scott.

Sie zerriss den Brief in winzige Fetzen, die sie anschließend sorgfältig in ihrer Schürzentasche verstaute. Wie konnte sie nur so eine Idiotin gewesen sein. Einen Heiratsschwindler um Hilfe bitten! Einen Mann, der noch nicht einmal wusste, welche Farbe ihre Augen hatten und der sie wahrscheinlich schon vergessen hatte, kaum dass sie abgereist war.

Für den ehrenwerte Motive und Liebe Fantastereien waren.

Der nichts anderes wollte als ihre Teeplantage.

Den sie angefleht hatte, sie zu heiraten, um ihren Kopf aus der Schlinge zu ziehen.

All die widerstreitenden Gefühle waren wieder da. Auf der einen Seite schämte sie sich, auf der anderen redete sie sich ein, dass sie gar keine andere Wahl gehabt hatte.

Aber das war mit Sabines und Pauls Hochzeit nicht mehr wichtig. Sie konnte Püsken noch in der Kirche den Laufpass geben und dann … ja, was dann?

Nachdenklich ging sie zu dem großen Kachelofen und beförderte die kleinen Papierfetzen in den kalten Feuerraum. Sie würden zu Asche verbrennen wie all ihre hochfliegenden Träume von einer Zukunft, in der sie keine Angst vor dem haben musste, was sie nachts im Ehebett erwartete. Alles war besser als dieses Ungeheuer. Vielleicht würde sie eine kinderlose alte Schachtel werden. Vielleicht aber würde sie eines Tages nach Indien gehen, als Bettina Vosskamp, Erbin von Brenny's Garden, und eine Teeplantage leiten. Genau wie das Helene einst getan hatte.

Und vielleicht, aber nur vielleicht!, mit einem Tea Manager, der eventuell, aber nur eventuell!, den Namen Scott Ewan tragen würde.

Sie ahnte, dass das auch ein Traum sein könnte, der niemals in Erfüllung gehen würde. Aber er war wieder da und ließ sie mit einem Lächeln zurück in die Küche gehen und die Post holen.

Die Einladungen hatten vor Tagen das Haus verlassen, die Zusagen trudelten ein.

»Der Bürgermeister!«, rief Amalie erfreut aus, als sie die Briefe sichtete. »Die Paulis, die Gildemeisters und fast der ganze Senat!«

Der Ball sollte im Teepalast stattfinden. Wie früher, als die Hausbälle der Vosskamps gesellschaftliche Ereignisse gewesen waren. Dafür wurde der Festsaal im hinteren Teil des Erdgeschosses hergerichtet, der schon lange nicht mehr in Anspruch genommen worden war.

Zwei Tage lang kämpfte Bettina sich mit Clara und den beiden Hausmädchen bis in die Nacht durch Spinnweben und Staub, spülte Geschirr, putzte Silber und sichtete die Tischwäsche. Glücklicherweise übernahm der Brautvater den größten Teil der Kosten. Ihm wäre es am liebsten gewesen, die Feier in seinem Stadtpalais auszurichten, aber Paul hatte auf dem Teepalast bestanden. Wenigstens in diesem Punkt hatte er sich durchsetzen können. Es sollte die Rückkehr der Vosskamps aufs Bremer Parkett werden. Der Paukenschlag. Das große Ausrufezeichen: Wir sind immer noch da. Niemand kriegt uns unter.

Die schweren alten Leuchter wurden aus dem Keller geholt. Es war noch gar nicht so lange her, dass Petroleumlampen und Kerzen die einzige Lichtquelle in den Häusern gewesen waren. Wie so oft in letzter Zeit musste Bettina an Helene denken und ihre Erzählungen aus ihrer Jugend in einem kleinen Dorf in Ostfriesland. Hogsterwaard. Sie war fast verhungert, bevor sie all ihren Mut zusammengenommen hatte und aufgebrochen war, um in der Ferne ihr Glück zu finden. Viele machten das jetzt wieder. Die meisten gingen nach Amerika. In der ganzen Stadt konnte man sie sehen mit ihren Kisten und Koffern auf dem Weg zum Bahnhof, ein Leuchten in den von Entbehrungen gezeichneten Gesichtern, das von Hoffnung auf eine bessere Zukunft sprach, die es hierzulande für sie nicht mehr gab.

Jemand klopfte an die Hintertür.

Bettina ließ den Leuchter sinken. Es musste kurz vor Mitternacht sein, und es war so kalt in dem leeren Festsaal, dass ihr Atem kleine Wolken bildete. Unschlüssig stellte sie den Kandelaber ab. Joost und Amalie waren schon längst im Bett. Paul hoffentlich auch, sie hatte ihn seit dem kalten Abendbrot nicht mehr gesehen. Clara, Mamsell Schwicke und die beiden verbliebenen Mädchen hatten sich auch schon zurückgezogen.

Das Klopfen wurde lauter und drängender. Ein Name schoss ihr wie glühendes Blei in die Adern: Scott Ewan. Er würde doch nicht mitten in der Nacht hier auftauchen?

Sie verließ den Saal und ging durch die Küche in den Flur. Leise, fast flüsternde Stimmen waren zu hören.

»Da kommt einer.«

»Wurde auch Zeit!«

Erleichtert atmete sie auf, schob den Riegel vor dem kleinen, vergitterten Fenster zur Seite und öffnete es. Draußen standen zwei finster aussehende Männer. Der eine hielt eine kleine Laterne in der Hand und leuchtete ihr damit direkt ins Gesicht.

»Sieh an! Das Fräulein Vosskamp!«

Ein bulliger, untersetzter Typ, der sich recken musste, um an sie heranzukommen. Strähnige Haare ringelten sich unter der Halbglatze, die mit einer verrutschten Mütze nur notdürftig bedeckt war. Eine schwere Hand legte sich auf seine Schulter und schob ihn zur Seite. Ein weiterer Kopf tauchte auf, kantig, mit breitem Kinn und einer wuchtigen Nase.

»Wo ist dein Vater, Mädchen?«

»Wer will das wissen?«

»Ich bin der Großhanns. Mach die Tür auf.«

Ihr blieb fast die Luft weg vor Schreck. Der Wucherer, vor dem sogar eine mit allen Wassern gewaschene Hure wie Paula Respekt hatte.

»Er schläft.«

»Dann weck ihn. Wir müssen reden.«

»Worüber?«, hörte sie sich sagen. Die Tür war alt und dick, mit Eisen beschlagen und gebaut zum Schutz gegen Eindringlinge. Mit Gewalt würden die zwei Gestalten nichts ausrichten können. Aber sie hatte den Verdacht, dass die auch gar nicht nötig war.

»Hat das nicht Zeit bis morgen?«

Großhanns' Gesicht tauchte so nah vor dem Fenstergitter auf, dass Bettina zurückzuckte.

»Zeit, Kind, gibt es nicht mehr. Sie endet. So wie meine Geduld. Tu, was ich dir sage. Sonst wird es keine Hochzeit in diesem Haus geben.«

»Warten Sie.«

Sie schloss das Fenster, machte kehrt und rannte die Treppen hinauf bis zum zweiten Stock. Keuchend blieb sie vor der Schlafzimmertür ihres Bruders stehen.

»Paul?«

Nichts rührte sich. Sie drehte den Knauf, öffnete die Tür und spähte ins Zimmer. Durch die geschlossenen Läden fiel so gut wie kein Licht von draußen herein, obwohl die Fenster auf den Markt und die Gaslaternen gerichtet waren.

»Paul!«

Ein unwilliges Grunzen kam aus der Ecke.

»Wach auf! Großhanns steht vor der Tür!«

»Was?«

»Großhanns! Mit einem seiner Schläger! Sie wollen zu Vater!«

Das weiße Laken wurde zurückgeschlagen, ein Schatten huschte durchs Zimmer. Bettina ging zurück in den Flur und drehte Paul den Rücken zu.

»Soll ich ihn wecken?«, fragte sie.

»Nein!«, kam es zischend zurück. »Das regle ich.«

»Aber …«

Paul kam heraus. Das Hemd über der Hose, die er mit beiden Händen hielt und den Gürtel zuzog. Sein breites Gesicht ein heller Fleck im Halbdunkel.

»Geh ins Bett.«

»Was ist los? Nächste Woche ist deine Hochzeit. Warum können sie nicht warten?«

Er stutzte. Fuhr sich mit den Händen durch die Haare.

»Warten?«

»Halt mich doch nicht für dümmer, als ich bin! Wir haben Schulden bei Großhanns.«

»Woher weißt du das?«

»Das ist doch jetzt egal.«

»Nein!« Er lief zur Treppe und drehte sich noch einmal zu ihr um. »Wenn du es weißt, dann redet bald die ganze Stadt darüber. Die Vosskamps in den Händen des schlimmsten Wucherers von Bremen! Stukenborg wird mir eher den Hals umdrehen, als mir seine Tochter geben! Verdammt! Muss immer alles auf einmal kommen?«

Sie folgte ihm.

»Niemand weiß es. Ich habe es gehört an dem Abend, an dem ihr Paula hinausgeworfen habt. Ihr wart ja laut genug.«

Er nahm die ersten Stufen hinunter und stockte.

»War sie das?«

»Was?«

»Hat sie die Briefe verschickt, um mich im Park bloßzustellen?«

Glücklicherweise war es dunkel genug, dass ihr Bruder den schuldbewussten Ausdruck in ihrem Gesicht nicht erkennen konnte.

»Woher soll ausgerechnet ich das wissen?«

»Stimmt auch wieder. Du bleibst hier.«

»Nein!«

Sie folgte ihm, wohl wissend, dass eine Auseinandersetzung das ganze Haus wecken würde.

»Du musst Vater dazuholen.«

Er sandte einen Stoßseufzer gen Himmel. »Vater? Der hat

aufgegeben, nachdem er uns in diese Lage gebracht hat. Ich muss Großhanns hinhalten, wenigstens die paar Wochen nach der Hochzeit, bis Sabines Aussteuer bezahlt ist. Hör zu.«

Er blieb wieder so abrupt stehen, dass sie um ein Haar in ihn hineingefallen wäre.

»Diese Hochzeit *muss* stattfinden. Eigentlich hat Paula uns sogar einen Gefallen getan. Ohne sie müsste ich warten, bis du endlich deinem Freiherrn geruhst, das Jawort zu geben.«

»Er ist nicht *mein* Freiherr!«

»Nein? Das würde ich mir an deiner Stelle noch einmal sehr genau überlegen. In diesem Haus ist kein Platz mehr für dich. Wenn Sabine einzieht, ist sie die Hausherrin. Mutter und Vater werden ihre Etage verlassen müssen. Du auch. Es ist schon genug, die beiden durchzubringen. Du bist jung, gesund und kannst dich bei Püsken auf die faule Haut legen, aber nicht hier.«

»Wie redest du eigentlich von unseren Eltern?«

»So wie sie von uns.« Er setzte seinen Weg fort. »Wir sind ihre Rettung vor dem Bankrott. Und deshalb wirst du alles daransetzen, Püsken zufriedenzustellen und meiner Hochzeit mit Sabine nicht im Weg zu stehen!«

»Das tue ich doch gar nicht!«

Sie erreichten den Flur im Erdgeschoss. Aus der Küche kam ein schwacher Duft von Sauerteig – das Brot für morgen war schon angesetzt und ruhte auf den schweren Holzregalen neben dem Herd.

Paul riss das kleine Fenster auf. »Ja?«

»Oh!«, kam ein spöttischer Ausruf von draußen. »Wollen wir unsere Geschäfte etwa so besprechen?«

Paul schob die Riegel zurück und öffnete die Tür. Aber noch bat er niemanden einzutreten.

»Was zum Teufel soll dieser Überfall mitten in der Nacht? Es ist ausgehandelt, dass Sie Ihr Geld bekommen.«

»Wollen wir das wirklich zwischen Tür und Angel besprechen?«

Paul spähte hinaus in die Gasse. Dann trat er einen Schritt zur Seite. Großhanns und sein Beschützer – oder was immer dieser dumpfe, vierschrötige Kerl sein sollte – traten ein.

»Hier entlang.«

Er ging voraus und öffnete die Tür zum Contor. Bettina schloss die Tür und folgte ungefragt der seltsamen Gruppe. Paul hatte gerade die Kette am Absperrventil der Gaslampe gezogen. Mattes Licht erhellte den Raum. Sie alle sahen aus wie Gespenster. Ihr Bruder, bleich und mit wirren Haaren. Großhanns mit dunklen Bartschatten, fettige Haarzotteln fielen ihm in die Stirn, und obwohl er ein Mann war, der eine rohe, ungezügelte Kraft ausstrahlte, hatte er einen Stock bei sich. Sein Begleiter grinste sie süffisant an, wobei er jede Menge Lücken in seinen fauligen Zähnen offenbarte. Er wirkte abgerissen, aber gut im Futter und stank nach altem Schweiß und irgendetwas Geräuchertem, das in Papier eingewickelt in seiner Jacke steckte. In der Hand, das sah sie erst jetzt, hielt er eine Eisenstange.

»Setzen Sie sich.«

Paul nahm hinter Joosts Schreibtisch Platz, Großhanns in dem Sessel davor. Der Rest blieb stehen.

»Lass uns nicht lange drum herumreden, Junge«, sagte der Wucherer. »Wann zahlt ihr endlich?«

Paul zog eine Schublade auf und holte ein mehrere Seiten dickes Papierbündel heraus – den Ehevertrag mit Sabine Stukenborg.

»Die erste Tranche wird am Tag der Eheschließung bezahlt. Die zweite vier Wochen später. Die dritte, wenn sie guter Hoffnung ist.«

»Nichts gegen die Kraft deiner Lenden«, erwiderte Großhanns. »Aber das dauert mir zu lang. Vier Wochen habe ich mit deinem Vater ausgehandelt. Keinen Tag länger!«

Paul legte den Vertrag vor sich ab. Als Großhanns' Pranke sich den Papieren näherte, zog er ihn zu sich heran.

»Mein Vater ist nicht mehr befugt zu handeln.«

So deutlich hörte Bettina das zum ersten Mal. Sie stand neben der Tür und hörte angespannt zu, sehr darauf bedacht, bloß nicht aufzufallen und hinausgeschickt zu werden.

Großhanns beugte sich vor und umfasste mit den Händen den Knauf seines Gehstocks. Der silberne, zum Greifen geformte Knauf konnte teurer Zierrat sein, aber genauso gut als Waffe dienen. Anders als die Eisenstange seines Kumpans sah das Ding teuer aus und war wohl auch dazu gedacht, seinen Worten einen nachhaltigen Eindruck zu geben.

»Von mir aus, Junge. Trotzdem ist seine Zusage verbindlich. Und du bist sein Nachfolger.«

»Das sind Gottfried Freiherr von Püsken und Senator Stukenborg.«

Großhanns stieß ein verächtliches Schnauben aus und drehte sich zu seinem finsteren Begleiter um. »Du hattest recht. Die Vosskamps sind Schwindler und Betrüger.«

Der stinkende Mann nickte.

»Man sollte den Senator informieren, wer sein Schwiegersohn wird.«

An Pauls Stirn schwoll eine Ader, aber er schwieg.

»Wenn ich nicht einen Tag nach der Hochzeit mein Geld hab, mach ich dich fertig.«

»Das ist ausgeschlossen.«

»Nicht einen Tag länger.«

Großhanns stützte sich auf seinen Stock und stand auf. Als er sich umdrehte, sah er Bettina, und ein unangenehmes Feixen zog seine Mundwinkel nach oben.

»Ach, und dich haben wir ja auch noch.«

Er trat auf sie zu und wollte ihr ans Kinn fassen. Aus einem Reflex heraus schlug sie seine Finger weg.

»Sieh an, ein freches kleines Biest!« Betont erstaunt blickte er auf seine Hand. »Kateiker nennen sie dich. Kein Wunder, dass der Baron so darauf brennt, dich endlich in seinem Bett zu haben. Man hört, er mag es wild.«

Ihr Herz schlug bis zum Hals. Paul schob den Stuhl zurück und stand auf.

»Dieser Händel ist zwischen dir und mir.« Jetzt duzte er auch, und das drückte mehr als alles andere seine Verachtung aus. »Lass meine Schwester aus dem Spiel.«

»Sie ist auch eine Vosskamp. Zumindest gehe ich davon aus. So genau hat man das in diesem Haus ja noch nie genommen.«

Sein Grinsen wurde noch unangenehmer. Der Blick wanderte über Bettinas Gestalt, als ob sie eine Ware wäre, für die er den Preis abschätzte.

»Ganz die Großmutter. Die wilde Helene. Hat nie Nein sagen können, und auf einmal lag ein Bankert in der Wiege.«

Bettina holte aus und schlug ihm ins Gesicht. Großhanns hatte nicht mit dieser Reaktion gerechnet. Er verlor fast das Gleichgewicht und wollte sich dann mit einem wütenden Schrei auf Bettina stürzen, aber Paul, um einiges jünger und stärker als er, hielt ihn zurück.

»Aufhören! Beide!«, brüllte er.

Der Schläger hob die Eisenstange. Er war unsicher: Sollte er sie einsetzen? Das wäre Mord.

»Ihr seid Hurenpack!«, geiferte Großhanns und befreite sich mit einer brüsken Bewegung aus dem Griff. »Schon immer gewesen, egal, wen ihr heiratet! Ihr kommt aus dem Nichts und geht ins Nichts! Ich mach euch fertig!«

Ein Blick auf seinen Kompagnon, der die Stange wieder sinken ließ. »Los. Abmarsch.« Zu Paul sagte er: »Wenn ich es deinem Vater nicht in die Hand versprochen hätte, würde morgen von diesem Haus kein Stein mehr auf dem anderen stehen!«

Er ging zur Tür.

»Einen Tag nach der Hochzeit! Fünfundfünfzigtausend! Jede Mark und jeden Pfennig werde ich zählen, und dann, Junge, dann …«

Schnaubend lief er in den Flur, gefolgt von seinem Begleiter, und verließ das Haus. Das Letzte, was sie von den beiden hörten, war das donnernde Zuschlagen der Hintertür.

»Heilige Mutter Maria.«

Paul wankte zu Joosts Schreibtisch zurück und ließ sich auf den Stuhl fallen. »Musste das sein? Kannst du dich nicht ein Mal, ein Mal raushalten!«

»Er hat Helene eine Hure genannt!«

»Ja und? Was denkst du, wie ich schon genannt wurde? Oder Vater? Was sie uns hinterherrufen und in ihre Taschentücher husten? Da draußen wird mit harten Bandagen gekämpft, während ihr im Teepalast sitzt und Porzellantässchen balanciert! Wenn ich jedes Mal, wenn jemand ausfallend geworden wäre, die Hand gehoben hätte, käme ich gar nicht mehr aus dem Gefängnis heraus!«

Er stützte sich mit den Ellenbogen auf den Tisch und rieb sich mit den Händen übers Gesicht.

»Er wird uns vernichten.«

»Nein.« Sie atmete tief durch und setzte sich auf den Stuhl, auf dem eben noch Großhanns gesessen hatte. »Er will unser Geld. Gib es ihm. Tu alles, was in deiner Macht steht. Wir dürfen mit diesen Leuten nichts mehr zu tun haben!«

»Und wie? Soll ich Stukenborg sagen, dass ich die gesamte Mitgift auf einen Schlag brauche, um die Schulden meines Vaters bei einem Wucherer zu bezahlen?«

»Er konnte nichts dafür.« Sie versuchte, ihre Stimme ruhig klingen zu lassen. »Wäre die *Hera* nicht untergegangen, stünden wir ganz anders da. Sprich mit Sabine. Es ist ihre Mitgift. Und sie liebt dich von ganzem Herzen.«

»Oh mein Gott.« Er ließ die Hände sinken und warf den Kopf in den Nacken. »Weißt du, dass ich sie schon jetzt nicht ertrage?«

»Sie ist ein gutes Mädchen.«

»Genau das ist es ja!« Zum ersten Mal erkannte sie so etwas wie Verzweiflung in den Augen ihres Bruders, und das machte ihr fast mehr Angst als Großhanns' Drohungen. »Ich ertrage dieses süßliche Lächeln nicht. Diese Langeweile in ihrer Gegenwart. Diesen Hundeblick, mit dem sie mich ansieht.«

»Immer noch besser als Püsken.«

»Ach ja? Sobald er dich in seinem Bett gehabt hat, verliert er das Interesse an dir und du hast ein schönes Leben. Aber Sabine, mit ihr habe ich lebenslänglich.«

Er stand auf und verließ das Contor. In diesem Moment klopfte es an der Hintertür. Hatte Großhanns es sich anders überlegt und war mit Verstärkung wiedergekommen? Paul stoppte und ballte die Fäuste. Dann drehte er sich langsam um und riss die Tür auf.

»Was zum Teufel ...«

»Verzeihen Sie, guter Herr. Ich sah noch Licht, und ich dachte ...«

»Was? Was dachtest du? Dass es ein guter Zeitpunkt zum Betteln ist?«

Bettina sprang auf und hastete in den Flur. Draußen stand eine Frau, mager, abgerissen, ein Kind an der Brust, das andere an der Hand. Sie schwankte leicht und schien sich nur mit Mühe auf den Beinen halten zu können. Das Kleinkind an ihrer Brust schlief. Der Junge an ihrer Hand lutschte am Daumen. Er war mager und keine fünf Jahre alt, aber er hatte die Augen eines Greises.

Als die Bettlerin Bettina sah, lächelte sie.

»Ach, gute Frau! Sie haben uns neulich das Brot gegeben!«

Paul drehte sich um und fixierte seine Schwester, als wäre nach allem, was gerade passiert war, dies der absolute Tiefpunkt. »Was hast du?«

»Und die Platten mit der Wurst und dem Fleisch! Und die Aafkenzoppen[25] neulich«, fuhr die Frau hastig fort und bemühte sich, ihr breites Missingsch[26] verständlicher zu sprechen. »Dank sei Ihnen. Möge das Antlitz des Herrn über Ihnen leuchten! Ist noch etwas übrig heute? Wir haben seit Tagen nichts gegessen!«

Statt einer Antwort warf Paul die Tür zu und schob die Riegel vor. »Das hört auf. Endgültig! Sind wir die Barmherzigen Schwestern? Wir haben selbst kaum noch etwas auf dem Brot, und du verschenkst es an diesen Abschaum?«

»Paul!«

Er packte sie am Arm und zerrte sie zur Treppe. Dann riss er sie zu sich herum.

»Wie kann man nur so egoistisch sein!«

»Ich?«, schrie sie ihn an.

»Wenn Püsken und Stukenborg das erfahren, dass wir immer noch das Geld zum Fenster hinauswerfen, dann ist es aus! Aus! Wann geht das endlich in deinen Kopf hinein?«

Er holte aus, sie duckte sich, wie sie das schon als Kind gelernt hatte, wenn es etwas rauer zuging im Hause Vosskamp. Er ließ die Hand sinken. Schwer atmend trat er einen Schritt

25 Erbsensuppe
26 Mischung aus Hochdeutsch und Bremer Dialekt, hauptsächlich in Arbeitervierteln gesprochen

zurück. Maßlose Wut und Enttäuschung, aber auch etwas, das Bettina noch nie bei ihm gesehen hatte, spiegelte sich in seinem Gesicht.

»Bis zu meiner Hochzeit wirst du dein Zimmer nicht mehr verlassen.«

»Was?«

Er schleifte sie die Treppe hinauf.

»Lass mich los!«

Unter ihrem wütenden Protest gelangten sie in den zweiten Stock. Amalie öffnete mit verrutschter Haube und einem hastig übergeworfenen Morgenmantel die Schlafzimmertür.

»Was soll denn dieser Lärm mitten in der Nacht?«

»Er will mich einsperren!«, rief Bettina.

Paul ließ sie los, wahrscheinlich aus Respekt vor seiner Mutter.

»Sie hat Stubenarrest.«

Amalies Gesicht war ein einziges Fragezeichen.

»Sie hintergeht Püskens Anweisungen.«

»Was? Bettina!«

»Ich wollte doch nur …«

Amalie fasste sich in Sekundenbruchteilen. Sie sah hastig zurück ins Schlafzimmer und schloss dann hinter ihrem Rücken die Tür. »Was du willst«, zischte sie, »spielt solange keine Rolle, bis Paul verheiratet und du die Frau Baronin bist.«

»Aber …«

»Kein Aber!« Sie machte eine Handbewegung, die man durchaus als Befehl zum Abführen deuten konnte. »Ich habe es satt! Deine Quengelei den lieben langen Tag, deine Unzufriedenheit, deinen Egoismus! Ich zähle die Stunden, bis du aus dem Haus bist!«

Bettina rang nach Luft. Dann drehte sie sich um und ging in ihr Zimmer. Paul schloss wortlos hinter ihr ab. Sie blieb noch einen Moment reglos stehen und fuhr sich dann mit beiden Händen übers Gesicht.

Es war Verzweiflung gewesen. Tiefe, bodenlose Verzweiflung, die sie bei ihrem Bruder gespürt hatte und die sie nun auch beschlich.

Düstere Vorzeichen

Paul machte Ernst mit dem Stubenarrest. Sogar Paustian musste sich, gefolgt von zwei Näherinnen, heraus aus seiner Schneiderei in das vosskampsche Haus am Markt begeben, damit Bettina die Anproben für ihr eigenes Hochzeitskleid nicht verpasste. Die standen ja auch noch an, auch wenn Pauls und Sabines Verbindung und die Eile, mit der sie besiegelt werden sollte, alles überschattete.

Allerdings führte Püsken bei seiner Eheschließung Regie, und seine Planungen sahen die Trauung und einen anschließenden kleinen Empfang in seinem Haus an der Horner Heerstraße vor. Die Hochzeitsreise wolle er mit Geschäften in Königsberg verbinden.

»Die Kurische Nehrung, meine Liebe, ist immer eine Reise wert«, säuselte der Schneider.

Was durchaus sein konnte, aber Ende Januar? Bettina schwieg und nickte, denn sie war sich sicher, dass es nie dazu kommen würde.

»Und dann hätten wir noch die Umarbeitungen an Ihrem Ballkleid für die Hochzeitsfeier Ihres Bruders, gnädiges Fräulein.«

Viel war nicht damit passiert. Ein paar Bänder, ein wenig Spitze an den Ärmeln. Sie schlüpfte hinter dem Paravent in ihrem Zimmer hinein. Die jüngere der beiden Näherinnen, ein mageres Mädchen mit blonden, krausen Haaren und vor Aufregung roten Backen, knöpfte es hinten zu. Es saß etwas knapp, aber Paustian meinte nach kritischer Begutachtung, in den zwei Wochen bis Martini »könnten wir noch etwas an den Nähten auslassen«.

»Nein«, sagte Amalie hastig. Sie war bei den Anproben dabei, aber es war nicht möglich, ein Wort unter vier Augen mit ihr zu wechseln. »Soll sie lieber eine Mahlzeit auslassen.«

Die jüngere Näherin kicherte, hielt sich dann aber die Hand auf den Mund und verstummte.

Die Tage bis Martini schleppten sich quälend langsam dahin. Wenn Hilfe bei den Hochzeitsvorbereitungen gebraucht wurde, durfte Bettina ihr Zimmer verlassen. Die kargen Mahlzeiten nahm sie allein in ihrem Zimmer ein. Und so bekam sie von der Katastrophe, die sich vor ihrer Haustür abspielte, erst etwas mit, als eines Morgens entsetzte Rufe durchs Haus schallten und der Leiterwagen des Totengräbers vor der Hintertür hielt.

Es war kalt geworden, bitterkalt. Nachts fielen die Temperaturen unter den Gefrierpunkt, und die Frau war wohl durch Hunger und Krankheit geschwächt gewesen, wie der Polizeidiener mit einem Schulterzucken feststellte und auf ihre Lumpen wies.

»Ne Buurdeern[27] inne Stadt, nur drögen Hanf[28] im Bauch. Na, ihr Lütten?«

Er beugte sich zu dem Jungen, der das Baby der Frau fest an sich gepresst hielt. »So, Muschepunt[29], lass mal sehen.«

Vorsichtig zog er einen Zipfel des Wickeltuchs zur Seite und schüttelte dann den Kopf. Auch der Säugling hatte nicht überlebt. Alles in Bettina krampfte sich zusammen, als sie den leeren Blick des letzten Überlebenden dieser kleinen Familie sah.

»Zwee dood, nüscht zu machen.«

Der Mann richtete sich wieder auf und suchte unter den

27 Bauernmädchen
28 Schlechtes Essen
29 Kleiner Junge

Anwesenden jemanden, den er ansprechen konnte. Bettina trat zur Seite, als Joost und Paul sich durch die Hintertür nach draußen drängten. Sie war unfähig, auch nur ein Wort herauszubringen oder etwas anderes zu empfinden als abgrundtiefe Verachtung für Paul. Schweigend beobachtete sie ihren Bruder, der dem Totengräber Anweisungen gab und sich mit dem Polizisten unterhielt, als wäre dieses lästige Sterben an der Hintertür nichts Besonderes.

Jemand war so gnädig gewesen und hatte das Gesicht der Toten mit einem Taschentuch bedeckt. Doch sie konnte ihre Hände sehen und erinnerte sich daran, wie liebevoll sie ihre Kinder gehalten hatte. Tränen stiegen ihr in die Augen. Sie schaute zu Clara, die weiter hinten im Flur stand, aber die presste die Lippen zusammen und mied ihren Blick.

Wir sind schuld, dachte sie.

»Nichts mehr zu kieken, Leute! Zurück zum Tapeet[30]!«, rief der Polizeidiener und drängte die Schaulustigen zurück, die sich mittlerweile eingefunden hatten.

Eine Frau in einem dunklen Cape mit tief in die Stirn gezogener Kapuze hielt sich unauffällig im Hintergrund. Durch ihre Körpergröße konnte sie alles überschauen, ohne ihren Platz im Schatten der gegenüberliegenden Hauswand zu verlassen. Vielleicht spürte sie, dass Bettina sie beobachtete, oder sie hatte es erwartet. Ihre Blicke trafen sich. Es war die Hure, die Paul in die Falle gelockt hatte. Bevor sie ihn auf die stumme Zeugin aufmerksam machen konnte, hatte sich die Frau umgewandt und war mit leichtem Schritt und wiegenden Hüften um die nächste Ecke verschwunden. Gut so, dachte sie. Soll sie Paula ruhig erzählen, was hier passiert ist. Doch dann änderte sich die Rachsucht in ihr schlagartig. Sie lief der Frau hinter-

30 Tagesordnung

her, aber als sie die Ecke erreichte, war sie wie vom Erdboden verschluckt.

Dafür blieb ein ungutes Gefühl. Eine Ahnung von künftigen Schwierigkeiten, die Paula ihnen schon angedroht hatte und die durch diesen Vorfall bestimmt nicht geringer geworden waren.

»Weitergehen! Hier gibt es nichts zu sehen!«, rief Joost und trieb mit herrischen Armbewegungen die Neugierigen auseinander.

Bettina wickelte sich noch fester in ihren Schal und kehrte zurück zum Haus. Ein Hauch von Puderzuckerschnee wurde vom Wind über das vereiste Pflaster getrieben und legte sich wie ein gnädiger Schleier über die erfrorene Frau.

»Was wird aus dem Jungen?«, fragte sie den Polizeidiener.

»Der da wird sich 'ne Weile tribelieren[31] im Waisenhaus un dann …« Er fuhr dem teilnahmslosen Kind durch die Haare, diesem schmalen, spitznasigen Betteljungen in viel zu großen Hosen und einer viel zu dünnen Jacke. »Na, min lütschen Bötel[32]? So is dat Leven. Musste nich mehr auf der Straße schlafen. Un Essen gibt's ooch.«

Er wandte sich an Bettina. »Ich bring ihn hin.«

Der Totengräber trat heran, nahm kurz die Mütze ab und beugte sich dann zu dem Jungen, um ihm den kleinen Leichnam abzunehmen. Der wehrte sich, und bevor der herzzerreißende Abschied Bettina die letzte Beherrschung kostete, ging sie zurück ins Haus. Rannte die Treppen hoch. Lief durch den Flur. Riss die Tür zu ihrem Zimmer auf und schlug sie hinter sich zu. Griff die Keramikkanne, die zum Lavabo[33] gehörte,

---

31 Sich quälen, trauern

32 Kleiner Junge

33 Waschschüssel mit Kanne

und schleuderte sie gegen die Wand. Scherben und Wasser regneten herab.

Sie hätten die Frau retten können.

Wir sind schuld, dachte sie und starrte auf die Bescherung zu ihren Füßen. Es war eine hübsche Kanne gewesen mit einem zarten Rosenmuster auf dem Bauch, das sich am Rand der Waschschüssel fortsetzte, von irgendeiner namhaften Manufaktur. Sie hätte sie lieber verkaufen und das Geld den Armen geben sollen. Aber dafür war es zu spät, und für die Reue ebenso.

Die Schuldgefühle überschatteten auch den Tag der Hochzeit. Genau wie die unbestimmbare Furcht, ob die Tote auf ihrer Schwelle noch ein Nachspiel haben würde. Paula würde längst wissen, was sich an der Hintertür der Vosskamps abgespielt hatte. Großhanns ebenfalls.

Clara redete nur noch das Nötigste mit ihr. Mamsell Schwicke erzählte, während sie in der Küche des Teepalasts die Sandwiches belegten, das »so etwas« immer mal wieder geschähe, weil die Armenhäuser völlig überfüllt wären.

»Es is ja auch köterkoolt[34] da draußen.«

Eine kurze Mittagssonne hatte den Pulverschnee zwar am nächsten Tag geschmolzen, aber die Straßen waren, kaum dass die Kälte wieder anzog, spiegelglatte Rutschbahnen geworden. Armlange Eiszapfen bildeten sich an den Laternen und Dachvorsprüngen der Häuser, die ab und zu herabfielen und mit einem Knall zerbarsten.

»So 'n früher Winter lässt all Leut in'n Knick gahn[35].«

Ihre Eltern und Paul taten, als hätte es den Vorfall nie gegeben. Aber Bettina bekam nicht aus dem Kopf, wie brutal ihr

34 Hundekalt
35 Humpeln, beeinträchtigen

Bruder und sie die Frau kurz vor ihrem einsamen Tod abgewiesen hatten.

Und dann war Martini, und der Tag der Hochzeit brach an.

Die Geräusche vom Markt drangen gedämpfter als sonst in ihr Zimmer, und als sie frierend und zähneklappernd aufstand und den Vorhang zur Seite zog, erkannte sie auf einen Blick, warum: Es hatte geschneit. Richtig dieses Mal. In dicken, weichen Flocken, die am Fenster vorübertanzten und sich, getrieben vom Wind, zu zarten Schleiern verwirbelten. Einen so frühen Wintereinbruch hatte es schon lange nicht mehr gegeben.

Wenig später stand sie angezogen in der Küche, verschlang eine Handvoll Gebackels – Kekse, die aus Resten zusammengeknetet und noch mal in den Ofen geschoben worden waren –, und stürzte einen Becher lauwarmen Tee hinunter.

Das ganze Haus war schon auf den Beinen. In einer Stunde würde der Frisierer kommen, der sich auch einen soliden Ruf als Haarkräusler erarbeitet hatte, und Amalie und ihr einen Pompadour zaubern. Um zehn war die Hochzeit in der Kirche, danach gab es ein Essen in kleinem Kreis bei den Stukenborgs, bevor sich alle zurückzogen und für den abendlichen Ball vorbereiteten.

»Moin, moin!«

Der lange Enno kam in den Flur und wurde von Mamsell Schwicke erst einmal angeherrscht, sich die nassen Schuhe ordentlich abzustreifen. Er wühlte in seiner Tragetasche herum, die so blank und gewienert aussah, dass man sich fast in ihr spiegeln konnte.

»Schmeckt's?«, fragte er Bettina.

Die schob ihm den Teller hinüber, und die Reste und Krümel landeten in Blitzgeschwindigkeit in seiner ausgebeulten Hosentasche. Mamsell Schwicke tat so, als hätte sie nichts gesehen.

»Die neue *Gartenlaube*. Und jede Menge Geschäftspost.« Er

legte den Packen auf den Küchentisch. »Ach ja, und dann ist hier noch was aus London.«

»London?«, fragte Bettina.

Wie der Zauberer das Kaninchen aus dem Hut, so zog er einen letzten Brief aus seiner großen Tasche.

»Hör ich da so was wie Enttäuschung?«

»Nein«, antwortete sie schnell.

Mamsell Schwicke legte das Küchentuch ab. Bettina nahm es und wischte sich die Hände ab.

»Ich bringe ihn hoch zu meinem Vater«, sagte sie und wollte nach dem Brief greifen. Aber Enno zog ihn zurück und musterte den Umschlag noch einmal genauer.

»Der is nich für dein Vadder.«

»Dann für Paul.«

»Ooch nich für dein Broder.«

»Nicht?«

»Für dich, min Deern. Von ...« Mit zusammengekniffenen Augen versuchte er, die schwungvolle Schrift auf dem Umschlag zu entziffern. Das war Bettinas Gelegenheit zuzugreifen.

»Briefgeheimnis, Enno.«

»Nur wenn ich ihn aufmache!«, kam es empört zurück. »Aber was wer auf den Umschlag schreibt ...«

»Geht auch niemanden etwas an.«

Sie las den Absender, und eine Schockwelle raste durch ihr Herz.

Scott Ewan. Oriental Club, Hanover Square. London.

Um Himmels willen.

»Danke, Enno.«

Mamsell Schwicke holte das Glas mit den Rosinen aus dem Regal, aber es war ihr anzusehen, dass sie gerne noch ein wenig mit dem langen Enno geplaudert hätte. Am liebsten über Briefe aus London an Bettina.

»Da geht's raus. Du hast bestimmt noch viel zu tun heute.«

»Öhm – ja. Schönen Tach ooch.«

Der Briefträger verabschiedete sich mit einer linkischen Verbeugung. Mamsell Schwicke nahm das Küchentuch wieder auf und fuhr fort, die Gläser zu polieren.

»Zweihundert Gäste. Wie sollen wir das schaffen?«

»Es kommen noch ein paar Aushilfen über Clara, soweit ich weiß. Ich bin gleich wieder da.«

»Ich lauf nich wech.«

An diesem Tag ging es im Hause Vosskamp zu wie in einem Bienenstock. Ständig wurde irgendetwas geliefert oder abgeholt. Laufburschen brachten Glückwunschkarten und Geschenke. Immer wieder klopften Dienstboten an die Hintertür, um im Auftrag ihrer Herrschaft die Sitzordnung in der Kirche oder beim Hausball zu verändern oder kundzutun, dass sie gerne direkt neben dem Bürgermeister oder einem bestimmten Senator oder Bankdirektor oder Trader sitzen wollten. Amalie gab es irgendwann auf, die Namenskarten auf der Übersichtstafel ständig neu zu ordnen, und bekam den nächsten Nervenzusammenbruch beim Anblick der Kalbskopfsülze, die sich weigerte zu gelieren.

Joost und Paul waren im Contor und gingen ein weiteres Mal die Bücher durch. Bettina verschwand mit klopfendem Herzen im Flur und riss das Siegel auf, noch bevor sie die Küchentür hinter sich geschlossen hatte.

Meine geliebte Braut! Ich bin gerade in London angekommen. In den nächsten Tagen werde ich ab Southampton den Schnelldampfer nach Bremerhaven nehmen und Sie direkt in Bremen aufsuchen. In freudiger Erwartung, Scott Ewan.

Wann? Wann würde Ewan in Bremen eintreffen? Der Brief trug kein Datum, der Tagesstempel am Rand der Briefmarke mit dem Profil Königin Victorias war verwischt.

Die Schnelldampfer des Norddeutschen Lloyd fuhren täglich, und seit der junge Außenseiter Albert Ballin Chef der Passageabteilung geworden war, florierte das Unternehmen wie noch nie. Die Schiffe wurden immer prächtiger ausgestattet, die Routen führten in aller Herren Länder, sofern sie am Wasser lagen. Die Passage Dover-Calais war bei gutem Wetter in ein paar Stunden zu schaffen. Ewan konnte den Brief in dieser Woche aufgegeben haben.

Dann wäre er … um Himmels willen!

Sie faltete das Papier zusammen und trat durch die Hintertür hinaus auf die Gasse, wurde aber von der Kälte und dem scharfen Wind zurück in den Eingang getrieben. Ein Blick nach links, einer nach rechts – der Laufbursche von Rainhardts Colonialwaren stemmte sich gegen die steife Brise und zog unter Fluchen einen Leiterwagen hinter sich her. Die halbe Plane hatte sich gelöst, und die flatterte und knatterte wie am Mast eines Segelboots. Kein Scott Ewan weit und breit.

Sie lief zurück ins Haus und durch die Küche in den Teepalast, wo die Tische bereits in den Festsaal gebracht worden waren, damit Platz für den Empfang war. Tagelöhner und Dienstmädchen aus Stukenborgs Haushalt wischten den Boden, hängten Girlanden auf und wurden von Mamsell Schwicke mit Aufträgen bombardiert. Bettina stemmte sich gegen die schwere Vordertür und öffnete sie – die Zugluft fegte einen ganzen Stapel Festblätter, auf denen der Ablauf des Abends abgedruckt war, einmal quer durch den Raum.

Auf dem Markt trotzten nur die solidesten Stände dem schlechten Wetter. Kartoffel-Krischan war da und wärmte sich die Hände an einem kleinen Feuer, das er in einer alten Petroleumkiste entfacht hatte. Metzgermeister Blume aus der Knochenhauerstraße hatte seinen Gesellen geschickt, der die Räucherknüppel und Mettenden aus Pferdefleisch vergeblich mit heiserer Stimme anpries. Ein paar Korbflechter und Maroniröster versuchten noch ihr Glück, aber die wenigen Passanten eilten vorüber und würdigten die Auslagen kaum eines Blickes.

Kein Scott Ewan auf dem Markt. Aber er konnte jederzeit und überall auftauchen. Sie verfluchte sich, dass sie ihm nicht ein zweites Telegramm geschickt hatte, in dem sie ihrer eigenen Torheit einen Riegel vorgeschoben hätte.

Und seiner auch.

Er konnte doch nicht im Ernst glauben …

»Bettina!«

Sie fuhr herum. Amalie stand hinter ihr.

»Der Frisierer ist da.«

»Gleich.«

Ein Mann tauchte auf, bis eben verdeckt vom steinernen Roland, hochgewachsen, noch recht jung und in ein vornehmes Wollcape gekleidet, den Hut tief ins Gesicht gezogen. Er näherte sich dem Stand der Klaben-Liese, die die schweren, süßen Rosinenbrote zum Schutz gegen den Schnee mit Leintüchern zugedeckt hatte. Beflissen zog die Geschäftsfrau das Tuch weg und bot dem Mann eine Kostprobe an.

Es war nicht Ewan.

»Was ist los?«, fragte Amalie mit scharfer Stimme.

Ertappt drehte sie sich zu ihrer Mutter um. Die deutete auf das Papier in Bettinas Hand.

»Was?«

»Dieser Brief, den du vor mir versteckst. Von wem ist er?«

Korrespondenz war eine seltene Sache und deshalb, selbst wenn es nur Grüße von einem Lieferanten waren, immer eine Erwähnung wert.

»Nichts«, antwortete Bettina. »Sabine Stukenborg hat mir geschrieben.«

»Zeig her.«

Bettina versteckte Ewans Zeilen hinter dem Rücken und erwog in aberwitziger Geschwindigkeit verschiedene Erklärungen, die ihre Mutter vielleicht davon abhalten könnten, den Brief einfach an sich zu nehmen.

»Sie hat mich gefragt …« Ihre Stimme wurde zu einem Flüstern. »… wo sie ein Exemplar von Dr. Weisbrods *Gattenpflichten christlich und ärztlich* finden könnte.«

»Wie bitte?«

»*Gattenpflichten christlich und* …«

»Ja«, zischte Amalie und sah sich hastig um, ob auch niemand Zeuge dieses Gesprächs wurde. »Das habe ich verstanden. Aber nicht, dass sie dieses Buch lesen will!«

Die Entrüstung war zu erwarten. Als Bettina vor Jahren morgens in einem blutnassen Laken aufgewacht war, hatte sie geglaubt, sie müsste sterben. Weinend, verzweifelt und schmerzgekrümmt war sie im Schlafzimmer der Eltern aufgetaucht. Joost hatte einen Tobsuchtsanfall bekommen. Amalie hatte sie hinausgeschickt mit den Worten: »Es ist so weit, wasch dich.«

Was war so weit? Und warum kam das immer wieder? Unter den Dienstmädchen war der *Besuch der roten Tante* jedenfalls keine unbekannte Größe. Von ihnen erfuhr sie, dass sie sich mit dieser Peinlichkeit für den Rest ihres Lebens als fruchtbare Frau abzufinden hatte. Und wie man Leintücher zu Windeln drehte. Und was es damit auf sich hatte, wenn die Tante für neun Monate nicht vorbeikam … Aber von ihrer Mutter kein Wort.

Amalie war nicht bereit, auch nur ansatzweise über diese Mysterien zu reden. Alles, was mit dem weiblichen Körper zu tun hatte, wurde in diesem Hause totgeschwiegen. Alles, was den männlichen betraf, übrigens auch.

»Dr. Weisbrod?«, fragte ihre Mutter scharf. »Woher kennst *du* ihn?«

»Aus der Buchhandlung. *Die Gattenpflichten* verkaufen sich wie …«

»Schschsch!«

Amalie sah sich wieder um, aber niemand achtete auf sie.

»Das ist nichts für junge Frauen!«

»Aber gerade für die hat er das doch geschrieben. Damit sie eben nicht entsetzt nach der Hochzeitsnacht wieder bei ihren Eltern auftauchen!«

Was vorgekommen war. Nicht nur einmal, wenn man dem Dienstmädchengeflüster Glauben schenkte. Außerdem waren Buchhandlungen nicht nur ein Hort der schöngeistigen Literatur. Es gab Hefte, Pamphlete und Illustrierte Zeitungen, die unter dem Ladentisch angeboten wurden und Antworten auf Fragen gaben, die offiziell noch nicht einmal existieren durften. Als Backfisch suchte man sich seine Informationen eben zusammen, wo man sie kriegen konnte.

»Das wird ihr mit Paul ja wohl kaum passieren«, sagte Amalie, ohne näher darauf einzugehen, warum ausgerechnet ihr Sohn in dieser Sache hilfreich sein könnte. »Schick ihr ein Billett, sie soll sich keine Sorgen machen. Und Finger weg von diesem Buch!«

»Ja. Mutter. Und ich?«

»Was soll mit dir sein?«

Amalie wartete ungeduldig darauf, dass ihre Tochter sich endlich in Bewegung setzte.

»Kann ich es mir kaufen? Ich müsste mich ja auch irgendwie vorbereiten. Auf … ähm … alles.«

Für einen Augenblick verlor sich der kalte Glanz in Amalies Augen. Vielleicht erinnerte sie sich daran, wie sie in die Ehe gegangen war. Vermutlich ebenso ahnungslos wie ihre Tochter.

»Dabei hilft Gottvertrauen mehr als alle Bücher dieser Welt«, antwortete sie. »Komm jetzt endlich. Wir wollen pünktlich in der Kirche sein.«

Und das wollte offenbar auch halb Bremen.

Der möge für immer schweigen

Die Gäste mussten sich den Weg durch die Schaulustigen fast schon erkämpfen. Offenbar lockten die Namen Vosskamp und Stukenborg doch eine Menge Neugierige hinter dem Ofen hervor und auf die Balgeinsel am Rand der Altstadt. Sie kamen vom Teerhof, vom Markt und dem Schnoor, vom Schütting, dem Bahnhof und dem Hafen, hüllten sich eng in Schals und Capes und warteten geduldig auf die Ankunft der Hauptpersonen. Zumindest schneite es nicht mehr, aber es war auch nicht kalt genug, um den Matsch gefrieren zu lassen. Ein unfreundlicher Wind pfiff von der Weser, und am Himmel ballten sich graue Wolken wie die Vorboten eines Machtworts, das der Herr bestimmt angesichts dieser Scharade sprechen würde. Meinten einige. Andere wärmten sich die Finger mit heißen Maronen und verglichen die gute Stimmung mit den besten Hinrichtungen, die sie in ihrer Jugend noch erlebt hatten.

Aber die Glocken von Sunte Marten, der uralten Backsteinkirche St. Martini, schallten über die ganze Stadt und gaben allem doch etwas Würdevolles. Kutsche um Kutsche hielt vor dem Südportal und entließ seine Insassen in die gewaltige, fast dreißig Meter lange Hallenkirche.

Stukenborg hatte sich erbarmt und den Vosskamps einen Wagen zur Verfügung gestellt, damit Amalie, Joost, Bettina und Paul nicht mit einer Leihdroschke vorfahren mussten. Als sie ausstiegen, änderte sich etwas an der Stimmung unter den Menschen. Durch das Lachen und die fröhlichen Rufe stach ein böses Zischeln. Es kam aus den hinteren Reihen, wo sich die Bettler und Almosenempfänger zusammengefunden hatten.

Mit gebeugtem Kopf eilte Bettina in die Kirche. Sie sah nicht nach links und rechts, denn sie wusste, dass der Tod der Frau und ihres Babys noch lange nicht vergessen waren. Halt gab ihr der Anblick der prächtigen Orgel, eine meisterhafte Renaissancearbeit, die Messingleuchter und die imposanten Wandgrabmäler aus dem Mittelalter. Eine stolze, alte Kaufmannskirche, die Ollermannskarken[36], die Sünder und Heilige gleichermaßen willkommen hieß. Am Eingang erinnerte eine Markierung an das verheerende Hochwasser vor fünf Jahren. Bettinas Fingerspitzen berührten im Vorübergehen den eingemeißelten Strich. Der Stein fühlte sich kühl an und gemauert für die Ewigkeit.

Die Glocken spielten den Choral »Lobet den Herren«. Pfarrer Jörnsen, mit seiner Leibesfülle und dem selbstzufriedenen Gesichtsausdruck eher ein Sinnbild barocker Lebenslust als kirchlicher Askese, sah den Eintreffenden erwartungsvoll entgegen.

Paul wartete vor dem Altar. Püsken hatte es sich nicht nehmen lassen, als Trauzeuge aufzutreten. Er trug eine viel zu enge Halsbinde, während Paul sich für eine modische Krawatte entschieden hatte. Ihr Bruder sah gut aus, während sie sich mit den Keulenärmeln ihres Kleides und der Tournüre vorkam wie aus dem letzten Jahrhundert. Modern waren jetzt schlichtere Schnitte, eng anliegende, schlanke Silhouetten, wie Frau Wiesel, die Gattin des Bahndirektors, und ihre Freundinnen sie trugen.

Die Kirche war voll besetzt. Die Glocken schlugen ein letztes Mal, und von der Orgel erklang das Vorspiel zu Bachs »Jesus bleibet meine Freude«. Hufschlag von draußen kündete die Ankunft der Brautkutsche an. Die Gäste standen auf und drehten sich um.

36 So genannt nach den älteren und einflussreichen Vertretern der Bremer Kaufmannschaft

Sabine wurde von ihrem Vater zum Altar geführt. Er zog dabei ein Gesicht, als müsste er den Inhalt seines Sparstrumpfs in der Weser versenken, und übergab seine Tochter mit einer angedeuteten, sehr knappen Verbeugung. Kyrie und Gloria verklangen. Der Pfarrer trat vor und begann, den christlichen Aspekt der Ehe zu erläutern, während Bettina versuchte, lästerliche Gedanken an das, was Weisbrod unter ärztlichen Gattenpflichten verstand, aus ihrem Kopf zu bekommen. Püsken hatte sich schnaufend neben sie gesetzt. Sein linker Oberschenkel berührte ihren rechten, und als sie ein Stück zur Seite rutschte, dauerte es nicht lange, bis sie ihn wieder an sich kleben hatte.

»Und so möge nun jedweder vortreten, der Gründe hat, warum diese beiden nicht im Stand der Ehe miteinander verbunden würden, lasset ihn sprechen oder möge er schweigen in Frieden und Ewigkeit.«

Der Pfarrer wartete einige Anstandssekunden und öffnete den Mund, um fortzufahren. An der Kirchentür, wo sich die Schaulustigen auf den Stehplätzen drängten, machte sich Unruhe breit. Etwas geschah dort, das nicht in die Liturgie gehörte. Er schloss den Mund wieder und sah unwillig in die Richtung, aus der nun ein lauter Ruf erscholl.

»Halt!«

Eine Männerstimme. Sabine zuckte zusammen und drehte sich um. Paul ebenso wie alle in Bettinas Reihe. Wie die ganze Kirche. Noch bevor Bettinas Hirn begriff, was geschah, hatte sie das Gefühl, ein glühender Pfeil würde ihr Herz durchbohren und sie augenblicklich umbringen.

Jemand boxte sich durch die Menge am Eingang.

»Diese Frau hat *mir* die Ehe versprochen.«

Paul trat einen Schritt zurück und ließ Sabines Hand los. Hinter dem Schleier war nicht zu erkennen, wie die Braut die Unterbrechung aufnahm, aber sie musste ähnlich entgeistert sein wie der Pfarrer und Stukenborg, der dunkelrot anlief und aufsprang.

»Wer wagt es?«, rief er.

Bettina erhob sich ebenfalls. Langsam, ungläubig. Ihr Atem stockte, und sie konnte kaum einen klaren Gedanken fassen. Hier spielte sich gerade ein Albtraum ab. Ein Schabernack der Götter. Eine Tragödie. Ein Drama. Durch das Kirchenschiff eilte Scott Ewan den Gang hinunter auf den Altar zu. Die Haare kürzer, die Kleidung wesentlich korrekter, als sie sie in Erinnerung hatte. Nicht mehr so braun gebrannt wie in Darjeeling, aber unverkennbar der ehemalige Manager von Brenny's Garden. Und es war einzig und allein ihr zu verdanken, dass er hier auftauchte.

»Bettina!«

Der Ruf war wie ein Peitschenschlag in ihr Gesicht. Püsken drehte sich zu ihr um, aber da hatte Ewan schon die Stufen des Altars erreicht und sah hoch zu der verschleierten Sabine. Es war eine Verwechslung, aber eine mit der fatalsten Folge, die man sich nur vorstellen konnte. Sie wollte etwas sagen. Ihn zurückhalten. Wegziehen. Raus aus dieser Kirche rennen und sich in der Weser ertränken. Aber sie blieb stehen, erstarrt zu einer biblischen Salzsäule.

Ihm musste auffallen, dass die Braut kleiner und zierlicher war als die Frau, die er in Erinnerung hatte. Er stockte.

Paul, die Hände zu Fäusten geballt, kam zwei Schritte auf ihn zu.

»Wer sind Sie? Und wie können Sie es wagen, so eine ungeheuerliche Anschuldigung vorzubringen? – Sabine, kennen Sie diesen Mann?«

»Ich habe ihn noch nie in meinem Leben gesehen!«, kam eine piepsige Stimme hinter dem Schleier hervor.

»Aber …« Ewan sah sich kurz um. Verwirrt fuhr er sich

durch die Haare. Sein Blick suchte die echte Bettina, die hinter Püskens massiger Gestalt fast verschwand. Und er fand sie.

Das war der Moment, in dem man normalerweise in Ohnmacht fiel. Sie konnte nichts anderes tun, als ihn mit weit aufgerissenen Augen anzustarren und Püsken abzuschütteln, der sie mit eisenhartem Griff zu sich heranziehen wollte und immer wieder »Wer ist das? Was will der Kerl?« zischte.

Die Unruhe verstärkte sich, vor allem seit Bettinas Name gefallen war. Ewan schien aufzufallen, dass er gerade im Begriff war, Bremen auf Jahre hinaus mit Gesprächsstoff zu versorgen. Er riss sich von Bettinas Anblick los und sah ungläubig auf die Braut. Seine Stimme unterbrach das empörte Murmeln der Leute.

»Das ist doch die Hochzeit der Häuser Vosskamp und Stukenborg? Der Teepalast ist deshalb geschlossen, und man hat mich hierhergeschickt. Draußen sagte man mir …«

Der Senator nahm Haltung an, wie er das wohl noch im Infanterieregiment der Preußischen Armee gelernt hatte, und hob in einer ungewöhnlich theatralischen Anwandlung die Faust. »Hinaus! Was erlauben Sie sich? Das ist ungeheuerlich! Wer sind Sie eigentlich?«

Ewan sah sie wieder an. Es war, als würde dieser Blick sie beide mit einem unsichtbaren glühenden Faden verbinden, der jeden klaren Gedanken schmelzen ließ. Sie wünschte sich, die Erde könnte sich unter ihr auftun und sie einfach verschwinden lassen, und trotzdem konnte sie sich von seinem Blick nicht abwenden, der sie bis ins Innerste traf. Schlagartig, wie ein Wetterleuchten ihrer Erinnerung, tauchten Bilder vor ihrem inneren Auge auf. Sein freches Grinsen im Elgon Club. Der Kuss im Garten. Sein unverschämtes Angebot, das vielleicht gerade deshalb etwas so Verlockendes gehabt hatte. Seine Briefe.

Wir beide wissen, was wir wollen.

Ihr Telegramm.

Heiraten Sie mich.

Was hatte sie getan? Und warum tauchte er hier auf und gab sie der Lächerlichkeit, dem Geschwätz und dem sicheren sozialen Tod preis?

Püsken packte sie noch einmal. Alle Kraft war aus ihr gewichen, sie konnte sich nicht wehren. Er nahm sie ins Visier. Seine kleinen Augen verengten sich noch mehr, was ihm das Aussehen eines bis aufs Blut gereizten Ebers verlieh.

»Was geht hier vor? Kennen Sie diesen Mann?«

Sie wollte den Mund öffnen und etwas sagen, aber ihr fehlten die Worte.

»Hier heiraten Sabine Stukenborg und Paul Vosskamp«, dröhnte der Pfarrer, der endlich in seine Rolle als Hausherr zurückfand. »Offenbar haben Sie die Braut mit … ähm … haben Sie die Braut verwechselt.«

Ewan wurde noch bleicher, als er schon war. Er hatte geglaubt, Bettina in letzter Sekunde vor einer Verzweiflungsehe zu retten, und erkannte, dass er stattdessen den größtmöglichen Schaden angerichtet hatte. Wenn die Situation nicht so entsetzlich peinlich gewesen wäre, hätte er Mitleid erwecken müssen. Er holte tief Luft und fuhr sich mit einer verzweifelten Geste durch die Haare. »Das … das tut mir leid. Ich dachte – ich bin aus London hierhergekommen, um … Verzeihen Sie. Verzeihen Sie!«

»Erklären Sie sich, zum Teufel!«, brüllte Püsken.

Der Pfarrer zuckte zusammen.

»Jawohl!«, rief Senator Stukenborg.

Erste Rufe und aufkommendes Gemurmel aus dem Publikum unterstrichen die Forderung.

Bettina wusste nicht, was an den Berichten in der *Gartenlaube* über paranormale Gedankenübertragung dran war. Aber alles in ihr war ein einziger, verzweifelter Wunsch an Ewan: Gehen Sie! Und machen Sie die Sache nicht noch schlimmer!

Püsken wollte sich aus der Kirchenbank herausdrängeln, aber dieses Mal zeigte Amalie, zu was ein Mutterherz fähig war, wenn die Hochzeit des Sohnes eine so dramatische Wendung nahm. Sie stand blitzschnell auf und stellte sich dem Freiherrn in den Weg.

»Mäßigen Sie sich! Der Herr wollte gerade gehen.«

Ewan beugte den Kopf und ging die Altarstufen hinab. Er deutete eine Verbeugung an, vermied es aber, dabei jemanden anzusehen, und lief so schnell es ohne zu rennen ging hinaus.

»Halt!«, rief Püsken. »Hiergeblieben!«

Aber Amalie, pragmatisch und sehr daran interessiert, die Eheschließung endlich unter Dach und Fach zu bekommen, zischte nur: »Lassen Sie ihn um Himmels willen gehen! Wir klären das später.«

Er wandte sich wieder an Bettina. »Wer war das?«

Erneut schaltete sich Amalie ein. »Nicht jetzt! Setzen Sie sich!«

Püsken hatte sichtlich Mühe, sich zurückzuhalten und der Zeremonie nun endlich ihren Lauf zu lassen. Er nahm Platz, und von da ab achtete er darauf, Bettina nicht mehr zu berühren. Der Pfarrer nahm die Bibel hoch und setzte die Eheschließung fort, aber es dauerte, bis die Konzentration in der Kirche einigermaßen wiederhergestellt war.

An Bettina rauschte alles vorüber. Sie starrte auf den Teppich, der über die Stufen zum Altar führte, aber sie nahm nichts wahr. Ewan ist hier, hämmerte es in ihrem Kopf. Er ist aus London gekommen, um mich zu heiraten.

»Ja«, piepste Sabine.

Die Ringe wurden getauscht, die Vosskamps waren gerettet.

Schneller als es Bettina gefiel, war alles vorbei. Das frischgebackene Ehepaar verließ zügig das Gotteshaus, und die Familienangehörigen beeilten sich, St. Martini ebenso rasch zu verlassen und unbequemen Fragen aus dem Weg zu gehen. Da niemand außer Bettina wusste, was es mit Ewans Auftauchen auf sich hatte, blieb nur ein großes Rätselraten. Amalie schenkte ihrer Tochter einen Seitenblick, der nichts Gutes verhieß. Immerhin schwieg sie, aber der Himmel wusste, für wie lange.

Die Ruhe vor dem Sturm

Erst als alle gemeinsam wieder in ihren Kutschen saßen – dieses Mal fuhren Bettina und ihre Eltern bei Püsken mit, ging die Debatte los. Paul war mit seiner Frau bei den Stukenborgs eingestiegen. Es dauerte keine drei Sekunden, bis es aus Püsken herausplatzte.

»Wer war dieser Mann in der Kirche?«

Bettina verkrampfte ihre Finger in den Falten ihres Rocks. Sie wollte diese Farce nicht mehr. Am liebsten hätte sie Püsken sofort den Laufpass gegeben. Und Ewan auch. Beim Verlassen der Kirche war sie tausend Tode gestorben vor Angst, er könnte sich noch in der Nähe aufhalten. Der Schock über das Wiedersehen war verflogen, auch der kurze Moment, in dem die Erinnerungen an ihn und Indien sie fast überwältigt hatten. Sie brauchte ihn nicht mehr, diesen Heiratsschwindler. Und Püsken ebenso nicht. Ich will hier raus, hämmerte es in ihrem Kopf. Ich will weg von hier, nur weg.

»Wer war das?«, donnerte der Baron. »Wem haben Sie die Ehe versprochen?«

Amalies Mund war ein weißer Strich. Joost, mindestens so wütend wie Püsken, aber besser darin, das zu verbergen, lehnte sich mit verschränkten Armen zurück in das Rückenpolster.

»Das war Scott Ewan«, antwortete er an der Stelle seiner Tochter. »Der ehemalige Manager von Brenny's Garden.«

»Ewan? Wie kommt er dazu, hier aufzutauchen und etwas von einem Eheversprechen zu faseln? *Wir* sind verlobt! Und sonst niemand! Oder hat sich etwas hinter meinem Rücken ereignet, von dem ich wissen müsste?«

Bettina schüttelte stumm den Kopf. Ihr Mund war trocken,

und ihre Kehle fühlte sich an wie zugeschnürt. Sie hatte zwei Männern gleichzeitig ihre Hand versprochen. Das war selbst nach Helenes Maßstäben einer zu viel.

»Bettina?«

Püsken bekam mit, dass von seiner Verlobten nichts zu erwarten war, das Licht ins Dunkel dieses Vorfalls brachte. Aber das konnte er natürlich nicht auf sich sitzen lassen.

»Ich erwarte eine Erklärung!«

Und das war Amalies Moment. Es war, als hätte sie all die Jahre drauf gewartet, einen Panzer zu sprengen. »Es gibt keine Erklärung«, sagte sie mit einer Schärfe in der Stimme, die jeden anderen dazu gebracht hätte, sich unwillkürlich an die Kehle zu greifen. »Hören Sie auf, meine Tochter für die Eskapaden anderer Leute zur Verantwortung zu ziehen!«

»Aber …«

»Es gibt kein Aber! Glauben Sie im Ernst, sie hätte etwas mit der überhitzten Fantasterei eines Mannes zu tun, dem die Tropen zu Kopf gestiegen sind?«

Püsken, nicht bereit, diesem Glauben abzuschwören, wandte sich an Joost.

»Herr Vosskamp! Was ist in Indien passiert?«

»Nichts!«, kam es zurück, begleitet von einem wütenden Schnauben. »Rein gar nichts!«

»Sie haben in seinem Haus übernachtet! Auf einer Teeplantage, bei den Eingeborenen. Wer weiß, was sich da hinter den verschlossenen Türen abgespielt hat!«

»Ich muss schon sehr bitten!« Joost merkte, dass er von Püsken mit Bettina in denselben Topf geworfen wurde. »Mister Ewan hat sich damals wie ein Ehrenmann verhalten. Ich kann mir nicht erklären, was zu dieser geistigen Verwirrung beigetragen haben könnte. Meine Tochter hat ihn in keiner Weise dazu ermuntert.«

Bettina starrte auf ihre Schuhspitzen.

»Das muss geklärt werden.« Püsken trommelte mit den Fingern auf seinen Knien. »Wo steigt so jemand ab? Im Hotel Europa? Ganz sicher im Hotel Europa. Die haben Contracte mit den Reedereien. Den werde ich mir vorknöpfen. Und wenn ich die Wahrheit aus ihm herausprügeln muss!«

»Das lässt sich sicher herausfinden«, antwortete Amalie. »Er hat den Ruf unserer Familie beschädigt, das können wir natürlich nicht zulassen. Aber heute hat mein Sohn geheiratet, und ich werde mir diesen Tag der Freude nicht von einem Verrückten ruinieren lassen.«

»Das wird ein Nachspiel haben! Und wenn es auch nur die leiseste Annahme gibt, dass Sie, Fräulein Vosskamp, ihn ermuntert haben …«

»Jetzt ist es aber genug!«, fauchte Amalie.

»Wenn ich herausfinde, dass man mich zum Narren hält, dann Gnade Ihnen Gott. Ihnen allen!«

Püsken lehnte sich mit steifem Rücken an die Wand der Kutsche und legte seinen Kopf auf dem Doppelkinn ab. Die Sache war noch längst nicht ausgestanden. Bettina hätte sich am liebsten vor die Hufe der Kutschpferde geworfen.

Der Rest der Fahrt verging in eisigem Schweigen.

Das Mittagessen in Stukenborgs Haus verlief ohne weitere Störungen. Wenn man davon absah, dass eines der Serviermädchen über den Teppich stolperte und die Schüssel mit den gedünsteten Rübchen auf dem Boden landete und Püsken eine Stimmung verbreitete, die irgendwo zwischen düster und drohend anzusiedeln war. Er blieb erstaunlich schweigsam, allerdings säbelte er an seinem Essen herum, als würde er schon einmal für Ewans Kehle üben.

Sie musste ihn warnen. Püsken war eine tickende Zeitbombe.

Aber es gab keine Chance, den Tisch zu verlassen, und auch keine günstige Gelegenheit, für eine halbe Stunde zu verschwinden.

Das Haus der Stukenborgs war kleiner, als Bettina es sich vorgestellt hatte. Gäste wurden hier wohl nicht oft bewirtet. Das Fürstenberg Porzellan war eher schlicht gehalten, die böhmischen Gläser häufig benutzt, sodass sich an einigen Stellen bereits das Golddekor abgerieben hatte. Das Leinen strahlte weiß, aber auf den Servietten waren an einigen Stellen die Schatten von Flecken zu erkennen. Amalie hätte sie aussortiert und nur noch für den Hausgebrauch verwendet. Dass die Stukenborgs sie auch für das Hochzeitsessen nutzten, sprach von Geiz oder mangelndem Respekt. Oder beidem zusammen.

Es wurde auf das Brautpaar getrunken, und mit jedem Glas, das Püsken leerte, schien er sich tiefer in den düsteren Keller seiner Rachefantasien zu verkriechen. In stillschweigendem Einverständnis schenkten Amalie und Else ihm immer wieder nach.

»Ein Duell!«, brach es irgendwann aus ihm heraus. »Ich werde mich mit ihm du…due…duellieren! Sofern er satisfak… ak…«

»Satisfaktionsfähig ist?«, half ihm Senator Stukenborg und erntete einen bitterbösen Blick von seiner Gattin. »Da wäre ich mir nach diesem Verhalten in der Kirche nicht mehr so sicher. Die Hochzeit meiner Tochter mit einer derartigen Unverschämtheit zu stören!«

Sabine lief wieder knallrot an.

»Dafür gibt es Festungshaft«, sagte Paul und warf so unauffällig wie möglich einen Blick auf seine Taschenuhr.

Püsken, mittlerweile bei seinem dritten Port angelangt, heftete seinen schwimmenden Blick auf Paul. »Und Sie sind mein Sekundant und Kartellträger!«

»Sicher«, antwortete Paul. »Pistole oder Säbel?«

Es war nicht ganz sicher, ob er das ironisch gemeint hatte.

»Pistole«, raunzte Püsken. »Einmal Infanterie, immer Infanterie! Auf Wilhelm, von Gottes Gnaden Kaiser von Deutschland und König von Preußen!«

Alle standen auf, die Herren knallten die Hacken, Püsken verlor dabei fast das Gleichgewicht.

»Auf den deutschen Kaiser!«, widersprach Stukenborg.

Bis zum Ende des Essens drehte sich das Gespräch um die unglückliche Titulatur des Regenten, der sich Bismarck hatte beugen müssen und sich nicht Kaiser von Deutschland nennen durfte, was Püsken ebenfalls in Rage brachte, obwohl die Reichsgründung schon über zwanzig Jahre her war. Bettina gab sich gar nicht erst Mühe, dem Gespräch zu folgen. Immer wieder wanderten ihre Gedanken zu Ewan. Dem Freiherrn fielen zwar irgendwann die Augen zu, und es gelang ihnen nur mithilfe von drei kräftigen Hausburschen, ihn schließlich in seine Kutsche zu verfrachten. Aber irgendwann würde er wieder nüchtern sein. Spätestens am nächsten Morgen musste Ewan Bremen verlassen. Aber wie konnte sie ihn dazu bewegen?

Schließlich zogen sich die Damen in den Salon und die Herren ins Rauchzimmer zurück. Kurz darauf waren aufgebrachte Stimmen zu hören.

Sabine, die gerade ein Mokkatässchen zum Mund führen wollte, hielt kurz inne, sagte aber nichts. Amalie und Else taten so, als ginge es sie nichts an, was sich nebenan hinter verschlossenen Türen abspielte. Aber alle wussten: Nun ging es ums Geld. Und Paul stellte Forderungen, die Stukenborg nicht bereit war zu erfüllen.

Sabine stellte ihre Tasse wieder ab.

»Wer war eigentlich der Herr in der Kirche?«, wollte sie wissen.

Die Ehe bekam ihr jetzt schon nicht. Rote Flecken hatten sich auf Gesicht und Hals ausgebreitet. Ihre Stimme klang etwas schrill. Das ganze Mädchen musste sich in einem inneren Schockzustand befinden, der nach der Erfüllung ihres größten Traums eingetreten war und den sie noch nicht überwunden hatte. Vermutlich war sie in Gedanken bei den Gattenpflichten.

Bettina zuckte mit den Schultern. »Ein Verrückter.«

»Es klang, als ob Sie sich kennen würden.«

Amalie rührte drei Löffel Zucker in ihren Mokka. Auch sie musste innerlich zum Zerreißen gespannt sein, aber aus anderen Gründen. Wenn es nach ihr gegangen wäre, hätte sie Ewan am liebsten pulverisiert. Noch immer wunderte sich Bettina, dass ihre Mutter sich auf ihre Seite gestellt hatte. Aber auch das war erfahrungsgemäß nicht von langer Dauer. Im Moment machte sie gute Miene zum bösen Spiel und war damit durchaus überzeugend.

»Ein Bekannter aus Indien. Ein sehr weitläufiger Bekannter«, setzte sie hinzu, als sie mitbekam, dass Else Stukenborg zu Nachfragen ansetzte. »Er führte wohl die Teeplantage meiner Schwiegermutter bis zu ihrem Tod. Jetzt, wo Bettina das Anwesen geerbt hat, bestand für meinen Mann kein Anlass, ihn länger zu beschäftigen. Er wurde entlassen.«

»Ah«, sagte Else in einem Ton, der Verständnis signalisieren sollte, in Wirklichkeit aber hieß: Ich glaube euch kein Wort. »Dann hat er sich das vielleicht sehr zu Herzen genommen.«

»Nicht nur das, würde ich meinen.« Sabine unterdrückte ein Kichern. »Mir kam es vor, als hätte er ein Auge auf Bettina geworfen. Nicht auszudenken, wenn das Ihre Hochzeit mit dem Baron gewesen wäre!«

Amalie sah schnell zu der Tür, die hinüber in den Rauchsalon führte. Dort wurde weiter gestritten.

»Nicht auszudenken, ja. Wir werden morgen gemeinsam mit einem Schutzpolizisten in sein Hotel gehen und ihm nahelegen, die Stadt zu verlassen.«

»Nein!«

Alle Köpfe wandten sich zu Bettina, die den Ausruf sofort abschwächte.

»Ich meine – nein, ich würde das nicht so offiziell machen. Am Ende glaubt noch jemand, es wäre etwas dran an der ganzen Geschichte.«

»Welche Geschichte denn?«, fragte Sabine scheinheilig. »Ich muss sie unbedingt hören!«

Sie hatte sich zum Essen umgezogen und trug nun ein Putzkleid[37] aus hellblauer Seide. Es sah teuer aus, vor allem aber: wesentlich moderner als das, in das Bettina sich zur Feier des Tages hatte zwängen müssen. Deshalb tat es ihr auch nur bedingt leid, als sie nach ihrer Mokkatasse griff und sich der Inhalt plötzlich auf dem modischen, an der Seite schmal gerüschten Rock wiederfand.

»Oh nein! Wie ungeschickt von mir!«

Bettina griff nach einer Serviette und versuchte, den Kaffee aufzutupfen, was den Fleck nur noch größer machte. Mit eisigem Blick nahm Sabine ihr das Tuch ab und stand auf.

»Ich werde mich umziehen.«

»Ich helfe Ihnen!«

Bettina sprang auf und eilte hinter ihr her. Kaum hatten sie das Treppenhaus erreicht, das in die oberen Gemächer führte, blieb Sabine stehen und deutete auf ihr ruiniertes Kleid.

»Was soll das? Das ist von Madame Delacroix!«

Bettina sah sich um. Die Angestellten hielten sich im Salon auf oder waren verschwunden.

---

37 Besonders schönes, »herausgeputztes« Kleid

»Es gibt keine Geschichte von Ewan und mir. Könnten Sie bitte damit aufhören?«

»Ihr kennt einander. Also gibt es auch eine Geschichte. Er hätte mich beinahe vom Altar weggezerrt! Es war so aufregend … Also habe ich ein Recht darauf, sie zu erfahren!«

»Ja. In Ordnung!« Bettina hob beschwichtigend die Hände. »Aber nicht vor meiner und Ihrer Mutter. Und vor allem nicht, wenn der Baron bereit ist, sich mit Ewan zu duellieren. Das wird ein Skandal, den keiner von uns gebrauchen kann.«

Sabine knäulte die Serviette zusammen und legte sie auf der Marmorplatte eines runden Tisches ab, der keine andere Aufgabe zu haben schien, als eine Blumenvase mit einem üppigen Arrangement zu tragen. Dann wischte sie sich gedankenverloren die Handflächen an ihrem Rock ab und holte tief Luft.

»Ich habe gesehen, wie Sie ihn angeschaut haben.«

»Ja? Wie?«, fragte Bettina und äugte hinüber ins Zimmer, wo Amalie und Else zusammensaßen.

»Als wäre er der einzige Mann auf der ganzen Welt. Als würden Sie das für ihn empfinden, was ich für Paul fühle.«

»Sie sollten Entsetzen nicht mit Hingabe verwechseln.«

»Sie sind ihm zum ersten Mal seit Indien wiederbegegnet, und er hat gesagt, Sie hätten ihm die Ehe versprochen. Stimmt das?«

»Nein.«

Sabine trat nahe an sie heran. »So haben Sie den Baron kein einziges Mal angesehen!«

»Er hat mich bisher auch nicht sonderlich überrascht. Eher ebenfalls entsetzt, aber man gewöhnt sich im Lauf der Zeit daran.«

Es war ein lahmer Scherz, auf den Sabine nicht einging.

»Sie lieben ihn.«

»Was?«

»Sie lieben diesen Engländer!«

Bettina trat einen Schritt zurück, um wieder etwas Abstand zwischen sich und Sabine zu bekommen. Sie war verrückt. Sie verwechselte eine arrangierte Ehe mit Liebe und Mitgiftjäger wie Paul oder Ewan mit Gentlemen. Kein Wunder, dass sie überall geheime Leidenschaften und unterdrückte Vibrationen vermutete.

»Da war nichts, ist nichts und wird nie etwas sein.«

»Nein? Er kommt den ganzen Weg aus Indien hierher und hätte sogar noch vor aller Augen eine Trauung verhindert, wenn nichts war und nichts ist?«

»Ja.«

»Dann wollt ihr beide es nicht wahrhaben.«

»Was?«

»Was ich auch in seinem Gesicht gesehen habe.«

»Und was war das?«

Sabine trat vor und umfasste sanft Bettinas Oberarme auf beiden Seiten. Sie zwang sie damit, ihr in die Augen zu sehen. Sie öffnete den Mund, um die Antwort zu geben, da wurde die Tür zum Rauchzimmer aufgestoßen. Joost stürmte in den Salon und brüllte: »Amalie! Wir fahren! Keine Sekunde bleibe ich länger im Haus eines Wortbrüchigen!«

Sabine ließ Bettina los.

»Um Himmels willen! Was ist jetzt schon wieder?«

Amalie sprang auf und verabschiedete sich hastig von Else, die ratlos darauf wartete, dass ihr Mann auftauchte und die Situation erklären könnte.

»Paul?«

Ihr Bruder erschien und war offenbar in desolater Verfassung. Mit beiden Händen fuhr er sich durch die zerrauften Haare. Als er Sabine und Bettina draußen am Fuß der Treppe entdeckte, kam er auf sie zu.

»Sabine, verzeihen Sie. Ich fürchte, wir müssen aufbrechen. Wir sind in diesem Haus nicht mehr willkommen.«

»Was?«

Stukenborg scheuchte das Serviermädchen mit einem Auftrag hinaus, das im Handumdrehen mit einer Flasche Port zurückkehrte. Davon ließ er sich ein Glas einschenken und stürzte es hinunter, ohne Joost oder den anderen Gästen etwas davon anzubieten. Amalie sah in den Flur und machte Bettina eine auffordernde Handbewegung, die nach sofortigem Aufbruch aussah.

»Aber …«

Paul wirkte zerknirscht und ärgerlich zugleich. Er war bei Stukenborg nicht damit durchgekommen, sich die Mitgift auf einen Schlag auszahlen zu lassen.

»Was ist passiert?«, fragte Bettina.

Er blitzte sie wütend an. »Das kannst du dir doch denken. Los, wir gehen.« Er nahm Sabine am Arm. Es sah mehr danach aus, als würde er sie abführen, als zu den anderen zu geleiten. Bettina folgte und war erleichtert, dass das eine Damoklesschwert von dem anderen abgelöst worden war.

»Wir sehen uns heute Abend beim Ball, verehrte Frau Schwiegermutter«, sagte Paul und deutete bei Else einen Handkuss an. »Herr Senator?«

Er schlug die Hacken zusammen. Alle verließen das Haus, als wären sie auf der Flucht.

Der Hurenball zu Bremen

Es war keine Sekunde mehr Zeit, sich den Kopf über andere Dinge zu zerbrechen. Wie immer kamen die Musikanten zu spät, und irgendein Pudding weigerte sich, den Zustand anzunehmen, für den er gedacht war. Amalie hatte sich mit Migräne ins Schlafzimmer zurückgezogen, Joost und Paul waren im Contor verschwunden. Sabine hätte eigentlich Pauls Zimmer beziehen sollen – mehrere Kisten mit Aussteuer waren bereits geliefert worden, aber es war ihr anzusehen, dass der Gedanke etwas Beängstigendes für sie hatte. Bettina nahm ihre Schwägerin mit in ihr eigenes Zimmer und wünschte sich, sie könnte sie mit einem Exemplar der *Gattenpflichten* allein lassen. Das Mädchen war wieder in einem Zustand zwischen Euphorie und Nervenzusammenbruch, aber es gab Wichtigeres zu tun.

Natürlich fehlten noch Stühle. Natürlich wusste niemand, wo die restlichen Damast-Servietten geblieben waren. Natürlich brachte das Dienstmädchen nicht die richtigen Bänder für Sabines Ballkleid mit und musste in letzter Sekunde noch einmal durch die halbe Stadt rennen.

Bettina kam kaum dazu, Luft zu holen. Aber alles, was sie von dem Gedanken an Ewan ablenkte, war gut. Jedes Mal zuckte sie zusammen, wenn ein Unbekannter die Tür zum Teepalast öffnete und eintrat. Jeder Ruf, jede Stimme, die auch nur eine vage Ähnlichkeit mit der des Engländers hatte, ließ ihr Herz stolpern.

Morgen, dachte sie dann. Morgen kümmere ich mich um ihn. Lieber Gott, lass bitte diesen Tag ohne Katastrophen vorübergehen.

Doch dann waren es nur Boten aus anderen Häusern, die Glückwunschkarten überbrachten oder Gebirge von Fleischpasteten. Geschirr ging zu Bruch, Gläser zersprangen. Mamsell Schwicke war am Ende ihrer Zurechnungsfähigkeit, Clara bugsierte sie aus der Küche in den Vorratsraum und wies sie an, erst wieder herauszukommen, wenn sie sich beruhigt hatte. Die Damen zogen sich um, der Frisierer legte die letzten Locken, und Sabine bekam von Amalie in einem rührenden Moment eine kleine, kostbare Diamantbrosche aus Helenes Nachlass, die sie sich sofort ansteckte. Der Anblick versetzte Bettina einen Stich. Sabine war nun eine Vosskamp und formal Herrin des Hauses. Amalie war anzusehen, dass sie diese Rollenverteilung auch noch nicht mit ganzem Herzen akzeptiert hatte.

Als der Frisierer mit Bettina fertig war, gab sie ihm ein kleines Kuvert.

»Könnten Sie dieses Schreiben im Hotel Europa abgeben?«

Der hoch aufgeschossene Mann war ein Könner seines Fachs. Seine Hände schufen Meisterwerke aus schlappen Locken und brachten sogar Bettinas störrische Haarfülle unter Kontrolle. Er war aufmerksam, charmant, verschwiegen und sehr darauf bedacht, seiner Kundschaft zwar die neuesten Klatschgeschichten zu servieren, ihr aber nie das Gefühl zu geben, sie könnte selber einmal Zielscheibe von Gerede werden.

»Im Hotel Europa?«

Ohne es zu wollen, hatten seine flinken Augen die Adresse erfasst. Mr Scott Ewan.

»Ein *billet d'amour*?«

Sein Lächeln war vertrauenerweckend, hatte aber nur einen Zweck: mehr zu erfahren, um es, nur leicht anonymisiert, dem nächsten zu frisierenden Kopf in die Ohren zu flüstern.

»Eine Rechnung«, antwortete Bettina. »Herr Ewan ist Manager der Teeplantage Brenny's Garden.«

War das schon zu viel erklärt? Mit einem vielsagenden Nicken steckte der Frisierer das Billett ein.

Meine Anfrage ist obsolet. Ich danke Ihnen, aber ich benötige Ihre Hilfe nicht mehr. Bitte verlassen Sie die Stadt, bevor Sie noch mehr Schaden anrichten.

Mehr konnte sie nicht tun. Ob Ewan sich damit zufriedengab? Nach allem, was er in der Kirche angerichtet hatte?

Und dann war es fast so weit. Bettina stand vor dem großen Spiegel im Treppenhaus und betrachtete sich in ihrem unmodischen Kleid, den puppenhaften Locken und dem albernen Täschchen.

Sie drehte sich um und ging die Treppe hinauf. Vorbei am ersten Stock, weiter hinauf in den zweiten, wo ihr eine aufgelöste Sabine entgegenkam, bei der sich eine Haarnadel gelockert hatte. Vorbei an Pauls Zimmer, dessen Tür weit geöffnet stand und der sich gerade seine Krawatte band.

Noch eine Treppe hinauf.

Das dunkle Holz der Stufen schimmerte matter als im Rest des Hauses. Der Anstrich war schon lange nicht mehr erneuert worden. Sie wischte sich den Faden eines Spinnennetzes aus dem Gesicht und hatte das Dachgeschoss erreicht. Vorsichtig drehte sie den Knauf und lauschte auf das Knarren, als die Tür aufging.

Lavendelduft und ein Hauch von Bergamotte stiegen ihr in die Nase. Ihre Augen gewöhnten sich schnell an die Dunkelheit, an der die zugezogenen schweren Vorhänge schuld waren. Sie schob einen zur Seite, und der einfallende Lichtstrahl ließ zarte Staubschleier im Raum schweben. Er fiel auf die Tapete gegenüber, dunkelgrüne Seide, bemalt mit zarten, rosafarbenen Blüten – Chrysanthemen.

Das Zimmer war leer bis auf das große Bett. Die Wunderkammer, ein barocker Kabinettschrank, in dem Helene ihre Schätze aufbewahrt hatte, war schon lange verschwunden, und mit ihm all die Kostbarkeiten, die das Leben ihrer Großmutter begleitet hatten.

Auf den blanken Dielen hatten einmal Teppiche gelegen. Die Bilder an den Wänden, ein chinesisches Regal mit Vasen und Porzellan, der große Schrank mit den exotischen Kleidern und den bunten Seidentüchern, alles war ein Raub der Gegenwart an der Vergangenheit geworden.

Sie ging auf das Bett zu und setzte sich auf die blanke Rosshaarmatratze. Mit in den Schoß gelegten Händen und geschlossenen Augen rief sie die Erinnerung hervor, die sie noch immer mit Helene und diesem Raum verband.

Ein flackerndes Feuer in dem kleinen Ofen. Ein Karussell mit Spieluhr, bunt bemalte Blechpferdchen unter einem rotweiß gestreiften Baldachin, die sich zu »O du lieber Augustin« im Kreis drehten. Diese Furcht einflößende Stabmarionette, Teil eines Schattenspieltheaters, wie ihr Helene erklärt hatte, die ein Bettlaken spannte, eine Lampe dahinter stellte und die fremde Gottheit ihre Geschichte erzählen ließ. Die vielen Bücher mit Abbildungen fremder Pflanzen und Tiere, die sie sich, eingekuschelt in dem großen Sessel, von ihrer Großmutter zeigen ließ. Die großen und die kleinen Schätze. Muscheln. Federn. Kräuterbüschel. Gepresste Blüten. Seltsame, fremde Münzen, achteckig oder mit einem Loch in der Mitte.

Und eine Taschenuhr mit einem großen, geheimnisvoll funkelnden Smaragd, umrahmt von einer eingravierten Blüte.

Eine Chrysantheme. So eine habe ich in Darjeeling für dich gepflanzt, mein Herz. Eines Tages wirst du sie sehen. Eines Tages …

Heute wusste sie: Die Uhr war ein Vermögen wert gewesen.

Zu den vielen Fehlern und Versäumnissen, die sie sich zuschreiben musste, gesellte sich auch noch dieses: Sie hatte keine einzige echte Chrysantheme gesehen. Sie hatte in Brenny's Garden noch nicht einmal danach gesucht.

»Bettina?«, geisterte der schrille Ruf ihrer Mutter durchs Haus.

Sie stand auf. Was auch immer sie hier oben gesucht hatte, sie würde es nie mehr finden. Helene war nicht mehr da und ihr Zimmer nur noch ein leerer Raum.

Die ersten Gäste trafen im Teepalast ein. Zwei livrierte Leihdiener öffneten die Doppeltür mit den fein gravierten Milchglasscheiben und ließen die Herrschaften eintreten. Aushilfsmädchen mit weißen Schürzen und gestärkten Hauben nahmen Schals, Capes und Pelzstolen mit einem tiefen Knicks entgegen. Beaufsichtigt wurden sie von Maître Jean, der allen großen Bällen in Hotels, Clubs und Privathäusern vorstand und auch auf der legendären Soiree zum Besuch des deutschen Kaisers in der Börse auf Etikette geachtet hatte. Damals waren über 1600 Gäste erschienen, unter ihnen auch Bismarck und die Generäle Moltke und von Roon. Das war zwar schon viele Jahre her, und Maître Jean hatte seitdem einiges an Haaren verloren und an Gewicht zugelegt, aber es blieb zweifellos der Höhepunkt seiner Karriere, die auf diesem Olymp bis in alle Zeit verharren würde.

Jährlich richtete er zudem das Galadiner der Bremer Eiswettgenossen aus – eines der diskretesten und zugleich bekanntesten gesellschaftlichen Ereignisse der Stadt, das auf eine Kartenspielrunde in der Loge »Der Ölzweig« zurückging und alljährlich mit der Wette endete, ob die Weser am 7. Januar zugefroren war oder nicht.

Wer in diesem Jahr auf Ja gesetzt hatte, dessen Chancen standen nicht schlecht. Die Temperaturen fielen und fielen. Der zarte erste Puderzucker hatte sich zu einer veritablen Schneedecke ausgebreitet. Die Flocken fielen dicht, tanzten Ballett im Schein der Gaslampen vor der Tür und wurden mit jedem neuen Gast hineingeweht. Eine Kutsche nach der anderen traf ein. An diesem Abend gab es keinen wichtigeren Ort als den

Teepalast. Hell erleuchtet, die Eingänge flankiert von Personal, aufgesucht von Damen in rauschenden Ballkleidern und Herren in Frack und schwarz glänzenden Zylindern auf dem Kopf. Helene hätte ihre helle Freude gehabt, dachte Bettina.

»Die ganze Noblesse ist gekommen!«, flüsterte Amalie ihrem Mann ins Ohr.

Und sie hatte recht: Alles, was in Bremen Rang und Namen hatte, ließ es sich nicht nehmen, dem Brautpaar zu gratulieren. Bettina hatte den Verdacht, dass Senator Stukenborg wohl die eine oder andere sanfte Ermahnung ausgesprochen hatte. Sei es gegenüber Geschäftskunden oder Politikern aus den höchsten Regierungskreisen der Stadt. Die meisten von ihnen waren auch schon früher Gäste im Teepalast gewesen und begrüßten Amalie und Joost, als hätten sie sie erst gestern gesehen und nicht den Kontakt abgebrochen, kaum dass die Gerüchte um Joosts Bankrott die Runde machten.

Püsken stand am Büfett und schaufelte Sandwiches in sich hinein. Seine Augen waren gerötet, und er wirkte nicht ganz so standfest wie sonst. Aber er hatte seinen Rausch ausgeschlafen, wurde oft gegrüßt und angesprochen, gab sich aber einsilbig und abweisend. Ewans Auftritt nagte an seinem Stolz. Es war klar, dass die Angelegenheit noch ein Nachspiel haben würde.

Ewan ließ sich, dem Himmel sei Dank, nicht blicken. Er musste noch in der Stadt sein, aber er hatte wohl entschieden, dass ein Auftritt am Tag genug war. Vielleicht hätte sie ihm freundlicher schreiben sollen? Nicht so rüde und abweisend, nachdem er schon ihrem Ruf gefolgt war?

»Bettina!«

Nelli, die Tochter des Kapellmeisters, tauchte auf und nahm sie in die Arme.

»Ich freue mich so für Paul. Und für dich erst!«

Sie kannten sich seit ihrer gemeinsamen Firmung, aber Nellis romantische Ader hatte nie so richtig zu Bettinas rationaler Art gepasst.

»Wer war das denn heute in der Kirche?«

Das Mädchen hatte sich in ein Kostüm aus glänzendem Taft gezwängt und die Haare zu Korkenzieherlocken gedreht. Ihr rundes, rosiges Gesicht leuchtete vor Neugier.

»Ein Verrückter«, antwortete Bettina, wie sie das schon ein paar dutzend Male an diesem Abend getan hatte. Und wie jedes Mal, wenn sie ihn verriet und diffamierte, fühlte sie einen Stich ins Herz.

»Er hat unsere Teeplantage in Indien geleitet und wurde entlassen. Ein schlechter Scherz.«

Nelli gab einen kleinen, enttäuschten Seufzer von sich. »Wie schade. Ich dachte, ich hätte eine Romanze von epochalem Ausmaß verpasst. Wann kommst du mal wieder zum Tee?«

Sie hatte schon mehrere Einladungen an diesem Abend erhalten. Amalie auch, die sich Luft mit dem Fächer zuwedelte und die Rückkehr in die Bremer Gesellschaft kaum erwarten konnte.

»Bald«, erwiderte Bettina.

»Dass du einmal eine Baroness wirst …« Nelli kicherte.

Was bei anderen vielleicht spitz oder abfällig gewirkt hätte, klang bei ihr echt. Nelli war einer der wenigen Menschen, die ihr Herz auf der Zunge trugen, und dieses Herz träumte von Liebe, Freundschaft und Rosengirlanden.

Im Übrigen war sie auch von der Bildfläche verschwunden gewesen, kaum dass die ersten Bankrott-Gerüchte die Runde gemacht hatten.

»Bis später!«

Nelli eilte ihren Eltern hinterher, die sich, die Platzkarten in der Hand, hilfesuchend nach einem Bediensteten umsahen. Die eilten hin und her, boten Sekt, Champagner und Bowle an, die Musikanten spielten im Hintergrund »Finiculì, Funiculà« und Gassenhauer aus den Musikautomaten, die man in Leipzig und Berlin bereits in den Caféhäusern aufstellte. Und als Joost schließlich hervortrat und gemeinsam mit Senator Stukenborg einen Toast auf die Frischvermählten aussprach, sah es für kurze Zeit so aus, als ob dieser Abend doch nicht in einem Fiasko enden würde.

Doch das war weit gefehlt. Und es lag dieses Mal nicht an Ewan.

Bettina war die Erste, der auffiel, dass eine zischelnde und raschelnde Unruhe die Dienerschaft ergriff, die den Eingang im Blick hatte. Der Brautwalzer war vorüber. Sabine und Paul hatten einen recht passablen Auftakt hingelegt, und nun drängten die ersten Gäste aufs Parkett. Damen und Herren standen in Gruppen und unterhielten sich, bestaunten das Büfett und die Kronleuchter, die herrliche Wandvertäfelung und die Gemälde, die Helene noch ausgesucht hatte, setzten sich in immer neuen Konstellationen zusammen, und Püsken bahnte sich gerade seinen Weg zu Bettina, um sie zum Tanzen aufzufordern, was seinem Gesicht nach zu urteilen aber eher in einem weiteren Verhör enden würde. Der einzige Fluchtweg führte nach draußen, und so gehörte sie mit zu den Ersten, die bemerkten, was sich über den Marktplatz auf den Teepalast zubewegte.

Es war eine bunte, groteske Mischung von Frauen aller Altersstufen, die eines gemeinsam hatten: Sie waren sehr gewagt gekleidet. Ihnen voran schritt Paula. Stolz aufgerichtet, in ein enges schwarzes Mieder gezwängt, darunter ein hochgeschlitzter blutroter Rock. Die Kapuze ihres Capes war mit Straußenfedern besetzt, die ihr stark geschminktes Gesicht umrahmten und bei jedem Schritt tanzten. Hinter ihr ging die Frau, die Bettina im Park gesehen hatte – und die Zeugin gewesen war, als die erfrorene Bettlerin gefunden wurde. Sie trug einen breitkrempigen, ebenfalls mit Federn besetzten Hut, der ihr Gesicht verschattete, sodass der Ausdruck nicht zu erkennen war. Diese beiden wurden flankiert von mindestens fünfzig Frauen, deren Haltung und Absicht eindeutig war: Fast im Gleichschritt marschierte das Geschwader der Huren von Bremen auf den Teepalast zu.

Bettina, die im Entree stand, drehte sich auf der Suche nach ihrem Vater und Paul um, doch die beiden waren in der Menge untergetaucht. Püsken war nur ein paar Meter entfernt und der Einzige, den sie im Hilfe bitten konnte. Genau das würde sie nicht tun.

Sie atmete tief durch, hob den Saum ihres Kleides, straffte die Schultern und lief hinaus in die Kälte. Augenblicklich biss sich der Frost in ihre bloße Haut. Schnee trieb ihr in die Augen, sodass sie blinzeln musste, als sie Paula entgegenrannte.

Die alte Hure erkannte, wer da auf sie zukam, und hob die rechte Hand. Der Aufmarsch geriet mitten auf dem Marktplatz ins Stocken.

»Paula!«

Bettina blieb ein paar Meter vor ihr stehen.

»Was soll das?«

Paula kam ein paar Schritte näher. Nun war zu erkennen, dass ihre Augen angriffslustig glitzerten. »Ich gratuliere dem Sohn meines Patenkinds zur Hochzeit. Das ist doch nicht verboten.«

»Nein. Aber du kannst nicht diese … diese …«

»Ja?«, fragte Paula lauernd.

»Diese Damen sind jedenfalls nicht eingeladen.«

Aus dem Teepalast klangen Gelächter, Gläserklirren und Musik. Es war wie in alten Zeiten, als Sorglosigkeit und Amüsement noch das Markenzeichen im Haus am Markt gewesen war.

Hier draußen pfiff der Wind, und Bettinas Seidenschuhe

würden nie wieder so aussehen wie vorher. Aber das war egal. Obwohl sie vor Kälte zitterte, versuchte sie, ihrer Stimme einen ruhigen Klang zu geben.

»Bitte kehrt um.«

»Warum?« Paula wies auf die Frauen, die sich nun wie eine Schar Krähen um sie sammelten. Einige sahen mehr als verwegen aus, andere wiederum unschuldig und süß. Aber ihnen war eines gemein: Sie würden mit ihrer puren Anwesenheit diesen Abend in die Luft jagen.

Püsken war im Eingang stehen geblieben. Offenbar ging ihm gerade erst auf, was sich auf dem Marktplatz zusammenbraute. Über Paulas Gesicht wanderte ein falsches Lächeln.

»Wen haben wir denn da?«, rief sie so laut, dass es über den ganzen Platz schallte. »Ist das etwa mein Gottfried, der so gerne nach meiner Pfeife tanzt?«

Sogar auf diese Entfernung hin war zu erkennen, dass Püsken erstarrte.

»Es ist Pauls Hochzeit!«, flehte Bettina. »Bitte, tut das nicht.«

Die alte Hure stemmte die Arme in die Seiten und musterte Bettina mit einem Blick, unter dem jeder Elefant zur Maus mutieren musste. »Ich bin nicht eingeladen. Wusstest du das?«

»Ich habe damit nichts zu tun.«

»Wusstest du das?«

»Ich habe versucht …«

»Und dass sie mir den Stuhl vor die Tür gestellt haben, mir, die ich euren Arsch nicht nur einmal gerettet habe?«

Bettina zuckte unter dieser Wortwahl innerlich zusammen, aber sie parierte Paulas Blick weiterhin. »Das weiß ich. Und es tut mir leid. Aber ich habe nicht die Macht, das zu verhindern.«

Paula trat noch einen Schritt vor und stand nun fast direkt vor Bettina.

»Als Helene auszog und die Welt eroberte, war sie jünger als du. Sie hatte keine weißen Laken und keine Bediensteten, und sie hat Stroh gefressen, um nicht zu verhungern. Sie hätte das niemals zugelassen. Sie würde sich schämen für euch.«

Worte wie Ohrfeigen. Links, rechts, schallend, verletzend. Und verdient. Bettina presste die Lippen aufeinander und atmete tief durch.

»Du hast nicht die Macht, diesen Untergang zu verhindern«, fuhr die Anführerin der Gruppe fort. »Das sehe ich ein. Aber du hast sie auch nicht, um uns zurückzuhalten.«

»Was wollen Sie?«

Die Antwort war ein Lächeln, das nichts Gutes verhieß. »Du kennst das Märchen von Dornröschen?«

Bettina antwortete nicht.

»Und die dreizehnte Fee, die nicht eingeladen wurde? Du weißt, wie es endet. Aber wir sind ja nicht im Märchen, und statt hundert Jahren Schlaf geben wir dieser Stadt nur hundert Jahre etwas, woran sie sich erinnern wird. Den Hurenball zu Bremen.«

Sie setzte sich in Bewegung.

»Nein!«, rief Bettina. »Tun Sie das nicht!«

Sie wollte Paula festhalten, aber die kräftige Frau schüttelte sie ab wie ein lästiges, kläffendes Schoßhündchen.

»Paula! Nein!«

Die Huren marschierten los. Püsken begriff, dass er einschreiten musste.

»Heda! Was soll das?«, rief er und machte alle, die im Entree standen, erst recht darauf aufmerksam.

»Schert euch zurück in die Löcher, aus denen ihr hervorgekrochen seid!«

In einem Anfall von Wagemut stellte er sich den Damen in den Weg, wurde aber mit einem brüsken »Weg da, sonst gibt's was auf den Hintern!« einfach zur Seite geschoben.

Die Huren durchbrachen den nicht sehr nennenswerten Widerstand der Leihdiener, traten ein und fluteten den Teepalast. Es war, als ob eine Atlantikwelle in einen Ententeich brandete. Die Gäste stoben entsetzt auseinander. Paulas Frauen stürzten sich auf die Herren, und es waren eine Menge dabei, die offenbar schon einmal Bekanntschaft mit den Bremer Huren gemacht hatten.

»Wen haben wir denn da?«, gurrte eine Rothaarige mit exorbitantem Ausschnitt, der ihren Busen kaum bändigen konnte. »Ist das mein kleiner Hugo? Mein klitzekleiner Hugo, wenn ich das so sagen darf?«

Der Angesprochene, ehrenhaftes Mitglied der Kaufmannsgilde und Eigentümer der größten Speicher in Bremerhaven, lief klatschmohnrot an. Er war tatsächlich eine eher zartere Natur, einen Kopf kleiner als die meisten Männer, mit kahlen Stellen unter dem sorgfältig frisierten Haar und spindeldürren Armen und Beinen. Bevor er ein Wort des Protests herausbringen konnte, wurden seine Worte buchstäblich erstickt, als die Rothaarige seinen Kopf griff und ihn sich einfach zwischen den Busen drückte.

Seine Ehefrau, eine hoch aufgeschossene Bohnenstange, stieß einen Schrei aus.

»Hilfe! Zu Hilfe!«

Jede einzelne Hure hatte sich einen Mann herausgepickt, den sie kannte. Oder zumindest sehr überzeugend als intimen Freund begrüßte.

»Herr Direktor, meine Verehrung!«

Eine ältere, etwas verwahrlost wirkende Hure machte einen Kratzfuß vor dem Bankdirektor, der entsetzt zurückwich.

»Wann kommen Sie denn mal wieder bei uns vorbei, um sich baden zu lassen?«

»Fort mit dir!«, schnaubte der Angesprochene. »Ich kenne dich nicht!«

»Oha.« Die Alte richtete sich wieder auf. »Hab ich dich verwechselt? Du hast doch dieses Muttermal auf der Schulter, das aussieht wie ein Hufeisen?«

Seine Gattin weitete entsetzt die Augen. »Friedemann?«

Die Musikanten brachen ab, wurden aber durch eine herrische Geste von Paula wieder zum Spielen animiert. Eine Polka untermalte nun das dantesche Inferno, in das sich der Teepalast verwandelt hatte. Männer retteten sich auf Stühle oder hinter das Büfett das dem Ansturm irgendwann nicht mehr gewachsen war und zusammenbrach. Paulas Frauen stürzten sich auf sie, zerrten sie an ihren Kleidern oder Haaren auf die Tanzfläche, riefen unflätige Beschimpfungen und stießen dabei die Gattinnen einfach zur Seite. Einer nach dem anderen suchte sein Heil in der Flucht. Paul und Joost stürzten sich beherzt auf die nächststehenden Huren und versuchten, sie von ihren Opfern wegzuziehen. Aber die Damen hatten gelernt, Widerstand zu leisten. Gläser gingen zu Bruch. Porzellan zerschellte. Bettina bahnte sich einen Weg durch die ineinander verknäuelten Menschen und erreichte Paula, die sich gerade vor Stukenborg aufbaute und einen Knicks andeutete.

»Meinen Glückwunsch, Herr Senator!«

»Scher dich zum Teufel, Weib«, schnaubte der Mann.

Else stand hinter ihm, die Augen mit den Händen bedeckt, als würde alleine schon der Anblick dieser Frau reichen, um Kandidatin fürs Fegefeuer zu werden.

»Aber warum denn? Wir sind doch jetzt eine Familie. Oder hat Joost dir verschwiegen, dass wir nicht nur geschäftlich miteinander verbunden sind?«

Bettina versuchte, sich zwischen die beiden zu drängen.

»Paula! Gehen Sie! Bitte! Sie haben doch schon genug angerichtet!«

Die Hure ließ den Blick über die teilweise zertrümmerte Inneneinrichtung schweifen. Die Gäste rissen den Dienern ihre Garderobe aus der Hand und machten sich, wenn ihre Kutsche nicht auf dem Markplatz wartete, hastig zu Fuß auf den Weg. Niemand sagte Adieu. Alle flohen, als wäre der Leibhaftige hinter ihnen her.

»Auf Wiedersehen, mein Schatz!«, rief eine üppige Brünette, rotgesichtig und erhitzt von dem Gefecht, das sie gerade mit einem der wichtigsten Teelieferanten Bremens ausgetragen hatte.

Paula ging zu einem der Tische, die den Ansturm halbwegs überlebt hatten, und goss sich ein Glas Bowle ein. Dann drehte sie sich mit dem Glas einmal um sich selbst, als wollte sie sich und die letzten Übriggebliebenen zu dieser grandiosen Vorstellung beglückwünschen, und hob es an die Lippen.

Casper Groth nahm es ihr sanft aus der Hand.

»Es ist genug«, sagte er leise.

Er trug ein Leinenhemd mit Ärmelschonern und eine dunkle, einfache Hose. Auf seiner Nase klemmte die Brille, die weißen Haare standen ihm in Büscheln ab, als hätte er sie sich gerade noch über den Kontobüchern gerauft. Paulas Blick glitt an ihm hinunter.

»Sie haben dich auch nicht eingeladen.«

»Nein. Aber das ist kein Grund, Pauls und Sabines Hochzeit zu zerstören.«

Er stellte das Bowle-Glas zurück.

»Sie haben dich nicht eingeladen«, wiederholte Paula. »Helenes ältesten, besten Freund. Helenes ersten …«

Sie brach ab. Dann strich sie sich verlegen eine Haarsträhne hinters Ohr, die sich gelöst hatte.

»Geh nach Hause«, sagte Casper.

Amalie drängte sich an Joost vorbei, die Angriffslust nur noch mühsam gezügelt.

»Das werden Sie bezahlen. Alles! Das Geschirr, das Essen, die Tücher …« Sie wandte sich an ihren Ehemann. »Sag was!«

Noch bevor Joost den Mund öffnen konnte, kam Stukenborg auf sie zu, den Mantel über dem Arm, den Zylinder schon auf dem Kopf.

»Wo ist meine Tochter?«

Wo war Sabine? Bettina entdeckte sie zuerst. Sie stand an der Tür und versuchte, die Gäste mit Entschuldigungen wenigstens etwas zu beruhigen. Ihr Vater durchmaß die Verwüstung des Raums in großen Schritten.

»Du kommst mit. – Auf Wiedersehen, gnädige Frau. Herr Oberpostdirektor? Meine Empfehlung.«

»Nun, eine Empfehlung kann man diesen Abend wirklich nicht nennen.« Der Angesprochene, ein draller Mann mit einem riesigen Schnurrbart in seinem runden Gesicht, schlug ärgerlich mit seinen Handschuhen auf den Ärmel seines Mantels, als könne er damit etwas von dem Schmutz ausklopfen, den er seiner Meinung nach hatte ertragen müssen. Seine Frau zog ihn mit sich hinaus in das wirbelnde Schneegestöber.

Fast alle Gäste waren gegangen. Die Huren allerdings machten sich gerade über die Reste des Büfetts her, die noch nicht auf dem Boden gelandet waren. Stukenborg setzte seinen Zylinder auf.

»Wir gehen. Und du kommst mit.«

Sein Tonfall duldete keinen Widerspruch.

»Die Ehe ist noch nicht vollzogen. Sie wird annulliert.«

»Was?«, fragte Sabine entsetzt.

Auch Amalie und Joost wechselten einen bestürzten Blick. Diejenigen unter den Huren, die den Disput mitbekamen, spitzten die Ohren.

»Die Ehe wird nichtig nach kanonischem Recht, sie ist nicht gültig zustande gekommen.«

Nun platzte Joost, der bis jetzt eine bemerkenswerte Sprachlosigkeit an den Tag gelegt hatte, der Kragen. »*Excusez-moi?* Was zum Teufel soll das heißen?«

»*Exactement* das, was ich gesagt habe.« Auch Stukenborg war im Begriff, den letzten Rest von Beherrschung zu verlieren. »Meine Tochter heiratet nicht ein in ein Hurenhaus!«

»Ein Hurenhaus? Sie wagen es, das Handelscontor Vosskamp ein Hurenhaus zu nennen?«

»Wie soll ich das hier anders nennen?«

»Vater!«

Aber Sabines Einwurf wurde nicht gehört. Die beiden Männer standen sich gegenüber und waren kurz davor, mit Fäusten aufeinander loszugehen. Paul versuchte nun zu retten, was zu retten war.

Mit ausgebreiteten Armen ging er durch den Raum. »Meine Damen. Sie hatten Ihren Spaß. Jetzt möchte ich Sie bitten zu gehen. Sofort.«

Alle sahen zu Paula. Die steckte sich ein Petit Four in den Mund und ließ es sich auf der Zunge zergehen. Dann nahm sie von einem der verdatterten Diener eine Serviette entgegen und tupfte sich damit den Mund ab.

Casper Groth nickte ihr kaum merklich zu. Noch bevor sich Bettina wundern konnte, warum der Contorist und die Hure sich kannten, und das offenbar lange und gut, hatte Paula einen Entschluss gefasst. Sie schluckte und sagte:

»*Allez, mes enfants.* Wir gehen.«

Unter Kichern und spöttischem Protest rauften sich die Frauen wieder zusammen und verließen mit wiegenden Hüften den Saal. An der Tür drehte Paula sich noch einmal um.

»Die Tagenbaren[38] vergessen nicht. Egal, auf welcher Seite

38 Bremer

der Weser sie aufgewachsen sind. Viel Glück, Paul. Du wirst es brauchen.«

Damit verschwand sie in der Dunkelheit.

Der Tod und das Mädchen

Um Mitternacht war die schlimmste Verwüstung beseitigt, und die Leihdiener konnten gehen. Mamsell Schwicke und Clara machten sich in der Küche daran, die noch brauchbaren Überreste in Schüsseln zu verstauen und den Rest den Armen zu geben, die trotz des Verbots an der Hintertür warteten und sich den Magen wohl selten mit Hummer, Pasteten und Petits Fours vollschlagen konnten – egal, in welchem Zustand sich die übrig gebliebenen und noch nicht zertretenen Köstlichkeiten befanden.

Amalie saß im Salon, zusammen mit Bettina, Joost und Paul. Stukenborg hatte seine Tochter gegen deren erbitterten Widerstand aus dem Haus gezerrt. Ihr Weinen und ihre Schreie waren über den ganzen Marktplatz zu hören gewesen. Vermutlich hatte er es auch darauf angelegt. Der Bruch zwischen den Vosskamps und den Stukenborgs sollte endgültig sein.

Püsken hatte sich gar nicht verabschiedet, sondern musste sich gleich zu Beginn des Infernos verdrückt haben. Auch gut, dachte Bettina. Das ersparte allen seinen Anblick und seine Wutausbrüche.

»Und jetzt?«, fragte Amalie.

Ihre Stimme klang brüchig. Sie sah aus, als wäre sie in den letzten Stunden um Jahre gealtert. Die Haare, am Nachmittag kunstvoll hochgetürmt und festgesteckt, fielen wirr aus den Resten des Pompadours. Der Ärmel ihres Seidengewands hatte einen Riss, undefinierbare Flecken zierten ihren Rock. Bettina sah an sich herab. Die Schuhe waren durch die Feuchtigkeit an den Leisten aufgeplatzt. Der Saum ihres Kleides war schmutzig und an einigen Stellen ausgefranst. Sie strich sich die Haare aus dem Gesicht und rieb dann an einem Fleck am Ärmel herum, der genauso gut Tomatensoße wie Blut sein konnte.

Joost schnaufte. So tief und inbrünstig, als gäbe es für das, was an diesem Abend geschehen war, keine Worte mehr.

»Du musst das in Ordnung bringen«, sagte er schließlich mit Blick auf seinen Sohn.

»Wie?«

Paul schäumte vor Wut. Er lief auf und ab, ballte die Fäuste und stieß Verwünschungen gegen Paula und den Rest der Welt aus.

»Wir sind erledigt. Weil du«, sein Zeigefinger wies auf den Vater, »es in all den Jahren nicht geschafft hast, Paula rauszuwerfen!«

»Sie ist die Nachfolgerin von Anne Michelsen, die gemeinsam mit deiner Großmutter Helene dieses Handelshaus erst gegründet hat!«

»Die Nachfolgerin«, zischte Paul. »Dann gebe Gott, dass sie keine Bastarde in die Welt gesetzt hat, die auch noch Anspruch auf eine Teilhaberschaft erheben! Du warst zu nachlässig. Nach Annes Tod hättest du sie rauswerfen sollen, ein für alle Mal! Stattdessen füttern wir dieses Hurengezücht seit Jahren durch. Du hast uns in diese Malaise gebracht! Morgen steht Großhanns vor der Tür und will Geld. Was willst du ihm sagen?«

Amalie riss entsetzt die Augen auf und presste ein parfümiertes Taschentuch an die Nase. Zum ersten Mal erfasste sie das wahre Ausmaß der Katastrophe.

»Wer ist Großhanns?«, fragte sie, begleitet von einem trockenen Schluchzen. »Was sollen wir denn bloß tun?«

»Redet mit ihr.«

Alle Köpfe drehten sich zu Bettina um.

»Ihr habt ihr einfach den Stuhl vor die Tür gesetzt. Ihr Stolz ist verletzt.« Sie sah zu Joost. »Du bist ihr Patensohn.«

»Herr im Himmel!« Amalie griff nach ihren Handschuhen, die zerknäuelt in den Polstern lagen, und roch daran. »Diese alte Geschichte! Nie hätte ich mich darauf einlassen dürfen, nie!« Anklagender Blick auf ihren Ehemann. »Du hast gesagt, das ginge in Ordnung! Und jetzt?«

Paul stöhnte auf.

»Ich bin mir sicher«, fuhr Bettina ungerührt fort, »dass sie einer Einladung zur Hochzeit durchaus sittsam gefolgt wäre.«

»Sittsam? Sprechen wir von derselben Frau? Sie ist eine Hure!«

Bettina biss sich auf die Lippen, um nicht vor ihren Eltern mit weiteren Vorwürfen herauszuplatzen. Zum Beispiel Pauls Verbindung zu mindestens einer dieser Damen. Er und Joost hatten sich die Schlinge selbst um den Hals gelegt, aber in den Abgrund gezogen wurden sie alle.

Amalie warf die Handschuhe zurück, richtete sich schwankend auf und schenkte sich ein weiteres Glas Kirschlikör ein. Das vierte.

»Ich frage noch einmal: und jetzt?«

»Und jetzt?« Joost schlug mit der linken Faust in die rechte Handfläche. »Wir müssen die Stukenborgs wieder ins Boot holen. Egal wie.«

»Was ist mit Sabine?«, fragte Bettina. »Kann sie nicht ein gutes Wort bei ihren Eltern einlegen?«

Paul fuhr sich mit den Fingern unter den Kragen und lockerte ihn etwas. »Das wird sie tun, aber sie werden nicht auf sie hören.«

»Nun …« Amalies Augen bekamen einen interessanten Glanz, der nicht allein auf Kirschlikör zurückzuführen war. »Ihr hattet ja schon einmal ein Rendezvous, das alle vor vollendete Tatsachen gestellt hat. Da der Senator davon ausgeht, dass die Ehe nicht vollzogen ist …« Sie nippte an ihrem Glas.

Joost wandte langsam den Kopf in ihre Richtung. Er sah sie an, als könnte er kaum glauben, was seine Ehefrau gerade von sich gab.

»Was willst du damit sagen?«

»Dass die Ehe samt der Verpflichtungen, was die Mitgift betrifft, bestehen bleibt, sobald ein Vollzug, nun, also …« Sie warf einen Blick zu ihrer Tochter.

»Vollzogen ist?«, half Bettina.

Amalie kippte den Likör in einem Schluck hinunter. »Zum Beispiel.«

Bettina blieb fast der Mund offen stehen. Nicht nur, dass solche Themen vor ihren Ohren erörtert wurden, sondern auch, mit welchem Pragmatismus ihre Mutter das tat.

Die schenkte sich umgehend den fünften Likör ein. Die Hälfte ging daneben. »Meine Mutter wird sich …«, sie leerte das Glas in einem Zug, »… sie wird sich freuen. Ich geh zu ihr, wenn wir pleite sind. Nichts hält mich mehr in dieser Stadt. Sie konnte dich noch nie ausstehen. Sie hat dich immer für einen Versager gehalten.«

Joost erwiderte nichts. Er starrte blicklos auf etwas, was sich einen Meter vor ihm auf dem Fußboden befinden musste. Vermutlich hatte er diese Vorwürfe schon öfter gehört. Für Bettina waren sie neu und schockierend. Noch nie hatte ihre Mutter so deutlich gesagt, was sie von ihrem Mann und ihrer Ehe hielt.

»Für mich und Bettina wird sich wohl irgendwo noch ein Platz unter ihrem Dach finden lassen. Aber nicht für euch. Ihr müsst selbst sehen, wie es für euch weitergeht.«

Amalies Mutter, eine Krämerwitwe aus Hamburg, war im Gegensatz zu Helene eine harte, verbitterte Frau. Die wenigen Male, die sie es über sich gebracht hatte, sie in Bremen zu besuchen, waren überschattet von Vorwürfen und der ständigen

Kritik, wie weit unter Wert sich ihre einzige Tochter verkauft hatte.

»Also bring das noch heute Nacht in Ordnung.« Amalie stellte die Karaffe zurück. »Sonst ist es aus für uns.«

Paul wollte etwas erwidern. Dann verließ er türenknallend den Raum. Bettina sprang auf und folgte ihm.

»Was hast du vor?«

Er lief die Treppe hinauf zu seinem Zimmer. Im Flur holte sie ihn ein.

»Paul! Was um Himmels willen wirst du tun?«

Er riss die Tür auf, hielt dann inne und ließ die Klinke los, bevor er sich zu Bettina umdrehte.

»Ich gehe nach Amerika.«

»Was?«

Ein schneller Blick über ihre Schulter ins Treppenhaus – niemand war ihnen gefolgt.

»Ich habe die Tageskasse von gestern. Volles Haus, alle, die nicht eingeladen waren, wollten sehen, wo wir feiern.« Er schüttelte den Kopf, als könnte er immer noch nicht ganz glauben, was passiert war. »Der Hurenball zu Bremen. Immerhin gehen die Vosskamps in die Stadtgeschichte ein. Aber ohne mich. In ein paar Stunden machen die Agenturen auf, dann kaufe ich mir eine Passage für das nächste Schiff nach New York.«

»Ich verstehe nicht …« Bettinas Knie begannen zu zittern. Es war, als ob der Boden, auf dem sie stand, sie plötzlich nicht mehr tragen wollte. »Warum?«

»Im Gegensatz zu Vater weiß ich, was uns blüht.«

»Du lässt uns im Stich?«

Er schnaubte ärgerlich und stützte die eine Hand an die Wand, die andere in die Hüfte. »Du und Mutter, ihr geht nach Hamburg.«

»Und Vater? Und Sabine?«

»Sabine? Diese freudlose Jungfer? Ihr Geld hätte sie um einiges attraktiver gemacht. Aber du glaubst doch nicht im Ernst, dass ich den Rest meiner Tage mit dieser Frau verbringe? Selbst wenn die Ehe bestehen bleibt – Stukenborg wird nichts mehr springen lassen. Für den sind wir unten durch, und seine Tochter auch. Hier ist nichts mehr zu holen.«

»Nein?«

Mehr fiel Bettina nicht ein. Der Schock war einfach zu groß. »Du gehst einfach, ohne auch nur einen Gedanken an uns oder deine Frau zu verschwenden?«

»Sie wäre nur mit ihrem Geld meine Frau geworden.«

So kannte sie Paul nicht. So berechnend und kalt. Es war, als ob ein Fremder vor ihr stünde. Trotzdem versuchte sie es weiter. »Aber sie würde bei dir bleiben, in guten wie in schlechten Tagen.«

Paul nahm die Hände herunter und stieß ein freudloses Lachen aus. »Genau das ist es, was ich fürchte. Diese Kuhaugen. Dieses zuckersüße ›Ich liebe dich‹. Diese Dummheit, die ihr schon aus den Ohren kommt.«

»Paul!«

»Tu doch nicht so, als ob du das nicht selber wüsstest! Allein ihre Anwesenheit bringt mich in Rage. Ich habe dem ganzen Handel nur zugestimmt, um mit ihrem Geld dieses Haus vor dem Untergang zu retten. Der Plan ist gescheitert. Sieh zu, dass Püsken dich noch will, oder geh mit Mutter nach Hamburg und such dir eine Stelle als Dienstmädchen, wenn man dich überhaupt irgendwo nimmt.«

Er wandte sich wütend ab, riss die Tür zu seinem Zimmer auf – und starrte in Sabines Gesicht.

Sie musste es geschafft haben, heimlich aus Stukenborgs Haus zu verschwinden und sich hier einzuschleichen. Wahrscheinlich hatte sie Paul überraschen wollen, und seinem Gesicht nach zu urteilen, war ihr das zum ersten und einzigen Mal gelungen.

»Sagen Sie, dass das nicht wahr ist«, flüsterte sie.

Bettina fühlte sich, als habe ihr jemand eine Ladung Schnee von draußen in den Kragen gekippt. Sabine war bleich wie ein Laken. In ihren weit aufgerissenen Augen standen Schmerz und Fassungslosigkeit.

»Sagen Sie, dass es nicht wahr ist!«, wiederholte sie lauter. »Sie wollen mich verlassen?«

Paul warf einen gehetzten Blick in den Flur.

»Was zum Teufel machst du hier?«, giftete er sie an.

»Ich bin Ihre Frau. Ich gehöre zu Ihnen!«

Sie behielt das Sie, mit dem sich Eheleute in bürgerlichen Kreisen anredeten, wenn sie nicht wie Joost und Amalie längst über alle Höflichkeit hinaus geraten waren.

Pauls Brust entrang sich ein ärgerlicher Seufzer. Er wandte sich an seine Schwester.

»Siehst du? Genau das habe ich gemeint.« Und zu Sabine: »Wenn irgendjemand dich hier entdeckt, gilt die Ehe als vollzogen. Verschwinde, so schnell wie möglich.«

»Aber genau das wollten wir doch!«

»Nein.« Pauls Antwort wurde untermalt von einem ärgerlichen Lachen. »Ohne Mitgift? Willst du mit mir ins Armenhaus ziehen, ja?«

»Also ist es wahr.«

»Ich denke, es ist wirklich besser, wenn Sie gehen«, sagte Bettina und wollte das Mädchen am Arm berühren.

Aber das ließ Sabine nicht zu. Sie trat zwei Schritte zurück in Pauls Zimmer. Ihre Augen flackerten.

»Ich habe alles gehört. Sie wollen mich sitzen lassen.«

»Sitzen lassen, nein.« Paul begriff auch endlich, dass er mit seiner herrischen Art bei ihr nicht weiterkam. »Ich habe eher einen Ausweg gesucht, wie wir …«

»Sie haben meine Mitgift nicht bekommen, also wollten Sie bei Nacht und Nebel verschwinden!«

»Das war doch nur eine Idee.«

Paul ging in das Zimmer, aber im gleichen Abstand, mit dem er sich Sabine näherte, wich sie zurück.

»Wir sollten morgen in Ruhe über alles reden. Dein Vater wird bestimmt nicht wollen, dass die Wucherer uns auf die Straße setzen.«

»Sie lieben mich nicht.«

Sabine tastete sich immer weiter rückwärts, am Bett und den Aussteuerkisten vorbei, zum Ende des Zimmers.

»Sie ertragen mich nicht. Sie halten es keine zehn Minuten in meiner Gegenwart aus. Warum haben Sie das nie gesagt? Warum haben Sie mich sogar noch am Altar vor Gottes Angesicht belogen?«

Paul wollte ihr weiter folgen, aber Bettina hielt ihn zurück. Sabine war wie ein in die Enge getriebenes Tier. Man musste ihr Raum lassen, damit sie wieder zur Besinnung kam.

»Er hat das nicht so gemeint«, sagte sie. »Er ist impulsiv, Sie kennen ihn doch.«

»Nein!« Sabine schrie fast. »Ich kenne ihn nicht! Der Mann, dem ich das Jawort gegeben habe, hat geschworen, mich zu lieben und zu ehren!«

»Weil ich Geld dafür bekommen hätte, viel Geld!«, höhnte Paul und der ihm eigenen Logik, und Bettina hätte ihm am liebsten eine schallende Ohrfeige versetzt. »So war der Handel! Er wurde abgeblasen! Nicht von mir. Von euch!«

Für einen Moment sah es so aus, als ob dieser letzte Schlag derjenige war, der Sabine zur Vernunft bringen würde. Sie ließ den Kopf sinken.

»Ich mach es doch wieder gut«, wimmerte sie. »Ich werde es irgendwie richten. Bitte verlassen Sie mich nicht. Bitte, bitte nicht. Nach allem, was zwischen uns war. Das war doch echt! Und gut!«

»Du dumme, blöde Gans.«

Paul wandte sich ab, um das Zimmer zu verlassen. Sabines Kopf ruckte hoch, und noch nie hatte Bettina so viel Verzweiflung in einem Gesicht gesehen. Dann war es, als ob ein Entschluss wie ein Blitz in ihr einschlug. Sie drehte sich um, riss das Fenster auf, stieg auf den Sims und sprang hinunter.

»Nein!«, schrie Bettina. »Nein!«

Sie rannte zum Fenster und beugte sich hinaus. Unten, auf dem verschneiten Pflaster der engen Gasse, direkt neben dem Hintereingang, lag Sabines regloser Körper. Und langsam, ganz langsam sickerte Blut aus ihrem Kopf und breitete sich aus wie ein dunkler See.

Das letzte Ultimatum

Sie brachten Sabine ins Diakonissenhaus, einem Neubau in der Nordstraße mit angeschlossener Dispensieranstalt[39], in dem bis zu achthundert Kranke behandelt werden konnten. Nicht Stukenborgs erste Wahl, der den Ambulanzwagen der Samariter am liebsten eigenhändig in sein Haus oder eines der kleineren Privatsanatorien umgeleitet hätte. Volksheilstätten waren unzumutbare Bruchbuden, behauptete er, Brutstätten von Seuchen und Ungeziefer, aus denen seine Tochter kränker herauskäme, als sie eingeliefert wurde. Aber der hastig herbeigerufene Arzt, ein streng blickender, überraschend junger Mann mit schmalem Gesicht und stechenden Augen, gab die Anweisung, sie sofort ins Hospital zu bringen. Das Mädchen war ohne Bewusstsein, und die gnadenlose Diagnose des Mediziners, der noch vor Ort erste Untersuchungen durchgeführt hatte, gab wenig Hoffnung, dass sie es je wiedererlangen würde.

Stukenborg unterwarf sich zähneknirschend dieser Autorität. Um überhaupt noch etwas zum Herumwüten zu haben, gab er Anweisung, niemanden von den Vosskamps zu seiner Tochter zu lassen. Bettina, die neben dem Ambulanzwagen lief, der zu Sabines Schutz sehr langsam über das holperige Pflaster gezogen wurde, wurde vor dem Torbogen zur Einfahrt des Diakonissenhauses von ihm mit einer Kanonade wüster Beschimpfungen überzogen und dem Befehl, sich nie wieder blicken zu lassen. Else Stukenborg sagte gar nichts. Sie war wie versteinert und folgte den Samaritern, die die Trage mit ihrer Tochter vor-

39 Vorläufer unserer heutigen Apotheken

sichtig ins Haus brachten, ohne irgendetwas um sich herum wahrzunehmen.

Bettina schickte, kaum an den Marktplatz zurückgekehrt, Clara zur Klinik, um jede noch so kleine Information über Sabines Zustand in Erfahrung zu bringen. Wie, war egal. Dienstmädchen hatten andere Kanäle als Herrschaften.

An Schlaf war in dieser Nacht nicht mehr zu denken. Einzig Amalie wankte irgendwann ins Bett, nachdem sie die Karaffe mit dem Kirschlikör geleert hatte.

»Wir sind verflucht«, lallte sie auf dem Weg nach oben. Bettina stützte sie, damit es nicht noch zu einem weiteren Unglück kam. »Verflucht, seit ich meinen Fuß in dieses Haus gesetzt habe.«

Joost blieb im Salon und stierte blicklos in den kalten Kamin. Paul war verschwunden. Vielleicht in sein Zimmer, vielleicht zu einer seiner Huren. Vielleicht auch schon längst auf dem Weg zum Auswandererhaus nach Bremerhaven. Niemand fragte nach ihm. Bettina versicherte sich, dass ihre Mutter einen Krug Wasser neben dem Bett stehen hatte, zog ihr die Schuhe aus und ließ sie dann alleine.

»Verflucht«, murmelte es hinter ihrem Rücken, als sie die Tür schloss.

Schleppend kehrte sie in ihr Zimmer zurück. Sie trug immer noch ihr schmutziges Ballkleid, an dem jetzt auch noch Sabines Blut klebte.

Sie alle hatten dieses Kind auf dem Gewissen.

Wir sind schuld.

Immer wieder: Wir sind schuld. Alles waren Folgen von Taten oder Unterlassungen, die sie sich allein selbst zuzuschreiben hatten.

Irgendwann riss sie sich zusammen und wusch sich. Am schwersten ging das getrocknete Blut von ihren Händen ab. Sie schrubbte und schrubbte und hatte das Gefühl, es nie wieder von ihrer Haut zu bekommen.

Es war gegen sieben Uhr morgens an diesem unheiligen Sonntag, als es unten an der Hintertür herrisch klopfte. Bettina hatte sich in ihrem Bett vergraben, ohne auch nur eine Sekunde an Schlaf denken zu können. Irgendjemand wollte zu ihnen, und irgendjemand öffnete ihm die Tür. Bitte kein Bote vom Diakonissenhaus, dachte sie. Bitte nicht. Mamsell Schwicke erbarmte sich schließlich, das Gehämmere hörte auf und wenig später kamen zaghafte Schritte die Treppe hoch. Das Rascheln eines Rocks. Ein Seufzen. Ein leises Klopfen.

»Fräulein Vosskamp?«

Bettina wollte am liebsten das Kissen über den Kopf ziehen.

»Was ist denn, Mamsell?«

»Könnten Sie vielleicht einmal nach unten kommen?«

Bettina stand auf und wickelte sich die Bettdecke um. Es war bitterkalt im Zimmer, und sie trug nur ihre Unterwäsche. Die Haare verfilzt, die Augen verquollen von ungeweinten Tränen, öffnete sie die Tür.

Mamsell Schwicke starrte sie an.

»Ja? Warum?«

Die Frau räusperte sich und versuchte offenbar, Bettinas Aufzug zu verdrängen. »Ein Herr Großhanns begehrt Einlass.«

Der Wucherer. Ließ er ihnen nach dieser Nacht noch nicht einmal ein paar Stunden zum Durchatmen? Eine kaum bezähmbare Wut stieg in ihr hoch. Auf Paul, auf Joost und auf den Gläubiger, der auftauchte, um gnadenlos seine Schulden einzutreiben.

»Gehen Sie damit zu meinem Bruder.«

Sie wollte die Tür schließen.

»Der ist nicht da.«

»Nicht da?«

»Nicht da.«

»Dann zu meinem Vater.«

»Der redet nicht und kommt nicht aus dem Zimmer.«

Bettina zog die Decke etwas enger um die Schultern. »Was heißt das, er redet nicht?«

Er war, wie alle, direkt nach dem Unglück aus dem Haus gestürzt und hatte den leblosen Körper Sabines auf dem Boden gesehen. Ihre Mutter hatte aufgeschrien. Paul hatte gotteslästerlich geflucht. Aber Joost hatte nur dagestanden und auf das Blut gestarrt, auf Sabines knochenweißes Gesicht, ihre geschlossenen Augen, ihren verrenkten Körper. Bettina hatte sich über sie gebeugt und ihr auf die Wangen geklopft, versucht, sie aufzurichten, mit ihr zu reden, sie zurückzuholen aus diesem Nichts, in das sich ihre Seele und ihr Geist verabschiedet hatten, bis eine harte Hand sie zurückgezogen hatte und der Arzt sie anherrschte, nichts, aber auch gar nichts mehr anzurühren.

Die Bilder blieben. Waren in ihr Herz graviert wie Monogramme in Zinn.

Mamsell Schwicke blinzelte, dann wischte sie sich eine Träne aus dem Auge. Bettina empfand einen geradezu wütenden Neid auf die Frau. Sie konnte wenigstens weinen.

»Er sitzt da und hört mich nicht.«

»Und meine Mutter?«, fragte sie argwöhnisch.

»Mit Verlaub, ich glaube, die gnädige Frau ist nicht in der Lage, ihr Bett zu verlassen.«

Langsam begriff sie, dass niemand in diesem Haus mit Großhanns reden konnte außer ihr. Eine Mischung aus Panik, Angst und aufsteigender Hysterie ließ die Hand zittern, mit der sie an die Klinke griff.

»Sagen Sie ihm, ich bin in zehn Minuten unten. Führen Sie ihn ins Contor.«

Mamsell Schwicke knickste erleichtert und drehte sich auf dem Absatz um, um nach unten zu eilen.

»Halt!«

Die Frau blieb stehen.

»Gibt es Neues von Sabine Stukenborg?«

Mamsell Schwicke schüttelte den Kopf. »Nein. Clara hat einen Laufburschen geschickt. Sie kämpfen immer noch um ihr Leben, und sie hat auch noch nicht das Bewusstsein wiedererlangt.«

Damit eilte sie davon.

Bettina ging zum Waschtisch, um festzustellen, dass sie in der Nacht alles frische Wasser verbraucht hatte. Mit einem zähneknirschenden Fluch rieb sie sich mit dem noch feuchten Handtuch übers Gesicht und bürstete mit wütenden Strichen die Haare. Dann schlüpfte sie in ein einfaches Wollkleid, steckte sich einen Dutt und zermalmte auf dem Weg nach unten ein Zuckerplätzchen mit Pfefferminz. Mehr war nicht drin an diesem Morgen, der gerade düster und grau über den Dächern Bremens begann.

Großhanns hatte sich auf Joosts Stuhl niedergelassen und begrüßte Bettina mit einem breiten Grinsen. Seinen Stock hatte er zwischen seine Beine gestellt und hielt ihn mit der linken Hand, die langsam den Schaft auf und ab glitt. Es sah nebensächlich und zugleich auf eine für Bettina unbekannte Art obszön aus.

»Fräulein Vosskamp, welche Ehre. Ich hatte eigentlich mit einem der Herren dieses Hauses gerechnet, aber nach dem rauschenden Fest gestern Abend gönnen wir ihnen noch einen Moment der Rekonvaleszenz. Nehmen Sie Platz.«

Sie trat zögernd näher und setzte sich ihm gegenüber auf den Besucherstuhl. Sie fühlte sich wie ein aufgescheuchtes Tier, das im nächsten Moment den Schuss des Jägers hören würde.

»Sie waren ja bei unserem letzten Gespräch zugegen und sind im Bilde. Ich bekomme fünfundfünfzigtausend Mark. Jetzt. Wenn nicht, händigen Sie mir die Schlüssel aus und ich bin Besitzer des Teepalasts und des Handelscontors.«

Ihre Kehle war wie zugeschnürt. Sie brachte kein einziges Wort heraus. In ihrem Kopf schossen nur zwei Gedanken wie Billardkugeln über Bande: Wo ist Paul? Wo ist Joost?

»Nun?«

Er klopfte mit den Fingernägeln der anderen Hand auf den Schreibtisch, was ein widerwärtiges, klackendes Geräusch verursachte.

»Es gibt kein Geld und auch keine Schlüssel«, brachte sie zu ihrem größten Erstaunen heraus. »Gehen Sie.«

Großhanns grinste noch breiter. »Mein liebes Fräulein, ich halte Ihnen zugute, dass Sie keine Ahnung davon haben, wie Geschäfte heutzutage laufen. Ihr Vater hat sich eine sehr hohe Summe von mir geliehen, die will ich zurückhaben. Nicht erst seit heute, sondern schon seit langer Zeit. Ich wurde vertröstet, immer wieder.« Er beugte sich vor und hörte mit dem Klopfen auf. »Damit ist Schluss.«

»Der Teepalast wird eine Weile brauchen, bis er wieder geöffnet ist. Das wird Ihnen sicher zu Ohren gekommen sein. Was die Mitgift meiner Schwägerin betrifft, so ist mein Bruder in Verhandlungen. Sie erhalten Ihr Geld. Wir brauchen mehr Zeit.«

Es war widerwärtig, diesen Mann um einen Aufschub zu bitten, aber etwas Besseres fiel ihr nicht ein. Noch widerwärtiger wurde es, als er seine Augen über ihre Gestalt wandern ließ und sich in seinen verlebten Zügen widerspiegelte, welche Bedingungen er zudem stellen könnte. Seine linke Hand glitt wieder den Stock entlang.

»Nun«, sagte er und zog mit einem schauerlichen Geräusch

den Speichel durch die Zähne. »Das kommt darauf an, welche Liebenswürdigkeit Sie bereit sind, in Ihre Worte und Taten zu legen.«

Sie zog die Augenbrauen hoch.

»Soll ich genauer werden?«

Bettina drückte den Rücken durch und straffte die Schultern. »Meine Liebenswürdigkeit erschöpft sich darin, mit Ihnen zu reden und nicht gleich die Gendarmen zu rufen.«

»Die Gendarmen?« Er lehnte sich zurück. Sein Grinsen zerteilte die von Gier verzerrten Züge. »Nur zu. Immer hereinspaziert, die Herrschaften. Man mag mir vieles nachsagen, aber nicht, dass ich grundlos junge Damen um Haus, Hof und Bett bringen möchte.« Er zog ein mehrfach gefaltetes Papier aus seiner Westentasche und wedelte damit vor Bettinas Nase. »Das ist der Schuldschein. Er hat vor jedem Gericht dieser Welt Bestand. Ihr seid Monate im Verzug, und ich lasse mich nicht mehr vertrösten. Ich will meine fünfundfünfzigtausend. Jetzt.«

»Sechzigtausend. In drei Monaten.«

Bettina wusste nicht, woher diese Worte gekommen waren. Sie brauchten Zeit, so schnell und so viel wie möglich. Und dann Geld, am besten umgehend. Womit man Leute wie Großhanns herumkriegte, war, ihnen einen weiteren Gewinn in Aussicht zu stellen, der den übertraf, den er sich im Moment ausrechnete.

»Sonst sorge ich höchstpersönlich dafür, dass das, was Sie uns zu rauben glauben, keinerlei Wert mehr für Sie hat.«

War sie verrückt geworden? Was redete sie da? Keinerlei Wert mehr für Großhanns? Wie sollte das denn gehen? Derselbe Gedanke musste auch gerade durch sein Hirn schießen, denn er hörte auf, an dem Stock zu reiben und legte ihn mit einer so schnellen Bewegung vor sich auf dem Tisch ab, dass Bettina um ein Haar zurückgezuckt wäre.

»Und wie willst du das anstellen, wertes Fräulein?«

Sie ignorierte sein plötzliches Duzen und versuchte ein ähnlich dreckiges Grinsen, aber sie hatte das Gefühl, dass das nicht ganz gelang.

»Wir haben Beziehungen.«

»Das hat man gestern Abend gesehen. Die Bremer Unterwelt ist ja ganz dicke mit den Vosskamps. So sehr, dass sie sogar zum Hochzeitsball kam. Weißt du, dass man sich in den Gassen schon erzählt, Paul habe seine Frau noch in der Nacht aus dem Fenster geworfen, weil sie seinen Ansprüchen nicht genügt hat?«

Sie versuchte, so wenig Regung wie möglich zuzulassen. Noch nicht einmal blinzeln wollte sie. Ihr Gesicht sollte kalt und abweisend wirken, eine Maske, hinter der niemand ihre wahren Gedanken erraten konnte.

Großhanns sah sie an, um herauszufinden, welche Wirkung seine letzten Worte auf sie hatten. Nachdem er keine Reaktion erhielt, fuhr er sich mit der Hand über das unrasierte Kinn. Hautschuppen rieselten auf die blanke Schreibtischplatte.

»So gehen noch nicht einmal wir mit unseren Frauen um. Respekt.«

»Warten Sie ab, was wir mit Wucherern machen, die uns drohen.«

»Mädchen, Mädchen.« Er nahm den vor ihm liegenden Stock und ließ ihn wie unbeabsichtigt etwas vor- und zurückrollen. »Du weißt nicht, was du redest und mit wem du dich anlegst.«

»Sechzigtausend in drei Monaten.«

»Fünfundfünfzigtausend jetzt.«

Sie stand auf, ging zur Tür und öffnete sie.

Großhanns erhob sich und griff nach seinem Stock. Als er den Schreibtisch umrundete, stützte er sich darauf. Also war das Ding nicht nur eine Waffe, er brauchte es auch.

»Wenn du noch heute eine Versicherung des Barons beibringst, dass er dich immer noch nimmt und eure Schulden bezahlt, würde ich mit mir reden lassen. Mir kam allerdings zu Ohren, dass er den Verlauf des gestrigen Tages als, sagen wir, etwas uncharmant empfand. Und wer bleibt euch dann noch? Stukenborg?«

Er blieb kurz vor ihr stehen. Ein ungewaschener Geruch stieg aus seiner Kleidung und verursachte bei Bettina einen Würgereiz, den sie kaum unterdrücken konnte.

»Der würde am liebsten berittene Boten in den letzten Winkel der Provinz senden, die allesamt sein Zerwürfnis mit euch proklamieren. Nein, du kannst mich nicht täuschen. Du hast nichts in der Hand. Ich gebe euch Zeit bis heute Abend, das zu packen, was ihr tragen könnt. Mehr nicht. Und dann gehört dieses Haus mir.«

»Sie finden den Weg hinaus.«

Großhanns wollte an ihr vorbei. Dann blieb er noch einmal stehen und legte seine Hand auf ihre Schulter.

»Ein netter Versuch, der dich ehrt.«

Sie sah auf seine Hand, er zog sie zurück. Er war ein alter, stinkender Mann, der Freude daran hatte, andere zu quälen. Doch für einen kurzen Moment schien es, als ob etwas anderes hinter dem harten Glanz seiner Augen verborgen lag.

»Die Vosskamps sind Geschichte«, sagte er. »Bringt es mit Würde zu Ende, nicht mit Feilschen.«

Er verließ den Raum, umgeben von einer Duftwolke aus ranzigem Körperfett, altem Schweiß und der bitteren Erkenntnis, dass er recht hatte.

Wenn Gott und Teufel lachen

Bettina warf die Tür hinter ihm zu. In drei Schritten war sie am Fenster, riss es auf und atmete die eiskalte Luft ein, so tief es ging. Schritte entfernten sich, begleitet vom Aufschlag des Stocks auf dem Pflaster.

Nein, dachte sie. Nein, nein, nein.

Sie ging in den Flur und schnappte sich den ersten Laufburschen, dessen sie habhaft werden konnte.

»Hol Casper Groth. Sofort.«

Der Junge, keine zwölf Jahre alt, nickte verdattert und lief erst einmal in die Küche, um sich von Mamsell Schwicke instruieren zu lassen, wo er den Contoristen in dieser Frühe am Sonntag finden könnte. Bis zu Caspers Eintreffen hatte Bettina die Kontobücher der letzten Wochen herausgeholt und die Einträge überflogen. Obwohl sie durchaus über Grundkenntnisse verfügte, hätten es auch Hieroglyphen sein können. Nichts passte zusammen. Einnahmen waren kaum noch verzeichnet, Rechnungen nicht bezahlt worden. In einem weiteren Schrankfach fand sie stapelweise unbeantwortete Korrespondenz.

In Joosts Schublade lag der Schlüssel zum Safe. Nach mehrmaligen Versuchen gelang es ihr, die schwere Eisentür zu öffnen. Die Kassette war leer. Also hatte Paul das Geld tatsächlich gestohlen. Sie rannte die Treppen hinauf in sein Zimmer, das noch genauso aussah wie in dem Moment, in dem Sabine gesprungen war. Sogar das Fenster stand noch offen. Eine dünne Schicht Schnee war in das ungeheizte Zimmer geweht. Es war so kalt, dass der Atem vor dem Mund sichtbar wurde.

Sie kannte den Inhalt seiner Schränke nicht, aber als sie den ersten öffnete, waren mehrere Fächer leer. Auch der Inhalt der Kommodenschubladen war nicht mehr da.

Sie ging zu seinem glatt gezogenen, unbenutzten Bett und setzte sich, weil sie das Gefühl hatte, ihre Beine würden sie nicht mehr tragen.

Paul.

Er hatte das Diabolo so geliebt, und sein Schaukelpferd, das er ihr, als er älter wurde, in einem buchstäblich heruntergerittenen Zustand überlassen hatte. Ein Wildfang war er gewesen, ein Raufbold, ein kecker, nie um eine Antwort verlegener Draufgänger, gegen den die anderen Jungen aus der Nachbarschaft fast schon Büxenschieter[40] waren. Achterfünsch[41] nannten ihn die einen, einen Fletangel[42] die anderen, aber für Bettina war er der Held, der große Bruder, der Alleskönner und Alleswisser, der sich von nichts und niemandem etwas sagen ließ.

Er hatte sie nie richtig wahrgenommen.

Nein, es kamen immer noch keine Tränen. Sie stand auf, weil Geräusche aus dem Schlafzimmer der Eltern verrieten, dass man sich auch dort darauf vorbereitete, dem Tag zumindest gewaschen und angezogen die Stirn zu bieten.

Sie holte sich einen Wollschal aus ihrem Zimmer und ging hinunter ins Contor. Casper Groth war eingetroffen und schälte sich gerade umständlich aus seinem Mantel. Bettina half ihm dabei und bemerkte zum ersten Mal, wie dünn und zerbrechlich dieser Mann war. Das Friesenblond seiner Haare war zu einem schütteren Grau geworden, und die Wangen in dem einst runden Gesicht wirkten eingefallen. Viele kleine Knitterfältchen zerfurchten seine Haut, und die mageren Hände waren

40 Bremer Dialekt: Hosenscheißer, Angsthase
41 Bremer Dialekt: hinterlistig
42 Bremer Dialekt: Flegel

übersät von Altersflecken. In seinem dunklen, etwas abgetragenen Sonntagsanzug wirkte er wie eine aus dem Nest geworfene Krähe.

Um sich in dem eiskalten Raum wenigstens etwas zu wärmen, rieb er die Handflächen aneinander.

»Nun, Fräulein Vosskamp. Was kann ich denn für Sie tun?«

Casper Groth. Als Kind hatte sie bei ihm auf dem Schoß gesessen, und er hatte ihr Rechnen beigebracht. Das Klacken der hölzernen Kugeln des Abakus[43] hatte diese Stunden begleitet, der Duft von heißem Tee und die kurzen Besuche der Großmutter, die ab und zu noch im Contor vorbeischaute, zum Leidwesen ihres Sohnes, der sein kaufmännisches Können wohl davon infrage gestellt sah.

Rechnen hatte Bettina immer Spaß gemacht. Es war eine von allen Unwägbarkeiten losgelöste Gewissheit, dass zwölf mal zwölf hundertvierundvierzig war und nicht neunzig, nur weil man ein Mädchen war. Rechnen war Sicherheit, dass das Ergebnis von zwei miteinander in Verbindung stehenden Größen eine dritte ergab, die für alle Zeiten feststand. Egal, wer sie berechnete.

»Die Bücher.« Sie deutete auf den Stapel auf Joosts Schreibtisch. »Ich will wissen, wo wir stehen.«

Casper strich sich über die wenigen, nassen Haare. Er hatte eine Mütze aufgehabt, die vom Schnee durchweicht worden war. Seine Nasenspitze war von der frischen Luft gerötet, und er schniefte einmal kurz.

»Nun. Das ist nicht in einem Wort zu erklären.«

»Doch. Wir sind bankrott.«

Er nickte zögernd und nahm dann auf dem Besucherstuhl Platz. Bettina ging hinter den Schreibtisch und setzte sich auf

43 Mechanische Rechenmaschine

den Platz, auf dem sich vor Kurzem noch Großhanns breitgemacht hatte. Sie glaubte, seine Körperwärme zu spüren, und schauderte zusammen.

»Ich will wissen, wie es dazu gekommen ist und ob wir noch eine Chance haben.«

Wieder ein Strich über den Kopf, eher Verlegenheitsgeste als echtes Bedürfnis, die Frisur in Ordnung zu bringen.

»Fräulein Vosskamp, bei allem Respekt – Sie werden aus diesen Büchern keine Erkenntnis ziehen können.«

»Warum nicht?«, fragte sie, obwohl die Antwort offensichtlich war.

»Sie stimmen nicht. Verzeihen Sie, wenn ich Ihnen das derart offen sage. Schon seit längerer Zeit geht das so. Sie sind das Papier nicht wert, auf das geschrieben wurde. Seit der kaiserlichen Aktenrechtsnovelle vor drei Jahren muss sich die ganze achtbare Kaufmannschaft der ordnungsgemäßen Bilanzierung verpflichten. Ihr Vater hat sich seither der Bilanzierungspflicht entzogen und auch keine Inventur zugelassen. Er berief sich dabei auf den Code de commerce, der aber schon längst vom Kaiser und dem Norddeutschen Bund durch das Handelsgesetzbuch abgelöst worden ist.«

Bettina verstand kein Wort. Casper merkte das und räusperte sich kurz.

»Einfach ausgedrückt: Ein Kaufmann hat sich ans Gesetz zu halten. Dass das Handelscontor Vosskamp und der Teepalast noch existieren, ist nur den ausgezeichneten Beziehungen Ihres Vaters zum Senat zu verdanken. Dies schützte ihn zumindest für einen gewissen Zeitraum vor dem Zugriff der Prüfer.«

Noch ein kurzes Räuspern.

Bettina sah auf den Stapel Makulatur. »Diese Beziehungen gibt es nicht mehr.«

»Das könnte man eventuell so sagen. Ihr Vater hat leider die

Zeichen der Zeit verpasst. Die Ära der Kaufmannsreeder ist zu Ende. Aber er hatte seinen eigenen Kopf.«

»Und nun?«

»Es ist immerhin kein betrügerischer Bankrott. Er wird nicht ins Gefängnis kommen. – Hoffentlich«, setzte er hinzu.

»Großhanns will die fünfundfünfzigtausend Mark bis heute Abend. Oder den Schuldschein eines respektablen Mannes.«

Casper Groth nickte.

»Und woher, gnädiges Fräulein, wollen Sie den nehmen?« Er ließ offen, ob sie damit den Schuldschein oder den Mann meinte.

Püsken schied aus. Von ihm hatten die Vosskamps nichts mehr zu erwarten. Aber … der Gedanke an Scott Ewan schoss wie flüssiges Blei durch ihre Adern. Hätte sie ihm nur nicht dieses verdammte Billett geschickt! Er würde sie für völlig durchgedreht halten, wenn sie wieder bei ihm auftauchen und noch einmal um Hilfe bitten würde.

Casper Groth wartete auf eine Antwort.

»Wie viel wäre denn meine Teeplantage wert?«, fragte sie. »Brenny's Garden. Sie liegt in Darjeeling.«

Ein feines Lächeln schob sich auf die Lippen des Contoristen. »Ich weiß, wo sich diese Plantage befindet. Bei der augenblicklichen Lage dürften vor allem die Briten interessiert sein. Zu Hele… zu den Zeiten Ihrer Großmutter wurde sie ihr von der Royal Horticultural Society in Calcutta zugewiesen, für einen geradezu lächerlichen Betrag. Wie viel sie heute wert sein mag, kann ich Ihnen nicht sagen.«

Sie stieß mit einem enttäuschten Laut die Luft aus.

»Ich würde auch davon abraten, sie in die Konkursmasse mit einzubringen. Ihre Großmutter hat Sorge getragen, dass Ihnen die Plantage nicht weggenommen werden kann. Sie gehört Ihnen, nicht Ihrem Vater und nicht dem Contor. Sie ist das Einzige, das Sie besitzen.«

»Und das Haus?«

»Mit Verlaub, alles, was Sie hier sehen, sogar der Stuhl, auf dem Sie sitzen, ist beliehen.«

»Danke.«

Ihr fielen keine weiteren Fragen ein. Zumindest keine, bei denen auf optimistischere Antworten zu hoffen wäre. Casper Groth erhob sich. Er versuchte dabei, ein Ächzen zu unterdrücken, aber sein angestrengter Gesichtsausdruck verriet, dass sein Gliederreißen wohl schlimmer geworden war.

»Gibt es keine andere Lösung mehr?«

Er schüttelte traurig den Kopf. »Ich habe Ihren Vater gewarnt. Und auch Ihren Bruder. Sie wollten nicht hören. Der Untergang der *Hera* hat sie alle in den Abgrund gerissen. Wie kann man auch nur sein ganzes Geld und das geliehene dazu auf ein einziges Schiff setzen? Es muss ein Akt der Verzweiflung gewesen sein, wenn Sie mir diese Bemerkung erlauben. Vielleicht hätte die Mitgift der Stukenborgs den Bankrott noch etwas hinausschieben können, und Ihre Verbindung mit dem Freiherrn wäre auch hilfreich gewesen. Doch der Mensch plant, und Gott lacht.«

Es war schwer vorzustellen, was jemanden wie Gott an ihrer Situation amüsieren sollte.

»Danke für Ihre Offenheit.«

Er nickte resigniert. Sie brachte ihn noch zur Hintertür. Mamsell Schwicke, ein Geschirrtuch und einen tropfenden Teller in der Hand, schaute aus der Küche heraus und sah kurz zu ihnen. Ihr lag etwas auf der Seele, und Bettina wusste, was es war. Wenn es mit den Vosskamps aus war, dann auch für das Gesinde. Und den Contoristen. Und alle anderen in diesem Hause. Noch heute Abend würden die Schlüssel in die Hand eines Wucherers wandern, und alle mussten ihr Bündel schnüren.

»Was werden Sie tun?«, fragte sie Casper. »Wovon werden Sie leben?«

Der alte Mann knöpfte sich den Mantel zu. Er überlegte sich seine Antwort gut und sagte schließlich: »Von Dynamit und der Transsibirischen Eisenbahn.«

Ihr fragendes Gesicht hatte er erwartet.

»Ich habe ein wenig gespart und davon Aktien gekauft.«

»Aber ist das nicht fürchterlich riskant?«

»Sie meinen den Börsenkrach vor gut zehn Jahren? Aus dem habe ich mich herausgehalten und allein durchs Zuschauen viel gelernt, von dem ich heute profitiere.«

Casper setzte sich die Mütze auf. Die Kirchenglocken von Sunte Marten riefen zum Gottesdienst. Er schlug den Mantelkragen hoch und setzte vorsichtig einen Fuß auf die verschneite Straße.

»Wie geht es der jungen Frau Vosskamp?«

Bettina zog den Schal enger um ihre Schultern. Sie musste sich daran gewöhnen, dass Sabine nun auch ihren Namen trug.

»Wir haben noch keine neuen Nachrichten. Sie hat sich schwer an Kopf und Rücken verletzt.«

»Richten Sie ihr bei Gelegenheit meine tief empfundenen Genesungswünsche aus.«

»Das werde ich tun.«

Er wollte noch etwas sagen. Ihr vielleicht Mut zusprechen. Sie daran erinnern, dass Gott, wenn er fertig war mit dem Lachen, manchmal noch etwas aus dem Hut zog. Aber dann überlegte er es sich anders.

»Auf Wiedersehen, Fräulein Vosskamp.«

»Auf Wiedersehen, Casper.«

Sie sah ihm hinterher, wie er langsam und vorsichtig die Gasse hinunterging. Als Kind hatte sie ihn Onkel Casper genannt, bis ihre Eltern das verboten hatten. Er war einer der ganz wenigen, die mit Liebe und Achtung von ihrer Großmutter sprachen. Bis heute.

Jemand hatte eine Kerze aufs Pflaster geklebt. Obwohl es windstill war, flackerte die kleine Flamme und erleuchtete die Stelle, an der eine Frau mit ihrem Kind erfroren war – in Sichtweite dieser Tür.

Bettina atmete tief durch und verschloss die Hintertür. Dann rannte sie hinauf in ihr Zimmer, um sich wärmer anzuziehen, denn der Weg zum Hotel Europa konnte bei diesem Wetter lang werden. Gerade als sie das Haus verlassen wollte, hörte sie, wie auf der anderen Seite des Hauses am Marktplatz ein Gespann hielt. Jemand zog an der Klingelschnur, und zwar so heftig, dass die Kette nach dem vierten Mal riss und die Glocke scheppernd auf die Fliesen fiel.

Mamsell Schwicke stürzte aus der Küche und sah Bettina in Mantel, Cape, Hut und Handschuhen, die wie angewurzelt im Flur stehen geblieben war.

»Soll ich öffnen?«

»Herrgott! Will mir keiner mehr aufmachen?«, dröhnte Püskens Stimme durch die schwere Holztür. »Ich habe mit euch zu reden! Sofort!«

Bettina nickte. »Ja, bitte. Aber erst, wenn ich weg bin.«

Mamsell Schwicke riss die Augen auf und wollte etwas sagen, aber bevor sie sich äußern konnte, hatte Bettina schon auf dem Absatz kehrtgemacht und lief zum Hinterausgang. Es war klar, was Püsken wollte. Nach diesem Skandal gestern Abend war er erschienen, um die Verlobung zu lösen und den Ring zurückzuverlangen.

»Und wenn er nach Ihnen fragt?«, kam hinter ihrem Rücken die aufgeregte Stimme der Mamsell, die ihr folgte.

»Aufmachen!«, brüllte Püsken und klopfte nun gegen die Tür. »Lumpenpack! Zeigt sich keiner von euch?«

»Dann sagen Sie, ich bin ausgegangen. In die Kirche. Zum Gottesdienst. Irgendwas. Sein Ring liegt in der gesprungenen alten Seifenschale auf meinem Waschtisch.«

»Das ist alles? Machen Sie es sich da nicht ein bisschen einfach?«

Allen in diesem Haus war bewusst, dass es zu Ende war. Sie blieben nur noch, um auf ihren Lohn zu warten. Den sie nicht bekommen würden, da Paul es vorgezogen hatte, mit dem gesamten Geld das Weite zu suchen. Dennoch hätte sich Bettina einen etwas sachlicheren Ton von Mamsell Schwicke gewünscht.

Sie riss die Hintertür auf, während Püsken vorne klopfte, brüllte und polterte.

»Das ist das, was er will. Letzten Endes. Ich kürze den Prozess nur um eine Stunde Gebrüll ab.«

Die Mamsell drehte grußlos ab und ging zur Vordertür. Gerade noch rechtzeitig schlüpfte Bettina auf der anderen Seite hinaus. Sie zog die Kapuze ihres Capes über den Kopf und blieb dann doch noch einen Moment stehen, weil sie sich an etwas erinnerte. Aber sie wusste nicht mehr, was es war. Nur das Gefühl, das sie hatte, streifte sie und ließ ihr Herz schneller schlagen.

Man konnte sein Ziel nicht immer auf dem geraden Weg erreichen. Manchmal musste man auch Hinterausgänge nehmen und über marode, schlüpfrige Pflaster laufen, die das Licht der Sonne kaum erreichten.

Versprechen und Verbrechen

Das Hotel Europa war einer der Prachtbauten am Herdentorsteinweg, erstaunlicherweise direkt neben dem nicht minder imposanten Hillmann Hotel gelegen, sodass die beiden Häuser wie zwei etwas hochnäsige, leicht zerstrittene Schwestern nebeneinanderstanden und eine Aura weltläufiger Pracht verströmten. Pferdekutschen warteten vor den Eingangsportalen auf Kundschaft oder brachten Reisende vom Bahnhof, die sich wie selbstverständlich durch die Drehtüren ins Innere des Hauses begaben. Andere Gäste traten hinaus auf die Straße und wandten sich nach links und rechts, um die Straße entlangzuflanieren und die Auslagen in den vielen Geschäften zu betrachten, die natürlich am Sonntag geschlossen hatten. Radfahrer schossen vorbei, unter ihnen schon einige mit dem neuen Niederrad, das mit einer Kette betrieben wurde und eine beachtliche Geschwindigkeit erreichte, was immer wieder zu Zusammenstößen mit Kutschen und Passanten führte und nicht nur in den Zeitungen, sondern auch auf der Straße leidenschaftlich diskutiert wurde.

Bettina blieb auf der anderen Straßenseite stehen und wartete, bis ein Herr auf einem gemächlich schwankenden altmodischen Hochrad sie passiert hatte. Natürlich kannte sie das Wiener Café und den Wintergarten des Hotels. Einmal hatten sie in dem prächtigen Speisesaal diniert – eine Goldene Hochzeit oder ein ähnlicher Anlass, zu dem Joosts Geschäftsfreunde eingeladen hatten. Sie erinnerte sich an die langen, festlich gedeckten Tafeln, die prächtigen Lampen, die deckenhohen Wandgemälde und Spiegel. Das Hotel Europa war der Inbegriff des Luxus, der verschwenderischen Geldausgabe, der großen weiten Welt.

Vielleicht hätte sie sich doch etwas anderes anziehen sollen als das einfache Wollkleid, über das sie eine Jacke mit einem Fellkragen und auch noch ihr Alltagscape geworfen hatte. Damit unterlief sie mühelos alle Erwartungen, die man an die Gäste eines so feinen Hauses stellte.

Sei's drum. Sie atmete tief durch und überquerte die Straße.

Gerade stieg ein dunkel gekleideter Herr aus einer Droschke und reichte einer Dame die Hand, die große Mühe hatte, mit ihrem Hut durch die enge Öffnung des Verschlags zu gelangen. Gassenjungen stürzten sich schon auf das Gepäck, das sich auf der Ablage zwischen den beiden großen Hinterrädern türmte, und wurden von den Hotelpagen vertrieben. Es sah aus, als hätte es eine lange Reise hinter sich. Vermutlich waren die beiden gerade aus Amerika eingetroffen.

»*Mon dieu!*«

Die Dame zupfte an einer geknickten Feder ihres Huts und ließ dann den Blick über die Fassade des Hauses streifen, bevor sie sich mit einem Seufzen bei ihrem Mann unterhakte und von den Hotelpagen zur Drehtür geleitet wurde. Bettina nutzte die Gunst des Augenblicks, in dem alle von dieser Ankunft abgelenkt waren, um gleich mit ins Haus zu schlüpfen.

Es war eine heikle Sache, als Frau alleine ein Hotel zu betreten. Noch heikler war es allerdings, dem Portier zu erklären, dass sie einen männlichen Gast sprechen wollte. Sie stellte sich hinter eine Gruppe Palmen und begutachtete scheinbar interessiert ein Ölgemälde, das eine gewagte Version der Susanna im Bade zeigte, bis das neu angekommene Ehepaar vom Portier zur Treppe geleitet und dort von weiteren Pagen dienstbeflissen in Empfang genommen wurde. Endlich war auch das Gepäck auf dem Weg zu seinem Bestimmungsort. Der Portier widmete sich wieder dem Eintrag ins Gästebuch und sah erst hoch, als er ein leises Räuspern hörte.

»Ich muss Mr Ewan sprechen.«

»Mr Ewan?«, fragte der Mann hinter dem Tresen und blätterte sorgfältig einige Seiten zurück. »Scott Ewan?«

»Ja«, antwortete Bettina leise.

Gott sei Dank, er war hier abgestiegen und noch nicht abgereist.

Um nichts in der Welt wollte sie hier einem bekannten Gesicht begegnen. Vorsichtig warf sie einen Blick über die Schulter, aber die Eingangshalle war, bis auf die Neuankömmlinge, die gerade über die breite Treppe nach oben geleitet wurden, leer.

»Und wer möchte ihn sprechen?«

Der Portier sah hoch und durchbohrte Bettina mit einem eisigen Blick.

»Bettina Vosskamp.«

Der Name musste ihm etwas sagen, aber er schluckte eine Bemerkung hinunter. Preußische Disziplin und die Diskretion eines Grand Hotels gerieten wohl öfter aneinander.

»In welcher Angelegenheit?«

»Als Besitzerin der Teeplantage, auf der Mr Ewan angestellt ist, brauche ich darüber keine Auskunft zu geben, will ich meinen.«

Ein zweiter Blick. Auch wenn sie nicht den Eindruck einer Großgrundbesitzerin in entfernten Latifundien machte, so war das, was sie trug, von ordentlicher Qualität und Machart, dazu gewaschen und geplättet. Der Portier schien langsam zu begreifen, dass er keine Bittstellerin vor sich hatte und, weiß der Himmel, was sich hinter den Mauern eines solchen Hauses abspielen mochte, auch keine Dame, deren Anwesenheit Irritationen oder Begehrlichkeiten hervorrufen würde, je nach Ansichtssache und Bedürfnis.

»Bitte nehmen Sie einen Augenblick Platz. Wir werden

Ihnen den Rosensalon zur Verfügung stellen. Dort sind Sie ungestört bei Ihrer geschäftlichen Besprechung.«

Er wies auf die Sitzgruppen neben den Palmen und winkte einem Pagen, dem er ein paar Worte zuflüsterte und der ihr daraufhin dienstbeflissen das Wollcape abnahm.

Bettina nahm in einem der Sessel Platz. Bis jetzt war alles gut gegangen. Nun aber kam der entscheidende Moment. Sie war nicht vorbereitet. Was sollte sie Ewan sagen, vor allem nach der Abfuhr, die sie ihm vor noch nicht einmal einem Tag erteilt hatte?

Zunächst wollte sie ihm anbieten, die Teeplantage zu kaufen. Fünfundfünfzigtausend Mark waren zwar ein stolzer Betrag, und sie hatte keine Ahnung, ob Brenny's Garden überhaupt so viel wert war. Aber zumindest konnte sie es versuchen.

Wenn das fehlschlug, blieb immer noch die zweite Option: eine Hochzeit. Er wäre am Ziel seiner Wünsche und würde eine eigene Plantage besitzen. Sie hätte ein Dach über dem Kopf und als verheiratete Frau eine gesellschaftliche Stellung. Sie würde Bremen verlassen müssen, aber das stünde ihr sowieso bevor. Wenn – dritte und schlimmste der Möglichkeiten – Ewan auf keines der beiden Angebote einging, blieb immer noch die Weser.

Ein Page kam vorbei und fragte nach ihren Wünschen. Tee? Kaffee? Soda? Sie lehnte dankend ab. Endlich trat ein weiterer Angestellter in der dunkelvioletten Hoteluniform auf sie zu, ein ungelenker, schlaksiger Junge, und bat sie, ihm zu folgen.

In Hamburg war im letzten Jahr eine Personentransportmaschine in Betrieb genommen worden, ein sogenannter Paternoster. In Bremen hatte sich diese Neuerung, von der die Zeitungen begeistert berichtet hatten, noch nicht durchgesetzt. Also ging es zunächst über die prächtige Freitreppe hinauf in den ersten Stock, in dem sich nach Bettinas Erinnerung die

Ball- und Bankettsäle befanden, und dann noch eine Etage weiter nach oben, wo sich mehrere Salons befanden, in denen die Hotelgäste ihren Besuch empfangen konnten.

Der Rosensalon war, wie der Name vermuten ließ, der königlichsten der Blumen gewidmet, die sich auf den Tapeten und dem Bezugsstoff der Sessel wiederfand. Die schweren Samtvorhänge leuchteten burgunderrot und gaben dem Raum etwas Intimes, das Bettina schon fast als zu aufdringlich empfand. Sie fragte sich, ob man diesen Rückzugsort auch zwei Tradern zur Verfügung gestellt hätte, die über Schiffsanteile verhandeln wollten.

Der Page nahm ihr Mantel und Schal ab und verschwand, Bettina war allein. Im Kamin flackerte ein Feuer, aber noch nicht lange genug, um den Raum zu erwärmen.

Fröstelnd trat sie ans Fenster und sah hinunter auf die Straße, wo sich die an- und abfahrenden Droschken unter die Lastkarren und Leiterwagen mischten. Passanten eilten, dick in Mäntel und Wollschals gehüllt, das Trottoir entlang. Ein Maroniverkäufer bot seine Ware an, keiner achtete auf ihn. Einige Radfahrer waren abgestiegen und schoben ihr Gefährt lieber, als einen Unfall auf der rutschigen Straße zu riskieren. Ein müder Schneeregen klatschte gegen die Scheibe. Sie fröstelte. Ihre Hände waren eiskalt, die Finger steif. Auf einem der Beistelltische stand eine Wasserkaraffe mit Gläsern. Sie schenkte sich ein und verschüttete die Hälfte. Das Glas war noch nicht an ihren Lippen, als sie zusammenzuckte und es beinahe fallen ließ. Die Tür wurde aufgerissen. Ewan trat herein.

Er sah sie an, atmete tief durch und schloss die Tür hinter sich. Dann kam er ein paar Schritte in den Raum, blieb stehen und musterte sie mit einem unergründlichen Blick.

Bettina stellte das Glas ab.

Alles Verwegene, Ungestüme bei ihm war verschwunden.

Alles Wohlwollende auch. Er hatte sich in einen Geschäftsmann verwandelt, einen kühl kalkulierenden Manager, hinter dessen Stirn sich wohl gerade Gewinn und Verlust der anstehenden Verhandlungen gegeneinander aufrechneten. Die Haare trug er seitlich gescheitelt, ein buntes Seidentuch steckte in seinem Vorhemd mit dem hohen Kragen, das er unter einem schlichten, aber exzellent gearbeiteten Gehrock trug. Er wirkte schlanker als in Indien, aber es konnte auch daran liegen, dass ein figurbetontes Maß genommen worden war, das ihn gleichzeitig seriös und athletisch wirken ließ.

»Nun«, sagte er schließlich, als das Schweigen anfing, peinlich zu werden. »So schnell sehen wir uns wieder. Lassen Sie es uns kurz machen. Meine Koffer sind schon gepackt.«

Bettina wagte ein kurzes Nicken, sprechen konnte sie nicht. Sie befand sich allein mit einem Mann in einem Hotel, dem sie einen Heiratsantrag gemacht hatte. Der hatte ihn angenommen, war unangemeldet in der Kirche aufgetaucht und hatte die Vosskamps damit vor allen düpiert. Daraufhin hatte sie ihn ans andere Ende der Welt geschickt, nur um jetzt als Bittstellerin wieder vor ihm zu stehen. Die Situation war dermaßen verfahren und verwirrend zugleich, dass ihr einfach die Worte fehlten.

Ihm schien das ebenfalls aufzufallen. Obwohl er sehr wütend auf sie sein musste, kratzte er doch ein Mindestmaß an Höflichkeit zusammen.

»Wollen wir uns nicht setzen?«

»Ähm … lieber nicht«, stammelte sie. »Ich habe nicht viel Zeit. Ich bin eigentlich nur hier, um Ihnen eine Frage zu stellen.«

»Noch eine? Und was machen Sie dieses Mal, wenn ich wieder Ja sage? Schicken Sie mich in die Kolonien?«

Ein kleines Lächeln tauchte in seinen Mundwinkeln auf, erreichte aber nicht seine Augen.

»Also, ich meine, nicht die. Also nicht *die* Frage«, verhaspelte sie sich.

»Auf die Sie ja bereits eine Antwort bekommen haben. Möchten Sie nicht doch Platz nehmen? Und vielleicht einen Tee? Leider führen sie hier Brenny's Garden nicht. Obwohl man mir versicherte, es wäre das erste Haus am Platze.«

»Nein, danke. Ich weiß das wirklich sehr zu schätzen, dass Sie … nun, dass Sie bereit sind, mich unter den gegebenen Umständen … also …«

»Zu heiraten?«, fragte er kühl. »Ich fand bereits in Indien, dass es eine ausgezeichnete Geschäftsidee wäre.«

Er ging zu einem der Sessel und nahm Platz. Notgedrungen setzte sich Bettina ihm gegenüber. Sie hätte sich ohrfeigen können, dass sie nichts Besseres angezogen hatte als dieses unscheinbare Kleid. Wenn sie schon hier war, um mit ihm über etwas so Undamenhaftes wie Geld zu reden, hätte sie sich anders anziehen sollen. Sie faltete die Hände im Schoß, um sie zu wärmen, und löste sie im nächsten Moment wieder, weil sie sich damit zu bedürftig vorkam.

Reiß dich zusammen, dachte sie. Mehr als Nein sagen kann er nicht. Und zum Gespött von Bremen bist du ja schon geworden.

»Allerdings«, fuhr er fort und nahm das Glas, das sie sich eingeschenkt hatte, »ändert sich die Situation ja beinahe stündlich. Gestern noch Erbin eines wohlhabenden Handelshauses, heute … Ich habe von der Heimsuchung gehört, die Ihr Haus am Abend erdulden musste. Es macht Sie, um es höflich auszudrücken, zu einer etwas problematischen Partie.«

»Ich bin auch nicht hier, um meinen Antrag zu erneuern.« Das Wort kam ihr nur mit äußerster Mühe über die Lippen. Jeder Satz, den sie sprach, vertiefte die Erniedrigung. »Ich möchte Sie fragen, ob Sie Brenny's Garden kaufen möchten.«

Er trank einen Schluck und setzte das Glas wieder ab. »Kaufen?«

»Fünfundfünfzigtausend Mark.«

»Das sind ...« Er rechnete und stieß einen leisen, verblüfften Pfiff aus. »... fast dreitausend Pfund Sterling. Mein liebes Fräulein Vosskamp, wie stellen Sie sich das vor?«

»Ich brauche das Geld bis heute Abend. Ein Schuldschein würde auch genügen.«

Jetzt war es heraus. Sollte er von ihr denken, was er wollte.

»Ein Vertrag? Oder einen Schuldschein?«, wiederholte er. »Was genau wollen Sie? Wissen Sie das überhaupt?«

Er beugte sich vor und legte die Unterarme auf den Knien ab. Dabei kam er sehr nahe.

»Steht es so schlimm?«

»Ja. Ich wäre sonst kaum hier.«

Er lehnte sich wieder zurück. Seine Finger trommelten nachdenklich auf die Armlehnen des Sessels.

»Dann geht es also wirklich nur ums Geld.«

Sie spürte die Hitze in ihrem Gesicht, als hätte er sie geschlagen. »Ging es nicht immer darum?«, gab sie zurück.

Seine Nasenflügel blähten sich leicht. Das war das einzige Zeichen von Ärger, das er sich gestattete. »Ich erinnere mich, dass wir durchaus noch einige andere Punkte erwähnt hatten.«

»Ich nicht«, hörte Bettina sich sagen und wunderte sich, woher sie den Mut nahm, so zu reden. Ihr Gesicht glühte, wahrscheinlich sah sie aus wie ein Klatschmohn. Aber ihre Stimme war ruhig und fest. »Es ging Ihnen nur um meine Plantage. Bitte. Sie können Sie haben. Ich brauche einzig den Schuldschein.«

Er stand auf und ging ein paar Schritte auf und ab, wobei er sich bemühte, sich seine Gefühle nicht anmerken zu lassen. Sie hatte ihn wütend gemacht, das war deutlich zu spüren.

»Ich war immer ehrlich zu Ihnen«, sagte er mit gepresster Stimme und holte ein Papier aus seiner Jackentasche, in dem Bettina zu ihrem Entsetzen ein Telegramm erkannte. Ihr Telegramm. »Im Gegensatz zu Ihnen. Was zum Teufel sollte das also? Ich habe unmittelbar nach meiner Rückkehr den ersten Schnelldampfer nach Bremerhaven genommen, habe mich vor Gott und der ganzen Stadt lächerlich gemacht und mich von Ihnen hinauswerfen lassen, nur damit Sie mir jetzt ein Kaufangebot für Ihre Plantage unterbreiten? Und wenn das noch nicht unverfroren genug ist – wie lange dürfte Ihr Interesse an mir denn dieses Mal anhalten? Bis morgen? Heute Abend? Bis zum Verlassen dieses Zimmers?«

Sie hatte gewusst, dass es schwierig werden würde, aber nicht, dass seine Enttäuschung sie so sehr treffen würde. Sie hatten einander nichts bedeutet. Und trotzdem war es, als ginge in diesem Moment eine Freundschaft zu Bruch.

»Es tut mir leid«, brachte sie gerade noch heraus. »Das war keine gute Idee. Ich werde gehen.«

»Warten Sie.«

Er steckte das Telegramm wieder weg und setzte sich hin. Die rechte Hand ballte er mehrmals zur Faust.

Schließlich sagte er: »Es sollte mir schmeicheln, dass Sie mich für so solvent halten. Aber kaum einem Teemanager gelingt es, sich ein solches Vermögen zusammenzusparen. Die Ausgaben in Indien sind immens. Ich habe gut gewirtschaftet und mir etwas auf die Seite legen können. Aber nur, weil Gott mich vor Krankheit und Verletzungen bewahrt hat. Dennoch besitze ich kaum den Bruchteil dieser Summe. Ich habe nichts außer meinen Ersparnissen. Mit denen unterstütze ich meine Mutter, und sie werden in London für ein paar Monate im Club reichen, bis ich eine neue Anstellung gefunden habe. Der Preis, den Sie aufrufen, ist zudem überzogen. Mit viel Glück bekommen Sie im Moment vielleicht tausend Pfund, aber auch nur nach langwierigen und geduldigen Verhandlungen. Was haben Sie erwartet? Dass ich mit einem Koffer voller Geld, Gold und Diamanten aus Indien zurückkehre?«

»Ich weiß es nicht«, flüsterte sie.

»Brenny's Garden alleine zu übernehmen war nie eine Option für mich. Ich dachte, wir beide …« Er brach ab und fuhr sich mit der Hand über den Mund. »Ich dachte, wir hätten etwas gemeinsam. Der Welt da draußen die Stirn zu bieten. Mutig zu sein. Es einfach miteinander zu versuchen. Weil wir in dem anderen etwas erkannt haben, nach dem wir uns sehnen. Das wir brauchen. Einen Spiegel, in dem wir unser eigenes Tun reflektieren und der uns zwingt, das Beste aus uns herauszuholen. Vielleicht haben Sie mich die ganze Zeit missverstanden. Es ging mir nie ums Geld. Es ging um die Idee einer Zukunft.«

Er griff nach ihrer Hand. Seine war warm und kräftig, während ihre eisig und kraftlos in ihrem Schoß lag.

»Ich konnte Ihnen nur meine Kenntnis und meine Erfahrung im Teeanbau bieten. Damit habe ich Brenny's Garden auf den Weg zu einer profitablen Teeplantage gebracht. Ein Erfolg, der gerade wieder verspielt wird, weil Sie sich mit Shelby eine Laus in den Pelz gesetzt haben. Er wirtschaftet Brenny's Garden hinunter, damit seine Hintermänner, wenn Ihnen das Wasser bis zum Halse steht, zu einem Spottpreis zuschlagen. Ich bin nicht nur wegen Ihres Antrags hier.«

Er ließ ihre Hand los. Alle Wärme verschwand.

»Ich bin auch hier, um Sie zu warnen. Ich hatte die Passage schon gebucht, bevor mich Ihr Telegramm erreichte. Bremen ist immer einen Besuch wert, und ich hatte gehofft, Sie anzutreffen und Ihnen sagen zu können, was sich gerade hinter Ihrem Rücken tut. Es war ein guter Gedanke. Er hat mir Freude bereitet. Immerhin haben Sie mir so einige Wochen voller Erwartung und Fantastereien geschenkt. Dann kam Ihr Telegramm, das beide Empfindungen noch einmal vertiefte.«

»Es tut mir leid. Es war …«

Sie hob die Augen und begegnete seinem Blick. Sie hatte Ärger, Bitterkeit und Enttäuschung erwartet, aber es lag noch etwas anderes darin. Etwas, das sie nicht deuten konnte und das bei einem Geschäftsmann eigentlich nichts zu suchen hatte: Zuneigung.

»Ich saß in der Falle. Ich sollte einen Mann heiraten, den ich von Grund auf verabscheue. Mein Antrag«, das Wort war immer noch schwer über die Lippen zu bekommen, »war mir als einziger Ausweg erschienen. Eine Flucht vor dem, was mich hier erwartet hätte.«

»Und was hat Ihre Meinung geändert?«

Er war ehrlich gewesen, also sollte sie es jetzt auch sein.

»Wir sind bankrott und gesellschaftlich geächtet. Wenn ich bis heute Abend das Geld nicht auftreibe, sitzen wir morgen auf der Straße.«

Er brauchte einen Moment, um das, was Bettina ihm gesagt hatte, zu verstehen. Ein prüfender Blick in ihr Gesicht verriet, dass sie weder über- noch untertrieben hatte.

»Nein«, sagte er schließlich. »Das werden Sie nicht.«

Sie hörte, was er sagte, aber sie verstand es nicht.

»Vielleicht war der erste Versuch nicht ganz das, was romantische Gemüter sich vorstellen. Aber ich wäre bereit, es auf einen zweiten ankommen zu lassen.«

»Einen zweiten was?«, fragte sie nach.

Er erhob sich auf und zog sie gleichzeitig mit hoch. Ohne jede Gegenwehr ließ sie es geschehen. Sie fühlte sich wehrlos, aber es war anders als in Indien. So nahe vor ihm zu stehen machte sie schwindlig. Vielleicht war es aber auch nur das, was er gerade gesagt hatte und das sie immer noch nicht begriff.

Irgendetwas geschah in diesem Augenblick. Es war wichtig, und sie sollte lieber aufpassen, als auf seine breiten Schultern zu starren und das offene Hemd, unter dem Muskeln zu vermuten waren, die den Arbeiter verrieten.

»Einen zweiten Versuch?«, fragte er und beugte sich zu ihr herab.

Ihre Lippen trafen sich. Aber dieses Mal hatte sie nicht den Impuls fortzulaufen. Sie erschrak vor dem Verlangen, mit dem sie die Berührung seiner Lippen wollte. Sanft öffnete er ihren Mund, und seine Zunge begann ein zartes Spiel, das nach und nach fordernder und leidenschaftlicher wurde. Er legte die Arme um sie und zog sie heran, so nahe, dass nichts mehr zwischen sie passte, nicht das kleinste moralische Bedenken. Seine Hände wanderten ihren Rücken hinunter und pressten sie noch enger an ihn. Und statt sich aus dieser Umarmung zu winden, wollte jede Faser ihres Körpers mehr.

Er ließ von ihr ab, und sie rang mit geschlossenen Augen nach Luft.

»Nun?«, fragte er mit rauer Stimme. »Bereit, sich darauf einzulassen?«

Sie kam nicht dazu zu antworten. Der nächste Kuss war noch länger und enthielt eine eindeutige Botschaft: Ich will dich. Wie genau, warum, was exakt damit gemeint war – es war egal. Dieser Kuss sollte nie wieder aufhören.

Er schob ihr mit einer unendlich zärtlichen Geste eine Haarsträhne aus dem Gesicht, die sich gelöst hatte. Die Berührung hinterließ eine glühende Spur auf ihrer Haut.

»Sie werden morgen nicht auf der Straße sitzen, weil Sie bis dahin meine Frau sind. Wo ist der nächste Pfarrer, der uns trauen kann?«

Der Gedanke, Pastor Jörnsen noch einmal unter die Augen zu treten, ließ sie wieder zur Besinnung kommen.

»Nein«, stammelte sie.

»Oder möchten Sie mit mir nach Gretna Green durchbrennen?«

Das schottische Dorf erfreute sich seit fast hundertfünfzig Jahren einer außerordentlichen Beliebtheit bei Heiratswilligen, die ihren Wunsch nicht auf normalem Weg durchsetzen konnten. Das Grinsen, das er ihr schenkte, brach ihr beinahe das Herz.

»Ich kann das nicht annehmen«, widersprach sie. Diese eine Umarmung hatte alles verändert. Wenn sie ganz ehrlich war, hatte sie das bereits in Darjeeling geahnt.

Sie trat ein paar Schritte zurück, um aus seinem Bannkreis herauszukommen. Dabei warf sie fast den kleinen Tisch mit der Wasserkaraffe um und konnte nur in letzter Sekunde ein Unglück verhindern. »Sie haben alle Chancen dieser Welt. Verschwenden Sie sie nicht an mich.«

»Ich verschwende rein gar nichts!«

Er nahm ihr die gerettete Karaffe aus den Händen und stellte sie ab.

»Bettina, Ihre gesellschaftliche Stellung ist mir egal. Was die Leute reden, auch. Sie werden in Darjeeling noch einmal ganz von vorne anfangen. Sie sind dort ein unbeschriebenes Blatt in einer britischen Community. Wen schert es da, was in Bremen geschehen ist?«

Ihr war noch nie ein Mann begegnet, der sich so wenig um konventionelle Dinge kümmerte wie er. Ihr ganzes Leben hatte sie in einem Korsett aus Etikette, Dünkel und Standesbewusstsein verbracht. Er fegte das alles mit einer einzigen Handbewegung vom Tisch.

»Die Hochzeit meines Bruders wird seit gestern der Hurenball zu Bremen genannt.«

Er grinste. »Wie schade, dass ich nicht eingeladen war.«

»Ein Wucherer wird heute Abend die Schlüssel zu unserem Haus verlangen.«

»Heute Abend haben wir bereits die Stadt verlassen.«

Hatte er eigentlich auf alles eine Antwort?

»Und«, setzte sie ärgerlich hinzu, »ein Heiratsschwindler nimmt mich nur, weil ich eine Teeplantage besitze.«

»Nicht nur, aber auch«, antwortete er mit einem verräterischen Funkeln in den Augen. »Sagen wir so, es war der erste Eindruck, den Sie auf mich gemacht haben. Ein reiches, verwöhntes Püppchen aus dem Deutschen Reich, das beim ersten Monsun einen hysterischen Zusammenbruch erleidet.«

»Aha.«

»Aber dann entdeckte ich etwas in Ihnen. Stärke. Mut. Einen wachen Geist. Genug Fantasie, um sich vorzustellen, was man erreichen könnte, aber durchaus geerdet und bereit, all die Mühe und Arbeit zu investieren, die man dazu benötigt. Als sie im Straßendreck in Darjeeling vor mir lagen, wusste ich, das ist die Frau, die ich an meiner Seite brauche.«

Redeten sie eigentlich über dieselbe Person?

Um ihre Verwirrung zu verbergen, setzte sie sich umständlich in den Sessel und zupfte die Falten ihres Rocks zurecht.

»Okay«, sagte sie. »Ich bin eine Erbin, und ich kann offenbar arbeiten. Ist das alles?«

Er kam zu ihr, ging auf die Knie und nahm ihre Hand. Behielt sie in der seinen, betrachtete sie, als ob er etwas unendlich Kostbares behüten müsste, und küsste die Innenfläche. Bettina hatte noch nie so etwas gespürt: als ob sie in Flammen stünde, und gleichzeitig rieselte ihr eine Gänsehaut den Rücken hinunter.

Noch immer über ihre Hand gebeugt, sah er zu ihr hoch. »Es ist ein Anfang«, grinste er.

»Sie sind ein Mitgiftjäger!«

Sie riss die Hand weg.

»Aber einer der ehrlichsten, den ich kenne. Jedes Wort, das ich Ihnen gesagt habe, ist wahr. Und ich glaube, Sie fühlen das Gleiche.«

Sie tastete nach dem Wasserglas, führte es zum Mund und trank einen Schluck, weil sie das Gefühl hatte, sonst keinen Ton mehr herausbringen zu können.

»Wir stehen am Anfang von etwas, das unser Leben verändert«, sagte er leise und stand wieder auf. »Lassen Sie das alles hinter sich. Fangen Sie ein neues Leben an. Mit mir. Sie werden es nicht bereuen.«

»Mmh … ja«, stammelte sie, weil ihr nichts Besseres einfiel. »Also, nehmen wir an, ich bringe die Plantage mit in diese … *alliance*.«

Sie sprach das Wort französisch aus, weil ihr die deutsche Bezeichnung zu verbindlich gewesen wäre. Fast schon wie ein Einverständnis.

Genau das will ich doch, dachte sie. Wenn alle Stricke reißen, heirate ihn und verlasse das Land.

Und was wird aus Mutter und Vater? Aus Casper und Mamsell Schwicke? Aus Clara, Sabine und aus Paul, wo auch immer er sein mag? Was wird aus dem Teepalast? Was aus meinem Leben, das ich bis auf diese eine Reise nach Indien am Marktplatz verbracht habe? Was aus dem Haus – Helenes Erbe?

Aber dann hörte sie sich sagen: »Was bringen Sie mit ein?«

Er tat so, als ob er intensiv nachdenken musste. Dabei hatte er wochenlang Zeit gehabt, sich die Antwort zu überlegen.

»Mich«, sagte er erwartungsgemäß, und das auch noch in einem Tonfall, als hätte sie mit ihm die Eiswetten der nächsten hundert Jahre gewonnen. Er setzte sich ihr gegenüber. »Meine Kenntnis, oder wie die Engländer sagen: das Know-how. Meine Verbindungen zu den Teemeistern genauso wie zu den Tradern,

Brokern und Agenten. Mein Verhandlungsgeschick. Meine Kraft. Meine Stärke.«

Die letzten beiden Punkte klangen etwas angeberisch. Er wusste das, der Schalk saß ihm in den Augen.

»Also nichts.«

»Nichts?«

Er wurde schlagartig ernst. »Sie würden das erste Jahr in Darjeeling nicht überleben. Sie wissen nichts über das Klima. Nichts über die Ausgaben, die Sie erwarten. Schon in Calcutta werden Sie Schwierigkeiten haben, einen Diener zu finden, ohne den sie noch nicht einmal die Straße überqueren könnten, denn niemand arbeitet für eine unverheiratete Frau. Und dann erst der Norden. Viele Einheimische dort haben noch nie eine weiße Frau gesehen. Keiner wird Sie ansprechen, niemand mit Ihnen reden. Was tun Sie, wenn die Flüsse anschwellen und Brücken und Straßen von einer Stunde auf die andere verschwinden? Den Karren allein aus dem Dreck ziehen? Sie werden Armut und Krankheiten in einem Ausmaß sehen, das jeglicher Beschreibung spottet. Die *wet nights* werden Sie um den Verstand bringen, wenn der Regen Sie jede Nacht wach hält, weil es im ganzen Haus keinen trockenen Platz mehr für die Matratze gibt. Sie werden Fieber bekommen und von Teufeln halluzinieren, und es wird dauern, bis Sie sich an die Erdbeben gewöhnen. Und nicht zuletzt der Tee.«

»Der Tee?«

»Er pflanzt, pflegt, erntet und verarbeitet sich nicht von selbst. Er hat Feinde. Die Rote Spinne, die Sonne, der Regen, schlechte Saat, der Dschungel, der sich sein Land zurückholen will. Wildpferde, ausgebüxte Kühe, die die Büsche niedertrampeln oder fressen. Defekte Rollmaschinen, die falsche Lagerung, eine zu schnelle oder zu langsame Fermentation. Dann die Holzkohle.«

»Holzkohle?«

»Zum Rösten. Man stellt sie selbst her und muss sie sorgfältig aussuchen, sonst schmeckt der Tee nach Barbecue und ist nicht mehr zu verkaufen. Ach ja, zum Verkaufen brauchen Sie die Broker und die Agenten.«

Bettina ließ die winzige Pause ohne Frage verstreichen.

»Zwei, drei große Handelshäuser bestimmen den Preis in der Londoner Mincing Lane. Chittagong, Assam, Kangra, Ranghurt – haben Sie diese Namen schon einmal gehört?«

»Es sind Teeanbaugebiete in Indien.«

»Pekoe? Congou? Red Fannings?«

»Teesorten. Die Vosskamps handeln damit seit sechzig Jahren.«

Jetzt war er derjenige, der nickte. »Brenny's Garden produziert Orange Pekoe. Wir müssen unsere Konkurrenten kennen. Gut verhandeln, und manchmal auch auf Trader setzen, die nicht die ganz großen Mengen abnehmen, aber für gute Qualität auch gut bezahlen. Das braucht Zeit und Vertrauen. In beides habe ich Jahre investiert. Und nun frage ich Sie: Ist das nichts?«

Er wartete auf eine Antwort, aber nach dieser Aufzählung war es schwer, noch irgendetwas an einer Teeplantage reizvoll zu finden.

»Doch bevor Sie es sich anders überlegen, es gibt etwas, dass das alles wert ist. Die Tennispartys der Damen zum Beispiel. Die Dinner bei Vollmond. Und – die Schneider sind zwei Drittel billiger als in Calcutta.«

»Die Schneider sind ein Argument. Aber kein sehr gutes.«

»Wie wäre es damit? Die Abende auf der Veranda, wenn nach einem unmenschlich heißen Tag zum ersten Mal ein Lufthauch aufkommt. Der Moment, wenn die Kisten auf den Schiffen nach Calcutta verladen sind und man weiß, dass das Jahr nicht umsonst war. Das Gefühl, dass das Land all die Arbeit, die man investiert hat, zurückgibt. Dass man etwas aufbaut. Dass etwas bleibt. Sehen Sie mich an.«

Sie zwang sich, seinem Blick standzuhalten.

»Ich glaube an uns und an die Kraft, die wir uns geben können«, sagte er. »Und wenn Sie mich fragen, woraus wir sie schöpfen, dann kennen Sie die Antwort.«

Er beugte sich vor. Sein Mund kam näher, und die Sehnsucht, von ihm in den Armen gehalten zu werden, war überwältigend.

Laute Rufe drangen aus dem Treppenhaus.

»Wo sind sie?«, brüllte jemand, der offenbar außer Atem die letzten Stufen erklomm.

Bettina sprang auf. »Um Himmels willen! Das ist der Freiherr von Püsken. Wenn er mich hier findet!«

Ewan, schon die Hand an der Klinke, drehte sich zu ihr um. »Was ist dann?«

»Wir sind verlobt! Das heißt, wir waren es, glaube ich.«

Weitere Stimmen und Schritte waren zu hören. Das Hotelpersonal war ihm offenbar auf den Fersen.

»Dann kann er nichts dagegen haben, wenn wir uns hier treffen.«

»Doch! Er hat gedroht, sich mit Ihnen zu duellieren!«

Verzweifelt sah sie sich um, aber der Salon hatte nur einen Ausgang, der in den Flur führte.

»Er darf uns nicht gemeinsam sehen. Mr Ewan, gehen Sie! Bitte!«

Die Rufe wurden lauter. »Wo haben Sie sich versteckt? Ich bringe Sie um!«

Türen wurden geöffnet und laut knallend zugeworfen. Sie wusste nicht, wie viele Salons sich auf der Etage befanden, aber er musste in wenigen Augenblicken vor ihnen stehen.

»Gehen Sie!«, bat sie beschwörend. »Ich werde über Ihren Vorschlag nachdenken. Ich verspreche es!«

Er legte seine Hand in ihren Nacken und zog sie an sich. Sein Kuss war ohne jede Zärtlichkeit und das pure Verlangen, angefacht und aufgeheizt durch die Gefahr, entdeckt zu werden.

»Sag Ja«, flüsterte er heiser. »Sag Ja und mach mich zum glücklichsten Mann der Welt.«

Ihr Herz drohte zu explodieren.

»Wo ist das Hurenpack?«

Püsken musste nebenan sein. Sie glaubte, die Stimmen des Portiers und des kleinen Pagen zu erkennen, die begütigend auf den Rasenden einredeten.

»Bettina!«

Ihm war es todernst. Genau wie Püsken.

»Willst du mich heiraten?«

»Ja«, flüsterte sie.

Er öffnete die Tür. Sie wagte es nicht, mit ihm hinaus in den Flur und dem Baron unter die Augen zu treten, der der Tür nebenan gerade einen Fußtritt versetzte. Sie hatte nur Augen für Ewan, der sich hoch aufgerichtet dem Rasenden entgegenstellte, der von rechts kommen musste.

»Sie sind Scott Ewan?«, donnerte Püsken.

»Ja.«

»Und wo ist Bettina Vosskamp?«

Ewan wandte den Kopf und sah sie an. Seine Augen leuchteten, als hätte er gerade ein Wunder gesehen. Die Erkenntnis traf sie wie ein Schlag: Er liebte sie.

»Sie ist hier. Bei mir«, sagte er mit Stolz in der Stimme.

Und ich liebe ihn, dachte sie. Ich liebe ihn, seit wir uns in einem Garten in Darjeeling geküsst haben.

Ein Blitz. Ein ohrenbetäubender Knall. Ewan griff sich an

die Brust, taumelte zurück und starrte auf seine Hand. Sie war voller Blut.

Püsken stand da, eine Pistole in der Hand, und sah hasserfüllt auf Ewan, der langsam, ganz langsam auf die Knie fiel und dann vornüberkippte.

»Nein!«

Jemand schrie laut und gellend, bis sie begriff, dass sie es war. Sie ging neben ihm auf die Knie und versuchte, ihn wenigstens auf die Seite zu rollen. Seine Lider flatterten, und ein Zittern ging durch seinen Körper.

»Nein«, stammelte sie. »Nein! Verlass mich nicht. Bleib hier. Mach die Augen auf. Mach die Augen auf!«

Er sah sie an. So sanft wie möglich nahm sie sein Gesicht in beide Hände.

»Ich liebe dich«, flüsterte sie. »Ich liebe dich.«

Der Schatten eines Lächelns huschte über seine Lippen. Sie wurden blass, totenblass, wie sein Gesicht. Der Glanz in seinen Augen erlosch. Sein Blick verlor sie, richtete sich nach oben und erstarrte.

Sie konnte nicht glauben, was gerade geschah. Dass Ewans Kopf, als sie ihn auf dem Boden ablegte, zur Seite fiel. Dass Püsken auf das Leid starrte, das er angerichtet hatte, schnaufend und fassungslos, dass der Portier ihn zurückzog und den Pagen nach unten schickte, um sofort den nächsten Schutzmann auf Streife zu greifen, dass sie aufstand und sich an der Wand abstützen musste, weil ihr schwindlig vor Schmerz und Entsetzen war.

Püsken hob die Pistole und betrachtete sie mit einem Blick, als hätte er sie noch nie gesehen. Seine Brust hob und senkte sich, so heftig atmete er. Schweiß rann über seine Stirn.

»Das wollte ich nicht«, keuchte er. »Das war ein Unfall, ein Versehen! Warum steht er auch mitten im Weg, wenn ich einen Warnschuss abgeben will?«

Der Portier trat einen Schritt zurück. Püskens Pistole war offenbar eine Ordonnanzwaffe aus seiner Militärzeit, ein kleines, dunkles Ding mit gebogenem Griff, das er jetzt zurück in seinen Gürtel schob. Aus der Tasche seiner Weste zog er ein Zwanzigmarkstück und drückte es dem Portier in die Hand.

»Ein Unfall«, bekräftigte er. »Das haben Sie selbst gesehen. Für die Unannehmlichkeiten. Der Teppich. Sie müssen ihn ja auch wegschaffen. Meine Empfehlung.«

Er wandte sich ab und stolperte den Flur hinunter Richtung Treppenhaus.

Abschied

Was dann geschah, erlebte Bettina kaum mit. Sie war anwesend. Sie beantwortete die Fragen des Polizisten monoton, aber wahrheitsgetreu.

»Warum wollten Sie sich mit Mr Ewan treffen?«

Sie kannte ihn vom Sehen, aber sie hatte sich nie seinen Namen gemerkt. In Bremen lief man sich unweigerlich immer wieder über den Weg. Ein mittelgroßer Mann mit stechendem Blick, der sich ihre Antworten in ein kleines, ledergebundenes Notizbuch schrieb. Seine Uniform schien ihm auf den Körper geschneidert zu sein, er füllte jeden Millimeter aus.

»Er war der Teemanager meiner Plantage in Darjeeling.«

Und ich habe ein Rosenbeet auf dem Mond, schien sein Gesichtsausdruck zu sagen.

»War es ein geschäftliches oder privates Treffen?«

»Geschäftlich.«

»Soso. Geschäftlich. Um was genau ging es da?«

Ihr war klar, dass sie Püsken in die Hände spielte, wenn sie den Gerüchten weiter Nahrung gab. Ein Eifersuchtsdrama im Hotel Europa. Die Zeitungen würden jubilieren. Zwei Reporter waren schon verjagt worden, einem Zeichner war es dennoch gelungen, eine Skizze des Flurs und der Leiche von Ewan zu beginnen, bevor er unsanft hinausgebeten wurde.

»Wir produzieren Orange Pekoe«, sagte sie mit leiser Stimme. »Mr Ewan hat die Plantage über viele Jahre hinweg geleitet und Kontakte zu den besten Brokern aufgebaut. Nun wollte er sich anderen Herausforderungen zuwenden. Er gab Ratschläge, mit wem wir weiter zusammenarbeiten sollen und auf welche Weise.«

Der Polizist sah sie fragend an.

»Mit Zeit und Vertrauen«, setzte sie hinzu. »Er hatte blendende Verbindungen in die Londoner Mincing Lane, die er an mich weitergeben wollte. Wir sprachen über die Marktpreise und die steigenden Löhne. Über die Spinnenplage und das Dschungelfieber, das Arbeiter und Plantagenmanager gleichermaßen trifft. Über die Herstellung von Holzkohle und ihre Tücken. Das waren unsere Themen.«

Der Polizist überlegte, dann klappte er das Notizbuch zu. Sie musste ihn überzeugt haben. Sie erinnerte sich an jedes Wort von dem, was Ewan ihr gesagt hatte. Sie hätte den gesamten Dialog im Rosensalon nachsprechen können. Er hatte sich unauslöschlich in ihr Gedächtnis gegraben, als hätte man seine Tonspur in eine Phonographenwalze geritzt. Sie würde nie vergessen, was er zu ihr gesagt hatte.

Ich glaube an uns und an die Kraft, die wir uns geben können.

Noch nie in ihrem Leben hatte sie sich so schwach gefühlt. Aber das durfte sie diesem Mann in Uniform nicht zeigen. Sie musste ihm die Plantagenbesitzerin vorspielen, die mit ihrem ehemaligen Manager ein Übergabegespräch geführt hatte.

»Ich verstehe«, sagte er. »Mein Beileid zum Verlust Ihres Mitarbeiters.«

»Danke«, brachte sie gerade noch heraus. »Informieren Sie seine Mutter in London? Vielleicht geht das über den Oriental Club in London. Das ist … das war seine Adresse.«

Der Polizist nickte.

»Was geschieht mit seinem Mörder? Wird er arretiert und vor Gericht gestellt?«

»Der Herr Baron hält sich zu unserer Verfügung. Auch wenn er den wahren Charakter Ihres Treffens mit Mr Ewan missverstanden hat, hatte er aus seiner Sicht allen Grund, hier aufzutauchen.«

»Mit einer geladenen Pistole?«

»Der Schuss hat sich versehentlich gelöst.«

»Es war Mord«, sagte sie. »Ich war dabei.«

»Dann steht Ihr Wort gegen das des Herrn Baron und des Portiers dieses Hauses.«

»Aber …«

Er tippte sich an seinen Lederhelm und verabschiedete sich mit einem kurzen Nicken, überlegte es sich dann aber anders und kam noch einmal zurück.

»Sie können natürlich Anzeige erstatten.«

Der Blick aus seinen grauen Augen spießte sie geradezu auf. Schon lag das Notizbuch wieder in seinen Händen, und er leckte an der Spitze seines Bleistifts.

Es war, als hätte sie Mühlsteine im Kopf. Alles in ihr schrie nach Rache und Genugtuung. Püsken durfte nicht damit davonkommen. Doch die Staatsgewalt schien das nicht so zu sehen.

»Für eine Verurteilung müsste das Gericht Ihnen aber mehr Glauben schenken als zwei ehrenwerten und unbescholtenen Bürgern dieser Stadt.«

»Ich bin ebenfalls ehrenwert und unbescholten.«

Der Mann überlegte kurz. Dann klappte er das Buch zu und verstaute es wieder in der Innentasche seiner Uniform.

»Mit Verlaub, Fräulein Vosskamp. Sie haben sich alleine mit einem Mann in einem Hotel getroffen. Das bleibt weder für den Portier noch für Sie ohne Folgen, denn der Spielraum der Interpretationen ist groß. Der Einzige, der unbeschadet aus dieser unerquicklichen Situation hervorgehen wird, ist der Baron. Jeder wird für ihn Verständnis haben. Wollen Sie sich dem aussetzen?«

Sie biss die Zähne zusammen und versuchte, ruhig zu atmen. Der Mann hatte recht. In dem eng gesteckten Rahmen seiner Befugnisse stand er sogar noch auf ihrer Seite.

»Wollen Sie das?«, wiederholte er. »Ihre Unbescholtenheit auf den Prüfstand stellen? Nach dem Vorfall gestern Abend im Teepalast? Nach der Auflösung Ihrer Verlobung durch den Herrn Baron, der Sie aus seiner Sicht in flagranti hier erwischt hat? Wollen Sie, dass das vor Gericht und in der Öffentlichkeit bis in jede Einzelheit ausgebreitet wird?«

Sie schüttelte den Kopf.

»Gut.«

Der Polizist gab den Totengräbern einen Wink. Sie musste mitansehen, wie Ewan auf eine Trage gelegt und abtransportiert wurde. Sie bekam mit, dass der Portier eine Droschke für sie organisiert hatte, damit sie nicht, verstört wie sie war, durch die Stadt laufen musste. Sie verzichtete darauf und ließ sich stattdessen in Ewans Zimmer bringen. Sie konnte nicht nach Hause. Nicht in diesem Zustand, nicht nach dem, was gerade passiert war und das ihr Verstand sich immer noch weigerte zu begreifen.

»Herr Ewan wollte morgen abreisen.« Der Portier hatte sie nach oben gebracht und ließ sie eintreten.

Die Geschehnisse hatten auch bei ihm ihre Spuren hinterlassen. Er war Bettina gegenüber ausgesprochen höflich, aber seine Hände hatten gezittert, als er den schweren Messingschlüssel in das Schloss gesteckt hatte.

Viel war es nicht, was Ewan mitgebracht hatte. Auf dem Nachttisch ein paar Bücher, eines davon aufgeschlagen auf dem Bett. An dem kleinen Sekretär vor dem Fenster hatte er Korrespondenz erledigt. Bettina schluckte. Der Raum roch nach ihm, holzig und mit einer Zitrusnote. Es sah aus, als würde er jeden Moment zurückkommen. Ein Hemd über der Stuhllehne, Rasierpinsel und Seife neben dem Lavabo. Er würde die Briefe nie mehr beenden. Das Hemd anziehen. Sich rasieren. Sie ansehen. Ihr sagen, dass er an sie glaubte.

Sie musste alle Beherrschung aufbringen, um nicht zusammenzubrechen.

»Was sollen wir mit seinen Hinterlassenschaften tun?«, fragte der Portier.

Die Worte drangen kaum zu ihr durch.

»Fräulein Vosskamp? Mr Ewing war ja Ihr Angestellter. Sollen wir seinen Koffer in den Teepalast bringen lassen?«

»Nein«, sagte sie und atmete tief durch. Um Himmels willen, nur das nicht. »Schicken Sie ihn an seinen Club nach London.«

Der Portier nickte. Er schlug die Augen nieder und wagte nicht, sie direkt anzusehen. Zwanzig Mark, zugesteckt von Püsken. Dafür deckte er einen Mord.

In seinen Augen bewahrte er natürlich das Hotel vor Schmach und Schande. Und Püsken ebenso, der zweifellos am längeren Hebel saß. Und sie vielleicht auch noch, aber das spielte kaum eine Rolle.

»Sie wissen, was Sie gesehen haben«, sagte Bettina.

Der Mann zuckte mit den Schultern. »Es ging so schnell, Fräulein Vosskamp. Vielleicht war es so. Vielleicht war es anders.« Er hob den Blick. »Wir sind doch alle nur kleine Räder im Getriebe.«

Er wusste genau, was in seiner Position möglich war und was nicht. Möglicherweise war er ihr an Lebenserfahrung um vieles voraus. Aber dafür, das musste er spüren, hatte er auch viel verloren.

»Ich möchte noch etwas hierbleiben«, sagte sie.

Das hatte der Mann nicht erwartet. »Nun, ein solcher Wunsch ist uns noch nicht vorgekommen, aber in Anbetracht der Ereignisse … Sie müssen sich sicher um seine Angelegenheiten kümmern.«

Das würde die Ausrede sein, die er der Polizei und seinen Angestellten gegenüber brauchte.

»Ja«, sagte sie.

Nachdem der Mann verschwunden war, stolperte sie zum Bett. Schmerz und Trauer waren kaum noch zu ertragen. Sie rollte sich auf der Matratze zusammen und biss in das Kissen, um nicht laut aufzuschreien. Vor der Welt musste sie eine Scharade spielen, aber in diesem Zimmer war sie eine Frau, deren Glück in dem Moment verloren gegangen war, als sie die Hand danach ausgestreckt hatte.

Es ist meine Schuld, hämmerte es in ihrem Kopf. Ich hätte ihn niemals ermuntern dürfen, nach Bremen zu kommen. Mutter hat recht. Es wäre nie so weit gekommen, wenn ich mich einfach in mein Schicksal gefügt hätte.

Das heulende Elend brach über ihr zusammen. Sie fürchtete sich davor, weiter zu denken als über diesen Tag hinaus. Irgendwann auf die Straße treten zu müssen und den Leuten in die Augen zu sehen. Sie wusste, was sie darin lesen würde. Bettina Vosskamp, Tochter eines Bankrotteurs, die einen ehrenwerten und hochnoblen Mann der Lächerlichkeit preisgegeben hatte, die in einem furchtbaren *Unfall* endete.

Ihr Hass auf Püsken war kaum noch zu ertragen und verdrängte alle Gefühle bis auf eines: die unfassbare Trauer über Ewans sinnlosen Tod.

Sie verfluchte Großhanns. Sie verfluchte ihr Zögern. Sie verfluchte ihren Stolz. Ihre Feigheit. Ihren Vater. Paul. Den Teepalast, die *Hera*, die Huren von Bremen. Die ganze Welt – und am meisten sich selbst.

Irgendwann klopfte es. Ein Dienstmädchen trat ein, ein Tablett mit heißem Tee und Rosinenbrötchen in der Hand. Bettina nahm es ihr ab. Das Mädchen zündete schweigend das Feuer im Kamin an und verschwand. Der Tee, ein duftender, zarter Oolong, brachte wieder etwas Leben in sie zurück.

Was nun, Bettina Vosskamp?

Mit der Tasse in der Hand trat sie ans Fenster und sah hinunter auf die Straße. Das Licht der Gaslaternen zerstreute sich im Nebel, der den weggeräumten Schneematsch am Straßenrand fast verhüllte. Die wenigen Verkäufer waren verschwunden, sogar die Zeitungsjungen hatten sich bei diesem Wetter in die Hauseingänge zurückgezogen. Ab und zu fuhr eine Kutsche vorbei. Das Klappern der Hufe auf dem Pflaster verklang, zwei Männer traten aus dem Hotel und verschwanden diskutierend in der Dunkelheit.

Ewan hatte einen Brief begonnen. Er lag auf dem Schreibtisch, die Feder daneben, das Tintenfass noch geöffnet.

Dear mother, I just arrived at Bremen …

Seine Schrift war klar und ausdrucksstark und ihr Englisch gut genug, die wenigen Zeilen, zu denen er gekommen war, zu entziffern.

… und ich werde mit einer Frau an meiner Seite zurückkehren, mit der ich mir alles im Leben vorstellen kann. Sie ist eigensinnig und starrköpfig, aber sie hat mich erobert im ersten Moment, als ich sie gesehen habe. Sie ist anders als all die Frauen, die ich kennengelernt habe, mit einem leidenschaftlichen Herzen und dem Mut, sich den Herausforderungen des Lebens zu stellen. Mit ihr gemeinsam –

Weiter war er nicht gekommen.

»Das bin ich doch gar nicht«, flüsterte sie. Noch nie in ihrem Leben hatte sie sich so hilflos und verzweifelt gefühlt.

Ihr Herz zog sich zusammen bei dem Gedanken, wie die alte Dame auf den Tod ihres Sohnes reagieren würde. Vielleicht würde es den Schmerz etwas lindern, wenn sie ein paar persönliche Zeilen erhalten würde statt einer lapidaren Polizeimeldung.

Doch es gelang ihr nicht, das Unfassbare zu Papier zu bringen. Nach dem fünften Versuch gab sie auf und begann, Ewans

Sachen zu packen. Sie hatte ihn kaum gekannt, aber die Dinge, die er im Zimmer ausgebreitet hatte, erzählten von einem Mann, der seine Arbeit geliebt und sein Eigentum mit Sorgfalt behandelt hatte.

Bücher über indisches Recht und Reiseberichte, aber auch Gedichtbände und ein Hindi-Wörterbuch. Wheelers *Tales from Indian History*, eine reich illustrierte Ausgabe des *Ramayama*, offenbar ein indisches Nationalepos. Sie blätterte darin herum, aber nichts konnte ihre Aufmerksamkeit fesseln.

Dafür war ihr fast jedes Wort im Gedächtnis geblieben, das er über das Leben in Indien verloren hatte. Biblische Plagen, schwerste Arbeit und ein Ding der Unmöglichkeit, sich als Fremde dort zurechtzufinden. Aber auch, dass es das wert war.

Das Gefühl, dass das Land all die Arbeit, die man investiert hat, zurückgibt. Dass man etwas aufbaut. Dass etwas bleibt.

Aber sie konnte nicht alles stehen und liegen lassen wie Paul. Ihre Zukunft, düster und grau, würde sich als verhärmte Gouvernante oder als Heimarbeiterin in einer ungeheizten Dachstube in Hamburg abspielen. Vielleicht erbarmte sich ein Handwerker oder Hafenarbeiter und nahm sie zur Frau. Oder es gelang ihr, in einer anderen Stadt unter falschem Namen als Gesellschafterin Fuß zu fassen, ständig in der Gefahr, dass ihre Vergangenheit sie wieder einholte.

Es war der Portier, der sie aus ihren Grübeleien mit einem energischen Klopfen herausholte.

»Fräulein Vosskamp?«

Sie rieb sich über die verweinten Augen und ging zur Tür.

»Ja?«

»Ihre Frau Mutter ist hier. Sie wartet unten auf Sie.«

Die Uhr auf dem Kamin zeigte auf kurz vor neun. Püskens Tat musste die Runde gemacht haben und mit ihr auch Bettinas Beteiligung. Sie hatte Angst, das Zimmer zu verlassen. Angst, sich den Fragen ihrer Mutter zu stellen und die Umstände zu erklären. Angst, in ein Haus zurückzukehren, nur um ihre Habseligkeiten zu packen und in Schimpf und Schande die Stadt zu verlassen.

Trotzdem betrat sie wenig später die Empfangshalle. Amalie stand in Pelzmantel und Hut reglos am Eingang, das Gesicht zu einer eisigen Maske erstarrt. Noch nicht einmal den Muff hatte sie abgelegt.

Bettina entging nicht, dass die Pagen hinter ihrem Rücken tuschelten. An Amalie schienen die versteckten Blicke allerdings abzuprallen. Die Halle war leer, die Gäste hatten sich auf die Zimmer oder ins Restaurant zurückgezogen.

»Ist das alles?«, fragte sie und musterte Bettina von oben bis unten. »Wo ist dein Cape? Wir müssen los. Mit etwas Glück erwischen wir noch den letzten Zug nach Hamburg.«

»Mutter …«

»Ich weiß, was passiert ist. Die ganze Stadt weiß es. Du hast dich mit einem Mann in diesem Hotel getroffen. Hinter dem Rücken deines Verlobten, der dich und seine Ehre verteidigt hat.«

Bettina wollte widersprechen oder wenigstens zu einer Erklärung ansetzen, aber ihre Mutter hob die Hand, um sie zum Schweigen zu bringen.

»Ich weiß nicht, was du und dein Vater mir noch alles antun wollt. Du wirst jetzt dein Cape holen und mit mir in die Droschke steigen. Dann fahren wir zu meiner Mutter, und Gnade dir Gott, wenn ihr nichts einfällt, wie wir diese Situation überleben sollen.«

»Was ist passiert? Warum sind Sie hier?«

Amalie blinzelte kurz. Das war alles, was sie sich an Gefühlen gestattete.

»Großhanns hat uns aus dem Haus geworfen.«

»Was?«

»Tu nicht so, als ob du das nicht wüsstest. Dein Vater und dein Bruder haben uns in den Ruin getrieben. Und du, Bettina, benimmst dich wie eine … wie …« Sie sah sich um und dämpfte die Stimme. »Wie eine Hure.«

Bettina wollte protestieren, aber Amalie ließ es gar nicht erst dazu kommen.

»Wenn du noch einen Funken Ehre und Anstand im Leib hast, dann schweig. Ich will nichts hören. Hol dein Cape.«

Von draußen drang das Schnauben und Wiehern eines Pferdes herein. Durch die beschlagenen Scheiben der Drehtür konnte sie die Kutsche erkennen.

»Kommt Vater auch mit?«

»Nein. Er ist im Contor und bereitet die Übergabe vor.«

»Und dann?«

Amalie zuckte mit den Schultern. »Es wird zu eng für uns drei in Hamburg.«

»Sie lassen ihn hier?«, fragte Bettina entsetzt. »Soll er ins Armenhaus ziehen?«

»Er wird schon etwas finden. Zunächst wird er im Club unterkommen, und danach wird ihn die Bremer Kaufmannschaft irgendwie durchfüttern. Oder er tut das, was ein Ehrenmann in so einer Situation tut.«

Sich umbringen.

»Aber Sie sind seine Frau! In guten wie in schlechten Tagen!«

Amalies Lippen verzogen sich zu einem geringschätzigen Lächeln. »Das hätte er sich früher überlegen müssen, bevor er uns ins Unglück gestürzt hat. Jetzt muss ich sehen, wo ich bleibe. Danke Gott, dass ich noch einen Funken mütterliche Gefühle für dich empfinde, sonst würde ich dich deinem Schicksal überlassen, das unweigerlich in der Gosse enden würde.«

Ihr war klar, dass diese Worte sie vernichten sollten. Erstaunlicherweise erreichten sie aber das Gegenteil.

»Sie hatten nie mein Glück im Sinn.«

»Dein Glück?« Amalie vergrub ihre Hände noch tiefer in dem Muff. »Du hättest Freifrau werden können. Du selbst hast dein Glück mit Füßen getreten und diesen armen Mann an der Nase herumgeführt. So lange, bis er aufs Äußerste gereizt keinen anderen Ausweg sah, als seinen Nebenbuhler zu stellen.«

»Ist es das, was er der Polizei gesagt hat?«

»Es ist das, was er mir durch seinen Kammerdiener ausrichten ließ, der zudem den Verlobungsring zurückverlangte und im Auftrag des Barons jede weitere Kontaktaufnahme für alle Ewigkeit untersagt hat.«

Amalie presste die Lippen zusammen und blinzelte. Dann holte sie ein Taschentuch aus dem Muff und presste es unter die Nase.

»Ich verstehe das nicht«, sagte sie. »Wir hatten es doch fast geschafft!«

»Wo ist Paul?«

»Ich weiß es nicht!« Ihre Mutter schickte wieder einen schnellen Blick zur Portiersloge. Die Pagen taten so, als ob sie von der Auseinandersetzung nichts mitbekämen. »Über alle Berge, nehme ich an. Wie konnte er uns das nur antun!«

»Wie geht es Sabine?«

»Sie ist aufgewacht, zumindest kurz. Clara hat es erzählt, bevor sie das Haus verlassen hat, zusammen mit allen anderen. Wir sind erledigt. Ich werde nie wieder einen Fuß in diese Stadt setzen. Komm.«

»Ich kann nicht.«

Amalie ließ das Taschentuch sinken. Auf ihrem Gesicht spiegelte sich eine tiefe Genugtuung.

»Ich habe immer gewusst, dass etwas Verderbtes in dir ruht.

Nicht erst, seit du die Uhr deiner Großmutter gestohlen hast und dich damit nach Indien durchschlagen wolltest. Schon immer warst du aufsässig und widerborstig. Aber im Gegensatz zu dir weiß ich, was man seiner Familie schuldig ist. Deshalb reiß dich einmal in deinem Leben zusammen und komm mit.«

»Nein.«

Bettina trat einen Schritt zurück. Sie hatte keine Ahnung, was die Folgen dieser Weigerung sein würden. Sie wusste nur eines: An der Seite dieser Frau würde sie innerlich sterben.

Amalie stopfte das Taschentuch zurück in den Muff. »Dann bin ich am Ende mit meinem Latein. Was hast du vor? Wie willst du deinen Lebensunterhalt verdienen? Da du dich nicht um die Verwüstungen scherst, die du bei anderen anrichtest, nehme ich an, dass Paula dich unter ihre Fittiche nehmen wird.«

Bettina ließ sich nicht anmerken, wie sehr sie diese letzte Bemerkung verletzte. Wenn es darum ging, die eigene Haut zu retten, fielen wohl die letzten Masken. Noch nie hatte sie die Kälte, mit der ihre Mutter sie behandelte, so deutlich gefühlt. All die Jahre war sie verborgen gewesen hinter Erziehung, Anstand und Konventionen. Nun war sie dabei, das letzte, das dünne Band zu zerschneiden, das sie noch zusammenhielt.

»Wenn es keine andere Möglichkeit mehr gibt, werde ich mich natürlich an Paula wenden. Sie ist unserer Familie immer sehr verbunden gewesen.«

»Das hat man bei der Hochzeit meines einzigen Sohnes gesehen!«

»Wenn wir sie nicht so schlecht behandelt hätten …«

»Wenn, wenn, wenn!«

Amalie wandte sich an einen der Pagen, die abwartend an der Drehtür standen und auf einen Einsatz warteten. Sofort setzte der junge Mann die Tür in Bewegung.

»Unsere Wege trennen sich hier. Aber ich bin kein Unmensch, Bettina.«

Der Muff hatte eine Innentasche. Amalie grub nach einem kleinen, in ein Schnupftuch eingewickelten Gegenstand und reichte ihn ihrer Tochter. »Wir haben ja praktisch schon alles verkauft. Die Teppiche und Möbel, das gesamte Interieur geht an Großhanns. Meine Aussteuer ging dabei verloren, als ich uns über die letzten Monate bringen musste. All die schönen kleinen Dinge ...«

Sie stoppte die Suche. Ihre Schultern fielen nach vorne, und ein trockenes Schluchzen kam aus ihrer Kehle.

»Alle sind verloren. Aber dieses hier habe ich gerettet und möchte es dir geben.«

Bettina wickelte das Geschenk aus. Es war ein winziges Nähetui aus Schildpatt. Hübsch gearbeitet, etwas altmodisch vielleicht.

»Es ist praktisch. Und es hat Helene gehört. Ihr hast du dich ja immer sehr verbunden gefühlt.«

Grußlos wandte sich ihre Mutter ab und ging zur Drehtür. Das Kopfnicken, mit dem sie sich bei dem Pagen bedankte, war mehr, als sie ihrer eigenen Tochter zugestand.

Bettina sah ihr hinterher. Durch die beschlagenen Scheiben konnte sie nur die Umrisse von Amalies Gestalt erkennen. Sie stieg in die Droschke, die sich nach einem leisen Peitschenknall des Kutschers in Bewegung setzte.

Der Portier, der über die seltene Gabe verfügte, immer dann zu verschwinden, wenn man ihn brauchte, und immer dann wiederaufzutauchen, wenn man ihn am wenigsten nötig hatte, stand plötzlich neben ihr.

»Mr Ewans Koffer wird morgen nach Bremerhaven zu einem Linienschiff nach London gebracht. Ebenso seine sterblichen Überreste.«

Er machte eine kurze Pause. Dann sagte er: »Sie können selbstverständlich bis morgen in dem Zimmer bleiben.«

»Danke«, brachte sie heraus.

»Der Koffer wird in der Früh gegen acht Uhr abgeholt. Kann ich noch etwas für Sie tun?«

»Ja«, sagte sie. »Bringen Sie mir mein Cape.«

Das Haus der roten Türen

Die Helenenstraße in der Ostertorvorstadt kannte Bettina nur vom Hörensagen. Es war eine Sackgasse, eng bebaut mit den typischen Bremer Reihenhäusern, die nicht mit dem Giebel, sondern der Traufseite zur Straße ausgerichtet waren. Eigentlich nichts Besonderes, wäre sie nicht die erste kontrollierte Bordellstraße des Kaiserreichs gewesen.

Es hatte Proteste gegeben. Nicht nur von Bürgern, auch von Arbeitern, die in den umliegenden Straßen wohnten. Vor ein paar Jahren gab es die letzte Petition, an der sich Tausende Bremer Bürger beteiligt hatten. Dabei war es nicht um die »controllierte und reglementierte Prostitution« gegangen, die auf diese Weise in eine einzige Straße abgedrängt werden sollte, sondern um jenen Teil der Ostertorvorstadt, dessen Ruf ziemlich gelitten hatte.

Denn er war ein gefährliches Viertel geworden, bevölkert von Wesen aus der Halbwelt und Männern auf der Suche nach einem Abenteuer. Was tagsüber grau und heruntergekommen wirkte, wurde nach Einbruch der Dunkelheit zu einem lockenden Paradies des Lasters.

So hieß es zumindest. Was Bettina sah, war überall dasselbe Elend, nur übermalt auf den Gesichtern der Frauen und vergoldet vom Schein der Fackeln, Gaslaternen und Petroleumlampen. Jede Beletage beherbergte eine Restaurations- oder Bierhalle, jedes Souterrain eine Bar. Die Türen waren trotz der Kälte weit geöffnet. Kreischendes Frauenlachen drang hinaus auf das Trottoir, brüllende Männerstimmen mischten sich unter die Klänge von Schifferklavieren und Fiedeln. Es roch nach schwerem Parfum und billigem Fett, nach Kloake und

Fisch, Grünkohl und Bier. Arbeiter trafen sich hier am Abend, die Klügeren steckten wenigstens noch ein paar Pfennige in die Kästen der Sparvereine, der überwiegende Rest setzte sich gleich an die Spieltische. An den Hauswänden hingen aufgeweichte Plakate, die für Zigarren, Weinbrand, die Nationalliberalen oder die Freisinnigen warben.

Hier sollten auch die geheimen Zusammenkünfte der Sozialdemokraten stattfinden. Seit eines dieser Treffen, als Probestunde eines Gesangsvereins getarnt, aufgeflogen war, eilte dem Viertel auch noch der Ruf voraus, Brutstätte revolutionärer und staatsfeindlicher Zusammenrottungen zu sein. Insgesamt also eine wenig vertrauenerweckende Gegend, in die man sich als Frau ohne eindeutige Absichten nicht nach Einbruch der Dunkelheit wagte.

Bettina zog das Cape noch enger vor der Brust zusammen und ignorierte die Blicke der Männer, die mit einem Krug Bier vor den Eckkneipen standen und nur darauf warteten, ihr gesamtes anzügliches Vokabular loszuwerden. Sie war vom Hotel aus gelaufen, und obwohl ihr der Portier noch einen Schirm mit auf den Weg gegeben hatte, war der Stoff auf ihren Schultern bereits vom nassen Schnee durchweicht, und der Rocksaum klatschte bei jedem Schritt durch den Matsch an ihre Stiefel. Sie wusste, dass sie irgendwann nach Paulas Haus fragen musste. Aber sie traute sich nicht.

Erst recht nicht, als sie an der Polizeiwache vorbeikam, die die Helenenstraße abriegelte. Zwei Uniformierte standen davor, der eine wohl Wachtmeister, der andere Polizeidiener, und wurden auch sofort auf Bettina aufmerksam.

»Hier geht's nicht weiter«, sagte der Ranghöhere, ein untersetzter Mann, der dringend eine neue Uniform gebraucht hätte, die seiner Leibesfülle mehr gerecht werden würde.

Der andere wirkte etwas jünger und netter, was bestimmt

mit seinen abstehenden Ohren zu tun hatte und den beiden fehlenden Schneidezähnen. Er sah eher aus wie ein Junge, der sich gerne raufte und nur durch Zufall bei der Polizei gelandet war.

Bettina blieb stehen.

»Ich muss zu Paula Ekhoff. Es ist eine persönliche Angelegenheit.«

Der Jüngere ließ seinen Blick von oben bis unten über Bettinas Gestalt wandern. Was er sah, war eine relativ gut und zurückhaltend gekleidete junge Frau, der man eine seriöse Herkunft zutrauen konnte. Aber das waren Rückschlüsse, die nur auf das Äußere zielten. Die Kleidung hätte auch das Geschenk einer Herrschaft sein können. Oder eines Galans, der sich großzügig erwiesen hatte. Die Männer, die ohne Kontrolle einfach weitergehen konnten, warfen ihr neugierige Blicke zu, hielten aber wenigstens ihre losen Mäuler im Zaum. Bettina schickte ein Stoßgebet zum Himmel, dass keiner von ihnen jemals mit den Vosskamps zu tun gehabt hatte und sie erkennen würde.

»Zutritt nur für Controlldirnen«, sagte der Kleine gelangweilt. »Papiere?«

»Ich muss schon sehr bitten!«

»Ach, junges Fräulein, tun Sie mal nicht so etepetete. Hier kommen sie rein als Wäscherinnen oder Verkäuferin, als Dienst- oder Chormädchen, und raus kommen sie alle als das Gleiche.«

»Ich nicht. Ich will zu Paula Ekhoff in einer privaten Angelegenheit.«

Der Jüngere kam die zwei Stufen hinunter aufs Trottoir. »Geh nach Hause, Mädchen.« Er lispelte wegen seiner Zahnlücke. »Mach dich doch nicht unglücklich.«

»Was wird das?«, fragte eine scharfe Frauenstimme.

Der Junge erschrak und stolperte die beiden Stufen wieder zurück nach oben. Bettina drehte sich um. Hinter ihr stand die

Frau, die sich mit Paul im Park verabredet hatte und an jenem Unglücksabend im Teepalast Seite an Seite mit Paula über den Marktplatz marschiert war.

Obwohl sie nicht geschminkt und an diesem Abend eher zurückhaltend gekleidet war, sprang ihre strenge Schönheit sofort ins Auge. Die Haare hatte sie im Nacken zu einem lockeren Dutt gesteckt, den der kleine Hut nur halb bedeckte. Ihr Regenschirm war mit Seide bespannt, der eine ähnliche Farbe wie ihr Kostüm hatte – ein dunkles Blau, das die sanfte Blässe ihres Gesichts und die großen, braunen Augen noch betonte. Ein triumphierendes Lächeln machte sich auf ihrem Mund breit, als sie erkannte, wer da gerade Einlass in die berüchtigtste Straße Bremens verlangte.

»Ich glaube, wir kennen uns.« Sie wandte sich an den drallen Wachtmeister. »Das ist tatsächlich eine Freundin von Paula. Eine ehrenwerte junge Dame aus gutem Hause. Bitte machen Sie eine Ausnahme. Ich verbürge mich für sie.«

»Tut mir leid, Jule, aber da sind mir die Hände gebunden.«

Er gab dem Jüngeren mit einer knappen Kopfbewegung zu verstehen, dass er sich tunlichst in die Wache verziehen sollte, was der auch augenblicklich tat.

»Schauen Sie sie doch an.« Eine sanfte Hand legte sich auf Bettinas Schulter. »Sieht sie aus wie eine von uns?«

Der Dicke schüttelte den Kopf. Noch ein paar Schweinehaxen mehr, und er würde sich mit seinem eigenen Kragen strangulieren. »Man sieht es ihnen nicht an. Nicht gleich am Anfang. Das weißt du doch genauso gut wie ich.«

Jule, wie die Frau wohl hieß, wandte sich an Bettina.

»Was wollen Sie denn von Paula?«, fragte sie.

»Ich muss sie sprechen. Es ist dringend. Es geht um Leben und Tod.«

»Um Leben und Tod, soso. Hat es vielleicht mit den Vorkommnissen zu tun, die sich gestern und heute abgespielt haben?«

Der Wachtmeister spitzte die Ohren.

»In weitestem Sinne, ja.«

Jule wandte sich an den Dicken. »Wie lange kennen wir uns schon? Das dürften alles in allem ein paar Jahre sein. Ich kann Frau Ekhoff auch herholen, dann tragen wir es auf der Straße aus. Aber Sie wissen ja, es ist schon dunkel, und sie würde mit dem Gesetz in Konflikt geraten, wenn sie um diese Zeit in ihrer üblichen Aufmachung die Helenenstraße verlässt. Wir sind in einer Zwickmühle. Es sei denn, Sie stellen uns eine Zelle und eine Tasse Tee zur Verfügung, damit wir mit der jungen Dame reden können.«

Jule schenkte ihm ein bezauberndes Lächeln, das seinen Kragen noch enger werden ließ, denn er fuhr sich mit beiden Fingern darunter und versuchte, ihn etwas zu lockern.

»Das geht doch nicht«, protestierte er etwas halbherzig. »Was machen wir denn da?«

»Drücken Sie ein Auge zu. Vielleicht fällt mir dann ein, wann und wo mal ein Roulette aufgebaut wird und Sie beherzt Recht und Ordnung durchsetzen können.«

Spielbanken waren seit der Reichsgründung verboten, und so florierte das Glücksspiel einfach im Untergrund weiter.

Der Wachtmeister strich sich nachdenklich über sein Dreifachkinn. Schließlich nickte er. »In Ordnung. Eine Stunde. Dann muss sie wieder hier sein, und zwar unversehrt.«

Wie auch immer er das zu überprüfen gedachte, erwähnte er nicht. Bettina machte eifrig einen Knicks und bedankte sich. Dann folgte sie Jule, die mit schnellen Schritten vorauseilte.

»Wenn du Geld abzocken willst, bist du bei uns an der falschen Stelle.« Alle Freundlichkeit war verschwunden, genau wie das höfliche Sie. »Ich weiß, wie ihr mit Paula umgesprungen seid. Und jetzt steht euch das Wasser bis zum Hals, und ihr kriecht zu Kreuze.«

Bettina schwieg. Ihr war klar, dass das erst der Anfang war.

»Wir haben jede Mark und jeden Pfennig sauer verdient. Wann hast du jemals gearbeitet? Du bist mit einem goldenen Löffel im Mund aufgewachsen. Du solltest einen Freiherrn heiraten. Dafür habt ihr die Frau über die Klinge springen lassen, die es am ehrlichsten mit euch gemeint hat.«

Bettina presste die Lippen zusammen und versuchte, den Schirm so zu halten, dass er wenigstens etwas von dem Schneeregen abfing.

»Und jetzt, wo alles in Trümmern liegt, wo ihr feinen Vosskamps euch mit Wucherern einlasst, wo ihr ein junges, unschuldiges Mädchen zum lebenslangen Krüppel gemacht habt …«

»Was?«, fragte Bettina entsetzt.

»Ach, das weißt du noch gar nicht? Sie wird nie wieder laufen können, die kleine Stukenborg. Das Rückgrat hat sie sich gebrochen. Gebe Gott, dass ihr Vater sich erbarmt und ihr wenigstens ein kleines Salär in Aussicht stellt, sonst steht sie mit ihrem Schiebestuhl bald neben denen da.«

Jules Nicken wies in Richtung einiger abgerissener Bettler, die bei jedem vorüberhastenden Passanten die Mützen vom Kopf rissen und ihm flehend entgegenhielten.

»Das ist euer Werk. Und dann …« Jule blieb kurz stehen. Die Verachtung für Bettina stand ihr ins Gesicht geschrieben. »Dann taucht dein feiner Verlobter im Hotel Europa auf und erschießt einen unschuldigen jungen Mann, dessen einziger Fehler war, von dir ermutigt worden zu sein, nach Bremen zu reisen. Schau mich nicht so an. Das ist erst der Anfang des Geredes, das dich erwartet. Zu diesem Zeitpunkt übrigens das mit dem höchsten Wahrheitsgehalt. Also frage ich dich noch mal: Was willst du von Paula? Dass sie dir den Hals rettet?

Dann kannst du umkehren, denn das wird sie nie und nimmer tun.«

»Ich will zu ihr«, sagte sie leise und verzichtete auf alle siezende Höflichkeit. »Kannst du mich hinbringen, oder soll ich selber nach dem Weg fragen?«

Die Straße sah kaum anders aus als die, durch die sie hergekommen war. Kaschemmen, Spelunken, Kellerbars und ... offene Hauseingänge, in denen Frauen standen und auf Freier warteten. Mal schlampig und verlebt, mal jung und verführerisch. Eine hatte eine Peitsche in der Hand, eine andere ein Glas mit einem heißen Grog. Aber die Stimmung hatte sich verändert. Vielleicht war es das Suchen und Finden, das Feilschen und Locken, das die Laune der Männer hob. Es war trotz der Dunkelheit noch am Beginn des Abends. Der Anfang der Nacht, die Aussicht auf ein bisschen bezahltes Glück. Manche Männer waren angetrunken, aber wer laut war, war es fröhlich. Wurde der Ton aggressiver, tauchte von irgendwoher ein Aufpasser auf und trennte die Konfliktparteien.

Gerade stolperte ein älterer Herr aus einem der Hauseingänge auf die Straße. Seine weißen Haare waren zerzaust, und die Kleidung wirkte etwas derangiert. Den Flecken auf seinem Hemd nach zu urteilen, musste er den Rotwein mehr verschüttet als getrunken haben. Dennoch lächelte er selig, stopfte sein Hemd zurück in die Hose und bekam erst während dieser Verrichtung mit, dass er das vor zwei Damen tat.

»Verssseihung«, nuschelte er und trottete davon.

Jule blickte in den Eingang. Zwei Huren standen dort in der geöffneten Tür. Die eine in einer etwas ausgebleichten Wäscherinnenkluft, mit dem großflächigen Gesicht und dem kräftigen Knochenbau eines Landmädchens, die andere so zart, als könnte ein Lufthauch sie umwehen.

»Moin Jule! Haste min Tee dabei?«, fragte die Kräftigere. Sie hatte rote Wangen und krause, mittelbraune Haare, die sie in einem Zopf halbwegs gebändigt hatte.

»Ich geb ihn dir drinnen.«

»Wer iss'n das?«

»Geht dich nichts an.«

Die Wäscherin verzog abfällig das Gesicht. »Wir hatten was ausgemacht, was die Neuen angeht. Wir sind jetzt schon zu viel. Na, als was willste denn bei den Freiern durchgehen?«

Bevor Bettina reagieren konnte, griff die Frau ihr ans Kinn und betrachtete sie wie einen Kürbis, von dem sie nicht wusste, ob sie ihn kaufen sollte oder nicht.

»Als Hökerin?[44] Oder Lehrerin? Oder 'ne ganz Teesiche[45], eine von diesen Steno … Stienogro …«

»Stenografiererinnen?« Bettina hatte unlängst von diesem neuen Beruf für unverheiratete Frauen gelesen.

Die Frau, die ihren Kunden als Waschweib wohl die eine oder andere Abreibung verpasste, zog die Hand zurück.

»Oh! Da will ein Fräulein einem Torfkopp wie mir was klugscheißen?«

»Schluss!« Jule zog Bettina am Arm ins Haus. »Kümmert euch um eure eigenen Angelegenheiten. Da kommt Kundschaft.«

Mehrere junge Männer liefen untergehakt die Helenenstraße entlang. Einige von ihnen sahen aus, als hätten sie auf diese Mutprobe lieber verzichtet. Sofort stürzten sich die Huren auf sie wie ein Schwarm Krähen. Scherzworte flogen hin und her, Krawatten wurden gelockert, die Wäscherin erwischte einen zarten Bengel mit abstehenden Ohren, der überwältigt auf den mächtigen Busen unter der Bluse starrte, die kaum das Nötigste versteckte.

---

44 Verkäuferin von Kleinwaren

45 Bremer Platt: Zahme, Brave

»Komm.«

Jule ging ins Haus. Bettina folgte ihr in einen langen, schmalen Flur mit einer steilen Treppe nach oben.

Die Stufen waren ordentlich gefegt, es roch nach Lavendel und Schmierseife. Oben gelangte man in eine Art Salon, von dem mehrere Türen abgingen. Ein Hauch Parfum stieg in Bettinas Nase, schwer und exotisch. Hinter einer der Türen wurde gelacht, hinter einer anderen hörte es sich an, als ob ein Mann gerade einer kräfteraubenden, rhythmischen Arbeit nachging, die ihn zum Keuchen brachte. Die Messingwandlampen wurden regelmäßig geputzt, sie blinkten und blitzten wie die Gläser auf dem Teewagen, der neben einem Arrangement aus Standleuchtern, Grünpflanzen und Sesseln stand.

»Warte.«

Vom Salon aus führte ein Flur in weitere Räume. Jule verschwand, und Bettina betrachtete die Bilder an den Wänden. Gängige Gebrauchskunst, wie sie in fast jedem bürgerlichen Haus zu finden war. Landschaften, Waldlichtungen, dörfliche Szenen. Alles in diesem Haus wirkte so … normal. Fast schon altbacken. Die waldgrüne Wandfarbe, die Samtpolster der Sitzgruppe mit den Fransen, die schweren, dunklen Möbel. Nicht ein Hauch von Frivolität und Erotik, wenn man die Geräusche hinter den geschlossenen Türen ignorierte.

Sie wollte sich gerade in einem der Sessel niederlassen, als ein Ölporträt ihre Aufmerksamkeit fesselte. Es hing im Schatten der opulenten Türvorhänge zum Treppenhaus und zeigte zwei Frauen in der Blüte ihrer Jahre. Als sie näher herantrat, hielt sie unwillkürlich die Luft an.

Eine der beiden war Helene Vosskamp. Auch wenn Bettina sich an ihre Großmutter nur mit weißen Haaren und dem leicht vom Alter gebeugten Rücken erinnerte, hatte sie sie sofort erkannt. Unverkennbar der stolze Blick, ihre kaum zu bändigenden Locken und dieses kleine, fast spöttische Lächeln im Mundwinkel. Das herzförmige Gesicht und die schmale Nase. Die breiten, leicht geröteten Wangen, die das Fischermädchen aus Hogsterwaard verrieten. Selbstbewusst richtete sie den Blick direkt auf den Betrachter.

Die zweite Frau auf dem Porträt neben ihr war wesentlich älter und schien im Leben einiges mitgemacht zu haben. Doch die Erfahrungen, die sich mit den Falten in ihr Gesicht gegraben hatten, schienen sie nicht gebrochen zu haben. Das kraftvolle Kinn und die buschigen Brauen verrieten, dass man sich mit ihr besser nicht anlegen sollte. Abgemildert wurde dieser Eindruck durch ihre Augen. Sie blickten offen und freundlich, und ihr immer noch voller, schön geschwungener Mund schien jederzeit bereit zum Lachen wie zum Fluchen.

»Helene Vosskamp und Anne Michelsen.«

Bettina fuhr herum. Sie hatte nicht gehört, dass Paula in den Salon gekommen war. Die dicken Teppiche schluckten die Schritte.

»Die Gründerinnen des Handelshauses Vosskamp. Sie haben den Reichtum geschaffen, den ihr in nur zwei Generationen verspielt habt.«

Nichts in Paulas Gesicht verriet, was sie über den Überraschungsbesuch dachte. Ihre Haare hatte sie in sanfte Wasserwellen gelegt, die ihr Gesicht umschmeichelten. Die Spitzenborten ihrer Bluse sahen aus wie frisch geplättet. Ein Hauch von Heckenrose und Geranie erfüllte den Raum.

Bettina fühlte sich in ihren nassen, dreckigen Schuhen und mit dem tropfenden Schirm gegenüber dieser duftenden Erscheinung nicht gerade im Vorteil.

»Entschuldigen Sie bitte, dass ich mich nicht angemeldet habe.«

Sie hätte sich besser auf diesen Moment vorbereiten sollen.

Jetzt fehlten ihr die Worte. Sie war die Rolle als Bittstellerin nicht gewohnt. Schon gar nicht vor einer Frau, die den Männern von Bremen das Fürchten lehrte.

Paula zog die schmalen Augenbrauen hoch. »Höflichkeit ist nicht die hervorstechendste Eigenschaft der Vosskamps. Was willst du?«

Jule kam herein. Sie hatte ihr Cape abgelegt und trug nun einen leichten Wollschal. Was Bettinas Blick aber anzog, war eine Devant-de-Corsage, eine goldene, mit kleinen bunten Steinen besetzte Schlange, die Jule mittig am Mieder trug. In besseren Kreisen würde so eine Arbeit als provokant und untragbar gelten.

Jule ging zu dem kleinen Servierwagen und hob den Deckel einer Teekanne. Der Inhalt überzeugte sie nicht, deshalb zog sie an der Klingelschnur, um ein Dienstmädchen zu holen.

»Ich denke, eine Tasse frisch gebrühter Brenny's Garden würde uns allen guttun.«

Was bedeutete, dass Jule bei dem Gespräch wohl anwesend sein würde. Damit hatte Bettina nicht gerechnet. Zu Paula konnte sie vielleicht noch irgendwie einen Zugang finden, aber Jule würde alles zunichtemachen.

»Das ist eine gute Idee.« Die Hausherrin wies auf Bettinas Rocksaum. »Und lass ihr etwas Trockenes zum Anziehen bringen. Sie holt sich ja noch den Tod.«

Jules Augen verengten sich kurz. Aber dann nickte sie und zog noch einmal an der Schnur.

»Wir gehen in den grünen Salon. Der ist gerade frei. Es macht dir doch nichts aus?«

»Nein«, sagte Bettina hastig, obwohl sie nicht wusste, auf was Paula anspielte.

Das erfuhr sie wenig später, nachdem ein Dienstmädchen ihr lange Unterhosen, Strümpfe und einen Rock aus tiefroter

Seide gebracht hatte, mit dem sich keine anständige Frau auf die Straße wagen konnte. Sie zog sich in einer kleinen Wäschekammer um, in der bis unter die Decke Handtücher und Bettwäsche gestapelt waren.

Verblüfft stellte sie fest, dass ihr der Rock gefiel. Er umschmeichelte die Figur und ließ erstaunlich viel Bewegungsfreiheit. Leider kam Jule genau in dem Moment zurück, in dem sie sich einmal um sich selbst drehte und den Stoff um die Beine schwingen ließ.

»Er ist sehr praktisch, wenn man ihn schnell mal hochheben muss«, sagte sie trocken.

Mit knallrotem Gesicht ließ Bettina den Stoff fallen.

»Paula wartet.«

Jule drehte sich um und ging den schmalen Flur entlang. Am Ende klopfte sie an eine Tür und wartete, bis sie zum Eintreten aufgefordert wurde.

Es war unübersehbar ein Privatsalon. Überall lagen Bücher und Zeitschriften herum, auf einem Beistelltisch wartete eine unvollendete Schachpartie auf die Fortsetzung. Weiß war im Nachteil, wie Bettina aus den Augenwinkeln bemerkte.

In den Regalen standen Vasen, Porzellanfiguren und noch mehr Bücher. Was die Bilder und Zeichnungen an den Wänden zeigten, wollte Bettina nach einem flüchtigen Blick nicht mehr genau wissen – es waren Männer und Frauen bei Verrichtungen, die ziemlich unzüchtige Rückschlüsse zuließen.

Paula saß an einem kleinen Schreibtisch. Korrespondenz stapelte sich, Petschaft und Siegel wurden wohl oft benutzt, und das Tintenfass aus Silber musste ein Geschenk sein, denn so ein kostbares Kleinod gönnte man sich wohl kaum selbst. Sie legte die Feder sorgfältig in die dafür gedacht Schale und nahm die Brille ab.

»Setz dich.«

Im Kamin flackerte ein Feuer. Erst jetzt kam Bettina zu Bewusstsein, wie durchgefroren sie war. Ihre Hände zitterten so sehr, dass sie sie in den Falten des Rocks versteckte.

Das Dienstmädchen brachte den Tee. Jule übernahm es, einzuschenken und Sahne und Kluntjes nach dem vorgeschriebenen Zeremoniell hinzuzufügen. Dann setzte auch sie sich. Paula stand mit einem leisen Ächzen auf und gesellte sich zu ihnen. Obwohl der Raum von Lampen und Kerzen erhellt war, die ein weiches Licht verbreiteten, sah sie mit einem Mal alt aus.

Sie muss mindestens sechzig sein, dachte Bettina. Das Leben einer Hure forderte seinen Tribut, auch wenn sie es zu Wohlstand gebracht hatte.

Jule sprang auf und half Paula, sich zu setzen. Dann reichte sie ihr den Tee. Bettina wurde aufgefordert, sich ebenfalls eine Tasse zu nehmen. Sie lehnte ab, weil sie fürchtete, dass sie sie mit diesem Zittern nicht heil zum Mund bringen könnte.

»Das alles erbt Jule«, begann Paula ziemlich unvermittelt und ließ den Blick über die Wände schweifen, bevor er sich in der skizzenhaften Zeichnung einer nackten Frau verfing, die erschöpft in den Laken lag. Es war … Bettina riss die Augen auf. Paula. Eine junge, schöne Paula. Die alte, müde ihr gegenüber rang sich ein Lächeln ab. »Das Geld bekommen meine Kinder, aber das Haus und das Inventar kriegt sie.«

»Sie haben Kinder?«, fragte Bettina und hätte sich im gleichen Moment ohrfeigen können. Natürlich konnte eine Hure Kinder haben. Nur aufziehen durfte sie sie wohl nicht.

Als ob Paula diesen Gedanken erraten hätte oder vielleicht auch, weil er ihr gegenüber bestimmt schon öfter erwähnt worden war, erwiderte sie: »Natürlich. Drei. Das bleibt bei diesem Beruf nicht aus, und man will ja nicht dauernd zur Engelmacherin rennen.«

Bettina nickte, obwohl sie keine Ahnung hatte, was Paula damit meinte.

»Ich hab es ein paarmal getan, und das wünsche ich keiner Frau. Danach habe ich mich entschieden, die Kinder auf die Welt zu bringen. Sie sind in guten Familien groß geworden. Sie kennen ihre Mutter und wissen, womit ich meinen Lebensunterhalt verdiene. Oder, bleiben wir bei der Wahrheit, verdient habe. Irgendwann ist die Zeit gekommen, zu der man sich aus den aktiven Geschäften zurückziehen muss.«

Sie lächelte, lebhafter jetzt, und tausend Fältchen durchzogen ihr Gesicht. Sie war nicht so stark geschminkt wie die letzten Male, bei denen Bettina sie gesehen hatte. Vielleicht legte sie die ganze Schminke auch nur auf, wenn sie das Haus verließ.

»Man denkt, man hat alles richtig gemacht. Ist im Großen und Ganzen gerade geblieben. Hat einiges eingesteckt und ab und zu auch mal ausgeteilt. Ich habe dafür gekämpft, dass diese Straße zu einem kontrollierten Bezirk wird. Meine Mädchen sollen zu einem Arzt können, wenn sie Syphilis haben, und nicht in der Gosse enden.«

Amalies Worte. Sie versetzten Bettina einen schmerzhaften Stich. Es würde dauern, bis sie weggebissen hatte, was ihre Mutter von ihr hielt.

»Du hast das Gemälde draußen gesehen. Anne und Helene waren Partnerinnen. Beide unverheiratete Frauen in einer Männerwelt. Anne hat Helene das Geld für den Teehandel gegeben. Helene hätte damit durchbrennen können. Es war eine stattliche Summe, und sie hat sie, glaube ich, auch verloren auf ihrer großen Reise nach China. Als sie zurückkam, hatte sie immerhin zehn Kisten Tee dabei und die Besitzurkunde für eine Plantage in Indien, Brenny's Garden. Natürlich musste sie von einem Mann gemanagt werden. Und natürlich hat sie sich dafür einen ausgesucht, der ihr nicht nur bei der Arbeit zur Seite stand.«

»Robert Stirling«, flüsterte Bettina. »Sie hat ihn geheiratet.«

»Ja. Er war einer von vieren insgesamt. Aber so genau wollen wir das nicht nehmen. Warum erzähle ich dir das? Weil es ein Vermächtnis ist. Als Anne starb, erbte ich ihr Vermögen und die Teilhaberschaft am Handelshaus Vosskamp.«

Jule verzog keine Miene. Sie trank einen Schluck Tee und betrachtete dann die Intarsien des kleinen Nussbaumtischs, auf dem das Teetablett stand.

»Aber dann kamen die schlechten Zeiten. Joost war kein guter Kaufmann, und er hörte nicht auf den Rat wohlmeinender Menschen. Casper Groths Hinweise verpufften. Meine Mahnungen wurden nicht ernst genommen. Es ging bergab mit den Vosskamps, und in der Zeit nach Annes Tod kam das neue Gesetz, und ich hatte zu viel um die Ohren, mich auch noch um diese Dinge zu kümmern.«

»Das Handelsgesetzbuch des Norddeutschen Bundes und des Kaisers.«

Paula nickte überrascht. »Richtig. Ich vertraute Joost. Nie wäre ich auf die Idee gekommen, dass er diese Gelegenheit ergreifen und unsere Teilhaberschaft einfach aus den neuen Büchern streichen würde. Nie«, sie beugte sich vor und fixierte Bettina, »nie hätte ich geglaubt, dass er wortbrüchig wird. Er hat vergessen, wem er seinen Wohlstand verdankt. Und nun, im Untergang, kommt seine Tochter als Bittstellerin zu mir und will … ja, was willst du eigentlich?«

Bettina griff nun doch nach der Tasse, stellte sie aber sofort wieder ab, weil sie fast die Hälfte verschüttet hatte. Paula und Jule warfen sich einen vielsagenden Blick zu.

»Warst du dabei?«, fragte Jule. »Als dieser Mörder ihn erschossen hat?«

Bettina wusste nicht, wohin sie schauen sollte. Plötzlich schluchzte sie auf und verbarg das Gesicht in diesen fahrigen, verkrampften Händen. Ausgerechnet hier, und das auch noch mitten in einer Tirade von schwersten Vorwürfen, war die Kraft aufgebraucht.

»Nimm.«

Paula reichte ihr ein Spitzentuch.

»Wein dich ruhig aus. Es hilft, aber bis es leichter wird, dauert es seine Zeit.«

Die Frauen warteten, bis Bettina sich etwas beruhigt hatte. Jule stand auf und holte eine schwere Kristallkaraffe, in der dunkler Port schimmerte. Davon goss sie eine großzügige Portion in eines der Gläser und reichte es Bettina.

»Trink das.«

Sie leerte das Glas in einem Zug.

»Danke.«

Das Zittern wurde schwächer. Wärme durchflutete ihren Körper. Sie spürte die Hitze des Kamins auf ihrer Haut und hatte das Gefühl, gleich dringend an die frische Luft zu müssen.

»Es tut mir leid«, brachte sie schließlich hervor. »Alles. Wie Paul und mein Vater Sie aus dem Geschäft gedrängt haben. Ich weiß nicht, ob ich etwas hätte verhindern können, wenn ich Bescheid gewusst hätte. Aber dass ich von nichts eine Ahnung hatte, ist unverzeihlich.«

Paula wiegte leicht den Kopf hin und her. »Woher hättest du es auch wissen sollen? Immerhin hast du einiges versucht, um deinen Kopf aus der Schlinge zu ziehen. Das fing schon damit an, dass du ausgerechnet Klein John die Taschenuhr deiner Großmutter verkaufen wolltest. Ganz Bremen hat sich schiefgelacht über das diebische Kateiker.«

Bettina presste die Lippen aufeinander und sehnte sich nach einem zweiten Port.

»Und dann deine verrückte Reise nach Indien, wo du wohl diesem armen Mann begegnet bist und ihm den Kopf verdreht hast. Hast du wirklich geglaubt, du hättest dem Herrn Baron damit entkommen können? Ich kenne ihn, seit er mit vierzehn zum ersten Mal bei uns aufgetaucht ist. Er ist ein Sadist, ein Würger. Keines meiner Mädchen will ihn. Würden doch nur alle Frauen einmal Rat bei uns holen, bevor sie unvorbereitet in die Ehe gehen.«

Ein Sadist. Ein Würger. Und ein Mörder. Ihre rechte Hand öffnete und schloss sich, als ob sie den Schaft eines Messers greifen wollte, um es diesem Mann in die Brust zu rammen.

»Warum ich?«, flüsterte Bettina.

Paula dachte kurz nach. »Du warst ein Scherz, eine Belustigung. Er hat in dir etwas gesehen, das zu brechen ihm größtes Vergnügen bereiten würde. Und nun ist es ihm gelungen, und er musste noch nicht einmal den Preis der Heirat zahlen. – Jule, gib ihr noch einen.«

Offenbar sah man ihr an, dass dieses Gespräch ohne Alkohol kaum zu überstehen war. Das zweite Glas trank sie nicht ganz so hastig wie das erste.

»Nun sitzt Großhanns in eurem Haus. Deine Mutter hat die Stadt verlassen, dein Vater wird ihr folgen. Paul ist verschwunden, vermutlich nach Amerika, und hat eine verkrüppelte, halb tote Frau sitzen gelassen. Du bist um Hilfe bettelnd in einem Hurenhaus aufgetaucht. Niemand in dieser Stadt von Rang und Namen wird auch noch ein Wort mit dir wechseln. Wo schläfst du heute Nacht?«

Bettina zog die Schultern hoch. »Ich kann noch mal ins Hotel. Dann sehen wir weiter.«

Paula und Jule wechselten einen kurzen Blick. Jule schüttelte kaum merklich den Kopf – wahrscheinlich die Ablehnung auf die ungestellte Frage, ob man diesen seltsamen Gast in der Helenenstraße unterbringen könnte. Um nichts in der Welt würde Bettina sich auf so ein Angebot einlassen. Sie war schon am Ende. Es wäre die letzte Stufe, und die würde sie nicht hinuntergehen.

»Also, was führt dich zu uns?«

Sie holte tief Luft. Es musste heraus, jetzt oder nie. »Ich biete Ihnen eine Beteiligung an Brenny's Garden an. Die Plantage ist mein Eigentum, sie ist nicht von den Schulden des Contors belastet und macht auch Gewinn. Ich möchte sie bewirtschaften. Was ich brauche, ist das Geld für die Passage und die ersten Monate bis zur Ernte. Ungefähr …«

Tausend Pfund, hatte Ewan gesagt. Mehr war die Plantage nicht wert. Das waren knapp zwanzigtausend Mark. Immer noch eine unvorstellbar hohe Summe, die trotzdem nicht ausreichte, die Schulden bei Großhanns zu bezahlen. Aber genug für einen Neuanfang am anderen Ende der Welt. Ihr wurde schwindlig, als ihr bewusst wurde, was das hieß.

»Fünfhundert Pfund«, sagte sie. »Das sind zehntausend Mark. Die Hälfte des Werts.«

»Was?«, entfuhr es Jule. »Du kommst hierher und willst zehntausend Mark? Bist du verrückt geworden? Glaubst du, wir warten nur darauf, unser sauer Erspartes jemandem wie dir vor die Füße zu werfen?«

Paula hob die Hand, aber Jule achtete nicht auf sie.

»Und das nach allem, was die Vosskamps uns angetan haben? Deinen Mut möchte ich haben, Mädchen. Mach, dass du fortkommst! Geh mir aus den Augen, bevor ich mich vergesse!«

»Genug!« Paula unterbrach sie mit ruhiger Stimme, in der der Befehl nicht zu überhören war. »Niemand wird hinausgeworfen, ehe ich es sage!«

Wutschnaubend lehnte Jule sich zurück und trommelte mit den Fingern auf die Lehne des Sessels. Um die Spannung zu lösen, deutete Paula auf ihre Teetasse. Bettina reichte sie ihr, und das Tässchen klapperte auf seiner Untertasse, als wäre es die sichtbare Übersetzung von ihrem inneren Zustand.

»Du wirst das Geld natürlich nicht bekommen.« Die Hausherrin nahm die Tasse entgegen und kostete einen kleinen Schluck. »Wir sind in dieser Hinsicht gebrannte Kinder.«

Die Worte trafen Bettina, als hätte jemand einen Sandsack nach ihr geworfen und getroffen. Mit einer Wucht, die ihr erst klarmachte, wie groß und verzweifelt diese letzte Hoffnung gewesen war, die sie hergetrieben hatte. Sie öffnete den Mund, um etwas zu sagen, aber als sie begriff, dass es nichts weiter als flehentliche Bitten sein würden, schloss sie ihn wieder.

Paula stellte die Tasse auf der Untertasse ab.

»Es tut mir leid. Dein Schicksal geht mir nahe, mein Kind. Aber wie stellst du dir das vor? Dass du nach Indien gehst und Tee anbaust? Dafür braucht es eine jahre-, jahrzehntelange Erfahrung. Du hast noch nicht einmal einen Hausstand geleitet. Wie soll das mit einer Teeplantage gehen?«

»Meine Großmutter hat auch …«

»Deine Großmutter hatte Glück! Verdammtes Glück. Und sie hat sich mit den richtigen Männern eingelassen. Ein Instinkt, der dir offenbar völlig abgeht, sonst hättest du dich nicht feige in die Verlobung mit diesem feinen Herren Baron drängen lassen und den Nächsten gleich von ihm umbringen …«

Sie brach ab, gerade noch rechtzeitig, bevor sie etwas Unverzeihliches über Bettinas Schuld an Ewans Tod hätte sagen können.

»Wir können dir hundert Mark geben«, fuhr sie ruhiger fort. »Das ist viel Geld. Damit kannst du dir irgendwo ein Zimmer anmieten und eine Arbeit suchen.«

»Hundert Mark?«, fauchte Jule, die ihren Zorn nun auch gegen Paula richtete. »Weißt du, wie lange unsereins dafür die Beine breitmachen muss?«

Bettina zuckte zusammen. So genau wollte sie über die praktische Seite des Hurenberufs nicht informiert werden. Aber sie hatte sich in die Höhle der Löwinnen gewagt, nun musste sie auch ihr Gebrüll hinnehmen.

»Danke«, sagte sie leise und stand auf.

Beide Augenpaare, Jules und Paulas, sahen sie an.

»Ich komme schon zurecht.«

Paulas Hand fuhr vor und griff nach ihrer. »Aber wie? Nimm mein Angebot an. Ich lasse fragen, wo eine gute ... na ja, was auch immer gebraucht wird. Was kannst du denn?«

Die Tränen wollten wieder aufsteigen, aber Bettina schluckte sie hinunter.

»Nichts.«

Paulas Hand ließ sie los.

»Nun, wir werden sicher etwas für dich finden. Schlimmstenfalls machen wir es wie damals mit Helene. Sie hat in Emden bei uns als Dienstmädchen gearbeitet, und es hat ihr nicht geschadet. Es wäre nicht das erste Mal, dass eine Vosskamp die Laken in einem Hurenhaus wechselt.«

Jule entdeckte ihren Humor wieder, oder das, was sie dafür hielt. Sie kicherte und schüttelte den Kopf, als hätte sie selten so einen guten Witz gehört.

Bettina schob die Schultern zurück und richtete sich so hoch auf, wie es ihr möglich war.

»Machen Sie sich keine Gedanken um mich. Ich werde mit der Situation fertig. Auf Wiedersehen.«

Sie ging zur Tür. Als sie sie hinter sich schloss, konnte sie noch einmal die Mienen der beiden Frauen sehen. Paula, deren tief besorgter Blick sehr beunruhigend wirkte, und Jule, deren Augen triumphierend glitzerten und mit der goldenen Schlange an ihrem Mieder um die Wette funkelten.

Sie holte ihr Cape aus dem Nebenzimmer, lief die Treppe

hinunter und hinaus auf die Straße, rannte los, als würde diese Flucht irgendetwas ungeschehen machen können, würdigte den Wachmann vor der Polizeistation keines Blickes und stellte erst nach ein paar Hundert Metern fest, dass sie ihren Schirm vergessen hatte.

Der Schneeregen hatte aufgehört, und der Matsch gefror unter ihren Stiefeln zu einer festen Masse. Unter dem Cape leuchtete der rote Stoff wie eine Flamme.

Wo Diamanten nicht auf Bäumen wachsen

Sie hatte die Halle des Hotels Europa noch nicht einmal zur Hälfte durchquert, als jemand »Halt! Stehen bleiben!« rief.

Es war der Portier, der sie erst auf den zweiten Blick erkannte.

»Oh«, sagte er nur mit einem Blick auf ihre gewagte Kostümierung. »Verzeihung. Ich habe sie verwechselt.«

Mit einer Hure, ergänzte Bettina seine Gedanken. Niemand sonst würde es wagen, in der Öffentlichkeit so herumzulaufen.

»Aber gut, dass ich Sie sehe.«

Mit einer diskreten Handbewegung lotste er sie in den hinteren Teil des Entrees, von dem aus eine Tür in die Bibliothek führte. Aus dem Restaurant klangen Musik und Gesprächsfetzen. Kellner mit Tabletts eilten hinein und hinaus. In der Luft hing ein Hauch von Zigarrenrauch, vermutlich aus den Salons und der Bar. Zwei Männer saßen, jeder eine Zeitung in der Hand, in den Sesseln vor dem Kamin. Einer starrte ziemlich unverhohlen zu ihr hinüber und hob das Blatt erst wieder vors Gesicht, als der Portier einen ärgerlichen Blick in seine Richtung schoss.

»Jemand wartet auf Sie. Ich habe den Herrn gebeten, dort Platz zu nehmen.«

Er wies auf die eine Hälfte der Flügeltür, die offen stand und einen Blick auf deckenhohe Bücherregale gewährte.

»Wer ist es?«

Sofort war ihr Puls in die Höhe geschnellt. Püsken. Die Polizei. Oder, am schlimmsten: Joost, der sich verabschieden wollte von seiner Tochter, die im Begriff stand, alle Brücken hinter sich abzubrechen, um in die Gosse abzusteigen.

»Sehen Sie selbst.«

Der Portier trat zur Seite. Argwöhnisch ging Bettina in die Bibliothek, in der sich nur ein einziger Gast befand. Casper Groth.

Bei ihrem Anblick stand er hastig auf und verbeugte sich linkisch. Seine Hand strich nervös über den dicken Stoff seines Mantels, den er gar nicht erst abgelegt hatte.

»Casper?«, fragte sie.

Er wirkte besorgt, fast schon verängstigt. »Fräulein Vosskamp, ich … ich weiß nicht, wie ich es sagen soll …«

Ihr Herz pochte so heftig, als wäre sie den ganzen Weg von der Helenenstraße gerannt.

Sie drehte sich zu dem Portier um, der nun endlich diskret die Tür im Hinausgehen schloss.

»Ja?«, fragte sie und trat näher an ihn heran. »Um was geht es?«

»Um Sabine Stukenborg.«

Nein, dachte sie. Bitte nicht noch eine Hiobsbotschaft. Bitte nicht.

»Was ist mit ihr?«

»Sie will mit Ihnen reden.«

»Mit mir reden?«

Casper nickte.

»Also ist sie nicht … sie kann sprechen?«

»Ja. Und sie erinnert sich. Nicht an alles, offenbar. Sie fragt nach Paul. Ich konnte es ihr nicht sagen. Das ist nicht meine Aufgabe, bitte verstehen Sie mich nicht falsch. Aber welche Worte wählt man, wenn der Ehemann am Hochzeitstag, also wenn er …«

»Wenn er seine Frau sitzen lässt?«

Der Contorist nickte.

»Um was geht es? Die Mitgift? Die Annullierung der Ehe?«

Sie fühlte sich, als wäre sie in ein Fass Melasse gefallen. Jede Bewegung fiel schwer. Sogar das Sprechen war mühsam.

Der Mann zog verlegen den Kopf ein. »Sie will wissen, wo ihr Ehemann ist«, wiederholte er. »Sie weiß es noch nicht.«

»Oh Jesus, Maria und Josef!« Bettina lief zwei Schritte in den Raum und kehrte dann zu dem Mann zurück, der dastand, als würde er eine Mitverantwortung tragen. »Sie weiß es noch nicht? Dann muss ich ihr es auch nicht sagen. Das werden ihre Eltern tun. Oder die Diakonissen. Oder die Latrinenfrau. Sie wird es erfahren, sehr bald, aber warum ausgerechnet von mir?«

»Weil sie Ihnen vertraut?«, kam es zögerlich zurück.

Bettina atmete scharf ein. »Das ist der Fehler. Den Vosskamps darf man nicht über den Weg trauen. Keinem von ihnen.«

Casper schluckte. Schließlich fragte er: »Sie wollen also nicht mit ihr reden?«

Seine sanften Contoristen-Augen blickten enttäuscht. Sofort verrauchte ihr Zorn.

»Wie geht es ihr?«

»Clara hat die Botschaft überbracht. Es ist ihr wohl gelungen, kurz nach ihr zu sehen. Das Fräulein Stu… Also, die gnädige junge Frau Vosskamp«, auch Casper Groth musste sich erst an Sabines neue Anrede gewöhnen, von der nicht klar war, ob sich das überhaupt noch lohnen würde, »bat sie, Ihnen auszurichten, dass sie mit Ihnen reden will. Sie kann wohl ihre Beine nicht bewegen, und aller Wahrscheinlichkeit nach wird sie nie wieder gehen können.«

Bettina nickte. »Warum geht mein Vater nicht zu ihr?«

Casper räusperte sich und sah auf seine Schuhspitzen.

»Warum nicht?«, wiederholte sie etwas schärfer.

»Ihr Herr Vater hat Bremen verlassen. Vor einer Stunde. Er hat den Zug nach Hamburg genommen.«

Sie wusste nicht, ob sie verzweifelt oder erleichtert sein sollte. Eigentlich war sie beides. Verzweifelt, weil ihr Vater alles und alle im Stich gelassen hatte, erleichtert, weil er sich für das

Leben als Versager an Amalies Seite statt einer Kugel in die Schläfe entschieden hatte. Sie war allein.

»Er bat mir, Ihnen das zu geben.«

Casper reichte ihr ein Kuvert, das sie achtlos in den Ärmel ihrer Jacke steckte. Billige Trostworte halfen jetzt auch nicht weiter. Sie musste einen Teilhaber für die Plantage finden und vorher irgendwo Geld auftreiben, um nicht bei Paula zu landen.

»Jeder Tag geht einmal zu Ende«, sagte der alte Contorist. »Und ihm folgt ein neuer Morgen. Verzweifeln Sie nicht. Soll ich Sie begleiten?«

Sie quittierte die Frage mit einem unwilligen Schnauben. Es führte wohl kein Weg daran vorbei, dem Mädchen die Wahrheit zu sagen.

»Ja«, sagte sie. »Bitte.«

Es war gut, einen Mann an der Seite zu haben, mochte er noch so alt und gebrechlich sein. Der Weg in die Nordstraße war an einem sonnendurchfluteten Nachmittag nicht lang, aber an einem Winterabend in mehrfacher Hinsicht eine Herausforderung.

Kaum stand Bettina auf der Straße, schlug die Kälte wieder zu. Noch beißender als zuvor, was dem Voranschreiten der Nacht ebenso geschuldet war wie ihrem Zustand. Die Niederlagen forderten ihren Tribut. Sie ging langsam und redete sich ein, damit auf die wackeligen Schritte des Contoristen Rücksicht zu nehmen. In Wirklichkeit war sie dankbar um jede Verzögerung dieses Wiedersehens.

Irgendwann wickelte Casper Groth seinen Schal ab und reichte ihn ihr. Sie protestierte und lehnte ab, aber er bestand darauf, dass sie ihn nahm. Er fühlte sich an wie eine Schlinge um ihren Hals.

Das Diakonissenhaus war hell erleuchtet. Zu ihrem Erstaunen wurden sie sofort in den ersten Stock gebracht, wo von einem breiten Flur unzählige Türen zu den Krankenzimmern abgingen. Entweder hatte Senator Stukenborg sein Verbot aufgehoben, oder es interessierte keinen mehr. Die Wände schwitzten einen Geruch nach Seife aus, nach Alkohol, getragener Kleidung und etwas, das eine vage Schnittstelle zwischen Erbrochenem und Vergorenem hatte.

»Hier ist es«, sagte die Schwester, eine freundliche Diakonissin, die sie hinaufbegleitet hatte. Die Haare trug sie streng in der Mitte gescheitelt und am Hinterkopf bedeckt mit einer gestärkten weißen Haube, was ihr in Verbindung mit dem runden Gesicht und der dafür etwas zu schmal geratenen Nase eine mütterliche Strenge verlieh. Der Saum ihres langen, dunklen Wollkleides schwang um ihre Knöchel.

»Bitte seien Sie leise. Die anderen Patienten schlafen schon.«

Casper beugte sich vor und klopfte. Als keine Antwort kam, wiederholte er den Versuch, dieses Mal kräftiger.

»Ja?«

Eine schwache Stimme, kaum hörbar. Er sah Bettina an, nickte ihr zu und drückte die Klinke hinunter.

Der Raum war sehr groß, sehr leer, und in ihm stand ein einziges Bett. Sabine verschwand fast darin. Ihr Kopf war verbunden, mehr konnte Bettina auf den ersten Blick nicht erkennen, denn die Vorhänge waren zugezogen. Eine schwache Lampe erhellte nur eine Ecke des Raums und hüllte den Rest in tiefe Schatten. Es roch nach Karbol und Sanitas, einem Desinfektionsmittel auf Wasserstoffbasis.

Die Kranke versuchte instinktiv, sich aufzurichten, aber sie war noch nicht einmal zu dieser kleinen Leistung fähig. Mit einem Seufzen ließ sie den Kopf aufs Kissen sinken.

»Sabine?«

Vorsichtig trat Bettina näher, während Casper leise die Tür schloss.

»Wie geht es Ihnen?«

Sie hätte sich auf die Zunge beißen können. Jeder, der dieses Kind sah, konnte sich die Frage sparen. Tiefe, fast schwarze Schatten lagen unter den Augen. Die eingefallenen Wangen und die kalkweißen Lippen ließen ahnen, dass diese Patientin dem Tod näher als dem Leben gewesen war.

»Gut«, flüsterte Sabine. »Der Herr hält uns in seiner Hand, wir können nicht fallen. Auch wenn ich mir wünsche, dass er sie zurückgezogen hätte.«

»Sagen Sie das nicht«, widersprach Bettina und wusste, wie nichtssagend das angesichts dieses Schicksals klang.

»Oh doch. Wäre ich tot, wären eine Menge Probleme gelöst.« Das Mädchen sprach langsam, stockend und so leise, dass die Worte kaum zu hören waren. »Wo ist Paul?«

Ihre Lider flatterten. Es bereitete ihr sichtlich Mühe, dieses Gespräch durchzustehen.

»Es war kein Fehler, ihn zu heiraten. Der einzige Fehler war meine Reaktion auf die Wahrheit. Ich war dumm und impulsiv. Er hätte gelernt, mich zu lieben.«

»Das hätte er«, antwortete Bettina mit rauer Stimme. »Da bin ich mir sicher.«

»Richten Sie ihm bitte aus, dass ich ihm verzeihe. Vielleicht wagt er es nicht herzukommen, weil er sich für seine Worte schämt. Sie sind vergeben und vergessen.«

Bettina sah hilfesuchend zu Casper Groth, aber der hatte nur die Mütze abgenommen und drehte sie verlegen in seinen Händen.

»Die Ärzte meinen, dass ich eines Tages wieder sitzen kann. Und vielleicht kann ich auch noch Kinder bekommen. Das wäre mein größter, mein allergrößter Wunsch.«

Eine Träne löste sich aus ihren Augen und lief die Schläfe hinab, um im Kopfkissen zu versickern.

»Sagen Sie ihm das?«

Casper Groth sah hoch und nickte Bettina kaum merklich zu. Es gab keinen Stuhl im Raum, auf den man sich setzen konnte. Also beugte sie sich zu der Patientin herab und versuchte, sich ein Lächeln auf die Lippen zu zwingen.

»Ich kann es ihm leider nicht sagen. Er ist nicht da. Er hat Bremen verlassen. Sabine, es tut mir unendlich leid, aber ich glaube, Paul kommt nicht wieder zurück.«

Ein Schauder durchfloss den zarten Körper unter dem Laken. Sabine schloss die Augen, eine weitere Träne rollte herab.

»Gibt es irgendetwas, das ich für Sie tun kann? Zum Pfarrer gehen und ihn bitten, die erforderlichen Schritte einzuleiten? Jeder kann bezeugen, dass sie die Ehe nicht vollzogen …«

»Nein!« Sabine riss die Augen auf. »Wir haben sie vollzogen.«

»Wie …« Bettina suchte nach Worten, die ihrer Verblüffung und dem delikaten Thema gleichermaßen gerecht wurden. »Wann … also …«

»In der Wäschekammer«, flüsterte sie. »Bei uns im Haus, direkt nach der Kirche. Er sagte, er wollte nicht mehr länger warten.«

Und Nägel mit Köpfen machen, setzte Bettina hinzu, ohne den Gedanken laut auszusprechen. Casper trat währenddessen von einem Fuß auf den anderen. Kein Thema für Männerohren, egal, wie taub sie geworden waren.

Sie räusperte sich. »Vielleicht wäre es besser, das für sich zu behalten?«

»Und Gott zu belügen? Die Kirche zu hintergehen? Nein. Ich bin Pauls Frau, eine Vosskamp. Mit allem, was dazugehört.«

Vorsichtig setzte sich Bettina auf die Bettkante. Dabei verrutschte die Decke etwas und gab den Blick frei auf ein monströses Gipskorsett, das den ganzen Oberkörper wie eine Schraubzwinge umfing. Sie versuchte, sich den Schrecken über diesen Anblick nicht anmerken zu lassen.

»Die Vosskamps nicht mehr. Wir sind bankrott. Großhanns hat den Teepalast, das Contor und das Haus übernommen. Meine Eltern haben Bremen verlassen und sind nach Hamburg gereist, und Paul hat sich vermutlich nach Amerika abgesetzt.«

Sabine nickte mit geschlossenen Augen. Wenn sie verstand, dann trug sie es mit großer Fassung.

»Und Sie?«, fragte sie schließlich. »Was werden Sie tun?«

»Ich lande wohl in der Gosse.« Ihre Zukunftsaussichten stiegen ihr wie bittere Galle in die Kehle. »Nein, das werde ich natürlich nicht. Ich suche mir eine Arbeit. Wichtig ist, dass Sie gesund werden und neu anfangen können. Die Vosskamps werden zu einer Erinnerung werden, die Sie eines Tages verdrängt haben. Sie sind eine Stukenborg. Wenn die Ehe mit Paul annulliert wird, werden Sie sicher einen guten Mann finden.«

Sabines Hand wanderte unruhig über das Bettlaken, bis sie die von Bettina gefunden hatte. Ihre Finger bohrten sich in ihren Unterarm.

»Ich will keinen anderen Mann als Paul.«

Es war zum Verrücktwerden. Begriff dieses Mädchen nicht, was geschehen war?

»Das habe ich auch meinem Vater gesagt. Er hat mich enterbt und meine Mitgift eingezogen. Ich bin genauso bankrott wie Sie.«

Ihre tief liegenden Augen öffneten sich ein wenig. Der Blick, der Bettina traf, war verschwommen von einem Schmerz, der nicht nur körperlich an ihr nagte.

»Ich werde nie wieder laufen können.«

»Sagen Sie das nicht! Wunder geschehen immer und die Wege des Herrn …«

»Nicht für mich.«

Sabine löste ihren Griff. »Was haben Sie vor? Kann ich mitkommen?«

»Das geht leider nicht.«

»Aber Sie müssen doch einen Plan haben! Irgendeine Vorstellung, wie es weitergeht!«

»Den hatte ich, aber er lässt sich nur mit Geld erfüllen. Und das habe ich nicht.«

»Wie viel Geld?«

Casper hob den Kopf und sah sie an.

»Fünfhundert Pfund. Zehntausend Mark. Ich suche einen Teilhaber für meine Teeplantage. Wenn ich sie verkaufe, könnte ich mich einige Zeit damit über Wasser halten. Wenn ich sie aber selbst bewirtschaften könnte, würde sie Gewinn abwerfen. Nicht viel. Aber es wäre ein Anfang und ein Auskommen. Das war meine Idee.«

Sie erwartete, ausgelacht zu werden. Casper senkte wieder den Kopf. Fünfhundert Pfund. Zehntausend Mark. Das hatte kein Contorist in seinem Schnupftabakbeutel. Und keine verlassene, enterbte und, ja, leider auch entehrte Kranke unter ihrem Kopfkissen.

»Können Sie das denn?«, fragte Sabine schließlich mit schwacher Stimme, in der aber Interesse durchschimmerte.

»Ich habe es noch nie getan, deshalb weiß ich es nicht. Aber etwas Besseres als den Tod finden wir überall, nicht wahr?«

Sie versuchte zu lächeln, aber es kam wohl nur eine klägliche Grimasse dabei heraus.

»Eine Teeplantage … das hört sich schön an.« Sabines Augen bekamen einen träumerischen Glanz. »Irgendwo ganz weit weg noch mal von vorne anfangen. Wo es warm ist und die Sonne einen streichelt. Indien … wachsen da immer noch die Diamanten an den Bäumen?«

»Nein«, antwortete Bettina sanft. »Das sind Märchen, glaube ich.«

»Wie das von den Bremer Stadtmusikanten.«

Das Mädchen seufzte. Für einen Moment hörte es sich so an, als wäre dies ihr letzter Atemzug gewesen, denn sie schloss die Augen und bewegte sich nicht mehr.

»Ich hätte hundert«, sagte Casper Groth. »Hundert Pfund.«

Bettina drehte sich erstaunt zu ihm um. Er hatte die Hände mit der Mütze auf den Rücken gelegt. Sein Blick richtete sich auf sie, fest und unverbrüchlich, auch wenn die zuckenden Muskeln um seinen Mund verrieten, dass er unter hoher Anspannung stand.

»Es ist nicht die Summe, die Sie brauchen, aber ein Teil davon. Zweitausend Mark. Die Eisenbahngesellschaften prosperieren, ich habe sogar ein wenig Gewinn gemacht.«

»Dann …« Bettina schluckte. »Dann sind Sie ein reicher Mann.«

»Auf dem Papier. Aber das habe ich vor ein paar Tagen zu Geld gemacht. Es konnte Ihren Ruin nicht abwenden, Fräulein Vosskamp. Aber vielleicht verhilft es wenigstens zu einem Neuanfang?«

»Warum?«

Casper wich ihrem Blick aus.

»Warum wollen Sie mir helfen? Wir sind eine Familie von arroganten Versagern. Wir sind es nicht wert.«

Sein Adamsapfel hüpfte auf und ab, aber er schwieg.

Es ist Liebe, dachte Bettina und betrachtete den alten Mann, der so verlegen vor ihr stand. Die Liebe zu Helene. Eine Liebe über den Tod hinaus, vermutlich nie erwidert, aber immer da, unauslöschlich.

»Das stimmt nicht«, sagte Sabine, die mit einem Stöhnen wieder die Augen öffnete und versuchte, wenigstens etwas höher mit dem Kopf zu kommen. »Trotzdem reicht das nicht. Könnten Sie bitte zu dem Wandschrank gehen und mir meine kleine Tasche bringen?«

Bettina stand auf und trat mit zögernden Schritten zu dem Schrank, der neben der Tür in die Mauer eingelassen war. Auf einem einfach gezimmerten Regal in seinem Inneren fand sie den kleinen Pompadour, den Sabine bei sich gehabt hatte, als sie als Pauls Ehefrau ins Haus der Vosskamps gekommen war.

Sie legte das Kleinod auf die Bettdecke und beobachtete voller Mitgefühl, wie Sabines Hände den Beutel ertasteten, die Schnur lösten und etwas in seinem Innersten suchten.

»Hier«, flüsterte sie schließlich. »Ich möchte auch Teilhaberin sein.«

Es war die kleine Diamantbrosche, die Amalie ihrer Schwiegertochter geschenkt hatte. Einst hatte sie Helene gehört. Es war nicht das kostbarste Schmuckstück und mit Sicherheit eines, dessen Verlust Amalie am schnellsten verschmerzt hatte. Es in dieser Hand wiederzusehen, die sich ihr entgegenstreckte, war ein seltsamer Augenblick. Erinnerungen, Scham, Verlust und das Gefühl, eine einzige bodenlose Enttäuschung zu sein, ließen Bettina reglos stehen bleiben.

»Nehmen Sie sie, bitte.«

Sie schüttelte den Kopf und suchte nach Worten, wie sie diese rührende Geste zurückweisen könnte, ohne die Gebende zu verletzen.

»Das geht nicht. Sie müssen auch an Ihre Zukunft denken. Sie brauchen vielleicht Hilfsmittel und ein Dienstmädchen, das Sie versorgt. Bekommen Sie denn gar nichts von Ihren Eltern?«

»Keinen Pfennig, solange ich Paul nicht abschwöre.«

Womit hatte ihr Bruder eigentlich diese Liebe verdient? Sie hätte ihn mit Ruten durch die Stadt gejagt, wenn er noch einmal gewagt hätte, in Bremen aufzutauchen. Und der Mensch, den er am meisten verletzt hatte, dem er die Zukunft und ein gesundes Leben geraubt hatte, hielt unverbrüchlich zu ihm.

Weil es das Einzige ist, das ihr noch bleibt, flüsterte eine Stimme in ihr.

»Nehmen Sie sie. Ich weiß nicht, was sie wert ist. Herr Groth?« Sabine versuchte den Kopf zu wenden, brachte aber nur ein leises Stöhnen heraus. Casper ließ die auf dem Rücken verschränkten Hände sinken und eilte zu ihr ans Bett.

»Was mag sie wert sein?«

»Oh, Fräu… Frau Vosskamp, das kann ich nicht sagen. Ich bin kein Juwelier.«

»Aber sie wurde doch irgendwann gekauft, und ähnliche Schmuckstücke auch. Was hat Helene Vosskamp für sie bezahlt?«

Casper nahm ihr die Brosche vorsichtig ab und trat mit ihr an die Stehlampe in der Zimmerecke. Nachdem er das Stück eingehend inspiziert hatte, kehrte er wieder zu Sabine zurück.

»So weit ich mich erinnere, und mein Gedächtnis ist leider nicht mehr das beste, war dies ein Geschenk. Sie hat es von ihrer ersten Handelsreise nach Indien mitgebracht.«

Stirling, dachte Bettina. Robert Stirling. Der letzte von vier Männern, mit denen Helene verheiratet gewesen war. Nacheinander oder gleichzeitig, so genau war das nicht mehr herauszufinden. Sie wurde den Verdacht nicht los, dass Casper in dieser illustren Runde ebenfalls ein bescheidener Zaungast gewesen sein könnte. Seine Frau war vor Jahren gestorben, die Kinder schon längst aus dem Haus. Ob er immer noch an Helene dachte? Ganz bestimmt, so wie er das kleine Schmuckstück in seiner Hand betrachtete.

»Was ist es wert?«, hakte Sabine nach.

»Nun, die Diamanten sind von einer außergewöhnlichen Größe, Klarheit und Qualität. Wie gesagt, ich bin kein Goldschmied. Aber ich denke, man könnte es gut für zweihundert Mark verkaufen. – Vielleicht zweihundertfünfzig«, setzte er schnell hinzu, als er Sabines Enttäuschung bemerkte. »Das sind immerhin zehn bis fünfzehn Pfund.«

Noch nicht einmal ein Tropfen auf dem heißen Stein.

»Das reicht nicht«, sagte das Mädchen. »Wir brauchen mehr. Ich kann meinen Vater verklagen, mir wenigstens die Aussteuer zu geben.«

»Nein!«, protestierte Bettina. »Das werden Sie auf keinen Fall tun.«

Caspers knochige, feingliedrige Hand legte die Brosche sanft in Sabines zurück. Dann sah er abwartend zu Bettina.

»Es wäre ein Anfang.«

»Nein.« Entschlossen zog sie die Bänder ihres Capes zusammen. »Das kann ich nicht annehmen. Wo soll sie denn hin, wenn sie aus diesem Korsett irgendwann herauskommt? Was soll aus Ihnen werden, wenn Sie Ihre Aktien verkaufen und nichts mehr haben? Ich stürze niemanden von Ihnen in die Armut.«

»Sie kann zu mir kommen«, sagte er.

Sabine riss vor Verblüffung die Augen auf. »Zu Ihnen?«

»Ich habe nur eine sehr kleine Wohnung unterm Dach in der Kohlhökerstraße. Es wird schwer sein, hinauf in den vierten Stock, aber der Wagner unten ist ein kräftiger Kerl, der wird so ein Leichtgewicht schon schaffen.«

»Das geht nicht«, sagte Bettina bestimmt. »Auch wenn Sie Witwer sind, ist Sabine eine verheiratete Frau …«

»Die sich vielleicht um ihren alten, schwachen Vater, Onkel, Großvater kümmert?«

»Wie denn?«, fragte Sabine unendlich traurig. »In einem Schiebestuhl?«

Für einen Moment war es still im Raum.

In diese Stille hinein drangen Geräusche wie das ferne Krächzen von Raben. Sie wurden lauter. Stimmen unterschieden sich voneinander. Die einen ungeduldig und drängend, die anderen ärgerlich, aber bestimmt.

»Lassen Sie uns endlich durch!«

Paula.

»Es ist Ihnen verboten hierherzukommen!«

Die Diakonisse.

»Ist es auch verboten, jeden Sonntag Geld in Ihren Klingelbeutel zu werfen?«

Jule.

Bettina starrte nervös auf die Tür. Schritte hallten von den Wänden wider, während das Gezänk weiterging. Offenbar hatte die Diakonissin Hilfe geholt, aber wenn sich die Bremer Huren vorgenommen hatten, ein Haus im Handstreich zu erobern, waren Gott und gute Worte machtlos.

»Hier?«

Die Tür wurde aufgerissen, und Paulas Gestalt erschien wie die einer archaischen Göttin auf Rachefeldzug. Das Cape breitete sich weit aus, als sie die Arme in die Hüften stemmte und den Anblick, der sich ihr bot, auf sich wirken ließ.

Sabine, mit vor Schreck weit aufgerissenen Augen, weiß wie das Laken, auf dem sie lag. Casper Groth, wie eingefroren, neben dem Krankenlager. Und Bettina, die sich nun vor das Bett stellte, als ob sie das Mädchen vor einer herannahenden Katastrophe beschützen wollte.

Was Paula und Jule zweifellos waren, zumindest in den Augen der frommen Schwestern.

»Verlassen Sie sofort das Haus!«

Die Ordensfrau, eben noch Sinnbild aufopfernder Nächstenliebe, sah die beiden Besucherinnen an, als hätten sich zwei obdachlose Teufelinnen in ihre Gemäuer verirrt.

»Ich rufe die Polizei!«

»Fünf Minuten.«

Paula enterte den Raum. Jule schubste eine jüngere Schwester zur Seite und sagte überraschend sachlich: »Wir bezahlen euch das neue Fenster im Speisesaal.«

Für einen Moment brachte das die Oberin etwas aus der Fassung, aber unter den stechenden Augen ihrer jungen Novizinnen konnte sie sich keine Schwäche erlauben.

»Hinaus!«

Mit einem ärgerlichen Seufzen drehte Paula sich zu ihr um. »Grete. Seit du den Schleier genommen hast, bist du nicht mehr du selbst.«

Noch nie hatte Bettina gesehen, in welcher Schnelligkeit ein Gesicht in Flammen stehen konnte.

Paula trat auf sie zu und tätschelte der Oberin die klatschmohnrote Wange. Die Frau zuckte zurück, als hätte sie das Höllenfeuer berührt.

»Früher warst du so eine fröhliche junge Frau. Erinnerst du dich nicht mehr? Soll ich dir etwas auf die Sprünge helfen, wie fröhlich du warst?«

Die Diakonissin schnappte nach Luft. Die Novizinnen scharten sich zusammen wie Hühner, um deren Stall ein Fuchs schleicht.

»Also. Wir bleiben nicht lange. In fünf Minuten sind wir wieder draußen. Das mit dem Fenster überlegen wir uns aber noch.«

Ein mahnender Blick zu Jule, die schuldbewusst das Haupt senkte, um deren Lippen aber ein winziges spöttisches Lächeln zuckte.

»Gut«, erwiderte die Ordensfrau schnaubend. »Fünf Minuten.«

Mit einer herrischen Kopfbewegung scheuchte sie ihre Hühner davon, die mit trappelnden Schritten das Weite suchten. In der Tür drehte sie sich noch einmal um.

»Tu das nie wieder«, sagte sie leise.

Paula nickte ungeduldig, die Diakonissin verschwand.

Sabine, Casper und Bettina hatten diesen Auftritt ebenso sprach- wie regungslos verfolgt.

»Nun.«

Paula ließ das Cape von ihren Schultern gleiten und faltete es vorsichtig zusammen, bevor sie es sich über den Arm legte. Damit verstrich schon fast die erste der versprochenen fünf Minuten.

»Ich habe mir deinen Vorschlag durch den Kopf gehen lassen. Hast du einen Pass?«

»Ja«, stammelte Bettina ratlos. »Noch von meiner Reise nach Indien.«

»Du wirst ihn brauchen. Morgen früh legt ein Schiff von Bremerhaven nach London ab. Dort wirst du …«

Sie schnippte ungeduldig mit den Fingern. Jule zuckte zusammen und suchte in ihrer Handtasche aus dunkelgrünem besticktem Samt herum, die an einer schmalen Kette von ihrem Arm baumelte. Als sie das Gesuchte gefunden hatte, reichte sie es an Paula weiter. Es war der Fahrplan des Norddeutschen Lloyd. Während Paula sich umständlich die Brille auf die Nase setzte, spürte Bettina, dass gerade etwas geschah, das ihr Leben verändern würde. Der Sandsack, der sie getroffen und unter sich begraben hatte, schien sich in Luft aufzulösen. Es war, als ob sie plötzlich wieder atmen könnte und eine Ahnung von etwas Großem sie streifte und erschauern ließ.

»Du wirst in London auf die *Princess Augusta* steigen, einem dieser neuen Reichspostdampfer nach Ostasien. In Colombo wirst du umsteigen, aber das wird dir der Agent in London genauer erklären. Musst du noch packen?«

»Nein«, flüsterte Bettina.

»Gut. Es muss nämlich etwas schnell gehen, die Dampfer fahren nur alle vierzehn Tage. Die Kosten für die Überfahrt werden natürlich mit meiner Einlage als Teilhaberin an Brenny's Garden verrechnet. Verschenkt wird hier nichts.«

Wieder ein Fingerschnippen. Jule kramte erneut in ihrer Tasche und zog ein zusammengefaltetes Stück Papier heraus.

»Das wirst du unterschreiben, und du erhältst zehntausend Mark. Abzüglich der verauslagten Spesen.«

Paula sah sich um, aber im ganzen Raum gab es nichts, wo sie das Papier hätte ablegen können.

»Erlauben Sie?«

Es landete auf Sabines Gipskorsett.

»Nein«, sagte Bettina, die ihre krächzende Stimme nicht wiedererkannte. »Das geht so nicht.«

Paulas schmale Augenbrauen fuhren hoch. »Und warum nicht? Hast du es dir anders überlegt und Angst vor deiner eigenen Courage bekommen?«

»Wir, ähm, sind nicht mehr allein.«

»Das sehe ich. Sabine, mein Vögelchen.« Paula ging zwei Schritte zum Kopfteil des Krankenbetts und beugte sich herab.

Das Mädchen sah sie an, als stünden sich Schlange und Kaninchen Auge in Auge gegenüber.

»Wie geht es dir? Wird das wieder?«

Unter sichtlichen Mühen schüttelte Sabine den Kopf.

»Hm. Das tut mir leid. Sag mir, wenn ich etwas für dich tun kann.« Paula richtete sich wieder auf und nahm Casper Groth ins Visier. Ihre Belustigung kehrte schlagartig wieder.

»Und wen haben wir denn da? Casper. Was treibt dich bei Nacht und Nebel zu dieser Zusammenkunft?«

Keine Antwort.

»Ihr seid also nicht mehr allein. Das ist gut. Wenn das alles ist, kann ich ja wieder gehen.«

»Nein!«, sagte Bettina schnell. »Es ist nur so … wir wären zu viert.«

»Zu viert?« Die Krähenschwingen ihrer Augenbrauen hoben sich noch höher. »Wie darf ich das verstehen?«

In Bettinas Kopf sprangen die Gedanken wie Lämmer umeinander. Mühsam versuchte sie, einen nach dem anderen wieder einzufangen und vor allem die Summen in Pfund umzurechnen.

»Casper und Sabine werden auch Teilhaber.«

»Geht es dir nicht gut?«, fauchte Jule, die sich bis jetzt zusammengerissen hatte. »Wir bieten dir deine Zukunft auf dem Silbertablett, und du willst eine Lahme und einen Blinden mit ins Boot nehmen?«

Casper trat vor und nahm das Blatt hoch, das Paula auf dem Bett abgelegt hatte.

»Nicht blind genug, um zu erkennen, dass ihr Dividende mit Zinsen verwechselt. Hat jemand Tinte und Feder dabei?«

Zähneknirschend grub Jule noch einmal in ihrer Tasche herum und brachte beides ans Licht. Casper nahm das Papier, ging in die Knie und legte es vor sich auf den Boden.

»Sabine Vosskamp, Casper Groth und Paula Ekhoff werden Teilhaber der Plantage Brenny's Garden in Darjeeling. Ihre Anteile belaufen sich, legt man den Marktwert von zwanzigtausend Mark zu tausend Pfund zugrunde, nach der Höhe ihrer Einlagen. Die Eigentümerin Bettina Vosskamp behält fünfzig Prozent.«

Jule warf einen Blick zu Paula, die sich abwandte und an das kleine Fenster trat. Dort blieb sie stehen und sah hinaus in die Dunkelheit.

Es war, als hätte jemand die Zeit angehalten. Jeder Atemzug

war zu hören, aber niemand rührte sich. Schließlich stieß sie einen langen Seufzer aus.

»Gut.«

Casper zog den Stöpsel aus dem Tintenfässchen, tauchte die Feder hinein und begann zu schreiben. Das kratzende Geräusch ließ Bettina erschauern. Vorfreude und ein panischer Schrecken vor dem, was auf sie zukam, ließ ihr Blut wie einen Wasserfall durch die Adern rauschen.

Endlich war Casper fertig.

»Wenn die Damen unterschreiben mögen?«

Paula kam zu ihm. Bevor sie in die Knie ging, blieb sie einen Moment stehen und sah auf ihn herab. Er blickte hoch und hielt ihr die Feder entgegen. Es war, als ob sie ihm eine stumme Frage gestellt hätte und er sie auf die Antwort warten ließ.

Er erhob sich, sie nahm die Feder und unterschrieb. Dann war Bettina an der Reihe. Zum Schluss gab Casper seinen Rücken als Unterlage her. Paula hielt das Blatt, und Bettina half Sabine, die Feder zu halten, was das Mädchen viel Kraft kostete. Mehr als ein unleserliches Kritzeln brachte sie nicht zustande.

Es war vollbracht.

Paula gab Jule ein Zeichen, und die holte einen kleinen, in braunes Papier gewickelten Packen aus ihrer Tasche und begann, das Geld abzuzählen. Dann reichte sie die Summe, die Casper in den Vertrag geschrieben hatte, an Bettina weiter.

»Dein Geld. Es sind viele Scheine, große und kleine. Aber jeder einzelne ehrlich verdient.«

Fast hätte sie das Päckchen fallen gelassen. Sabine hob ihre Hand, in der die kleine Brosche lag.

»Mein Anteil. Es ist nicht viel, wirklich nicht. Aber er kommt von ganzem Herzen.«

Warm und schwer wanderte die kleine Kostbarkeit zu Bettina.

»Und hier ist der Erlös aus dem Aktienverkauf.« Casper Groth griff in die Innentasche seiner Weste und holte ebenfalls ein kleines Päckchen heraus.

»Aber …«, stammelte sie. »Woher wussten Sie das?«

Er senkte den Kopf und sah sie schräg von unten nach oben an. »Man muss auf alles vorbereitet sein, Fräulein Vosskamp. Aufs Beste, aber auch aufs Schlimmste. Nehmen Sie es an. – Beides«, fügte er noch kryptisch hinzu.

Aber als Bettina nach dem Papier greifen wollte, schüttelte Casper bedauernd den Kopf.

»Das muss leider bei uns verbleiben, als Sicherheit.«

»Wen meinst du mit uns?«, fragte Paula scharf. »Ich bin nach dieser Göre da die größte Anteilseignerin. Also bleibt es bei mir.«

»Mit Verlaub, ich habe Erfahrung mit solchen Dingen. Also sollte es lieber unter meiner Aufsicht verwahrt werden.«

Beide funkelten sich an. Was auch immer in der Vergangenheit zwischen ihnen vorgefallen war, es hatte wohl nicht gerade den Weg zu einem vertrauensvollen Miteinander geebnet.

»Ich nehme es«, sagte Sabine.

Paula nickte widerwillig. Nach kurzem Zögern legte Casper das Blatt auf ihrem Bett ab.

»So sei es. Mein Angebot steht übrigens immer noch.«

»Niemand will es«, konterte Paula. »Das ist alles dummes Zeug, mit dem du meinen Mädchen den Kopf verdrehst.«

Casper zuckte nur mit den mageren Schultern. »Nun sind wir schon aneinandergebunden, dann könnten wir auch gleich weitermachen. Wenn jede von euch nur einen Zehnten ihrer Einnahmen einzahlt und du dich von deinem Sparstrumpf verabschiedest …«

»Wenn du nicht so alt wärst, könnte man glauben, du wärst scharf auf unser Geld, um damit das Weite zu suchen!«, fauchte Paula.

»Ein Sparverein?«, schaltete sich Bettina ein, um die Situation etwas zu entschärfen. »Das ist doch eine gute Idee.«

»Eine Bank«, sagte Casper. »Eine Bank für die Armen.«

»So was gibt's nicht.« Paula drehte sich zu Bettina um. »Dir vertraue ich. Dem da nicht. Wir sollten ihm gut auf die Finger schauen. Seine Ratschläge sind weniger wert als der Dreck an meinem Schuh. Jule?«

Jule löste sich aus ihrer Erstarrung. Sie griff Feder und Tintenfass, verstaute beides in einem kleinen Ledermäppchen, das sie auch noch in ihrer Tasche gefunden hatte, und öffnete die Tür. Beide Frauen rauschten hinaus.

Bettina nahm das Blatt hoch, auf dem die Tinte noch nicht ganz trocken war.

»Dann sind wir jetzt gemeinsame Besitzer von Brenny's Garden.«

»Das sind wir«, sagte Casper mit heiserer Stimme.

Bettina ließ das Blatt sinken. »Was ist passiert zwischen Paula und Ihnen?«

Der Contorist holte eine Taschenuhr aus seiner Weste und ließ den Deckel aufspringen. Dann schürzte er bedauernd die Lippen.

»Das erzähle ich Ihnen, wenn Sie wieder aus Indien zurück sind. Sie müssen schnellstens nach Bremerhaven. Am besten nehmen Sie eine Droschke. Alles Gute und viel Glück.«

Sie hatte immer noch nichts begriffen. Am allerwenigsten, dass es losging. Jetzt. In diesem Augenblick.

Sie trat an Sabines Bett. Die Augen des Mädchens strahlten.

»Schreiben Sie uns. Jede Woche! So oft es geht! Ich will mit Ihnen reisen, wenigstens in Gedanken.«

Bettina nickte und hauchte Sabine einen Kuss auf die Stirn.

Sie hatte etwas erträumt. Dann hatte sie es sich gewünscht. Dann war aus dem Wunsch ein Plan geworden, und schließlich ein Kampf darum, ob man ihr zutraute, einen Traum wahr werden zu lassen.

Der alte Mann, das gebrochene Mädchen und die Hure aus der Helenenstraße waren mehr als Geschäftspartner, mehr als Geldgeber, mehr als Glücksritter auf der Suche nach einem schnellen Geschäft. Sie waren Partner für das größte Abenteuer ihres Lebens.

»Danke«, flüsterte sie. »Ich danke euch so sehr. Ich schwöre, dass ich alles tun werde, um euch nicht zu enttäuschen.«

Sabine nickte. Eine weitere Träne rollte ihr aus dem Augenwinkel und fiel auf das Kissen. Sanft wischte Bettina sie weg. Casper Groth schenkte ihr einen erstaunlich kräftigen Händedruck. Dann versenkte sie das Geld tief in ihrer Handtasche und verließ mit klopfendem Herzen das Spital.

Erst als sie draußen auf der Straße stand, wurde ihr bewusst, dass sie diese Reise in dem blutroten Rock einer Hure antreten würde.

Zweiter Teil

Alles auf Anfang

Lebong/Darjeeling, Februar 1887

Die Fahrt nach Calcutta verlief ereignislos, wenn man von den Winterstürmen im Golf von Biskaya und rund um das Kap der Guten Hoffnung absah, bei denen die Passagiere aus dem Zwischendeck angesichts der angsterfüllten Tage und Nächte nicht mehr an die frische Luft kamen. Bettina hatte in Bremerhaven zweihundert Mark für die Bordkarte bezahlt und zunächst einen Zubringer nach London bestiegen. Dort musste sie ein paar Tage in einem Gasthaus auf die Abfahrt der *Princess Augusta* warten und nutzte die Zeit, um Paulas Geld zu wechseln und sich der Herausforderung zu stellen, eine halbwegs praktische Garderobe anzuschaffen.

Aber zunächst machte sie sich auf den Weg zum Oriental Club, der in einem imposanten Gebäude in der Nähe von Buckingham Palace residierte. Dort war die Nachricht von Ewans Tod noch gar nicht angekommen. Überrascht und erschüttert nahm der Butler ihren knappen Bericht entgegen und gab ihr auf ihre Nachfrage die Adresse eine Mathilda Ewans, die in einem Dorf in der Grafschaft Warwickshire mit dem romantischen Namen Shipston-on-Stour lebte. Zu weit von London entfernt, um Scotts Mutter einen Besuch abzustatten, verbrachte sie zwei Nachmittage mit dem Versuch eines Beileidsschreibens an die arme Frau.

Es war der traurigste Brief, den sie jemals geschrieben hatte. Aber als sie ihn im Post Office abgegeben hatte, war ihr wenigstens etwas leichter ums Herz.

Für einen Schneider fehlten Zeit und Geld, aber sie fand auf den Märkten und in den Seitenstraßen rund um das Victoria Dock einfache Kleider, Kostüme und zwei Jacken, die gleich vor Ort mit einer Nähmaschine umgeändert wurden. Danach bestaunte sie in Dosen abgefüllte Baked Beans bei Fortnum & Mason und probierte Scotch Eggs. Diese in Wurstbrät gehüllten harten Eier, die paniert und anschließend frittiert wurden, hinterließen bei ihr die Gewissheit, mit der britischen Küche nie warm zu werden.

Den roten Rock ließ sie in ihrem Zimmer zurück.

Sie besaß abzüglich der bisherigen Kosten vierhundertzweiundsechzig britische Pfund. Das waren umgerechnet gut neuntausendzweihundert Mark. Und eine kleine Diamantbrosche. Sie hatte keine Ahnung, ob das reichte, das erste Jahr in Indien durchzustehen.

In London hatte sie damit begonnen, sich Mistress Vosskamp zu nennen. Eine Anrede, die verheirateten Frauen zustand, aber auch Lehrerinnen und Gouvernanten. Wenn die Rede beim Frühstück – Baked Beans auf Brot – in dem überfüllten Gastraum auf den Grund ihrer Reise kam, behauptete sie, eine Stellung als Hauslehrerin für die Kinder einer reichen Trader-Familie in Calcutta anzunehmen. Mit ihr warteten meistens Familien oder alleinreisende Männer auf die Abfahrt, aber auch ein älteres Ehepaar, zu dem sie sich gerne setzte, weil sie dort vor Zudringlichkeiten aller Art besser geschützt war.

Erst an Bord des Dampfschiffs begriff sie, dass sie einen Platz dritter Klasse für den Preis der zweiten gekauft und der Agent sie übers Ohr gehauen hatte. Mit Joost war sie in der zweiten Klasse gereist, hatte eine Doppelkabine zur Verfügung gehabt und ihre Mahlzeiten in einem Speisesalon eingenommen. Das Zwischendeck, in das sie der Quartiermeister der *Princess Augusta* schickte, war eine Katastrophe. Noch nie hatte sie mit so vielen Menschen auf so engem Raum zusammenleben müssen.

Über vierhundert Passagiere hielten sich dort auf, schliefen, aßen und verrichteten Dinge, die Geräusche und Gerüche produzierten. Die *Princess Augusta* war nicht mehr die Jüngste, und es schien, als ob Heimweh, Tränen, Armut, Verzweiflung und Angst vor einer ungewissen Zukunft an der Wandung kleben geblieben waren und schon kurz nach der Abfahrt wie unsichtbare, giftige Dämpfe in die Seelen der Passagiere krochen.

Die Nächte waren ein Elend. Die einen tranken, die anderen spielten, und es gab erstaunlich viele Mundharmonika- und Geigenspieler, die ihre musikalischen Fähigkeiten überschätzten. Wen die Geräuschkulisse nicht vom Schlafen abhielt, der litt unter Flöhen, Wanzen und Ratten oder wurde durch Streitereien unsanft geweckt, die für manche Reisende der einzige Zeitvertreib zu sein schienen. Die wenigen Lampen spendeten kaum genug Licht, um zu lesen oder sich notwendigen Reparaturen von Kleidungsstücken zu widmen.

Den Brief ihres Vaters entsorgte sie noch im Ärmelkanal.

Du bist nicht mehr unsere Tochter. Dennoch, mit blutendem Vaterherz, wünsche ich dir, dass Gott sein Antlitz nicht ganz von dir wendet.

Der Wind hatte das Papier an sich gerissen und spielte noch eine Weile damit herum, bevor es in den Wellen versank. Sie hatte gehofft, ein paar verständnisvolle Worte zu lesen. Oder zumindest etwas, das sich der Prophezeiung ihrer Mutter nicht anschließen würde: Du wirst in der Gosse enden.

Nein, dachte sie und hob das Gesicht in den Wind und den aufsprühenden Gischtnebel. Ich werde als reiche Plantagenbesitzerin enden und wie Helene zurückkehren, ungebeugt und triumphierend. Und dann werde ich mir den Teepalast zurückholen.

Doch es war schwer, diese Gewissheit unter Deck aufrechtzuerhalten. Von London aus hatte sie nicht nur Casper und Sabine eine kurze Nachricht geschickt, sondern auch an Shelby telegrafiert, mit welchem Schiff sie voraussichtlich in Calcutta ankommen würde. Halb rechnete sie damit, abgeholt zu werden. Aber als sie nach drei Wochen wie ein abgemagertes Gespenst von Bord taumelte, erwarteten sie nur Scharen von bettelnden Kindern und aufdringliche Coolies.

Sie nahm die Rik-Shaw eines älteren Mannes, der von den kraftstrotzenden, lärmenden Aufschneidern an den Rand gedrängt worden war und sich vor Dankbarkeit in radebrechendem Pidgin-Englisch erbot, ihr die Stadt zu zeigen, sie überallhin zu fahren, zu dolmetschen, ihr Branntwein, Khat, Opium, Männer, einfach alles zu besorgen. Als er gerade dabei war, ihr auch noch sein Leben zu widmen, kamen sie am Shyamala Palace Hotel an, und sie verabschiedete sich erleichtert mit einem viel zu hohen Trinkgeld.

Das Haus, benannt nach der Sommerhauptstadt der Briten im Punjab[46], war alles andere als ein Palast. Aber eine empfohlene und halbwegs saubere Bleibe, die auch einfachere Zimmer für Familien und Alleinreisende anbot. Offenbar kamen häufiger Gäste aus der dritten Klasse hier an, denn man schickte sie, nachdem die Anmeldeformalitäten erledigt waren und der magere Portier ihren auseinandergefalteten Reisepass misstrauisch inspiziert hatte, nicht auf ihr Zimmer, sondern in ein indisches Badehaus am Hoogly River.

Nachdem sie sich überzeugt hatte, dass ihr kleiner Beutel mit den Wertsachen in einem Safe hinter der Rezeption verstaut war und sie zwei Pfund in diese fremde, bunte Währung gewechselt hatte, machte sie sich auf den Weg.

---

46 Später Simla oder Shimla, Hauptstadt des Bundesstaats Himachal Pradesh

Das Hotel lag nur einen Katzensprung vom Ufer entfernt. Drei prächtig verzierte steinerne Torbögen öffneten sich zum Ghat, einer breiten Steintreppe, die direkt ins Wasser führte. Dort badeten alle, wirklich alle. Bettina begriff, dass man dafür noch nicht einmal die Kleider wechseln musste, zog es aber wie andere Europäer vor, die ebenfalls keine Waschgelegenheit hatten, für einen halben Anna[47] in einer Umkleidekabine ein halbwegs sauberes Wickeltuch zu bekommen und ihre Sachen dort bewacht zurückzulassen.

Eine Stunde später kehrte sie zurück, geschrubbt, gewaschen und hoffentlich ohne zu viel von dem Flusswasser geschluckt zu haben, und durfte eine einfache, aber reinliche Kammer unter dem Dach beziehen. Das Bett war so kurz, dass sie mit angezogenen Knien schlafen musste.

Nachdem sie sich bei einer vertrauenerweckenden Agentur über die Fahrpläne für die Zugfahrt nach Darjeeling informiert hatte, schickte sie Shelby ein weiteres Telegramm mit ihrer endgültigen Ankunft.

Erwarte Sie zum Rapport im Elgin Club am Abend desselbigen Tages. Stop.

Er sollte nicht glauben, dass sie nur zu einer kurzen Stippvisite anreisen würde.

Von Calcutta sah sie nicht viel. In der Fehleinschätzung, dass ihre erste Reise in märchenhaftem Reichtum enden würde, hatte sie damals all die Orte und Wunder aus den Reiseführern herausgesucht, die sie zusammen mit ihrem Vater nicht verpassen durfte. Sie wollten den Botanischen Garten besuchen, die Schildkröten in dem neuen Zoo in Alipur füttern, die Chitpur Road entlangschlendern und die erstaunliche Architektur bewundern, die der Stadt den Beinamen City of Palaces einge-

47 Kleinste Münze der Rupie

bracht hatten. In der St.-Paul's-Kathedrale das gewaltige Buntglasfenster ansehen und eine Kerze anzünden, Seide und Gold auf den Märkten kaufen und sich von Schlangenbeschwörern und Tempeltänzen bezaubern lassen.

Diese Liste konnte sie streichen. Stattdessen saß sie auf ihrem Bett, starrte an die fleckige Wand und aß steinhartes Gebäck aus der englischen Bäckerei schräg gegenüber. Hinunter spülte sie es mit etwas, das hier Tee genannt wurde, aber eher an den Inhalt eines umgefallenen Gewürzregals erinnerte, den man zusammengekehrt und in einen Topf mit kochendem Wasser geschüttet hatte.

Um nicht an das zu denken, was sie in Bremen zurückgelassen hatte, rief sie sich jede noch so kleine Erinnerung an Brenny's Garden ins Gedächtnis, um spätestens dann, wenn Scott Ewan auftauchte, in Tränen auszubrechen. Sie ahnte, dass sie das Erlebte noch lange verfolgen würde. Der Verlust ihres Zuhauses, ihrer Eltern, die Schande des Bankrotts, Pauls feiges Verschwinden, Sabines Sprung, Ewans brutaler und sinnloser Tod. Es war zu viel auf einmal geschehen. Irgendwann musste sie lernen, damit zu leben. Aber das lag noch in weiter Ferne.

Sie verließ kaum das Zimmer, weil jeder Gang hinaus auf die Straße sie Überwindung kostete. Calcutta war laut, voll, dreckig und tagsüber heißer und nachts kälter, als sie erwartet hatte. Da niemand an ihrer Seite war, der ihr Sicherheit gab, fühlte sie sich den Blicken schutzlos ausgesetzt. Die waren meist gleichgültig, aber manche auch feindselig oder aufdringlich. Nachts lag sie stundenlang wach, lauschte auf die fremden und beängstigenden Geräusche der Stadt, die ihr wie ein einziger, riesiger Organismus vorkam, der ununterbrochen ratterte, schrie, knallte, stank und dampfte.

Vielleicht war es auch nur die Angst, die sie wach hielt. Sie musste wahnsinnig gewesen sein, alleine nach Indien aufzubrechen. Der Gedanke an den Fixstern Helene half nur bedingt. Die Dreißigerjahre waren eine andere Zeit gewesen. Nicht so zerrissen und zermalmt wie jetzt, nach den Kriegen, Revolutionen, Hungersnöten und Veränderungen, die eine neue, moderne Zeit mit sich brachte. Die Menschen hatten die Gewissheit verloren, dass die Umstände, in die sie hineingeboren worden waren, sie bis ans Grab begleiten würden. Im noch jungen Deutschen Reich verödeten ganze Landstriche, dafür explodierten die Städte. Das moderne Leben war nur für die angenehm, die es sich leisten konnten und nicht dafür schuften mussten. Wer kurz vorm Verhungern war, hustete auf Anstand und Moral.

Helene hätte wahrscheinlich nur den Kopf geschüttelt über diese wirren Gedanken, die Bettina bis zum Morgengrauen nicht einschlafen ließen, wenn die Geräusche der Nacht abgelöst wurden von denen des Erwachens. Jede Zeit hat ihre Nöte, hätte sie vielleicht gesagt.

Sie fehlte ihr. Sie gäbe alles dafür, ihren Rat zu hören und zu erfahren, was ihre Großmutter wohl über den Aufbruch ihrer Enkelin gedacht hätte.

Endlich brach der Morgen des dritten Tages an. Das Shyamala Palace Hotel verließ sie ohne Bedauern. Die zwei Reisetaschen übergab sie einem Pagen, der sich ihr als Kitmutgar anbot – eine Art Diener für alles, unersetzlich auf Reisen, des Kochens, Bügelns, Kehrens mächtig, sechzehn Rupien im Monat, vierzehn, zehn, was sie mit einem höflichen Nein ablehnte –, und mit einer Tonga[48] zur Sealdah Railway Station, dem Bahnhof, aufbrach.

Dort nahm sie noch einmal allen Mut zusammen und

48 Von Ochsen oder Pferden gezogene Lastkarren beziehungsweise offene, einfache Kutschen

stürzte sich in das Inferno, das sich vor und in den Hallen entfesselte. Großfamilien auf dem Weg in den Norden, Coolies auf der Suche nach Arbeit, Dolmetscher, Stadtführer, Gepäckträger, die ihr fast die Taschen aus der Hand rissen. Weinende Kinder, Bettler, Verkrüppelte, Händler, dazu eine Heerschar Männer und Frauen unterwegs zu ihrem Zug, den sie in dem Gedrängel nur unter Einsatz sämtlicher Körperkräfte besteigen konnten.

Erst als sie sich in ihr Abteil gekämpft hatte, derangiert von dem Abwehren der ausgestreckten Hände, die sich aus vielerlei Gründen um ihr weniges Gepäck rissen, stellte sie fest, dass sie ihren Hut und die Tasche mit dem Reiseproviant verloren hatte. Immerhin war sie dieses Mal klüger gewesen und hatte sich für die zweite Klasse entschieden, die ein Bett in einem winzigen Abteil bot und in der sie zumindest einen Speisewagen aufsuchen konnte.

Dort wies ihr der Stewart, ein hochnäsiger älterer Brite, der sich seinen Lebensabend wohl anders vorgestellt hatte, einen Einzelplatz an einem winzigen Tisch zu, von dem aus sie, ob sie wollte oder nicht, den Gesprächen der anderen Reisenden lauschen konnte. Meistens vergrub sie sich hinter einer *Calcutta Times*, aber die Lautstärke der Unterhaltungen ließ keine Konzentration aufkommen. Da fast nur Geschäftsleute unterwegs waren, ging es viel um das *Raj*[49], um das Erringen neuer Kolonien, um die *Native Infantry Regiments*, Streitkräfte, die nun auch Inder aufnahmen – was von keinem der Reisenden gutgeheißen wurde, um die Jagd auf Tiger und Geparden, die erstaunliche Kräfte im Todeskampf entwickeln konnten.

Und um Frauen.

An diesem Punkt angelangt, senkten sie meistens die Stimme

---

49 Gesprochen: Radsch – britische Herrschaft in Indien

und sahen verstohlen zu Bettinas Katzentisch. Frauen, weiße Frauen, waren Mangelware in Indien. Erst hatte sie nicht begriffen, was mit *Fishing Fleet* gemeint war und dass der Sommer doch noch gar nicht begonnen hätte. Bis sie begriff, dass so die Flut heiratswilliger Damen genannt wurde, die dann die Hafenstädte überschwemmten und sich sofort auf die Suche nach einem wohlhabenden Mann machten. Das vielsagende Feixen und Lachen in ihre Richtung sagte alles.

Die restlichen Mahlzeiten nahm sie in ihrem Abteil ein.

Es war, als hätte die Rückkehr allen Zauber zunichtegemacht, der die Erinnerung an ihre erste Reise vergoldet hatte. Bettina war nervös, aber nicht mehr aus Vorfreude, sondern aus Angst, was sie erwarten würde. Den letzten Abschnitt der Fahrt, nach einem hektischen Umsteigen in den Schmalspurzug der Darjeeling Himalayan Railway, sah sie kaum noch aus dem Fenster. Erst als sie die Passhöhe Ghum-Bazar erreicht hatten und das erste weite Tal in Sicht kam, von Wolken verhüllt, durch die die Wipfel der Bäume stachen wie gespenstische Geisterwälder, blickte sie wieder hinaus.

Der Höhenzug des Kancanjangha thronte mit seinen schneebedeckten Gipfeln über dem Tal. Dicke Wolkenbänder krochen an Abgründe und fielen von dort aus in die Tiefe. Die Gebirgsspitzen gezackt und vor dem eisblauen Himmel wie Zinnen eines Palasts, dem Sitz der Götter. Ein Ausblick, der trunken machen konnte mit so viel kalter, gefährlicher Schönheit.

Als der Zug langsam im Bahnhof einfuhr, spähte sie kurz auf das bunte, quirlige Treiben. Sie hoffte, ein bekanntes Gesicht zu entdecken. Vielleicht einen Mitarbeiter des Elgin Club in seiner grünen Uniform, aber sie wurde enttäuscht.

Das wenige Gepäck fest an sich gepresst und gewarnt durch ihre Erfahrungen von Calcutta, schlug sie sich zu den Rik-Shaws durch und nahm die erste in der Reihe. Ihr Herz klopfte, als sie über die unbefestigten Straßen ruckelte und die Düfte, Farben und Geräusche in sich einsog.

Ich bin wieder hier, dachte sie. Es war kaum zu glauben. Paulas und Caspers Geld trug sie mittlerweile eingenäht in ihrem Mieder, die Brosche hatte sie in die Innenseite ihrer Jackentasche gesteckt. Nur ein wenig Handgeld steckte in dem kleinen Lederbeutel.

Sie hatte kaum Zeit gehabt, um Scott Ewan zu trauern. Wie auch, hatte es ja kaum Zeit gegeben, ihn zu lieben. Trotzdem traf sie der Anblick des Hotels, das sich in seinem prächtigen Garten aus dem Grün erhob, wie ein Schlag in die Magengrube. Dahinter führte die Lower Mall zurück in die Stadt. Dort hatte er sie buchstäblich aus dem Dreck gezogen. Die Ställe, von vorne nicht zu sehen, waren Zeuge seines ebenso beleidigenden wie verlockenden Antrags geworden.

Sein Kuss. Seine Hände. Seine Nähe. Sein Vertrauen. Sie wischte sich hastig eine Träne fort, damit niemand auf die Idee kam, sie würde weinend an diesen Ort zurückkehren. Die indischen Diener zumindest ließen sich nicht anmerken, dass mit diesem Gast etwas nicht stimmte. Sie nahmen ihr staubiges Gepäck aus der Rik-Shaw, als wären es die Taschen einer Maharani, und der uniformierte Page, der ihr aus dem Gefährt half, begrüßte sie mit höchster Ehrerbietung.

Auch Mr Buchanan, der Portier, verzog keine Miene, diesen Gast so bald wiederzusehen. Ihr Zimmer war nicht reserviert – Shelby musste das vergessen haben, aber es war noch etwas frei. Keine Suite, sondern ein etwas kleinerer Raum mit einem Balkon zum Garten.

»Sie bleiben eine Nacht?«, fragte er höflich und betrachtete ihren Aufzug, der für ein Haus dieser Klasse zumindest ungewöhnlich war. Das einfache Baumwollkleid, das sie sich in London gekauft hatte, und die zerknitterte Leinenjacke machten nicht den Eindruck, von einer Dame der Upperclass getragen zu werden.

»Ja. Ist eine Nachricht für mich gekommen?«

Mr Buchanan wandte sich um und musterte das Regal hinter ihm an der Wand, wo es für jede Zimmernummer ein kleines Fach gab.

»Nein«, sagte er.

»Könnten Sie jemanden zu Brenny's Garden mit einer Nachricht an Mr Shelby schicken?«

Der Blick des Mannes hinter seinen Brillengläsern musterte sie nun doch etwas neugieriger.

»Das wird vielleicht nicht nötig sein. Er ist hier.«

»Hier?«, fragte sie verblüfft.

»Ja. Er hat ebenfalls ein Zimmer genommen. Heute Abend findet der Planters' Ball statt.«

Eine kleine Pause entstand.

»Haben Sie eine Einladung?«

»Nein, natürlich nicht. Außerdem«, sie lächelte ihn um Verständnis heischend an. »Ich bin gerade erst angekommen und habe keine Garderobe für einen solchen Anlass.«

»Nun, wir könnten, falls Sie darauf bestehen, jemanden zu Bridgewaters schicken und dort …«

»Nein«, sagte sie entschieden.

Mr Buchanan nickte erleichtert.

»Aber ich möchte Mr Shelby sprechen. Richten Sie ihm das bitte aus. Haben Sie einen Salon, in dem ich ungestört mit meinem Manager reden kann?«

Er hob die Augenbrauen, als sei ihm die Kombination von Frau und »mein Manager« noch nie untergekommen. Dabei blätterte er in seinem Reservierungsbuch, schüttelte immer wieder den Kopf und gab bedauernde Brummlaute von sich. »Das ist schwierig. Wir erwarten hundert Gäste mit mindestens ebenso viel Gesinde. Die Damen brauchen Rückzugsorte zur Vorbereitung, und die Herren möchten sich in kleinem Kreis austauschen. Kann ich Ihnen vielleicht einen Tisch im Garten anbieten? Dort wären Sie ebenfalls ungestört.«

Der Garten.

Ich weiß, dass Sie es wollen.

Wir stehen am Anfang von etwas, das unser Leben verändert.

»Miss … Mrs Vosskamp?«

Sie schreckte auf. Alles hier erinnerte an Ewan. Der Salon, die Ställe und am meisten der Garten.

»Ja«, antwortete sie und atmete tief durch. »Schicken Sie meinen Manager um sechs Uhr dorthin. Und sagen Sie ihm, ich erwarte seine Zusammenarbeit.«

Wiedersehen und Abschied

Obwohl das Auspacken ihrer wenigen Habseligkeiten nur ein paar Handgriffe gewesen wären, überließ Bettina es der Maid. Sie war nicht die junge Frau, die beim letzten Mal für sie zuständig gewesen war. Die Umständlichkeit, mit der das Mädchen die Kleidung einräumte, ohne dass das Resultat den Aufwand gerechtfertigt hätte, und die Scheu, mit der sie sich in dem Zimmer bewegte, ließen auf eine Anfängerin schließen. Sie war noch sehr jung, und um sie nicht noch mehr zu verunsichern und den Prozess endlich abzuschließen, bedankte Bettina sich sehr überschwänglich und bedeutete ihr dann, dass sie gerne allein wäre. Was zu einer noch tieferen Bestürzung führte.

»Ich bin Mary«, sagte das Kind und versuchte einen Knicks. »Ich bin nur für Sie da. Möchten Sie ein heißes Bad? Sind Sie nicht zufrieden mit mir?«

»Doch, doch. Ich bin nur müde von der langen Reise. Du machst das großartig.«

Vor Erleichterung legte das Mädchen die Hände vor dem Herzen zusammen und verbeugte sich. Ein Salaam, der indische Gruß. Im selben Moment fiel der Maid ein, dass genau das in einem englischen Nobelhotel unpassend war. Die Bewegung glitt hinein in einen weiteren wackligen Knicks.

»Danke, Ma'am. Ich warte vor Ihrem Zimmer auf Order.«

Vor dem Zimmer war immer noch besser als im Zimmer. Als Bettina endlich allein war, streifte sie die Stiefel ab, mit denen sie noch durch Bremen gelaufen war, und warf sich aufs Bett. Zum ersten Mal seit Wochen hatte sie das Gefühl, sich ausstrecken zu können. Das Leinen war frisch gestärkt, die Holzdielen glänzten, und die seidene Wandbespannung war aus demselben golden schimmernden Stoff wie die Vorhänge. Diese eine Nacht würde sie so viel kosten wie die Maid vielleicht in einem Jahr verdiente. Das schlechte Gewissen war nur durch die Entschuldigung zu besänftigen, dass es zu spät war, um noch weiter auf die Plantage zu reisen.

Sie schloss die Augen und fuhr im nächsten Moment wieder hoch, als es an der Tür klopfte.

Das Zimmer war in ein zwielichtiges Halbdunkel getaucht. Jemand steckte den Kopf durch den Türspalt.

»Ma'am? Ma'am ist wach?«

Bettina hatte das Gefühl, unter einer Tonne Kies begraben gewesen zu sein. Ihre Muskeln protestierten gegen jede Bewegung mit einem Schmerz, wie sie ihn nur nach ungewohnter körperlicher Schwerstarbeit kannte. Äpfel ernten zum Beispiel oder in der Weihnachtszeit in der Küche helfen. Reisen kam dem wohl auch ziemlich nahe. Sie hatte so tief geschlafen, dass sie beim Erwachen glaubte, in ihrem Zimmer in Bremen zu sein. Erst langsam erkannte sie, wo sie war und wer sich nicht traute, ins Zimmer zu kommen.

»Ja?«, krächzte sie und tastete nach der Wasserkaraffe auf ihrem Nachttisch.

Sofort eilte Mary herbei und nahm ihr die Karaffe ab. Während sie das Glas füllte, sagte sie: »Besuch für Sie, Madam.«

»Mr Shelby?«

Die Hälfte des Wassers war danebengegangen. Mary sah das und schlug schuldbewusst die Augen nieder.

»Nein, nicht Mr Shelby. Ein feiner Herr, er nennt sich Mr Dsch… dschi ….«

»Dschidschi?«

Bettina trank und durchforstete ihre Erinnerung nach einem Mann dieses Namens. Es klang asiatisch. Chinesisch. Es klang nach …

»Der Teemeister von Brenny's Garden?«

»Ja.« Mary nickte eifrig.

Sie war ein hübsches Mädchen, schmal und biegsam wie eine Gerte. Ihre Augen strahlten wie dunkle Kirschen, und neben dem kleinen, herzförmigen Mund zeigten sich zwei Grübchen. Ihre Haut war etwas heller als die der Frauen, die Bettina auf den Straßen gesehen hatte, und das rabenschwarze, mittig gescheitelte Haar glänzte wie poliertes Gagat[50]. Sie trug ein orangefarbenes, eng anliegendes Kleid und darüber einen gewickelten Sari, der auch den Hinterkopf bedeckte. Ihre Gestalt erinnerte Bettina an ein Märchenwesen, das durch die Verwünschung einer bösen Fee in eine Dienerin verwandelt worden war.

»Dann schick ihn hoch, bitte.«

Vorsichtig stellte Mary die Karaffe zurück auf den Nachttisch, mitten in die Wasserlache.

»Das nicht möglich, Madam. Mr Dschihu darf nicht das Hotel betreten.«

Bettina schwang die Beine aus dem Bett und suchte ihre Stiefel.

»Auch nicht, wenn ich darum bitte?«

»Oh, nein. Madam! Das ist …« Das Mädchen suchte nach Worten. »Nicht *pukka*. Nicht gut«, sagte es schließlich leise.

Bettina sah hoch. »Warum?«

»Weil er kein *Englishman* ist. Das gibt großen Ärger, auch für Mr Dschihu.«

Mary begriff nun endlich, warum Bettina auf dem Boden herumkroch. »Hier!«, rief sie triumphierend und hob einen Stiefel hoch, der unter das Bett gerutscht war.

»Und wo kann ich ihn dann sehen?«

50 Gagat: Jett oder Pechkohle, wird für Schmuck verwendet.

»Neben dem Stall ist ein Besucherpavillon für solche Leute. Ich kann Ihnen den Weg zeigen.«

Die verwunschene Dienerin wartete, bis Bettina ihre Stiefel wieder angezogen hatte. Waren sie kleiner geworden, oder warum war es so mühsam, in sie hineinzusteigen? Ihr wurde schwindlig, als sie zu schnell aufstand. Und es war heiß im Zimmer, brütend heiß. Etwas frische Luft würde ihr guttun. Sie fühlte sich erschöpft wie die Überlebende eines Schiffsuntergangs, die es mit letzter Kraft gerade noch ans rettende Ufer geschafft hatte.

»Wie viel Uhr ist es?«

»Gleich halb sieben.«

»Was?«

Shelby wartete seit einer halben Stunde im Garten. Wie konnte sie nur so verschlafen? Sie riss die Schranktür auf und suchte nach ihrem Cape, dann ließ sie die Hände sinken. Das würde sie hier nicht brauchen. Aber einen Kamm. Ein Stück Seife. Wasser.

Entschlossen drehte sie sich zu Mary um. Fehler. Der Boden wankte, und sie musste sich an der Schranktür festhalten.

»Sag Mr Dschihu, er soll auf mich warten. Ich muss erst noch mit meinem Teemanager Mr Shelby sprechen.«

Mary riss die Augen auf.

»So?«

»So.«

»Nein, Madam.«

Entweder war sie zu schwach, um sich zu wehren, oder Mary legte auf einmal eine erstaunliche Resolutheit an den Tag. Trotz Widerrede wurde sie zu einem kleinen Frisiertisch abgeführt und auf den Stuhl genötigt.

»Ich kenne Mr Shelby«, sagte sie und begann, Bettinas Haar mit einer silbernen, flachen Bürste zu entkletten. »Er sucht immer nach den Fehlern bei Menschen. Frisiert fühlt man sich besser.«

Bettinas Kopf wurde nach links und rechts gezogen, aber tatsächlich brauchte Mary nur wenige Handgriffe, um eine einigermaßen passable Frisur zu zaubern. Mit den beiden Zopfschnecken hinter den Ohren sah sie zwar aus wie eine ältliche Gouvernante, aber immerhin nicht so, als wäre sie gerade aus dem Bett gefallen.

»Lassen Sie Mr Shelby ruhig noch etwas warten«, fuhr Mary fort und steckte sich zwei Haarnadeln zwischen die Lippen. Dann musterte sie ihr Machwerk mit kritischem Blick und strich noch einmal sorgfältig über Bettinas Scheitel, damit auch kein fliegendes Härchen mehr übrig blieb.

»Warum sollte ich das?«, fragte Bettina gereizt.

Sie wollte das Gespräch mit diesem Mann hinter sich bringen.

»Weil Mr Dschihu Ihnen vielleicht noch einen Rat geben kann«, nuschelte Mary, die Haarnadeln im Mund.

Sie hob den Arm, um die Bürste wieder anzusetzen, aber Bettina nahm sie ihr ab und legte sie auf den Frisiertisch.

»Mary, was genau willst du mir sagen?«

Die Maid nahm die Nadeln aus dem Mund und legte sie zu den anderen in die Schublade. Sie wich Bettinas Blick aus, weil sie gerade begriff, dass sie vielleicht in ein Fettnäpfchen getreten war.

»Nichts, Madam. Es tut mir leid.«

»Du glaubst also, ich brauche einen Rat.«

»Nein!« Marys dunkle Augen weiteten sich vor Schreck. »Aber er bat darum, vor Ihrem Gespräch mit Mr Shelby mit Ihnen zu sprechen. Vielleicht hätte ich mich etwas genauer ausdrücken können. Mein Englisch …«

»Dein Englisch ist hervorragend. Wo hast du es gelernt?«,

fragte Bettina und versuchte, die weißen Handschuhe überzustreifen, die sie in London gekauft hatte.

»Danke, Madam, vielen Dank.«

Mary knickste und sah zu Boden.

Bettina war Mamsell Schwickes herrische Art gewohnt und Claras loses Mundwerk. Sogar Fräulein Mitzi, ihre Gouvernante, hatte ihr gegenüber niemals auch nur den Hauch von Unterwürfigkeit gezeigt. Der Portier im Hotel Europa hielt sich für feiner als seine Gäste, und die Droschkenkutscher, Laufburschen und Dienstmädchen nahmen oft kein Blatt vor den Mund. Respekt und Gehorsam, ja, aber nicht diese schreckliche Angst, einen folgenschweren Fehler gemacht zu haben, die sich gerade in Marys zerknirschtem Gesicht spiegelte. Die Konsequenzen mussten schlimm sein, wenn ein Gast sich beschwerte.

»Dein Englisch«, wiederholte sie sanfter. »Du sprichst es ja fast besser als ich. Woher …«

»Nein, Madam! Es ist furchtbar, und ich mache viele Fehler! Bitte verzeihen Sie.«

Bettina nickte knapp. »Gut.«

Es war wohl das Beste, wenn sie dieses Häufchen Elend nicht mehr mit Fragen bedrängte.

»Ich werde erst zu Mr Dschihu gehen und anschließend mit Mr Shelby sprechen. Wenn ich zurück bin, wäre ein Bad wunderbar.«

Mary ging so tief in die Knie, dass sie fast im Boden versank. »Natürlich, Madam.«

»Und jetzt zeig mir den Besucherpavillon.«

Während sie hinter der Maid herlief, die sie erst hinunter in die Empfangshalle und dann durch den Gang Richtung Küche und Stall lotste, stellte sie fest, dass das Mädchen von den männlichen Hotelangestellten entweder übersehen oder mit anzüglichen Zischlauten und Worten bedacht wurde. Sie trug kein Bindi, keinen roten Punkt auf der Stirn und war somit nicht verheiratet, was Bettina angesichts ihrer Jugend auch verwundert hätte. Aber Ehen mit Minderjährigen gab es in jeder Kultur, was diese Verbindungen weder entschuldigte noch erträglicher machte.

»Hier bitte.«

Mary hielt eine Tür auf, die hinaus in einen Teil des Gartens führte, den Bettina noch nicht kannte. Er sah etwas verwilderter aus und empfing sie nach der Hitze im Haus mit einer schattigen, schwer duftenden Frische.

Das Mädchen eilte auf einen runden Pavillon zu, der an ein englisches Gewächshaus erinnerte. In der Dämmerung beleuchteten Fackeln den Weg, im Inneren allerdings brannten Gaslampen, deren Schein auf Palmen, Orchideen und riesige Farne traf.

»Oh.« Mary blieb auf der Veranda vor dem Pavillon stehen und drehte sich zu ihr um. »Verzeihen Sie, ich muss noch viel lernen. Sie dürfen hier nicht mit so einem Herrn allein sein. Bitte warten Sie einen Moment.«

Das Mädchen rannte davon, und Bettina blieb stehen wie bestellt und nicht abgeholt. Einen Moment war sie versucht, einfach einzutreten, aber sie wusste nicht, welche Konsequenzen so ein Fauxpas in diesem Land haben könnte. Das Raj hatte dem Land zwar britisches Recht beschert, aber als Frau allein mit einem Chinesen in einem Raum konnte durchaus eine Linie überschreiten.

Und dann kamen die Geräusche zurück. Die Rufe der Nachtvögel, das Zischeln und Zirpen. Die Düfte, exotisch, süß und verlockend. Ewans Arm unter ihrem, als sie zusammen durch den Garten gegangen waren. Seine Wärme. Sein Lächeln. Seine spöttische, selbstbewusste Art, wie sie sie noch nie bei einem

Mann erlebt hatte. Ein Schwindel erfasste sie, und sie musste Halt an einem der Verandapfosten suchen. Mit geschlossenen Augen atmete sie tief durch. Es war, als hätte ihr jemand ein Messer ins Herz gestoßen. Erst als sich Schritte näherten, richtete sie sich wieder auf und kühlte die heißen Wangen mit ihren Handflächen.

Mary kam zurück und zerrte einen jungen Pagen hinter sich her, dessen Gesichtsausdruck zwischen dämlich und erschrocken eingefroren war.

»Das ist Benjamin«, sagte sie.

Benjamin war sicher nicht mit diesem Namen auf die Welt gekommen. Bettina hatte noch keinen Blick dafür, die einzelnen Bevölkerungsgruppen Indiens auseinanderzuhalten, aber der Junge wirkte grobknochiger und schwerfälliger als seine flinken Kollegen. Sein breites Gesicht mit den hohen Wangenknochen hatte eine fast asiatische Anmutung, und die Zähne, die er jetzt mit einem hastig hervorgezauberten, professionellen Lächeln zeigte, standen fast waagrecht in seinem Mund.

»Ma'am?«, nuschelte er und verbeugte sich.

Bettina unterdrückte einen Seufzer. »Können wir dann?«

Mary klopfte und wartete nicht auf die Aufforderung, eintreten zu dürfen, sondern drückte die Klinke hinunter und riss die Tür auf.

Ein Paar an einem Tisch fuhr auseinander. Es war klar, dass sie sich gerade innig umarmt, wenn nicht gar geküsst hatten. Er war weiß, Brite, sie dunkel, Inderin. Ihren schuldbewussten Mienen nach zu urteilen, hatten sie nicht mit dieser Überraschung gerechnet. Die Dame, eine etwas füllige Frau in ihren Vierzigern, beugte sich hastig über den silbernen *Biscuit Warmer*, in dem das Teegebäck serviert worden war, und tat so, als hätte sich beim Öffnen etwas verklemmt. Der Herr, wesentlich älter, mit silbergrauen, gelichteten Haaren und einer stramm sitzenden Weste über dem Kugelbauch, nahm die Brille ab und sah angestrengt durch sie hindurch.

Bettina tat so, als hätte sie nichts bemerkt. In Indien schien man sehr darauf bedacht, jede persönliche Annäherung von Einheimischen und Europäern strikt zu unterbinden. Die Art, wie das geschah, gefiel ihr nicht. Die Gründe dafür auch nicht. In Bremen wurde seit geraumer Zeit über das neue Naturkundemuseum heiß diskutiert und über die Einsetzung von Hugo Schauinsland als dessen Direktor. Der Zoologe und Weltreisende hatte wahllos Schädel und ganze Skelette der Ureinwohner Neuseelands mitgebracht und sie ausgestellt. Er plante auch, eine große Völkerschau nach Bremen zu holen. Ausgerechnet Joost, preußischster aller Patrioten und überzeugter Kolonialist, hatte sich sehr ablehnend gezeigt. Für Gott ist der Mensch ein Mensch, hatte er gesagt. Egal, woher er kommt. Und wer sind wir, das infrage zu stellen? Er ist kein Tier, das man in einem Zoo begafft!

Es war einer der wenigen Momente gewesen, in denen Bettina ihren Vater so heiß und innig liebte wie ihre Großmutter.

Diese doch recht unübliche Einstellung musste sich von Helene auf ihn übertragen haben und hatte auch Bettina beeinflusst. Sie hätte nicht sagen können, ob es eine Art Beschützerinstinkt war, der ihr anmaßend und fehl am Platze vorgekommen wäre. Aber vielleicht die Fähigkeit, Respekt ebenso zu erkennen wie Verachtung.

Sie sah den beiden an, dass sie ihre Zuneigung verheimlichen mussten und Angst vor einer Entdeckung hatten. Benjamin und Mary jedenfalls grüßten höflich und machten nicht den Eindruck, als würden sie sofort zu Mr Buchanan rennen und den Vorfall melden. Und sie, Bettina, würde den Teufel tun und ihre zufällige Beobachtung an die große Glocke hängen.

Bettina nickte erst der Frau und dann dem Mann zu, als

wäre nichts geschehen, und lief an den beiden vorbei zu einer weiteren Sitzgruppe, in der ein winziger, zarter alter Mann fast versank und sich, hochgeschreckt durch dieses plötzliche Auftauchen, verwirrt über die Augen fuhr. Wahrscheinlich hatte er ein Nickerchen gemacht, und eine Freude, wild und zärtlich zugleich, breitete sich in Bettina aus.

Dschihu trug einen reich bestickten knielangen Mantel und weite Hosen. Die runde Kappe auf dem fast haarlosen Kopf ließ ihn aus der Entfernung wie einen Knaben erscheinen, wären nicht die gebeugten Schultern und das von tiefen Falten zerfurchte Gesicht gewesen, das nun von einem Lächeln erhellt wurde.

»Miss Vosskamp«, sagte er, schraubte sich hoch und verbeugte sich tief.

»Dschihu!«

Er war zerbrechlicher, als sie ihn in Erinnerung hatte. Der Teemeister von Brenny's Garden hatte ihr in jener Nacht auf der Plantage einiges aus Helenes Leben erzählt. Sie wusste, dass er fast noch ein Kind gewesen war, als ihre Großmutter ihn unter ihre Fittiche nach einer abenteuerlichen Flucht aus China mit nach Indien genommen hatte. Ihrer Durchsetzungskraft war es zu verdanken gewesen, dass Dschihu als Chinese eine der längsten und intensivsten Ausbildungen der Teeproduktion durchlaufen durfte und der erste Nicht-Engländer in Darjeeling war, der Teemeister wurde. Nicht ganz unschuldig an diesem Werdegang war wohl auch Robert Stirling gewesen, der Teemanager von Brenny's Garden und Helenes vierter und letzter Mann.

Sie griff nach seiner Hand, die sich zart und zerbrechlich anfühlte, und sie spürte, dass er nicht ganz sicher auf den Beinen war. Ohne ihn loszulassen, lotste sie ihn wie absichtslos zurück zu dem Sessel und setzte sich ihm gegenüber.

»Welch eine Freude, Sie zu sehen.«

Sie konnte gar nicht sagen, wie groß die Freude wirklich war. Dieser Mann war der einzige Mensch, der es von Anfang an ehrlich mit ihr gemeint hatte.

»Möchten Sie einen Tee?«

Dschihu faltete die Hände. »Man sagt, sie hätten hier einen ganz passablen Second Flush. Ich würde ihn gerne einmal probieren.«

»Mary?«

Das Mädchen knickste und eilte davon. Benjamin trat unsicher von einem Bein auf das andere und wusste offensichtlich nicht, wohin mit sich. Schließlich blieb er neben einer gewaltigen Staude mit riesigen Blättern stehen und legte seine jugendliche Stirn in grimmige Falten, als müsste er dieses Treffen vor feindlichen Eindringlingen abschirmen.

Das Paar am Eingang setzte seine Unterhaltung erleichtert fort, allerdings in sittsamem Abstand voneinander.

Bettina wandte sich wieder an den alten Mann.

»Ich bin heute erst angekommen und wollte morgen zu Brenny's Garden aufbrechen. Sie hätten sich also nicht die Mühe machen müssen, extra nach Lebong zu kommen.«

»Oh, das war keine Mühe.« Dschihus Fältchen sammelten sich um seine Augen, als er sie ansah. »Ich muss sowieso zum Zug. Ich verlasse Darjeeling noch heute Abend.«

Die Freude, eben noch ein fliegender Vogel, fiel erschossen zu Boden.

»Aber … aber warum denn?«

Das waren keine guten Nachrichten. Nervös rieb sie die Handflächen auf ihren Knien. Sie hatte fest daran geglaubt, mit ihm wenigstens einen Verbündeten in diesem fremden Land zu haben.

»Ich bin alt, *Fräulein* Vosskamp.« Er benutzte das deutsche Wort. »Ich will in meiner Heimat sterben.«

»Das verstehe ich, ja. Sicher«, stammelte sie, obwohl genau das Gegenteil der Fall war. »Ich meine, natürlich, also Sie werden noch lange leben, sehr lange. Aber warum gehen Sie ausgerechnet jetzt?«

»Weil ich weiß, dass mit Ihnen die Plantage in guten Händen ist.«

»Ich dachte, Sie würden mich wenigstens noch einarbeiten.« Sie versuchte, den leicht gekränkten Klang aus ihrer Stimme zu verbannen, aber ganz gelang es ihr nicht.

In all ihren Träumen und Albträumen war Dschihu immer eine verlässliche Größe gewesen. Irgendwo am Rande, stetig und präsent, mit gütigem Lächeln und weiser Nachsicht ihren Fehlern gegenüber. Er hatte Helene geholfen, also warum sollte er diese Tradition nicht mit ihrer Enkelin fortsetzen? Er war alt, uralt, um genau zu sein, und eigentlich war sein Wunsch mehr als verständlich. Aber sie fühlte sich von dieser Entscheidung überrumpelt und, was noch viel schlimmer war, im Stich gelassen.

»Ich habe keine Ahnung von dem, was mich erwartet«, fuhr sie fort. »Ich brauche Sie. Sie können jetzt nicht gehen!«

»Bitte glauben Sie mir, die Entscheidung ist mir nicht leichtgefallen. Aber ich habe volles Vertrauen in Sie und Ihre Fähigkeiten.«

»Die habe ich nicht.« Jetzt werde nicht auch noch weinerlich, befahl sie sich. »Ohne Sie bin ich allein auf Mr Shelby angewiesen. Wie soll das gehen?«

»Deshalb bin ich hier.«

Dschihu wandte sich mit einem Lächeln, das so süß war wie Melasse, an Benjamin.

»Das dauert aber lange mit dem Tee. Kannst du vielleicht kurz nachsehen?«

Die Augen des Jungen flitzten hilfesuchend zu Bettina. Aber

die Anwesenheit des Paares weiter vorne im Pavillon würde ausreichen, damit Dschihu nicht in den absurden Verdacht käme, Sitte und Anstand zu verletzen.

»Würdest du das bitte tun?«

Sichtlich verunsichert trat der Page hervor und reckte den Hals Richtung Eingang. Aber Mary war nirgendwo zu entdecken.

»Nun mach schon!«

Wahrscheinlich musste sie hier entweder alles dreimal sagen oder einfach an der Tonlage schrauben. Der Junge verstand und trabte davon.

Dschihu beugte sich vor. Die Freundlichkeit hatte seine Miene verlassen, stattdessen tauchte eine tiefe Besorgnis darin auf.

»Wäre ich nur zehn Jahre jünger, hätte ich mit Freude die Herausforderung angenommen, Sie in die Geheimnisse der Teeherstellung einzuweihen. Aber meine Tage hier sind gezählt. Ich möchte noch einmal die Heimat sehen, solange es meine Gesundheit erlaubt. Wir reden von Monaten, vielleicht sogar von Wochen.«

»Sie sind krank«, sagte sie, und ihr Herz zog sich zusammen.

Dschihu legte den Kopf ein wenig schief. »Nun, sagen wir doch besser, dass ein langes und dank Ihrer Großmutter auch gutes Leben der Vollendung entgegenschreitet. Aber bevor es so weit ist, habe ich noch etwas für Sie.«

Er griff neben sich, wo eine große Stofftasche aus bunt bestickter Baumwolle auf dem Boden stand, die Bettina bisher nicht wahrgenommen hatte. Mühsam beugte er sich, hob sie hoch und reichte sie ihr.

»Zunächst die praktischen Dinge, ohne die eine Dame von Welt nicht auskommt. Heute Abend findet in diesem Haus ein Ball statt. Wurden Sie eingeladen?«

»Nein«, sagte sie.

»Mr Shelby hätte selbstverständlich dafür sorgen müssen.«

»Das ist nicht schlimm«, sagte sie schnell. »Ich habe ohnehin nichts anzuziehen.«

»Deshalb bin ich hier.«

Dieser rätselhaften Eröffnung folgte ein Blick auf die mindestens ebenso geheimnisvolle Tasche.

»Sie sollten hingehen. Alle wichtigen Menschen werden dort sein. Sie müssen sich zeigen und sie kennenlernen. Und vor allem müssen Sie den richtigen Eindruck hinterlassen. In dieser Tasche befinden sich einige von den Kleidern Ihrer Großmutter. Sie hat bis zu ihrem Lebensende sehr darauf geachtet, nur die neuesten Kreationen zu tragen. Sie werden also nicht mit Reifrock und Krinoline auftauchen.«

Er lächelte. Ihre Hände fuhren über den Stoff der Tasche, und sie glaubte, einen Hauch von Geranie und Zitronenverbene zu riechen.

»Woher …« Sie räusperte sich und begann noch einmal von vorne. »Woher wissen Sie, dass ich mich im Moment auf einem Ball ziemlich blamieren würde?«

»Ihre Ankunft heute Mittag hat sehr schnell die Runde gemacht. Es wurde kein Detail ausgelassen. Unter anderem auch nicht, dass Sie ohne Hut und mit nur zwei Taschen hier angekommen sind. Und dass Sie zudem etwas, verzeihen Sie, wenn ich Ihnen das so deutlich sage, unpassend für eine Weiße gekleidet sind.«

»Unpassend?«

Dschihu lehnte sich vorsichtig in dem Sessel zurück, als ob er der Lehne misstrauen würde. Erst als sein Rücken Kontakt hatte, entspannte er sich etwas.

»Sie sind die Besitzerin einer Teeplantage. Ihr Daseinszweck ist Zerstreuung, Teepartys und Langeweile. Und nicht, in Stiefeln und Arbeitskleidung aufs Feld zu gehen.«

Sie sah an sich herab. »Ich habe vor, meinen Daseinszweck etwas anders zu gestalten.«

»Darf ich offen reden?«

»Ich bitte sogar darum.«

»Sie müssen sich hier an einige Regeln halten. In der Öffentlichkeit unter Ihresgleichen kleiden Sie sich wie Ihresgleichen. Ihnen gehört Brenny's Garden. Sie sind die einzige Plantagenbesitzerin in Darjeeling und weder verwitwet noch verheiratet. Geschäftlich stehen Sie also mit den Männern auf einer Stufe, gesellschaftlich nicht. Jeder ihrer Schritte, jede ihrer Äußerungen, jede Falte Ihres Kleides, jedes Lächeln, jede Geste wird genauestens beobachtet werden. Jeder Ihrer Fehler wiegt zehnmal so schwer, als wenn ihn ein Mann begangen hätte. Sie müssen leben wie eine Heilige und handeln wie ein Teufel. So viel vorab.«

Bettina nickte. Vieles von dem, was er aufgezählt hatte, wusste sie. Neu war die Gnadenlosigkeit, mit der man sie hier verfolgen würde.

Aber Dschihu war noch nicht fertig. Der Blick aus seinen schmalen, von Falten fast verdeckten Augen wurde härter, klarer.

»Und nun gehen wir etwas ins Detail. Hören Sie mir gut zu. Scott Ewan, ihr ehemaliger Teemanager von Brenny's Garden, hat sich nach Ihrer Abreise mit Margret Plumrose, der Tochter eines Planters, verlobt. Er hat diese Verbindung allerdings gelöst, bevor er das Land verlassen hat. Ich nehme an, dass es etwas mit einem Schreiben aus Bremen zu tun hatte.«

Bettina nickte, begriff aber rein gar nichts.

»Offiziell allerdings bleibt Miss Plumrose bei einer Version, die Sie in einem äußerst ungünstigen Licht zeigt.«

»Ja?«, war alles, was Bettina auf diese Eröffnung hin herausbrachte.

»Sie behauptet, die Verlobung wäre nicht gelöst worden und gibt Ihnen die Schuld am Tod von Mr Ewan. Sie hätten ihn nach Bremen gelockt und dort, vermutlich als Folge Ihres indiskutablen Lebenswandels, eine Konfrontation mit Ihrem Verlobten herbeigeführt, der keine andere Möglichkeit zur Satisfaktion sah, als die Waffe auf Mr Ewan zu richten.«

Bettina wollte empört protestieren, aber Dschihu hob die Hand. Er war noch nicht fertig.

»Machen Sie sich darauf gefasst, dass ein großer Teil der hiesigen Gesellschaft das genauso sieht. Sie müssen darauf vorbereitet sein, dass man Ihnen Steine in den Weg legt. Es werden bereits Wetten abgeschlossen, wann Sie wieder zurück nach Deutschland reisen. Die Vermutungen reichen von drei Monaten bis zu drei Tagen.«

Sie atmete tief durch. »Setzt keiner auf dreißig Jahre?«

Das Lächeln stahl sich für einen Moment wieder zurück auf das Gesicht des alten Mannes. »Ich würde es tun. Aber ich komme wohl leider nicht mehr in den Genuss des Gewinns.«

Schlagartig wurde er wieder ernst. »Kommen wir zu Mr Ewans Nachfolger, Timothy Shelby. Er ist dabei, Brenny's Garden bewusst herunterzuwirtschaften. Er steckt Geld in die eigene Tasche. Er stellt minderwertige Mischungen her, verkauft sie aber als erste Qualität. Er manipuliert die Fermentation, sodass der Tee schimmelt und wertlos ist. Er behandelt und bezahlt die Arbeiter so schlecht, dass sie in Scharen von der Plantage fliehen und ganze Felder nicht mehr bearbeitet werden.«

»Warum? Der Gewinn der Plantage ist doch auch sein Gewinn!«

Dschihu wiegte den Kopf in Richtung eines klaren Nein.

»Je weniger Ihre Plantage wert ist, desto einfacher ist die Übernahme, und das ist sein Plan. Er macht mit den Plumroses gemeinsame Sache. Geben Sie ihm noch das Frühjahr, und Brenny's Garden ist keine hundert Pfund mehr wert. Dann schlägt er zu und wird nach einer Heirat mit Margret Plumrose die Plantagen Brenny's Garden und Plumrose zu einem Großgrundbesitz vereinen. Mit dem Segen seines zukünftigen Schwiegervaters.«

Sie sah fassungslos hinunter auf die Tasche. Mit so einem Empfang hatte sie nicht gerechnet.

»Ich wusste, dass es schwierig werden würde. Aber das ist Sabotage.«

Dschihu nickte zustimmend. »Deshalb wollte ich mit Ihnen reden, bevor Sie ihn sehen. Ihre Maid ist ein cleveres Mädchen, sie hat mich genau richtig verstanden.«

In diesem Moment kehrten Mary und Benjamin zurück. Den kurzen, fragenden Blick aus den Augen des Mädchens beantwortete Bettina mit einem leichten Kopfnicken. Sichtlich erleichtert half die Dienerin, den Teewagen in den Pavillon zu schieben und die Tassen vorzubereiten. Diese Arbeit erledigte sie flink und geschickt, als hätte sie das schon von Kindesbeinen auf gelernt.

»Danke«, sagte Bettina, meinte damit aber Dschihu.

Der strich nachdenklich über den Stoff seines Mantels.

»Ich hoffe, ich konnte Ihnen helfen. Bei uns sagt man, mit Feuer prüft man Gold, mit Schwierigkeiten die Entschlossenheit. Sind Sie entschlossen, *Fräulein* Vosskamp?«

Die Teetasse klapperte leise auf der Untertasse, als Mary sie ihr reichte. Vorsichtig, um die Tasche mit Helenes Kleidern nicht fallen zu lassen, nahm sie sie entgegen. Das Mädchen verschränkte die Arme hinter dem Rücken und stellte sich zu Benjamin ins Grüne.

Von Entschlossenheit spürte Bettina nichts, nur den jagenden Impuls, aufzuspringen und sofort die nächste Rik-Shaw zum Bahnhof zu nehmen. Und dann? Sie hatte über zweihundert Pfund für die Reise ausgegeben. Den Teepalast gab es nicht mehr, in ihrem Zuhause machte sich Großhanns breit. Der Ruf, den sie in Bremen hinterlassen hatte, war nichts im Vergleich zu dem, der ihr in Darjeeling vorausgeeilt war. Dschihu würde sie verlassen. Timothy Shelby war ein Betrüger.

Und Scott Ewan … Er hatte sich, kaum dass sie nach Bremen zurückgekehrt war, die nächstbeste Gelegenheit gesucht, Margret Plumrose. Die nun gemeinsam mit Shelby alles daransetzte, Brenny's Garden zu zerstören und ihn sich anschließend einzuverleiben.

Sie schloss einen Moment lang die Augen und tat so, als würde sie an dem Tee riechen. Ein würziger Assam, erdig, mit einem Hauch von Farn und Wald. In Wirklichkeit wollte sie nicht, dass ihr Dschihu auf den Grund ihrer Seele sah.

»*Fräulein* Vosskamp?«

Sie riss die Augen auf und trank einen Schluck. Der Tee schmeckte süßer und weicher dank dem Zucker und der Sahne, die, anders als in Bremen, durch das Rühren eine wohlschmeckende Verbindung eingegangen waren.

»Ich bin entschlossen«, sagte sie und stellte die Tasse zurück auf den kleinen Holztisch. »Mehr als das. Ich werde bleiben und Brenny's Garden zur erfolgreichsten Teeplantage Darjeelings machen.«

Dschihu nickte. »Dann müssen Sie Timothy Shelby entlassen. Das wird nicht einfach.«

»Jetzt?«

»Hm.« Der alte Mann legte die Fingerspitzen zusammen. »Noch nicht. Warten Sie ein paar Tage. Sehen Sie sich genau an, was er tut, und prüfen Sie seine Worte, denn es werden Lügen sein. Sie brauchen Beweise für seine Sabotage. In der Tasche finden Sie einige Unterlagen. Unter anderem gefälschte

Verkaufsbelege, die ihn der Untreue überführen. Er wird wissen, dass ich sie Ihnen gegeben habe, also sehen Sie sich vor.«

Sie schauderte bei seinen Worten. Es lag etwas Dunkles, Furchterregendes in ihnen.

»Thomas Shelby ist zudem verantwortlich für den Tod mehrerer Plantagenarbeiter. Er ist zügellos, roh und brutal. Der Firnis seiner Höflichkeit ist nur dünn. Nochmals, seien Sie vorsichtig, Fräulein Vosskamp. Um es mit Herodot zu sagen: Bei allem, was Sie tun, tun Sie es klug und bedenken Sie das Ende.«

Er erhob sich. Bettina stellte die Tasche ab und wollte ihm helfen, aber er wehrte ihr Ansinnen mit leicht erhobenen Händen ab.

»Meine Rik-Shaw wartet. Es war eine Freude, Sie noch einmal zu sehen.«

»Mr Dhschihu …«

Ihr fehlten die Worte, um zu beschreiben, wie sie sich fühlte. Dies war ein Abschied für immer. Der Mann, der die Geschicke von Brenny's Garden über Jahrzehnte zum Guten beeinflusst hatte und ohne den die Vosskamps niemals einen solchen Aufstieg erlebt hätten, ging an Bord eines Schiffs und fuhr davon an sein letztes Ufer.

»Wohin geht die Reise?«

Ein zarter Glanz trat in seinen Blick. »Nach Kanton, Miss. Und von dort aus weiter zum Báiyún, dem Berg der Weißen Wolken. Meine Augen wollen ihn noch einmal sehen, bevor sie sich für immer schließen.«

Sie nickte und musste die Tränen zurückhalten. »Ich danke Ihnen für alles, was Sie für uns getan haben. Ich werde Sie nie vergessen.«

Dschihu lächelte. »Wenn das so ist, habe ich doch schon den ersten Schritt in Richtung Ewigkeit geschafft.«

Er reichte ihr die Hand und ließ sie für einige kostbare Augenblicke nicht los.

»Ich sehe Helene in Ihren Augen. Den Mut und die Kraft Ihrer Großmutter, aber vor allem spüre ich Ihr Herz und Ihren Willen. Sie werden alles erreichen, alles.«

»Dschihu …«

Verlassen Sie mich nicht. Ich bin verloren ohne Sie.

Er löste seine Hand. »Halten Sie sich an Jacob, den Munshi. Ihm können Sie vertrauen. Noch ein letzter Rat zum Schluss.« Seine altersheisere Stimme wurde noch leiser. »Sie sind Gast in diesem Land. Es ist gut, sich ab und zu daran zu erinnern.«

»Das werde ich.«

Sie blinzelte, und eine Träne rollte über die Wange, die sie so schnell fortwischte, als würde sie sich dafür schämen.

»Nicht weinen, Fräulein Vosskamp. Ich bin doch nur ein alter Mann.«

»Sie sind viel mehr, Mr Dschihu. Viel mehr.«

Mary grub verstohlen unter den Falten ihres Saris nach einem Taschentuch und reichte es Bettina.

»Leben Sie wohl.«

Er legte die Handflächen vor der Brust aufeinander und verbeugte sich.

»Es war mir eine Ehre, Sie kennenlernen zu dürfen.«

»Mir auch«, flüsterte sie. »Gute Reise, Mr Dschihu. Möge der Berg der Weißen Wolken Sie liebevoll empfangen.«

Er ging davon, langsam und vorsichtig, als ob er Angst hätte zu stolpern. Mary trat zu ihr und stellte sich neben sie.

»Ich habe noch nie gesehen, dass eine weiße Frau beim Abschied von einem Chinesen weint.«

Bettina sah sie kurz und prüfend an, aber es lag keine Abwertung in diesen Worten. Im Gegenteil, sie klangen fast bewundernd.

Sie knäuelte das Taschentuch zusammen und versenkte es in ihrer Rocktasche.

»Für Gott ist der Mensch ein Mensch«, sagte sie nur. »Wer sind wir, das infrage zu stellen?«

Offene Karten

Der Widerschein der Stadt mit ihren Zerstreuungen erhellte den Himmel über dem Elgin Club und seinem Garten. Ein sachter Windhauch streifte von den Wipfeln der Bäume und ließ Bettina frösteln. Indische Diener standen reglos an den Kreuzungen im Park, die Fackeln in der Hand wie Statuen. Auf den Bänken saßen Hotelgäste, in leise Gespräche vertieft, andere schlenderten über die Wege und bestaunten die Blütenpracht. Alle trugen bereits Abendgarderobe, was die Szenerie wirken ließ, als habe sie ein Maler für ein exotisches Gemälde arrangiert.

Timothy Shelby, Manager von Brenny's Garden, war nirgendwo zu sehen.

Nachdem der Abschied von Dschihu sie schon mitgenommen hatte, brachte sie dieser Affront noch mehr aus dem Gleichgewicht. Bettina kehrte ins Haus zurück, gefolgt von Mary, die die Gobelintasche trug und sie hinauf ins Zimmer bringen würde. Die riesige, feuervergoldete Wanduhr zeigte kurz vor sieben. In der Empfangshalle trafen noch mehr Ballgäste ein und wurden von ihren eigenen Dienern oder denen des Hotels zur Garderobe und in die umliegenden Salons gelotst, sofern die Gruppen nicht ausbrachen und sich auf Neuangekommene stürzten, die mit großem Hallo begrüßt wurden.

Obwohl sich die Frisuren der Damen in der Luftfeuchtigkeit bereits auflösten, hatte jede einzelne Stunden vor dem Spiegel verbracht, um sich auf diesen Abend vorzubereiten. Zu den ärmellosen, sehr schmal geschnittenen und nach unten auslaufenden Abendkleidern trugen sie lange Handschuhe aus Seide, um den Hals, der neuesten Mode entsprechend, Choker[51] aus Perlen oder besetzt mit Diamanten, die mit dem opulenten Ohrschmuck ein funkelndes Feuerwerk rund um das Antlitz der Damen entfachte.

Jeder schien jeden zu kennen. Das Lachen der Frauen klang laut und etwas schrill in der Vorfreude auf dieses Ereignis, bei den Männern herrschte eher die Frage vor, wo sie schnellstmöglich etwas zu trinken herbekämen. Etwa die Hälfte von ihnen war in Zivil, die andere trug Uniform, meist behängt mit prunkvollen Orden. Pagen trugen Sektkelche auf Silbertabletts zu den Gruppen und wichen dabei mit akrobatischer Behändigkeit den Neuankömmlingen aus. Irgendwo spielte ein Streichquartett eine Musette, und die Luft war geschwängert von Parfum, Zigarrenrauch und der vibrierenden Erwartung, die jedem Ball voranging.

Mr Buchanan hatte alle Hände voll zu tun, Fragen nach einer Näherin, den Waschräumen, verlorenen Zimmerschlüsseln oder einer letzten freien Box im Stall zu beantworten, bevor er sich, einen Seufzer unterdrückend, an Bettina wandte.

»Wurde meine Nachricht an Mr Shelby weitergeleitet?«, fragte sie.

»Selbstverständlich«, erwiderte er, hörbar und ersichtlich gekränkt. »Er war nur leider nicht auf seinem Zimmer.«

»Ist er mittlerweile da?«

Mr Buchanans Augenbrauen wanderten nach oben. Wichtigere und besser gekleidete Gäste beanspruchten seine Aufmerksamkeit. Doch dann wandte er sich dem Schlüsselbrett zu und musterte die verbliebene Auswahl. Schließlich drehte er sich wieder zu Bettina um.

»Ja, es scheint so.«

---

51 Eng anliegendes Bandcollier

»Könnten Sie …«

»Mrs Vosskamp, entschuldigen Sie mich bitte. – John? John! Die Equipage von Mr und Mrs Cavanough! *Jaldee karoo*[52]*!*«

Mit einem entschuldigenden Lächeln wandte er sich an das Ehepaar, das ungeduldig darauf wartete, endlich an die Reihe zu kommen.

Sie sah ein, dass es gerade ein denkbar ungünstiger Zeitpunkt war, Mr Buchanan weiter zu beanspruchen. Wahrscheinlich rangierte sie auch im Elgin Club als Gast dritter Klasse. Auf dem Weg hinauf in ihr Zimmer fühlte sie eine kleine, heiße Stichflamme Ärger in sich aufsteigen. Vor ein paar Monaten noch war sie hier hofiert worden. Sie wusste genau, wie es sich anfühlte, Samt und Seide zu tragen und in einer Kutsche zu reisen. Sie war eine Vosskamp, und ihr gehörte eine Plantage. Auch wenn man es ihr im Moment vielleicht nicht ansah.

Mary war dabei, heißes Wasser für ein Bad einlaufen zu lassen.

»Ihre Tasche steht auf dem Bett!«, rief sie ihr zu und schwebte dann, eine Art Kimono aus Baumwolle und mehrere Handtücher auf dem Arm, zu ihr ins Zimmer. »Möchten Sie etwas anprobieren?«

Ihr blieb wohl nichts anderes übrig, wenn sie mit Shelby reden und von ihm nicht abgekanzelt werden wollte.

Das Mädchen legte seine Last vorsichtig auf der Bettdecke ab. »Soll ich für Sie auspacken?«

Bettina wusste nicht, was sie erwartete. Helenes Extravaganz war schon in Bremen legendär gewesen. Sie befürchtete Marabufedern und golddurchwirkte Saris, Turban und Pumphosen, aber dann zog Mary ein fast schon konservatives, dunkelblaues Seidenkleid mit einem passenden Schal heraus. Die

---

52 Los jetzt!

breiten Rüschen an den Seiten waren vielleicht etwas altmodisch, wurden aber durch die unaufdringliche Farbe fast verschluckt.

»Bitte, Madam, ziehen Sie es an!«

Mary war aufgeregter als sie. Wahrscheinlich, weil sie diese seltsame Lady in ihren dreckigen Stiefeln und dem praktischen, aber seit Tagen nicht mehr gewechselten Baumwollkleid endlich einmal in einer anderen Aufmachung erleben wollte.

»Oder das hier?«

Elfenbeinfarbener Taft mit schmalen, aufgebauschten Ärmeln, die wie kleine Flügel an den Schultern abstanden. Bettina schüttelte den Kopf.

»Das trägt man heute nicht mehr.«

Mary wühlte weiter und brachte noch ein Kostüm zum Vorschein, das grün und violett gestreift zusammen mit einer weißen Bluse vielleicht eine passable Kombination für einen Nachmittagstee abgeben könnte.

»Hier sind noch Umschläge und eine Mappe«, sagte Mary und spähte ins Dunkel der Tasche. »Soll ich das hinunter in den Safe bringen?«

Obwohl Bettina liebend gerne gewusst hätte, was sie gegen Shelby in der Hand hatte – es musste warten.

»Das Blaue«, sagte sie.

Es war ein seltsames Gefühl, in dieses Kleid zu steigen und sich vorzustellen, dass Helene es getragen hatte. Es duftete ein wenig nach einer Blüte, die sie nicht kannte, und hatte die Jahre im Kleiderschrank unbeschadet überstanden, wenn man von den Knitterfalten absah.

An der Brust war es zu weit, in der Taille kniff es etwas. Marys flinke Finger zupften hier und zogen dort, und dann schob sie Bettina vor den Spiegel.

Es würde gehen. Wenn sie nur ihre Haare anders tragen

könnte, denn die strengen Zopfschnecken waren das genaue Gegenteil von einer Ballfrisur. Das Mädchen hatte wohl denselben Gedanken, denn es zog die Nadeln heraus und ließ Bettinas Haare herabfallen.

»So vielleicht?«

Eine kühle, kleine Hand schlang die Strähnen zu einem Knoten.

»Ich kann Ihnen auch vorne die Haare schneiden. Alle tragen gerade einen *Fringe*[53]. Das geht schnell und sieht gleich etwas mehr … also … nicht so …«

»Langweilig aus?«, vollendete Bettina den Satz. »Ja, probieren wir es aus.«

Tatsächlich dauerte die gesamte Verwandlung kaum länger als eine halbe Stunde. Nachdem Bettina gebadet und sich die letzte Garnitur Unterwäsche übergestreift hatte, die sie noch guten Gewissens anziehen konnte, machten sie sich ans Werk. Lange Haarsträhnen fielen der Schere zum Opfer, eine nach der anderen. Gerade als Bettina begann, sich Sorgen zu machen, ob Marys Vorstellung von *nicht langweilig* am Ende auf einen Herrenschnitt hinauslaufen würde, wurde die Schere zur Seite gelegt. Nun kamen Bürste, Haarnadeln und Hornkämme an die Reihe, um die Verwandlung perfekt zu machen.

»Fertig!«

Das Mädchen reichte ihr einen Handspiegel, Bettina sah hinein und hielt den Atem an. Die kurzen Haarfransen fielen frech in die Stirn und gaben ihrem Gesicht etwas jungenhaft Verwegenes. Der Blick wurde auf ihre Augen gelenkt, die nun viel größer wirkten, und auf den sanften Schwung der Wangenknochen. Ein paar feine Locken umrahmten das Gesicht und fielen sanft auf ihre Schulter. Die restlichen Haare hatte Mary

53 Englische Bezeichnung für einen Pony

im Nacken zu einem Knoten gelegt, der wirkte, als würde er sich schon beim Hinsehen lösen. Es sah auf eine unbeabsichtigte, subtile Weise verführerisch aus. Eine Eigenschaft, die in Bremen sofort zu Getuschel geführt hätte. Aber hier …

Vorsichtig hob sie die Hand und berührte die Pracht.

»Keine Sorge, das hält.«

Zufrieden legte Mary die Bürste auf den Frisiertisch und trat einen Schritt zurück, um Bettina Platz zum Aufstehen zu lassen.

»Und jetzt das Kleid.«

Es dauerte, bis die vielen Knöpfe am Rücken geschlossen waren. In dieser Zeit kam die Anspannung zurück, die sie bis jetzt gut im Zaum gehalten hatte. Das Gespräch mit Shelby stand unmittelbar bevor. Die Respektlosigkeit, mit der er ihre Nachrichten einfach ignoriert hatte, konnte sie nicht auf sich beruhen lassen. Sie musste darauf angemessen reagieren. Aber wie genau das aussehen sollte, wusste sie nicht.

»Geschafft! Und hier sind Ihre Schuhe.«

Sie hatte das Paar in London gekauft. Einfaches, braunes Chevrau-Leder, Pinet-Absatz, festes Baumwollfutter und eine Schnürleiste mit Metallösen. Praktisch, langlebig und robust, so hatte man ihr versichert. Also nicht gerade das, was man nach einem Ball dem Prinzen auf der Schlosstreppe zurückließ.

Mary hatte die Schnürsenkel aus gewachstem Garn entfernt und stattdessen dunkelblaue Seidenbänder eingefädelt. Deren Farbe und der matte Schimmer machten aus einem einfachen Paar Schuhe eine gewagte Kombination aus Straßentauglichkeit und Eleganz. Verrückt, aber immer noch besser als langweilig.

Blieb nur noch die Frage, wohin mit Dschihus Papieren. Obwohl Mary zu jung und wahrscheinlich auch nicht sehr daran interessiert war, sich in Streitereien um Teeplantagen einzumischen, hatte sie vielleicht doch genug von dem Gespräch im

Pavillon mitbekommen, um zu ahnen, wie wichtig sie werden könnten.

Sie beschloss, sie persönlich zu Mr Buchanan zu bringen und sich dann auf die Suche nach Shelby zu machen, solange der Ball noch nicht offiziell eröffnet war.

Mr Buchanan war so freundlich, auf der Gästeliste nach Shelbys Sitzplatz zu sehen.

»Im Roten Salon, Tisch vier.«

Sie sah sich um.

»Den Gang zur Bibliothek hinunter, die zweite Tür auf der rechten Seite.«

Sie bedankte sich und schob ihm die Mappe und die Umschläge hinüber.

»Hätten Sie die Güte, das für mich aufzubewahren?«

Nach kurzem Abwägen entschied sich der Portier für die Güte und verschwand mit den Unterlagen durch eine Tür hinter dem Tresen, wo sich zwischen aufeinandergetürmten Kleiderbündeln, Besen und Säcken hoffentlich auch ein Safe befand.

Sie spürte trotzdem seinen stechenden Blick im Rücken, bis sie um die Ecke verschwunden war.

Der Rote Salon entpuppte sich als eines von mehreren hintereinander liegenden Speisezimmern, die durch weit geöffnete, hohe Türen miteinander verbunden waren, sodass man nicht von den Gästen in den anderen Räumen abgeschnitten war. An den acht runden Tischen saßen jeweils bis zu zwölf Personen. Mächtige Blumengestecke aus Orchideen und spitzen, gefährlich aussehenden Blüten, die Bettina noch nie gesehen hatte, versperrten den Gegenübersitzenden die Sicht aufeinander. Aber für ein Gespräch waren sie sowieso zu weit entfernt, man widmete sich seinem Tischnachbarn und denen, die zwei bis drei Sitze weiter Platz genommen hatten.

Dementsprechend laut flogen die Gesprächsfetzen durch den Raum, kaum gedämpft von den schweren Brokatvorhängen, den mit Intarsien und aufwendigen Schnitzereien verzierten Wänden und den dicken Teppichen auf dem Boden. In einem riesigen Marmorkamin brannte ein Feuer, über dem man einen Ochsen hätte rösten können. Ölgemälde von eindeutig britischen Landschaften und edlen Pferden hingen an den freien Wänden. Zwischen den Fenstern dienten Nischen nur dem einen Zweck, besonders schöne Gefäße und antike Schnitzarbeiten zu zeigen. In den Salons war der Stil des Maharadschas noch deutlich zu sehen, während man die öffentlichen Bereiche sehr dem britischen Geschmack angepasst hatte.

Aber die Luft war zum Schneiden, nicht nur wegen der vielen Menschen, sondern, dem deutlich wahrnehmbaren Geruch nach, auch wegen der für diese Breiten unpassenden und durchgeschwitzten Kleidung.

Die Damen fächelten sich Luft zu, die Herren begegneten der Hitze mit leicht gelockerten Krawattenknoten. Champagner floss in Strömen und begleitete den Hauptgang, der gerade von einer Heerschar indischer Diener aufgetragen wurde, die den Raum von allen Seiten geradezu fluteten.

Bettina war in der Tür stehen geblieben, um sich einen Überblick zu verschaffen. Einige verstohlene Blicke streiften sie, weil sie als Neuankömmling weder in die Gesellschaft eingeführt noch vorgestellt worden war. Die Gerüchteküche musste brodeln, denn wer sie am Eingang entdeckt hatte, beugte sich nach rechts und links und gab seine Beobachtung flüsternd weiter. Junge Frau, irgendwie aus der Zeit gefallen, irgendwie aber auch nicht, von irgendwoher mit irgendwelchen Absichten, das gab Gesprächsstoff für mindestens drei weitere Gänge.

Sie entdeckte Shelby an einem Tisch in der hinteren Ecke des Salons, was sie dazu zwingen würde, erst einmal einen Auftritt quer durch den Raum zu absolvieren. Er drehte ihr den Rücken zu, doch sie konnte seinen dröhnenden Bass durch das Stimmengewirr bis zur Tür hören. Zu seiner Rechten saß eine verhärmt wirkende Dame, die sich für ein giftgrünes Kleid entschieden hatte, von dem Bettina ihr dringend abgeraten hätte. Ihr Teint saugte die Farbe geradezu auf und ließ sie auf eine unbestimmte, besorgniserregende Art krank aussehen. Sie beugte sich zu ihrem anderen Tischnachbarn, Reginald Plumrose, der ihr, seinen Blick quer durch den Saal auf Bettina gerichtet, etwas zuraunte.

Shelby gab offenbar etwas sehr Witziges zum Besten, denn links neben ihm kicherte Margret Plumrose hinter geziert vorgehaltener Hand, und ihre Mutter Matilda legte lachend und mit geöffnetem Mund den Kopf zurück und präsentierte ihre weiche Kehle, als ob sie von einem Storch gefüttert werden wollte.

Neben den beiden saß ein unbekannter Mann in Galauniform, vermutlich der Gatte der giftgrünen Lady, denn er ließ sie nicht aus den Augen und wandte sich erst um, nachdem sie ihm über den Tisch ein Zeichen gegeben hatte. Sein Blick traf auf Bettina, die den Saum ihres Rocks hob, tief Luft holte und im Slalom vorbei an den Tischen und mit Tabletts beladenen Dienern den Salon durchquerte. An den Tafeln, die sie passierte, erstarb für einen Moment das Gespräch. Sie meinte, hinter ihrem Rücken die Worte *the German Lady* und *Plantage* zu hören, aber in dem Krach, der von einer zur anderen Ecke des Salons brandete, konnte sie sich auch getäuscht haben.

Es war so heiß, dass ihre Haare nass an den Schläfen klebten, noch bevor sie ihr Ziel erreicht hatte. Shelby musste vorgewarnt worden sein. Denn während alle anderen am Tisch ihre Servietten ablegten, die Gläser zurückstellten und sie stumm anblickten, drehte er ihr weiterhin den Rücken zu. Einen Meter vor seinem Stuhl blieb sie stehen.

»Guten Abend, Ladies and Gentlemen«, sagte sie und hoffte, dass niemand das Zittern in ihrer Stimme bemerken würde.

»Guten Abend, Mr Shelby.«

Er war der Einzige, der sein Glas in der Hand behalten hatte. Langsam führte er es zum Mund und trank es aus. An den Nebentischen erstarben die Gespräche. Diener, die ausgerechnet jetzt servieren, abräumen oder nachschenken wollten, wurden mit einem Zischen weggeschickt. Um nichts in der Welt wollte man auch nur ein Wort verpassen.

Shelby blieb noch einen Moment sitzen. Dann gab er sich einen Ruck, stand auf und drehte sich zu ihr um.

»Miss Vosskamp.«

Sie streckte ihm die Hand entgegen. Er deutete einen knappen Handkuss an und ließ sie sofort wieder los.

»Ich ersterbe in untertänigster Demut«, sagte er.

Die drahtigen Haare hatte er für diesen Abend mit mehreren Pfund Pomade domestiziert, nicht aber den Blick seiner grauen Augen, der sie aufzuspießen schien. Er musste dem Alkohol wohl schon etwas länger zugesprochen haben. Seine breiten Wangen waren gerötet, und um seine Lippen spielte ein dreistes Lächeln, das er sich nüchtern wohl nicht erlaubt hätte.

»Tun Sie das nicht«, erwiderte Bettina und unterdrückte den Impuls, die von ihm berührte Hand an ihrem Rock abzuwischen. »Obwohl ich bereits in Sorge war, als ich Sie zu unserem avisierten Gespräch nicht angetroffen habe. Wie schön, Sie bei guter Gesundheit in diesem Kreis anzutreffen. Mrs Plumrose? Mr Plumrose? Margret?«

Sie nickte den dreien zu. Da die grüne Frau und ihr Mann ihr nicht vorgestellt worden waren, beließ sie es bei einem unverbindlichen Lächeln.

Margrets rötliche Haare schimmerten im sanften Licht der Kerzen, die verschwenderisch im Raum verteilt waren und den etwas harten Glanz der Gaslichter abmilderten. Auf Korkenzieherlocken hatte sie an diesem Abend verzichtet, sondern eine Hochsteckfrisur gewählt, die sich an einigen bewusst und strategisch gewählten Stellen löste, was ihr eine zerfließende Sinnlichkeit verlieh. Ihr elfenbeinfarbenes Kleid ließ die Schultern frei und gewährte tiefe Einblicke ins Dekolletee, was wahrscheinlich ebenfalls eine strategische Entscheidung gewesen war. Die blauen Augen und der kleine Schmollmund hätten das Verführerische ihres Aufzuges noch betont, wenn Bettinas Anblick nicht auf sie gewirkt hätte wie ein Guss Wasser ins Gesicht.

»Was wollen Sie hier?«, fragte sie kalt.

Bettina ging nicht auf die Frage ein, sondern wandte sich direkt an Shelby. »Ich will mit Ihnen reden.«

Der Tea Manager grinste und breitete die Hände aus. »Gerne, aber heute Abend ist der Planters' Ball. Amüsieren Sie sich, essen Sie, tanzen Sie. Das ist nicht die passende Zeit. Wir sehen uns morgen.«

»Wann die passende Zeit ist, um mit meinem Manager zu reden, entscheide ich.«

Shelbys dichte Augenbrauen flogen amüsiert nach oben. Er ließ es auf die Machtprobe ankommen.

»Sicher, selbstverständlich. Aber nicht jetzt. Ich bin in Gesellschaft, wie Sie sehen.«

Er wollte sich wieder setzen. Während die beiden älteren Paare am Tisch der Unterhaltung regungslos lauschten, hatte Margret die Zeit genutzt und Bettinas Aufzug von oben bis unten gemustert. Gerade war sie bei den Stiefeln angekommen und beugte sich zu ihrem Vater, um ihm hinter vorgehaltener Hand etwas ins Ohr zu flüstern.

Die Augen des ganzen Saals ruhten nun auf ihr und Shelby. Es war die Upperclass von Darjeeling, vor der sie einen bleibenden Eindruck hinterlassen würde. Entweder machte sie sich oder ihren Manager lächerlich. Die Wahl fiel auf ihn.

»Das liegt ganz bei Ihnen«, erwiderte sie und wunderte sich, wie fest ihre Stimme klang. »Sie folgen mir nun hinaus und erstatten mir Rapport, oder Sie setzen diesen Abend als Privatperson fort, aber nicht mehr in meinen Diensten.«

Etwas an Shelbys Haltung änderte sich unmerklich. Vielleicht hatte er bis eben geglaubt, mit ihr umspringen zu können wie mit einer ahnungslosen, nichtsnutzigen Erbin, die er sich nur vom Hals halten musste. Aber nach diesem Affront war ihm klar, dass sie mehr war als lästig. In seinen Augen glomm ein kalter Funke auf.

»Meine Herrschaften?« Er drehte sich zu seiner Tischgesellschaft um. »Lieutenant Colonel Mactavish? Mrs Mactavish? Werte Mrs, Miss und Mr Plumrose? Sie müssen leider für ein paar Minuten auf meine Anwesenheit verzichten.«

Ein kollektives Raunen und Tuscheln gingen durch den Raum, als Shelby ihr folgte. Sie ging voraus in den Garten, der dank des Dinners nur wenig besucht war. An der ersten Weggabelung blieb sie stehen und setzte sich dann auf eine Steinbank. Die Diener waren anderweitig beschäftigt, nur der Fackelträger stand in Sichtweite und fixierte einen Punkt in den Baumwipfeln.

Shelby hatte sich im Gehen eine Zigarre angezündet und blieb vor ihr stehen.

»Was soll das?«, herrschte er sie von oben herab an. »Hätte das nicht Zeit bis morgen gehabt?«

»Nein«, sagte sie nur und ärgerte sich, dass sie nicht stehen geblieben war.

»Ich möchte von Ihnen auf den neuesten Stand gebracht werden.«

»Jetzt? Hier? Ohne die Bücher? Das ist doch lächerlich. Sie

haben doch von nichts eine Ahnung. Überlassen Sie die Plantage mir.«

»Seit Sie Tea Manager von Brenny's Garden sind, geht es mit meiner Plantage bergab. Warum?«

Er zog an seiner Zigarre und sah sich um. Niemand war ihnen gefolgt. Der Rauch, den er ausstieß, hätte auch aus seinen Ohren kommen können, so wütend sah er sie an.

»Weil Ihr Mr Ewan ein Versager war und ich so schnell nicht das Ruder herumreißen kann. Er hat es sich mit allen verscherzt. Mit der India Tea Association, mit unserem größten Abnehmer, der Dhendai Tea Co., mit dem indischen Tea Commissioner, der die Qualität kontrolliert, mit den Agenten in Calcutta. Brenny's Garden steht kurz vor dem Ausschluss aus der Darjeelings Planters Association, weil er hinter Ihrem Rücken den Tee gepanscht und den Gewinn in die eigene Tasche gesteckt hat.«

Er wiederholte exakt Dschihus Anschuldigungen. Allerdings schob er sie geschickt auf Ewan, der sich nicht mehr wehren konnte.

»Hat er auch die Fermentation manipuliert?«, fragte sie. »Und die Arbeiter so schlecht behandelt, dass sie die Produktion mitten in der Erntezeit im Stich gelassen haben?«

»Was sagen Sie da?«

Er ließ die Zigarre sinken und kam drohend zwei Schritte auf sie zu. Shelby war ein von Natur aus kräftiger Mann, der wusste, wie man anderen mit seiner Körperhaltung Angst einjagte. Ihr war nicht klar, wie der Diener reagieren würde, wenn ein Engländer sich auf eine weiße Frau stürzen würde – falls es das hier jemals gegeben hatte, aber sie hoffte, dass Shelby sich vor Zeugen zurückhalten würde.

»Haben Sie das von Ewan? Hat er mit Ihnen in Bremen gesprochen? Was hat er gesagt?«

Sie stand auf und war ihm nun so nahe, dass es ein Gebot der Höflichkeit gewesen wäre, zurückzutreten und Platz zu machen. Nicht Shelby. Er blieb stehen, wo er war. Sie sah ihm direkt in die Augen.

»Er hat gesagt, ich soll mich vor Ihnen in Acht nehmen. Aber er hat sich geirrt.«

Es brauchte einen Moment, bis diese Information in seinem Hirn angekommen war. Dann nickte er mit verächtlich geschürzten Lippen und trat einen Schritt zurück, als würde er ihr die Erlaubnis geben, sich entfernen zu dürfen.

»Das hätte ich Ihnen auch gleich sagen können«, knurrte er.

Bettina ließ ihn gar nicht erst in seiner Selbstzufriedenheit ankommen.

»Er hat sich geirrt«, wiederholte sie. »Nicht ich sollte mich vor Ihnen in Acht nehmen, sondern Sie vor mir.«

Ohne eine Antwort abzuwarten, wandte sie sich ab und ging auf das hell erleuchtete Haus zu, wobei sie sich zwang, nicht zu rennen. Er folgte ihr nicht, aber ihr Herz klopfte trotzdem so schnell, als wäre er direkt hinter ihr.

Das hättest du nicht tun sollen, dachte sie. Dschihu hat dich gewarnt. Du hast dir viel zu früh in die Karten sehen lassen.

Aber kaum hatte sie den dunklen Garten hinter sich gelassen und den Club betreten, fiel die Angst ab und machte einem nie gekannten Triumphgefühl Platz.

Zum ersten Mal in ihrem Leben hatte sie einen Mann in seine Schranken verwiesen. Sie war nicht den weiten Weg nach Indien gekommen, um sich mit einer Handarbeit auf die Veranda zu setzen. Sie würde die Leitung der Plantage selbst übernehmen, und wenn sie dafür bei allen Teemeistern Darjeelings in die Lehre gehen musste.

Nicht ganz klar war ihr allerdings, ob sie auch jemanden finden würde, der bereit dazu war. Shelbys gesellschaftliches Ansehen war groß, das hatte die Aufmerksamkeit im Roten Salon gezeigt, die nicht nur auf einen mit Spannung erwarteten Eklat zurückzuführen war.

Du hast dir heute einen Feind gemacht.

Das war beängstigend. Aber der Paukenschlag, den der erste Schritt in ihr neues Leben vielleicht brauchte.

Aufgeputscht von diesen widerstreitenden Gefühlen nahm sie zwei Treppenstufen auf einmal und achtete gar nicht darauf, wer ihr entgegenkam. Erst als sie fast in eine Person hineinlief, blieb sie abrupt stehen.

Es war Margret. Und sie sah nicht so aus, als würde sie Bettina ohne Weiteres vorbeigehen lassen.

»Das war aber eine kurze Unterredung.«

Margret legte die Hand auf den Treppenlauf. Bettina wollte ihr ausweichen, aber die junge Frau machte schnell einen Schritt nach links und verstellte ihr wieder den Weg.

»Manche Dinge sind schnell geklärt«, sagte Bettina etwas verärgert.

»Dann werden Sie Darjeeling also verlassen?«

»Verlassen?«, wiederholte Bettina verblüfft. »Warum?«

Margret sah hinunter in den Empfangssaal. Das Dinner war noch nicht zu Ende, aber viele Gäste hatten jetzt wohl genug vom Small Talk und wollten endlich auf die Tanzfläche. Keiner achtete darauf, was sich eine halbe Treppe über ihren Köpfen abspielte.

»Weil es das Beste für Sie ist. Sie werden hier keinen Fuß auf die Erde bekommen.« Ihre blauen Augen wurden kalt wie Gletschereis. »Mr Ewan und ich wollten heiraten. Wenn Sie sich erinnern, was ich Ihnen bei unserem ersten Treffen gesagt habe, dann wissen Sie, dass es ihm immer nur darum gegangen war, an eine Plantage zu kommen. Nun, ich habe eine, und er wusste ganz genau, was er dafür zu zahlen hatte. Und damit meine ich nicht Geld.«

Ihre Augen funkelten im Widerschein der Niedertracht ihrer Worte.

»Nachdem es mit Ihnen beim ersten Anlauf nicht geklappt hat, hat er es bei mir versucht. Natürlich wollte ich nicht die Katze im Sack kaufen, wenn Sie verstehen, was ich meine.«

Ihre Zunge fuhr über die kleinen, rosigen Lippen.

»Ich kann nur sagen, ich wurde nicht enttäuscht. Also habe ich seinen Antrag angenommen. Er wollte nur noch einmal nach London, um seine Mutter zu besuchen. Aber etwas hat ihn nach Bremen und in den Tod gelockt. Dieses Etwas waren Sie. Man sagt …«, sie beugte sich herab, »… Sie hätten ihm Ihre Hand angeboten. Ziemlich dreist und unverschämt, vor allem, wenn er Sie als Person noch dazunehmen musste.«

Die jagende Angst, die Bettina eben noch in Shelbys Gegenwart gefühlt hatte, verflüchtigte sich und machte einem tiefen Überdruss Platz.

»Ich wusste nicht, dass er so schnell nach meiner Abreise anderweitig gebunden war. Hätte ich das geahnt, hätte ich ihm niemals geschrieben. Dann wäre all das vielleicht nicht passiert.«

»Und das soll ich Ihnen glauben?«, fragte Margret mit einem feindseligen Unterton. »Scott und ich, wir hätten hier gemeinsam etwas aufgebaut. Ich wusste, dass er mir nie allein gehören würde. Ich hätte ihn teilen müssen mit all den anderen Frauen, die ihm die Zeit bis zur Ehe versüßt haben. Ach, das wussten Sie nicht? Das hat er Ihnen also nicht erzählt?«

»Was?«, fragte Bettina begriffsstutzig.

»Dass Sie hier auch noch ein halbes Dutzend Bastarde hätten durchfüttern müssen? Scott hat es nicht so genau genommen. Britisch, indisch, deutsch … Hauptsache, die Damen gaben ihm nach einem Minimum an Aufwand ein Maximum an Willigkeit.«

Margret kam eine Stufe zu ihr herab.

»Ich persönlich möchte einen Mann heiraten, der im Bett weiß, was er tut. Deshalb war es mir egal, was er getrieben hat. So wie den meisten hier. Diese bigotte Gesellschaft, der die Falschheit schon aus den Augen springt. Doch in einem lässt sie nicht mit sich spaßen: wenn eine weiße Frau einer weißen Frau den weißen Mann wegnimmt.«

»Ich habe niemandem den Mann weggenommen«, sagte Bettina und merkte, wie rechtfertigend das klang.

Um Margrets süßen, kleinen Mund spielte ein verächtliches Lächeln. »Das sehen wir hier anders. Mein Rat an Sie ist: Packen Sie Ihre Sachen, lassen Sie Shelby seine Arbeit tun und machen Sie, dass Sie das Land verlassen.«

»Ich bin glücklicherweise nicht darauf angewiesen, Ihre Ratschläge anzunehmen.«

»Dann …« Margret trat zur Seite und machte ihr den Weg frei. »… tun Sie, was Sie nicht lassen können. Aber erwarten Sie keine Hilfe, von niemandem von uns. Und behandeln Sie Mr Shelby nicht vor aller Augen wie Ihren Untergebenen.«

»Er *ist* mein Untergebener.«

Ihr Gegenüber schürzte die Lippen und nickte überdeutlich.

»Das wird er mit Freude hören.«

»Ob mit Freude oder nicht, Hauptsache, er hält sich daran.«

Bettina hob den Saum von Helenes Kleid und stieg die restlichen Stufen hoch. Oben auf der Galerie, die zu den Zimmerfluren führte, sah sie noch einmal hinunter.

Margret tauchte ein in das Gewimmel, das von allen Seiten in die Empfangshalle drängte, und von dort aus weiter durch zwei hohe geöffnete Flügeltüren in den Ballsaal. Als ob sie ahnte, dass sie beobachtet wurde, hob sie noch einmal den Kopf. Das Licht spiegelte sich in ihren rotgoldenen Haaren, und über die Distanz hinweg schien ihr Blick zu sagen: »Du arme Irre.«

Ertappt wandte Bettina sich ab und lief in ihr Zimmer.

Dort wartete Mary, an die Wand gelehnt und halb schlafend in dieser unbequemen Position, aus der sie bei Bettinas Eintreffen hochschreckte. Sie hätte dem Mädchen gerne angeboten, sich in ihrer Abwesenheit zu setzen oder hinzulegen. Aber das wäre wohl für beide Seiten eine Überschreitung der unsichtbaren Linie gewesen.

Sie bat um einen Tee. Als sie allein war, setzte sie sich vor den Kamin, der angenehm wärmte, was im Gegensatz zu den Höllenfeuern in den Salons am Abend auch nötig war, denn die Kühle der Berge kroch bereits durch alle Ritzen.

Die Flammen tanzten umeinander, und kleine Funken sprühten, wenn das Holz beim Verbrennen knackte. Musik drang durch die geöffneten Fenster von unten bis hinauf zu ihr, Lachen und Geplauder gesellten sich dazu. Die Sehnsucht nach all den sorglosen, unbeschwerten Vergnügen stieg in ihr hoch, und sie fragte sich, ob sie das je wieder erleben würde.

Scott Ewan und Margret – konnte das stimmen? Sie rief sich die Erinnerung an jenen Abend im Elgin Club zurück, aber die war fast komplett von ihrem peinlichen Auftritt in der Lower Mall und der Zusammenkunft im Stall eingenommen. Ewans Blick, seine Nähe, seine Hände … Sie riss sich zusammen und versuchte, die Bruchstücke des gesamten Abends zusammenzusetzen und nicht nur die Erinnerung an einen beeindruckenden Hochstapler.

Mary erlöste sie aus ihren Grübeleien mit einem Silbertablett, auf dem eine kleine Kanne Second Flush, Zucker und Sahne sowie ein Teller mit Gebäck arrangiert waren. Nachdem sie ihr aus Helenes Kleid geholfen hatte, verließ sie das Zimmer leise wie eine Bengalkatze. Bettina hoffte, das Mädchen würde irgendwo einen Platz zum Schlafen finden, auch wenn das bei der Musik und den Geräuschen, die das Fest in seinem fortgeschrittenen Stadium begleiteten, eher unwahrscheinlich war.

Als sie aus dem Bad zurückkehrte, war das Gebäck Opfer eines Ameisenüberfalls geworden. Eine schwarze, wabernde Masse hatte den Teller unter sich begraben. Noch während sie entsetzt überlegte, ob sie nach Mary klingeln sollte, löste sich der Haufen auf und zog sich zurück, quer über den Teetisch, hinunter auf den Boden, die Wand entlang bis zur Zimmerecke, in der er spurlos verschwand.

Der Teller war leer.

Tod in Darjeeling

Der nächste Morgen begann mit derselben Unschuld wie alle anderen zuvor, um sich dann im Laufe des Tages dem zu beugen, was die Menschen aus ihm machten.

Sie wurde von einer erstaunlich fröhlichen und ausgeschlafen wirkenden Mary geweckt und dem Duft von frischem Kaffee, der zusammen mit Toast, gebackenen Bohnen und Speck den Auftakt zu einem anstrengenden Tag bilden sollte. Während sie aß, begann das Mädchen die wenigen Dinge zusammenzupacken, die Bettina von ihrer Reise geblieben waren. Geschick und Fingerfertigkeit ließen einiges zu wünschen übrig, aber dieser Mangel wurde durch die liebevolle Hingabe an ihre Tätigkeit wieder wettgemacht.

»Wie lange arbeitest du schon hier?«, fragte Bettina und schob mit ihrem Toast die Bohnen zur Seite, um an ihren Speck zu kommen.

Mary zuckte mit den Schultern. »Seit dem Ende der letzten Regenzeit.«

Bettina rechnete nach und kam auf Oktober, also ein knappes halbes Jahr.

»Weil du so gut Englisch kannst?«

Mary stopfte eine Bluse in die Gobelintasche. Ihr eben noch so fröhliches, offenes Gesicht verschloss sich.

»Ja«, antwortete sie knapp.

»Woher kommst du?«

»Aus den Bergen. Ich bin eine Adivasi und gehöre deshalb zur untersten Kaste, den Parias. Wir selber nennen uns Dalits, aber wir stehen eigentlich noch unter den Knechten und dürfen die Tempel nicht betreten. Meine Mutter ist Pflückerin auf einer Plantage. Ich habe als *pani-wallah* gearbeitet, als Wasserträgerin. Einmal brach das Rad einer Tonga mit Koffern von wohlhabenden Gästen. Alles flog durch die Luft und landete im Graben. Ich habe geholfen, die Sachen zusammenzusammeln und unbeschädigt abzugeben. Dabei bekam Mr Buchanan mit, dass ich gut Englisch spreche. Kein Mädchen, keine Frau einer höheren Kaste darf in einem Hotel arbeiten. Das gilt als nicht schicklich für eine *Shudra* oder *Vaishya*[54]. Deshalb ist es schwer, Personal zu finden, das Ihre Sprache spricht. Seitdem bin ich hier. Es gefällt mir sehr gut. Ich bekomme zu essen und habe einen Schlafplatz zusammen mit anderen Frauen hinter den Ställen.«

Die letzten Sätze klangen ein wenig einstudiert, aber Bettina hatte keinen Grund, am Wahrheitsgehalt dieser Geschichte zu zweifeln. Vom indischen Kastensystem hatte sie gelesen – eine Rangordnung, an die man sein Leben lang gebunden blieb. Helenes Aufstieg vom Fischermädchen zur Teekönigin wäre nach indischen Maßstäben nicht möglich gewesen.

»Und woher kommen deine Sprachkenntnisse?«

Mary versuchte, die Tasche zuzuknöpfen, was erst nach einigen Anläufen gelang.

»Von meinem Vater.«

»Ein Paria, der Englisch kann? Das muss ein ganz besonderer Mann sein.«

»Nein! Nein. Er ist …« Mary wich Bettinas Blick aus.

Schon tat es ihr leid, das Mädchen so bedrängt zu haben. Familienverhältnisse konnten kompliziert sein, egal auf welcher Seite der Erdkugel man sich befand.

»Engländer.« Mary platzierte die Tasche zu den beiden anderen, die noch darauf warteten, gepackt zu werden.

---

54 Höhere Kasten: Dienstleister, Bauern und Kaufleute

Bettina stellte das Tablett zur Seite. »Engländer?«, fragte sie bestürzt.

Das Mädchen schien in der Wand verschwinden zu wollen. »Es tut mir leid. Ich wollte Sie nicht aufregen. Sie haben gefragt, als ob Sie sich wirklich dafür interessieren würden.«

»Das habe ich auch.«

Bettina schlug die Decke zurück, stand auf und ging auf die Maid zu. Die hatte den Kopf gesenkt und die Finger nervös ineinander verschlungen. Mit beiden Händen griff sie der Unberührbaren an die Schultern. Sie spürte ein Zurückzucken, entweder aus Angst oder aus dem Reflex heraus, dass diese vermeintliche Übergriffigkeit streng verboten war.

»Mary, ich rege mich nicht über dich auf, sondern über einen Mann in einer durchaus privilegierten Situation, der zulässt, dass seine Tochter als Wasserträgerin arbeitet. Hat er sich denn gar nicht um euch gekümmert?«

»Doch. Bis ich acht Jahre alt war. Dann ist er zurück nach England.«

Sie ließ die Arme sinken. Die Hände des Mädchens wanderten über Kreuz nach oben an die Stelle, an der sie angefasst worden war. Als ob sie es nicht glauben könnte, dass jemand ihre Schultern berührt hatte.

»Hast du noch Kontakt zu ihm?«

»Nein.«

»Deine Mutter?«

Sie musste sich anstrengen, um die Antwort zu verstehen.

»Nein.«

Scott hat es nicht so genau genommen. Britisch, indisch, deutsch …

Die nächste Frage stellte sie mit klopfendem Herzen.

»Hat dieser Mann ebenfalls auf einer Plantage gearbeitet?«

Mary nickte.

»Auf … meiner Plantage?«

Ihr Kopf ruckte hoch. »Nein. Bitte, bitte, sagen Sie niemandem, dass wir darüber gesprochen haben. Ich darf Ihnen das nicht sagen. Ich bin Ihrer Aufmerksamkeit nicht würdig. Ich bin ein Bastard, Madam.«

Unter der dunklen Haut war das Mädchen kreidebleich geworden. Jetzt traten ihm auch noch Tränen in die Augen. Sie musste diesem Kind zu nahe getreten sein, viel zu nahe.

»Du bist meine Maid, Mary. Zumindest in diesem Zimmer. In anderen Kategorien denke ich nicht. Und jetzt hilf mir beim Anziehen.«

Mary zog mit einem ausgesprochen undamenhaften Geräusch die Nase hoch und eilte ins Bad, um Wasser in das Becken einzulassen.

Beim Abschied drückte sie dem Mädchen eine Rupie in die Hand und fühlte sich schäbig.

Gleich fünf Diener tauchten auf, um die Taschen nach unten zu bringen, und Mr Buchanans Lächeln, als er sie die Treppe hinunterkommen sah, entsprang wohl der Freude, sie so bald nicht wieder in diesem Haus begrüßen zu dürfen. Mit einem angedeuteten Kopfnicken überreichte er ihr die verwahrten Papiere und dirigierte dann nur mit dem Schnippen seiner Finger die Diener hinaus zu einer Kutsche, die auf der Higher Mall für sie bereitstand. Bunt bemalt und behängt mit farbigen Stoffbahnen, würde sie in Bremen den Verkehr zum Erliegen bringen. Hier aber war der Anblick absolut normal, die Kutschen schienen sich in ihrer prächtigen Aufmachung gegenseitig übertrumpfen zu wollen.

Erstaunlicherweise war nirgendwo der Lenker dieses Gefährts zu entdecken. Bettina wartete, bis das Gepäck verstaut war, und wandte sich dann an einen der Diener. Dessen Englischkenntnisse reichten entweder nicht, um sie zu verstehen, oder er hatte auch keine Antwort auf ihre Frage.

Ein paar Minuten stand sie am Straßenrand und ließ sich von Fahrern, Händlern, Frauen mit riesigen Stoffbündeln auf dem Kopf und Kindern anstarren. Bis sie ein Peitschenknall zusammenfahren ließ. Das Kutschenpferd, ein robuster Brauner mit schwerem Rücken und enorm großen Hufen, warf den Kopf nach oben und wieherte nicht sehr angetan.

Bettina fuhr herum und sah Shelby grinsend den Weg vom Hotel zur Straße kommen, die Peitsche in der Hand.

»Sie?«, entfuhr es ihr.

»Wir haben den gleichen Weg. So sparen wir uns die Droschke und nehmen stattdessen gemeinsam diese Tonga. Dann lernen Sie auch die bezaubernden Landschaften abseits der Hauptstraße kennen. Der Eigentümer wird die Kutsche morgen abholen.«

Aus seinen Worten sprach eine so unverblümte Vorfreude, ihr Angst einzujagen, dass sie ohne ein Wort den Karren enterte und auf einem etwas ausgeblichenen, aber bequemen Polster Platz nahm. Vorsichtshalber prüfte sie die Halteschlaufen. Die geflochtenen Seile erschienen ihr etwas mürbe, aber sie erfüllten immer noch ihren Zweck.

Shelby stieg auf die Kutscherbank und drehte sich noch einmal zu ihr um.

»Sitzen Sie gut?«

»Ausgezeichnet«, gab sie zurück und tastete unbemerkt von seinem Blick nach der Schlaufe.

»Abhee jao! Jao[55]*!«*

Ein Peitschenknall ließ das Tier zusammenzucken. Die Läufe brachen nach links und rechts aus, der Wagen schwankte mal auf die eine, dann auf die andere Seite, bis die Hufe endlich Halt fanden und es mit einem Ruck vorwärtsging.

Bettina wäre durch dieses Manöver fast aus dem Wagen ge-

---

55 Auf geht's, los!

schleudert worden. Shelby trieb das Pferd schonungslos an, bis es in einen schlingernden Trab fiel, und beschimpfte lautstark alle, die nicht sofort aus dem Weg sprangen. Die kleinen Sulkys mussten ausweichen, Herren ihre Sonnenschirme in Sicherheit bringen. Eine entgegenkommende Tonga rutschte in den Straßengraben, aber der indische Besitzer verbeugte sich sogar noch, während das wilde Gefährt an ihm vorbeibrauste.

Shelby wartete darauf, dass sie die Nerven verlor. Er fuhr rücksichtslos in die volle Lower Mall, in der ein noch dichteres Gedränge herrschte als in der Higher Mall. Wenn er nicht weiterkam, ließ er die Peitsche über den Köpfen der Passanten knallen, die sich und ihre Leiter- und Schiebewagen schnellstens in Sicherheit brachten. Auch hier dieselbe Reaktion: Alle verbeugten sich und wichen aus. Aber als sie über die Schulter zurücksah, reckten einige die Fäuste, und in manchen Gesichtern stand blanker Hass.

Sie verließen Darjeeling auf einem unbefestigten Weg, der sich in die Berge schlängelte und zu einer von Schlaglöchern übersäten Piste wurde. Die Riemen der Halteschlaufen schnitten ihr in die Handflächen. Sie fragte sich, wie lange sie diese Tortur noch aushalten musste. Bis zu Brenny's Garden hatten sie damals knapp zwei Stunden gebraucht, aber es war eine Fahrt in einer Kutsche über eine halbwegs gute Straße gewesen. Shelby nahm eine kaum genutzte Strecke an einem Berghang, die sich in halsbrecherischen Serpentinen hinaufschraubte. Jedes Mal, wenn der Weg die Richtung änderte, setzte bei Bettina kurz das Herz aus, so tief ging es mittlerweile hinunter und so knapp nahm er die Kurve.

Der Karren ächzte und knarrte, als würde er jeden Moment auseinanderbrechen. Mehrmals rutschte das Pferd aus, wenn es zu steil nach oben ging. Bettina hatte keinen Blick für die Landschaft und das Tal, das sich zu ihren Füßen ausstreckte, oder für die gewaltigen Berge am Horizont, an denen Wolkenfetzen vorüberzogen. Ihr einziges Bestreben war, nicht aus diesem Wagen zu fallen. Sie war sich sicher, dass Shelby es genau darauf anlegte, um sie loszuwerden.

Nach einer Ewigkeit hatten sie den Scheitelpunkt des Passes erreicht, und es ging bergab. Ihre Hände hatten mittlerweile Blasen, und der ganze Körper schmerzte von der Anstrengung, sich gegen die Fliehkräfte zu stemmen. Einmal drehte er sich zu ihr um und lachte aus vollem Hals, als er ihren wütenden Blick bemerkte. Der Weg war zu einem kaum noch zu erkennenden Trampelpfad geworden. Sie durchquerten Bäche und kleine Flussläufe, kamen an Wasserfällen vorbei und erreichten schließlich die erste Holzbrücke, die über eine atemberaubend tiefe Schlucht führte, in deren Grund das silberne Band eines Flusses schimmerte.

»Karmatar River!«, schrie Shelby.

Die Schöße seiner Jacke wehten im Fahrtwind, die Haare standen ihm nach allen Seiten ab. Wenn es in seiner Absicht lag, ihr noch mehr Angst einzuflößen, ging dieser Punkt an ihn.

Die ersten Teegärten kamen in Sicht. Pflückerinnen in bunten Gewändern schwebten wie Blumen im Wind durch das satte Grün. Die Körbe brachten sie zu großen, von Ochsen gezogenen Kastenwagen, wo sie von Männern entgegengenommen und geleert wurden. Im Tal verstreut tauchten Gebäude auf, einzeln stehende Häuser, umgeben von Hallen, Hütten, kleinen Tempeln, sogar ein Cricket-Feld konnte sie erkennen.

»Kalej Valley!«, schrie Shelby ihr zu und zog nach Leibeskräften an den Zügeln des Pferdes, das schnaubend und wiehernd versuchte, den Abstieg zu bewältigen. Der Pfad machte eine Biegung. Shelby, der mittlerweile begriffen hatte, dass er sie auf diese Weise nicht so schnell loswurde, streckte den Arm aus und deutete hinunter. »Da liegt Brenny's Garden!«

Sie richtete sich auf, um mehr zu erkennen. Der Ausblick war grandios und schwindelerregend, und noch bevor sie wusste, wie ihr geschah, neigte sich der Wagen, und die Halteschleife riss. Sie verlor das Gleichgewicht und stürzte auf braune Erde und grünen Farn zu. Aus den Augenwinkeln sah sie noch das Aufblitzen einer orangefarbenen Stichflamme. Der Aufprall raubte ihr den Atem. Shelby brüllte, Schreie antworteten. Grässliche Schreie. Alles spielte sich innerhalb von Sekunden ab, die sich zu einer Ewigkeit dehnten.

Der Wagen raste um die Kurve und geriet dabei vollends aus dem Gleichgewicht. Shelby versuchte noch, das Pferd zurück auf den Weg zu bringen, aber es war zu spät. Das Gefährt schlingerte zur Seite. Er wurde abgeworfen wie ein lästiger Reiter und landete hochkant im Gebüsch. Holz splitterte, in ein grässliches Krachen mischten sich menschliche Schreckenslaute und dann ein Poltern und das Wiehern eines Pferdes in Todesangst. Ein Aufprall. Entsetzte und verzweifelte Rufe.

Bettina kam auf die Beine. Ihr Kopf dröhnte. Erde knirschte zwischen ihren Zähnen, und ihr Körper fühlte sich an, als wäre sie in ein Mahlwerk geraten. Es war unmöglich, einen klaren Gedanken zu fassen. Mit weichen Knien kletterte sie zurück auf den Weg und stolperte auf die Kurve zu. Die Schreie gingen über in ein Heulen und Wehklagen, das etwas Fürchterliches ankündigte. Dann bog sie um die Ecke, und der Anblick ließ ihr Blut zu Eis gefrieren.

Die Tonga war in eine Gruppe Teepflückerinnen gerast, umgestürzt und hatte eine der Frauen unter sich begraben. Sie trug einen orangeroten Sari – die Stichflamme, die Bettina bei ihrem Sturz für einen Moment am äußersten Rand ihres Gesichtsfelds gesehen hatte.

Als wären die Schmerzensschreie und furchtbaren Rufe nicht schon genug, kam ein schauerliches Wiehern dazu. Das Pferd lag auf der Seite und versuchte verzweifelt, sich aufzurappeln. Seine Augen rollten wild in den Höhlen, Schaum spritzte aus dem Maul. Der linke Vorderlauf stand in einem unnatürlichen Winkel ab, aus der Bruchstelle ragte der Knochen.

Bettina wandte sofort den Blick ab und versuchte, mit ihrem betäubten Verstand das Ausmaß dieses schrecklichen Unfalls zu erfassen.

»Help!«, schrie jemand und zupfte an ihrem Rock. *»Help!«*

Sie sah hinunter in ein Kindergesicht, umrahmt von wilden, dunklen Locken und dominiert von einem Paar riesiger, schwarzer Augen, die sich mit Tränen füllten. Der ausgestreckte magere Arm deutete auf die Frau, die unter dem Wagen eingeklemmt war. Ihre Begleiterinnen scharten sich um sie oder sahen zur Biegung des Weges, als ob von dort noch weiteres Übel zu erwarten wäre. Womit sie zweifellos recht hatten, denn knackende Zweige und ein Rascheln, untermalt von Flüchen, kündigten Shelbys Rückkehr aus dem Dickicht an.

»Gottverdammt!«

Bis auf einen Kratzer im Gesicht und einen Riss im Hemd hatte er den Sturz unbeschadet überstanden. Seine arrogante Selbstüberschätzung ließ ihn noch nicht einmal bei diesem Anblick im Stich.

»Was habt ihr hier zu suchen? Ihr werdet den Schaden bezahlen, jeden Shilling, jeden Pence!«

Die Frauen wichen angsterfüllt vor ihm zurück. Ihre Körbe lagen zermalmt oder zerbrochen am Boden, der Tee hatte sich in alle Winde zerstreut. Einige hatten sichtbare Verletzungen. Abschürfungen, Prellungen, vielleicht Schlimmeres, so, wie sie sich die Arme und Schultern hielten, gegenseitig stützten oder das eine Bein nach oben zogen, um es zu schonen. Der Stoff ihrer Saris war an manchen Stellen zerrissen und befleckt von Blut und Dreck. Es musste ein schrecklicher Zusammenstoß gewesen sein, denn der Schock stand allen, Alt wie Jung, in die fassungslosen Gesichter geschrieben.

Von irgendwoher zog Shelby einen Dolch hervor und machte sich auf zu dem Pferd. Bettina begriff gerade noch rechtzeitig, was passieren würde, und zog den kleinen Jungen so an sich, dass sein Blick nicht auf das fallen würde, was das unsagbare Leid des Tiers beenden würde. Sie presste die Augen zusammen und hörte den stumpfen Klang, mit dem die Klinge ins Fleisch fuhr. Das Schnauben und Wiehern ging über in ein Röcheln, das schließlich ganz verstummte. Als sie es wagte, wieder hinzusehen, zuckten die Beine des Pferdes, und sein Schweif peitschte noch einmal durch die Luft. Das Blut und das Leben strömten aus ihm heraus, bis das Zucken schwächer wurde und der Schweif zur Ruhe kam. Die Teepflückerinnen wichen mit einem Stöhnen zurück, und Bettina unterdrückte das Verlangen, sich auf der Stelle zu übergeben.

Shelby wischte den Dolch an seiner Hose ab, bevor er ihn zurücksteckte.

»Das ist Sabotage! Ich werde jede Einzelne von euch zur Verantwortung ziehen! Ich will eure Namen wissen, und dann werdet ihr den Schaden abarbeiten bis ans Ende eures Lebens! Wo ist euer Mohurir[56]? Wer ist es? Den schnappe ich mir auch!«

Der Junge begann, sich gegen Bettinas Umarmung zu wehren. Er schlüpfte aus ihren Armen wie ein kleiner, warmer Fisch und rannte zu der schwer verletzten Frau unter dem Wagen. Dort fiel er auf die Knie und bedeckte ihr Gesicht mit kleinen Küssen. Sie stieß einen wimmernden Laut aus, der Bettina endlich zur Besinnung brachte.

»Packen Sie gefälligst mit an!«, herrschte Bettina Shelby an.

Sie trat an den Wagenkasten und versuchte, ihn hochzuheben,

---

56 Vorarbeiter

aber mehr als ein paar Millimeter brachte sie selbst unter größter Kraftanstrengung nicht zustande.

Shelby stieß einen scharfen Pfiff aus und bedeutete den Frauen, mit anzufassen. Er selber zerrte den kleinen Jungen von der Frau weg, hob ihn hoch und brüllte ihn an.

»Hol den Mohurir! Los!«

Die Augen des Kleinen flitzten zu seiner schwer verletzten Mutter. Die presste, bleich vor Schmerzen, die Lippen zusammen und nickte. Eine andere Frau, älter, mit grauen Strähnen in den dunklen Haaren und gekleidet in einen einfachen, dunkelgrünen Sari, übersetzte hastig. Shelby setzte das Kind auf dem Boden ab, und der Junge rannte davon, so schnell ihn seine Beinchen trugen.

»Helfen Sie jetzt endlich!«, fuhr Bettina ihn wieder an.

Shelby trat an den umgestürzten Wagen und sah hinunter auf die stöhnende Frau.

»Die macht es nicht mehr lange.«

Bettina schnappte, angewidert von so viel Herzlosigkeit, nach Luft. »Wie können Sie das sagen?«

»Weil es stimmt. Los! Anpacken!«

Alle griffen unter den Kasten, sogar Shelby geruhte, an die Deichsel zu treten und sie mit vor Anstrengung verzerrtem Gesicht anzuheben. Es war ein Kraftakt. Der Wagen musste Tonnen wiegen, dabei war es nur billiges Holz. Aber die Räder waren eisenbeschlagen und die Polster, ihr festgezurrtes Gepäck und die zerbrochenen Aufbauten brachten auch einiges auf die Waage. Bettina hatte das Gefühl, ihre Arme würden brechen. Die Frauen riefen sich Kommandos zu. Shelby biss die Zähne zusammen, bis seine Wangenmuskeln hervortraten und ihm die Augen fast aus dem Kopf sprangen. Endlich, Millimeter für Millimeter hob sich der Koloss um eine Handbreit.

Die ältere Frau fiel neben der Schwerverletzten auf die Knie. Arme zogen sie sanft und mit beruhigenden Worten unter dem Wagen hervor. Bettina und zwei Frauen, die mit ihr und Shelby noch den Karren hielten, keuchten. Shelby grunzte wie ein Wildschwein.

Kaum war das Opfer außer Reichweite, krachte der Kasten auf den Boden. Bettina stützte sich an der Wandung ab. Ihr ganzer Körper zitterte vor Anstrengung. Den anderen Frauen ging es ähnlich. Auch Shelby atmete schwer und wischte sich den Schweiß von der Stirn.

Mit einem Stöhnen richtete sich Bettina auf und wandte sich der Frau zu. Ihr Wimmern war schwächer geworden, ihr Leib in Blut getaucht, das den orangenen Stoff rot färbte. Die Augen hielt sie geschlossen, der dunkle Ton ihrer Haut verschwand langsam hinter einer wächsernen Blässe.

Die ältere Frau hielt ihre Hand, strich ihr das Haar zurück und weinte. Als Bettina sich gegenüber von ihr hinhockte und die andere Hand der Frau nahm, sah sie kurz hoch. Ihre Bewegungen waren fließend und für ihr Alter von einer erstaunlichen Kraft und Jugendlichkeit. Die Augen lagen in ihrem hageren Gesicht wie dunkle Kohlenstücke, und ein Netz tiefer Falten hatte sich über die Züge gelegt. Der kleine, eingefallene Mund ruhte über einem fliehenden Kinn, wie man ihn häufig bei Menschen sah, die ihre Zähne verloren hatten.

Sie senkte den Blick wieder auf die schwer verletzte Frau und murmelte beruhigende Worte. Die anderen traten zu ihr. Einige schluchzten, andere wirkten wie versteinert.

»Es tut mir so leid«, sagte Bettina leise.

Die alte Frau reagierte nicht, aber die Hand, die den Arm der Liegenden streichelte, stockte für einen Moment.

»Wenn ich irgendetwas für Sie tun kann …«

Jemand packte sie grob, zerrte sie hoch und stellte sie auf die

Beine. Das wutverzerrte Gesicht Timothy Shelbys tauchte vor ihr auf.

»Haben Sie den Verstand verloren?«, zischte er ihr zu. »Das Einzige, was Ihnen leidtun sollte, ist der Verlust der Tonga! Die werden diese Leute ersetzen müssen!«

Sie trat entrüstet zurück. »Sehen Sie nicht, was Sie angerichtet haben? Es wäre nie zu diesem Unfall gekommen, wenn Sie vorsichtiger gefahren wären!«

»Es wäre nie dazu gekommen, wenn dieser Haufen Faulenzer und Drückeberger sich nicht am helllichten Tag von der Arbeit entfernt hätte! Niemand hat die Plantage unerlaubt zu verlassen!«

»Vielleicht wurde es ihnen erlaubt? Vielleicht hatten sie Gründe?«

»Dann ist der Vorarbeiter genauso dran wie die da.« Er spuckte auf den Boden und rieb, als wolle er seiner Verachtung noch weiteren Eindruck verleihen, mit seinem Stiefel über den Fleck. »Den Totalschaden hätte es nie gegeben, wenn diese Weiber dortgeblieben wären, wo sie hingehören!«

»Das ist eine Logik, der ich nicht ganz folgen kann.«

Er zuckte mit den Achseln. »Das wird Ihnen hier noch des Öfteren passieren. Merken Sie sich meine Worte: Es wird sich nie, niemals bei den Arbeitern für etwas entschuldigt. Schon gar nicht …« Er warf einen hasserfüllten Blick auf die Gruppe der Frauen, die sich noch mehr zusammendrängten und Shelbys Wutausbruch ängstlich verfolgten. »Wenn sie die Ursache des Übels sind«, schloss er seine wütende Rede.

»*Wir* sind die Ursache.« Bettina erinnerte sich gerade noch rechtzeitig daran, dass Shelby sich ihr gegenüber genauso im Ton vergriff wie gegenüber den Menschen, denen er gerade unsägliches Leid angetan hatte. »Und jetzt ist mir endgültig klar, dass Sie nicht geeignet sind, Verantwortung zu übernehmen.

Weder für sich noch für andere und schon gar nicht für das, was Sie verursacht haben. Gehen Sie.«

Er starrte sie verblüfft an.

»Gehen Sie!«

»Was genau wollen Sie mir damit sagen?«, knurrte er und legte seine Hand wie unabsichtlich auf den Dolch.

Bettina atmete tief durch. Sie durfte nicht die Kontrolle verlieren. Erstens: Dieser Mann leitete ihre Plantage, zumindest so lange, bis sie ihn ersetzen konnte. Zweitens: Er war gefährlich, impulsiv und grausam. Eine Degradierung vor den Augen von Menschen, die er offenbar zutiefst verachtete, würde er nicht ungestraft mit sich geschehen lassen. Wer seine Schuld noch nicht einmal im Angesicht einer Sterbenden eingestehen konnte und sie stattdessen Unschuldigen in die Schuhe schob, konnte auch behaupten, sie wäre im Eifer des Gefechts zufälligerweise in sein Messer gefallen. Püsken und Shelby waren vom gleichen Schlag. Gewissenlose, sadistische Feiglinge.

»Gehen Sie voran«, sagte sie schneidend. »Oder wollen wir warten, bis jemand mit einer Sänfte vorbeikommt?«

Er überlegte, ob das eine List war oder sie sich tatsächlich ins Unvermeidliche fügte. Schließlich ließ er die Hand sinken.

Wortlos wandte sie sich ab und ging noch einmal zu der am Boden liegenden Frau zurück. Die alte Teepflückerin legte gerade die leblose Hand der Sterbenden zurück auf den blutüberströmten Bauch. Als sie Bettinas Schritte hörte, sah sie hoch und schüttelte stumm den Kopf.

Jede Kultur hat ihre Gesten, um in solchen Momenten Trauer und Mitgefühl auszudrücken. Jedem Wesen, das an eine höhere Macht glaubt, ist der Moment des Todes heilig. Mögen die Gesten, Götter und Gebete auch verschieden sein, sie eint die Demut vor der Unwiederbringlichkeit, mit der eine Seele die irdische Welt verlassen hat.

Bettina schlug ein Kreuz und faltete die Hände. Mit geschlossenen Augen sammelte sie die uralten Worte des Psalms. »Und ob ich schon wanderte im finstern Tal, fürchte ich kein Unglück; denn du bist bei mir, dein Stecken und Stab trösten mich.«

Ein mehrstimmiges, kaum unterdrücktes Schluchzen begleitete diese kurze Andacht. Es war, als ob die Vögel verstummt wären und der Wind, der vom Berg hinab ins Tal rauschte, für einen Moment den Atem anhielt.

»Abmarsch!«, brüllte Shelby hinter ihrem Rücken.

Ihre gefalteten Hände ballten sich zur Faust. Sie öffnete die Augen, und ihr Blick kreuzte sich mit dem der alten Frau, die langsam den Kopf zu einer angedeuteten Verbeugung senkte. Eine Geste, die nicht der Demut der Dienerin entsprang, sondern der vor einem fremden Gott.

Ausgesetzt

Der Abstieg dauerte über zwei Stunden. Die Sonne versteckte sich zwar hinter dunstigen Schleiern, die sich an den Hängen der Berge sammelten, aber keinen Schatten spendeten. Bettina stapfte schweißüberströmt hinter Shelby her und verfluchte die Seidenbänder ihrer Stiefel, die sich immer wieder lösten.

Die Natur hatte den Teebauern das Tal nicht kampflos überlassen. Überall streckte der Urwald seine grünen Finger aus und würde innerhalb kürzester Zeit die Plantagen verschlucken, wenn sie nicht gegen die langsam, aber stetig wuchernden Angriffe verteidigt wurden.

Der Pfad hinab führte entlang der äußeren Ränder der Teefelder. Schlingpflanzen und Gestrüpp erschwerten das Vorwärtskommen, dazu schwirrten Moskitos und Insekten um Bettina herum, die sie wohl für ein Festessen auf zwei Beinen hielten. Durch Herumfuchteln ließen sie sich nicht vertreiben, zudem verlor sie damit wertvolle Zeit, denn Shelby sah sich kein einziges Mal mehr nach ihr um und legte ein Tempo hin, als ob er sie mit Absicht in dieser Wildnis alleinlassen wollte. Immerhin hatte er ihre Taschen oder das, was von ihnen übrig geblieben war, noch vom Wagen geholt und schleppte sie mit sich.

»Hier entlang!«, rief er ihr jetzt gnädigerweise zu.

Von sich aus hätte sie den Trampelpfad nicht entdeckt, der geradeaus weiterführte. Der Weg, den sie eingeschlagen hätte, führte linkerhand weiter. Sofern man diese abschüssige, unbefestigte Route so nennen konnte, auf der es vor Löchern nur so wimmelte, die auch noch unter hinterhältig wuchernden Schlingpflanzen verborgen waren.

Wieder krabbelte etwas in ihrem Nacken. Bei dem Versuch, es zu fassen oder zu verscheuchen, achtete sie kurz nicht auf ihre Schritte und übersah eine Unebenheit. Das Stolpern konnte sie gerade noch abfangen, aber seitdem schmerzte ihr linker Knöchel beim Auftreten. Sie müsste Shelby bitten, langsamer zu laufen, aber lieber hätte sie sich die Zunge abgebissen. Schweiß strömte ihren Rücken hinunter, ihre Unterkleider klebten am Körper. Stachlige Zweige zerrten an ihren Haaren und dem Rock. Ihre Unterarme waren übersät von blutigen Schnitten, die sie sich an rasiermesserscharfen Gräsern zuzog. Sie trug einen leichten Strohhut, den sie sich noch in Calcutta gekauft hatte, ahnte aber, dass er seit dem Unfall und ihrem Sturz aus dem Wagen seine besten Momente hinter sich hatte. Er musste aussehen wie sie, verdreckt und zerrissen. Die Ankunft der Erbin von Brenny's Garden würde nicht neben dem Einzug der Königin von Saba in die Geschichtsbücher eingehen.

»Shelby?«

Keuchend und dampfend blieb sie stehen, beugte sich vornüber und stemmte die Hände in die Hüften. Der Tea Manager war verschwunden.

»Mr Shelby!«

Ein Vogel flatterte hoch, etwas kroch durchs Unterholz. Vor ihr verlor sich der Pfad in Farnen, gewaltigen, zinnoberrot blühenden Rhododendren und mit bizarren Moosen überwucherten Bromelien. Dazwischen funkelten blaue Blumen und weiße Orchideen wie Edelsteine auf grünem Samt. Sie ließ ihren Blick über Pflanzen und Bäume wandern, die sie noch nie gesehen hatte. Manche sahen aus wie winzige Primeln, andere wie Schleierkraut oder Wolfsmilch, aber nichts an ihren Proportionen oder Farben ähnelte dem, was im rauen Klima Norddeutschlands wuchs.

Sie richtete sich wieder auf. Der Schweiß brannte in ihren

Augen und rann in kleinen Bächen zwischen Schulterblättern und Brüsten an ihr herunter.

»Wo sind Sie?«

Die Pause hatte keine Minute gedauert, aber sie schien den Schmerz in ihrem Knöchel zu verzehnfachen. Wann hatte sie zum letzten Mal etwas getrunken? Seit sie in Indien angekommen war, hatte sie das Gefühl, von Tag zu Tag schwächer zu werden. Sie sehnte sich nach einem Bad oder wenigstens einer Schüssel Wasser zum Waschen, bei der sie sich nicht sicher war, ob sie sie nicht lieber in einem Zug austrinken würde.

»Mr Shelby?«

Mühsam humpelte sie weiter. Rechts unten mussten die Teegärten liegen, aber das Gestrüpp wucherte mittlerweile so hoch, dass sie keinen Blick mehr auf sie werfen konnte. Keine Panik, befahl sie sich. Die Sonne steht im Südwesten, das heißt, du musst nur geradeaus weiterlaufen, dann kommst du irgendwann ins Tal.

Aber geradeaus war kein Fortkommen mehr. Umgestürzte Bäume, Äste und Wurzeln, ineinander verwoben zu einem undurchdringlichen Dickicht, machten ein Fortsetzen des Weges unmöglich. Nach Westen, dort, wo sie den richtigen Weg vermutete, den sie verlassen hatten, hieße, sich ohne Handschuhe und Machete durch eine grüne Wand zu schlagen. Wohin zum Teufel war ihr Teemanager verschwunden?

Sie machte kehrt und wollte die Stelle wiederfinden, an der sie ihn zum letzten Mal gesehen hatte. War es dort, wo ein Felsenüberhang aus den wild wuchernden Rhododendren ragte? Oder noch ein Stück weiter hinauf, bei der letzten Biegung, von der aus sie noch einen Blick ins Tal gehabt hatte?

Sie suchte die Stellen, aber sie fand sie nicht. Langsam kehrte sie wieder zu ihrem Ausgangspunkt zurück, den umgestürzten Bäumen. Nein, sie hatte sich nicht verirrt. Sie war Shelby gefolgt, bis er verschwunden war. Irgendwann würde er sich umsehen und feststellen, dass sie nicht mehr hinter ihm war. Er würde fluchen und sie verwünschen, aber zurückkehren zu der Stelle, an der er sie zum letzten Mal mit einem verächtlichen Blick gemustert hatte. So machte man das, wenn man sich verlor. Zurückkehren an die Stelle, an der man noch zuletzt zusammen gewesen war.

Aber dann nahm der Gedanke Gestalt an, dass Shelby vielleicht nicht zu der Sorte Mensch gehörte, die sich verhielten, wie *man* das tat. Er war eher ein Zeitgenosse, der notwendige Übel – wie sie eines war – so lange mit sich herumschleppte, bis sich eine Gelegenheit ergab, sie loszuwerden. Und was bot sich da Besseres an als die Wildnis des Kalej Valleys? Er musste einfach nur behaupten, sie wäre kopflos in die Irre gelaufen. Wie lange würde es dauern, bis man sie vermisste?

Vermisste sie überhaupt jemand?

Das Hotel hatte sie verlassen. Niemand würde sich dort nach ihrem Verbleib erkundigen. Vielleicht in ein paar Wochen, wenn Casper und Sabine keine Antwort auf ihre Briefe bekamen. In Brenny's Garden wusste außer Shelby niemand von ihrer Ankunft. Wenn er Vorbereitungen dafür getroffen hatte, konnte er sie genauso gut wieder abblasen, und niemand würde unbequeme Fragen stellen.

Die Teepflückerinnen fielen ihr ein. Sie hatten eine Tote zu begraben und ein Kind zu trösten, für dessen Leid niemand zur Verantwortung gezogen wurde. Sie wussten noch nicht einmal, wer die weiße Frau an Shelbys Seite gewesen war und gaben ihr bestimmt eine Mitschuld an der Katastrophe.

Die Erkenntnis war bestürzend und erwischte sie auch noch in einer Verfassung, die nicht viel Spielraum für eigene Lösungsmöglichkeiten bot. Außer der einen, nicht aufzugeben. Die Wut auf Shelby, der sie offenbar in den Tod schicken wollte, fachte die letzten Kräfte noch einmal an. Es war erstaunlich, zu was ihr Körper noch fähig war, wenn die Alternative hieß, diese Berge nicht mehr lebend zu verlassen.

Mit zusammengebissenen Zähnen brach sie einen Ast aus dem Gehölz, den sie als Wanderstock benutzen und der ihren Knöchel entlasten konnte. Dann humpelte sie zurück in die Richtung, in der als letzte Wegmarke der außergewöhnlich geformte Fels lag. Dabei lenkte sie ihre gesamte Aufmerksamkeit auf das undurchdringlich erscheinende Gebüsch.

Als Junge hatte Paul alle Bücher von James Fenimore Cooper verschlungen. Wochenlang trug er eine Holzflinte mit sich herum und schoss mit Korken auf die nicht sehr begeisterte Verwandtschaft, am liebsten auf seine kleine Schwester. Zu Weihnachten verlangte er nach Lederstrümpfen und einem Pferd, bekam aber nur ein Lasso. Das führte zu einem legendären Tobsuchtsanfall, der den ersten und einzigen Stubenarrest zur Folge hatte, der jemals gegen ihren Bruder verhängt worden war.

Er hütete die Bücher wie einen Schatz. Dennoch gelang es Bettina, angestachelt von der Verwandlung ihres Bruders in einen amerikanischen Trapper, heimlich den *Wildtöter* und den *Letzten Mohikaner* aus seinem Zimmer zu schmuggeln. Sie waren so zerlesen, dass es ein Leichtes war, den Packen gebundene Seiten zwischen den Buchdeckeln herauszuholen und durch den *Trotzkopf* und *Backfischchen's Leiden und Freuden* aus ihrem eigenen Regal zu ersetzen.

Was sie in Coopers Büchern fand, setzte sie in Flammen. Sie verliebte sich auf der Stelle in Uncas und Chingachgook, hasste die Huronen, allen voran den grausamen Magua, wünschte sich mit herzzerreißender Sehnsucht schwarze Haare wie die von Cora und weinte sich in einen von Schreien, Schüssen und Pfeilzischen zerrissenen Schlaf, als sich Uncas' und Coras Schicksal erfüllte.

Neben der unterschwelligen Andeutung einer verbotenen Liebe zwischen einer Weißen und einem Mohikaner beeindruckte sie vor allem die Fähigkeit der Ureinwohner, Fährten zu lesen. Eine Gabe, die keiner Bremer Kaufmannstochter in die Wiege gelegt worden war, die aber, wenn sie sich recht erinnerte, weniger auf Hexenwerk, denn auf genauer Beobachtung beruhte. Natürlich würde sie nie herausfinden, ob Shelby ihre Reisetaschen schon längst in den Abgrund geworfen hatte oder ob er sie immer noch mit sich schleppte, wenn sie einen seiner Fußabdrücke finden würde. Indianer konnten das. Sie mussten nur die Tiefe der Abdrücke untersuchen, die vom Gewicht beeinflusst wurden, und wussten sofort, ob sie zu einem Mann mit oder ohne Gepäck gehörten.

Aber er hatte Zweige geknickt. War auf Blätter getreten. Hatte sich durch Büsche geschlagen. Irgendwo den Pfad verlassen und sich alleine auf den Weg gemacht, um sie hier oben ihrem Schicksal zu überlassen.

»Mr Shelby!«

Ein Vogel, dunkelgrün schillernd mit rotem Schnabel, flatterte direkt vor ihr auf und erschreckte sie zu Tode. Hinter ihr raschelte es. Schlangen? Bergkatzen?

Mühsam humpelte sie zurück auf dem Weg, der sie in die Irre geführt hatte, und beobachtete dabei genau ihre eigenen Spuren. Gräser richteten sich langsam wieder auf. Sie hatte Farne platt getreten und Schlingpflanzentriebe abgerissen. Chingachgook würde sich totlachen über das Trampel, das durch den Busch gewalzt war wie ein Rhinozeros.

Halt. Sie blieb stehen und bückte sich. Eine abgebrochene Orchidee. Das hätte auch sie sein können, aber die Blüten waren geradezu zermalmt worden. Gewarnt durch ihre unsichtbaren Begleiter, die um sie herum im Unterholz zischelten, nahm sie ihre provisorische Krücke und drückte damit die

Zweige eines etwas kränklich wirkenden Rhododendrons zur Seite. Ein paar von ihnen waren gebrochen, die Stelle darunter auf dem Boden niedergetreten.

Wieder drehte sich alles im Kreis, aber sie blieb auf den Beinen. Wenn sie sich jetzt setzen würde, käme sie vielleicht nie wieder hoch. Normalerweise war sie nicht so schwächlich, aber die Strapazen der Reise, der Durst und der Schock, den der Tod der Teepflückerin in ihr ausgelöst hatte, forderten wohl ihren Tribut.

Sie wartete, bis es ihr wieder besser ging und der Blick klar wurde. Hier musste Shelby abgebogen sein. Direkt hinein in die grüne Wildnis. Kein Weg, noch nicht einmal ein ausgetretener Trampelpfad führte von hier aus hinunter ins Tal. Dennoch hatte er die Abzweigung gewählt. Er kannte sich aus und wusste, dass dies die Richtung war, die zu Brenny's Garden führte. Ein Schritt zur Seite, und er war aus dem Blickfeld verschwunden. Wahrscheinlich hatte er hier gestanden und gewartet, bis sie keinen Meter von ihm entfernt vorbeigestolpert war. Sich ins Fäustchen gelacht über ihre Dummheit. Sie ihrem Schicksal überlassen. Entweder kam sie nach oder nicht. Vermutlich wettete er auf Letzteres.

Noch einmal spannte sie alle Fasern ihres Körpers an und tauchte ein in die grüne Dunkelheit. Sofort umschlossen sie Blätter und Hängepflanzen, die sie mit beiden Händen zur Seite schieben musste. Die Krücke warf sie fort und biss die Zähne zusammen, um den Schmerz in ihrem Knöchel zu ertragen, der mit jedem Auftreten stärker wurde.

Das Rascheln kam erst von links und dann von rechts.

»Shelby?«, schrie sie und merkte, wie die Panik in ihre Stimme kroch. »Shelby!«

Sie mussten zu zweit sein. Aber waren es Menschen oder Tiere?

Sie lief schneller, achtete nicht mehr auf die Schmerzen, das Keuchen ihres Atems, die Mücken, die Zweige, die scharfen Gräser. Mehrmals ging sie fast in die Knie, als sie in ein Loch stolperte, rappelte sich wieder hoch und sah sich ängstlich um.

Ein Schrei ertönte, lockend, animalisch und gefährlich zugleich. Er wurde etwas höher beantwortet. Sie hatte nichts bei sich, mit dem sie sich gegen einen Angriff wehren konnte. Noch den Blick über die Schulter geworfen eilte sie weiter – und der Schlag traf sie mit einer Wucht, dass ihr schwarz vor Augen wurde und sie schon ohnmächtig war, bevor sie auf den Boden fiel.

Eine seltsame Rettung

Sie fand sich wieder in Chingachgooks starken Armen. Er hatte sie im Huckepack auf den Rücken genommen und trug sie in wiegendem Schritt bergab, hin zu den Tipis der Mohikaner, wo ein Lager aus weich gewebten Stoffen auf sie wartete und vielleicht, mit viel Glück, eine kräftige Bisonbrühe.

Aber der Mann, der sie trug, war kein Mohikaner, auch wenn er zäh und stark war und einen breiten Rücken hatte. Er roch nach schwerer Arbeit und einem Hauch Kokosnuss, nicht nach weiter, amerikanischer Wildnis. Was sie aus ihrem ungewöhnlichen Blickwinkel erkennen konnte, war eine weiße Kopfbedeckung aus einem Tuch, das er so um seinen Kopf geschlungen hatte, dass eine kleine Krempe entstanden war, die ihn vor Sonne und angriffslustigen Insekten schützte.

Ihr Kopf schmerzte, als wäre sie in vollem Lauf gegen eine Wand gerannt. Aber als sie sich blinzelnd umsah, war da nur ein grünes, wogendes Meer. Der schwere, bittersüße Geruch von Tausenden von Teepflanzen stieg in ihre Nase.

Ihr Träger musste bemerkt haben, dass sie wach geworden war. Er verlangsamte seine Schritte und stoppte schließlich an einem schmalen Weg, der das Feld durchquerte. Die Hände, die sie an Stellen festhielten, die noch nie ein Mann berührt hatte, lockerten sich. Sorgfältig ließ er sie herunter und drehte sich zu ihr um, um sie festzuhalten, als ihre kraftlosen Beine unter ihr nachgaben. Mit seiner Hilfe glitt sie herab auf den unebenen Boden und setzte sich.

Das schmale, braune Gesicht unter dem Turban kam ihr vage bekannt vor, aber sie hätte nicht sagen können, wo sie diesen Mann in der einfachen Kleidung eines Teepflückers schon einmal gesehen hatte. Ein scharfes, dunkles Augenpaar musterte sie durchdringend. Er war noch relativ jung, ein Bartschatten verdunkelte die Wangen. Schnell wandte sie den Blick ab und sah zurück zu dem Berghang über dem Kalej Valley. Sie mussten mindestens eine Stunde Fußmarsch hinter sich haben.

Er. Er hatte sie hinter sich, mit ihr auf dem Rücken. Eine Furche zog sich durch das Teefeld und zeigte an, welchen Weg er mit seiner Last zurückgelegt hatte.

»Wie geht es Ihnen, Memsahib[57] Vosskamp?«

Noch bevor sie sich wundern konnte, woher er ihren Namen kannte, stellte er sich vor.

»Ich bin Jacob, einer der Mohurir von Brenny's Garden.«

»Jacob …«

Sie suchte in entfernten Regionen ihres Gehirns nach einer Erinnerung, wurde aber nicht fündig.

»Ein Vorarbeiter?«

Er setzte sich neben sie. Unter dem einfachen knielangen Hemd trug er eng anliegende Hosen. Die Kleidung war wohl einmal weiß gewesen, aber der Marsch durch den Urwald und das Teefeld hatte seine Spuren hinterlassen.

Er nickte. »Ich war auf der Suche nach einer Gruppe Pflückerinnen, die wohl das Pech hatten, mit Ihrer Tonga zu kollidieren.«

Sein Englisch war elegant und die Worte extrem gut gewählt angesichts dessen, was geschehen war. Kein Vorwurf schimmerte durch, nur die kühle Feststellung, dass die Schuld keinesfalls bei ihr zu suchen war.

»Dann hat der kleine Junge Sie gefunden?«

Was offensichtlich war, aber bis sie wieder einen klaren Gedanken fassen konnte, würde es noch dauern.

57 Anrede für weiße Frauen in Britisch-Indien

»Mahesh«, sagte er, und sie sah ihn fragend an.

»So heißt er. Er ist fünf Jahre alt. Entschuldigen Sie bitte, ich wollte Sie nicht mit diesen Details belästigen.«

Sein Mund war schmal und scharf gezeichnet. Keine Regung in seinen ebenmäßigen, kraftvollen Zügen verriet, was er über den tragischen Vorfall dachte. Sie nahm ihre Stiefel ins Visier, weil sie ihm nicht in die Augen sehen konnte. Schuld und Scham stiegen in ihr hoch und schnürten ihr die Kehle ab.

»Es … es tut mir leid«, krächzte sie.

Es war egal, was Shelby ihr geraten hatte. Alles in ihr wollte Vergebung für das Unglück, von dem sie ein Teil geworden war.

Jacob tastete nach etwas an seinem Gürtel und zog eine kleine, mit Leder überzogene Wasserflasche hervor, die er ihr reichte. Dankbar nahm sie sie an und trank. Trank. Trank sie aus, bis kein Tropfen mehr übrig war. Er reagierte nicht auf ihre Entschuldigung, und sie wusste, dass es mit ein paar dürren Worten auch nicht getan war. Ihre Ankunft in Darjeeling würde für immer mit diesem schrecklichen Vorfall in Verbindung stehen.

»Eine Frau ist gestorben«, brachte sie schließlich hervor. »War das seine Mutter?«

Jacob nickte knapp und nahm ihr die leere Flasche ab.

»Was passiert jetzt mit ihm?«

»Er wird ihren Platz einnehmen müssen oder Sie schicken ihn fort.«

»Nein!«, widersprach sie entsetzt. »Was soll denn dann aus ihm werden?«

Zum ersten Mal schien ein Funke Interesse in den Augen ihres Vorarbeiters zu glimmen. »Das muss Sie nicht bekümmern, Memsahib.«

Sie öffnete den Mund, um ihm zu widersprechen, und schloss ihn wieder. Bevor sie in eine Auseinandersetzung geriet, musste sie erst einmal wieder alle Sinne beisammenhaben. Vorsichtig tastete sie nach ihrer Stirn und stieß einen Schmerzenslaut aus, als sie eine gewaltige Beule berührte.

»Was ist passiert?«

Er musterte den Schaden, allerdings ohne ein Zeichen von Mitgefühl.

»Sie sind gegen einen Baum oder einen starken Ast gelaufen. Als ich Sie gefunden habe, war niemand in der Nähe.«

»Wann war das?«

Er blickte hoch zu einer weißlich schimmernden, von Dunst verschleierten Sonne, die sich langsam anschickte, hinter den Bergen zu versinken.

»Vor gut einer Stunde.«

»Und … wie?«

»Wie? Ohne Bewusstsein, würde ich sagen.«

»Ich meine, wie sind Sie auf die Idee gekommen, mich ausgerechnet dort zu suchen?«

Er fuhr sich mit seiner Hand nachdenklich über den Mund, als wüsste er nicht, welche Worte er für eine weitere, ähnlich taktvolle Untertreibung der Umstände wählen sollte. Schließlich ließ er sie sinken.

»Kurz nach Mahesh kam auch der ehrenwerte Mr Shelby an. Allein. Ich machte mich sofort mit einigen Arbeitern auf den Weg zur Unglücksstelle. Dort erzählte mir Maheshs Großmutter, dass Mr Shelby in Begleitung einer Dame gewesen sei.«

Maheshs Großmutter war wohl die alte Frau, die ihrer Tochter beim Sterben die Hand gehalten hatte.

»Nun wird der Verlust von weißen Damen in unseren Bergen meist uns zugeschrieben. Um weiteren Ärger von meinen Arbeitern fernzuhalten, machte ich mich auf die Suche nach Ihnen und nahm die Abkürzung, die ich einmal Mr Shelby gezeigt hatte. Und da lagen Sie, wie vom Himmel gefallen.«

Ein leichtes Grinsen tauchte in seinen Mundwinkeln auf, aber es verschwand sofort, als er sich dessen bewusst wurde.

»Da weit und breit außer ein paar Bergkatzen und Schlangen niemand zu entdecken war, der sie zu Fall gebracht haben könnte, mussten Sie es wohl selber gewesen sein. Nach Abwägung aller Konsequenzen beschloss ich, Sie ins Tal zu tragen. Verzeihen Sie mir meine Respektlosigkeit, es war nicht anders zu bewerkstelligen. Dort oben hätte ich Sie nicht liegen lassen können.«

»Danke«, brachte sie heraus. »Das war sehr nett von Ihnen.«

»Es hätte mich den Kopf gekostet, wenn ich es nicht getan hätte«, sagte er trocken. »Aber wenn Sie tatsächlich eine Regung von Dankbarkeit empfinden, würde ich es begrüßen, wenn Sie über die Art und Weise, wie ich Sie hierhergebracht habe, schweigen.«

»Selbstverständlich«, sagte sie sofort.

Er stand auf und reichte ihr eine kräftige, sehnige Hand. Der Schwung, mit dem er sie nach oben zog, brachte sie fast wieder zum Stolpern. Noch bevor er sie festhalten konnte, hatte sie sich auch schon gefangen und trat mit erhobenen Händen einen Schritt zurück.

»Verzeihen Sie«, sagte er knapp.

Am liebsten hätte sie ihn angeherrscht, endlich mit diesen ständigen Entschuldigungen aufzuhören. Er hatte sie ins Tal geschleift und gerettet. Durch reine Gedankenkraft wäre das nicht gelungen. Aber sie verstand, obwohl sie von diesem Land noch nicht das Geringste wusste, dass Berührungen hier offenbar etwas waren, das indische Männer und weiße Frauen tunlichst vermeiden sollten. Im Fall von weißen Männern und indischen Frauen nahm man es wohl nicht so genau.

»Ich denke, ich schaffe den Rest des Weges jetzt allein.«

Er sah sie an. Vielleicht einen Moment zu lange, begleitet

von der höflichen Andeutung eines Nickens. Und da fiel es ihr ein. Wie er sich vorgebeugt und Scott Ewan leise etwas ins Ohr gesagt hatte. Er hatte einen europäischen Anzug getragen und war einer der ganz wenigen, auserwählten Inder gewesen, denen der Zutritt zum Elgin Hotel gestattet worden war.

»Sie sind …«

Wieder wurde ihr schwindlig. Was zum Teufel war mit ihr los?

»Sie waren der Munshi von Scott Ewan. Sein Sekretär und Übersetzer. Ich habe Sie gesehen, als ich mit meinem Vater hier war. Erinnern Sie sich?«

Den letzten Satz hätte Sie am liebsten sofort wieder zurückgenommen, denn augenblicklich glitt erneut die ausdruckslose, unbeteiligte Maske über sein Gesicht.

»Nein. Es tut mir leid.«

Er wandte sich ab und bog nach links in den Trampelpfad ein. Sie folgte ihm mit dem unbestimmten Gefühl, abermals etwas Falsches gesagt zu haben.

Dschihu hatte ihn erwähnt. *Halten Sie sich an Jacob, den Munshi. Ihm können Sie vertrauen.*

Aber Jacob war kein Sekretär mehr.

»Was ist passiert? Wie kommt es, dass Sie jetzt ein Arbeiter sind? Vorarbeiter, natürlich. Das ist sicher auch eine verantwortungsvolle Aufgabe, aber doch nichts gegen einen persönlichen Sekretär.«

Er drehte sich nicht zu ihr um, sondern schritt einfach weiter. Wohl oder übel musste sie ihm folgen. Dafür, dass er es mit seiner Position so genau nahm, behandelte er sie ziemlich von oben herab.

Und wahrscheinlich hatte er ihr etwas ins Wasser getan.

Ganz bestimmt sogar.

Der Schmerz stieß wie ein Messer in ihre Eingeweide. Unheilvolle, brodelnde Geräusche machten sich breit, die, wenn nicht bald ein Busch oder etwas Ähnliches auftauchen würde, in etwas Unsagbarem enden würden.

Das Messer in ihrem Leib drehte sich und stieß noch tiefer in sie. Sie blieb stehen und krümmte sich zusammen. Herr im Himmel. Bitte nicht hier. Nicht vor seinen Augen. Ihr wurde wieder schwindlig. Dieses Mal aber war es keine vorübergehende Schwäche, sondern ein Übelkeit erregender Sog, gegen den sie sich kaum noch wehren konnte.

Sie hob den Kopf und sah zu Jacob, der unbeirrt weiter voranschritt. Die Umgebung verschwamm vor ihren Augen. Etwas geschah mit ihr, über das sie keine Gewalt mehr hatte. Sie fiel auf die Knie und stützte sich keuchend mit den Armen ab. Mit einem Schwall erbrach sie Wasser und Galle. Von irgendwoher hörte sie noch einen Ruf, aber sie konnte ihn nicht mehr zuordnen. Der Schmerz riss ihr Innerstes auf.

Bitte nicht, dachte sie noch. Ich wollte doch nur noch Brenny's Garden sehen. Bitte lass mich nicht sterben, so kurz vor dem Ziel.

Jemand ging neben ihr in die Knie. Es war ihr egal, wer es war und wessen Hand jetzt nach ihrer griff.

»Bitte«, keuchte sie.

Aber sie wusste nicht mehr, um was sie flehen sollte.

Das Chrysanthemenzimmer

Die Rückkehr in die Welt der Lebenden gestaltete sich schwierig. Wie Bettina später erfuhr, hatte sie mehrere Tage in Lebensgefahr geschwebt, weil der Körper dem Angriff von verschiedenen Seiten kaum noch etwas entgegenzusetzen hatte. Sie behielt nichts bei sich, der Flüssigkeitsverlust war gravierend. Das Fieber stieg so hoch, dass man ihr in der zweiten Nacht wenig Chancen auf eine dritte gab. Manchmal tauchte sie auf aus wirren Träumen, nicht wissend, was Fantasie und Wirklichkeit waren. Jemand legte feuchte Tücher auf ihre Stirn. Später auch auf ihren Körper, der nur von einem hauchdünnen Hemd aus Musselin bedeckt war. Sie fror so sehr, dass sie das Klappern ihrer Zähne weckte, um wenige Augenblicke später wieder in ein Fieberdelirium zu fallen, in dem Großhanns sie an den Haaren aus dem Teepalast zog und Scott Ewan in einem See von Blut ertrank. Sie wurde einbalsamiert und geriet, als sie das kurz mitbekam, in Panik, denn sie glaubte, dass von irgendwoher ein katholischer Priester aufgetaucht sein musste, um ihr die Letzte Ölung zu geben. Aber die Öle dufteten anders als alle, die sie kannte, und sie entspannten die schmerzenden Muskeln. Manchmal versuchte jemand, ihr einen Trank einzuflößen. Die paar Tropfen, die den Weg in ihren marodierenden Magen fanden, brannten mild und verbreiteten eine wohlige Wärme.

Dann wieder glaubte sie, eine sanfte Stimme wahrzunehmen, und ein Gesicht tauchte aus der Dunkelheit auf, das ihr ein zahnloses Lächeln schenkte. Als sie nach fünf Tagen zum ersten Mal bewusst die Augen öffnete, lag sie auf einem riesigen Bett aus dunklem Holz in Helenes Chrysanthemenzimmer unterm Dach.

Ich bin in Bremen, dachte sie. Wie kann das sein? Bin ich tot? Habe ich alles nur geträumt?

Aber die Tapeten schimmerten dunkelgrün mit zarten, rosafarbenen Blüten. Unter größter Kraftanstrengung gelang es ihr, den Kopf um ein paar Zentimeter zu heben. In der Ecke stand die Wunderkammer, der große Barockschrank mit den vielen Fächern, in denen Helene die kuriosesten und schönsten Dinge verwahrt hatte, die sie auf ihren vielen Reisen gefunden hatte.

Daneben erkannte sie den Teetisch und auf ihm das kleine Blechkarussell. Links befanden sich zwei Fenster mit zarten Baumwollvorhängen, rechts an der Wand nahm sie ein Regal mit Porzellanurnen, chinesischen Vasen und Helenes Teekannensammlung wahr.

Sie ließ den Kopf wieder sinken. Eine Weile blieb sie regungslos liegen und beobachtete eine Spinne an dem Querbalken direkt über ihr, die sich anschickte, sich an einem glänzenden Faden herabzulassen und genau auf ihrer Stirn zu landen. Kurz bevor es so weit war, rollte sie sich zur Seite und nahm einen kleinen Nachttisch ins Visier, auf dem fürsorgliche Menschen schon einmal die Bibel bereitgelegt hatten. Daneben standen eine braune Flasche Nortons Camomille Pills[58] und ein Glas Wasser. Bei dem Versuch, das Glas heranzuziehen und gleichzeitig den Kopf zu heben, rutschte es ihr aus der Hand und zerschellte auf dem Boden.

Der Ton des zerspringenden Glases jagte durch ihren ganzen Körper. Kraftlos ließ sie sich wieder fallen und betrachtete den Teppich, auf dem sich ein großer, dunkler Fleck ausbreitete. Sein Muster war etwas ausgeblichen, aber noch immer glühte er in kräftigen dunklen Farben, burgunderrot, mitternachtsblau,

58 Allheilmittel gegen Magenbeschwerden in den Tropen

tiefseegrün. Auf ihm hatte sie gelegen, wenn Helene ihr aus einem der Märchenbücher vorgelesen hatte.

Wie konnte das sein?

Ihr Blick wanderte weiter zu zwei kleinen, aus der Zeit gefallenen Sesseln vor einem Kamin, die so wirkten, als würden sie schon hundert Jahre dort verweilen. Ölgemälde von … sie blinzelte, Flusslandschaften, exotischen Pflanzen und Porträts.

Vor allem eines fesselte sie. Helene als junge Frau. Eine Unbekannte, und dennoch seltsam vertraut. Ihre Augen schienen sie direkt anzusehen, und fast kam es ihr vor, als ob ein leises, spöttisches Lächeln um ihre Lippen spielte. Das Haar trug sie in der Mitte gescheitelt und am Hinterkopf hochgesteckt, wie man es nur noch bei alten Damen sah. Die schmalen Augenbrauen, die außergewöhnliche Nase, das energische Kinn verschmolzen zu einem Ausdruck kraftvoller Entschlossenheit, gepaart mit dem Ebenmaß ihrer Züge, die ihr eine seltsame, distanzierte Schönheit verliehen.

Sie nahm alle Kraft zusammen und wälzte sich wieder zurück in die Mitte der Matratze. Breit war sie, weich, bezogen mit grauem Leinen, das sich genau richtig anfühlte: nicht zu alt und nicht zu neu. Genau wie das Nachthemd, das sie trug. Irgendwo musste die Spinne mittlerweile gelandet sein, und die Suche nach ihr mobilisierte genügend Willensstärke, um sich halb aufzurichten.

Das Zimmer lag im ersten Stock, nicht im Dachgeschoss des Teepalasts. Der Blick ging weit hinaus in die Ferne bis zu den Bergen. Eine sorgende Hand hatte die Vorhänge zurückgezogen, mit dem Resultat, dass die schwüle, dampfende Hitze von draußen ungehindert ins Zimmer ziehen konnte. Zum ersten Mal seit langer Zeit hatte Bettina das Gefühl, dass ihr Körper wieder normal reagierte: Sie schwitzte.

Sie schlug das Laken zurück und stellte die Füße auf den

Boden. Langsam und zögernd, ob ihre Beine schon in der Lage waren, sie auch zu tragen, stand sie auf. Die ersten Schritte waren noch wackelig, aber dann durchquerte sie das Zimmer zu einer kleinen Tür in der gegenüberliegenden Wand, hinter der sie einen Schrank vermutete. Sie hatte keine Ahnung, ob es in diesem Haus Dienstboten gab und wo genau sie sich befand, aber wem auch immer sie demnächst unter die Augen treten würde, in einem Nachthemd konnte sie das nicht tun.

Ihre Ahnung hatte sie nicht getrogen, aber die Hoffnung, in dem Wandschrank etwas zum Anziehen zu finden, wurde enttäuscht. Bettwäsche, kleine Pantoffeln, ein Seidenschal, jede Menge Nachthemden. Der Geruch nach Kampfer war so intensiv, dass sie die Tür sofort wieder schloss und sich mit dem Rücken dagegen lehnte.

Es hatte nie ein Chrysanthemenzimmer in Bremen gegeben.

Es war hier, in Darjeeling, im Plantagenhaus von Brenny's Garden. Das Zimmer unter dem Dach in Bremen war nur eine Kopie. Helene hatte es quasi gespiegelt, damit sie sich in ihrem eigenen Haus zu Hause fühlen konnte.

Sie befahl ihren kraftlosen Fingern, die Tapete zu berühren. Das war echte Seide, von Hand bemalt. In Bremen war es nur Wandfarbe gewesen. Warum hatte sie das nicht bemerkt? Weil es der gleiche Teppich gewesen war, den Helene nach Deutschland mitgebracht hatte. Die gleichen Vasen, das gleiche Karussell.

Verrückt.

Oder doch nicht so verrückt, wenn man das Herz in zwei Teile reißen musste und einer immer dort war, wo der andere nicht sein konnte.

Sie schaffte es zu dem barocken Schrank und öffnete ihn. Muscheln, Glasperlenketten, ein paar zerlöcherte Stofffetzen, die Mäusen als Lager gedient hatten. Nichts wirklich Besonderes, aber für das Kind, das sie gewesen war, die größten Kostbarkeiten.

Sie zog die Schublade auf, in der Helene die Taschenuhr aufbewahrt hatte. Sie war, wie nicht anders zu erwarten, leer.

Fast wäre sie vor diesem Ansturm an Erinnerungen in die Knie gegangen. Ihre Hand verkrampfte sich um die Schranktür, aber dann schaffte sie es, die Schublade wieder zurückzuschieben und den Schrank zu schließen.

Hier war Helenes Leben gewesen. Das echte, das Original. Voller Farben, Wärme und Erinnerungen. Und Bremen war nur ein Ersatz.

Es war berührend, dass diese Frau, die für Bettina fast eine Göttin gewesen war, einen Halt gebraucht hatte. Einen Raum, in den sie sich zurückziehen und wie in Darjeeling fühlen konnte.

Und nun war sie hier, Bettina Vosskamp, und trat ein Erbe an, das viel mehr war als eine Teeplantage. Wenn sie wirklich Erfolg haben wollte, dann durfte sie nicht wie Helene zwei Leben leben. Dann musste sie hier ankommen, in diesem Zimmer, in diesem Haus und in diesem Land.

Vielleicht verstand sie erst jetzt in aller Klarheit, was auf sie zukommen würde. Am besten fing sie sofort damit an. Und dazu gehörte aufzustehen, sich zu waschen und etwas anzuziehen, mit dem sie anderen unter die Augen treten konnte.

Sie tastete sich an der Wand entlang zur Zimmertür und öffnete sie. Ihr Blick fiel in einen langen Flur, von dem weitere Türen abgingen. Vermutlich das Obergeschoss mit den Schlafräumen ihres Gastgebers.

Und das dürfte Timothy Shelby sein.

Die Rückkehr dieser Erinnerung traf sie wie ein Schlag. Sie musste sich an der Tür abstützen. Der Unfall in den Bergen. Der Tod einer Teepflückerin. Ihr kleiner Sohn ein Waisenkind. Shelby, der sie in der Wildnis zurückgelassen hatte, und Jacob, einst der engste Vertraute von Scott Ewan, degradiert zu einem einfachen Vorarbeiter.

Über das, was dann geschehen war, wollte sie nicht nachdenken. Schlimm genug, dass Jacob sie den ganzen Weg hierhergetragen haben musste. Abgrundtief peinlich aber war die Vorstellung, in welchem Zustand sie sich befunden hatte. Sie drehte sich um und ließ ihren Blick über jeden Quadratmeter in diesem Zimmer gleiten, aber weder ihre Reisetaschen noch ihr Kleid waren irgendwo zu entdecken.

Von weit her aus dem Erdgeschoss kam ein Klirren, gefolgt von Stimmen.

»Hallo?«, rief sie mit schwacher Stimme und nahm noch einmal alle Kraft zusammen. »Hallo!«

Die Stimmen brachen ab. Dann näherten sich Schritte, die über eine Holztreppe nach oben kamen. Die Gestalt einer jungen Frau tauchte am Ende des Flurs auf – Mary.

Bettina traute ihren Augen kaum, als das Mädchen auf sie zueilte.

»Memsahib!«, rief sie. »Sie sind wach? Um Himmels willen, legen Sie sich sofort wieder hin!«

Zu schwach, um Widerstand zu leisten, wurde Bettina zurück in ihr Bett verfrachtet. Die Freude über ein bekanntes Gesicht musste ihr anzusehen sein, denn auch Mary strahlte, als hätte sie ein lange verschollen geglaubtes Familienmitglied wiedergefunden.

»Ich muss sofort unten Bescheid sagen, dass Ihnen ein Bad gerichtet wird. Ihre Kleider sind in einem anderen Zimmer, dieses hier wurde lange nicht genutzt und liegt ziemlich ruhig, damit Sie nicht gestört werden.« Sie ging in die Knie und sammelte die Glasscherben auf. »Keine Sorge, das mache ich gleich alles weg. Wie schön, dass Sie wach sind! Sie waren sehr krank. Aber nun wird alles gut …«

»Mary«, unterbrach Bettina den Redeschwall. »Wie kommst du hierher?«

»Sie haben Ihren Schal im Hotel vergessen, und Mr Buchanan, der Portier, hat mich mit einem Topfhändler auf den Weg nach Salghari geschickt. Mr Shelby hat dann arrangiert, dass ich bleiben konnte. Ich bringe ihn gleich her. Den Schal, meine ich …«

Sie stand auf und legte die Scherben auf dem Nachttisch ab. »Sie waren krank, Memsahib. Sehr krank.«

»Ich weiß«, antwortete Bettina leise. »Hast du mich versorgt?«

Das wäre erträglicher als jede andere Vorstellung, wer sie gesäubert und gewaschen haben könnte.

»Ja. Es gibt unter den Maids niemand, der sich um sie kümmern konnte. Kareena vielleicht, aber die macht eher die gröberen Arbeiten. Der Garden Doctor, Mr Baghira, hielt eine intensivere Pflege für eine Memsahib für angemessen. Nicht, dass Mr Shelby sich gefreut hätte, und Mr Buchanan bestimmt auch nicht, aber bis zu Ihrer Genesung wurde ich vom Hotel an Brenny's Garden ausgeliehen.«

Mary beugte sich hinunter und zupfte etwas an dem Laken herum.

»Es ist eine gute Arbeit im Hotel, wirklich. Aber nicht alle Gäste sind so … sind so wie Sie, Mistress Vosskamp, Memsahib.«

»Warst du die ganze Zeit hier?«

»Erst, als die Krise auf dem Höhepunkt war. Vorher hat eine Frau aus den Coolie Lines[59] nach Ihnen gesehen, Jandra. Sie kam wohl jeden Tag und ging Kareena zur Hand. Manjula, das ist die Frau, die die Chapati für uns macht, sagt, dass Mr Shelby

---

59 Arbeiterunterkünfte, Baracken

sie am Anfang fortgejagt hat. Aber er selber konnte sich ja nicht um Sie kümmern, deshalb hat er es schließlich zugelassen.«

Jandra, Kareena, Mr Baghira, Bettina konnte sich die Namen kaum merken, so schnell prasselten sie auf sie hinunter.

»Und Jacob?«, fragte sie.

Es war, als hätte jemand mit einem Schlag das Lächeln aus Marys Gesicht gefegt. Es verschloss sich augenblicklich.

»Jacob?«, fragte sie und zog sanft das Kissen unter Bettinas Kopf hervor, um es auszuklopfen.

»Der Mohurir von Brenny's Garden.«

»Ich weiß nicht, wen Sie meinen. Vielleicht Jothee? Oder Juggernath? Es gibt einige. Jeder Tea Maker hat seine Assistenten für die Felder. Es arbeiten so viele hier. Pflanzer, Pflücker, Tischler, Canister Maker, Mahouts[60], ich habe kaum Kontakt zu ihnen.«

Das Kissen wurde ihr wieder unter den Kopf gestopft.

»Möchten Sie etwas essen? Die Chota Hazree[61] ist noch nicht lange her. Mr Shelby isst immer gebackene Bohnen mit Speck und …«

Bettina hob schwach die Hand zu einer ablehnenden Geste.

»Dann etwas Porridge?«

Das klang schon besser.

»Und dann ein kühles Bad?«

Himmel auf Erden.

»Mary, ich bin doch in Brenny's Garden?«

Das Mädchen lächelte breit, und die dunklen Augen in seinem Gesicht sahen sie fast liebevoll an.

»Ja. Das ist Brenny's Garden. Sie sind zu Hause.«

---

60 Elefantenführer

61 Frühstücksmahlzeit

Es vergingen noch zwei Tage, bis Bettina bereit war, das Zimmer zu verlassen und Shelby aufzusuchen. Von Mary erfuhr sie zu ihrer großen Erleichterung, dass er im anderen Teil des Hauses wohnte, wo sich auch das Contor befand. Der Teil, in dem Bettina sich aufhielt, war ein Gebäudetrakt, der im ersten Stock eigentlich die Zimmer des Plantagenbesitzers beherbergte und im Erdgeschoss drei Gästezimmer. Besuch war normalerweise auf allen Plantagen herzlich willkommen, brachte er doch auf der Durchreise Neuigkeiten und Abwechslung mit.

Ihre Reisetaschen wurden ihr gebracht und die malträtierten Kleidungsstücke gewaschen, gebügelt und, wo nötig, ausgebessert. Am wichtigsten aber war die Mappe mit Dschihus Unterlagen, die Shelby wohl nur deshalb entgangen waren, weil er sich nicht um Gepäck mit Frauenkleidern kümmerte. Nachts, wenn niemand mehr auf den Fluren herumschlich, nahm sie sie sich vor und studierte sie eingehend.

Die Lage war noch katastrophaler, als Dschihu erzählt hatte. Ganze Wagenladungen Tee waren nicht auf den Schiffen angekommen, sondern entweder irgendwo vom Wagen oder ins Wasser gefallen. Die halbe Ernte hatte sich einfach in Luft aufgelöst. Zu der anderen Hälfte hagelte es Beschwerden und Kündigungen der Lieferverträge. Die Qualität des Tees war miserabel. Einfacher Congou statt Darjeeling Orange Pekoe, gestreckt mit Indian Souchong billigster Sorte oder einfachem Kintuck. Bettina hatte im Teepalast nicht viel von den verschiedenen Mischungen mitbekommen, aber sie wusste, dass Paklum allenfalls zu zwei Fünfteln zugegeben werden durfte, um eine dunklere Farbe des Aufgusses zu erreichen, und man dann dem Geschmack mit besserem Brisk Assam oder Pekoe auf die Sprünge helfen musste. Diese klassischen Mischungen hatte Shelby nicht hergestellt. Billig mussten seine sein, aber verlangt hatte er Preise für Spitzenqualität.

Brenny's Garden produzierte also offenbar kaum noch hochwertige Teesorten, wenn man diesen Klagen Glauben schenkte. Minderwertige Ware, eigentlich nur für den einheimischen Markt noch tauglich. Aber was wuchs dann auf den Feldern? In den wenigen Monaten, die seit Scott Ewans Rausschmiss und Shelbys Einsatz als Manager vergangen war, konnten die Pflanzen nicht ausgewechselt worden sein.

Die Pflanzen nicht, dachte sie und ließ die Blätter sinken. Aber der Tee. Shelby hatte heimlich Ausschuss zu Ramschpreisen gekauft und gegen die gute Ernte ausgetauscht. Die musste er unter der Hand auf dem Schwarzmarkt verhökert und sich das Geld in die eigene Tasche gesteckt haben.

Sie lehnte sich an die Rückenlehne des Betts und betrachtete Helenes Zimmer im Schein der Petroleumlampe. Irgendwo draußen knarrte eine Brunnenwinde. Vogelschreie geisterten durch die Nacht, in der Ferne bellten Schakale oder Hunde. Sie vermisste die Annehmlichkeiten des modernen städtischen Lebens schmerzlich. Das Brot. Das Licht. Die Klosetts. Die tagesaktuellen Zeitungen. Die duftende Seife. Die trockenen Kleider. Hier schüttete es zweimal am Tag wie aus Eimern, und wenn die Sonne durch die Wolken brach, verwandelte sich das Land in einen dampfenden Sumpf, aus dem Milliarden von Moskitos emporstiegen.

Ihren ersten Streifzug durch das Haupthaus hatte sie am Morgen unternommen und gewartet, bis die Luft rein war und sie nicht befürchten musste, ihrem Manager im Morgenmantel und mit ungekämmten Haaren zu begegnen. Mary hatte ihr eine etwas abgewandelte Form des englischen Frühstücks und dann das Reisekostüm gebracht. Beim Anziehen war beiläufig die Bemerkung gefallen, dass der Sahib gerade zu den Tracts geritten war, den Teefeldern. Das war die Gelegenheit, sich ungestört umzusehen und sich anschließend die weiteren Schritte zu überlegen. Wenn Shelby glaubte, er könnte sie aus dem Contor abschieben, hatte er sich geirrt.

Das große Ölgemälde von Helene, das in der Eingangshalle gehangen und das Bettina bei ihrem ersten Besuch bewundert hatte, war verschwunden. Nur ein heller Fleck an der Wand erinnerte daran, dass hier die Gründerin der Teeplantage in der Version einer älteren, reiferen Frau die Besucher begrüßt hatte.

Bettina beschloss augenblicklich, das Gemälde suchen und wieder aufhängen zu lassen. Aber als ein weiß gekleideter Diener ihr entgegenkam und sie ihn fragen wollte, riss der nur die Augen auf, drehte sich um und rannte davon. Vermutlich, um den anderen zu sagen, dass die Memsahib von den Toten wiederauferstanden war und sich keinesfalls nur in ihren Privatgemächern aufzuhalten gedachte.

Von der Eingangshalle des Haupthauses führten die Treppen hinauf in die Zimmer, die Bettina schon kannte. Sie interessierte sich mehr für das Contor und die Bibliothek, die sich unten hinter der rechten Tür befand.

Als sie sie öffnete und der Geruch von Leder, kaltem Zigarrenrauch und Kaminfeuer sie begrüßte, musste sie schlucken. Hier hatte sie bei ihrem Antrittsbesuch vor ein paar Monaten mit Joost, Ewan und Dschihu gesessen und über die Zukunft von Brenny's Garden gesprochen. Wobei, gesprochen hatten die Männer. Sie hatte dabeigesessen, den Mund gehalten und geglaubt, dass es so sein musste. Andere über sich entscheiden lassen, weil man von solchen Dingen ja sowieso nichts verstand.

Nun war sie hier. Einmal um die halbe Welt gereist bis in den Norden Indiens nach Darjeeling. Sie war schon so weit gekommen, weiter, als sie es sich jemals vorgestellt hätte. Und in Bremen saßen drei Menschen, die darauf warteten, dass sie endlich die Ärmel hochkrempelte.

Sie trat an das Regal und las mit schräg gelegtem Kopf die Buchtitel.

The Art of Tea Blending. An Easy Introduction to the History and Geography of Bengal. Carriers' Law. Tales from Indian History. Hindu Mythology. A Tea Planter's Life in Assam. Dialogues on the Hindu Philosophy. Uttara Rama Charita. A Handbook to the Kayathi Character.

Sie zog eine Ausgabe von *Dreitausend illustrierte bengalische Sprichwörter* hervor und schlug es auf. *Fasst die Flügel des Vogels in Gold, und er wird sich nie wieder in die Lüfte schwingen.*

Oder: *Die Menschen sind grausam, aber der Mensch ist gütig.*

Rabindranath Tagore. Das musste ein kluger Mann sein, dem solche Lebensweisheiten einfielen. Überhaupt bewies die Bibliothek neben den Klassikern der Teeliteratur, der Botanik und der Naturwissenschaften ein großes Interesse an indischer Kultur und Lebensweise. Die meisten Ausgaben hatten schon einige Jahrzehnte hinter sich, aber es waren auch viele neueren Datums darunter, und einige davon, wie die dreitausend bengalischen Sprichwörter oder das *Ramayana*-Epos, ziemlich oft zur Hand genommen.

»Sie suchen Lektüre zum Tee?«

Fast hätte sie das Buch fallen gelassen. Shelby stand im Türrahmen und bemühte sich noch nicht einmal um ein höfliches Lächeln. Seine Kleidung war verschwitzt, und der Geruch, der mit ihm in den Raum strömte, wies auf einen ausgedehnten Morgenritt hin.

»Dann sind Sie also wieder auf den Beinen.«

Sie klappte die Sammlung zu.

»Dank Ihres Mohurir«, erwiderte sie knapp. »Gut, dass ich Sie sehe. Wir können gleich mit der Übergabe beginnen.«

»Welche Übergabe?«

»Nun, Brenny's Garden gehört mir. Deshalb möchte ich jetzt

wissen, wie die Plantage geleitet wird und was genau zu den Verlusten der letzten Monate geführt hat.«

»Tatsächlich?«, fragte er lauernd und trat ein, wobei er die Tür hinter sich schloss.

Augenblicklich schnürte sich Bettinas Kehle zu. Dieser Mann hatte sie ins Verderben geführt und ihren Tod billigend in Kauf genommen. Was hielt ihn davon ab, es ein weiteres Mal zu versuchen? Sie durfte sich ihre Angst nicht ansehen lassen, sonst hätte sie schon verloren, noch bevor die ersten Karten auf dem Tisch lagen.

»Brenny's Garden wurde unter Ihrer Führung von einem halbwegs profitablen Unternehmen zu einem Ramschladen. Unser Tee muss sich quasi vor Ihren Augen in Ausschuss verwandelt haben. Ich will von Ihnen wissen, wie es dazu gekommen ist.«

»Nun«, begann er und trat näher. Vermutlich war er überrascht, dass ihre Vorwürfe so konkret die Ursache des Übels benannten – ihn. »Man steckt nicht drin. Ein undichtes Hallendach, und es regnet rein, und die ganze Ernte ist futsch. Oder man bringt erstklassigen Tee zum Fluss, aber wenn er in Darjeeling auf die Bahn verladen wird und in Calcutta ankommt, hat ihn jemand ausgetauscht.«

Bettina stellte das Buch zurück zu den anderen. Sie musste vorsichtig sein und erst Beweise sammeln, die Dschihus Indizien bestätigten.

»Ich möchte die Lagerhallen sehen. Die Verpackungsstation, die Anlegestelle, die Coolie Lines.«

»Die Coolie Lines?«

»Ich will wissen, wie meine Arbeiter untergebracht sind. Was ist mit den Pflückerinnen geschehen, die Sie verletzt haben? Wurden sie ärztlich versorgt?«

»Das war nicht nötig«, knurrte er und ging zu einer kleinen

Anrichte, auf der mehrere Port- und Brandy-Flaschen standen. »Sie sind schon wieder auf den Beinen.«

»Einige kamen mir ernsthaft verletzt vor.«

»Simulanten.« Er goss sich zwei Finger breit Brandy ein und verlängerte den Drink mit Wasser aus der Karaffe. »Wer nicht arbeitet, erhält kein Geld. Das ist die beste Medizin.«

»Ich will, dass der Garden Doctor nach ihnen sieht. Was wird aus dem Jungen?«

Shelby stürzte das halbe Glas in einem Schluck hinunter.

»Welcher Junge?«, fragte er und wischte sich den Mund ab.

»Dessen Mutter wir getötet haben«, sagte sie eisig.

Der Teemanager zuckte mit den Schultern und leerte sein Glas. Als er sich erneut einschenken wollte, riss ihr der Geduldsfaden. Sie nahm ihm die Flasche aus der Hand und stöpselte sie wieder zu.

»Ah, der Junge.« Shelby stellte sein leeres Glas zurück. »Der ist draußen in Tract 4.«

»Er arbeitet?«

»Er muss den Vertrag seiner Mutter erfüllen.«

»Ich will diesen Vertrag sehen. Alle Verträge.«

Shelbys Augenbrauen schnellten nach oben. »Sonst noch was?«, fauchte er.

»Wie viele Menschen arbeiten hier?«

»Es gibt fünf Tracts, pro Feld sind dreißig Pflücker beschäftigt. Dazu zwei Tea Maker mit je sechs Assistenten. Sechs Boys im Haus, drei Maids. Knapp ein Dutzend Handwerker, Kutscher, Pferdeknechte. Vorarbeiter, Wachmänner.«

»Also mehr als zweihundert Leute.«

»Viel mehr. Ein Teemeister, ein Garden Doctor, der Tea Manager, zu Ihren Diensten. Dazu Tagelöhner, die mit einer Rupie zufrieden sind.«

Zum ersten Mal drückte sich die Verantwortung in Zahlen

aus. Das waren zehnmal so viele Menschen wie die, die im Teepalast und im Contor beschäftigt waren. Mindestens.

»Die Verträge sind alle auf Basis des Bengal Native Labour Act von 1863.« Er ging hinüber in die linke Ecke des wandbreiten Bücherregals und deutete auf eine Reihe Bücher, alle in burgunderrotes Leder gebunden. »Und nach dem Assam Contract Act von 1865. Alles ist geregelt. Lohn, Kost, Logis, Strafen, Fangprämien.«

»Fangprämien?«

»Manchen schmeckt die harte Arbeit nicht.« Er zog einen der Bände heraus und blätterte in ihm herum, bis er die Stelle fand, nach der er gesucht hatte. »Drei Jahre Gefängnis für Desertation. Die Gardens haben eigene Arrestzellen, wenn die Plantage weiter als zehn Meilen von der nächsten Stadt entfernt liegt.«

Er klappte das Buch zu und warf es auf einen der Beistelltische, die neben den tiefen Sesseln standen.

»Arbeiten Sie sich ein. Und wenn Sie das durchhaben, nehme ich Sie gerne mit auf die Felder. Aber nicht, wenn Sie vor lauter Unkenntnis die Gesetze einer Teeplantage auf den Kopf stellen und nach eigenem Gutdünken handeln.«

»Morgen«, sagte sie.

Er schwieg.

»Morgen werden Sie mir alles zeigen und mich zu dem Jungen führen.«

»Aye, aye, Madam.«

»Und zu Jacob.«

»Jacob?« Etwas in der Art, wie er diesen Namen wiederholte, machte sie stutzig.

»Ihr Vorarbeiter.«

»Ah, ja«, erwiderte er gedehnt und mit einem Unterton, der ihr Interesse eindeutig fehlinterpretierte. »Das wird sich machen lassen, wenn er so weit ist.«

»Was heißt das?«

Er verließ grußlos die Bibliothek und schloss die Tür so laut hinter sich, dass der Knall sie zusammenfahren ließ.

Bettina nahm so viele der roten Bücher mit ins Chrysanthemenzimmer, wie sie tragen konnte.

Im falschen Sattel

Nach einer kurzen Nacht, die sie hauptsächlich mit der Lektüre von Gesetzestexten verbracht hatte, bat sie Mary am nächsten Morgen, ihr etwas zum Anziehen zu bringen, mit dem sie sich auf den Rücken eines Pferdes setzen konnte.

In Bremen hatte sie Reitunterricht erhalten, sich aber nie mit dieser Fortbewegungsart anfreunden können. Zum einen war Reiten in der Stadt mittlerweile mehr als verpönt und nur noch durchreisenden Schaustellern erlaubt, zum anderen wollte man, wenn man am Bestimmungsort angekommen war, nicht erst ein Bad nehmen und die Garderobe wechseln.

In Indien war Reiten die einzige Möglichkeit, die Teefelder an einem Tag zu inspizieren. Sulkys, die kleinen, einachsigen Wagen, und Tongas konnten nur die Hauptwege benutzen. Geschlossene Kutschen waren zwar für längere Strecken wie Ausfahrten ins zwei Stunden entfernte Lebong geeignet, aber nicht, um über Schlaglöcher und metertiefe Pfützen zu ruckeln. Entweder machte man sich wie die Coolies zu Fuß auf den Weg, was angesichts der zu erwartenden Hitze ein Himmelfahrtskommando für Weiße war, oder man setzte sich aufs Pferd.

Mary begleitete sie zu den Ställen. Das Haus und der Küchenbungalow lagen auf einer Anhöhe, von der aus man den Blick weit über das grüne Tal schweifen lassen konnte. Der erste Regenguss war vorüber, und ein von Pfützen übersäter, kaum befestigter Weg führte um die Ecke hinter den Bungalow, wo sich um einen Platz mit festgestampfter Erde eine Art Betriebshof befand.

Mehrere Schuppen und Lagerhallen reihten sich hintereinander. Die Hallentore waren verschlossen, aber die der Schuppen standen weit offen. Männer hatten es sich dort vor der aufziehenden Mittagshitze auf Kisten und Säcken bequem gemacht und sprangen hastig auf, überrascht vom unangekündigten Auftauchen der seltsamen neuen Memsahib mit dem zerfledderten Hut, um sich mehr oder weniger sinnvollen Aufgaben zu widmen. Einer wies auf Marys Frage nach dem Stallmeister zur anderen Seite des Hofs.

Hier hatte man die Ställe und den Fuhrpark untergebracht, wenn man die Ansammlung uralter Wagen, die gerade noch durch Farbe und Dreck zusammengehalten wurden, so nennen konnte.

Der Stallmeister war ein freundlicher, wortkarger Mann mit rasiertem Schädel unter seinem Turban und offenbar vorgewarnt, denn er wienerte gerade mit Leidenschaft einen Ledersattel, als wollte er sich in ihm spiegeln. Gefragt nach seinem Namen, spuckte er erst einmal aus, was aber keineswegs despektierlich gemeint war, denn er wollte den kleinen Klumpen loswerden, auf dem er herumgekaut hatte.

»Juggernath«, sagte er und wischte sich mit dem Handrücken den Mund ab.

Seine Augen wanderten fast verträumt über ihren Aufzug. Mehr als einen weiten Rock und eine zu enge Jacke hatte Mary nicht auftreiben können. Vermutlich war beides noch aus Helenes Beständen. Den Strohhut hatte sie retten können, aber er saß auf ihrem Kopf wie ein vom Wind zerrauftes Krähennest.

»Ein Pferd?«, fragte Bettina.

»*Oh, yes*, Memsahib. Ich wissen. Ich bereit, Pferd bereit.«

Er eierte vorbei an vier einfachen Kastenwagen zur Beförderung schwerer Lasten.

Der bunte Lack war an vielen Stellen abgeplatzt, aber der Schriftzug *Brenny's Garden* in schwungvollen Schwabacher Lettern[62] war noch gut zu erkennen. Dahinter stand ein kleiner Sulky. Viel benutzt, zerschrammt, das Polster ausgeblichen und an einigen Stellen zerrissen.

Als Juggernath bemerkte, dass sie ihm nicht zu den Pferdeboxen folgte, sondern vor dem kleinen Wagen stehen geblieben war, machte er eine schwungvolle Wende und kehrte zu ihr zurück.

»Sulky von Daadee[63] Memsahib«, sagte er in seinem leicht vernuschelten Pidgin-Englisch.

»Von Helene Vosskamp?«

»Ja. Viel fahr, viel zu Berge und Dorf und Coolie Lines.«

Am liebsten hätte sie den Sulky anspannen lassen, aber er war für die Felder nicht geeignet und würde im ersten Erdloch stecken bleiben.

»Ist kaputt.« Bedauernd wies Juggernath auf einen Riss in der Deichsel. »Lang nicht fahr. Daadee Memsahib alt, nur noch Kutsche.«

Bettina strich mit den Fingerspitzen über das geborstene Holz. In diesem kleinen Wagen hatte Helene gesessen, allein, und war gefahren, wohin sie wollte. Zumindest solange, wie es ihre Gesundheit zugelassen hatte.

Sie hätte sich niemals von Shelby einschüchtern lassen.

»Ich möchte, dass er repariert wird.«

Juggernath, überrascht und vielleicht auch überfordert von diesem, seine Kompetenzen weit überfordernden Auftrag, kratzte sich unter seinem Turban.

»Gibt es hier einen Wagenmeister?«

»Wagen Mister?«, wiederholte er.

Was auch immer er gerade gekaut hatte, es brachte sein Gehirn nicht unbedingt auf die Sprünge.

---

62 Schriftart, die vor Einführung der Fraktur verwendet wurde

63 Hindi: Großmutter

»Vielleicht der Canister Maker?«, fragte sie.

Wer Transportboxen bauen und bedrucken konnte, kam vielleicht auch mit einer Deichsel und Farbe zurecht.

Juggernaths betrübtes Gesicht hellte sich auf. Sein Blick wanderte auf die andere Seite des Hofes, von der nun emsiges Hämmern und Klopfen herüberklang. »*Yes*, Memsahib. Canister Maker gut, Memsahib.«

Erleichtert, dass diese Herausforderung an ihm vorübergegangen war, schwankte er durch ein weit geöffnetes Tor voraus in die Stallgasse.

Ein brauner Wallach stand in der vorderen Box und scharrte ungeduldig mit den Hufen. Die Neuankömmlinge wurden mit einem schrillen Wiehern begrüßt.

»Gut Marwari[64], gut Pferd«, versicherte Juggernath und öffnete die Stalltür.

Es war ein drahtiges, kräftiges Tier mit einem elegant geschnittenen Kopf, das allerdings etwas unausgelastet wirkte. Kaum hatte Juggernath das Zaumzeug in der Hand, scharrten die Hufe aufgeregt auf dem Steinboden, und der Schweif peitschte über die rückwärtige Wand.

»Er scheint etwas unruhig, Memsahib«, flüsterte Mary.

Bettina beobachtete mit gemischten Gefühlen, wie das Pferd gezäumt und gesattelt wurde und dabei immer nervöser zu tänzeln begann. Ruckartig warf es den Kopf nach oben, wieherte laut und schien es kaum erwarten zu können, den Stall im Galopp zu verlassen.

»Gibt es noch ein Pferd?«

Juggernath zurrte gerade den Sattelgurt fest und wich mit der Behändigkeit eines Tänzers immer wieder den Hufen aus.

»Ja. Aber Sahib Shelby wollen Marwari für Memsahib.«

---

64 Indische Pferderasse

Der Stallmeister sprang in letzter Sekunde zurück, bevor das Pferd Anstalten machte, in der engen Box hochzusteigen.

»Ich will das andere Pferd.«

»Aber …«

»Wo ist es?«

Juggernath sprintete aus der Box und warf die Tür hinter sich zu. Der Marwari bäumte sich auf und wieherte empört.

»Hinten, Memsahib.«

»Und welches Pferd steht hier?«

Sie wies auf die Box neben der Furie. Sie war benutzt. Frisches Stroh lag auf dem Boden, und die Futterraufe war gefüllt.

»Sein Pferd von Sahib, Memsahib. Ist verboten für alle.«

»Für alle?«

Das musste ja ein Wunderpferd sein. Sie wollte einen Blick in den Stall werfen, aber da stieß Juggernath einen entsetzten Laut aus.

»Nicht reingehen, Memsahib!«

»Nicht?«

»Mr Shelby sagen, Pferd riecht fremde Menschen und dann sehr unfein.«

»Unfein? Ein Pferd?«

Juggernath nickte so ängstlich, dass sie zurück in die Stallgasse trat. Erleichtert, dass sie es nicht auf eine Machtprobe angelegt und darauf bestanden hatte, das Reich des Wunderpferdes auch noch zu inspizieren, lief er voran durch die dunkle Stallgasse, vorbei an leeren Boxen, in denen lange keine Pferde mehr gestanden hatten. Schließlich blieb er am Ende des Ganges stehen und wandte sich mit zerknirschter Miene an die beiden Ladys, die ihm gefolgt waren.

»Nicht gut Pferd«, sagte er. »Langsam und stolz.«

Stolz war eine Charaktereigenschaft, die ihr noch nie bei Pferden zu Ohren gekommen war. Aber ein Blick auf die stämmige, braune Stute, die grimmig irgendetwas mit ihren Kiefern zermalmte, schien die Beurteilung des Stallmeisters zu bestätigen. Das Pferd würdigte sie keines Blickes.

»Ich nehme sie. Wie heißt sie?«

»Muddy«, antwortete Juggernath.

Schlammig. Der Name bezog sich hoffentlich auf die Farbe des Fells und nicht auf boshafte Angewohnheiten. Sich mit seiner Reiterin in den Regenlöchern zu wälzen, beispielsweise.

»Wo ist Mr Shelby?«

»Nicht wiss, Memsahib.«

Juggernath log ausgesprochen schlecht. Bettinas Ankunft musste die ganze Plantage in Ratlosigkeit gestürzt haben. Wer war nun der Boss? Shelby und sein Regiment des Schreckens? Oder die fremde Memsahib, die, kaum vom Fieber genesen, eigene Anweisungen gab?

»Ist er schon losgeritten?«

Der Stallmeister nickte eifrig und sattelte die Stute, die die Prozedur stoisch über sich ergehen ließ. Der Marwari bekam mit, dass es an diesem Tag nichts wurde mit dem Ausflug und begann, den Geräuschen nach zu urteilen, seine Box zu zerlegen.

»Ich warte draußen.«

Vielleicht ging es dann schneller.

Bettina verließ den Stall und stellte sich unter dem Vordach in den Schatten. Es war brütend heiß, und ein gläserner Himmel versprach in den nächsten Stunden auch keine Abkühlung.

Aus dem Dunkel der Werkshallen klangen einige Worte über den Platz, begleitet von Zischlauten, wie sie Frauen überall auf der Welt zu hören bekamen. Mary senkte den Kopf.

»Sie meinen mich. Ich bin in ihren Augen nicht würdig, Sie zu begleiten.«

»Was sagen die Frauen im Haus?«

»Sie sind nett«, antwortete Mary und zupfte den Teil ihres Saris zurecht, der ihr Haar bedeckte. »Ich darf neben dem Haus schlafen.«

»Was?«

Die dunklen Augen der Maid sahen sie erschrocken an. »Es tut mir leid, Memsahib! Ich wollte im Stall schlafen, aber dann wäre ich nicht schnell genug bei Ihnen gewesen, wenn Sie mich gebraucht hätten.«

Bettina atmete tief durch. »Meine Maid schläft nicht neben dem Haus, sondern im Haus. Und zwar in meiner Nähe.«

Mary sah zu Boden.

»Das werden die anderen nicht erlauben.«

»Ich sage es ihnen. Wie ich mein Haus führe, ist immer noch meine Entscheidung. Wann musst du zurück in den Elgin Club?«

»Sobald Sie gesund sind.«

Bettina fühlte sich zwar noch etwas wackelig auf den Beinen, aber eigentlich gab es keinen Grund, das Mädchen länger von seiner Arbeit in der Stadt abzuhalten.

»Dann kannst du morgen zurück.«

Ein niedergeschlagenes Nicken war die Antwort. Bevor Bettina fragen konnte, welche weiteren Sorgen Mary plagten, kam Juggernath mit Muddy aus dem Stall.

Das Pferd war, bei Tageslicht betrachtet, noch missmutiger als bei seinem ersten Eindruck im Stall. Es musste fast schon überredet werden, ans Tageslicht zu treten. Juggernath reichte ihr den Zügel.

»Wohin ist Mr Shelby geritten?«

Der Stallmeister suchte instinktiv in den Taschen seines weiten Hemdes nach etwas, das seine Nervosität bei dieser Frage etwas lindern könnte, und ließ dann ertappt die Hände sinken.

»Nicht wiss. Aber anfang jeden Morgen Tract 3, sein erstes Feld links vor Nasenbaum.«

»Nasenbaum?«, fragte Bettina, weil sie glaubte, sie hätte sein Pidgin nicht richtig verstanden.

Juggernath nickte eifrig. »Baum macht Nase«, erklärte er. »Memsahib sehen das, ganz einfach.«

»Gut.«

Sie raffte den Saum ihres Rocks, setzte den linken Fuß in den Steigbügel und begriff erst beim Aufsitzen, dass sie keinen Damensattel bekommen hatte. Der Rock rutschte bis zu den Knien, und an Marys entsetztem Blick erkannte sie, dass sie gerade einen Fauxpas von epischem Ausmaß beging.

Juggernath schluckte, dass sein Adamsapfel über dem Ausschnitt seines Hemdes hüpfte, und drehte sich sorgenvoll zu den Toren auf der anderen Seite des Hofes um.

Jetzt abzusteigen wäre eine Verbeugung vor Shelbys Niedertracht. Der Sattel war erstaunlich bequem, aber der breitbeinige Sitz ließ ihr die Schamesröte ins Gesicht steigen. Immerhin reagierte die Stute auf den sanften Schenkeldruck und machte zwei Schritte, bevor sie wieder stehen blieb und den Kopf nach unten beugte, weil sich vielleicht irgendwo etwas Fressbares befinden könnte.

»Ist die Daadee auch so ausgeritten?«, fragte Bettina und versuchte, die Zügel wieder einzufangen, die ihr bei Muddys Manöver aus den Händen gerissen worden waren.

Drüben in den Werkshallen war es totenstill. Wahrscheinlich warteten die Arbeiter, bis die Memsahib vom Hof geritten war, bevor sie in unsägliches Gelächter ausbrechen würden.

Mary trat an sie heran und versuchte, den Rock über Bettinas Knie zu ziehen und die lange Unterhose zurechtzuzupfen. Ein vergebliches Unterfangen.

»Daadee Memsahib? Nein.« Juggernath räusperte sich. »Ist nie geritten mit Rock.«

»Nie?«

»Nein. Mit Hose.«

Helene in Hosen war eine abenteuerliche Vorstellung. Aber sie hatte auch keine Scheu gehabt, hoch zu Ross durch die Eingangshalle des Elgin Hotels direkt in den Planters' Club zu reiten und ihre Aufnahme zu fordern. Ob das in Rock oder Hose geschehen war, dieses Detail hatte ihr Margret unterschlagen.

»Mary?«

Das Mädchen trat einen Schritt zurück und sah zu ihr hoch.

»Morgen will ich Reithosen.«

»Ja, Memsahib.«

Endlich hatte sie die Zügel im Griff und trieb Muddy in einen schlendernden Schritt. Als sie den Hof verließ, fühlte sie die Blicke aus der Dunkelheit wie Dolche in ihrem Rücken. Weiße Frau mit Rock auf Herrensattel. Immerhin sorgte sie für Gesprächsstoff.

Der ungewohnte Sitz auf dem Pferderücken, das Scheuern des Sattels und die enge Jacke waren alles andere als bequem. Innerhalb kürzester Zeit lief Bettina der Schweiß in Strömen hinunter. Mary hatte ihr geistesgegenwärtig eine Flasche Wasser mitgegeben, ohne die sie in Zukunft niemals das Haus verlassen durfte, aber sie war schon halb leer, noch bevor sie die Anhöhe verlassen hatte und über einen der Hauptwege zu den Teefeldern ritt.

Moskitos stürzten sich auf jedes freie Fleckchen Haut. Die Sonne würde bald ihren Zenit erreichen, und weit entfernt hinter den Gipfeln der Berge ballten sich bereits die nächsten Regenwolken. Die Luft war feucht und legte sich wie ein Film auf ihre verschwitzte Haut. Es roch nach der scharfen Frische von Milliarden Blüten und Blättern und einer Ahnung von Holzkohlefeuern, nach verrottendem Grün und sandigem Schlamm, der um die Pfützen trocknete.

Zum ersten Mal sah sie Brenny's Garden mit den Augen einer Plantagenbesitzerin. Die Felder erstreckten sich sanft ansteigend über grüne Hügel bis zum Saum des Urwalds. Im Süden lagen Darjeeling und Calcutta, im Norden die Gebirgskette des Himalaya. Wie die Zacken einer Krone umschlossen die Berge das Tal. Ewiger Schnee bedeckte ihre Gipfel und reichte tief in Abgründe und zerklüftete Schluchten. Der Anblick raubte ihr fast den Atem. Olymp, Heiligtum, Fremde und neue Heimat.

Die Menschen in den Feldern hoben die Köpfe und sahen zu ihr hinüber. Sie trieb Muddy an, aber zu mehr als einem etwas schnelleren Schritt raffte sich die Stute nicht auf. Immerhin lief sie geradeaus. Aber als Bettina sie an einer Kreuzung eine Wendung nach rechts reiten wollte, trottete Muddy einfach weiter. Mit schlafwandlerischer Sicherheit, als wäre dies der einzige Weg und diese hysterische Person im Sattel allenfalls ein notwendiges Übel, das froh sein konnte, nicht abgeworfen zu werden.

Bettina zog an den Zügeln und arbeitete mit den Beinen, doch sie musste sich fügen oder absteigen. Muddy lief auf eine Gruppe Bäume zu, von denen einer tatsächlich seltsam verkrümmt wirkte – die Spitze neigte sich so, dass sie an eine Stupsnase erinnerte. Muddy hatte den Weg gefunden, den Juggernath beschrieben hatte.

Sie klopfte dem Pferd anerkennend auf den Hals, was schnaubend quittiert wurde, gefolgt von einem wilden Schütteln des Kopfes, um die Mücken zu vertreiben.

Dann trottete die Stute vorbei an einem kleinen Zedernwäldchen, wo der Weg eine scharfe Biegung machte und Muddy direkt auf sechs einfache Holzbaracken zuhielt.

Die Coolie Lines.

Wäsche hing auf Leinen, Hühner gackerten. In die Regentonnen pladderten die letzten Tropfen von den Dachrinnen, und hinter den Baracken waren ein paar schmale Streifen beackertes Land zu sehen. Aber nirgendwo auch nur eine Menschenseele.

Muddy blieb mitten auf dem Pfad stehen und stampfte ein paarmal mit den Hufen. Dann stieß die Stute ein schnaubendes Wiehern aus.

Bettina stieg ab und ging mit steifen Beinen ein paar Schritte hin und her. Obwohl sie Eigentümerin des Landes war, fühlte sie sich nicht wohl, ungefragt hier einzudringen. Niemand war zu Hause, alle arbeiteten auf den Feldern. Sie wollte gerade wieder aufsteigen, als sie hinter ihrem Rücken das Quietschen einer Tür hörte.

Maheshs Großmutter stand in der dunklen Öffnung und richtete mit behänden Fingern den einfachen Sari um ihre Schultern. Ihre fast schwarzen Augen ruhten in abwartender Gelassenheit auf dem unangemeldeten Besucher.

»Namaste.« Bettina verwendete bewusst die indische Ansprache.

Die alte Frau trat heraus. Als sie sah, wer vor ihr stand, verbeugte sie sich hastig und hob die zusammengelegten Handflächen vor die Brust.

»Wie geht es dem Kleinen?«

Keine Antwort. Die Frau stand da, als würde sie auf einen Befehl warten.

»Mahesh?«, fragte Bettina.

Angst huschte über die faltigen Gesichtszüge. Sie fing an, in ihrer Sprache zu sprechen, und der Tonfall pendelte zwischen Bitte und Erklärung.

»Sprechen Sie Englisch?«

»No. No english.«

Sie deutete hinaus auf die Felder und machte eine zupfende

Handbewegung. Sie glaubte offenbar, die Memsahib wollte sich persönlich davon überzeugen, dass der Kleine nicht zu Hause bei seiner Großmutter war, sondern den Platz seiner verstorbenen Mutter auch tatsächlich eingenommen hatte.

»Ah.« Bettina lächelte etwas übertrieben, um zu zeigen, dass sie verstanden hatte. »Er ist auf den Feldern und arbeitet. Gut. Wunderbar.«

Nicht gut. Nicht wunderbar.

Ein Fünfjähriger? In Deutschland wurden Kinder an die Webstühle gesetzt und in Bergwerksstollen geschickt. In Fabriken und der Landwirtschaft arbeiteten sie unter zum Teil entsetzlichen Bedingungen. Erst vor ein paar Jahren waren neue Gesetze geschaffen worden, die zumindest die Arbeitszeit einschränkten und das Alter auf zwölf Jahre hochschraubten. Aber wer kontrollierte das, wer sah schon so genau hin?

Die Frau trat, ermuntert durch Bettinas freundliche Reaktion, noch einen Schritt weiter aus der Tür und spähte in die Richtung, aus der sie gekommen war. Erst als sie sich überzeugt hatte, dass niemand die Memsahib begleitet hatte, wandte sie sich wieder an die Besucherin.

»Jacob?«, fragte sie leise.

Bettina, die gerade Muddys Zügel gegriffen hatte und aufsteigen wollte, atmete scharf ein.

»Was ist mit Jacob?«

Die Frau deutete den Weg, wenn man die festgestampfte Erde zwischen den Baracken so nennen wollte, weiter hinunter. Am Ende stand eine Holzhütte, kleiner als die großen Gebäude. Das Haus des Vorarbeiters? Allerdings hatte es keine Fenster und sah ausgesprochen abweisend aus.

»Jacob ist dort?«

Die Frau nickte. Dann huschte sie ins Haus und kehrte mit einem Krug Wasser zurück, den sie Bettina entgegenhielt.

Offenbar sollte sie ihn mitnehmen. Vielleicht machte man das hier so bei seinem Antrittsbesuch?

Bettina bat um einen Moment Geduld und zerrte Muddy an die Barackenwand, wo ein Eisenring eingelassen war. Dort knotete sie die Zügel fest und überlegte, wie sie aus dieser Situation möglichst unbeschadet wieder herauskommen konnte.

Unangemeldet in den Coolie Lines aufzutauchen war eine Sache. Dem Vorarbeiter einen Überraschungsbesuch abzustatten eine andere. Aber die alte Frau sah wohl nichts Ehrenrühriges darin und drückte ihr, kaum dass Muddy ordentlich festgebunden war, den Krug in die Hand.

»Jacob«, sagte sie, und in den dunklen, tief liegenden Augen, umspielt von einem Netz unzähliger kleiner Falten, spiegelte sich Sorge.

»Was ist mit ihm?«

Aber sie bekam keine Antwort. Die Frau huschte zurück in die Baracke.

Jacob

Die Hütte war bei genauerem Hinsehen noch armseliger. Rissige, von Sonne und Regen aufgesplitterte Holzlatten waren lieblos zusammengenagelt worden. Für einen Stall zu klein, für einen Schuppen zu groß. Drei schwere, geschmiedete Riegel verschlossen den Zugang von außen. Wenn hier Jacobs Aufenthaltsort sein sollte, dann befand er sich dort alles andere als freiwillig.

Sie stellte den Krug ab und schob die Riegel zurück, was erstaunlich leicht gelangt. Die Tür schwang mit einem unheilvoll klingenden Laut nach außen auf. Wie zu erwarten, war es im Inneren stockdunkel, und das wenige Licht fiel auf einen Boden aus gestampfter Erde und Überresten von Stroh, das irgendeine gnädige Hand wohl einmal vor langer Zeit ausgestreut haben musste. Vermutlich doch ein Stall, denn links und rechts waren Gatter erkennbar, die einen schmalen Gang in der Mitte flankierten.

»Jacob?«

Sie wünschte sich eine Lampe oder wenigstens einen Kienspan oder eine Kerze. Ihre Augen gewöhnten sich nur langsam an das Dunkel.

»Jacob? Sind Sie hier?«

Es roch nach Blut, Schweiß und Exkrementen. Sie angelte sich den Wasserkrug und setzte ein paar Schritte in den Raum. Dies war kein Aufenthaltsort für Menschen, noch nicht einmal für Tiere. Es waren die Arrestzellen, von denen Shelby gesprochen hatte.

Von irgendwoher kam ein Stöhnen.

»Jacob!«

Etwas huschte zwischen ihren Knöcheln hinaus ins Freie. Sie musste sich zusammenreißen, um nicht laut aufzuschreien.

»Memsahib?«

Mehr ein Krächzen als ein Wort. Die Konturen des Raums traten langsam aus der Dunkelheit.

Eisengitter teilten ihn in vier Zellen auf, zwei links, zwei rechts. Der Zugang war ebenfalls aus grob zusammengeschmiedeten Eisenstäben hergestellt worden. Drei von diesen ziemlich verrosteten und verbogenen Türen standen halb offen. Mehr zu ahnen als zu sehen war die unendliche Verwahrlosung dieses Orts. Ungeziefer, Dreck, Spinnweben und der schwere Geruch von Verwesung bezeugten das Elend, das hier in allen Ritzen nistete.

Die vierte Tür hinten links war mit einer schweren Kette gesichert. Von dort erhob sich ein Schatten und trat an die Gitterstäbe. Das wenige Licht fiel auf ein blutverkrustetes, geschwollenes Gesicht, das kaum noch Ähnlichkeit mit dem des Vorarbeiters hatte.

»Um Himmels willen«, entfuhr es ihr. »Was ist passiert?«

»Das Übliche, wenn Anweisungen missachtet werden. Ist das für mich?«

Hastig hielt sie ihm den Krug entgegen. Er passte nicht durch das Gitter, aber Jacob streckte seine Hände durch die Stäbe und bekam ihn zu fassen. Bei dem Versuch, ihn an die Lippen zu setzen, verschüttete er einiges, aber ein paar Schlucke schaffte er doch.

»Ich wusste das nicht. Hat Mr Shelby das getan?«

Ein dunkelvioletter Striemen lief quer über sein Gesicht. Das Hemd hing ihm in Fetzen vom Leib, und die Flecken auf seiner Hose waren so dunkel, dass sie wohl kaum vom Dreck herrührten. Er nickte und wischte sich mit der freien Hand das Wasser von Hals und Brust.

»Danke. Ich denke, morgen oder übermorgen komme ich hier raus. Weiß er, dass Sie hier sind?«

»Nein, natürlich nicht«, stammelte sie.

Sein Anblick war schockierend. Alles deutete darauf hin, dass er ausgepeitscht worden war. Eine drakonische, barbarische Strafe, die an dunkelste Zeiten erinnerte, die in Indien wohl noch nicht vorüber waren. Sie versuchte, sich ihr Entsetzen nicht anmerken zu lassen, denn das war wahrscheinlich das Letzte, was Jacob helfen würde.

»Für was wurden Sie bestraft?«

Er setzte den Krug noch einmal an und leerte ihn in einem Zug.

»Danke«, sagte er nochmals, gab ihr den Krug zurück und wollte sich abwenden.

»Für was wurden Sie bestraft?«

Er überlegte.

»Ich habe Sie berührt«, sagte er schließlich. »Es war mir nicht gestattet.«

»Sie haben mich gerettet!«

»Das ist Ihre Interpretation.«

In der Ecke des Raums lagen ein paar undefinierbare Lumpen, die Jacob zu einem improvisierten Lager zusammengeschoben hatte. Darauf ließ er sich nieder und streckte sich mit einem unterdrückten Stöhnen aus.

Sie stellte den Krug auf dem Boden ab. »Ich werde mich sofort um Ihre Freilassung kümmern. Mr Shelby wird sich bei Ihnen entschuldigen!«

Jacob kam wieder hoch und stützte sich auf einem Ellenbogen ab. Obwohl es so finster war, dass sie nur mit Mühe seine Umrisse erkennen konnte, schien sein Blick vor Ärger zu glühen.

»Das, Memsahib, tun Sie bitte nicht.«

»Und warum nicht?«

»Weil ich mich in diesem Zustand nur ungern ein zweites Mal auspeitschen lasse.«

»Sie werden überhaupt nicht mehr ...« Bettina weigerte sich, dieses Wort in den Mund zu nehmen. »Das hat Konsequenzen für Mr Shelby.«

»Nein, Memsahib. Verzeihen Sie, wenn ich Sie korrigiere.« Jacob setzte sich mit gekreuzten Beinen auf. Wenn er dabei Schmerzen hatte, so ließ er sie sich nicht anmerken.

»Das hat allenfalls Konsequenzen für mich. Ich habe noch fünf Monate, dann ist mein Vertrag erfüllt, und ich kann zurück nach Hause. Die will ich hinter mich bringen, wenn möglich lebend.«

»Das hier ist Brenny's Garden! Hier stirbt niemand, der für mich arbeitet!«

Einen Moment lang sah es so aus, als ob er antworten wollte, dann ließ er sich aber wieder auf die Lumpen sinken.

Bettina spürte, wie ihre Wangen zu glühen begannen. Erst vor ein paar Tagen war eine Arbeiterin von Shelbys Tonga überfahren worden.

»Es tut mir leid«, presste sie hervor. »Ich werde das wiedergutmachen.«

»Auch davon sollten Sie die Finger lassen.«

Sie trat so nahe an das Gitter heran, dass sie fast die Eisenstäbe am Gesicht spürte.

»Und warum?«, fragte sie eisig zurück. »Hat Mr Shelby mehr Macht als ich, die Besitzerin dieser Plantage?«

»Ja«, sagte er nur.

Und drehte sich auf die Seite, sodass sie nur noch seinen nackten, von Wunden bedeckten Rücken sah.

»Warum?«

»Wollen Sie das wirklich wissen?«, kam es spöttisch zurück.

»Es kann Ihnen kaum entgangen sein, dass es zwischen Ihnen und Mr Shelby einen großen, um nicht zu sagen, *den* großen Unterschied gibt. Er ist ein Mann, und Sie sind, mit Verlaub, eine Frau. Setzen Sie sich auf die Veranda und lassen Sie sich die Sonnenuntergänge nicht entgehen, Memsahib. Und jetzt gehen Sie.«

Warf er sie gerade hinaus? Sie wollte etwas erwidern, aber da hörte sie, wie sich von draußen hastige Schritte und Hufschläge näherten.

»Memsahib! Memsahib!«

Die alte Frau hatte Muddy abgebunden und zerrte das Pferd hinter sich her. Offenbar sollte Bettina sich so schnell wie möglich aus dem Staub machen.

»Sahib Shelby«, rief sie aufgeregt und deutete auf die andere Seite der Coolie Lines, hinter der die Tracts lagen. Von dort kam das Geräusch eines Pferdes in gestrecktem Galopp. Sie würde ihm direkt in die Arme reiten.

Jacobs Worte hatten sie verletzt. Aber wenn der Teemanager sie hier entdeckte, konnte das schwerwiegende Folgen für den Gefangenen haben, so viel hatte sie verstanden.

Nur lag die Arresthütte am Ende einer Sackgasse. Über die kleinen Felder hinter den Baracken wegzureiten hätte nach Flucht ausgesehen.

Sie ergriff Muddys Zügel, nahm den Saum ihres Rocks mit der anderen Hand hoch und beschloss, dem Übel direkt entgegenzugehen.

Wenn man Shelby eines lassen musste, er konnte reiten. Er fegte um eine Wegbiegung und hielt direkt auf sie zu. Bettina blieb stehen, die alte Frau wieselte davon, vermutlich, um Deckung zu suchen.

Erst wenige Meter vor ihr riss er die Zügel seines Pferdes an sich, das in ein ärgerliches Wiehern ausbrach, hochstieg und dann einmal um sich selbst tänzelte. Schaum flog von seinem Maul, als es den Kopf schüttelte. Auch ein Marwari, aber einer, der noch mehr Feuer unter dem Hintern hatte als Juggernaths erste Wahl.

»Mrs Vosskamp.« Übertrieben höflich zog Shelby seinen zerknautschten Hut, während das Pferd nun auf der Stelle tänzelte. »Ich sehe, Sie haben sich bereits mit dem Terrain vertraut gemacht.«

»Ein wenig«, gab sie zurück.

Sie war weit genug entfernt von der Arresthütte. Immerhin hatte er sie nicht in flagranti erwischt, wie sie mit einem verurteilten indischen Mitarbeiter sprach. Jacob hatte recht: Das wäre Grund genug für jemanden wie Shelby, die Peitsche gleich noch einmal einzusetzen.

Sein Pferd riss den Kopf zurück und machte den Eindruck, als hätte es nichts gegen eine weitere Runde Renngalopp einzuwenden.

»Sie waren ja leider nicht zur Stelle.«

»Ich bitte untertänigst um Verzeihung, aber der Arbeitstag beginnt hier etwas früher, als Sie es vielleicht gewohnt sind.«

Vor seinen Augen auf Muddy zu steigen war eine Herausforderung. Ihre Beine schienen alle Kraft verloren zu haben, und als es ihr gelang, sich mit einem Schwung hinaufzuziehen, war der Rock im Weg. Sie musste ihn schürzen, und der Blick, den Shelby auf ihre lange Unterhose warf, sprach Bände.

»Wir haben leider keinen Damensattel«, sagte er und beobachtete genüsslich, wie sie wieder mit beiden Beinen auf dem Boden landete und wütend den Rock an der Hüfte zusammenknotete.

»Nicht nötig.«

Angefacht von dem brennenden Ehrgeiz, sich nicht noch einmal vor ihm zu blamieren, gelang ihr der Aufsitz fast mühelos.

»Ich werde das in Zukunft so handhaben, wie Helene Vosskamp das getan hat. Und nicht nur, was das Reiten betrifft.« Sie ergriff die Zügel und betete, dass Muddy sich vielleicht dieses eine Mal an ihre Vorgaben halten würde.

»Was genau schwebt Ihnen da vor?«, fragte er.

»Das werden Sie noch früh genug erfahren. Ich möchte jetzt auf die Felder. Und als Erstes zu Mahesh.«

Die Ratlosigkeit in seinem Gesicht war ehrlich. »Zu wem?«

»Zu dem Jungen, den wir zum Waisen gemacht haben.«

Der erste Stein

Shelby ritt voran. Er tat so, als ob er auf sie Rücksicht nehmen würde. In Wirklichkeit hoffte er wohl, sie würde sich bei dem Tempo, das er vorlegte, irgendwann den Hals brechen.

Muddy hatte begriffen. Als ob es ihre ganz persönliche Art wäre, es diesem brutalen Herrn und Meister zu zeigen, legte die Stute einen Ehrgeiz an den Tag, den ihr wohl niemand, noch nicht einmal Shelby, zugetraut hätte. Bettina fürchtete mehr als einmal, in hohem Bogen aus dem Sattel zu fliegen. Aber das Pferd schien zu spüren, wann seine Reiterin unsicher wurde, und verlangsamte jedes Mal das Tempo.

Als sie das nächste Mal abstieg, hatte sie das Gefühl, einmal durchgeprügelt worden zu sein. Es gab keine Faser ihres Körpers, keinen Muskel, der nicht schmerzte und gegen jede weitere Beanspruchung protestierte. Die Haut an der Innenseite der Oberschenkel war wund gescheuert, die Hände, die verzweifelt die Zügel umklammert hatten, aufgerissen und von Blasen übersät.

Sie standen an einer der Wegkreuzungen, die die einzelnen Felder voneinander trennte. Ein Coolie kam sofort auf sie zugerannt und führte die Pferde ein Stück weiter, wo im Schatten einiger Bäume Wassereimer standen.

Bettina fühlte sich nicht in der Lage, auch nur einen Schritt zu tun. Es erforderte ihre gesamte Willenskraft, überhaupt noch auf den Beinen zu bleiben und sich vor allen Dingen nicht anmerken zu lassen, wie sehr sie dieser Ritt buchstäblich aus dem Gleichgewicht gebracht hatte.

»Hier entlang.«

Shelbys Hand lag auf der Peitsche, als er sich vor ihr in die

Büsche schlug. Schmale Trampelpfade führten an den Teepflanzen vorbei. Mehr als einmal blieb Bettina stehen und betrachtete eingehend die Spitzen. Sie hatte keine Ahnung, wie frisch geernteter Tee aussah, weil sie ihn nur nach der Fermentierung und Trocknung zu Gesicht bekommen hatte. Aber es handelte sich eindeutig um mehrjährige Pflanzen, und der Tee war ordentlich gepflückt worden, wie ihr schien.

Shelby stieß einen scharfen Pfiff aus. Sie befanden sich in der Mitte des Felds. Männer und Frauen unterbrachen augenblicklich ihre Arbeit und eilten aus allen Richtungen auf sie zu. Einige trugen Körbe, andere Hacken, Spaten oder Rechen. Im Nu waren sie und Shelby von gut zwanzig Leuten umzingelt, die sichtlich bemüht waren, nicht zu angespannt auszusehen, was dieses plötzliche Auftauchen zu bedeuten hatte.

Shelby sprach ein paar Worte auf Englisch und dann auf Bengali. Ein Raunen und Zischen ging durch die Anwesenden, bis zwei Frauen zur Seite traten und den Blick auf den kleinen Jungen freigaben.

Er wirkte apathisch. Sein Korb war erst zur Hälfte gefüllt, und der abwesende Blick blieb auch gesenkt, als Shelby ihn zum Vortreten aufforderte.

»Sag der Memsahib gefälligst ordentlich Guten Tag!«, herrschte er das Kind an.

Der Junge verstand nicht. Jemand flüsterte ihm die Übersetzung zu. Er sah hoch, und Bettina blickte in ein entzündetes dunkles Augenpaar, das durch sie hindurchzusehen schien. Er war dünner geworden, schien es ihr. Die Kleidung verdreckt und an einigen Stellen zerrissen. So hatte er nicht ausgesehen, als er noch in der Obhut seiner Mutter gewesen war.

Sie ärgerte sich, dass sie nichts zum Essen mitgebracht hatte. Ein Zuckerplätzchen, oder wenigstens eine Rupie, damit der Junge wusste, dass sie sich um ihn Gedanken gemacht hatte.

Aber noch bevor sie den Gedanken zu Ende gebracht hatte, flog der erste Stein.

Er traf sie an der Schulter. Sie schrie erschrocken auf, und im nächsten Moment hatte Shelby sie wütend zur Seite gestoßen und die Peitsche entrollt.

»Wer war das?«, brüllte er.

Der nächste Stein traf ihn im Rücken. Er fuhr herum, und mit wutverzerrter Miene sah er zu den Bäumen. Die Pferde waren weg.

»Wer?«

Die Peitsche knallte durch die Luft und fuhr auf die nieder, die das Unglück hatten, am falschen Platz zu stehen. Ein heulender Aufschrei war die Folge, eine Kanonade wütender Verwünschungen, die Bettina nicht verstand, die aber vom Tonfall her eindeutig waren: »Es reicht. Wir wollen nicht mehr.«

Die ersten drehten ab und rannten davon. Shelby zog eine Pistole, die er gut verborgen unter seiner Gürteltasche getragen hatte.

»Nein!«, schrie sie ihn an.

Der Junge, völlig verschreckt, klammerte sich an sie.

»Stecken Sie die Waffe weg!«

»Was?«, brüllte Shelby und fuchtelte noch wirrer mit der Pistole herum. »Die gehören abgeknallt, wenn die Kugel nicht zu schade für sie wäre!«

»Nein!«

Obwohl Mahesh an ihr hing wie ein Sack nasser Wäsche, gelang es ihr, sich zwischen den rasenden Teemanager und die Pflücker zu stellen.

»Aufhören! Stopp! Alle!«

Sie hob die Arme und schrie die Befehle in beide Richtungen. Die Arbeiter, die schon geflohen waren, blieben stehen und wandten sich zögernd um.

Ihr blieb beinahe die Luft weg vor Schreck und Schock. Um ein Haar hätte Shelby auf seine eigenen Arbeiter gezielt, vor ihren Augen. Das musste ein Ende haben, augenblicklich.

»Sind Sie wahnsinnig?«, fuhr sie ihn an.

Shelby betrachtete seine Waffe und steckte sie dann mit einem sehr bedauernden Gesichtsausdruck zurück.

»Manchmal geht es nicht ohne ein bisschen Wahnsinn, Ma'am.«

»Sie töten niemanden von meinen Leuten. Haben Sie das verstanden?«

»Das war Aufruhr. Offener widerwärtiger Aufruhr!« Die letzten Worte schrie er in die Gruppe, die angsterfüllt zurückwich. »Jeder Einzelne von euch wird seine Strafe bekommen.«

Ein Pfiff, und aus allen Ecken der Felder tauchten Gestalten auf, die offenbar bei den Pflückerinnen und Pflückern nicht sehr beliebt waren. Die Mohurirs, die Vorarbeiter. Die Plantagenarbeiter stießen leise Flüche aus und spuckten auf den Boden, aber sie saßen in der Falle.

»Was wird das, Shelby?«

Er schenkte ihr wieder ein Grinsen, das wie eine Beleidigung aussah und sicher auch so gemeint war.

»Morgen früh gibt's ein wenig Volksbelustigung.«

»Was heißt das?«

Er trat auf sie zu, und das Grinsen verschwand. »Sie haben zwei Möglichkeiten, Ma'am. Entweder verschaffen Sie sich Respekt, oder der nächste Stein trifft Sie«, sein Zeigefinger stach in ihre Richtung, »zwischen die Augen.«

Sein Blick wanderte über die Arbeiter, und er verhieß nichts Gutes.

»Morgen früh beim Appell werden die vortreten, die uns angegriffen haben, und an ihnen wird ein Exempel statuiert.«

Die Übersetzung wurde flüsternd weitergegeben. Sie spürte,

wie zwei kleine Hände sich noch fester in den Stoff ihres Rocks krallten, und sah hinunter in Maheshs schreckgeweitete Augen.

»Wenn nicht …«, Shelby holte tief Luft und stemmte die Hände in die Hüften, »… werden alle bestraft.«

Das Entsetzen war so groß, dass einige der Frauen laut aufheulten.

Shelby wandte sich an Bettina. »Möchten Sie noch etwas hinzufügen? Meine Autorität untergraben und beispielsweise sagen, dass alles wäre nicht so gemeint? Irrtum. Mit etwas anderem als Härte kommt man bei diesen Leuten nicht durch.«

»Lassen Sie Jacob frei. Sofort.«

Er schob die Lippen vor, was auf eine unverschämte Weise abschätzig wirkte.

»Er hat noch drei Tage abzusitzen. Das ist die Strafe. Er kann froh sein, dass ich eine so hohe Meinung von Ihnen habe.«

Sein Blick glitt an ihr hinunter und fiel auf den Jungen, der sofort sein Gesicht in ihrem Rock vergrub.

»Denn wenn ich die nicht hätte, dann könnte man Ihr Interesse an diesem Mann durchaus auch anders interpretieren. Das wäre nicht gut. Nicht für Sie und erst recht nicht für ihn.«

»Soll das eine Drohung sein?«

»Machen Sie daraus, was Sie wollen.«

Er drehte sich um und stapfte in Richtung der Bäume davon, um sein Pferd wieder einzufangen. Alle starrten sie an.

»Lass los«, sagte sie schließlich leise zu dem Jungen.

Sie wollte seine Hände entfernen, aber er klammerte sich nur noch fester an sie. Vermutlich hätte sie ihren Rock in Stücke reißen müssen, um ihn loszuwerden.

»Gut. Dann komm mit.«

Sie reichte ihm die Hand. Unter den ungläubigen Blicken der Arbeiter ließ er den Rock los und packte erstaunlich kräftig zu. So kräftig, dass sie das Gefühl hatte, dass sie viel mehr in Stücke reißen müsste, um dieses Kind seinem Schicksal zu überlassen.

Gemeinsam liefen sie den Pfad zurück bis hoch zur Wegkreuzung, wo Muddy wohlgemut ein paar Meter weiter auf sie wartete und sicher das einzige Wesen auf der Plantage war, das nichts dagegen hatte, eine weiße Frau zusammen mit einem indischen Kind auf dem Rücken zurück zu den Bungalows zu bringen.

Ein Kind, eine Maid, ein Sekretär

»Das ist Mahesh.«

Mary zog die Augenbrauen hoch.

»Er sollte ein Bad bekommen und etwas zum Anziehen. Und Essen. Vielleicht Essen zuerst.«

Bettina griff nach der Schale mit Gebäck und hielt sie dem Jungen entgegen. Zögernd nahm er einen Keks und biss hinein. In Helenes Zimmer sah er fast noch erbärmlicher aus mit seinen entzündeten Augen und den mageren Armen als auf dem Feld. Die Kleidung verdiente schon fast die Bezeichnung Lumpen.

Sie war in der Tradition hanseatischer Kaufmannsehre groß geworden. Man sorgte für seine Leute, man trug Verantwortung für sie. Ging es den Arbeitern gut, liefen auch die Geschäfte. Man musste ja nicht gleich zur Sozialistin werden und einen Achtstundentag fordern, und Kinder zur Arbeit zu schicken war immer noch allgemein üblich. Aber sie lernten lesen und schreiben, gingen zur Schule und wurden ernährt und gekleidet.

»Schmeckt das?«, fragte sie überdeutlich. »Schmeckt das gut?«

Der Junge sah fragend zu Mary. Die sprudelte hastig ein paar Sätze heraus, woraufhin er den Keks vor Schreck fast fallen ließ und heftig nickte.

»Er schmeckt«, sagte Mary. »Memsahib, darf ich fragen, was Sie mit diesem Kind vorhaben?«

»Baden«, antwortete Bettina. »Anziehen. Füttern. Schlafen. Und dann sehen wir weiter.«

Mary knickste ansatzweise, griff den Jungen am Arm und bugsierte ihn aus dem Zimmer.

»Ich übrigens auch!«, rief Bettina ihr hinterher. »Baden, Anziehen, Füttern, Schlafen.«

Das Mädchen grinste. Im selben Moment wurde ihr klar, dass sie vielleicht etwas zu spontan reagiert hatte, machte einen Knicks und verschwand.

Bettina ließ sich mit einem Stöhnen aufs Bett fallen und streifte die Stiefel ab. Ihr Körper fühlte sich an, als wäre er auf ein Mühlrad gespannt einen Hügel hinuntergerollt worden. Jeder Knochen, jede Faser schmerzte. Sie versuchte, den festgeklebten, blutigen Stoff ihrer Unterhose von der Haut abzuziehen, und jaulte fast auf vor Schmerz. Hoffentlich gab es in diesem Haus eine Wundsalbe. Es würde Tage dauern, bis sie wieder normal laufen konnte.

Aber dann ging es doch schneller als gedacht. Nachdem sie gebadet, sich verbunden und umgezogen hatte, verzichtete sie auf den Schlaf und verließ am Nachmittag ihr Zimmer. Etwas humpelnd und o-beinig zwar, aber immerhin auf zwei Beinen und nicht kriechend.

Es wurde Zeit, dass sie ihre Plantage in Besitz nahm. Nicht nur draußen, sondern auch im Contor.

Das befand sich im Erdgeschoss hinter der Bibliothek. Es war ein schöner Raum mit großen Fenstern, die hinaus auf ein Stück verwilderten Garten gingen, wo vor langer Zeit wohl jemand versucht hatte, ein paar einheimische Gewächse zu kultivieren. Aber der Urwald verschlang alles, wenn man sich ihm nicht rigoros entgegenstellte. Und so ähnlich musste es auch nach Ewans Weggang mit dem Contor passiert sein.

Allerdings hatte sich hier kein Urwald ausgebreitet, sondern eine unübersehbare, fast gewollte Vernachlässigung. Papiere stapelten sich ungeordnet, Rechnungsbücher standen durcheinander in den Regalen, auf allen ebenen Flächen oberhalb des Fußbodens lagen Papprollen, Listen, Lieferscheine, Briefe und

Zeitungen. Es war ein heilloses Durcheinander, das Bettina an eine Inszenierung erinnerte. Ein Bühnenbild zu einem Stück mit dem Titel: *Hier geht es sowieso nur noch bergab*.

Sie räumte den Stuhl hinter dem Schreibtisch leer und setzte sich, weil ihre Beine zitterten. Vielleicht lag es daran, dass sie das Reiten erst wieder lernen musste. Vielleicht aber auch an den schockierenden Erlebnissen, die sie in den ersten Stunden als offizielle Plantagenbesitzerin durchlebt hatte.

Und ganz vielleicht auch daran, dass dies der Raum gewesen war, in dem Scott Ewan noch gemeinsam mit Helene Vosskamp und Robert Stirling die Plantage zu einem kleinen, ordentlichen Unternehmen entwickelt hatte. Auf dem Schreibtisch befand sich ein Tintenfass mit schwarz angelaufenem Silberverschluss. In einem Köcher daneben vertrocknete Federhalter. Dahinter an der Wand drei gerahmte Auszeichnungsbriefe, die bescheinigten, dass »Brenny's Garden Darjeeling« auf den Weltausstellungen in London, Paris und Antwerpen zu den herausragenden Gewinnern gehört hatte.

Sie versuchte, sich Helene in dem Raum vorzustellen und diesen geheimnisvollen Robert Stirling, und fühlte sich alleingelassen. Sie hatte niemanden an ihrer Seite außer Shelby, diesen hinterhältigen Betrüger, den sie am liebsten sofort hinausgeworfen hätte.

Aber ohne einen Teemanager war sie verloren. Er war es, der in diesem Chaos vielleicht noch die Übersicht behielt. Der sämtliche Arbeitsabläufe im Blick hatte. Die Einsätze koordinierte. Die Staumeter auf den Handelsschiffen bestellte. Mit den Tradern die Preise ausmachte. Und nicht zuletzt: der die Arbeiter kontrollierte. Schlimmstenfalls, indem er ein Exempel statuierte. Das musste verhindert werden, aber sie hatte noch keine einzige Idee, die sie auch durchsetzen konnte.

Es klopfte.

»Memsahib?«

Sie fuhr erschrocken zusammen und strich sich hastig über die Haare, die wie immer in dieser Luftfeuchtigkeit ein ganz besonderes Eigenleben entwickelten.

»Ja?«

Die Tür wurde geöffnet. Jacob, in eine ziemlich frisch gewaschene Arbeitskluft gehüllt, einen einigermaßen akzeptablen Turban auf dem Kopf und, dem Geruch nach zu schließen, den der leise Luftzug ins Zimmer wehte, gewaschen und mit Kokosnussöl eingerieben, verbeugte sich mit vor der Brust zusammengelegten Händen.

»Oh.«

Mehr brachte sie nicht heraus und war sich im selben Moment bewusst, wie albern das klang. Viktorianische Salonkomödien arbeiteten vielleicht mit einsilbigen Überraschungskommentaren. Aber sie befand sich auf einer dem Untergang geweihten Teeplantage, ihr Teemanager brachte die gesamte Belegschaft gegen sich auf, und ihr Vorarbeiter war gerade aus der Arrestzelle entlassen worden. Jetzt musste langsam einmal Schluss sein mit diesem hilflosen Getue.

Aber sie war hilflos, und sie wusste nicht, wie sie je aus dieser Situation herausfinden sollte.

»Kommen Sie herein.«

Er richtete sich auf und trat ins Zimmer, ließ aber die Tür offen.

Ein blutroter Striemen führte quer über seine linke Wange. Ein Auge war zugeschwollen und schillerte in allen Farben des Regenbogens, das andere war zumindest heil geblieben. Da er ein hochgeschlossenes Hemd trug, war nicht zu erkennen, inwieweit seine weiteren Verletzungen behandelt worden waren.

»Wie geht es Ihnen?«, fragte sie.

»Den Umständen entsprechend. Danke.«

»Ihre Strafe war nicht gerechtfertigt, also habe ich sie aufgehoben.«

»Sieht das Mr Shelby genauso?«

Sie nahm einen der Briefe hoch und überflog ihn.

»Wie Mr Shelby das sieht, kann nicht meine einzige Sorge sein.«

Der nächste Brief.

»Das sollte es aber.«

Und noch einer. Gleicher Inhalt, fast identische Worte.

… stellen wir mit Bedauern die Lieferung von Mehl ein, wenn nicht umgehend der geforderte Betrag … müssen wir das gelieferte Kochgeschirr wieder abholen, wenn nicht sofort … kann nach dritter untertänigster Erinnerung keine weitere Berücksichtigung Ihrer Bestellung …

»Warum?«, fragte sie zerstreut.

»Memsahib, ich habe nichts dagegen, Strafen auf mich zu nehmen, egal, ob sie gerechtfertigt sind oder nicht. Was viel schlimmer ist, sind Gerüchte.«

Sie legte die Briefe ab.

»Gerüchte?«

Er sah durch die geöffnete Tür hinaus in den Flur, der an der Bibliothek vorbei in die Eingangshalle führte. Offenbar war niemand zu sehen.

»Sie hätten … nun, ich kann nur wiederholen, was mir zugetragen wurde.«

»Ja?«, fragte sie schärfer, als es nötig gewesen wäre. »Nur heraus damit.«

Er legte die Hände auf den Rücken und wippte ein wenig vor und zurück. Vermutlich das einzige Zeichen von Unsicherheit, das er sich gestattete.

»Einen Narren an mir gefressen«, sagte er schließlich, nicht ohne einen Unterton von Ärger.

»Einen was?«

Mehr brachte sie vor Verblüffung und Scham nicht hervor. Es war, als hätte Shelby ihr persönlich ins Gesicht gespuckt.

»Einen Narren. Sagt man das in Deutschland nicht so? Es bedeutet …«

»Ich weiß, was das bedeutet«, fuhr sie ihm über den Mund. »Wer sagt das?«

»Ihr Tea Manager, als er mich aus dem Arrest entließ. Memsahib.«

Er trat einen Schritt näher an den Schreibtisch und fixierte sie mit seinem unverletzten Auge. »Solche Gerüchte sind mein Tod. Und Ihrer auch, gesellschaftlich gesehen. Ich bitte Sie, bei mir von jeder Art besonderer Behandlung abzusehen.«

Sie spürte, wie eine hektische Röte ihren Hals hinaufkroch, und verfluchte sich dafür.

»Nichts liegt mir ferner«, brachte sie heraus und hoffte, dass er ihre Verunsicherung nicht bemerkte. »Aber ich dulde keine solchen Bestrafungen auf meiner Plantage. Ich bin mit anderen Werten groß geworden.«

Zum ersten Mal lag so etwas wie Interesse in seinem einen Auge. Er war größer als sie, schlank, aber muskulös, also auch schwere Arbeit gewohnt. Er schüchterte sie ein, auf eine unbestimmte Weise, die sie noch nicht einmal hätte in Worte fassen können. Wahrscheinlich, weil sie ihm ungewollt zu nahe getreten war und seinen Stolz verletzt hatte.

»Ihre Werte mögen in Deutschland gelten. Aber hier …«

Stimmen und schnelle Schritte näherten sich aus der Halle.

»Bleib stehen!«, hörte sie Mary rufen. »Wirst du wohl hören?«

Es folgte ein Schwall melodischer, aber nicht unbedingt freundlicher Worte. Nackte Füße patschten auf die Fliesen, und schon fegte Mahesh um die Ecke und rannte den Flur hinunter genau auf sie zu.

»Memsahib!«, schrie er mit schriller, angsterfüllter Stimme.

Jacob machte einen Schritt zur Seite, um den Wirbelwind vorbeizulassen. Bettina trat hinter dem Schreibtisch hervor und konnte ihn gerade noch auffangen.

»Es tut mir so leid!« Mary keuchte heran. »Er ist mir entwischt. Kommst du wohl her?«

Wieder spürte sie den eisenharten Griff, mit dem sie von diesen dünnen Armen umklammert wurde. Der Kleine sah wesentlich besser aus. Er trug ein viel zu großes Hemd, aber seine entzündeten Augen waren mit Salbe behandelt worden. Das Bad und die Mahlzeit mussten seine Lebensgeister geweckt haben, denn er sah quicklebendig aus.

»Was willst du denn?«, fragte sie.

Der Junge sprudelte eine Erklärung hervor, von der Bettina kein Wort verstand.

Mary presste die Lippen zusammen und sah zu Boden. Jacobs Gegenwart machte ihre Maid nervös, aber aus ganz anderen Gründen als denen, die hier wohl sehr schnell aus dem Hut gezaubert wurden. Er gehörte als Ewans ehemaliger Sekretär einer anderen Kaste an, und es stand ihr ins Gesicht geschrieben, dass sie nicht wusste, wie sie mit dieser Situation umgehen sollte.

»Was sagt er?«

Der Blick des Mädchens flog ängstlich zu Jacob. Der nickte kaum wahrnehmbar, erteilte ihr also die Erlaubnis zu reden. Ärger stieg in Bettina hoch. Natürlich hatte es auch im Teepalast eine Hackordnung gegeben, wie in jedem bürgerlichen Haushalt, das Dienstpersonal beschäftigte. Aber niemand erteilte dem anderen die Genehmigung zu sprechen.

»Das ist Mahesh«, sagte sie zu Jacob, bevor Mary mit der Übersetzung beginnen konnte. »Und das ist Mary, meine Maid.«

Er nickte. Über seine Lippen fuhr ein tiefer, kaum verschorfter Kratzer, aber dennoch verzog er sie zu so etwas wie einem andeutungsweisen Lächeln.

»Eine Adivasi?«, fragte er, und Marys Kopf sank noch tiefer.

»Meine Maid«, wiederholte sie eisig. »Sie ist im Übrigen befugt, jederzeit ihre Stimme zu erheben und zu sprechen, ohne Ihre Zustimmung einzuholen.«

Das ansatzweise Lächeln verschwand. Sie spürte, dass sie ihn verärgerte, aber das war immer noch besser, als von ihm darauf hingewiesen zu werden, keine *Gerüchte* zu verstreuen.

»Also. Was sagt er?«

Mary räusperte sich und hob den Kopf um ein paar Millimeter, wagte aber immer noch nicht, ihr oder Jacob in die Augen zu sehen.

»Er bittet darum, nicht zurück in die Felder geschickt zu werden, Memsahib.«

Nach einer Bitte hatte sich sein Geschrei nicht angehört, aber Bettina nahm Mary die milde Übersetzung nicht übel.

»Das soll er auch nicht. Wie alt ist er?«

Kurze Frage von Mary an den Jungen, der mit den Schultern zuckte.

»Er weiß es nicht.«

»Jedenfalls kommt er mir zu jung vor für die Arbeit auf den Feldern. Wir werden etwas im Haus finden.«

Mary nickte und verknotete ihre Hände. Etwas Ungesagtes lag in der Luft. Schließlich flüsterte sie ein paar Worte auf Bengali, woraufhin Jacob nachdenklich seine Hand ans Kinn legte. Da dies allerdings auch von einem üblen Schlag in Mitleidenschaft gezogen worden war, ließ er sie schnell wieder sinken.

»Ja?«, herrschte Bettina ihn unfreundlich an.

Wahrscheinlich musste sie sich an diesen Ton gewöhnen, um überhaupt eine Antwort zu bekommen.

»Er muss den Vertrag seiner Mutter übernehmen. Leider war das die Bedingung, unter der sie überhaupt ihren Sohn mit auf die Plantage bringen durfte. Er hat nun ein doppeltes Soll. Zum einen muss er seine Pflicht erfüllen, zum anderen noch die seiner Mutter.«

Die Ärmchen klammerten sich wieder fester an sie, als ob der Junge wüsste, von was sie gerade sprachen.

»Aber wir …« Bettina musste sich räuspern, um die Kehle frei zu machen. »Wir sind schuld an ihrem Tod.«

»Mr Shelby Sahib sieht das anders.«

Sie holte tief Luft, um den Ärger zu unterdrücken, der immer wieder in ihr hochstieg, wenn Shelbys Meinung als wichtiger als ihre erachtet wurde.

»Wo ist der Vertrag?«

Jacob trat zwei Schritte zurück, um ja nicht näher als einen Meter an sie heranzukommen, und ging dann an das Regal hinter dem Schreibtisch. Dort suchte er etwas herum, fluchte dabei leise in sich hinein und fand schließlich einen Ordner, den er auf dem Schreibtisch ablegte.

Bettina und Mary wechselten einen kurzen Blick.

»Hier.«

Sein Zeigefinger legte sich auf ein Blatt, ausgestellt von einer Agentur in Calcutta. Bettina befreite sich sanft aus der Umklammerung des Kindes, ging zum Tisch, Jacob rückte natürlich wieder einen Meter zur Seite, und sie las das auf Englisch verfasste Schriftstück durch.

»Fünf Jahre?«, fragte sie erstaunt. »Für drei Rupien die Woche?«

»Das sind noch alte Verträge.«

Sie waren auf Englisch verfasst, eine Sprache, die wohl die wenigsten einheimischen Arbeiter beherrschten. Sie holte eine Feder aus dem Köcher und schraubte das Tintenfass auf. Dann zog sie einen Strich über die Seite und schrieb *terminated* darunter. Datum, Unterschrift, fertig.

Jacob verschränkte die Arme. In seinem malträtierten Gesicht wechselten sich widerwillige Anerkennung und Ungläubigkeit ab.

»Das habe ich noch nie erlebt«, sagte er schließlich.

Bettina schlug den Ordner zu und reichte ihn ihm.

»Dann werden Sie vermutlich noch öfter das Vergnügen haben«, antwortete sie schnippisch. »Denn Ihre Zeit bei mir ist noch nicht beendet. Ich setze Sie mit sofortiger Wirkung wieder als Sekretär und Übersetzer ein. Und Weisungen nehmen Sie von niemand anderem als von mir entgegen.«

Er nahm den Ordner und behielt ihn unschlüssig in der Hand.

»Und als Erstes schreiben Sie an Mr Buchanan, dass Mary ab sofort auf Brenny's Garden als meine Maid arbeitet. – Bist du damit einverstanden?«

Das Mädchen öffnete den Mund, schlug die Hand davor und schloss ihn wieder.

»Ma'am«, stieß sie hervor und korrigierte sich sofort. »Memsahib, das ist … ja! Natürlich!«

Mahesh sah aufmerksam von einem zum anderen und stellte mit seiner hellen Stimme eine Frage.

»Er will wissen, was aus ihm wird«, setzte Mary schnell hinzu.

Bettina sah den Jungen an. Er hatte Willensstärke und Mut bewiesen. Der jähe Tod seiner Mutter war noch lange nicht verwunden, aber er schien ihn nicht gebrochen zu haben. Sein Blick war fragend und trotzig zugleich. Angst schien er nur vor Shelbys Rage zu haben. Zu ihr hingegen hatte er sich geflüchtet, obwohl sie in dem Unglückswagen gesessen hatte.

Vielleicht mache ich doch nicht alles falsch, dachte sie.

»Er wird hierbleiben und zunächst im Haus kleine Aufgaben übernehmen. Wer weiß, vielleicht wird eines Tages ein Tea Master aus ihm?«

Mary übersetzte, und ein Strahlen breitete sich über das Gesicht des kleinen Jungen aus. Er wollte wieder auf Bettina zulaufen, aber dieses Mal bekam Mary ihn rechtzeitig zu fassen und wies ihn mit einem leisen Befehl in die Schranken.

Einen Moment war Bettina versucht, diese stürmische Umarmung doch zuzulassen. Aber sie befürchtete, er könnte sich daran gewöhnen und sich dadurch in eine ähnliche Gefahr begeben wie Jacob. Sie musste vorsichtig sein, damit niemand sich durch ihre Entscheidungen bevorzugt oder benachteiligt fühlte.

»Können wir anfangen?«, fragte sie ihn. »Oder brauchen Sie noch etwas Zeit?«

»Nein. – Ja, natürlich können wir anfangen, Memsahib.«

Sie wandte sich an Mary. »Richte dir und Mahesh ein Zimmer in meiner Nähe ein. Das ist eine Anordnung.«

Den letzten Satz sagte sie für den Fall, dass es im Haus deshalb böses Blut geben könnte. Mary knickste und verlor dabei vor Aufregung fast das Gleichgewicht. Dann ergriff sie die Hand des Jungens und verließ das Contor.

Bettina sah zu Jacob, der ihre Anweisungen mit unbeweglichem Gesicht aufgenommen hatte.

»Setzen Sie sich.«

Sie wies auf den Stuhl, der auf der anderen Seite des Schreibtischs stand.

»Fühlen Sie sich auch wirklich in der Lage zu arbeiten?«

»Selbstverständlich«, kam es indigniert zurück.

»Dann weisen Sie mich jetzt bitte in die Besonderheiten der Arbeitsverträge ein.«

Bis zum Abend durchforsteten sie die Regale und fanden schließlich fast einen laufenden Meter Coolie Contracts. Fast alle waren mit einem Daumenabdruck unterzeichnet und ausgestellt von den Calcutta Coolie Tradern. Menschenhändlern. Seit der letzten Gesetzesänderung liefen die Verträge nur noch über ein Jahr, aber auch das wurde auf Brenny's Garden kaum noch eingehalten.

»Sie rennen weg«, sagte Jacob. »Obwohl drei Jahre Haft darauf stehen, die kaum einer überlebt. Wer nach Bengalen geht, kommt nicht wieder zurück, heißt es.«

Bettina starrte fassungslos auf die Papiere.

»Wer zum Beispiel nach Mauritius verschifft wird, hat eine Chance von achtundneunzig Prozent, dort einzutreffen. Wer nach Assam geht, nur sechzig Prozent. Die Bedingungen auf den Schiffen sind unmenschlich. Zehntausende, die aufgebrochen sind, kehrten nie wieder zurück. Man sagt, der Gott des Windes bläst die Knochen derer vor sich her, die in Assam und Darjeeling starben.«

Sie lehnte sich zurück. Vor dem Fenster senkte sich eine violette Dämmerung, und die Gerüche von draußen wurden intensiver. Die Schreie der Vögel mischten sich unter die der Tiere, die auszogen, ihre Beute zu stellen.

»Warum?«, fragte sie schließlich.

Jacobs Blick schien sie zu durchbohren. »Ihre Werte, Memsahib.«

Bettina stand auf und ging den schmalen Gang zwischen Schreibtisch und Regal, den sie leer geräumt hatten, ein paar Schritte auf und ab.

»Das Erste, das Allererste, was man als Kaufmann oder Handwerker lernt, ist sein Werkzeug und seine Arbeiter pfleglich zu behandeln.«

»In dieser Reihenfolge?«

Sie spürte die unausgesprochene Anklage, aber sie weigerte sich, sie auf sich zu beziehen.

»Sie wissen genau, wie ich das meine.«

»Dann gibt es das also in Ihrem Land nicht, dass Arbeiter sich gegen schlechte Bedingungen wehren?«

»Doch.« Sie erinnerte sich an Clara, die ihr einmal ein leidenschaftliches Plädoyer gehalten hatte, dass der Mensch doch mehr wert sei als die Arbeit, die er leiste. »Und es sind harte Kämpfe, die gefochten werden. Denn nicht jeder Unternehmer kann es sich leisten, seine Leute besser zu bezahlen oder weniger arbeiten zu lassen. Aber vielleicht ist das der Unterschied, dass unsere Arbeiter kündigen und gehen können, wohin sie wollen. Sie werden nicht ins Gefängnis geworfen, sie werden auch nicht ausgepeitscht und mit der Waffe bedroht. Sie sind keine Leibeigenen.«

Sie atmete tief durch.

»Ich weiß, dass Helene Vosskamp Änderungen durchgesetzt hat, was Krankheitstage und die Schonfrist einer Mutter nach der Entbindung angeht. Und dass der Garden Doctor einmal im Monat für jeden zu sprechen war.«

Jacob nickte. »Das war eine außergewöhnliche Gnade.«

Sie blieb stehen. Weit genug von ihm entfernt, um nicht wieder in irgendeinen hanebüchenen Verdacht zu geraten.

»Ich nenne das Verantwortung.«

»Sicher. Das mag sie wohl in Ihren Augen sein.«

»Aber?«

Er legte ein paar Verträge aufeinander, nahm sie hoch und stieß sie auf der Tischplatte zu einem Stapel zusammen.

»Aber?«

Herrgott, bekam sie denn nie eine Antwort auf eine Frage?

»Gnade ist kein Recht«, sagte er schließlich und legte den Stapel zu den anderen.

Sie wollte ihm sagen, was sie von seinen Spitzfindigkeiten hielt, konnte sich aber gerade noch zurückhalten. Wenn er schon so viel Wert auf Etikette legte, sollte er diesen Maßstab vielleicht auch einmal an seine eigenen Worte legen. Für jemanden, den sie gerade aus der Arrestzelle geholt hatte, war er ziemlich unverfroren.

Andererseits war es das, was ihr an ihm gefiel. Wobei *gefallen* vielleicht das falsche Wort war. Was ihr imponierte, traf es vielleicht eher. Dennoch könnte er ein wenig freundlicher sein. Das würde die Zusammenarbeit um einiges erleichtern.

»Nun«, sagte sie und wusste, wie von oben herab sich das anhörte, »dann werde ich den Arbeitern diese Gnade ab sofort wieder gewähren. Gehen wir jetzt die Rechnungen durch.«

Sie begannen, die Schreiben auf Shelbys Schreibtisch zu sortieren in die, die sofort bezahlt werden mussten, und die, die bereits mit Pfändungen drohten. Ganz langsam begann sich ein System herauszubilden. Alles, was der persönlichen Behaglichkeit des Tea Managers diente – Kisten mit französischem Wein, schottischem Brandy und Schneiderrechnungen, waren noch beglichen worden.

Alles, was den Arbeitern diente, nicht.

Als die Nacht hereinbrach, brachte Mary ein Tablett mit Sandwiches und einer Flasche Wein.

»Wo ist Mr Shelby?«, fragte Bettina zerstreut.

Jacob addierte gerade die Verbindlichkeiten. Sie stiegen in eine schwindelerregende Höhe.

»Noch nicht wieder da«, sagte Mary und zupfte sich den Sari zurecht. »Man sagt, er übernachtet manchmal in den Coolie Lines.«

»Bei jemand Bestimmtem?«, fragte sie.

Jacob hob kurz den Kopf von seiner Liste, senkte ihn dann aber wieder.

Mary zuckte mit den Schultern und verteilte die Sandwiches mit einer silbernen Gebäckzange auf den Tellern.

»Man sagt, dass manche Kinder, die hier oben geboren werden, hellere Haut haben.«

»Und was sagt man noch?«

Das Mädchen warf einen unsicheren Blick auf Jacob, der über den Rechnungen brütete und das angebotene Eiersandwich mit einer Handbewegung ablehnte. Es war klar, dass sie offener wäre, wenn kein Mann zuhören würde.

»Nichts, Memsahib.«

Mehr würde Bettina in seiner Anwesenheit nicht erfahren.

»Danke, Mary.«

Das Mädchen huschte hinaus, und das Schweigen war so präsent, dass man es in Stücke hätte schneiden können. Bettina verschlang ein Eiersandwich und merkte erst jetzt, wie ausgehungert sie war.

»Was wissen Sie darüber?«, fragte sie und wischte sich den Mund mit einer Serviette ab.

Jacob rieb sich mit Zeigefinger und Daumen die Nasenwurzel. Er sah müde aus, blass und ausgelaugt. Aber sie mussten sich durcharbeiten, so schnell wie möglich.

»Genauso viel wie Ihre Maid«, sagte er nur. »Nichts.«

»Ich verstehe.«

Er legte das Blatt weg, über dem er bis eben gebrütet hatte. Eine Aufstellung der Reis- und Mehlmengen, die man für die Arbeiter disponiert hatte und die, das durchschaute sogar sie mittlerweile, noch nicht einmal ansatzweise dem gerecht wurde, was den Menschen als Mindestration versprochen worden war.

»Nein«, sagte er langsam, als ob er nach den richtigen Worten suchen würde. »Ich glaube, das tun Sie nicht.«

»Sie wollen nicht mit mir reden. Das ist doch deutlich genug, oder?«

Er lehnte sich zurück und unterdrückte ein leises Stöhnen. Die Schmerzen kamen zurück, wie immer am Abend, wenn dem Körper die Strapazen zu viel wurden.

»Was haben Sie vor, Memsahib?«

Sie griff nach dem nächsten Sandwich. Wenn er nicht essen wollte, sein Problem. Ihr knurrte der Magen schon seit Stunden.

»Brenny's Garden gehört mir. Ich werde die Plantage leiten.«

Er hob die Augenbrauen, was seine Skepsis deutlicher als alle Worte kennzeichnete.

Sie hatte gemerkt, dass er sie während der Arbeit mehrfach angesehen hatte, aber eher wie ein Forscher, der eine bisher unbekannte Insektenart in freier Wildbahn begutachtet. Mit genau diesem Blick musterte er sie jetzt erneut. Wahrscheinlich fragte er sich, ob sie noch ganz richtig im Kopf war.

»Mit Ihrer Erlaubnis, Memsahib, haben Sie das gelernt?«

»Nein.«

Sie legte das Sandwich, das sie schon in der Hand hatte, zurück auf den Teller.

»Aber man kann es sich doch beibringen, oder?«

»Nun, die meisten Tea Manager kommen aus Großbritannien und werden ein paar Jahre eingearbeitet.«

»So viel Zeit habe ich nicht.« Sie deutete auf die Rechnungen. »Sagen Sie mir, ob Brenny's Garden noch eine Chance hat.«

»Ich bin kein Contorist, Ma'am.«

»Verdammt!« Ihre Faust landete auf den Papieren. »Sie haben doch dieses Contor geleitet!«

Jacobs Blick verwandelte sich von dem eines Forschers in den eines Nervenarztes, der seine Patientin nicht mehr als nötig in Rage bringen wollte.

»Ich habe Mr Ewans Post erledigt, und ja, ich habe auch die Bücher geführt. Aber nach seinen Anweisungen.«

»Sie kennen die Tea Master, die Muhirirs, die Canister Maker, die Pflücker! Es muss doch möglich sein, mir etwas darüber beizubringen!«

Sie schob den Stuhl zurück und stand auf. Langsam begriff sie, dass die Aufgabe, die sie sich vorgenommen hatte, an vielem scheitern konnte. Sie hatte nicht damit gerechnet, so wenig Hilfe zu bekommen.

»Können Sie nicht, oder wollen Sie nicht?«

Jacob erhob sich ebenfalls. Das Licht der Petroleumlampe fiel auf seine Gestalt und machte sie größer und eindrucksvoller.

»Dasselbe könnte ich Sie fragen.«

»Wie bitte?«

Sie wies auf den Schreibtisch, die Regale, das Tohuwabohu, durch das sie erst angefangen hatte, sich zu arbeiten.

»Haben Sie das Gefühl, ich mache das zum Spaß?«

Wütend funkelte sie ihn an.

»Wir können nicht Diener zweier Herren sein, verstehen Sie das nicht?«, fuhr es aus ihm heraus.

Dann wandte er sich kurz zu der offenen Tür.

Niemals, das hatte sie sich geschworen, würde sie mit einem Mann, egal welcher Nation, hier allein hinter einer verschlossenen Tür verschwinden. Sie stand unter Beobachtung, von allen Seiten. Und jeder schien darauf zu warten, dass ihr nächster Schritt der wäre, der sie zu Fall brächte.

Der Flur war leer. Die Diener hatten sich zurückgezogen. Aber in der Eingangshalle brannten Fackeln, und im Garten hatte jemand kleine Feuer entzündet. Sie dachte an die Veranda, an Dschihu, an Ewan und ihren Vater. An ihre Träume, als sie zum ersten Mal dieses Haus betreten hatte, und dass von ihnen nur noch ein Scherbenhaufen übrig geblieben war.

Er wandte sich ihr wieder zu. »Entschuldigen Sie. Ich wollte

Ihre Absicht nicht anzweifeln. Aber Mr Shelby leitet die Plantage, nicht Sie. Wenn Sie daran etwas ändern wollen, müssen Sie ihn hinauswerfen. Ich befürchte, das wird er nicht mit sich machen lassen. Vor allem nicht von Ihnen.«

»Das werden wir sehen«, sagte sie.

Ihre Stimme klang fest, erstaunlicherweise.

»Mr Shelby hat vor, beim Morgenappell ein Exempel zu statuieren. Ich werde dabei sein. Danach werden Sie wissen, wer hier in Zukunft das Sagen hat.«

Er sah sie ungläubig an.

»Ein Exempel?«, fragte er mit heiserer Stimme.

»Man hat uns heute mit Steinen beworfen. Mr Shelby ist der Meinung, dass dies nicht ohne Folgen bleiben darf.«

»Und Sie?«

»Ich natürlich auch nicht«, sagte sie mit eisiger Stimme. »Wir sehen uns morgen früh. Sie sind für heute entlassen.«

Er verbeugte sich und verließ das Contor. Sie sah ihm nach, ein hoch aufgerichteter Schatten, der am Ende des Flurs fast geräuschlos um die Ecke bog.

Dann ließ sie sich auf den Stuhl fallen und verbarg ihr Gesicht in den Händen.

Niemand glaubte an sie.

Dann erst recht, dachte sie mit zusammengebissenen Zähnen und nahm den nächsten Brief hoch. Ein Schreiben von einem Sir Jasper Bigett persönlich an Timothy Shelby.

… kann ich die von Ihnen gesandten Kisten Brenny's Garden First Flush allenfalls als Dünger verwenden, da zudem auch das indische Seers als Maß verwandt, wir aber das klassische englische Pfund bezahlt haben, und verlange dringlichst die Rückgabe der von uns vorverauslagten sechshundertneunzig Pfund Sterling …

Sie stöhnte auf. Jasper Bigett, der Londoner Trader mit seinem schüchternen Sohn Liam, die beide bei diesem denkwürdigen Abendessen im Elgin Club zugegen gewesen waren, bei dem es um den Verkauf der Plantage gegangen war.

Sechshundertneunzig Pfund. Nach der Reise und den ersten Ausgaben hatte sie gerade noch vierhundert Pfund übrig. Und Sabines kleine Diamantbrosche. Sie hoffte, dass Shelby ihr endlich den Schlüssel zum Safe übergeben würde, damit sie wusste, wie viele Reserven sich dort noch befanden. Aber sie ahnte Böses.

Es half nichts. An Bigett würde sie persönlich schreiben, mit einer Bitte um Aufschub.

Dukh

Der Morgenappell in den Coolie Lines wurde normalerweise von den Vorarbeitern abgehalten. Dass der Tea Manager an diesem Tag daran teilnehmen wollte, war außergewöhnlich und versprach nichts Gutes.

»Was wird Mr Shelby tun?«, fragte Mary, während sie Bettinas Haare bürstete und zu einem langen Zopf flocht. »Das war schlimm, das mit den Steinen. So etwas darf nicht vorkommen, darüber sind sich alle hier einig.«

»Nicht alle«, erwiderte Bettina.

Sie hatten Glück gehabt. Mehr Glück als Maheshs Mutter. Sie fühlte sich, als hätte irgendein boshafter kleiner Rachegott sie mit Püsken in einen Topf geworfen. Er war mit einem Mord davongekommen. Und auch sie würde niemand zur Verantwortung ziehen für das, was sich in den Bergen ereignet hatte. Shelby glaubte vielleicht, die Sache sei allein damit ausgestanden, dass er Brite war und deshalb über jede Art von Verurteilung erhaben. Aber sie spürte, dass nichts vergeben und vergessen war und etwas auf der Lauer lag, das Vergeltung wollte. Wenn sie das nicht verhindern konnte, dann waren die Steine erst der Anfang.

Marys Geplauder jedenfalls diente auch nicht gerade dazu, die Befürchtungen zu zerstreuen.

»Juggernath hat gesagt, dass der Sahib vorher auf Plumrose Garden gearbeitet hat und dort öfter Leute von ihm ausgepeitscht wurden. Der Garden Doctor musste ihnen noch Salz in die Wunden streuen.«

»Das ist unmenschlich.«

Shelby schien keine Abscheulichkeit auszulassen.

»Was haben sie denn verbrochen?«

»Sie sind weggelaufen, sagt Juggernath. Es gibt fünf Rupien Kopfgeld für den, der ihr Versteck verrät, und furchtbare Strafen für die, die gefasst werden.«

Bettina reichte dem Mädchen eine Haarnadel, damit der Zopf zu einem straffen Knoten gesteckt werden konnte. Die zurückgenommenen Haare und ihr Pony veränderten ihr Gesicht. Sie sah schmaler aus, härter. Indien war kein Märchen, es war grausame Realität.

Arbeitskräfte waren das Kostbarste, was es im Teeanbau gab. Sie mussten mit allen Mitteln gehalten werden. Aber Gewalt gehörte in Bettinas Augen nicht dazu. Die Sklaverei war vielleicht offiziell abgeschafft worden, bestand aber unter dem Deckmantel der Coolie Contracts einfach weiter. Die Plantagenbesitzer konnten schalten und walten, wie sie wollten. Niemand kontrollierte sie. Niemand zog sie zur Rechenschaft, wenn sie mit zügelloser Brutalität und Rohheit ihre Interessen durchsetzten.

Den Pflückern in Brenny's Garden war es wohl etwas besser gegangen. Besser zumindest als auf anderen Plantagen. Aber nach Ewans Weggang war Shelby aufgetaucht und hatte ein Schreckensregiment errichtet, dem keiner Einhalt bieten konnte. Weil Helenes Gnade eben kein Recht war und der Assam Contract Act das Papier nicht wert, auf dem er gedruckt war.

»Welche Probleme gibt es sonst noch?«

Mary hatte in den Tagen, in denen sie schon hier war, bestimmt mehr aufgeschnappt, als sie zugeben wollte.

»Nun.« Das Mädchen kniff die Augen ein wenig zusammen und überprüfte den Sitz des Knotens. »Eigentlich müsste es getrennte Unterkünfte geben. Also, nicht für Mann und Frau, das ist ja selbstverständlich. Aber die Arbeiter kommen aus verschiedenen Kasten und haben unterschiedliche Religionen und Lebensgewohnheiten. Wenn das gut gehen soll, muss man sie ihr Jat Mandi[65] machen lassen, wie die Leute aus Chota Nagpur, um den Status wiederherzustellen. Also, damit sie sich wieder rein fühlen, wenn sie mit Personen wie mir zu tun hatten.«

Mary wich ihrem Blick im Spiegel aus und suchte weitere Haarnadeln.

»Warum ist das so?«, fragte Bettina. »Kann man da nichts ändern?«

»Eine ganze Religion? Nein, das geht nicht. Und selbst wenn ich ihr abschwören und konvertieren würde, in den Augen der anderen würde ich immer eine Paria bleiben. Dann halt eine christliche oder islamische. Eine, die nicht dazugehört.«

»Was bedeutet das für mich?«

Die Augen des Mädchens weiteten sich. »Das wissen Sie nicht, Memsahib? Ich dachte … oh nein!«

Mary wollte sich abwenden und aus dem Zimmer laufen, aber Bettinas Ruf hielt sie zurück.

»Halt! Komm her.«

Zögernd kehrte die Maid um. Sie machte sich so klein es ging und hätte sich am liebsten unsichtbar gemacht.

»Was heißt das?«

»Das heißt, Memsahib … ich kann es nicht sagen.«

Bettina atmete tief durch und versuchte, die Ruhe zu behalten. Offene Worte waren hier wohl das Gleiche wie offene Messer.

»Doch, das kannst du.«

Mary schüttelte wild den Kopf und verknotete nervös die Finger ineinander.

»Ich befehle es dir.«

---

65 Ritual

Das Mädchen schluckte und traute sich nun doch einen weiteren Schritt heran.

»Das bedeutet, dass Sie im Ansehen der Arbeiter, nun, vielleicht nicht so sehr hoch stehen. Es tut mir leid. Ich dachte, Sie wüssten, was es bedeutet, eine Paria in Ihren Diensten zu haben.«

»Warum?«

Es fiel Mary sichtlich schwer, die folgenden Worte zu sagen.

»Meine Ehrlosigkeit färbt auf Sie ab. Sie sind *Dukh*. Unglück.«

Das war hart. Aber sie hatte es ja hören wollen.

»Unglück. So hatte ich mich bisher noch nicht gesehen.«

»Nicht für mich! Und auch nicht für Mahesh! Für uns sind Sie das größte Glück, das wir haben konnten!«

»Aber für die Arbeiter nicht. Laufen sie auch deshalb weg?«

Marys kleiner Mund verzog sich bedauernd. »Sie sind sowieso unzufrieden und streiten sich jeden Tag über alles. Übers Essen, über die Arbeit, über die Unterkünfte, über die Verträge und das Geld, über den Brandy, über den Dschungel, über die Duffadars und Chodikars, die Wachmänner, da sind Sie nur eines von vielen *Dukhs*. Verzeihung, Ma'am. Memsahib. Das hätte ich jetzt nicht …«

Das Mädchen verhaspelte sich wieder.

»Schon gut.«

Bettina fuhr mit den Händen über ihre Frisur. Nicht schön, aber praktisch. Um mehr ging es hier nicht, wenn man nur eines von vielen *Dukhs* war.

Sie sah Mary durch den Spiegel hindurch an.

»Wo sind die Schlüssel zu diesem Haus?«

Es war ein schwüler, heißer Morgen. Die Regenwolken ballten sich bereits über den Gipfeln der Berge zusammen und würden am Vormittag mit schöner Regelmäßigkeit für eine warme Dusche sorgen, wenn man sich im Freien aufhielt.

Bettina warf einen prüfenden Blick in den Himmel. Bis dahin wäre sie vermutlich wieder zurück und entschied sich, den kurzen Weg zu den Coolie Lines zu laufen. Vielleicht war das auch ein weiterer Fehler, und man erwartete von ihr, nur mit der Sänfte vorwärtsbewegt zu werden. In Lebong hatte sie dieses Transportmittel gesehen, das *Palkee* genannte wurde – ein Kasten, in den man mehr kroch, als sich setzte –, und sich gewundert, dass dieses unbequeme Ding tatsächlich genutzt wurde. Bis man ihr erklärte, dass manche Wege einfach nicht mit Kutschen passierbar waren und nicht jeder reiten wollte oder konnte.

Nicht jeder Weiße, um genau zu sein.

Der Morgenappell diente dazu festzustellen, wer zur Arbeit erschien und wo er an diesem Tag eingesetzt wurde. Kein Antritt, kein Geld. Oder es war *St Monday*, wie der Tag nach der Lohnzahlung genannt wurde, wenn viele ihr Geld in Alkohol umsetzten und am nächsten Morgen einen ausgewachsenen Kater hatten.

Wer fehlte, war entweder krank, tot oder hatte sich in der Nacht abgesetzt. So erklärte es ihr einer der Mohurirs, die sich, abgesondert von den anderen, in einer Ecke zusammengefunden hatten und ihr böse Blicke zuwarfen.

Fast dreihundert Menschen hatten sich links und rechts vor den lang gestreckten Hütten aufgestellt und in der Mitte eine breite Schneise gelassen. Es lag ein angespanntes Schweigen über der Menge. Kein Wunder nach dem, was Shelby angedroht hatte. Bettina sah in verschlossene, wütende, ängstliche, vor allem aber ablehnende Gesichter.

Der Mohurir, der wohl ausgewürfelt worden war, mit ihr zu sprechen, löste sich aus der Gruppe, kam zögernd auf sie zu und machte einen angedeuteten Diener. Kein Salaam. So freundschaftlich waren ihre Beziehungen wohl noch nicht.

»Memsahib, heute fehlen achtzehn Männer und vier Frauen.«

Er hieß Dahul, kam aus dem Midnapore-Distrikt in Bengalen und war seit drei Jahren auf der Plantage, wie er Bettina widerwillig erklärte. Sein Alter war schwer einzuschätzen, er konnte zwischen Ende dreißig und Ende fünfzig sein. Ein hagerer Mann, kleiner als sie, mit knochigem Gesicht und schmalen, dunklen Augen in einem Gewirr von Fältchen. Sein Hemd sah etwas besser aus als das der meisten Arbeiter, und er trug Schuhe.

»Was ist mit ihnen?«

Ein Peitschenknall ließ sie zusammenfahren.

Shelby tauchte auf seinem Marwari auf, dem dunkelbraunen Hengst mit ausgeprägtem Temperament, und ritt die Reihen ab. Im Moment war er außer Hörweite.

Dahul rieb sich bedauernd die Hände. Erstaunlich breit waren sie und gewohnt, zuzupacken und hart zu arbeiten.

»Vier haben Fieber. Zwei tot, drei Frauen haben Babys, ganz klein.«

»Zwei Tote? Hat der Garden Doctor nach ihnen gesehen?«

Dahuls ratlose Augen waren Antwort genug.

»Ich werde ihn schicken«, sagte sie, entsetzt von dieser Nachricht. Was um Himmels willen war auf dieser Plantage los? »Und die anderen?«

Dahul hob die Schultern und sah hinüber zu den anderen Vorarbeitern.

»Weg.«

»Weg?«

Er hob die Hände – es steht nicht in meiner Macht, sollte das heißen.

Wieder knallte die Peitsche.

»Vortreten, zum letzten Mal!«, brüllte Shelby.

Die Leute, die in seiner Nähe standen, traten zurück und nahmen die Arme hoch, um sich gegen einen Hieb zu wappnen. Ihre Gesichter waren von Hunger, Entbehrung und bestimmt auch Heimweh gezeichnet. Die Frauen trugen fadenscheinige Baumwollsaris, die Männer einfache Hosen und lange Hemden, vielfach geflickt, oft voller Flecken. Die meisten hatten keine Schuhe, aber Hacken, Schaufel und Spaten bei sich, was für eine Arbeit am Übergang der Plantage in den Dschungel sprach.

»Gut. Wenn ihr nicht mit der Sprache herausrücken wollt, dann heißt es erst einmal *twenty acres of heavy jungle today*!«, brüllte er. »*Kodalir kaam*, verstanden?«

Ein Aufstöhnen ging durch die Menge. Männer, Frauen, Kinder, alle flüsterten sich entsetzt etwas zu, schüttelten den Kopf oder warfen Shelby wutentbrannte Blicke zu.

»Was heißt das?«, fragte Bettina.

»Kodalir kaam?« Dahul überlegte wohl, wie viel er dieser Memsahib sagen konnte, ohne aufrührerisch zu wirken. »Das ist hart Arbeit. Viel Blutegel, Sumpf. Dschungel roden, Pflanze weg von Tee. Zwanzig Acres, zu viel. Gibt Strafe am Abend.«

»Soll ich noch deutlicher werden?«, brüllte Shelby.

Er drückte seinem Pferd die Stiefelabsätze in die Flanke und galoppierte los. Die Menschen wichen schreiend und verängstigt zurück. Er schwang die Peitsche und ließ sie knallen, dieses Mal aber achtete er nicht darauf, ob jemand verletzt wurde. Bettina sah, wie eine Frau sich ins Gesicht fasste, aufschrie und sich mit einem Schmerzenslaut zusammenkrümmte.

»Schluss!«, rief sie. »Mr Shelby!«

Dahul sah nervös zu den anderen Vorarbeitern, aber die wirkten nicht so, als ob sie sich einmischen wollten.

»Ma'am, Memsahib! Nicht!«

Shelby war am anderen Ende der Coolie Lines angelangt und tobte sich gerade in Richtung der Arresthütte aus.

»Was nicht?«, herrschte sie den armen Mann an, der wahrscheinlich selber nicht wusste, wie er mit diesem Präzedenzfall umgehen sollte.

»Sahib sein Tea Manager, Ma'am!« Er sah sich hastig um und trat näher an sie heran, die Schultern in vorauseilender Unterwürfigkeit gekrümmt. »Wort von Sahib sein Gesetz! Ma'am, Sie trinken Tee heute? Machen Besuch, Dinnerparty. Leben schön, nicht Plantage.«

Sie hätte Mary mitnehmen sollen, dann wäre die Verständigung einfacher. Aber sie wollte den Leuten nicht gleich bei ihrer ersten Begegnung mit der neuen Eigentümerin von Brenny's Garden unter die Nase reiben, dass sie ab jetzt für jemanden arbeiteten, der das *Dukh* hierhergebracht hatte.

»Unsinn.« Sie trat vor. »Mr Shelby!«

»Memsahib!«

Sie fuhr herum. Jacob keilte sich durch die Menge und kam direkt auf sie zu. Er überragte die meisten um mindestens eine Haupteslänge und ließ sie nicht aus den Augen.

»Memsahib!«

Sorge und Ärger überschatteten sein gezeichnetes Gesicht, und es war nicht klar, welche dieser Empfindungen die Oberhand behalten würde. Dahuls flinke Augen flitzten von ihm zu Bettina. Hinter seiner Stirn begann es zu arbeiten. Auch mit ungewissem Ergebnis, und sie hatte nicht vor, es in Richtung Gerüchteküche tendieren zu lassen.

»Was haben Sie vor?«

Jacob stand nun schwer atmend vor ihr, und Dahul, ermuntert durch das Einschreiten seines Kollegen, richtete sich jetzt auch zu seiner vollen Größe von mindestens einem Meter fünfzig auf.

»Das werden Sie schon sehen«, antwortete sie spitz.

Wenn er vorhatte, sie vor aller Augen zurechtzustutzen, würde sie das auf keinen Fall zulassen.

Er hob die Hand – vielleicht, um sie am Arm zu greifen und wegzuführen –, ließ sie dann aber gerade noch rechtzeitig sinken. Dahul beobachtete diese unbedachte Annäherung mit steigendem Schrecken.

»Was auch immer es ist, lassen Sie es bleiben.«

»Ich werde mir von Ihnen nicht vorschreiben lassen, was ich tun soll.«

Sie sprach so leise, dass sie hoffte, der Vorarbeiter würde es nicht verstehen.

»Das will ich auch gar nicht. Aber überlegen Sie bitte – ein Tea Manager, egal wie … wie eigensinnig er handelt, ist *die* Respektsperson einer Plantage. Wenn Sie ihn demontieren, wird das die Runde machen.«

»Das hoffe ich.«

Er hob überrascht die Augenbrauen. Die Schwellungen in seinem Gesicht waren etwas zurückgegangen, und die Farben rund um sein Auge verwandelten sich langsam in das satte Violett eines Veilchens. Er sah immer noch gemeingefährlich aus, aber auch auf eine beunruhigende Weise attraktiv.

»Sie wollen, dass die ganze Welt weiß, dass Sie – mit allem Respekt! –, dass Sie als Frau die Zügel in die Hand nehmen?«

»Ja.«

»Und was befähigt Sie dazu? Das Contor, die Buchführung – in Ordnung. Rechnen hat nichts mit Befehlen zu tun. Und genau das müssen Sie tun. Das müssen Sie lernen!«

»Ich weiß Ihre Sorge durchaus zu schätzen …«

»Das ist keine Sorge!«, fiel er ihr ins Wort und sah sich um. Die meisten standen auf Abstand und fragten sich wohl, was die Memsahib und der ehemalige Plantagensekretär miteinander zu besprechen hatten. »Das ist, was Sie erwartet. Shelby hat den Respekt der Leute.«

Ein Peitschenknall und weiteres Gebrüll schallten über die Köpfe der Menge. Einige schrien auf, die meisten blickten hasserfüllt in die Richtung, in der Shelby gerade wütete.

»Das nennen Sie Respekt?«

»Nennen Sie es, wie Sie wollen. Aber er hat sie im Griff.«

»Jede Nacht verschwindet ein Dutzend Leute. Wir haben heute Morgen zwei Tote und drei Frauen im Kindbett, um die sich keiner kümmert.«

»Sie kümmern sich selbst darum. Memsahib …«

»Noch einmal.« Ihre Stimme klirrte wie Eis. »Ich werde diese Plantage leiten, wie ich es will. Und nicht wie zu Zeiten der Sklaverei!«

Er kam noch näher und senkte die Stimme. »Das hier *ist* Sklaverei. Indien steht unter dem Joch des Raj, und Sie sind Teil des Problems, nicht seine Lösung.«

»Ich habe es nicht geschaffen«, zischte sie.

Dahuls schmale Augen wanderten von einem zum anderen. Sie fragte sich, was er verstand – vermutlich mehr, als er zugeben wollte. Als er bemerkte, dass sie ihn ansah, setzte er ein dümmliches Grinsen auf, das der Schläue seiner Augen so gar nicht entsprach. Wütend wandte sie sich wieder an Jacob.

»Gehen Sie ins Contor und kümmern Sie sich um die Bücher. Das hier draußen regle ich auf meine Weise.«

Ein weiterer Peitschenknall.

»Memsahib …«

Sie wiederholte ihre Worte mit einer Kälte, die ihr selbst fremd war. »Sie gehen augenblicklich ins Contor.«

Er funkelte sie wütend an. Um sie herum schienen die Leute den Atem anzuhalten. Auch wenn sie nicht wussten, um was genau es ging – sie waren Zeuge einer Machtprobe.

Jacobs Mund wurde zu einem schmalen Strich. Er fuhr sich durch die Haare und bemerkte, dass alle Augen auf ihn und die verrückte Memsahib gerichtet waren.

»Wenn Sie das sagen.«

Er verbeugte sich, drehte ab und verschwand in der Menge. Sie war versucht, ihm hinterherzusehen, aber Dahuls besorgter Blick hielt sie davon ab.

»Tee, Memsahib?«, fragte er, als ob das ausreichen würde, Hochverrat, Befehlsverweigerung und den Vorwurf der Sklaverei vom Tisch zu fegen. »Mit Sahne und Zucker?«

Sie war so wütend, dass sie ihn am liebsten ebenfalls in die Wüste geschickt hätte. Wortlos wandte sie sich ab und brüllte: »Shelby!«

Alle in ihrer Nähe reckten die Hälse, um zu sehen, wie der Tea Manager reagieren würde.

»Kommen Sie her! Auf der Stelle!«

Er ließ am Ende der Coolie Lines noch einmal die Peitsche knallen und galoppierte dann direkt auf sie zu. Alle schrien auf. Für einen Moment sah es so aus, als ob er sie mit derselben Rücksichtslosigkeit über den Haufen reiten würde, wie er das in den Bergen mit den Teepflückerinnen gemacht hatte.

Sie spürte, wie ihr Herzschlag in ihrer Brust trommelte. Wie eine Woge des Entsetzens die Umstehenden erfasste und alle ihre Werkzeuge fallen ließen, um sich in Sicherheit zu bringen. Sie sah in Shelbys Augen, der auf sie zuraste, und erkannte Hass, puren, unverfälschten, reinen Hass.

Unmittelbar vor ihr riss er die Zügel an sich und ritt um Haaresbreite an ihr vorbei. Der Schweiß des Pferdes benetzte ihr Gesicht, und direkt hinter ihr stieg es hoch und stieß ein markerschütterndes Wiehern aus.

Shelby, das musste man ihm lassen, war ein hervorragender Reiter. Er saß fest im Sattel und ließ das Tier, nachdem es wieder auf die Vorderhufe gekommen war, eine elegante Volte reiten, um dann unmittelbar vor ihr zum Stehen zu kommen. Schnaubend und hufestampfend, sichtlich verärgert, so aus dem vollen Lauf gerissen worden zu sein, blieben die Nüstern des Marwari keine Handbreit von Bettinas Nase entfernt.

Shelby zog übertrieben freundlich seinen Hut ab und deutete eine Verbeugung an.

»Milady, welcher Glanz in diesen Hütten! Ich hatte versprochen, dass wir ein Exempel statuieren …«

»Und das werden wir tun. Steigen Sie ab.«

Shelby setzte den Hut auf, blieb aber sitzen. Das Pferd mahlte geräuschvoll mit den Zähnen und stampfte weiter mit den Hufen auf der Stelle.

Er beugte sich zu ihr hinunter. »Was haben Sie vor?«

»Was Sie schon ankündigten.«

»Nein.« Ein verschlagenes Grinsen breitete sich auf seinem Gesicht aus. »Egal, was Sie jetzt tun, es wird sich gegen Sie wenden. Es sei denn, Sie verhalten sich genau so, wie man das von einer Plantagenbesitzerin erwartet.«

»Tee trinken? Besuche machen? Dinnerpartys?«

»Zum Beispiel.«

Sein Atem roch nach Brandy, und in seinen Augen glitzerte die Lust, es allen so richtig zu zeigen. In allererster Linie ihr.

»Steigen Sie ab, Mr Shelby. Sie sind entlassen.«

Er lachte laut auf, riss an den Zügeln und trieb das Pferd noch einmal zu einer engen Drehung. Der Schweif peitschte ihr über Gesicht und Oberkörper. Sie presste nur kurz die Augen zusammen und blieb mit geballten Fäusten stehen. Du oder ich, dachte sie. Für uns beide ist hier kein Platz.

Der warme Atem des Pferdes wehte ihr ins Gesicht. Sie öffnete die Augen und sah hinauf zu Shelby.

»Ich weiß, was Sie vorhaben«, sagte sie.

Laut genug, damit er es verstehen konnte, leise genug, damit die, die ängstlich aus ihrer Nähe geflohen waren, ihre Worte nicht hörten.

»Sie wollen Brenny's Garden in Grund und Boden wirtschaften und es sich dann unter den Nagel reißen. Zusammen mit Margret Plumrose.«

Er lachte wieder und legte dabei den Kopf in den Nacken, als hätte er noch nie einen so guten Witz gehört.

»Dieses Dreckloch?«, stieß er prustend hervor. »Zahlen Sie mir gefälligst meinen Lohn, dann können wir über alles reden.«

»Den haben Sie sich bereits gestohlen. Hundertfach. Ich bin mir sicher, wir finden in Ihrem Zimmer noch einen Teil davon.«

Das Lachen verschwand.

»Das wagen Sie nicht.«

Bettina zog einen schweren Schlüsselbund aus ihrer Rocktasche. Sie suchte einen bestimmten Schlüssel heraus und hielt ihn hoch. Shelby erkannte ihn, und das Mienenspiel, das dieser Erkenntnis folgte, war beeindruckend. Es wechselte von verwundert über dämlich zu wütend.

»Sie werden Brenny's Garden jetzt verlassen. Zu Fuß, wenn ich bitten darf. Dahul?«

Der Vorarbeiter verfluchte innerlich wohl den Tag, der ihn dazu auserkoren hatte, der neuen Memsahib zur Hand zu gehen. Er kam näher, immer noch mit eingezogenen Schultern, als könnte jederzeit ein Peitschenhieb von Shelby auf ihn niedergehen.

»Hilf dem Sahib beim Absteigen und bring mein Pferd zurück in meinen Stall.«

Shelbys Gesichtsfarbe, bisher ein gesundes, von Sommersprossen gesprenkeltes Braun, wechselte zu Hummerrot. In den Coolie Lines herrschte Totenstille. Alle, bis hin zur letzten

Baracke, wussten, dass sich gerade etwas von großer Tragweite abspielte.

Dahul blieb vor dem Pferd stehen und rührte sich nicht.

»Hast du nicht verstanden?«

Dahul streckte zitternd die Hand aus. Langsam, ganz langsam, ließ Shelby den Zügel los und stieg von dem Pferd, das sich, dieses Gewichts beraubt, wiehernd und schnaubend ein paar Schritte zurückbewegte. Zumindest so lange, bis es mitbekam, das Dahul noch am Zügel hing und versuchte, es aufzuhalten.

Shelby baute sich vor ihr auf. Sie hatte gewusst, dass es nicht einfach werden würde. Aber dass er ihr immer noch so viel Angst einjagen konnte, hatte sie unterschätzt.

»Was soll das?«

Seine Stimme klang heiser vor Wut, und sie musste alles, was sie an Beherrschung in sich hatte, für diese Konfrontation mobilisieren.

»Sie verlassen auf der Stelle meine Plantage.«

Das Zittern in ihrer Stimme war nicht zu überhören.

»Nein«, sagte er und schüttelte den Kopf.

Dann wandte er sich an die Leute, die wie paralysiert von dem, was sich vor ihren Augen abspielte, um sie herumstanden.

»Nehmt diese Frau und bringt sie ins Haus!«

Ein Aufschrei ging durch die Menschen. Sie wichen noch weiter zurück und diskutierten und kommentierten das, dessen sie gerade Zeuge wurden, oder trugen es zu denen weiter, die es durch die Entfernung noch nicht mitbekommen hatten.

»Sie ist *Dukh*!«

Die Angst trieb die Leute noch weiter zurück.

»Sie hat hier nichts zu suchen! Ich bin der Tea Manager von Brenny's Garden. Mir habt ihr zu gehorchen!«

Die Vorarbeiter sprachen am lautesten miteinander und gestikulierten wild herum, während Dahul versuchte, das Pferd am Durchbrennen zu hindern.

Shelby wies mit ausgestrecktem Finger auf die, die ihm am nächsten standen.

»Los! Ergreift sie! Sie ist *Dukh*! *Dukh!*«

Bettina hob die Hand, drehte sich um und marschierte los. Sie lief die ganze Strecke der Coolie Lines ab, bis sie an der Arresthütte angekommen war. Niemand ergriff sie, aber keiner rührte auch nur einen Finger, um den brüllenden Shelby zu stoppen, der ihr hinterherlief und immer wieder *Dukh!* schrie, was seine Wirkung auf alle, die das Wort hörten, nicht verfehlte.

Bettina stieg die zwei Stufen zum Eingang der Hütte hinauf und drehte sich zu der Menge um.

»Ich bin Bettina Vosskamp!«, rief sie. »Mir gehört Brenny's Garden! Ich bin hier, um diese Plantage zur größten, besten und erfolgreichsten von ganz Darjeeling zu machen!«

Totenstille. Nur das Flüstern der Übersetzung wurde von Mund zu Mund getragen. Hinter ihr und Shelby schlossen sich die Reihen. Alle kamen näher, denn niemand wollte auch nur ein Wort von dem verpassen, was sie zu sagen hatte.

»Ich werde diese Plantage führen, und zwar in dem Geist, in dem Helene Vosskamp sie gegründet hat! Alle Vergünstigungen werden ab sofort wiedereingesetzt. Niemand, der geflohen ist und wieder zurückkehrt, wird bestraft. Dieses Haus …«

Sie drehte sich um und wies auf die Arresthütte.

»Wird abgebrannt!«

Shelby, zwei Stufen unter ihr, stemmte die Hände in die Hüften und schüttelte den Kopf. Er sah sie an wie jemand, der den Verstand verloren hatte.

Aber aus der Menge regten sich erste Stimmen. Leise, flüsternd fast. Sie erinnerte sich an das, was ihr Vater gesagt hatte, wenn es darum gegangen war, was das Handelshaus der Vosskamps einst zusammengehalten hatte.

Jedes Unternehmen ist nur so gut wie seine Mitarbeiter.

Ein Kaufmann mit Ehre denkt nicht nur an den Gewinn, sondern daran, ihn weise zu mehren und die nicht zu vergessen, die ihn mit erwirtschaftet haben.

Eigentum verpflichtet.

Sie dachte an Clara, an Mamsell Schwicke und den Hausdiener Wenzel, an all die Leute, die gerne für den Teepalast gearbeitet hatten, solange Helene dort noch etwas zu sagen gehabt hatte.

»Wer jetzt gehen will, kann gehen.«

Das Raunen wurde lauter.

»Wer bleibt, wird mit mir durch eine harte Zeit gehen. Vor der nächsten Ernte gibt es kein Geld, keinen Brandy, keinen Reiswein.«

Einer der Arbeiter, ein junger Mann mit noch nicht ganz so resignierten Zügen, trat vor.

»Ich will meine Spareinlage! Sofort!«

Erst wusste Bettina nicht, was er meinte. Aber als andere diese Forderung lautstark bekräftigten, fiel ihr wieder ein, dass Helene eine Art Sparverein auf der Plantage gegründet hatte. Ewan hatte ihr davon an ihrem ersten Abend auf Brenny's Garden erzählt. Eine Genossenschaftsbank, auf der der Lohn angespart werden konnte, um zu heiraten und einen Hausstand zu gründen.

Auch dieses Geld dürfte in Shelbys Taschen gelandet sein.

Der junge Mann warf einen Blick auf eine der Teepflückerinnen, die sich schüchtern in der hinteren Reihe aufgestellt hatte. Ein hübsches Mädchen, dessen flehentlicher Blick zu ihrem Liebsten zu sagen schien, dass er nicht weiter Shelbys oder Bettinas Interesse auf sich ziehen sollte.

Der Tea Manager gab sich gar nicht erst Mühe, sein selbstsicheres Grinsen zu verbergen. Er hatte keine Skrupel, die Ärmsten der Armen zu bestehlen.

Sie hob die Hände. »Jeder bekommt sein Geld. Jeder.«

»Hört nicht auf sie!«, brüllte Shelby. »Es gibt nämlich nichts mehr, weil sie es sich unter den Nagel gerissen hat! Nehmt sie fest und bringt sie ins Haus. Die Plantage wird unter Zwangsverwaltung gesetzt, dafür sorge ich!«

Die Stimmen wurden lauter. Immer mehr Arbeiter traten vor und schleuderten wütende Worte gegen Bettina oder wiesen auf Narben und frische Wunden, an denen Shelby schuld war. Dreihundert wütende Menschen. Bettina hatte nicht geahnt, was sie losgetreten hatte. Sie hatte in absoluter Naivität geglaubt, den Arbeitern etwas Gutes zu tun. Stattdessen waren sie in Aufruhr geraten.

Einige hatten ihre Gerätschaften wieder zur Hand genommen. Andere griffen von irgendwoher zu Seilen und stachelten einander an, sich durch die Reihen der Mahnenden zu kämpfen und die Hände abzuschütteln, die sie zurückhalten wollten.

Shelby drehte sich zu ihr um.

»Ein Wort von euch, Gnädigste, und ich bereite dem Spuk ein Ende.«

Sie ballte die Fäuste, aber sie sagte kein Wort. Wenn sie eines hier gelernt hatte, dann das: Jede Geste, jeder Satz wurden genauestens registriert. Vielleicht wurde sie gleich gefesselt ins Haus gezerrt. Vielleicht würde es Shelby tatsächlich gelingen, eine Zwangsverwaltung zu erwirken und Brenny's Garden in den Bankrott zu treiben. Sie hatte das alles schon einmal erlebt. Aber anders als ihr Vater würde sie sich nicht kampflos in ihr Schicksal ergeben. Sie würde bleiben und nicht aufgeben, wenn es ernst wurde. Das war Helenes Vermächtnis.

Sie hob die Hand. Augenblicklich wurde es still.

»Ich wiederhole mein Angebot. Wer bleiben will, bleibt und wird Teil des Erfolgs von Brenny's Garden. Wer gehen will, geht. Mr Shelby allerdings wird die Plantage verlassen. Jetzt.«

Die Übersetzung huschte von Mund zu Mund. Aber sie bewirkte leider nicht, dass die Leute ihre Hacken und Seile fallen ließen. Im Gegenteil: Sie schoben sich noch näher heran.

»Letzte Chance, Ma'am«, warf Shelby ihr über die Schulter zu und trat einen Schritt zur Seite, damit er der Masse nicht im Weg stand.

Aber dann geschah etwas. Die Menge teilte sich. Murrend, zischend und sichtlich unzufrieden, dass es wohl doch nicht zu so unterhaltenden Dingen wie der Festnahme einer offensichtlich übergeschnappten Weißen kam, traten sie zur Seite. Bettina musste gegen das blendende Licht blinzeln, um zu erkennen, was sich gerade tat.

Maheshs Großmutter stand mitten auf dem Weg zwischen den Coolie Lines. Eine zarte, schmale Person, die, von grau durchzogenen Haaren zerzaust, den Blick unverwandt auf Bettina geheftet hatte. Hoch aufgerichtet, ging von ihrer Gestalt eine Würde aus, die die Menge um sie herum verstummen ließ.

Alle machten Platz, damit jeder sie sehen und jeder ihre Worte hören konnte. Bettina verstand sie nicht. Sie sah nur, dass einer nach dem anderen seine Waffe aus der Hand legte und die Seile auf den Boden fielen. Die wütendsten der Angreifer in den vorderen Reihen zischten sich noch einige Worte zu, aber auch sie wichen zurück.

Bettina kam die zwei Stufen hinunter und stellte sich neben Shelby, der ungläubig auf den Zusammenbruch seiner Revolte starrte.

Und dann kam Mary. Natürlich nicht zu den Coolie Lines, das hatte sie ihr verboten. Aber bis zum Nasenbaum traute sie sich heran. Bettina legte die Hand vor die Augen, um besser sehen zu können, was sie tat.

Mary hob die rechte Hand. Das war das Zeichen, das sie ausgemacht hatten.

Die Erleichterung war so groß, dass Bettina sich zurückhalten musste, um keinen Jubelschrei auszustoßen.

»Nun, Mr Shelby«, sagte sie, »das ist, glaube ich, *Ihre* letzte Chance.«

Er drehte den Kopf zu ihr um und sah sie verständnislos an.

»Gehen Sie. Dann werde ich davon absehen, Sie ins Gefängnis werfen zu lassen. Wir haben einen Teil des Geldes, das sie mir gestohlen haben, sichergestellt. Den anderen werden Sie in den nächsten Tagen hier abliefern.«

»Ich weiß nicht, was Sie meinen, Ma'am.«

»Wir haben Ihr Zimmer durchsucht.«

Das dreckige Grinsen kehrte zurück. »Oh. Mein Zimmer. Nun, ich hoffe, Sie wurden fündig.«

Mary ließ die Hand sinken und lief die Anhöhe zurück zum Haus.

»Und den Stall Ihres Pferdes«, fuhr Bettina fort. »Denn dorthin traute sich niemand hinein. Die ganze Zeit fragte ich mich: Wo versteckt jemand das ganze Geld, das er durch Betrug, Unterschlagung und Diebstahl zusammengerafft hat? Unter seinem Bett? Ganz bestimmt nicht. Aber als Juggernath mir erzählte, dass niemand außer Ihnen diese eine Pferdebox betreten darf, wusste ich: Wir haben Ihr Versteck gefunden.«

»Das … das werden Sie bereuen«, stieß er hervor.

Zum ersten Mal war seine Arroganz erschüttert. Eine Erfahrung, die er wohl nicht oft in seinem Leben gemacht hatte.

»Letzte Chance, Shelby«, wiederholte sie in leicht abgewandelter Form seine Worte.

Er sah sie lange an. Es war ein Blick, der Furcht einflößen

sollte vor dem, was sie mit dieser Entscheidung heraufbeschworen hatte.

»Sie haben es so gewollt«, sagte er schließlich und wandte sich an die Menge. »Ich verlasse euch. Mein ganzes Wollen und Streben habe ich dem Wohlergehen dieser Plantage und seinen Menschen gewidmet. Dies ist nun beendet. Eine neue Ära bricht an, und keiner weiß, was sie für euch bedeuten wird. Wer noch einigermaßen Grips im Kopf hat, wird wissen, was er zu tun hat.«

Bettinas Augen wanderten über die Menschen. Einige hatten unter Shelbys Herrschaft wohl ein paar Privilegien genossen, denn sie sahen hasserfüllt und missmutig in ihre Richtung. Den meisten aber schien es egal zu sein, wer nun als Nächster die Knute über ihnen schwingen würde. Schlimmer als jetzt konnte es wohl kaum kommen.

Shelby zog den Hut.

»Gottes Hilfe, Ma'am. Man sieht sich immer zweimal.«

Es klang wie eine Drohung. Er verließ den Platz vor der Arresthütte und keilte sich durch die Menge zum anderen Ende der Coolie Lines hindurch. Bettina stieg die beiden Stufen wieder hinauf.

»Ich stehe zu meinem Wort. Wer sein Geld zurückwill, bekommt es. Wer gehen will, kann gehen. Wer aber bleibt und sein Geld weiter investiert, muss sich weder um seine Arbeit noch um seinen Lohn Gedanken machen.«

Sie verließ ihren Platz und schritt durch die Menge, die sich vor ihr teilte und ihr auswich. Sie wusste nicht, ob das ein Zeichen von Respekt war oder keiner dem *Dukh* zu nahe kommen wollte. Als sie die Coolie Lines verließ und den Anstieg hinauf zum Haus begann, konnte sie Shelby in der Ferne sehen, der ihr Pferd quer durch die Tracts der Plantage Richtung Süden trieb.

Dort lag Lebong, Darjeeling. Und Plumrose Garden. Vermutlich würde er noch heute Abend den Besitzern Bericht erstatten, dass ihr Plan gescheitert war.

Und morgen würde sie sich ihr Pferd zurückholen.

Brenny's Garden School

Die Schlange war schier endlos.

Jacob und Mary hatten mithilfe der Diener einen Tisch auf der Veranda aufgebaut und die Kasse daraufgestellt. Sie war gefüllt mit den Geldscheinen, die sie im Stall gefunden hatten – unter einem Bodenbrett verborgen und in ein Leinentuch eingeschlagen.

Tausendzweihundertvierundvierzig Pfund waren zusammengekommen. Das würde für die Löhne reichen, für besseres Essen, schlimmstenfalls sogar, um alle Spargroschen auszuzahlen, die die Arbeiter einst bei Helene angelegt hatten. Aber es brachte den guten Tee nicht zurück und auch nicht das Vertrauen der Trader.

Und erst recht nicht das der Arbeiter.

Einer nach dem anderen trat vor, nannte seinen Namen und die Summe, die er ausbezahlt haben wollte. Meistens handelte es sich um Beträge zwischen zehn und zwanzig Pfund, die sie sich im Laufe der Monate und Jahre buchstäblich vom Munde abgespart hatten. Aber wenn das so weiterging und jeder sein Geld zurückwollte, wären sie am Abend genauso pleite wie zuvor.

Jacob ließ sich den Namen geben, verglich sie mit den Verträgen, die sie ebenfalls vors Haus geschafft hatten – immer mit einem zweifelnden Blick in den Himmel, wann sich der nächste Regenschauer ankündigte. Zweimal mussten sie die Auszahlungen unterbrechen und mit allen wichtigen Unterlagen und der Kasse ins Haus flüchten. Danach kehrten sie zurück, und Bettina schwor, dass eine der nächsten Reparaturarbeiten dem undichten Vordach gelten würde.

»Name?«, fragte Bettina und wendete das vollgeschriebene Blatt des provisorischen Kontobuchs auf die nächste leere Seite.

»Juggernath«, antwortete eine betretene Stimme.

Sie sah hoch. Der Stallmeister stand hinter dem Tisch, den Kopf gesenkt, ein Anblick tiefster Zerknirschung.

»Du willst dein Geld?«, fragte sie.

Er nickte so hastig, dass er mit beiden Händen an seinen Turban griff, damit er nicht verrutschte.

»Zwei Pfund und vierundvierzig Shilling, bitte, Memsahib.«

Bettina legte die Feder ab und rieb sich den schmerzenden Nacken.

»Willst du heiraten? Oder nach Calcutta? Gefällt es dir hier nicht?«

Sie hatte das Gefühl gehabt, bei ihm auf ein Minimum an Wohlwollen zu stoßen. Oder er könnte wenigstens abwarten, ob ihre Bemühungen fruchten würden. Dass er genauso hier stand wie alle anderen und ihr nicht vertraute, enttäuschte sie.

Juggernath zog den Kopf ein und blickte zu Boden. Immerhin hatte er für diesen bedeutenden Moment auf das Kauen seltsamer Substanzen verzichtet.

»Möchtest du gehen?«

Bis jetzt hatte das fast jeder gewollt. Jacob hatte den Vertrag herausgesucht, einen Fingerabdruck genommen und ihn mit der Lupe mit dem verglichen, der auf das Papier gesetzt worden war. Stimmten sie überein, schrieb Bettina ein schwungvolles *Cancelled* über das Papier, und jedes Mal hatte sie das Gefühl, einen weiteren Schritt in Richtung Abgrund zu gehen. Sie würde mindestens die Hälfte ihrer Arbeiter verlieren. Was das für die nächste Ernte bedeutete, wollte sie sich im Moment nicht ausmalen.

»Ja oder nein?«

»Nein, Ma'am. Oder ja, nicht wissen.«

Jacob suchte bereits Juggernaths Vertrag heraus.

»Das solltest du aber.« Bettinas Vorrat an Mitgefühl war nahezu erschöpft.

Sie fragte sich, ob andere Plantagen besser zahlten und warum es für die meisten so eine Zumutung war, für Brenny's Garden zu arbeiten. Am Morgen in den Coolie Lines hatte sie noch das Gefühl gehabt, die Leute zu erreichen. Aber die Stimmung schien sich doch wieder gedreht zu haben.

»Warum? Was hast du vor?«

»Nicht wissen.«

»Okay. Also einfach mal sehen, was kommt. Der Zukunft eine Chance. Wunderbar. Dann wünsche ich dir alles Gute. Ist das dein Vertrag?«

Jacob hielt ein Blatt hoch. Sie nahm es ihm ab und überflog es. Drei Mal zehn Jahre. Dann vier Mal um ein Jahr verlängert. Juggernath hatte Helene noch miterlebt, und Robert Stirling. Wieder ein Stich ins Herz, wieder ein Verlust.

Immerhin hatte er mit seinem Namen unterschrieben.

Sie tauchte die Feder ins Tintenfass und schrieb zwei Pfund vierundvierzig Shilling ins Kontobuch.

»Hier bitte unterschreiben. Dann bekommst du dein Geld.«

Sie sah zu Jacob, der bedauernd den Mund verzog. Auf sein Mitgefühl konnte sie genauso gut verzichten wie auf einen untreuen Stallmeister.

»Mr Shelby sagen …«

Juggernath beugte sich vor. Bettina war nicht im Mindesten daran interessiert, was ihr entlassener Tea Manager zu sagen hatte. Aber Juggernath wollte sein Wissen unbedingt loswerden.

»Sagen, dass Brenny's Garden verflucht ist.«

Sie atmete tief durch. »Jetzt nicht mehr.«

Der Stallmeister sah sie fragend an.

»Mr Shelby ist weg, also geht es bergauf.«

Der Mann kratzte ratlos seinen Nacken. Die verschiedenen Stadien von Flüchen waren wohl zu kompliziert.

Jacob zählte mehrere Scheine und Münzen ab. »Zwei Pfund vierundvierzig«, erklärte er.

Bettina schob dem Stallmeister das Geld über den Tisch. »Brenny's Garden ist nicht verflucht. Das funktioniert nicht. Hätte ich sonst das Geld?«

In diesem Moment kam Marys übliches »Nein! Mahesh!« aus dem Haus, und der Junge flitzte durch die Eingangshalle hinaus auf die Veranda, um sich Juggernath in die Arme zu werfen. Der alte Mann stolperte zwei Schritte zurück, um diesen liebevollen Angriff aufzufangen.

Mahesh klammerte sich an ihm fest, weinte und stammelte etwas, das Bettina nicht verstand. Mary tauchte auf und wollte sich wortreich entschuldigen, aber sie wurde sofort unterbrochen.

»Was sagt er?«

»Das ist sein *Naanaa*, sein Großvater.«

Bettina stand auf. »Juggernath?«

Der Stallmeister sah hoch. Seine Augen glitzerten feucht, und seine Hände legten sich liebevoll auf die Schultern seines Enkels.

»Mahesh, *yes*. Sohn von Rana. Meine …«

Er brach ab, beugte sich hinunter und drückte den Jungen an sich.

»Deine Tochter«, vollendete Bettina den Satz.

Die Frau, die in den Bergen gestorben war, weil Shelby und sie …

Der Junge redete weiter, hastig, schnell und aufgeregt, dabei deutete er immer wieder auf Bettina. Eine Gruppe Teepflückerinnen, die als Nächste an der Reihe gewesen wären, flüsterten sich gegenseitig etwas zu und sahen voller Mitgefühl auf den Mann und seinen Enkel.

»Na«, sagte Juggernath, nein. Immer wieder, und der Junge schluchzte noch mehr.

»Was hast du vor?«, fragte Bettina. »Willst du ihn mitnehmen? Wohin?«

»Nicht wissen, Memsahib.«

Jetzt purzelte auch ihm eine Träne aus dem Auge.

»Und deine Frau? Wo wird sie Arbeit finden, in ihrem Alter?«

»Nicht wissen, Memsahib, nicht wissen.«

Mahesh sah wütend hoch und schrie etwas mit seiner dünnen, zornigen Stimme.

Bettina wandte sich an Mary. »Was sagt er? Was geht hier vor?«

»Er sagt, dass das *Dukh* nicht hier im Haus ist, nicht da, wo Sie sind, Ma'am. Sondern dort, wo Mr Shelby sich aufhält. Er will, dass sein Großvater bleibt, und seine Großmutter auch. Er sagt …«

Mary brach ab und warf einen unsicheren Blick auf Jacob. Aber der ordnete Münzen in der Kasse und tat so, als ginge ihn das alles nichts an. Was vermutlich auch besser war, denn auf seine Ratschläge konnte sie gut verzichten.

»Ja?«, fragte Bettina überfreundlich. »Was sagt er noch?«

Mary schluckte. »Dass Sie wie eine Mutter zu ihm wären, fast wie seine Mama. Nicht ganz. Verzeihen Sie bitte! Aber dass es ihm bei Ihnen gut geht und er nicht zurück zu Mr Shelby will.«

»Zurück?«

Sie wandte sich an Juggernath. »Was heißt das? Was hat Mr Shelby noch gesagt?«

Der Kleine sah zu seinem Großvater hoch, Rotz und Wasser unter der Nase. Als nichts aus dem Mund des Stallmeisters kam, boxte er ihn sachte, aber wütend in den Bauch.

»Mahesh!«, schimpfte Juggernath und fing die kleinen Fäuste ein.

Dann wandte er sich mit einer beunruhigend schuldbewussten Miene an Bettina.

»Gehen zu Plumrose Garden. Bekommen neu Vertrag und Brandy, alle. Hier seien Fluch, dort nicht.«

Bettina beugte sich vor und stützte sich mit beiden Händen auf der Tischplatte ab. »Hier ist kein Fluch. Wisst ihr denn nicht, was euch da erwartet?«

Die Teepflückerinnen lauschten mit angehaltenem Atem. Und dann spürte Bettina, dass etwas geschah, was sie noch nie im Leben erlebt hatte. Die Tischplatte zitterte. Der Boden, auf dem sie stand. Das Tintenfass, die Feder. Es war nur minimal, aber es reichte, dass die Menschen sich erschrocken ansahen und aufgeregt aufeinander einsprachen.

Und schon war es wieder vorbei.

Sie sah zu Jacob. »Was war das?«

Die Münzstapel waren umgefallen. Er schichtete sie wieder aufeinander.

»Ein kleines Erdbeben, Memsahib. Die gibt es hier immer wieder.«

Endlich hatte er die Güte, sie auch einmal anzusehen.

»Nichts, was beunruhigend wäre.«

Bettina setzte sich – beunruhigt. Und wandte sich wieder an Juggernath.

»Reisende soll man nicht aufhalten. Wenn du glaubst, dass Mr Shelby nach allem, was passiert ist, das Beste für seine Zukunft ist, dann geh.«

Sie wies auf den Jungen. Der zog wütend die Augenbrauen zusammen und wollte gerade wieder anfangen loszuschimpfen, als sich eine Unruhe ausbreitete, wie sie die Ankunft von etwas Unvorhersehbarem mit sich brachte.

Sie sah, dass Juggernath den Kopf einzog und sich am liebsten unsichtbar gemacht hätte. Und dann tauchte die alte Frau mit den eisgrauen Haaren auf – offenbar nicht nur die Großmutter des Jungen, sondern auch Juggernaths Ehefrau.

Der Tonfall, mit dem sie ihn ansprach, wies jedenfalls darauf hin, dass sich die zwei sehr lange kannten und Juggernath nicht immer und vor allem nicht in diesem Augenblick zur Zufriedenheit seiner Gattin handelte.

»Sie sagt, er ist ein Dummkopf«, übersetzte Mary ungefragt und konnte sich ein leichtes Grinsen nicht verkneifen.

Die Frau erreichte den Tisch, und der Kleine wechselte von Großvater zu Großmutter wie ein Äffchen den Ast.

»Ich bin Sunima«, sagte die alte Frau überraschenderweise in sehr passablem Englisch. »Er ist ein Trottel. Er glaubt alles, was man ihm sagt. Ich glaube nur das, was ich sehe.«

Das war einer dieser Sätze, auf die man eigentlich mit einer Nachfrage reagieren sollte, aber Bettina schwieg. Nach all dem Misstrauen und der Verachtung, die sie hier erlebt hatte, wäre es kein Wunder gewesen, wenn die ganze Familie des Jungen Brenny's Garden verlassen hätte.

»Ich sehe eine Memsahib, die mich sehr an ihre Großmutter erinnert. Sie ist mutig und stark, und sie hält, was sie verspricht.« Sunima wandte sich an ihren Mann und damit auch gleichzeitig an alle anderen, die in der Reihe standen. »Wollt ihr wirklich alles, was ihr gespart habt, mitnehmen? Es landet doch nur in den Brandy-Shops, und in ein paar Wochen steht ihr genauso arm da, wie ihr gekommen seid. Ich will dieses Geld nicht.«

Sie deutete auf die abgezählte Summe.

»Mahesh soll es eines Tages besser haben als wir. Juggernath, du alter Dummkopf, glaubst du wirklich, dass wir jemals die Heimat wiedersehen?«

Der Stallmeister wischte sich hastig über die Augen.

Bettina spürte, wie nah ihr Sunimas Vergleich mit Helene ging.

»Was hast du heute Morgen in den Coolie Lines gesagt?«, wollte sie wissen.

Sunima verschränkte die Arme und warf einen ärgerlichen Blick auf ihren Mann.

»Ich habe gesagt, dass Sie bei uns waren, als meine Tochter starb, und dass wir miteinander gebetet haben. Dass unsere Götter sich nahe gewesen sind in diesem Augenblick. Und dass ich in Ihr Herz gesehen habe, Memsahib. Und was ich sah, ließ Hoffnung blühen.«

Nach aller Enttäuschung kam diese Frau und packte zu der Bürde, die Bettina jetzt schon fast zu Boden drückte, auch noch einen riesigen Sack voller Erwartungen hinzu. Sie wusste nicht, was sie mehr ängstigte: die Hoffnung der Menschen oder ihre Hoffnungslosigkeit. Beides war überwältigend.

»Danke«, sagte sie leise. »Ich werde mein Bestes geben.«

»Was geschieht mit meinem Enkel? Wir sind alt. Juggernath kann bald kein Pferd mehr von einer Kuh unterscheiden, und ich werde bei der kommenden Ernte wohl zum ersten Mal die Vorgaben nicht mehr erfüllen können.«

»Wie lange arbeitet ihr schon hier?«

Sunima sah zu Juggernath.

»Vierunddreißig Jahre«, antwortete er. »Nicht viel mehr, aber auch nicht viel weniger.«

Sie sah zu Jacob, der Sunimas Vertrag bereits in den Händen hatte, und nickte.

»Nun«, sagte sie. »Dann wirst du das tun, was du kannst. Und solange Juggernath bei einem Pferd noch weiß, wo vorne und hinten ist, bleibt er mein Stallmeister. Wenn er das will.«

Der Kleine ahnte, dass sich gerade etwas zu seinen Gunsten

änderte, und zog seiner Großmutter ungeduldig am Sari, um mehr zu erfahren. Sie beugte sich herab und flüsterte ihm etwas zu. Noch bevor irgendjemand reagieren konnte, lief er los, umrundete pfeilschnell den Tisch und stürzte sich auf Bettina.

»Thank you!«

Sie versuchte liebevoll, den kleinen Klammeraffen von sich zu lösen, und stand auf. Der Gedanke war ihr erst in dieser Sekunde gekommen, aber sie konnte nicht noch mehr Arbeiter verlieren.

»Das Arresthaus wird nicht abgerissen«, sagte sie so laut, dass es zumindest die Hälfte der Anwesenden hören konnte. Der Rest bekam es von denen, die weiter vorne standen, zugetragen.

Sunima presste die Lippen zusammen. Juggernath senkte den Kopf. In den Gesichtern, die sie in der Dunkelheit noch erkennen konnte, tauchte Entsetzen und Enttäuschung auf.

»Die Zimmerleute und Canister Maker werden die Wände durchbrechen«, fuhr sie fort, »und Fenster einsetzen. Es werden Bänke und Tische hineingestellt und eine Tafel. Jedes Kind auf Brenny's Garden wird lesen und schreiben lernen, auf Englisch und Bengali.«

Totenstille. Bis auf das Flüstern, mit dem diese Nachricht weitergegeben wurde.

»Jeder Erwachsene auch, der das wünscht. Es wird dort eine zusätzliche Mahlzeit geben. Und eure Lehrerin ist …«

Sie drehte sich um und sah zu ihrer Maid. Die riss die Augen auf und schüttelte in stummer Verzweiflung den Kopf.

»Mary.«

Durch die Stille zischelte Ablehnung und Fassungslosigkeit.

»Mary hat von mir den Befehl, mit euch zu sprechen, euch zu korrigieren und eure Arbeiten zu prüfen.«

Sie schluckte. Auch wenn ihr das Kastensystem unbegreiflich bleiben würde, mutete sie ihren Arbeitern eine Menge zu.

»Aber sie wird euch nicht berühren. Nun. Wer möchte, dass es seinem Kind einmal besser geht? Dass es lesen und schreiben kann und einen Beruf lernt, der es nicht das Alter fürchten lässt? Mädchen und Jungen, für alle steht sie offen, die Brenny's Garden School.«

Sie setzte sich. Jacob blickte mit gerunzelter Stirn auf seine Hände, die er gefaltet auf dem Zahltisch liegen hatte. Mary starb wahrscheinlich gerade hinter ihrem Rücken an einem Schock. Sogar Mahesh, der kein Wort verstanden hatte, spürte, dass gerade etwas Ungeheuerliches geschehen sein musste.

Sie nahm noch einmal all ihren Mut zusammen.

»Wer will, dass sein Kind auf diese Schule geht?«

Gut, dann wurde das hier ihr Waterloo. Aber sie hatte es wenigstens versucht. Resigniert zog sie Sunimas Vertrag zu sich heran, um ein *Cancelled* daraufzuschreiben.

»Ich.«

Verblüfft sah sie hoch.

Die alte Frau boxte Juggernath in die Seite. »Willst du nicht, dass aus deinem Enkel etwas wird?«

Der Stallmeister sah sich unsicher um und nickte dann.

»Ja. Ich auch.«

»Ich!«, kam es von ganz hinten aus der Menge.

Und weitere Rufe. »Ich!«, »Ich!«, »Ich!«

Jacob sah hoch. Immer mehr Männer und Frauen drängten sich nach vorne. Und dann nickte er ihr anerkennend zu. Ihr Herz machte vor Freude einen Sprung.

»Kann er wieder zu uns, Memsahib?«

Sie sah verwirrt hoch. »Wie?«

»Kann Mahesh wieder zu uns?«

Der ängstliche Blick, mit dem Sunima diese Frage stellte, machte ihr erst bewusst, dass sie Mahesh aus seiner gewohnten Umgebung gerissen hatte.

»Willst du das denn?«, fragte sie den Jungen.

Dieses Mal übersetzte seine Großmutter. Der Kleine sah von einer der beiden Frauen zur anderen, unschlüssig, verwirrt und schließlich verschämt.

»Natürlich willst du das«, gab Bettina die Antwort.

Ihr Herz blutete. Der kleine Racker hatte das Haus mit Leben erfüllt, und das Trappeln seiner Füße auf der Treppe und die hohen, atemlosen Rufe, die durch alle Stockwerke schallten, hatten ihr mehr Freude bereitet, als sie sich bis zu diesem Moment hatte eingestehen wollen.

Sunima reichte ihm die Hand, die der Kleine ergriff. Sie flüsterte ihm etwas zu.

»*Thank you*, Memsahib«, brachte er hervor, ohne ihr in die Augen zu sehen.

Juggernath strubbelte dem Kind über den Kopf.

»Danke«, sagte Sunima und verbeugte sich.

»Da nich für«, erwiderte Bettina auf Bremer Platt. »Alles in Ordnung«, setzte sie dann in Englisch hinzu. Ihre Augen brannten, und am liebsten hätte sie den Kleinen seiner Großmutter aus der Hand gerissen und wieder zurück ins Haus gebracht.

Das Gezischel setzte sich durch die Reihen fort. Aber es hatte seine Feindseligkeit verloren.

Sie lächelte, als die drei davongingen, den Kleinen in der Mitte, jeder von ihnen festgehalten von einer Kinderhand.

Jacob strich das Geld wieder ein.

»Was ist?«, fragte sie ihn, weil er ihr schon wieder das Gefühl vermittelte, etwas falsch gemacht zu haben.

»Man soll nur das versprechen, was man auch halten kann«, sagte er leise.

»Natürlich wird er lesen und schreiben lernen!«, gab sie mit derselben Lautstärke zurück. »Mary wird die Lehrerin von

Brenny's Garden School. Mahesh wird der erste indische Tea Manager. Meine Plantage. Meine Regeln.«

Sie hätte gerne noch »Meine Werte« hinzugesetzt, aber sie wollte es nicht gleich am Anfang übertreiben.

Die Teepflückerinnen und Arbeiter waren sich noch nicht einig darüber, wie sie mit dem, was sie gerade mitbekommen hatten, umgehen sollten und ob es einen Einfluss auf ihre Entscheidung hatte, zu gehen oder zu bleiben. Sie blieben zwei Meter vom Tisch entfernt stehen und berieten sich flüsternd.

»Der erste indische Teemanager? Im Raj?«

»Warum nicht?«, gab sie zurück. »Meine Großmutter war die erste deutsche Teeplantagenbesitzerin. Ich bin die zweite. Und wer weiß, eines Tages könnten wir noch viel mehr werden.«

Er schenkte ihr einen schwer zu deutenden Blick. »Ist es das? Den Indern die Hoffnung geben, eines Tages wieder Herren im eigenen Land zu sein?«

»Das maße ich mir nicht an.« Sie nahm die Feder aus dem Tintenfass und inspizierte sie auf ihre weitere Tauglichkeit. »Aber ich will die Hoffnung nicht aufgeben, dass jeder, der den Willen hat, auch ein Stück weit seines eigenen Glückes Schmied ist. Helene Vosskamp war das, was hier eine Dalit wäre, eine Paria. Armenhäusler waren wir, Bettler. Ausgestoßene aus der Dorfgemeinschaft. Und dann hat sie ihr Schicksal in die eigenen Hände genommen und das hier aufgebaut. Warum sollte mir das nicht die Hoffnung geben, es ebenfalls zu schaffen? Und warum sollte ich sie den Kindern nehmen, die etwas brauchen, woran sie sich in ihrem Elend klammern können? Lesen und Schreiben ist doch schon mal ein Anfang.«

Er nickte langsam und fast so, als ob es ihn Überwindung kosten würde. »Ich verstehe.«

»Nein, das glaube ich nicht.« Sie steckte die Feder zurück. »Ich denke, Sie fangen gerade erst damit an.«

Ein Grinsen huschte über sein malträtiertes Gesicht und veränderte ihn auf eine Weise, die verblüffend war. Bettina wandte schnell den Blick ab und sah zu den Pflückerinnen. Die standen immer noch wie angewurzelt auf der Stelle. Aber sie flüsterten nicht mehr über ihre Verträge, sondern – über die Memsahib und ihren Munshi.

Jacob bemerkte es auch. Er räusperte sich und zog den nächsten Stapel zu sich heran.

»Also«, begann er mit fester Stimme. »Wer will noch gehen?«

Die Blicke der jungen Frauen auf den Mann an Bettinas Seite hatten etwas Intensives. So, als ob sich in ihren Augen Jacob gerade von einem Vorarbeiter zu einem durchaus attraktiven Mann verwandelt hatte.

»Sind Sie eigentlich verheiratet?«, fragte sie, ohne ihn anzusehen.

»Nein«, kam es zurück.

»Dann viel Glück.«

Noch bevor er etwas erwidern konnte, drehten sich die Frauen um und liefen kichernd den Weg hinunter zu den Coolie Lines. Sie blieben nicht allein. Einer nach dem anderen verließ seinen Platz in der Schlange und kehrte zurück zu den Baracken. Schließlich blieb nur noch ein Dutzend Arbeiter und Pflückerinnen übrig, die sich lautstark in den Haaren lagen und sich schließlich auch auf den Weg machten.

»Wir sagen, nur was man gehen lässt, kommt wieder.«

Mary war an ihren Stuhl getreten.

»Nun«, Bettina wandte sich gewollt forsch an Jacob. »Das kann man von unserem Geld wohl nicht sagen. Wie viel haben wir noch?«

»Etwas über fünfhundert Pfund. Ich zähle es nachher noch einmal genau und korrigiere das Kontobuch.«

»Danke.«

Sie stand auf und ging die paar Schritte bis zum Ende der Veranda. Ein weiter, grauer Himmel breitete sich über dem Land aus. An den Bergen ballten sich bereits die nächsten Regenwolken. Sie war durchgeschwitzt bis auf die Knochen, und auch der sanfte Wind, der nun zu Beginn der Dämmerung herabfiel und den würzigen Duft der Teepflanzen zu ihr trug, brachte keine Abkühlung.

Hinter ihrem Rücken hörte sie, wie der Tisch und die Stühle zurückgetragen wurden. Aber sie blieb stehen und sah auf ihr Tal, die sanft geschwungene Ebene, ihre Plantage. Heute hatte sie sie gerettet, aber sie wusste nicht, was morgen sein würde. Sie hatten fast die Hälfte der Arbeiter verloren, sie mussten Lebensmittel kaufen, den Fuhrpark in Ordnung bringen und, was vielleicht das Schlimmste war, den Tradern die schlechte Ware ersetzen.

Sie drehte sich um. Jacob hatte den letzten Stapel Verträge unter dem Arm und wollte gerade ins Haus.

»Wie lange?«, fragte sie.

Er wusste genau, was sie meinte.

»Zwei Monate. Vielleicht drei. Dann sind wir am Ende.«

Damit ging er hinein.

Die einzige Hoffnung war, dass er *wir* gesagt hatte.

Der erste Besuch

Die nächsten Wochen flogen vorbei wie aufgeschreckte Vögel. Bettina hätte nicht sagen können, wo die Zeit geblieben war. Außer, dass der Tag offenbar die Hälfte seiner Stunden verloren hatte oder doppelt so schnell verging, denn jeden Abend fiel sie wie ein Stein ins Bett mit einem einzigen, letzten Gedanken: wieder so viel nicht erledigt.

Als Erstes ließ sie acht Stühle aus dem Esszimmer und den großen Tisch in die Empfangshalle bringen. Dem Morgenappell ging nun täglich eine Zusammenkunft mit den Mohurirs, den Vorarbeitern der einzelnen Gewerke, voraus, bei denen die anstehenden Arbeiten besprochen und nach Dringlichkeit eingeteilt wurden. Es erinnerte sie an den Tagesablauf im Teepalast, wo Mamsell Schwicke dieses Ritual eingeführt hatte, an dem sich irgendwann einmal sogar Joost und Paul beteiligt hatten.

Dann ritt sie mit den Chodikars, den Wachmännern, die Grenzen der Plantage ab und inspizierte die Schäden, die der gefräßige Urwald und seine Bewohner anrichteten. Ab und zu begutachtete sie auch, wie nahe Tiger und Cheetahs, Geparde, an die Siedlungen herankamen. Die Wachmänner wussten, wann sie ihre Posten verstärken mussten, und eine der nächsten größeren Ausgaben würde der Kauf von neuen Gewehren sein. Sobald sie sie sich leisten konnten.

Anschließend ging sie mit den Teemeistern in die Tracts, um die Pflanzen zu inspizieren. Sie waren allesamt von guter Qualität und jahreszeitlich entsprechender Reife, sodass die Hoffnung auf eine einigermaßen passable Ernte nicht mehr ganz von der Hand zu weisen war. Auch wenn Brenny's Garden ein *old garden* war, produzierte er doch in guten Jahren fast so viel wie die neu angelegten Gärten, wie ihr Dahul einmal erklärt hatte.

Fragen nach dem Verbleib der vorangegangenen Ernte wurden nicht beantwortet. Die zuständigen Leute hatten die Plantage verlassen, und die, die geblieben waren, konnten – oder wollten – ihr nichts sagen. Irgendwann nahm Dahul sie zur Seite und bat sie inständig, nicht weiter nachzubohren. Shelbys Diebesfinger reichten weit über die Plantage hinaus. Zu den Transporteuren, den Schiffern, den Eisenbahnern, den Reedern und Tradern in Calcutta. Leute, mit denen sie weiter zusammenarbeiten mussten und die die Nachforschungen der Memsahib Vosskamp nicht gerne sahen.

Zähneknirschend nahm sie den Rat an. Aber vergessen würde sie den Diebstahl nicht, der Brenny's Garden fast in den Ruin geführt hatte.

Sie wies den Vorarbeiter der Holzkohlehütte an, auf Vorrat zu produzieren, damit, sobald die Ernte begann, auch genug zum Trocknen und Fermentieren der frischen Blätter vorhanden war. Sie begutachtete die Darren[66] und ließ die Dächer mit Blech neu abdichten, damit bei den Regenfällen und zu erwartenden Stürmen der frisch gepflückte Tee nicht faulte.

Sie gab allen einen halben Tag frei, als die neue Schule eingeweiht wurde. Mary hatte sich in der Nacht ununterbrochen übergeben, aber als sie dann vor vierzehn Kindern zwischen fünf und zwölf stand, dazu noch einmal die doppelte Anzahl von Erwachsenen, fand sie die Sprache wieder und begann die erste Unterrichtsstunde, der viele weitere folgen sollten.

Bettina stand um fünf Uhr morgens mit dem ersten Gong auf, der auch die Arbeiter weckte, und war beim zweiten Gong

---

66 Trockenhäuser

eine Stunde später auf den Feldern. Sie fiel um neun Uhr abends wie ein Stein ins Bett. Einmal wunderte sie sich kurz vorm Einschlafen, dass sie den Raum in Gedanken nicht mehr Helenes Zimmer nannte, sondern *ihr* Zimmer. Aber sie war zu müde, um diesem leise ziehenden Gefühl nachzugehen, das sie nicht benennen konnte. Sehnsucht nach einer Zeit, in der alles gut gewesen war? Oder wieder gut sein würde?

Sie schlichtete die Streitigkeiten zwischen dem Kitmutgar, dem obersten Hausdiener, der sich partout als Butler bezeichnen wollte, und den anderen Dienern, von denen jeder Einzelne seine eigene, ihm zugewiesene Tätigkeit hatte. Einer wischte nur, ein anderer wedelte ausschließlich Moskitos weg und war wenig erfreut, als Bettina andeutete, dass es noch weitere Tätigkeiten in und außerhalb des Hauses gab, die dringend erledigt werden mussten.

Sie las die *Calcutta Times*, die der Dak Runner[67] frühestens eine Woche nach Erscheinen auf die Plantage brachte, und begann, ihn gleichermaßen zu ersehnen – er hatte meistens auch eine aktuellere Ausgabe der *Darjeeling Post* dabei –, und zu fürchten, wenn er neue Rechnungen, aber keine Nachrichten aus der Heimat brachte. Sie schrieb Casper Groth jede Woche und versuchte, optimistisch zu sein, aber das Geld schmolz dahin wie Ghee[68] in der Sonne. Die dringendsten Ausgaben und Reparaturen konnte sie gerade noch bezahlen, und die Arbeiter bekamen zumindest die Essensrationen, die sie ihnen zugesichert hatte. Aber den größten Posten, die sechshundertneunzig Pfund Ersatz für Shelbys verdorbene Lieferung an Bigett, konnte sie nicht mehr aufbringen.

Es war Ende April, als sie mit Dahul und dem Sirdar, dem

67 Briefträger
68 Geklärte Butter, Butterschmalz

Vorarbeiter der Teepflücker, eine Diskussion über den Anbau junger Pflanzen am Rande der Tracts führte. Die Erde war gut, das wurde ihr immer wieder bestätigt. Die Nähe zur nächsten Verladestation am Fluss, wenn er nicht gerade über seine Ufer getreten war, auch. Aber es herrschte Uneinigkeit über die Grenze, die vor so vielen Jahrzehnten Pi mal Daumen gezogen worden war. Eine Neuvermessung war unvermeidlich, aber Dahul riet vehement davon ab.

»Jetzt Holz holen, kein Problem. Messen, dann Holz nicht Brenny's Garden, viel Problem.«

Er wies auf die Bäume, die dicht an dicht eine Anhöhe hinaufwuchsen, Ausläufer des nahen Gebirges. Offenbar hatte man über all die Jahre hinweg sein Holz einfach aus diesem Wald geholt und es zum Bau der Coolie Lines, der Teekisten und der Gewinnung von Holzkohle genutzt.

»Wem gehört dieses Land?«

Es war kein Land, es war ein von wildem Hibiskus, Farnen, Bambus und Nadelbäumen zugewuchertes, hügeliges Areal.

»Niemand, Memsahib.«

Eine ideale Stelle, um die Tracts zu erweitern. Wie sie nach der Lektüre zahlreicher Bücher und vieler Gespräche mit den Tea Makern und Vorarbeitern erfahren hatte, gehörte dazu auch eine gute Drainage, die durch den leichten Anstieg fast schon auf natürliche Weise erfolgen konnte.

Sie wusste mittlerweile auch, dass sich unter ihren Arbeitern Hindus und Moslems befanden, Assamesen, Karachis, Tibeter, Nepalesen. Dass man sie immer noch zweifelnd beobachtete, weil sie vom Teeanbau und vom Tischlern, Fermentieren, Bäumefällen, Feuerroden, Klingenschärfen, Unkrautjäten, Wiegen, von der kleineren Drehdarre, der Botanik generell, dem Vertreiben von Kühen und Ponys aus den Tracts, den Reispreisen, von Hexenwerk und Flüchen, Skorpionen, dem Jagen und der Angst von Elefanten vor kleinen Hunden keine, aber auch gar keine Ahnung hatte.

»Das heißt, wir nehmen uns einfach, was wir brauchen?«

»*Yes*, Ma'am.«

Das konnte auf Dauer nicht so bleiben.

Aber bevor sie das mit Dahul ausdiskutieren konnte, kam ein Junge rufend über die schmalen Pfade in den Teefeldern auf sie zugerannt.

Er hieß Roghoo, hatte die zähe Konstitution eines Läufers und, wie Bettina bei ihren Besuchen in den Coolie Lines schon festgestellt hatte, einen Schlag bei den Frauen. Breite Schultern, schmale Hüften, die bronzefarbene Haut seines nackten Oberkörpers makellos, schneeweiße Zähne und die dunklen Augen verschattet von einem Hauch Melancholie und Khol. Vielleicht auch vom Kauen der Betelnuss, so genau wollte sie das gar nicht wissen.

Keine sechzehn Jahre alt, durch Zufall auf einem der Coolie Steamers gelandet, den berüchtigten Arbeiterschiffen, die die Männer und Frauen wie Vieh einsperrten und über den Brahmaputra in den Norden brachten, wenn sie überlebten. Viel wurde darüber in der *Calcutta Times* geschrieben, wenig unternommen.

Er hatte für drei Jahre unterschrieben und an jenem denkwürdigen Abend, an dem Sunimas Entscheidung das Blatt zu Bettinas Gunsten gewendet hatte, seinen Vertrag nicht mit einem Daumenabdruck, sondern mit drei schwungvollen Kreuzen erneuert.

Ein Bote war auf einer Plantage wie Brenny's Garden unentbehrlich. Im Vergleich zu den großen Manufakturen hinkten sie zwar flächen- und erntemäßig ziemlich hinterher, dennoch waren im Laufe eines Tages viele Entscheidungen zu treffen und manchmal über große Strecken weiterzutragen.

Dass Roghoo sich ohne Auftrag zu ihr in Bewegung setzte, konnte nur heißen, dass irgendetwas im Contor nicht stimmte und Jacob sie zu sich zitierte. So weit sie wusste, hatte sich an ihrer Zahlungsunfähigkeit in den letzten Stunden nicht viel verändert, deshalb war sie gespannt, warum er geschickt worden war.

»Memsahib!«, rief Roghoo schon von ferne, damit kein Zweifel aufkam, wer der Adressat seiner Botschaft sein würde. »Besuch!«

Er verließ den Pfad und schlug sich durch die Pflanzen direkt zu ihnen durch, was ihm als Erstes einen Anpfiff von Dahul einbrachte.

»Lady Monroy, Lady Monroy! Kommen mit Gharry, viel Topf und Kleid!«

Bettina verstand mittlerweile, dass eine Gharri ein Ochsen- oder Pferdekarren war, aber warum Lady Monroy, wer auch immer das war, mit Töpfen und Kleidern bei ihr auftauchen sollte, konnte wohl nur ein Missverständnis sein.

Sie war versucht, Dahul nach dieser Dame zu fragen, aber dann fiel ihr im letzten Moment ein, dass er wahrscheinlich wenig Ahnung von der britischen High Society in Darjeeling hatte und sie ihn damit in eine unangenehme Lage vor den anderen bringen könnte.

Sie wartete, bis Roghoo in gebührendem Abstand vor ihr stand und sich von dem Lauf ausdampfte.

»Hat sie gesagt, was sie will?«

»Verkauft Topf und Kleid und Vogel. Papagei.«

Bettina sah nun doch fragend zu den Männern, die mit dieser Aussage aber genauso wenig anfangen konnten.

»Wo ist sie?«

»Jacob sie bringt in Haus. Papagei draußen bleib. Richtig?«

»Ähm, richtig, ja.«

Sie sah an sich herab. An ihre Reithosen hatte man sich auf Brenny's Garden hoffentlich mittlerweile gewöhnt. Wie allerdings eine Lady darauf reagieren würde, war ihr nicht ganz klar. Einer der Sirdars zog Muddy an den Zügeln zu ihr. Das Pferd hatte sein Temperament in den letzten Wochen nicht gerade gesteigert, aber es war für Bettinas mangelhafte Reitkünste genau das Richtige. Alles in ihr widerstrebte ihr, sich in einer Sänfte durch den hügeligen, verunkrauteten Halburwald tragen zu lassen, aber für den mittlerweile reparierten Sulky waren diese äußersten Ecken ihres Besitzes einfach nicht geeignet.

Erstaunlicherweise machte ihr das Reiten im Herrensitz überdies Spaß, und ab und zu gelang es ihr sogar, Muddy zu einem eher hoppelnden Galopp anzutreiben. Immer noch sahen die Arbeiter von ihrer Tätigkeit hoch und informierten sich gegenseitig mit kleinen, scharfen Pfiffen, wenn sie auftauchte. Aber der Effekt, den der ungewohnte Anblick einer Memsahib in Hosen auf einem Pferd anfangs noch ausgelöst hatte, verpuffte so langsam.

»Gut. Danke.«

Sie schwang sich ohne Hilfe auf Muddys Rücken.

»Wir sprechen ein anderes Mal darüber«, sagte sie zu Dahul. »Gibt es irgendwo Grenzsteine?«

Er verzog nachdenklich den Mund. »Grenzstein? Was ist das?«

Sie verschob den beunruhigenden Gedanken an diese Dinge auf später und trieb Muddy in Richtung Garden House.

Jedes Mal, wenn sie den Nasenbaum erblickte und dahinter das Dach auf der Anhöhe über den Feldern, der Rest des Anwesens verdeckt durch Bäume und blühende Büsche, wurde das Gefühl von nach Hause kommen stärker. Der Gedanke, dass es ein Heim für Helene gewesen war – und für ihre große

Liebe Robert Stirling –, gab ihr die Zuversicht, dass es auch ihr gelingen könnte, hier Fuß zu fassen.

Dass sie trotz aller Geldprobleme ihre Versprechen hielt, kam langsam bei den Arbeitern an. Sie fassten Vertrauen und fingen an, offener über Probleme zu reden, die das Zusammenleben in den engen Unterkünften oder eine falsche Arbeitseinteilung mit sich brachten.

Mit den Unberührbaren unter ihren Leuten waren die Schwierigkeiten größer. Mary wurde mittlerweile eine Art widerwilliger Respekt gezollt. Einmal war sie Zeugin geworden, wie das Mädchen impulsiv einem Kind nach dem Unterricht mit einem Lob durch die Haare fuhr. Die Mutter hatte danebengestanden. Es war ihr anzusehen, dass sie damit ihre Schwierigkeiten hatte, aber sie fing nicht an, laut nach einer Reinigungszeremonie zu rufen.

Bettina hatte mittlerweile erfahren, dass den Briten das Kastensystem der Hindus ziemlich egal war. Den Einheimischen leider nicht. Eine der größten Herausforderungen war, das Zusammenleben in den Coolie Lines, wie Mary es vorausgesehen hatte, so zu organisieren, dass sie sich nicht gegenseitig in die Quere kamen. Es gelang ihr dadurch, dass sie den Dalits eine eigene Baracke zur Verfügung stellte. Die einfach gezimmerten, mit Lehm und Stroh errichteten Gebäude waren in kurzer Zeit fertiggestellt. Dazu kam eine Kochhütte, in der sich die Angehörigen dieser untersten und von ihren eigenen Landsleuten sehr verachteten Gruppe ihre Mahlzeiten zubereiten konnten.

Schlagartig hörten die Streitereien auf, zumindest die, die so gravierend waren, dass sie an Bettina herangetragen wurden.

Es war Jacob, der mit einer ausgesprochen resolut wirkenden Dame auf der Veranda stand und sich bei einer Tasse Tee um Konversation bemühte.

Bettina sprang vom Pferd und reichte dem Hausdiener, der Butler genannt werden wollte und ihr entgegeneilte, Muddys Zügel. Aus den Augenwinkeln bemerkte sie im Hof vor den Ställen einen Ochsenkarren, beladen mit Truhen, Säcken und einem gewaltigen Vogelkäfig. Also hatte sich Roghoo nicht geirrt.

»Mistress Vosskamp!«

Lady Monroy, sofern sie eine Lady war, trug einen ausufernden Sonnenhut aus Strohgeflecht, der aussah, als hätte er schon viele Abenteuer erlebt. Genau wie die Dame, die in ein wallendes Etwas gewandet war, das man vielleicht mit viel gutem Willen als eine Art Rock mit Hemd bezeichnen konnte, aber eher wirkte wie eines von Dahuls Zelten, die die Arbeiter in den Tracts vor der Mittagshitze schützten.

Dennoch war sie – beeindruckend. Ihre Fülle hinderte sie nicht daran, leichtfüßig die Stufen der Veranda hinunter- und auf sie zuzulaufen. Ein hochrotes Gesicht mit hellblauen Augen, in dem alles lieblich gerundet war – Nase, Kinn, Mund –, wodurch sich ihr Alter nur schwer schätzen ließ. Nichts zwängte sie ein, alles wogte und wippte, sogar ihr gewaltiger Busen, dem sie aber, das konnte man unter dem nachlässig geknöpften Hemd erkennen, die stützende Hilfe eines Bandeaus angedeihen ließ. Diese Tücher, um die Brust gewickelt, lösten langsam die Mieder ab, die in diesen Breiten zu mehr Todesfällen durch Hitzschlag führten als das Dschungelfieber.

Sie stürzte auf Bettina zu wie eine Naturgewalt, zog sie in die Arme und presste sie an sich. Dann stieß sie sie mit beiden Händen wieder zurück, ohne sie loszulassen, um sie von Kopf bis Fuß zu mustern.

»Eine Memsahib in Hosen!«, trillerte sie. »Wie man mir berichtete, extraordinär, meine Liebe, extraordinär!«

»Ich trage sie nur zum Reiten.«

Die Frau ließ sie los, und Bettina strauchelte kurz, bis sie ihr Gleichgewicht wiederfand.

»Lady Monroy?«

»Ja.« Ein Lächeln wanderte über die gesamte Breite des Gesichts. »Ihre Nachbarin, sozusagen. Wir leben nur zwei Stunden mit diesem selbstmörderischen Ochsenkarren voneinander entfernt. Mein Mann ist der Tea Manager von Kashmahal Garden, im Süden, Richtung Kurseong.«

»Ah. Kashmahal.« Bettina strich sich die verschwitzten Haare aus der Stirn. »Sie arbeiten mit einem hohen Sinensis-Anteil, weniger mit Assamica.«

Sie hatte begonnen, sich zumindest theoretisch in die Züchtung der Teepflanzen einzuarbeiten, die zur Gattung der Kamelien gehörten. Das Geheimnis, wie hoch der Anteil der beiden Arten bei der Mischung war, wurde gut gehütet. Aber mit der Zeit konnte man die Unterschiede herausschmecken. Brenny's Garden hatte von Anfang an mehr auf *Camellia sinensis* gesetzt, was wahrscheinlich einer Hommage an den Lebensweg der beiden Gründer dieser Plantage entsprach, die sich im chinesischen Kanton kennengelernt hatten.

»Ist das so?«

Verwundert klappte die Dame einen zerfledderten Fächer auf, der an ihrem Handgelenk baumelte, und fächelte sich etwas Luft zu. »Was Sie nicht sagen. Übrigens bin ich keine Lady. Nennen Sie mich Cecily, meine Liebe.«

Bettina wischte sich die Hände an ihren Hosen ab und hielt ihr die rechte entgegen. »Und ich bin Bettina.«

Erstaunt blickte der Zuckersack auf zwei Beinen die entgegengehaltene Hand an, bis Bettina sie mit einem verlegenen Räuspern zurückzog.

»Verzeihen Sie. Ich war gerade in den Tracts und habe nicht mit Besuch gerechnet.«

»Aber das macht doch nichts. So ist das eben bei uns! Der nächstgelegene Dak Bungalow[69] ist leider so weit entfernt, dass ich für diesen Abend auf Ihre Gastfreundschaft angewiesen bin.«

Bettina warf Jacob einen hilflosen Blick zu, der, weil Wedler und Wischer vermutlich gerade irgendwo ihre Mittagspause in die Nachmittagspause übergehen ließen, die Tür zur Empfangshalle aufhielt.

»Das ist kein Problem«, sagte er.

Der Blick, den er den beiden Damen zuwarf, war von rätselhafter Neutralität.

Mrs Monroy, keine Lady, trippelte nun die Stufen wieder hinauf.

»Ich bin gerade erst aus London zurückgekommen, um unseren Hausstand aufzulösen, denn mein Mann wird Principal Assistant Commissioner von Colonel F. J. Madden, dem Commissioner of Assam. Ist das nicht großartig? Wir gehen nach Calcutta!«

Oben angekommen drehte sie sich schwungvoll um und erwartete mindestens Applaus.

»Großartig«, gab Bettina zurück, ohne zu wissen, was ein Principal Assistant Commissioner war. Von Colonel Madden hatte sie noch nie etwas gehört. »Und deshalb sind Sie zu mir gekommen? Das ist aber sehr freundlich.«

Sie bemerkte, dass Jacob das Gesicht leicht verzog, als hätte er in eine Zitrone gebissen, durfte es sich aber nicht anmerken lassen.

»Deshalb natürlich nicht, Kindchen.« Cecily fächelte sich wieder Luft zu und passierte hoheitsvoll die geöffnete Tür. »Das hätten Sie auch der *Darjeeling Post* entnehmen können.«

---

69 Gästehäuser der britischen Bezirksregierung

Bettina warf einen wütenden Blick zu Jacob, der sein Grinsen kaum noch verbergen konnte.

»Ach, das ist ja fast noch genauso wie zu Helens Zeiten!«

Die Dame verschwand ungefragt im Haus.

»Was meint sie?«, zischte Bettina.

Jacob beugte sich zu ihr und flüsterte: »Sie will, dass Sie ihre Sachen kaufen.«

»Was? Das kann doch nicht ihr Ernst sein!«

»Das machen viele Ladys, wenn sie nach England zurückkehren oder den Hausstand auflösen. Oder auch einfach nur zwischendurch. Kleider sind teuer, und nicht alle weißen Frauen sind finanziell so gut gestellt, sie neu zu kaufen.«

»Ich beispielsweise? Weiß sie von meiner Situation?«

Ihr Sekretär sah kurz in den Empfangsraum, in dem Cecily sich gerade laut darüber wunderte, was der Esstisch mit den acht Stühlen dort zu suchen hatte.

»Nachrichten verbreiten sich schneller als ein Buschfeuer, Memsahib. Aber da Lady Monroy erst seit ein paar Tagen zurück ist, wird sie der neueste Klatsch noch nicht erreicht haben.«

»Liebes?«

Das Trillern bekam eine leichte Dissonanz. Lange sollte man Cecily wohl nicht warten lassen.

»Muss sie hier übernachten?«

Jacob nickte. »Das ist ein ungeschriebenes Gesetz. Ich kümmere mich darum.«

»Danke«, sagte sie und schlüpfte an ihm vorbei.

Leider war es mit einem Bett und einer Mahlzeit nicht getan. Cecily Monroy erwartete Unterhaltung. Zwischen geräucherter Flussforelle und dem üblichem Hühnercurry wollte sie alles wissen.

Bettina ließ das Dinner im Salon neben der Bibliothek servieren. Ein kleiner Raum, nicht geeignet für größere Anlässe, und durch die dunklen Vorhänge und schweren Möbel von einer angenehmen Intimität.

Die morgendlichen Besprechungen mit den Vorarbeitern ließ Cecily gerade noch durchgehen. Aber nachdem der »Butler« die Vorspeise abgeräumt und die zweite Flasche Rheinwein aus dem Vorratskeller unter der Küchenhütte geöffnet und nachgeschenkt hatte, verwandelte sich das nachsichtige Interesse, mit dem sie bisher Bettinas Ausführungen gefolgt war, in ziemlich deutliche Nachfragen.

»Und Jacob?«

Irritiert setzte Bettina das Glas ab.

»Jacob, mein Sekretär? Was soll mit ihm sein?«

»Seit wann ist er denn wieder in Amt und Würden?«

»Seit ich erkannt habe, wo seine wahren Vorzüge liegen.«

Das Funkeln in Cecilys Augen vertiefte sich. »Und wo wären die genau?«

»Ich verstehe nicht ganz.«

»Nein?«

Mylady hatte sich zum Abendessen umgezogen und eines der Kleider angelegt, von denen sie hoffte, es irgendwo an die Frau zu bringen. Es war aus grün schillerndem Seidentaft und übersät mit undefinierbaren Flecken und salzigen Schweißausblühungen. Allein der Gedanke, ein in diesen Breiten getragenes, nicht gewaschenes Kleidungsstück an ihren Körper zu lassen, verursachte Bettina Beklemmungen. Dazu hatte die Dame gleißenden Schmuck angelegt, so opulent, dass er kaum echt sein konnte. Die runden Finger zierten mehrere hintereinander aufgesetzte Ringe, und der Duft, der Bettina bei jeder Bewegung ihres Gegenübers entgegenschlug, ließ sie wünschen, zurück im Urwald zu sein und die Losung eines Cheetahs zu begutachten.

»Waren Sie denn nicht bei der Jahresversammlung der Horticultural Society? Da gibt es einen ganz hervorragenden High Tea, und natürlich den aktuellen Klatsch. Ich bin mir sicher, dass Sie in meiner Abwesenheit eines der Hauptthemen waren.«

Besorgt hob Bettina ihr Glas und trank einen Schluck.

»Jacob wird nachgesagt, dass er … nun ja, Sie wissen schon.«

»Tut mir leid. Ich weiß es nicht.«

Cecily akzeptierte, dass sie auf diese Weise nicht weiterkam und direkter werden musste. Sie richtete ihre Gabel auf die Servierschale mit dem Curry und spießte ein Stück Hühnchen auf.

»Ach, drei Monate sind schon eine lange Zeit. Es tut mir so leid, ich musste direkt von der Bahn in die Kutsche, sonst hätte das Unwetter meine gesamte Bagage den Fluss hinuntergespült. Normalerweise wäre ich *naturellement* in den Elgin Club gegangen und hätte mir die neuesten Gerüchte auf dem Silbertablett servieren lassen. Nun bin ich also tatsächlich gezwungen, sie mir von Ihnen aus erster Hand zu besorgen. Also, wie ist er?«

Bettina verschluckte sich an ihrem Wein. Der Hustenanfall dauerte vielleicht etwas länger, aber sie brauchte die Zeit, um sich eine Antwort zurechtzulegen.

»Im Rechnen und Schreiben sehr gut«, keuchte sie schließlich. »Er ist pünktlich, ordentlich, riecht gut, und spricht fast perfekt Englisch.«

»Dark, tall and handsome«, kicherte Mylady.

»Möchte Sie noch etwas Reis?«, fragte Bettina mit aller Liebenswürdigkeit, die sie aufbringen konnte.

»Nein.« Cecily war augenscheinlich nicht zufrieden mit der Auskunft. »Sie leben allein hier mit ihm, und er war schon zu Scott Ewans Zeiten das Objekt uferloser Spekulationen.«

»Uferlos?«

Ein trillerndes Lachen. »Nun, wir haben alle Zeit der Welt, uns unseren Fantasien hinzugeben. Nicht wahr, Liebes?«

Bettina versuchte ein bezauberndes Lächeln. Diese Frau war hinterhältig, klatschsüchtig und offenbar bestens vernetzt in der Gesellschaft Darjeelings. Ihr großes Versäumnis war, Bettina zu besuchen, noch bevor sie über die neue Herrin von Brenny's Garden genügend Informationen oder Gerüchte gesammelt hatte. Sie wusste nicht, dass sie das *Dukh* anzog. Eine Dalit als Maid beschäftigte. Eine Schule für Coolies und ihre Kinder gegründet hatte. Die Plantage übernommen und Shelby gefeuert hatte.

Cecily Monroy ging davon aus, dass Bettina eine der ihren war: eine Frau mit zu viel Zeit, die sie sich bei Dinnerpartys und High Teas vertrieb. Und Besuchen auf den anderen Plantagen.

»Ich kann das leider nicht von mir behaupten«, antwortete sie sanft und nahm die kleine, schwarz angelaufene Silberglocke hoch, um nach ihrem Kitmutgar zu läuten, der so gerne ein Butler wäre. »Ich habe Brenny's Garden geerbt und eine Menge Probleme dazu, die gelöst werden müssen.«

»Wo ist denn Ihr Tea Manager? Der sollte das doch eigentlich tun. Scott Ewan hieß er doch, nicht wahr?«

»Er ist tot.«

Cecily ließ die Gabel mit dem letzten Rest Hühnchen sinken. »Oh nein. Wirklich? So ein ansehnlicher Mann. Das Fieber? Ein Jagdunfall?«

Alles war wieder da. Der Kuss. Die Rufe. Püsken mit der Waffe in der Hand. Der Schuss. Das Blut. Der Abgrund. Das tiefe Schwarz in der Seele.

»Oh Liebes! Ist Ihnen nicht gut?«

»Doch, es geht schon.« Bettina griff nach der Serviette und tupfte sich damit den Mund ab. »Ich dachte, Sie wüssten es. Jeder hier weiß es doch. Und dass er …«

Cecily beugte sich vor in der Gewissheit, gleich noch etwas Ungeheuerliches zu erfahren.

»Er war mit Margret Plumrose verlobt.«

»Mit Margret?«

Sie stieß einen Laut aus, der wie eine Mischung aus einem leisen Elefantentrompeten und einer Tuba klang. »Diesem kleinen Biest? Niemals. Hat sie Ihnen das erzählt?«

»Ja.«

»Margret lügt, wenn sie nur den Mund aufmacht. Lassen Sie sich das von mir sagen. Sie ist so durchtrieben wie ihre Mutter Matilda. Wir sind ein Jahrgang, wenn ich das im Vertrauen sagen darf. Sie behauptet glatt, zehn Jahre jünger zu sein. Aber ich weiß es genau!«

Der Diener erschien und wurde von Bettina beauftragt, etwas Obst zum Dessert zu servieren. Cecily wartete, bis er gegangen war.

»Wie ist er gestorben?«

»Er wurde erschossen, in Bremen.«

Bettina wusste nicht, wie viel sie dieser Frau erzählen konnte, die es darauf anlegte, Informationen zu bekommen – eine heiß gehandelte Ware, die allerdings auch ihren Preis haben musste.

»Erzählen Sie mehr!«

Cecilys Augen funkelten vor Wissbegierde.

»Später, meine Liebe«, flötete Bettina, weil gerade eine Schale mit frisch geschnittener Ananas und Mango vor ihnen abgestellt wurde. Der Mann, der so gerne ein Butler wäre, räumte geräuschvoll ab und entfernte sich mit dem Geschirr zum Küchenhaus, einem kleinen Anbau an der Seitenwand des Gebäudes.

»Zunächst würde ich gerne wissen, was ich tun kann, um mit den örtlichen Tradern in Kontakt zu kommen.«

Die hellblauen Augen in dem runden Gesicht weiteten sich. »Woher soll ich das denn wissen?«

»Sie leben doch schon einige Zeit hier und kennen so viele Leute.«

»Ja. Das stimmt.« Cecily spießte ein Stück Mango auf und

schob es sich in den Mund. Deshalb waren die folgenden Worte nur schwer zu verstehen. »Ich kenne alle, alle. Hat man Sie denn nicht in die Gesellschaft eingeführt?«

»Ich bin am Abend des Planters' Ball angekommen, da war dann wohl keine Zeit mehr.«

»Waren Sie eingeladen?«

»Niemand wusste, dass ich komme. Und ohne passende Garderobe – Sie wissen ja, wie das ist.«

Cecily nickte. »Ich verstehe. Vielleicht finden wir ja etwas unter meinen Sachen, das Ihnen steht und nur ein klein wenig geändert werden müsste. Sagen Sie, ist denn unter den Töpfen etwas für Sie dabei? Und ich muss für Charlie einen guten Platz finden.«

»Charlie?«

»Mein Papagei. Ein liebenswerter Racker. Leider ist er opiumsüchtig, deshalb sollten Sie vorsichtig sein, falls Sie Mohn anbauen wollen.«

Bettina hatte weder vor, Opium herzustellen, noch einen süchtigen Papagei aufzunehmen. Geschweige denn, die Ansammlung verbeulter Töpfe zu kaufen, die sie auf dem Karren gesehen hatte. Cecily schien eine gewisse Zurückhaltung zu bemerken, denn sie legte sich nun richtig ins Zeug, den Vogel anzupreisen.

»Er kommt aus der Region Neemuch und hat dort zusammen mit seinen Artgenossen ganze Felder geplündert. Das Problem ist, dass sie, genau wie die Menschen, von diesem Zeug nicht mehr loskommen und immer wiederkehren. Und die Bauern wehren sich natürlich und schießen auf diese liebenswürdigen Tierchen. Er kann deshalb nicht mehr fliegen, weil er verletzt wurde und ich ihn gesund gepflegt habe. So etwas schweißt zusammen. In Calcutta würde er sich nicht wohlfühlen, deshalb möchte ich ihn in gute Hände abgeben. Ach!« Sie sah sich in dem Salon um. »Was habe ich hier mit Helen für schöne Stunden erlebt!«

Noch ein tiefer Blick aus hellen Augen. »Sie hätte mir Charlie natürlich sofort abgenommen. Sie hat ihn ja noch gekannt!«

»Ich verstehe Sie sehr gut, Mrs Monroy.« Bettina konnte ebenfalls sehr überzeugend wirken. »Aber ich habe schon sehr viel mit dieser Plantage zu tun, und …«

»Sie wollen Sie wirklich alleine leiten? Ohne Tea Manager?«

»Gute Leute sind schwer zu finden.«

»Haben Sie diesen Timothy Shelby schon einmal gefragt? Er ist etwas rüde, wenn Sie verstehen, was ich meine. Aber er beherrscht sein Handwerk.«

»Der ist bei den Plumroses«, antwortete Bettina knapp. Mehr war im Moment nicht zu sagen.

»Ah. So. Hm. Tatsächlich?«

Ein Leuchten der Erkenntnis erhellte das runde Gesicht ihrer Besucherin.

»Ich verstehe. Er ist scharf auf eine Plantage. Und da Margret ja wieder frei ist …«

Cecily griff nach ihrem Weinglas und leerte den Rest in einem Zug.

»Nun, dann sollte ich die beiden vielleicht zu unserem Abschiedsball einladen. Es gibt doch nichts Schöneres, als für ein junges Glück das Tableau ihrer Leidenschaft zu werden, *n'est-ce pas?*«

»*Bien sur*[70]«, antwortete Bettina.

»Sie sprechen Französisch? Eine gebildete Dame in der Wildnis des Himalaya! Meine Güte, Sie müssen mir alles erzählen. Wie Sie hierhergekommen sind, was Sie vorhaben und vor allem: Wen Sie heiraten wollen.«

70 Französisch: Nicht wahr? – Aber sicher.

»Einen Trader vielleicht?«, warf Bettina in den Ring, um das Gespräch wieder in die richtigen Bahnen zu bringen.

Von geschäftlichen Dingen hatte Cecily keine Ahnung. Aber auf dem gesellschaftlichen Parkett machte ihr niemand etwas vor.

»Einen Trader?« Ein amüsiertes Lachen explodierte in Cecilys Kehle. »Sie haben ja niedrige Erwartungen. Das sind schlecht erzogene, gierige Menschen, deren einziges Gesprächsthema das Geld ist. Ich hasse es, wenn sie bei uns zu Gast sind! Ihre Frauen sind meistens ebenso langweilig wie sie selbst. Sie sind alle verheiratet. Und sie wollen alle, kaum dass sie genug zusammengerafft haben, zurück in die Heimat und dort ein eigenes Handelshaus eröffnen. Oder zumindest Partner in einem etablierten Contor werden. Manchmal habe ich das Gefühl, halb England hat sich auf den Weg nach Indien gemacht, um dieses Land zu plündern. Jemand, der sich noch die Hände schmutzig machen will, ist selten. Sehr selten. Ein Trader also.«

Cecily lehnte sich etwas zurück und ließ ihren Blick von oben bis unten über Bettinas Gestalt wandern.

»Sie denken ausgesprochen gewinnorientiert.«

Sie kam wieder vor und schenkte sich selbst aus der Karaffe ein. Für einen Moment war alles Zuckersüße aus ihrem Wesen verschwunden.

»Mein Edgar hat mir versprochen, wir würden nur fünf Jahre hierbleiben. Jetzt sind es dreiundzwanzig. Meine Kinder sind längst zurück nach London. Sie würden mich nicht mehr auf der Straße erkennen, wenn wir uns zufälligerweise begegnen würden. Edgar war ein geschäftstüchtiger, nach Erfolg strebender junger Mann, als wir uns kennengelernt haben. Jetzt ist er alt und dünn und so an dieses Leben hier gewöhnt mit all den Dienstboten und den Annehmlichkeiten, die man für wenig Geld bekommt, dass er in London nicht mehr Fuß fassen könnte. Den Lebensstil, den wir uns hier leisten können, gibt es kein zweites Mal auf der Welt. Vielleicht noch irgendwo in anderen Kolonien, aber mit fünfundfünfzig will man auch mal irgendwo ankommen.«

Sie trank zwei tiefe Schlucke und rülpste herzhaft.

»Dieses Angebot kam im letzten Augenblick. Wir werden uns verkleinern, aber wir werden in einem hübschen Haus in Calcutta wohnen, mit Straßen, Restaurants, Bars und Casinos. Wir werden noch ein wenig leben und nicht in dieser gottverdammten Regenhölle verrecken wie so viele, die den Absprung nicht rechtzeitig geschafft haben. Mädchen, überlegen Sie es sich gut, was Sie sich hiermit antun.«

Cecily wies mit dem Glas in den Raum und meinte damit symbolisch die ganze Plantage.

»Missernten. Diebstahl. Krankheiten. Erdbeben. Überschwemmungen. Monsun. Im Sommer vergeht man vor Hitze, im Winter erfriert man fast. Die Kleider schimmeln Ihnen am Körper, und Sie werden bei lebendigem Leib von Moskitos förmlich aufgefressen.«

Noch zwei Schlucke, das Glas war erneut leer. Der Blick der himmelblauen Augen veränderte sich, wurde sentimental.

»Warum sind Sie dann so lange geblieben?«

»Weil doch ein Teil des Herzens bleibt. Ich weiß, das klingt hoffnungslos romantisch. Und deshalb gebe ich Ihnen recht: Allein schaffen Sie das nicht. Lassen Sie mich überlegen.«

Ein weiteres Stück Mango wanderte in ihren Mund.

»Kennen Sie Lord Bigett?«

»Ja, aber der kommt nicht infrage«, antwortete Bettina hastig. Bigett hatte jeden weiteren Zahlungsaufschub abgelehnt und drohte nun mit Pressionshaft und Personalexekution, was auch immer er sich darunter vorstellte, denn die Schuldhaft war schon längst abgeschafft worden. Aber seine Briefe klangen beinahe schon hasserfüllt, sodass Bettina den Verdacht hatte, jemand würde ihn gegen sie aufstacheln. Und dieser Jemand konnte eigentlich nur Shelby sein.

»Natürlich, ich verstehe, er ist ja viel zu alt. Aber er hat einen Sohn, Liam heißt er, und noch recht jung. Erstaunlicherweise ist er bislang nicht im Netz einer der vielen unterbeschäftigten jungen Damen aus gutem Hause gelandet, die von Zeit zu Zeit auf den Heiratsmarkt geschickt werden. Im Großen und Ganzen herrscht hier allerdings Frauenmangel, weshalb Sie sich über passende Bewerber eigentlich keine Sorgen machen müssen. Jeder zweite Tea Manager sucht händeringend eine Erbin wie Sie.«

»Ich würde meinen Besitz aber gerne behalten.«

Cecilys weiche Hand landete auf Bettinas Unterarm. »Sie können nicht alles haben. Einen Mann *und* eine Plantage sind etwas zu viel.«

»Meiner Großmutter ist es gelungen.«

Die Hand zog sich zurück. »Helen war eine ganz besondere Frau. Entschuldigen Sie bitte, Schätzchen, aber Sie können ihr nicht das Wasser reichen.«

Um ihren letzten Worten die Härte zu nehmen, legte Cecily nun den Kopf schief, wie sie sich das vielleicht von ihrem drogensüchtigen Papagei abgeschaut hatte, und verzog die Lippen zu einem fast schon spitzbübischen Lächeln.

»Ich gebe einen Willkommensempfang für Sie. Was halten Sie davon?«

Bettina schüttelte den Kopf. »Tun Sie das nicht. Ich glaube, die hiesige Gesellschaft legt keinen gesteigerten Wert auf mich.«

»Aber wie können Sie so etwas sagen?«

Es war besser, wenn sie gleich reinen Wein einschenkte.

»Ich glaube, Margret bildet sich ein, ich hätte ihr Scott Ewan weggenommen.«

»Nun, Engelchen, wie ich schon sagte. Margret bildet sich viel ein, wenn der Tag lang ist.«

»Scott Ewan wurde in Bremen von meinem ehemaligen Verlobten aus Eifersucht erschossen. Und dieser wird niemals für sein Verbrechen zur Rechenschaft gezogen werden, weil er reich und ein Freiherr ist, weil er Zeugen bestochen hat und es wie einen bedauerlichen Unfall aussehen ließ.«

»Oh mein Gott!« Cecilys Busen wogte vor Aufregung. So viel Information aus erster Hand, das gab Stoff für die Abendgesellschaften der nächsten Jahre.

»Wir, die Vosskamps, gingen bankrott. Mein Vater hat alles auf ein Schiff gesetzt, das untergegangen ist. Mr Ewan und ich wollten Brenny's Garden retten, mein Erbe, das Einzige, was mir geblieben ist.«

Ihre Hand verkrampfte sich um die Serviette.

»Der Wucherer, von dem mein Vater sich Geld geliehen hat, hat uns aus dem Haus geworfen. Mein Bruder hat eine reiche Erbin geheiratet, deren Mitgift vielleicht noch unsere Rettung gewesen wäre. Aber er war grausam ehrlich zu dem Mädchen. So grausam, dass sie sich aus dem Fenster stürzte und seitdem gelähmt ist.«

Das sensationslüsterne Funkeln aus Cecilys Augen verschwand. Etwas anderes trat an seinen Platz. Vielleicht Mitgefühl, vielleicht auch nur ein rechtzeitiges Innehalten vor den Tragödien anderer Menschen.

»Mein Bruder hat sich nach Amerika abgesetzt. Ich habe das Geld für einen Neuanfang von Freunden geliehen bekommen, die dafür ihr Letztes geopfert haben. Brenny's Garden muss ein Erfolg werden. Wenn nicht …«

Sie drehte den Kopf weg, damit diese Fremde an ihrem Tisch nicht die Verzweiflung sehen konnte, die sie plötzlich zu überwältigen drohte.

»Mädchen …«, murmelte Cecily leise.

Sie hörte, wie ein weiteres Glas Wein eingeschenkt wurde. Dann schob eine dralle Hand es in ihre Richtung.

»Danke«, flüsterte Bettina. »Und zu guter Letzt: Ich ziehe das *Dukh* an.«

»Das was?«

»Das Unglück. Ich beschäftige eine Dalit, und niemand wird deshalb etwas mit mir zu tun haben wollen.«

»Eine was?«

»Eine Unberührbare.«

Bettina nippte an dem Glas und warf Cecily nach ihrer Beichte einen unsicheren Blick zu.

»Ach, Liebes.« Eine Handbewegung wedelte zumindest diesen letzten Einwurf weg. »Das kümmert uns doch herzlich wenig. Wer wie wo wann beschäftigt wird und wie diese Eingeborenen untereinander klarkommen, das ist doch wirklich nicht unser Problem. Wir haben jede Woche Streitigkeiten, und die meisten kann unser Manager nur mit der Peitsche schlichten.«

»Sie könnten sie trennen.«

»Trennen?«

»Sie in verschiedenen Unterkünften unterbringen. Es sind Menschen von unterschiedlichster Herkunft, so wie … Katholiken und Protestanten. Die würden ja auch nicht unbedingt in einem Raum miteinander leben und dieselbe Kirche benutzen wollen.«

»Gott bewahre!«, rief Cecily aus, und die Bestürzung über diese Vorstellung war weitaus größer als die über das Schicksal ihrer Arbeiter. »Und das bringt etwas?«

»Bei uns ja.«

»Nun, wir sind ja schon auf dem Sprung, aber ich werde diesen Rat an unseren Manager weitergeben. Leider verheiratet, der gute Mann, und seine Frau hat ein Gebiss wie ein Pferd und lacht auch so. Also machen Sie sich um Ihr *Dukh* keine Sorgen. Solange Sie nicht verhext werden …«

»Das passiert?«

»Immer wieder. Aber erstaunlicherweise auch nur bei den Eingeborenen. Wir scheinen immun gegen ihre Flüche zu sein. Nun?«

Cecily schenkte ihr einen erwartungsvollen Blick. Bettina hob ratlos die Schultern. Ihre Besucherin lehnte sich zurück und fächelte sich mit der Serviette Luft zu.

»Halleluja!«, stieß sie aus. »Sie sind bankrott, haben Ihren Tea Manager ins Verderben gestürzt, einer anderen den Mann ausgespannt und ziehen bereits die ersten bengalischen Verwünschungen auf sich – wann hatte ich je eine spannendere Abendgesellschaft?«

Wort und Hand

Cecilys Willkommensparty für Bettina sollte zwei Wochen später stattfinden, bei Vollmond. Abendgesellschaften wurden immer auf Vollmond gelegt, denn dann war genug Licht, um auch den Heimweg zu finden.

Bettina war um vier Uhr nachmittags aufgebrochen, begleitet von Dahul und Jacob, bewehrt mit Hüten, Sonnenschirmen und Kummerbund. Cecily hatte ihr die segensreiche Wirkung dieses breiten Stoffgürtels erklärt. Warum sich ausgerechnet das deutsche Wort in den englischen Sprachschatz eingebürgert hatte, wusste sie allerdings nicht. Hierzulande war es ein um die Hüfte geschlungener Schal aus Wolle oder Seide, der vor Verkühlung schützen sollte.

Irgendwann auf der Fahrt wickelte Bettina ihn ab. Die schwüle Hitze kroch in jede Pore, das Haar klatschte schweißnass auf der Stirn, sogar Handschuhe wurden zu einer fast unerträglichen Bürde. Sie öffnete die Bluse einen weiteren Knopf und hoffte, dass weder Dahul noch Jacob dadurch in moralische Verwirrungen gestürzt wurden.

Bettina war sich sicher, dass niemand der Einladung folgen würde.

Zu ihrem größten Erstaunen aber war der große, festgestampfte Platz vor dem Kashmahal Garden House so voll belegt mit Kutschen und Karren, dass Dahul kaum noch einen Platz fand. Es war kurz vor sechs Uhr, im Westen hatte sich die Sonne bereits hinter das Bergmassiv geschoben, und die Dämmerung breitete sich rapide aus. Rundherum waren Laternen aufgehängt worden, die die Bäume beleuchteten und schon weit aus der Ferne die Umgebung in einen fast verwunschenen, märchenhaften Schein tauchten. Fackeln beleuchteten die letzte Strecke des Weges und lockten riesige Fledermäuse und Nachtvögel an.

Cecily hatte darauf bestanden, dass sie Jacob mitbringen sollte. Zum einen, *um den Gerüchten Zunder zu geben*, zum anderen, und das war der wahre Grund, weil eine mehrstündige Anreise ohne männlichen Beistand, zu dem sie Dahul offensichtlich nicht zählte, für eine Lady nicht statthaft war.

Und das wollte sie doch sein, oder? Cecilys Einladung mochte nicht aus reiner Herzensgüte erfolgt sein, aber es war Bettinas erster richtiger Schritt auf das gesellschaftliche Parkett, auf dem sie glänzen oder ausrutschen konnte. Den Planters' Ball bei ihrer Ankunft konnte sie nicht dazuzählen.

Sie war nicht geächtet. Sie wurde eingeladen. Das war der erste kleine Triumph, und es war egal, dass Mary zurückhaltend reagierte. Sollte sie ruhig weiter an das *Dukh* glauben. Sie, Bettina, glaubte an Cecilys Gabe, Dinnerpartys so zu organisieren, dass sie ein Erfolg wurden.

Der Aufbruch war nach tagelanger Durchsicht ihrer völlig unzureichenden Garderobe erfolgt. Schließlich hatte sich Mary erbarmt und eines der Baumwollkleider, die sie noch in London erstanden hatte, in die Coolie Lines gebracht. Zwei Tage später war es wieder bei Bettina, über und über verziert mit Perlen, winzigen Spiegeln und farbenprächtigen Stickereien. Auf die Frage, wie das zustande gekommen war, hatte Mary nur mit den Schultern gezuckt und geantwortet, dass der Ruf, verflucht zu sein, durchaus auch seine Vorteile mit sich brächte. Zum Beispiel, was die Schnelligkeit anbetraf, mit der man so einen Auftrag vom Hals haben wollte. Mehr sagte sie nicht, nur, dass Bettina bei ihrem nächsten Besuch niemandem zu lange in die Augen sehen sollte.

Nun hatte sie also auch noch den bösen Blick. Als weiße

Hexe müsste sie ja eigentlich vor allen Gefahren, die in der Wildnis lauerten, geschützt sein. Dennoch war der Weg eine Herausforderung, und sie bewunderte Cecily dafür, dass sie ihn auch noch mit einem Ochsenkarren zurückgelegt hatte.

Ausdruck dieser Bewunderung war schließlich ein halbes Dutzend verbeulter Töpfe gewesen. Cecily hatte sie ihr dagelassen mit dem sinistren Versprechen, ein anderes Mal über den Preis zu sprechen.

Der Khansame[71] im Kochhaus hatte verwundert auf die Neuzugänge gestarrt und sie schließlich zu den anderen Töpfen gestellt, die so gut wie nie benutzt wurden. Wenn es nämlich eine zweite Sache gab, für die Bettina allerhöchste Bewunderung hegte, dann die, dass ihr Koch mit drei Töpfen mehrgängige Menüs auf offenem Feuer zubereiteten konnte, für die man anderswo die Ausstattung einer halben Garnison und bestimmt ebenso viel Küchenpersonal gebraucht hätte.

Die Fahrt zum Kashmahal Garden führte sie in den südlichen Teil Darjeelings, den sie noch nicht kannte. Durchzogen von vielen kleinen Flüssen und kaum gerodeten Wegen hatten sie nur kurz an einem kleinen Dak Bungalow Rast gemacht, wo Reisende die Chance auf eine warme Mahlzeit, heißes Teewasser, Unterschlupf vor den Regenschauern und mit etwas Glück auch einen Raum für eine Übernachtung bekommen konnten.

Lebong lag ungefähr eine Stunde von Kashmahal entfernt, weshalb für die meisten Gäste aus der Stadt kein Zimmer im Garden House der Monroys vorbereitet war. Sie würden nach dem Ende der Gesellschaft im Konvoi zurück nach Lebong oder auf näher gelegene Plantagen fahren.

Für Bettina hatte Cecily aber ein Zimmer vorbereitet. Schon allein deshalb, um am nächsten Morgen beim Frühstück jede

71 Hindi: Koch

Einzelheit des Abends durchzugehen, was durchaus eine gewisse Erwartungshaltung der Gastgeberin an die kommenden Ereignisse durchschimmern ließ.

Etwas nervös ging sie an Jacobs Seite auf das große, hell erleuchtete Haus zu.

»Wer wird alles da sein?«

Er schulterte ihre Reisetasche von der einen auf die andere Seite. »Alle, die sich einen direkten Zugang zum Commissioner in Calcutta erhoffen. Agenten, Eisenbahner, Banker, Trader. Und ihre Frauen natürlich.«

Seit Cecilys Besuch hatten sie zwar immer wieder gemeinsam im Contor gearbeitet, aber es war zu keinem privaten Wort gekommen. Nun lief sie neben ihm her und spürte eine seltsame Mischung aus Vertrauen auf der einen und Vorsicht auf der anderen Seite.

»Wie werden sie auf mich reagieren?«

Sie sah von der Seite zu ihm hoch. Er lief mit großen, ruhigen Schritten und passte sich ihrer Geschwindigkeit an. Die Wunden in seinem Gesicht waren fast verheilt, nur eine helle Narbe über der rechten Wange erinnerte noch an das, was Shelby ihm angetan hatte.

Allerdings wirkte er nicht so, als würde er noch darüber nachdenken. Vermutlich war er schneller über diese Misshandlung hinweggekommen als sie, aber sie konnte nicht in ihn hineinsehen, und zu fragen traute sie sich nicht.

»So wie auf alle Neuankömmlinge«, antwortete er. Sie mochte den warmen Klang seiner Stimme, wenn er ausnahmsweise einmal nicht wütend auf sie war. »Man wird mehr über Sie erfahren wollen.«

»Was zum Beispiel?«

»Nun, was Sie mit Brenny's Garden vorhaben, nehme ich an. Wer Ihr Trader sein wird oder Ihr nächster Tea Manager.«

»Sonst nichts?«

Er legte eine Winzigkeit an Tempo zu.

»Das sind die Themen, wenn ein Gentleman aus England ankommt.«

»Und bei einer Lady? Ohne Gentleman an ihrer Seite?«

Er zuckte mit den Schultern.

»Ich verstehe. Das wird dann wohl eines der Themen sein, die man nicht direkt mit mir erörtern wird.«

Ein winziges Lächeln huschte über sein Gesicht. »Zumindest nicht beim Essen. Memsahib?«

Sie hatten den Aufgang zum Haus erreicht. Jacob machte eine knappe Verbeugung.

»Kommen Sie nicht mit hinein?«

»Nicht durch diesen Eingang.«

»Aber …«

»Nicht durch diesen Eingang.«

Er wandte sich ab und verschwand um die Ecke. Sie blieb stehen und fühlte sich ausgesetzt und buchstäblich stehen gelassen.

Hinter ihr lachte jemand, und ein etwas älterer Herr mit Spazierstock führte eine Frau galant am Arm auf das Haus zu. Sie trat zur Seite und ließ die beiden passieren. Beim Hinaufsteigen der Stufen flüsterte die Dame ihrem Begleiter etwas hinter vorgehaltener Hand zu. Er drehte sich kurz um und musterte sie flüchtig, aber keinesfalls unauffällig.

Bettina atmete tief durch und straffte die Schultern. Brenny's Garden und die kommende Ernte dürften wohl das Letzte sein, was die Gäste interessieren würde. Viel eher stand die Frage im Raum, dass sie keine Chance hier hatte. Und wer dennoch bereit war, ihr eine zu geben.

Anders als Brenny's Garden House, das durch zahlreiche Anbauten größer geworden war und in Teilen noch nach der alten Bauweise mit Holz, Stroh und Lehm errichtet worden war, hatten sich die Monroys ein Gebäude komplett aus Stein hinstellen lassen und dazu wohl einen Baumeister aus dem Königreich beauftragt. Es war, als würde man ein englisches Landhaus betreten. Dicke Teppiche, dunkle, schimmernde Wandvertäfelungen, eine schwungvolle Treppe, die hinauf auf eine Galerie führte. Ein Anwesen, das gediegenen Reichtum verströmte. Diesen Eindruck sollte man schon beim Betreten haben. Und dementsprechend glitzerten die Kristalllampen, dufteten die Blumenbouquets, heizten die gewaltigen Marmorkamine die Temperatur noch weiter an.

Geführt von einer geheimnisvollen Choreografie eilten die weiß gewandeten indischen Diener durch die Halle und die angrenzenden Salons, brachten den bereits eingetroffenen Gästen Getränke, nahmen ihre Visitenkarten entgegen und führten sie in einen der Salons, wo man sich mit großem Hallo begrüßte.

»Bettina!«

Cecily eiste sich von einer Gruppe los und steuerte direkt auf sie zu. Alle Gespräche erstarben, alle Augen richteten sich auf den Neuankömmling, um dann umso lauter wieder fortgesetzt zu werden.

»Endlich! Ich habe schon viel früher mit Ihnen gerechnet. Man hat schon nach Ihnen gefragt!«

Sofort wurde sie von der Dame des Hauses mit Beschlag belegt. Zunächst gab es eine Führung durch die offiziellen Räume, dann ein Glas Champagner in der Bibliothek, die später zum Spielsalon umgeräumt wurde, und schließlich brachte sie Bettina persönlich hinauf in ein bezauberndes Gästezimmer unter dem Dach, nicht ohne sie detailreich über den Ablauf des Abends zu informieren.

Und, um das Kleid in Augenschein zu nehmen.

»Liebchen, wirklich, das wollen Sie anziehen?«

Das Gepäck war bereits in ihr Zimmer gebracht und die wenigen Habseligkeiten im Schrank und in dem Regal über das Lavabo verstaut worden.

»Ich finde es wunderschön«, verteidigte Bettina ihre Entscheidung.

»Aber das sieht doch aus, als hätten Sie es auf dem Markt in Lebong gekauft!«

Es war bunt, farbenfroh, natürlich nicht die Savile Row in London oder die Rue Saint-Honoré in Paris, aber die Arbeiten waren sorgfältig und liebevoll ausgeführt worden. Winzig kleine aufgestickte Blüten zierten den Ausschnitt, und am Saum glänzten und funkelten die kleinen Spiegel um die Wette. Und es war frisch gewaschen, was man nicht unbedingt von jeder Abendgarderobe in diesem Haus sagen konnte.

Cecily schüttelte schnaufend den Kopf. »Ich lasse es wenigstens noch einmal aufbügeln. Meine Maid kann sich auch schnell um Ihre Frisur kümmern. Liebchen, Sie sehen ja aus …« Sie zupfte Bettina ein paar Haarsträhnen aus der Stirn. »Kommen Sie bitte in spätestens einer Stunde hinunter. Oder wollten Sie noch ein Bad nehmen?«

Bettina bekam die Nuance selbstverständlich mit – sei gefälligst pünktlich, sollte das heißen.

»Nein. Es steht ja alles bereit, was ich brauche«, antwortete sie und wies auf das Lavabo.

Cecily nickte beruhigt.

»Also dann. Man ist gespannt auf meinen Ehrengast!«

Und so stand Bettina pünktlich mit klopfendem Herzen neben Mr und Mrs Monroy in der Empfangshalle im Kashmahal Garden House und wurde den Gästen vorgestellt.

Cecilys Gatte war ein freundlicher Herr mit hoher Stirn, Koteletten und Backenbart, der wahrscheinlich das fliehende Kinn verdecken sollte, das allerdings durch den spärlichen Haarwuchs nur umso deutlicher betont wurde. Neben Cecily verschwand er beinahe, so zartgliedrig und zerbrechlich wirkte er in seinem Anzug, der steifen Weste und dem hohen Kragen. Was ihm an Statur fehlte, machte offenbar seine Kompetenz und der dadurch errungene Aufstieg wieder wett. Den Männern war Bettina herzlich egal. Sie wollten sich mit dem zukünftigen Principal Assistant des Commissioners gut stellen. Die Damen allerdings waren ihr gegenüber schon fast beleidigend kühl.

»Alle wissen, was Sie vorhaben, Schätzchen«, raunte Mrs Monroy hinter ihrem Fächer. »Und dass es ein dickes Brett ist, das Sie bohren müssen. – Ah, Mrs Coley, Mr Coley!«

Sie ließ den Fächer sinken und reichte Mr Coley, einem kräftigen Mann mit starkem Sonnenbrand und stramm sitzender Krawatte, die Hand zum Kuss.

»Mrs Bettina Vosskamp, Eignerin und im Moment wohl auch *in persona* Tea Manager von Brenny's Garden.«

Mr Coley küsste auch ihre Hand. Sein Gesicht war so rot, dass zu befürchten stand, er würde im nächsten Moment in Ohnmacht fallen. Schweiß perlte von seiner Stirn, auf der sich die Haut pellte. Oft im Freien hielt er sich wohl nicht auf.

»Mr Coley ist Leiter der Zoologischen Gesellschaft von Darjeeling. Wann immer Sie also einen Tiger hinter Gittern sehen wollen, wohin die Tiere zweifellos gehören, Herzchen, wenden Sie sich vertrauensvoll an ihn.«

Coley nickte säuerlich. Seine Gattin war eine in die Höhe geschossene Bohnenstange, die ihn um Haupteslänge überragte. Nicht nur deshalb wirkte ihr Lächeln etwas von oben herab, aber immerhin rang sie sich ein »Willkommen in Darjeeling« ab.

Cecilys Fächeln wurde hektischer und bedeutete den Coleys, Platz für die nächsten Gäste zu machen. Es waren James und Liam Bigett.

Bettina blieb fast das Herz stehen. Auf diese Konfrontation war sie nicht vorbereitet. Aber es kam noch schlimmer. Hinter den beiden tauchte Shelbys Wirrkopf auf, und dann die gesamte Familie Plumrose.

Sie wandte sich an Cecily, aber die parierte ihren hilflosen Blick mit einem eisigen Lächeln, das sie für die anderen nicht sichtbar hinter dem Fächer versteckte.

»Besser, Sie klären die Dinge gleich«, raunte sie ihr noch zu, bevor sie den neu angekommen Gästen mit gebleckten Zähnen ein Haifischlächeln schenkte. »Lord Bigett, welche Ehre! Und dass Sie Ihren Sohn mitgebracht haben, wird die anwesenden Damen ganz besonders freuen!«

Der alte Bigett war besser vorbereitet oder einfach kein Greenhorn mehr, was unangenehme Überraschungen anbetraf. »Mrs Monroy, Mr Monroy.«

Handkuss und Handschlag. Dann wandte er sich an Bettina und musterte sie von oben bis unten.

»Haben Sie mein Geld mitgebracht?«

Wer noch in der Nähe war, hielt die Luft an. Cecily fächelte, als ginge es um ihr Leben. Sogar Mr Monroy, noch kurz im Plaudern mit den Coleys, drehte sich erstaunt zu Lord Jasper Bigett um.

»Vater!«

Liam, sein Sohn, war ein durchaus freundlich wirkender junger Mann in einem soliden Abendanzug, die dunklen, lockigen Haare trug er nach hinten pomadisiert, und er war in freudiger Erwartung eines Schnurrbarts, der sich hoffentlich irgendwann einmal über seiner Oberlippe zeigen würde. Aber seine Empörung prallte wirkungslos an seinem Vater ab.

»Die Dame schuldet mir fast siebenhundert Pfund, weil sie Ausschuss geliefert hat. Bis heute ist sie mir die Summe schuldig und redet sich heraus, während ihre Arbeiter, wie man hört, ein gesegnetes Leben in Wohlstand und Hülle und Fülle führen.«

»Lord Bigett«, trillerte Cecily, »möchten Sie nicht erst einmal eintreten und etwas trinken? Ich habe Ihnen für später den Rauchsalon reserviert, dort können Sie in Ruhe reden.«

Eine Handbewegung zu dem indischen Diener, der am nächsten stand und sofort mit dem Tablett auftauchte.

»Haben Sie mein Geld?«

Alle Blicke waren auf Bettina gerichtet, die sich nichts sehnlicher wünschte, als unsichtbar zu sein. Sie sah Shelbys dreckiges Grinsen und das triumphierende Glitzern in Margrets Augen, und sie hörte Cecily an, dass dieser Auftakt des Abends sie vom Unterhaltungswert her eher begeisterte als ärgerte.

»Dies ist eine Dinnerparty, wenn ich mich nicht irre«, hörte sie sich sagen. »Deshalb habe ich nicht damit gerechnet, Geschäftliches zu besprechen.«

»Also nicht.« Bigett legte die Hände auf den Rücken und drehte sich ein wenig nach links und dann nach rechts, damit auch alle seinen Ärger mitbekamen. »Liam? Geh hinaus und pfände den Wagen von Brenny's Garden.«

Der Junge riss die Augen auf. »Vater? Wir sind zu Gast bei Mrs und Mr Monroy! Und Mrs Vosskamp auch!«

Lord Bigett zog die drahtigen Augenbrauen hoch, die sein das Herrschen gewohnte Antlitz zierten. »Eben. Sie ist ja nicht unter *unserem* Dach.«

Cecily fächelte, als wolle sie sich gleich in die Lüfte heben. »Meine Herren, ich bitte Sie! Edgar?«

Monroy hob begütigend die Hände. »Lord Bigett, kommen Sie doch erst einmal herein. Ich bin mir sicher, dass es für alles eine Lösung gibt.«

Und das nächste Mal sprich die Gästeliste vorher mit mir ab, schien der stechende Blick zu seiner Frau zu sagen.

»Die Lösung ist ganz einfach. Sechshundertneunzig Pfund. Aber Sie haben recht, wir halten ja alles auf. Liam, sieh dir Pferd und Wagen von Mrs Vosskamp an. Wenn sie einen brauchbaren Kutscher mitgebracht hat, nehmen wir den auch gleich mit.«

»Was fällt Ihnen ein!«

Eine solche Bloßstellung hatte Bettina noch nie erlebt. Ohne nachzudenken, trat sie sehr nahe an den alten Lord heran.

»Lassen Sie die Finger von meinem Kutscher! Er hat nichts mit der ganzen Sache zu tun!«

Shelby drängelte sich zwischen Vater und Sohn. Das Grinsen, mit dem er Bettina begrüßte, löste einen gelinden Würgereiz in ihr aus. Dennoch bemühte sie sich, die Fassung zu wahren.

»Falls es Probleme gibt, so stehe ich gerne zu Diensten.«

Lord Jasper Bigett drehte sich verständnislos zu Shelby. »Ich verbitte mir jede Einmischung!«

»Ich zahle sechshundertneunzig Pfund für Brenny's Garden. Sofort. Sie können das Geld morgen haben.«

Ein Blick zu Margret Plumrose, die diesem Disput mit größtem Interesse folgte.

Cecily klappte den Fächer zusammen. »Nun, ich sehe, es gibt Fortschritte in dieser wahrhaft festgefahrenen Situation. Ich schlage vor, dass wir das Gespräch nach dem Dinner fortsetzen. Margret, Schätzchen, du siehst bezaubernd aus!«

Es war genau der richtige Moment, um diese erniedrigende Unterhaltung abzubrechen. Die Gäste, die sie verfolgt hatten, stürzten sich sofort auf jene, die nicht das Glück gehabt hatten, in der Nähe zu stehen. Bettina nahm ein Glas lauwarmen Champagner vom nächsten Tablett, verzog sich in eine Ecke unter der breiten Treppe, die hinauf auf die Galerie führte, und kippte es in einem Zug hinunter.

»Es tut mir leid.«

Sie fuhr vor Schreck zusammen und hätte fast das Glas fallen gelassen. Liam, der Sohn des Lords, stand direkt hinter ihr. Sein junges Gesicht zerfloss fast vor Reue.

»Mein Vater ist eigentlich nicht so.«

»Nein?«, fragte sie spitz und langte bei einem vorübereilenden Diener nach dem nächsten Glas.

»Er hat Gallenprobleme.«

»Ah.« Sie leerte auch dieses Glas und wischte sich anschließend herzhaft über den Mund. »Und ich Geldprobleme. Beide Gebrechen sind ähnlich schmerzhaft, würde ich annehmen. Aber ich würde mir nie erlauben, Sie oder Ihren Vater derart bloßzustellen.«

»Ich kann mich nur in aller Form entschuldigen.«

Der Diener war stehen geblieben. Sie stellte das leere Glas auf dem Tablett ab und nahm sich ein weiteres Mal ein volles.

»Und Sie sollten nicht so viel trinken. Zumindest jetzt noch nicht.« Liam sah in Richtung Eingang, wo die letzten Gäste eintrafen und von Cecily begrüßt wurden. »Das ist doch nur ein erstes Angebot.«

»Was?«, japste Bettina. »Meinen Wagen samt Kutscher zu pfänden?«

»Wie lautet denn Ihres?«

»Das habe ich Ihrem Vater schon mehrmals geschrieben. Ich will …«

»Fehler Nummer eins.«

Liam nahm ihr das Glas ab und trank es selber aus. Mochte er auf den ersten Blick nur jung, freundlich und nichtssagend wirken, so kam auf den zweiten eine erstaunliche Selbstsicherheit zum Vorschein.

»Wir schreiben uns nicht, wir reden miteinander. Sie hätten schon längst bei uns auftauchen müssen, um zu Kreuze zu kriechen, drei Fuder Kreide zu fressen und meinem Vater ewige Demut und immerwährende Bevorzugung zu versprechen.«

»Tja. Das mit der ewigen Demut muss ich wohl noch lernen. Vor allem nach dem Ton, in dem seine Schreiben gehalten waren.«

»Weil Sie uns betrogen haben. Abgezockt. Soll ich noch deutlicher werden? Haben Sie wirklich geglaubt, Sie kommen damit davon? Steigen Sie herunter von Ihrem hohen Ross!«

»Das war ich nicht! Das war Shelby!«

Was erlaubte sich dieser Flegel eigentlich?

»Oh, ich war das nicht! Nein, nein, nein«, imitierte er sie mit piepsender Stimme. »Ich hab ja gar nichts damit zu tun.«

»Hatte ich auch nicht!«

Sie wollte sich an ihm vorbeidrängen, aber er verstellte ihr den Weg.

»Es ist *Ihre* Plantage. Es war *Ihr* Tea Manager. Es ist *Ihre* verdammte Verantwortung.«

Sie hob beschwichtigend die Hände. Vielleicht hatte er ja Freude daran, Frauen in Ecken zu drängen und zu beleidigen.

»Gut, ich hab's verstanden. Aber gegen die Bosheit Ihres Vaters komme ich nicht an. Er will mich vernichten. Das sieht doch jeder!«

»Fehler Nummer zwei. Wir alle wollen Geld verdienen und es nicht vernichten.«

»Wollen Sie mich auf den Arm nehmen?«

Er wandte den Blick an die Decke und stieß einen unüberhörbaren Seufzer aus.

»Sie haben keine Ahnung von Geschäften. Was bieten Sie?«

»Stundung, Ratenzahlung nach der nächsten Ernte.«

»Und seine Forderung: Geld her, sofort, und wenn nicht, wird gepfändet.«

Bettina nickte. »Wie soll das denn zusammengehen?«

Liam grinste. Das ließ ihn aussehen wie einen der Laufburschen, die Mamsell Schwicke immer die Kekse abluchsten.

»In der Mitte, Liebchen. Verzeihung, das rutscht mir immer raus, wenn ich länger als drei Minuten in Mrs Monroys Nähe war. In der Mitte heißt: Mein Vater verzichtet auf die Hälfte, und Sie zahlen ihm die andere Hälfte in Tee. Das dürfte, wenn ich die letzten Jahre unter Ewan überschlage, ungefähr so hinkommen, dass Sie mit Ach und Krach den Sommer überleben können, weil wir Ihnen die zweite Hälfte abkaufen.«

Er lockerte seinen Seidenbinder und schnippte nonchalant in Richtung des nächsten Champagnertabletts, das ihm sofort unter die Nase gehalten wurde.

»Haben wir einen Deal?«

Er nahm zwei frisch gefüllte Gläser vom Tablett herunter.

»Nur zum Anstoßen«, mahnte er. »Erst die Verhandlungen.«

Sie nahm das Glas entgegen und wartete, bis der Diener wieder in Richtung Eingang verschwunden war.

»Warum tun Sie das?«, fragte sie.

Er strich sich durch die Haare – eine Geste minimaler Verunsicherung.

»Wir haben dasselbe erlebt, als wir hier ankamen. Niemand hat meinem Vater etwas zugetraut, keiner wollte etwas mit uns zu tun haben. Wir sind Juden. Ein unumstößliches Schicksal, ebenso unumstößlich, wie als Frau auf die Welt gekommen zu sein. Man muss eine Menge Erwartungen übertreffen.«

»Aber sollten Sie nicht in allererster Linie auf der Seite Ihres Vaters stehen?«

»Das tue ich doch.« Liam Bigett sah in den perlenden Champagner. »Wenn Sie nicht verhandeln, wird sich irgendein Verbrecher vom Schlag eines Timothy Shelby die Plantage unter den Nagel reißen, und wir sehen nichts von unserem Geld. Was aus Ihnen wird, dürfte mich nicht allzu sehr bekümmern, aber …«

Er sah wieder hoch. Sein Blick hatte sich verändert. Die dunklen, von dichten Wimpern umkränzten Augen ruhten ohne Spott auf ihr.

»Wir wetten nicht. Aber wenn ich es täte, würde ich eine ziemliche Summe darauf setzen, Sie hier gewinnen zu sehen. Sie sind, bei allem Respekt, die Außenseiter-Mähre bei einem Rennen edler Vollblüter. Und wissen Sie was?«

Statt einer Antwort schürzte sie lediglich die Lippen.

»Sie werden es allen zeigen.«

Er stieß mit ihr an. Gerade, als sie das Glas an die Lippen führen wollte, nahm er es ihr auch schon wieder ab.

»Kein Alkohol mehr vor den Verhandlungen. Mein Vater wittert jede Schwäche.«

Er bot ihr den Arm an, um sie zurück zu den anderen Gästen zu führen. Sie zögerte, aber dann nahm sie die Geste an, und gemeinsam bewegten sie sich auf den großen Salon zu, in dem eine Tafel für über dreißig Leute gedeckt war.

»Übrigens auch meine für Sie«, sagte Liam leise.

»Was?«, fragte sie verwirrt, weil der Anblick, den ihr die opulent gedeckte Tafel bot und die Vielzahl der Menschen, die nun an ihre Plätze gewiesen wurden, überwältigend war.

»Meine Schwäche für Sie«, flüsterte er ihr ins Ohr.

Um gleich darauf lauter fortzufahren: »Sie sitzen hier. Neben Mrs Monroy und Mrs Colbert. Herzlichen Glückwunsch.«

»Ist das gut?«, fragte sie leise.

»Bestens.« Seine dunklen Augen funkelten sie an. »Direkt gegenüber von mir.«

Die Verhandlungen, oder wie immer Liam das unangenehmste, peinlichste, verstockteste Gespräch nennen wollte, zu dem sie nach dem Essen mehr oder weniger gezwungen wurde, zogen sich über fast eine Stunde in die Länge. Zwischendurch lugte Cecily immer wieder hinein, ein kleines Silbertablett mit Likörgläsern oder eine Gebäckschale in der Hand.

Bigett war ein harter Knochen. Er weigerte sich strikt, von seiner Forderung abzuweichen. Lange Zeit vermutete Bettina, dass das, was sein Sohn ihr unter der Treppe erzählt hatte, gar nicht stimmte. Bigett wollte sie vernichten. Voll, ganz, gnadenlos.

»Ich lasse mich doch nicht zum Deppen machen!«, brüllte er. »Die Hälfte? Ist das Ihr Ernst? Eher gehe ich mit Fackeln durch die Tracts und zünde alles an!«

»Vater«, mahnte Liam.

Hinter ihrem Rücken hörte sie, wie Jacob scharf einatmete. Selbstverständlich führte sie Verhandlungen von solcher Wichtigkeit nicht ohne ihren Sekretär, hatte sie auf die halb ärgerliche, halb verwunderte Nachfrage Bigetts erklärt. Cecily hatte ihn vom Hof geholt, wo sich alle indischen Kutscher, Maids und Dienstboten aufhalten mussten.

Aber sie hatte auch dafür gesorgt, dass es dort genug Reisbier, Wein und Curry gab, zudem ein großes Feuer und Sitzgelegenheiten. Ab und zu drang lautes Lachen von draußen herein, und Bettina hatte das Gefühl, dass es dort wesentlich lustiger zuging als im Haus.

»Du halte dich da raus!« Bigett wurde so laut, dass er bestimmt durch die geschlossene Tür zu hören war, hinter der sie Cecily vermutete. »Lerne erst mal, wie man Geschäfte führt!«

»Miss Vosskamp«, Liam redete von ihr als Miss, also als unverheiratetes Fräulein, »ist erst seit Kurzem hier. Sie hat doch mit den betrügerischen Machenschaften ihres Tea Managers nichts zu tun!«

»Oh! Hat sie nicht?« Bigett trommelte mit den Fingern auf die breite, mit Leder bezogene Armlehne des Sessels. »Gehört ihr Brenny's Garden? Stand Brenny's Garden auf den Kisten? Habe ich die sechshundertneunzig Pfund nicht an Brenny's Garden bezahlt?«

»Das stimmt.« Bettina räusperte sich, um ihre Kehle freizubekommen. »Ich übernehme die volle Verantwortung. Aber Sie müssen mir auch die Chance geben, das zu tun. Mit wem werden Sie denn in Zukunft lieber zusammenarbeiten? Mit mir? Oder mit Shelby, wenn er sich Brenny's Garden unter den Nagel reißt?«

»Es gibt Hunderte Teegärten in Darjeeling und in Assam. Beste Qualität aus Kamrup, Darrang, Sivsagar, Lakhimpur. Warum sollte ich da auf Sie setzen?«

»Weil ich eine Vosskamp bin.«

Er beugte sich vor und fixierte sie mit einem Blick, als ob er sie als Nächstes aufspießen und verspeisen wollte.

»Ja? Und?«

»Meine Großmutter kam in den Dreißigerjahren hierher. Sie war eine Pionierin, was Tee anbelangt. Gemeinsam mit Robert Stirling hat sie den Grundstein gelegt, dass indischer Tee groß wurde. Bezahlbar wurde. Kein elitäres Vergnügen für die Reichen mehr war, sondern ihn sich jeder leisten konnte. Sie hat mir die Plantage vererbt, damit ich ihr Lebenswerk weiterführen kann.«

»Billigen Tee produzieren?«

»Guten Tee für alle produzieren. Ich werde nicht aufgeben. Wir erwarten eine hervorragende Ernte. Ich lade Sie ein, sich selbst die Lots auszusuchen, die Sie haben möchten. Wir versiegeln die Kisten gemeinsam. Wir überwachen den Transport, bis die Kisten in Calcutta nach England verladen werden. Ich biete Ihnen diese bevorzugte Behandlung für die Dauer von zehn Jahren an. Dann verhandeln wir neu.«

Bigett lehnte sich zurück. Er sagte nichts, was nach seinen Tiraden durchaus als Lichtblick einzustufen war.

»Sie zahlen die üblichen Marktpreise. Ich verramsche nicht. Ich will, dass Brenny's Garden blüht. Profitabel wird. Mich und alle, die dort arbeiten, ernährt. Sie bekommen die Hälfte meiner Schulden in Tee. Mehr kann ich nicht bieten.«

»Dreiviertel«, kam es aus dem Halbdunkel des Ohrensessels zurück.

Etwas in ihrer Brust sprang auseinander. Eine der Ketten, die sich bis jetzt um ihre Brust gelegt hatten. Dreiviertel. Das war ein erstes Zugeständnis.

»Das geht nicht«, antwortete sie mit ruhiger Stimme. »Ich habe alles durchkalkuliert. Dann werden wir dieses Jahr nicht durchstehen.«

»Vielleicht sollten Sie Ihren Arbeitern den Lohn kürzen und all die teuren Vergünstigungen streichen? Warum soll ich verzichten, aber die Faulpelze da draußen auf den Feldern nicht?«

»Weil es keine Faulpelze sind. Weil sie für mich arbeiten, wenn es sein muss, Tag und Nacht. Ich habe Mr Shelby fristlos gekündigt, nachdem ich erfahren habe, wie er mein Eigentum geplündert und ehrbare Trader wie Sie über den Tisch gezogen hat. Ich habe meinen Arbeitern die Wahl gegeben, zu gehen oder zu bleiben und bis Herbst auf ihr Geld zu verzichten. Deshalb kann ich nicht anders, als bei meiner Forderung zu bleiben. Ich habe Ihnen mein Ehrenwort gegeben.«

»Was geht mich die Dummheit Ihrer Arbeiter an?«

Liam wollte wieder begütigend ein Wort einwerfen, aber Bigett wischte es mit einer Handbewegung vom Tisch.

»Ich habe nichts damit zu tun, wie Sie Ihre Plantage in Grund und Boden gewirtschaftet haben!«

»Natürlich nicht.« Bettina atmete tief durch. Ruhig bleiben. Das hatte auch Joost immer wieder gesagt, wenn er sich durch harte Verhandlungen gekämpft hatte. Ruhig bleiben. Manchmal ist das der einzige Vorteil, den du hast. »Aber es ist meine hanseatische Kaufmannsehre, auf das Wohl meiner Leute zu achten. Ein Betrieb, ein Contor, eine Trading Company ist nur so gut wie ihre Mitarbeiter. Ich kann Ihnen die Dreiviertel nicht in Tee geben. Die Hälfte. Den Rest muss ich in bar verkaufen, sonst begehe ich diesen Menschen gegenüber Wortbruch.«

Seine Kiefer mahlten, mehr Reaktion gab es nicht in seinem versteinerten Gesicht.

Sie stand auf. Die Kette schloss sich wieder. Sie hatte verloren.

Jacob ging zur Tür und öffnete sie. Mit einem quiekenden Laut sprang Cecily zurück, haspelte etwas von Likör beschaffen und verschwand um die nächste Ecke.

»Ich habe nichts mit Ihren Arbeitern zu schaffen!«, rief Bigett ihr hinterher. »Absolut nichts!«

Sie nickte und ging hinaus. Bei jedem Schritt hatte sie das Gefühl, gleich würden ihre Knie nachgeben.

»Aber ich achte die Ehre.«

Bettina wechselte einen schnellen, überraschten Blick mit Jacob und drehte sich um.

»Ehre ist etwas, das mehr wert ist als Gewinn. Unter Tradern ebenso wie unter Teepflanzern, den Plantern. Die Hälfte. Und ich bestimme die Lots.«

Er stand auf und streckte ihr die Hand entgegen. Vorsichtig, um nicht doch noch ins Stolpern zu geraten, kehrte sie zu ihm zurück und nahm sie. Sein Händedruck war kräftig und ehrlich.

»Sie bestimmen die Lots«, sagte sie. »Für zehn Jahre. Wollen wir das schriftlich festhalten?«

»Es gelten Wort und Hand.«

»Wort und Hand«, sagte sie ernst.

Bigett verließ den Raum. Jacob hielt immer noch die Tür auf.

»Hab ich es nicht gesagt?« Aus Liam sprach eine kindliche Freude, seine Außenseiter-Mähre im Ziel zu sehen. »Er ist gar nicht so. Man muss nur wissen, wie man mit ihm redet. Das können Sie.«

Er kam auf sie zu, und bevor sie begriff, was gerade geschah, hatte er seine Hände um ihre Wangen gelegt, sie zu sich herangezogen und in überschäumender Freude auf den Mund geküsst.

In zwei Schritten war Jacob bei ihm und riss ihn von Bettina weg.

»Was war das?«

Wütend wischte sich Bettina den Mund ab. Jacob ließ den Jungen los und gab ihm noch einen kleinen Stoß, der ihn nach hinten stolpern ließ. Er war kein Gegner, höchstens ein Opfer seiner unkontrollierten Gefühle. Auf seinen Backen bildeten sich knallrote Flecken.

»Verzeihen Sie«, stammelte er und funkelte Jacob an. »Ich dachte, das ist Ihr Sekretär und kein Wachhund.«

Jacobs Wangenmuskeln arbeiteten, aber er ging zurück und positionierte sich neben der immer noch offenen Tür. Von draußen klangen Gläserklirren, Lachen und Musikfetzen an ihre Ohren.

»Ich dachte nicht, dass ich einen Wachhund brauche«, sagte sie zornig.

Liam verbeugte sich. Als er wieder hochkam, blitzte ein jugendlicher Schalk in seinen Augen. »Ich entschuldige mich bei Ihnen, von Herzen und voller Aufrichtigkeit. Es hat mich einfach übermannt. Verzeihen Sie mir?«

Die Flecken leuchteten, als stünde er in Flammen. Wahrscheinlich hatte er bei ihr zum ersten Mal ausprobiert, wie weit er gehen konnte.

»Nur wenn Sie mir versprechen, dass das nie wieder passiert.«

»Nie wieder. Außer ich frage Sie vorher um Erlaubnis.«

Er verließ den Raum. Bettina wollte ihm folgen, aber ein Blick auf Jacobs eisige Miene ließ sie vor ihm stehen bleiben.

»Danke«, sagte sie.

Er fixierte über ihren Kopf hinweg einen Punkt an der Wand und sah sie nicht an.

»Ich hatte ihn nicht ermutigt.«

Keine Reaktion.

»Sie waren doch dabei. Habe ich ihn ermutigt?«

Als er immer noch an ihr vorbeisah, nahm sie die Tür und schlug sie ihm vor der Nase zu. Augenblicklich erstarb der Lärm von draußen. In Jacobs Gesicht regte sich kein Muskel.

»Beantworten Sie mir eine Frage.«

Ohne sie anzusehen, sagte er: »Ja, Ma'am?«

»Was halten Sie von mir?«

»Ich verstehe nicht ganz.«

»Wenn wir weiterhin zusammenarbeiten wollen, muss ich wissen, was Sie über mich denken. Bin ich in Ihren Augen ein dummes Frauenzimmer, das den Mund zu voll nimmt? Lüge ich mir in die eigene Tasche? Habe ich überhaupt eine Chance?«

»Mit was?«

»Mit Brenny's Garden«, antwortete sie kühl. Sie kannte sich nicht so. Die Anspannung der letzten Wochen, der drohende zweite Bankrott und schließlich die Ungewissheit, ob sie jemals in Darjeeling auch nur einen Fuß auf die Erde bekommen würde, forderten ihren Tribut. »Was dachten Sie denn?«

Er geruhte, seinen Blick zu senken und auf sie zu richten.

»Ich bin nicht befugt, eine Meinung über Sie zu haben.«

»Dann haben Sie sie gefälligst über das Abkommen mit Lord Bigett.«

»Das ist, mit Verlaub gesagt, ein Ausgang, mit dem niemand mehr gerechnet hat.«

»Gut. Danke.«

Sie atmete tief durch und griff nach der Türklinke.

»Aber Sie werden sich bald entscheiden müssen.«

»Entscheiden?« Sie ließ die Hand sinken. »Für was?«

»Für einen Bewerber, der gleichzeitig Tea Manager Ihrer Plantage wird. Man betrachtet Sie noch mit Nachsicht. Aber das wird nicht von Dauer sein. Das eben«, er wies mit dem Kopf auf die Stelle, an der Liam die Kontrolle über sich verloren hatte, »war nur der Anfang. Sie werden es alle versuchen. Alle.«

»Was?«, fragte sie tonlos.

»Sie wollen herausfinden, wie weit Sie bereit sind, für Ihren persönlichen Schutz zu gehen.«

»Und was gäbe mir diesen Schutz?«

Sie wusste genau, was er meinte. Und dass er recht hatte. Als er schwieg, gab sie selbst die Antwort.

»Eine Ehe. Oder eine Liaison mit einem einflussreichen Mann. Ist es das, was man als Frau braucht, wenn man nichts anderes will, als seinen eigenen Weg zu gehen?«

Er presste die Lippen aufeinander und fixierte wieder einen Punkt irgendwo über und hinter ihr. Am liebsten hätte sie ihn geschüttelt, aber ihr Ärger galt letzten Endes nicht ihm, sondern dem, was er angesprochen hatte.

»Es gibt eine Möglichkeit, über die Sie sich wahrscheinlich noch gar keine Gedanken gemacht haben«, sagte sie.

»Ma'am, ich bin nicht befugt, mir über Sie …«

»Jetzt hören Sie auf mit dem Unsinn!«

»Gut.«

Er entspannte sich etwas und sah sie wieder an. »Und welche Möglichkeit meinen Sie?«

»Ich werde die Regeln nicht brechen können, aber keine Regel ohne Ausnahme. Und die werde ich sein.«

Vorzeichen

Lord Bigett hielt sich an die Vereinbarung. Das gab Bettina die Zeit, die die Plantage brauchte, um die nächste Ernte einzufahren. Es war ein First Flush von bester Qualität, und Bigett suchte sich persönlich die Lots aus, die ihm als Wiedergutmachung für seinen Schaden versprochen worden waren.

Sein Sohn hielt sich bei diesem Besuch zurück. Vor allem wenn Jacob in der Nähe war, legte er ein ganz besonders höfliches Wesen an den Tag. Erst als sie ihn und seinen Vater zurück zur Kutsche begleitete, zwinkerte er ihr nach der offiziellen Verabschiedung zu.

»Kommen Sie mal nach Lebong. Dann lassen wir es in der Bar des Elgin Clubs ordentlich krachen, wir beide.«

Jacob, der ein paar Schritte entfernt stand, ließ die Arme sinken und trat näher. Liam räusperte sich.

»Also dann, Mrs Vosskamp? Wann werden Sie mal wieder in der Stadt sein? Dann würde ich Sie gerne zu einem kleinen Tiffin[72] in unser Haus einladen. Wir wohnen in Rose Bank[73], nicht weit vom Darjeeling & Governor Park. Sonntags könnten wir einen Spaziergang zum Markt unternehmen, ein farbenfrohes Spektakel, oder wir nehmen einen Tee im Elgin Hotel.«

Jacob blieb zwei Schritte hinter ihr stehen. Sie konnte seine Nähe spüren, obwohl sie ihn nicht sah. Es war ein Gefühl, als würde sich eine schützende Mauer aufbauen oder ein Baum aus der Erde wachsen, der ihr Rückhalt geben würde.

---

72 Kleine Mittagsmahlzeit, Lunch

73 Stadtviertel im alten Darjeeling

Liam schien das auch zu bemerken. Sein freundliches Lächeln erlosch.

»Seien Sie vorsichtig«, sagte er leise. Und fügte dann hinzu: »Sie beide.«

Er neigte grüßend den Kopf und eilte zur Kutsche, in der sein Vater bereits ungeduldig auf ihn wartete.

»Was meint er?«, fragte Bettina.

Jacob trat neben sie und sah der Kutsche hinterher.

»Dasselbe wie ich«, sagte er und ging ins Haus.

Langsam fand Bettina sich in die Arbeitsabläufe ein. Sie stellte fest, dass einer der wichtigsten Jobs auf der Plantage der Water Coolie war, ein Mann, der die Trinkwasserbecken beaufsichtigte und auf die Qualität des Wassers achtete. Sie besuchte wöchentlich das Coolie Hospital und brachte den Garden Doctor, der mehrere Plantagen betreute und eigentlich ständig am Herumreisen war, dazu, öfter vorbeizuschauen. Sie stockte die Vorräte von Medikamenten wie Quinine, Podophyllin und Chlorodyne auf, um gegen Malaria und Dschungelfieber gewappnet zu sein

Einmal kam ein Tiger, nachts.

Die Männer rannten mit Fackeln und Töpfen zu den Ställen, und nicht wenige hatten plötzlich ein Gewehr in der Hand.

Jacob riss sie zurück, als sie mit den schreienden Männern über den Hof rennen wollte.

»Nicht!«

Das Wiehern der Tiere in Todesangst ließ ihr die Haare zu Berge stehen. Darunter mischte sich ein rasselnder, grollender, sägender Ton – ein Raubtier auf Beutezug.

»Lassen Sie mich los!«

»Memsahib! Die Männer wissen, was Sie tun. Sie nicht.«

Und so stand sie hilflos dabei, als die Schüsse knallten und die Schreie eines Mannes ihr in Mark und Bein fuhren. Der Tiger entkam, ein Mann erlag den Verletzungen, die ihm die Raubkatze zugefügt hatte.

Sie musste hilflos mitansehen, wie zwei ihrer Arbeiter an einem Sonnenstich starben, weil sie an ihrem freien Tag dem Reisbier zu sehr zugesprochen und sich in der prallen Sonne zu einem Mittagsschlaf niedergelassen hatten. Dr. Fogett, der Arzt, warnte sie eindringlich vor den lebensgefährlichen Folgen solcher und weiterer Unvorsichtigkeiten und spendierte ihr noch eine kleine Ration Opium, die bei Schlangenbissen mit ungewissem Ausgang wenigstens etwas Erleichterung bringen sollte.

»Entweder Sie überleben, oder Sie überleben nicht. Dazwischen gibt es nichts«, so lautete sein lakonischer Rat.

Er war kein Mann großer Worte, aber einer, der wusste, was er tat und zu dem ihre Leute Vertrauen hatten.

Betelnuss wäre ihr lieber gewesen. Juggernaths selige Gelassenheit im Umgang mit den Pferden und seinem Enkel, der ihm nach dem Unterricht in den Ställen zur Hand gehen durfte, erschien ihr wie ein unerreichbarer Zustand der Erleuchtung, der ihr verwehrt blieb. Vor allem, wenn die Verehrer kamen.

Erst war es ein Händler auf der Durchreise, Mr Mortimer. Er hatte die Modezeitschriften dabei, die normalerweise nach sechs Wochen auf See gar nicht erst bei Bettina ankamen, sondern ihm bereits in Lebong aus der Hand gerissen wurden.

»Ich habe sie extra für Sie aufgehoben!«, sagte er mit öliger Stimme. »Damen wollen doch immer wissen, wie die neueste Mode aussieht.«

»Haben Sie noch ein Exemplar vom Monthly Horticultural Society, Mr Mortimer?«, der Zeitschrift, die sich den jüngsten Entwicklungen im Teeanbau widmete. »Oder eine *Calcutta Times*? Die *Darjeeling Post*? Oder wenigstens einen *Englishman*?«

Der *Englishman* war eine in Calcutta gedruckte Zeitung, die sich hauptsächlich mit Wirtschaft, Handel und Justiz beschäftigte, in dem aber immer wieder auch interessante Artikel über den Wandel der Landwirtschaft zur Moderne erschienen. Letzteres war ein Thema, das Bettina immer mehr beschäftigte.

Sie sah in seinen Planwagen, in dem alles Mögliche an Kurzwaren und Handarbeitsartikeln lag, stand oder hing. Stoffe, Spitzen, Schnittmuster. Scheren, Stecknadeln, Garne.

»Sagen Sie doch Horatio zu mir.« Er schenkte ihr ein wohlwollendes Lächeln, das auf seinen rasiermesserschmalen Lippen nicht sehr schmeichelhaft wirkte. Ein geckenhaft gekleideter, etwas übermodischer Mann mit altmodischem Spitzentuch im Kragen und mehreren großen Ringen an den Fingern, die nicht besonders wertvoll aussahen. »Alle Damen sagen Horatio zu mir.«

»Es wird Ihnen aufgefallen sein, dass ich keine Dame bin.«

Bettina pickte ein paar Rollen Garn aus dem Korb.

»Aber nicht doch! Der Ruf Ihres exquisiten Geschmacks reicht sogar bis Calcutta!«

Sie sah von dem Korb hoch. »Was Sie nicht sagen.«

»Einen Moment, Madam. Einen Moment.«

Er kletterte auf seinen Wagen, schob einen Packen Stoffreste von einer Weidenkiste, öffnete den Deckel und wühlte darin herum.

»Hier!«, rief er schließlich triumphierend und hielt ihr ein zerfleddertes Heft entgegen, das wohl schon durch viele Hände gegangen war.

Es war eine mehrere Wochen alte Ausgabe des *Calcutta Sketchers*, eine mit vielen Zeichnungen und Karikaturen bebilderte, sehr beliebte Zeitschrift. Er hielt sie ihr auf einer Seite geöffnet entgegen.

Zu sehen war eine junge Frau mit offenen, zerzausten Haaren, die mit Männerhosen verkehrt herum auf dem Rücken eines Pferdes saß, das sich mit gebleckttem Gesicht über sie totzulachen schien.

Volle Kraft voraus!, stand darunter. *Da geht's lang in Kalej Valley! So sieht es aus, wenn Frauen in die Männerhosen schlüpfen.*

»Nun«, sagte sie und reichte ihm das Blatt zurück. »Immerhin bleibe ich auf dem Pferd sitzen. Das ist doch schon einmal ein Fortschritt, nicht wahr? Was wollen Sie dafür haben?«

»Tut mir leid, Madam.« Mr Mortimer verstaute die Zeitschrift wieder in dem Weidenkorb. »Sie ist nicht verkäuflich. Ich verwende sie zu gerne, um Neugier auf meine Ware zu wecken, wenn Sie verstehen, was ich meine.«

»Das ist aber nicht nett von Ihnen«, tadelte sie ihn.

Er ließ den Deckel des Korbes zufallen und kam wieder zu ihr hinausgeklettert.

»Geben Sie mir ein Asyl für die Nacht, und Sie werden meine anderen Vorzüge kennenlernen.«

Es war gerade kurz nach Mittag. Der Gedanke, ihn und seine Zweideutigkeiten den Rest des Tages um sich zu haben, hatte etwas Lähmendes an sich.

»Müssen Sie nicht noch zu Leroy Garden?«

Leroy Garden lag ungefähr eine Wegstunde entfernt. Die Leroys waren die nächsten Nachbarn im Norden. Ein Ehepaar, er aus Wales, sie aus Cornwall, beide von calvinistischer Humorlosigkeit und nicht darauf erpicht, die freundschaftlichen Beziehungen auf mehr als das unbedingt nötige Maß auszuweiten.

»Hm. Ja. Aber eigentlich wollte ich mit Ihnen reden.«

Sie sah hoch in den dunstigen Himmel. Sie musste noch die Umgrabearbeiten in Tract 3 prüfen und mit dem Küchenchef die Bestellung für die Coolie Lines durchgehen. Es hatte wieder Beschwerden gegeben, im Getreide waren wohl zu viele Steine und vertrocknete Käfer gewesen. Sie mussten wahrscheinlich den Händler wechseln, was wiederum für den Küchenchef ein halbes Drama war, weil er doch mit diesen Leuten verwandt, verschwägert oder mindestens durch Blutsbrüderschaft verbunden war.

Bettina vermutete eher eine etwas laschere Kontrolle von Gewicht und Zahlung auf beiden Seiten.

»Worüber?«, fragte sie zerstreut. »Kommen Sie erst mal ins Haus. Ich nehme das Garn und die Nadeln.«

Sie ließ Mr Mortimers Tee in der Eingangshalle servieren. In den Salon kam nur Besuch, den sie auch wirklich bei sich haben wollte.

»Nun«, begann er und suchte sich umständlich mit der Zuckerstange ein für seine Tasse geeignetes Stück heraus. »Ich bin in meinem Leben den Frauen nicht abgeneigt gewesen, was ich ausdrücklich betonen möchte. Deshalb sind mir die gesellschaftlichen Grenzen, die unverheirateten Ladys auferlegt sind, nicht neu.«

Während er weiterredete, überschlug Bettina bereits die Anschaffungskosten eines neuen Brennofens für die Darre und schreckte erst hoch, als er still war und sie erwartungsvoll anblickte.

»Wie … meinen Sie?«, fragte sie.

»Ob Sie mich heiraten wollen.«

Sie starrte ihn an, als ob er den Verstand verloren hätte.

»Verstehen Sie mich nicht falsch, um Himmels willen! Ich rede nicht von einer Ehe mit den gegenseitigen Verpflichtungen, wenn Sie verstehen, was ich meine.«

»Durchaus«, sagte sie und griff nach der Tafelglocke.

»Aber unser Status würde sich durch eine solche Verbindung wesentlich erhöhen.«

»Mr Mortimer, bei allem Respekt, aber wollen Sie eine Plantage führen?«

Er stellte die Teetasse ab. »Mrs Vosskamp, bei allem Respekt, wie lange wollen Sie das noch durchhalten?«

Sie läutete die Glocke. Ausgerechnet heute war Jacob im Contor geblieben. Wer konnte auch ahnen, dass ausgerechnet der Kurzwaren- und Klatschgeschichtenhändler Mortimer ihr mit so einem Vorschlag kam?

»Diese Karikatur habe ich Ihnen gezeigt, damit Sie wissen, was die Leute über Sie reden. Ihr Ruf ist sogar in Calcutta, nun, nicht mehr unbedingt der einer lediglich von Tau geküssten englischen Rose.«

»Von was reden Sie?« Sie läutete noch einmal, ungeduldiger. »Drücken Sie sich klar und einfach aus.«

»Ich biete Ihnen ein Leben in Ehre ohne die Mühsal der ehelichen Gepflogenheiten.«

Sie beugte sich vor. »Und wenn es genau diese Gepflogenheiten sind, auf die ich gesteigerten äußersten, um nicht zu sagen bedingungslosen, leidenschaftlichen Wert lege?«

Er schluckte. Sein Adamsapfel hüpfte einmal auf und ab. Vom Tau geküsste englische Rosen redeten wohl anders.

»Mr Mortimer, wenn ich Ihnen einen Rat geben darf, suchen Sie sich ein Mädchen, das nicht allzu viele Fragen nach Ihren wahren Bedürfnissen stellt. Das dürfte uns alle doch am meisten glücklich machen.«

»Ich dachte …«, stammelte er. »Fragen kann man doch einmal. Es ist nicht so einfach in diesem Land. Alle weißen Frauen wollen mindestens einen Lord oder einen Direktor oder Commissioner oder Planter, was weiß ich.«

Mary erschien. Sie trug eine knöchellange, von Wasserflecken verzierte Schürze. Wahrscheinlich war sie gerade aus dem Waschhaus gekommen. Der Unterricht begann erst nachmittags.

»Mr Mortimer wollte gehen.«

Er stand auf und strich sein Spitzentuch glatt, bevor er ihr die Hand reichte.

»Ich wünsche Ihnen alles Glück der Welt.«

Als Mary zurückkam, hatte sie den *Calcutta Sketcher* in der Hand. »Das wollte er Ihnen schenken.«

»Danke.«

Sie nahm die Zeitschrift und warf sie in den kalten Kamin. Das ganze Tal dürfte sich schon an der Karikatur erfreut haben.

Aber statt Bewerber abzuschrecken, schien die Legende von der Frau in Männerhosen, die verkehrt herum auf einem Pferd saß, die Fantasien erst recht anzufachen.

Der Nächste war ein Mr Clifford, ein verkrachter Teepflanzer, der es an der Grenze zu Nepal versucht hatte und nun hoffte, seine Vorstellungen von wenig Arbeit und viel Gewinn auf Brenny's Garden zu realisieren. Danach schaute ein Simon Asbury vorbei, dritter Sohn einer Offiziersfamilie aus Chestwick-upon-Tweed, aufgebrochen aus England mit großen Träumen und kleinem Geldbeutel. Ein junger, wohlerzogener Mann, dem selbst nicht ganz geheuer zu sein schien bei dieser Brautschau und dem sie schließlich nach dem dritten Brandy aus der Nase zog, dass sein Vater ihm ein Ultimatum gestellt hatte und er nicht als glückloser Versager zurück in die Heimat kehren wollte.

Der Nächste war Jim Parker Brown, ein von den Jahren in Indien gezeichneter Tea Manager eines Gartens ein paar Meilen weiter westlich. Er war verheiratet, bot aber bei einer Liason die stillschweigende Tolerierung des ganzen Distrikts und seiner Gattin. Als sie empört ablehnte und Jacob schon fast so weit war, ihn hinauszuwerfen, machte er ihr ein zweites Angebot.

»Sie sollten Mitglied im Sheep Club werden.«

Clubs jeder Art waren für Frauen verschlossen, deshalb ließ sie dieser Satz aufhorchen.

»Der Sheep Club?«

»Wie der Name schon sagt, züchten wir gemeinsam Schafe, um etwas Abwechslung auf den Speiseplan zu bekommen. Rinder dürfen hier nicht geschlachtet werden, und jahraus, jahrein Hühnchen und Fisch schlägt irgendwann aufs Gemüt. Die Jahrestreffen sind vielleicht nicht ganz so elegant wie die Lawn Tennis Partys im Elgin, aber dafür wesentlich amüsanter.«

»Ich werde es mir überlegen.«

Jacob brachte den Besucher vor die Tür, der zumindest den Anstand besessen hatte, nicht zu spät für eine Heimreise seine Aufwartung zu machen.

Als sie sich später im Contor trafen, um den Papierkram um die Verschiffung von Lord Bigetts Tee zu erledigen, ließ sie sich mit einem ärgerlichen Seufzen auf den Bürostuhl hinter ihrem Schreibtisch krachen.

»Hört das denn nie auf?«

Jacob saß an einem zweiten Tisch, den sie für ihn aus dem Salon hatte bringen lassen, und ging die Frachtpapiere durch.

»Nicht solange es noch einen britischen Junggesellen in Darjeeling und Assam gibt.«

Er hatte sie gewarnt. Ein, zwei Gedanken hatte sie daran verschwendet, aber sich dann gegen eine Zweckehe entschieden. Sie würde bei einer Heirat alles verlieren, und ob ein Mann sich nach dem Ehegelöbnis noch an sein Versprechen halten würde, sie hier weiterarbeiten zu lassen, wagte sie zu bezweifeln.

In den Vollmondnächten, in denen andere aufbrachen zu Dinnerpartys bei Kerzenlicht und Bällen im Elgin Club, alles Vergnügungen, zu denen sie weder vor noch nach Cecilys Willkommensparty eingeladen worden war, lag sie wach. Todmüde, manchmal am Ende ihrer Kräfte, doch noch immer in der Überzeugung, das Richtige zu tun.

Sie hatte ihrem Vater nach Hamburg geschrieben. Nie würde

sie ihm verzeihen, dass er sie an Püsken verschachern wollte. Aber sie verstand die Gründe dafür immer besser. Oft waren ihr frühere Sätze von ihm eingefallen, die ihr dieses harte, fordernde Leben erleichterten.

Verzehre nur das, was du auch besitzt.

Also wurde die Erneuerung der Garderobe vertagt. Stattdessen trug sie bei der Arbeit ihre derben Reisestiefel, Hosen und ein weites, langes Hemd.

Achtung vor sich selbst beginnt, wenn keiner zusieht.

Sie ließ im Badehaus ein Wasserfass unters Dach stellen und duschte jeden Abend, zog sich eine saubere Bluse und einen sauberen Rock an, bevor sie sich allein an den großen Esstisch in der Empfangshalle setzte und sich Hühnercurry, Hühnercurry, Hühnercurry und freitags eine dumpf schmeckende Forelle aus dem Fluss servieren ließ.

Versprich nur, was du auch halten kannst.

Jeden Sonntag, bevor die Arbeiter ihren freien Tag begannen, hielt sie eine kleine Ansprache in den Coolie Lines. Sie erinnerte an das, was sie in der zurückliegenden Woche erreicht hatten, und an das, was in der kommenden vor ihnen lag.

Joost hatte sie geschrieben: *Ich habe nie gewusst, wie schwierig es ist, ein Geschäft zu führen und Verantwortung zu übernehmen. Ich bitte Sie um Verzeihung für das Unverständnis, das ich Ihnen entgegengebracht habe, und für meine Entscheidung, lieber mit Brenny's Garden unterzugehen, als Freiherr von Püsken zu heiraten. Ich weiß, dass ich Ihnen in vielem Unrecht getan habe. Meine Hoffnung an Sie und meine geliebte Mutter besteht darin, dass Sie mir Ihren Segen geben für meinen Weg. Das würde mir viel bedeuten.*

Aber es kam keine Antwort.

Jacob hatte sich wieder über die Kalkulationen gebeugt und bediente den Abakus vor ihm, ohne hinzusehen. Die kleinen

Kugeln flogen hin und her. Das leise, klackende Geräusch, wenn sie aneinanderstießen, klang beruhigend nach einer Tätigkeit, bei der der Ausführende wusste, was er tat.

Ihr Blick verweilte auf ihm. Sie mochte es, wie sich seine breiten Schultern unter dem Hemd abzeichneten. Sie mochte die Eleganz seiner Bewegungen, wenn er wie beiläufig die Kugeln bewegte, kurz das Ergebnis prüfte und dabei die Augen ein wenig zusammenkniff, wenn er es in die Listen eintrug. Sie mochte es, wie entspannt er auf dem Stuhl saß, die Beine ausgestellt, mal das eine ausgestreckt, dann wieder angezogen, mit den Händen über die Oberschenkel fuhr, um dann erneut zur Feder zu greifen.

Er drehte den Kopf in ihre Richtung, als ob er gespürt hatte, dass sie ihn ansah. Ertappt beugte sie sich über die Liste, die ihr der Canister Maker gegeben hatte. Ob sie ein eigenes, neues Zeichen auf die Kisten brennen lassen wollte? Bisher wurde noch das alte genutzt, ein Pik Ass. Niemand hatte ihr erklären können, warum ausgerechnet dieses Symbol für Brenny's Garden stand.

»Ich überlege gerade, welches Zeichen …«

Sie brach ab. Vor ihr stand ein Glas Wasser. Die Oberfläche zitterte. Der Boden hob sich. Bücher fielen aus den Regalen über ihr heraus, eines traf sie schmerzhaft an der Schulter. Mit einem Schrei sprang sie auf. Die Wände schienen sich zu bewegen. Der kleine Kerzenleuchter, mit dem sie abends die großen Lampen entzündete, fiel um.

Draußen, in der Halle, polterte, krachte und klirrte es. Sie wollte zur Tür, aber da war Jacob auch schon bei ihr und riss sie an sich.

»Ganz ruhig«, sagte er und presste ihr fast die Luft ab.

Panik stieg in ihr hoch. Der Boden bebte, das Regal neigte sich, alle Bücher regneten zu Boden, dann krachte das Gestell auf den Schreibtisch. Sie schrie abermals auf, panisch und geschockt, und Jacob drückte sie noch fester an sich. Das Glas, das Tintenfass, eine kleine Bronzefigur rutschten zur Tischkante und zerschellten auf dem Boden. Die Kristallprismen in der Deckenlampe klirrten wie ein höllisches Glockenspiel. Einige lösten sich und fielen auf sie herab.

Und dann war alles vorbei, so schnell, wie es gekommen war.

Er ließ sie los und strich sich verlegen die Haare aus der Stirn.

»Was war das?«

Sie sah sich entsetzt um.

»Ein Erdbeben. Etwas heftiger als das letzte. Wenn es wieder passiert, versuchen Sie, ins Freie zu gelangen.«

»Das habe ich versucht«, sagte sie wütend und ging in die Knie, um die Scherben aufzulesen.

»Aber sie wären durch die Halle gelaufen. Sie ist aus Stein gebaut.«

Sie erhob sich und musterte die Wände des Contors.

»Und das hier?«

»Das Büro nicht. Es ist ein Anbau.«

»Das weiß ich. Und warum sollte ich hier sicherer sein?«

»Weil diese Wände nachgiebiger und elastischer sind. Sie sind aus Holz und Lehm.«

»Noch irgendwelche Ratschläge?«, fragte sie schnippisch.

Er ging wortlos zu seinem Schreibtisch und hob die Papiere auf, die zu Boden gesegelt waren.

Sie war verwirrt. Verängstigt. Zu Tode erschrocken. Aber sie brachte es nicht über sich, sich bei ihm für ihren Ton zu entschuldigen.

Die Scherben wanderten in den Papierkorb. Mary stürzte herein und überzeugte sich wort- und gestenreich, dass mit der Memsahib alles in Ordnung war.

Die Verwüstung in der Empfangshalle hielt sich dank der schweren Möbel in Grenzen. Etwas Glas, ein paar Vasen, mehr war nicht zu Bruch gegangen. Im Küchenhaus beklagte man den Verlust von mehreren Steintöpfen mit Ghee. Juggernath hatte den Rest des Tages damit zu tun, die Pferde wieder zu beruhigen. Er ließ sie bis zum Abend auf eine provisorische Koppel hinter dem Werkhof.

Zwei Arbeiter hatten sich verletzt, einer, weil er mit der Sense hantiert hatte, ein anderer, weil er seine Mittagsruhe in der Lagerhalle hinter einem Stapel Teekisten verbracht hatte, der ihn unter sich begraben hatte.

Sie waren glimpflich davongekommen, und als sie die Schäden beseitigt hatten, war der Vorfall auch schon vergessen.

Nicht vergessen war der Moment, in dem er sie an sich gezogen hatte. Sie fühlte, dass etwas mit ihr geschah, über das sie keine Kontrolle hatte. Wenn er den Raum betrat, passierte etwas, das seine Anwesenheit wichtig machte, wichtiger als sie sein sollte und durfte. Die kurzen Momente, wenn sie ihn beobachten konnte, ohne dabei ertappt zu werden, bekamen eine verwirrende Intensität. Dass sie ihn gespürt hatte, seine Arme, seinen Körper, die Härte seiner Brust und die Kraft, mit der er sie festgehalten hatte, so nah und innig wie das eigentlich nur ein Liebespaar konnte, brachte sie aus dem Gleichgewicht.

Natürlich ließ sie sich nichts anmerken. Den Rest des Tages beschäftigte sie sich damit, die Schäden zu beseitigen, gemeinsam mit Mary und dem Kitmutgar das Contor aufzuräumen und die begonnene Arbeit fortzusetzen. Aber sie vermied es, Jacob zu nahe zu kommen oder ihn direkt anzusprechen. Es war albern, aber nichts fürchtete sie mehr als seinen Spott, wenn er herausfinden würde, dass diese dauernde Nähe zu ihm sie nervös machte.

Erst gegen Abend konnten sie sich wieder an die Schreibtische setzen. Er drehte ihr den Rücken zu. Und als er fertig war, legte er ihr nur die Papiere auf den Tisch und verabschiedete sich einsilbig.

Sie wusste, dass er in den Coolie Lines wohnte und dort einen abgeteilten Bereich in der Unterkunft der Vorarbeiter hatte. Es kam selten vor, dass sie ins Innere der Häuser ging. Meistens nur, wenn jemand sich krankgemeldet hatte und sie nachsehen wollte, ob ein Arztbesuch nötig war.

Jacobs Raum hatte sie noch nie betreten. Etwas in ihr scheute sich davor, ihm dieses Minimum an Privatheit zu nehmen. Sie trat ans Fenster, hob den Vorhang hoch und beobachtete ihn, wie er die Anhöhe hinunter zur Siedlung lief. Mit weit ausholenden Schritten, als ob er es eilig hätte, wegzukommen aus dem Garden House.

Wegzukommen von ihr.

Sie ließ den Vorhang wieder fallen und stieß einen ärgerlichen Seufzer aus, weil es in diesen wenigen Sekunden einer ganzen Armada von Mücken gelungen war, den Raum zu erobern.

Der erste Brief

Nachdem sich herumgesprochen hatte, dass die neue Besitzerin von Brenny's Garden nicht vorhatte, einen der örtlichen Verehrer zu ehelichen, wurden die Besuche seltener. Meist waren es Durchreisende auf dem Weg zu anderen Plantagen, manchmal auch Forscher, die weiter hinauf auf den Gaurisankar[74] wollten als jemals ein Mensch zuvor. Sie alle waren Bettina herzlich willkommen, und wenn sich ein Tea Manager oder Planter zu ihr verirrte, nutzte sie die Gelegenheit zum Austausch über Anbau, Ernte, Lagerung und Transport des Tees. Die meisten gaben freimütig Auskunft und ließen sich auch die Tracts und die Coolie Lines zeigen. Sie fuhren weiter mit einer zurückhaltenden Anerkennung ihrer Leistung, die sie einer *Frau* nicht zugetraut hätten.

Und dann schnaufte eines Tages Cecily wieder die Stufen empor, dieses Mal, um sich endgültig zu verabschieden.

»Sie müssen mich in Calcutta besuchen, Schätzchen. Mein Gott, wie ich mich freue, diese dampfende Hölle endlich zu verlassen!«

Bettina schob ihr den Teller mit den Scones hinüber. »Aber ist das Klima in Calcutta nicht noch viel schlimmer?«

Viele Briten zog es im Sommer aus der Stadt hinauf in die kühleren Ebenen Darjeelings. Hier im Tal merkte man nicht viel davon, aber je weiter man in die Berge kam, desto angenehmer wurden die Temperaturen. Als Bettina im Winter in Darjeeling angekommen war, war es hier oben sogar richtig kalt gewesen.

---

74 Lange in Deutschland gebräuchlicher Name für den Mount Everest

»Mit dampfender Hölle meinte ich die Gerüchteküche.«

Cecily kleckste Ghee und Mango-Marmelade auf ihr Gebäck. »Ist es wahr, dass Sie mit Ihrem Sekretär … nun …«

»Was?«, fragte Bettina.

Sie hatte gelernt, dass es beim Drumherumreden zu weitaus größeren Missverständnissen kam, als wenn man sich klar und deutlich ausdrückte.

Cecily schob sich den Scone in den Mund und biss so herzhaft hinein, dass die Marmelade auf den Teller tropfte.

»Dass Sie ein … Sie wissen schon … ein Techtelmechtel haben?«

»Nein!«, antwortete Bettina empört. »Wer sagt das?«

»Dreimal dürfen Sie raten.«

»Der Sohn von Lord Bigett?«

Cecily legte das Scone ab. »Oh. Liam? Das ist neu. Haben Sie mit ihm auch …?«

»Nein!«

»Schon gut, schon gut. Es ist Timothy Shelby. Sie sollten ihn vielleicht einmal aufsuchen und mit ihm reden. Er kann Ihnen sonst das Leben zur Hölle machen. Und Ihrem gut aussehenden Sekretär gleich mit dazu.«

Bettina schüttelte den Kopf. »Niemals. Er hat mich bestohlen und betrogen. Er ist ein Verbrecher. Mit so jemandem setze ich mich nicht an einen Tisch.«

»Dann müssen Sie sich eine andere Lösung einfallen lassen.«

»Und die wäre?«

Cecily griff zur Serviette, um sich die Finger abzuwischen. »Entlassen Sie Jacob.«

Bettina versuchte, sich den Schock über diesen Vorschlag nicht anmerken zu lassen. Sie nahm eines der kleinen Gebäckstücke und versuchte, es, mit dem Messer zu zerteilen. Was dabei herauskam, sah eher nach einer Massakrierung aus.

»Kindchen.«

Cecilys Stimme sank vor Mitgefühl fast um eine Oktave tiefer.

Bettina nahm das nächste Scone. Wieder flogen die Einzelteile auseinander. Entnervt ließ sie das Messer auf den Teller fallen.

»Ich entlasse nicht meinen fähigsten Mitarbeiter, ohne den ich diese Plantage niemals führen könnte! Auch wenn er diesen Titel nicht tragen darf, er ist mein *Tea Manager*. Er ist zuverlässig, loyal und hat jahrelange Erfahrung mit allem, von dem ich keine Ahnung habe.«

»Er muss gehen.«

»Nein! Warum? Shelby wird triumphieren und sich die nächste Lüge ausdenken, um mich zu vertreiben.«

Cecily sah ihr tief in die Augen. »Es gibt Möglichkeiten. Auch für Verbindungen, die es eigentlich nicht geben darf. Man kann Arrangements finden.«

»Aber ich habe keine Verbindung zu ihm! Außer der beruflichen, natürlich.«

Ärgerlich griff sie nach einem Gebäckbrösel und schob es sich trocken in den Mund.

»Gut.« Mrs Monroy hob beschwichtigend die Hände. »Es mag so sein, wie Sie sagen. Aber die Welt will nicht die nackte Wahrheit sehen, sondern die aufwendig verpackte, knisternde Lüge. Mr Shelby wird nicht damit aufhören, seine Gerüchte weiter zu verbreiten.«

Bettina spülte ihren Bissen mit einem Schluck Tee hinunter.

»Was wird passieren?«, fragte sie.

»Was meinen Sie, Liebchen?«

»Wenn die Welt ihm mehr glaubt als mir.«

Cecily schürzte bedauernd die Lippen und überlegte kurz, wie sie das Unvermeidliche wohl auf eine nicht ganz so verletzende Weise sagen könnte.

»Jacob wird verhaftet und ins Gefängnis geworfen. Wenn er

ein Ehrenmann ist, wird er alle Schuld auf sich nehmen. Das kann die Todesstrafe für ihn bedeuten.«

Bettina stellte die Tasse ab.

»Die Todesstrafe?«

Cecily hatte dieses Entsetzten vermutlich kommen sehen, wenn nicht sogar erwartet. Mit einer gewissen Genugtuung hob sie die Teetasse an den gespitzten Mund, setzte sie dann aber ohne zu trinken ab.

»Lassen Sie uns offen miteinander reden. Was Männer hier mit indischen Frauen treiben, ist der Rechtsprechung keine Silbe wert. Ob es einvernehmlich geschieht oder nicht. Ob Kinder aus diesen Verbindungen hervorgehen, was aus diesen armen Frauen wird, wenn der Herr zurück nach England geht. Kaum einer kümmert sich um seine Bastarde, geschweige denn um die Mütter, die damit fast dem Hungertod preisgegeben sind. Für Männer ist dieses Land ein Garten Eden, erfüllt von den schönsten Blumen, die sie am Wegesrand pflücken und an der nächsten Kreuzung wegwerfen.«

Margret hatte von einem halben Dutzend Kindern gesprochen, die Scott Ewan hier in die Welt gesetzt hatte. Britisch, indisch, deutsch …

»War Scott Ewan auch so ein Mann?«, fragte sie.

Cecily sah sie erstaunt an. »Warum wollen Sie das wissen?«

»Margret Plumrose hat so etwas erwähnt.«

Die Antwort war ein ärgerliches Schnauben. »Darling, ich habe Ihnen schon einmal gesagt, dass aus dem Mund dieses Püppchens kein wahres Wort kommt. Glauben Sie mir, wenn Mr Ewan seine Autorität missbraucht hätte, irgendetwas davon wäre an meine Ohren gedrungen. Die Welt ist nur geneigt, der Lüge zu glauben, wenn sie auch wahrscheinlich ist. Mr Ewan hatte viele Freunde hier. Sie haben die nicht. Das ist der Unterschied.«

»Also sollte ich mir Freunde machen?«

»Auch. Das kann nie schaden.«

Bettina nickte und pickte den nächsten Krümel auf.

»All diese großzügige Toleranz gilt natürlich nur gegenüber weißen Männern«, fuhr Cecily fort. »Wenn ein Inder mit einer Europäerin eine Liaison eingeht, ist das ein schweres Ehrendelikt. Er wird bestraft. Die Frau, nun, Liebchen, die Frau kann von Glück sagen, wenn sie das Land noch verlassen kann, ohne geteert und gefedert zu werden. Nun schauen Sie mich nicht so an!«

Cecily schlürfte nun doch einen winzigen Schluck Tee.

»Es gibt nicht den geringsten Grund, mir so etwas zu unterstellen.« Bettina glaubte, sich gut unter Kontrolle zu haben, aber das, was sie gerade gehört hatte, beunruhigte sie zutiefst. »Warum tun es die Leute dann?«

»Weil sie sich mit etwas beschäftigen müssen und der Tag lang ist. Mit Verlaub, aber niemand von uns – außer Ihnen – arbeitet sich hier zu Tode. Dafür haben wir schließlich die Coolies. Und die Damen kommen um vor Langeweile. Nichts vertreibt die Zeit besser, als ein wenig zu lästern. Ich selbst fröne dieser Leidenschaft mit großer Hingabe. Allerdings hört für mich der Spaß auf, wenn dadurch andere in Gefahr gebracht werden. Und diese Gefahr droht Ihnen.«

Cecily sah zur Tür. Mary war in der Schule, Jacob hatte ein Gespräch mit Juggernath, um über den bevorstehenden Transport der ersten Teekisten zu den Dampfschiffen zu sprechen. Der Diener, der so gerne ein Butler wäre, betätigte den großen Fächer über dem Tisch und stand zu weit weg, um etwas zu hören.

Es war einer dieser Nachmittage, an denen es schien, als ob die Welt da draußen stehen geblieben wäre. Kein Windhauch, kein Blatt bewegte sich. Sogar die Moskitos schienen zu schlafen. Aber in Bettina tobte ein Orkan.

»Und dann facht Shelby die Fantasien dieser unausgelasteten Menschen auch noch an. Sie tanzen auf einem Vulkan, Sie beide.«

Cecily hatte die Stimme gesenkt. Alles Schrille, Laute war verschwunden.

»Sie müssen ihn fortschicken.«

Diese Frau meinte es ehrlich mit ihr. Aber Bettina hatte sich nichts zuschulden kommen lassen. Mehr noch: Die Unterstellungen entfachten einen gewaltigen Ärger in ihr.

»Jacob ist mein Sekretär. Er ist Inder. Glauben Sie wirklich, ich setze meine Existenz hier aufs Spiel für einen Einheimischen?«

Cecily hob fragend die Augenbrauen.

»Und die der Arbeiter, die daran glauben, dass ich den Karren aus dem Dreck ziehe? Glauben Sie wirklich, mir ist nicht bewusst, dass selbst der kleinste Fehltritt mich ins Aus katapultiert?«

Sie hasste sich für diese Worte, abgrundtief. Aber Cecily war der Suppentopf in der Gerüchteküche. Um nichts in der Welt durften bei dieser Frau Zweifel aufkommen, dass etwas auf Brenny's Garden schieflief.

»Ich schätze Jacobs Kompetenz. Er hat mich durch die ersten Monate geführt und war eine unersetzliche Hilfe. Aber ich würde niemals für ihn meinen Ruf aufs Spiel setzen. In den Augen von unausgelasteten britischen Ladys mag er attraktiv sein, aber glauben Sie mir: in meinen nicht. Soll er ihre Fantasien anfachen, ich habe dafür weder die Zeit noch das Vorstellungsvermögen.«

Der Kitmutgar, der so gerne ein Butler wäre, sah zur Tür.

Dort stand Jacob.

Alles in ihr flehte darum, dass er die letzten Worte nicht gehört hatte. Sein Gesicht war verschlossen wie immer, unter dem Arm trug er einige Rollen Papier – die Lagepläne des Teegartens mit den alten Grenzen, die die Basis für eine eventuelle Erweiterung sein könnten. Am Morgen noch hatten sie darüber gesprochen, dass der Vermesser demnächst eintreffen würde und sie bis dahin, zunächst provisorisch, Grenzsteine setzen sollten.

Er kam durch den Raum auf sie zu. Cecily drehte sich nur halb zu ihm um, mehr war bei ihrer Körperfülle und dem schmalen Sesselchen für sie nicht machbar.

»Ah, Jacob!«, rief sie aus. »Gerade haben wir von dir geredet.«

Bettinas Herz rutschte in die Kniekehlen.

»Hoffentlich nur das Beste, Ma'am.«

Seine Stimme klang ruhig, fast emotionslos.

»Aber natürlich!« Cecilys Trillern war wieder da, schriller als zuvor. »Welch eine großartige Arbeit Sie hier leisten. Ihr Ruf eilt Ihnen voraus, das ganze Tal spricht schon vom Wunder von Brenny's Garden.«

»Ein Garten ist nur so gut wie sein Tea Manager. Ich führe nur Mrs Vosskamps Anweisungen aus.«

Jacob legte die Pläne auf einem Beistelltisch ab.

»Haben Sie noch Wünsche für heute, Memsahib?«

Mit einem leicht belustigten Lächeln schlüpfte Cecily zurück in die Rolle der klatschsüchtigen Salondame.

»Vermutlich hat sie keine, die Sie bedauerlicherweise erfüllen könnten.«

Bettina hatte das Gefühl, im Erdboden zu versinken.

»Nein«, krächzte sie und räusperte sich. »Das wäre alles für heute.«

Er verbeugte sich knapp und ging fast ebenso lautlos davon, wie er gekommen war.

Cecily griff nach ihrem Fächer.

»Nun, auch ich werde mich verabschieden. Dann sehen wir

uns in knapp zwei Wochen.« Der Fächer klappte auf. »Ich habe übrigens noch jede Menge Bücher und Nachtwäsche. Vor allem ein gelbes mit roten Bändern wäre wie geschaffen für Sie. Man kann die Weite an der Taille mit Durchzugsbändern regulieren – nun?«

»Danke.« Bettina stand auf.

Alles in ihr trieb sie dazu, Jacob hinterherzulaufen und ihm ihre Äußerungen zu erklären.

Sie verabschiedete ihre Besucherin, die mit einer kleinen Kutsche gekommen war, und konnte sie glücklicherweise überzeugen, dass sie mit Büchern und Nachtwäsche gleichermaßen gut versorgt war.

Anschließend ging sie mit klopfendem Herzen ins Contor, in der Hoffnung, ihn dort noch anzutreffen. Aber das Zimmer war leer.

Und irgendetwas hatte sich verändert. Vielleicht waren es die geschlossenen Fensterläden und die zugezogenen Vorhänge. Vielleicht die Ordnung auf seinem Schreibtisch. Die Bleistifte, in Reih und Glied nebeneinandergelegt.

Vielleicht das Gefühl, so allein in diesem Zimmer zu sein wie niemals zuvor. Eine dünne, spitze Nadel stach in ihr Herz.

Sie ging zu ihrem Schreibtisch. Die Briefmappe lag geschlossen auf der Lederunterlage. Das Tintenfass war zugeschraubt, die Feder steckte im Halter. Sie sog die Luft ein. Immer hatte ihn ein Hauch Kokosnuss und Wildnis durchdrungen, wenn Jacob im Raum gewesen war. Er war verschwunden.

Langsam streckte sie die Hand aus und beobachtete, wie diese Hand die Briefmappe öffnete. Vor ihr lag ein Vertrag, der quer auf der unteren Hälfte in Jacobs schwungvollen Lettern mit *Cancelled* überschrieben war.

Die Hand nahm den Vertrag hoch, darunter lag ein Blatt Papier mit wenigen Zeilen.

Es steht mir nicht zu, eine Gefahr für Sie zu sein. Ich danke Ihnen für Ihre Loyalität und habe mich aus diesem Grund selbst aus Ihren Diensten entlassen.

Die Hand legte den Vertrag zurück auf das Papier und schloss die Mappe.

Es waren Verrat und Verlust zugleich, gepaart mit einer schrecklichen Erleichterung, und sie hatte das Gefühl, zwischen diesen beiden Polen förmlich zerrissen zu werden. Mit einem leisen Laut presste sie die Hand vor den Mund und setzte sich auf den Stuhl. Sie brauchte ein paar Minuten, bis sie so weit war, den Brief noch einmal zu lesen. Nachdem sie das getan hatte, zerknüllte sie ihn zusammen mit dem Vertrag und warf beides in den Papierkorb.

Gut, dann sollte er gehen und nie wiederkommen. Sie redete sich ein, dass er nichts anderes gewesen war als ein Angestellter. Ein guter Mann, sicher, aber ersetzbar.

Aber ihr Herz wollte ihrem Kopf nicht zustimmen.

Ich würde niemals für ihn meinen Ruf aufs Spiel setzen.

Hatte sie das wirklich gesagt? Die Kälte dieser Worte ließ sie schaudern. Natürlich hatte das niemals zur Debatte gestanden, und jeder auch noch so leiseste Gedanke daran verbot sich von selbst.

Das wusste er. Und deshalb war er gegangen.

Sie sprang auf, rannte aus dem Haus und lief die Anhöhe herab zu den Coolie Lines. Die Leute, denen sie unterwegs begegnete, wichen ihr hastig aus und sahen ihr hinterher, aber das war ihr egal.

Sie zwang sich, den Mittelweg zwischen den Unterkünften langsamer zu gehen, hielt aber trotzdem viel zu zügig auf die der Vorarbeiter zu. Es war später Nachmittag, die Arbeit auf den Feldern war getan, und es kehrte die Stimmung eines wohlverdienten Feierabends ein. Frauen hängten Wäsche auf,

Männer spielten Schach oder Carrom[75], man traf sich vor den Türen zu einem Schwatz oder bereitete auf kleinen Holzfeuern eine Mahlzeit zu.

Dahul saß mit den anderen Mohurirs auf einer Matte vor der Baracke und rauchte gerade ein übel riechendes Kraut aus einer langen, geraden Rohrpfeife. Als er die Memsahib auf sich zukommen sah, ließ er sie sinken und sagte ein paar Worte zu den anderen, die sich hastig aufrappelten.

»Ist Jacob hier?«, fragte sie ohne Umschweife.

Die Männer sahen sich aus seltsam geröteten Augen an und zuckten mit den Schultern.

»Dahul?«

»*Yes*, Ma'am Memsahib?«

Sie stockte. Das normale Verhalten eines Tea Managers und Eigentümers der Plantage war, ohne zu fragen einzutreten. So viel hatte sie immerhin schon von den Gepflogenheiten der Herrschaft gegenüber den Untergebenen mitbekommen.

Im Teepalast und in dem Haushalt der Vosskamps hatte es das nicht gegeben. Die Räume der Bediensteten waren tabu gewesen. Wenn die Tür geschlossen war, mussten weder Knecht noch Magd befürchten, gestört zu werden. Diese Winzigkeit an Privatleben hatten Joost und vor allem Amalie ihnen wie selbstverständlich zugestanden. Von Clara wusste sie, dass es auch in anderen Häusern zu den Bedingungen eines reibungslosen Zusammenlebens gehörte.

Aber hier? Sie sah über die Schulter. Der Besuch der Memsahib in den Coolie Lines zu so später Stunde war außergewöhnlich. Also sollte sie sich auch außergewöhnlich benehmen, wenn sie schon so viel Aufmerksamkeit auf sich zog.

»Darf ich eintreten?«

---

75 Brett- und Geschicklichkeitsspiel

Der sanfte Blick aus Dahuls leicht benebelten Augen erinnerte sie an Juggernath.

»Natürlich, Memsahib.«

Er reichte die Pfeife an den Sirdar weiter und ging durch die offene Tür voraus.

Der Raum war vielleicht vierzig Quadratmeter groß, rechteckig, und in ein dämmriges Halbdunkel getaucht. Hölzerne Bettgestelle und Stoffbahnen, über Leinen gehängt, markierten die einzelnen Reviere. Persönliche Habseligkeiten waren in grob gezimmerten Regalen oder geflochtenen Körben untergebracht. An der linken Seite war eine Bretterwand eingezogen worden. Die windschiefe Tür hing halb offen in den Angeln.

»Jacob?«

Sie betrat den abgetrennten Raum. Das letzte Tageslicht drang durch die Ritzen der Bretter und beleuchtete einen Aufenthaltsort, wie er bescheidener nicht sein konnte. Bett, Tisch, Stuhl, Regalbretter. Sie waren leer, nirgendwo befand sich auch nur ein persönlicher Gegenstand.

Auf dem Bett lag ein geöffneter Koffer, in dem sich vermutlich Jacobs gesamte Habe befand. Erleichtert, dass er die Plantage noch nicht verlassen hatte, trat sie näher und erblickte auf einem Stapel ordentlich gefalteter Hemden eine Kohlezeichnung, die sofort ihr Interesse weckte. Sie zeigte die Veranda des Hauses und sie, Bettina, halb liegend auf einer der Bänke, ein Buch in den Händen.

Sie nahm das Blatt hoch und kniff die Augen zusammen, um den Titel zu erkennen.

An Easy Introduction to the History and Geography of Bengal.

Eines der ersten Werke aus der Bibliothek, das sie gelesen hatte. Die Zeichnung musste kurz nach ihrer Genesung entstanden sein. Sie trug die Zöpfe, die Mary ihr damals noch geflochten hatte, bevor sie zu dem wesentlich unaufwendigeren Knoten übergegangen war, und eines der Kleider aus London, das sie, weil es bei der Arbeit so unpraktisch war, schon lange weit hinten in den Kleiderschrank gehängt hatte.

Die Perspektive der Zeichnung deutete darauf hin, dass Jacob nicht weit entfernt gewesen war, als er das Bild mit leichter Hand aufs Papier geworfen hatte. Sie konnte sich noch daran erinnern, wie sehr sie der Inhalt des Buchs gefesselt, aber nicht daran, ob sich jemand in der Nähe aufgehalten hatte.

Ein Brett knarrte, Schritte näherten sich. Ertappt legte sie das Blatt zurück und fuhr mit klopfendem Herzen herum.

Im Türrahmen stand Dahul.

»Wo ist er?«

Der Mann fühlte sich sichtlich unwohl. Wahrscheinlich ahnte er, dass etwas vorgefallen sein musste, das über die üblichen Zwistigkeiten, wie es sie immer wieder zwischen Plantern und Tea Managern gab, hinausging. Sein Blick wanderte scheu zu dem gepackten Koffer.

»Zu Grenze geh, Stein setz.«

Diese Arbeit wollte Jacob also noch zu Ende bringen. Es war eine Erleichterung, dass er nicht alles stehen und liegen ließ. Vielleicht wollte er sich auch noch verabschieden. Dann könnte sie ihm ins Gesicht sagen, was sie von seiner fristlosen Kündigung hielt. Zorn und Enttäuschung verdrängten den Schreck, den sie beim Anblick des verlassen wirkenden Raumes verspürt hatte.

»Dann Jacob geht nach Sivsagar, heim zu Familie.«

»Ah. Familie.«

Natürlich. Er war nicht als Waise aufgewachsen. Vermutlich gab es Familie, die sehnsüchtig auf die Rückkehr des Ernährers wartete.

»Memsahib …«

Dahul traute sich einen halben Schritt aus der Türöffnung hinein in Jacobs Zimmer.

»Gut«, sagte er rätselhafterweise, denn Bettina konnte an der gesamten Situation nichts Gutes feststellen. »Gut, Jacob weg.«

»Warum?«, fragte sie scharf.

Die kleinen, dunklen Augen des Mannes richteten sich auf das Bett und die Zeichnung, die auf dem geöffneten Koffer lag.

»Warum?«, wiederholte sie.

Machte Shelbys üble Nachrede bereits in den Coolie Lines die Runde? Dahul wies mit seiner braun gebrannten, sehnigen Hand auf das Bild.

»Nicht gut, Jacobs Herz weg.«

»Herz weg?«

Was zum Teufel sollte das bedeuten? Dahul merkte, dass er sich wahrscheinlich gerade um Kopf und Kragen redete, denn er verbeugte sich und wollte zurück in den großen Raum schlüpfen.

»Halt!«

Er blieb wie angewurzelt stehen.

»Was heißt das?«

Der Mann versuchte, ihr ein derart geschauspielertes, dämliches Grinsen zu schenken, dass vermutlich noch nicht einmal er selbst darauf hereinfiel.

»Nicht gut Englisch. Nicht verstehen.«

»Oh doch. Du verstehst mich sehr gut. Raus mit der Sprache!«

Dahul sah sich hilfesuchend um, aber die anderen blieben wohlweislich außerhalb der Unterkunft, wo sie sich nicht in die verlorenen Herzen von Vorarbeitern und wütenden Memsahibs einmischen mussten.

»Hat Jacob jemals etwas über mich gesagt?«

»Nur gut, Memsahib. Nur gut.«

Für einen jagenden, aberwitzigen Moment hatte sie befürchtet, etwas anderes zu hören als dieses eifrige Abwehren.

»Sehr gut«, fuhr Dahul fort, weil er merkte, dass diese Art von Antwort es offenbar war, auf die es die Memsahib anlegte. »Nur gut, beste Memsahib. Ehrenvoll.«

Er strahlte und wiederholte das Wort einwandfrei. »Ehrenvoll!«

»Aha.«

Sie gab ihm mit einem knappen Nicken zu verstehen, dass sie beide nun dieses Gebäude verlassen sollten.

»Wenn er zurück ist, sag ihm, ich will mit ihm reden.«

»Ja, Memsahib.«

»Er soll ins Garden House kommen.«

»Ja, Memsahib.«

Sie hatten fast die Eingangstür erreicht, als Dahul so plötzlich stehen blieb, dass sie fast in ihn hineingerannt wäre. Er drehte sich um und starrte sie mit aufgerissenen Augen an, in denen die pure Angst zu erkennen war.

Es knisterte. Staub rieselte vom Dach. Und dann spürte auch sie ein Zittern unter ihren Füßen.

Es war anders als damals, als sie glaubte, das Haus würde über ihr zusammenbrechen, anders als alles, was sie bisher erlebt hatte. Es war wie der Vorläufer einer Katastrophe, die weit entfernt begann und deren Echo sich in ihre Richtung bewegte.

»Raus!«, schrie sie.

Dahul drehte sich um und rannte los. Sie folgte ihm. Aus allen Hütten hatten sich die Menschen ins Freie geflüchtet und sahen nun, einer nach dem anderen, Richtung Westen, wo sich über Tract 3 und 4 die Ausläufer des Berges erhoben.

Die Erde schien sich aufzubäumen. Die unsichtbaren Hände eines Riesen griffen nach den Unterkünften und stießen die fragilen Gebäude einfach um. Dächer stürzten ein, Wände barsten, Balken donnerten herunter. Die Menschen schrien und stürzten in höchster Panik in die Teefelder.

Bettina fand sich inmitten einer das Weite suchenden Menge, die plötzlich ins Stocken geriet. Immer noch zitterte die Erde, aber es schien, als ob die Stöße abflauen würden. Dafür näherte sich von Ferne ein Grollen, das mit nichts zu vergleichen war, was sie jemals gehört hatte.

Sie folgte den Blicken der Menschen um sie herum und den ausgestreckten Armen, die alle auf den Berg am Ende der Tracts zeigten.

Der Berg setzte sich in Bewegung. Der Hang rutschte ab, und mit ihm Felsen, Bäume und Wälder. Eine gewaltige Geröllawine stürzte ins Tal, auf der einen Seite in den Fluss, auf der anderen genau auf die Grenze von Brenny's Garden.

Die Stelle, an der Jacob gerade die Steine setzte.

Darjeeling Desaster

Bettina rannte, und es ging um ihr Leben. Und das von Jacob, wie sie sich zu ihrem maßlosen Entsetzen eingestehen musste.

Die Schreie, das Donnergrollen, der Wind in den Wipfeln der Bäume, all das wurde zu einem dumpfen Hintergrunddröhnen in ihren Ohren. Sie keuchte die Anhöhe hinauf und hielt auf die Ställe zu.

Blutüberströmte Arbeiter liefen ihr entgegen, Schock und Panik in den Augen. Einige humpelten und wurden gestützt, andere rannten einfach nur davon, irgendwohin, um dem Grauen zu entkommen. Ein einzelnes Rad rollte ihr entgegen, schlingerte vorbei und zerschellte an der Einfriedungsmauer der Veranda. Das Waschhaus war nur noch ein Haufen Bretter.

Das Haus selbst stand, genau wie die Anbauten. Aber das Dach der Veranda hing schief herab, und ein Fuder Ziegel war auf dem Boden zerschellt. Sie würde sich die Schäden später ansehen.

Juggernath hatte die Ställe geöffnet. Die Pferde waren verschwunden. Nur Muddy stapfte etwas ratlos durch das Gemüsefeld hinter den Ställen.

Das war gut für die Pferde, aber schlecht für das, was Bettina vorhatte. Sie beugte sich vornüber und hielt die Fäuste keuchend in die Seiten gestemmt, um erst einmal zu Atem zu kommen. Das Beben hörte auf, es musste Minuten gedauert haben und war von einer Intensität gewesen, die alles in den Schatten gestellt haben musste, was diese Männer jemals erlebt hatten.

Ab und zu zitterte der Boden noch unter ihren Füßen, aber das Schlimmste war vorüber. Doch der Schaden, der angerichtet worden war, konnte noch gar nicht erfasst werden.

Juggernaths Gesicht war aschfahl unter der Bräune.

»Wo sind Mahesh und Sunima?«, presste sie heraus.

Die Hände des Mannes zitterten, als er nach seinem Turban griff, um den Sitz zu prüfen.

»Sie wollten ins Waschhaus.«

Bettina richtete sich wieder auf. »Sieh nach, wo sie sind. Ich muss zur Grenze.«

»Zur Grenze?« Juggernath schüttelte bestimmt den Kopf. »Nein, Ma'am. Halbe Berg herunter. Fluss wird groß, Wasser wird groß! Menschen untergehn!«

»Hol Dahul und bringe sie rauf zum Haus.«

»Zu Garden House, Memsahib?«

»Ja«, sagte sie knapp.

»Alle?«

»Alle. Ich muss zur Grenze. Jacob ist dort.«

»Ma'am …«

»Jacob ist dort!«, schrie sie. »Hol den Sattel!«

»Ma'am, bitte! Bitte nicht! Jacob sich helfen, allein. Wasser kommen, alles weg, alles weg! Wir hier, hier helfen!«

Sie zwang sich dazu, ruhig zu atmen. Er hatte recht. An erster Stelle stand, die Verletzten in Sicherheit zu bringen und die Menschen auf der Anhöhe zu versammeln, damit sie im Fall einer Überschwemmung geschützt waren.

»Wie lange?«

»Wie lange, Ma'am?«

»Bis der Fluss kommt.«

Juggernath begriff, dass er Bettina nicht von ihrem Vorhaben abhalten konnte.

»Halb Stunde, nicht mehr.«

»Gut. Das reicht.«

Ohne eine Antwort abzuwarten, lief sie auf Muddy zu, die die Hälfte des Spinats zerstampft hatte und sich gerade an den

Gurken gütlich tat. Erleichtert bemerkte sie, dass sie zumindest ein Halfter trug, an dem sie sie zurück zum Hof zerren konnte.

Ihre phlegmatische Natur war insofern von Vorteil, dass sie sich nicht wie die anderen beiden Pferde auf und davon gemacht hatte. Aber die Eile, mit der sie jetzt gesattelt wurde, ließ sie nervös mit den Hufen scharren.

Endlich konnte sie sich auf sie schwingen. Sie trug immer noch das Kleid, das sie zu Cecilys Ehren angezogen hatte und das natürlich wieder bis über die Knie hochrutschte und den Blick auf die spitzengesäumten, knöchellangen Unterhosen freigab. Aber niemand kümmerte sich dieses Mal um ihre Aufmachung. Eine Katastrophe war geschehen. Das rückte die Dinge an den Platz, an den sie gehörten.

Sie hieb die Fersen in Muddys Flanken und trabte die Anhöhe hinunter, wobei sie sorgfältig darauf achtete, den vielen Menschen auszuweichen, die sich auf den Weg machten, um einen höher gelegenen Punkt zu erreichen.

Viele waren verletzt, alle waren geschockt. Die meisten hatten ein Bündel bei sich, mit dem sie noch schnell ihre wenigen Habseligkeiten retteten. Sie rannten aneinander vorbei, überholten sich oder halfen und stützten sich gegenseitig. Die Todesangst stand vielen ins Gesicht geschrieben.

Bettina ritt nach unten und dann in die Teefelder, preschte über die schmalen Pfade und trieb Muddy zum Äußersten an, was bei ihr ein langsamer, gemächlicher Galopp war.

Je näher sie dem Berg kam, desto deutlicher wurde das Ausmaß der Verwüstung. Wie eine riesige, blutende Wunde lag die Erde an der Abbruchstelle bloß. Ein gewaltiges Dreieck hatte sich mit der Spitze nach oben gelöst und war herabgerutscht. Alles, was sich dieser Wucht in den Weg gestellt hatte, war verschlungen oder mitgerissen worden. Bäume ragten grotesk aus den Halden, manche mit den Wurzelballen nach oben. Gut die

Hälfte der beiden Tracts, die am Fuß des Berges lagen, waren von der Erdwalze verschüttet worden und zu einem großen Teil verloren.

Sie versuchte, sich anhand der Lage der Felder ungefähr zu orientieren. Dabei geriet die andere Seite der Anhöhe aus dem Blick. Hinter dem Ausläufer des Berges schlängelte sich der Fluss entlang, einer der vielen Zubringer und Wasserstraßen zum Brahmaputra. Juggernath hatte die Gefahr ziemlich genau auf den Punkt gebracht: Wenn es einen ähnlichen Erdrutsch auf der anderen Seite gegeben hatte, musste er sich in den Fluss ergossen haben und dessen Lauf wie mit einem Staudamm aufhalten. Irgendwann würde er über die Ufer treten und den Rest von Brenny's Garden überschwemmen.

Sie ahnte, dass eine gnädige Macht sie in diesem Augenblick daran hinderte, den Verstand zu verlieren. Das dumpfe Hämmern von Muddys Hufen und das Pochen ihres rasenden Herzens gaben den Takt ihrer Gedanken vor. Nicht, nicht noch einmal, bitte.

Die Ohnmacht und die schreiende Verzweiflung, die sie bei Ewans Tod erfasst hatte, war wieder da. Dieses Mal aber angepeitscht von dem rasenden Willen, das Schicksal zu wenden, etwas zu verhindern, nicht zu spät zu kommen, nicht noch einmal, bitte.

Sie fühlte die Tränen nicht, die ihr der Wind aus den Augenwinkeln über die Schläfen trieb. Auch nicht die Schmerzen in ihren verkrampften Händen, die die Zügel hielten. Muddy spürte, dass dies einer der Momente war, in denen sie etwas über sich hinauswachsen sollte, und legte an Tempo zu.

Sie hatte die Ausläufer des Erdrutsches erreicht, und es ging nicht mehr weiter. Erde und Geröll türmten sich zu einer hohen, unüberwindlichen Masse auf, vor der das Pferd buchstäblich in die Knie ging.

Bettina sprang ab, verknotete den Rock an der Hüfte und stapfte los.

»Jacob!«, schrie sie. »Wo bist du?«

Totenstille.

Nur der Wind rauschte über dem verwundeten Berg. Es war, als ob die Natur den Atem angehalten hätte. Kein Vogel schrie. Kein Tier raschelte davon. Alles war in Schockstarre gefallen, nur sie kämpfte sich durch das Geröll, durch Wurzeln, Dornen, Gebüsch und Erde.

»Jacob!«

Die Grenze der Plantage war nicht mehr zu erkennen. Das gesamte Terrain hatte sich verschoben. Sie drehte sich um – Muddy begann, sich an den Teepflanzen gütlich zu tun. Weit hinten, umgeben von grünen Feldern, erkannte sie die Anhöhe und das Haus. Die Zerstörung war aus der Entfernung kaum zu erkennen. Aber sie wusste, dass dieser Eindruck trügerisch war.

Entschlossen nahm sie den Kampf wieder auf. Die Zeit rannte ihr davon. Sie ahnte, dass jede Verzögerung tödlich enden konnte. Dann, wenn der Fluss ausbrach und sich in das Tal ergießen und alles mit sich reißen würde.

»Jacob!«

Ihre Stiefel versanken in der roten Erde. Dornen rissen ihr die Haut auf, immer wieder musste sie über entwurzelte Bäume klettern. Manchmal gaben die Äste nach oder brachen unter ihrem Gewicht. Einmal stürzte sie in ein Loch, das von den Zweigen einer Zeder bedeckt gewesen war. Sie arbeitete sich heraus mit beinahe übermenschlichen Kräften, getrieben durch den einzigen Gedanken, dass sie ihn finden musste. Tot oder lebendig.

Das Vorwärtskommen wurde immer schwieriger, je weiter sie sich der Abbruchstelle näherte. Das Gelände stieg steil an.

Ständig rutschte die Erde unter ihren Füßen weg. Der Schweiß rann ihr in Strömen über den gesamten Körper und biss in den Augen, sodass sie sie immer wieder mit einem Zipfel ihres Rocks trocknen musste. Ihre Arme waren von blutigen Kratzern und Striemen übersät, ihre Hände bluteten. Ein Ast, den sie gerade zur Seite geschoben hatte, federte zurück und peitschte ihr ins Gesicht. Sie schrie auf vor Wut, Schmerz und Angst.

»Hier!«

Sie erstarrte.

»Jacob?«

»Hier!«

Ihr Herzschlag schnellte hoch in einem Tempo, dass ihr beinahe die Luft wegblieb. Der Ruf war von links gekommen. Sie musste sich mehr in Richtung des Flusses bewegen.

»Jacob?«

Keine Antwort.

Sie arbeitete sich durch den zerfetzten Wipfel einer Zeder, die kopfüber von den Geröll- und Erdmassen mitgeschleift worden war. Ein heller Fleck leuchtete inmitten des Grüns. Sie schlüpfte durch die Äste hindurch und sah eine Gestalt, halb unter Erdmassen, Steinen und Geröll begraben – Jacob.

»Ich bin gleich da!«, rief sie und verfluchte den rutschigen Boden, der verhinderte, dass sie schneller bei ihm sein konnte.

Endlich hatte sie ihn erreicht und fiel vor ihm auf die Knie. Das Hemd hing ihm nur noch als blutbefleckter Fetzen vom Leib. Den Turban hatte er verloren, schwarze lange Haare fielen schlammverkrustet auf seine Schultern. Er hatte die Augen geschlossen und atmete nur flach. Sein linkes Bein war von einem schweren Ast eingeklemmt worden. Ihre Hand schwebte über seiner Brust, aber sie ließ sie sinken.

»Jacob!«

Er öffnete blinzelnd die Augen. Ein ungläubiger Blick traf

sie, und sofort versuchte er, sich aufzurichten. Diese Unvorsichtigkeit wurde mit starken Schmerzen bestraft, denn er sank mit einem Stöhnen zurück.

»Vorsicht. Sie haben sich mindestens das Bein verrenkt.«

»Mindestens.«

Er sah sich um, und sein schmales, scharf gezeichnetes Gesicht verdüsterte sich.

»*Laanat hai*[76]«, stieß er hervor. »Welcher *Shaitaan*[77] hat das angerichtet?«

Er versuchte aufzustehen, aber erst einmal musste er sein verletztes Bein befreien. Bettina wagte nicht, ihn zu berühren, um die Schmerzen nicht noch schlimmer zu machen.

Endlich konnte er sich aufsetzen. Mit beiden Händen strich er die Haare zurück und sah sich um, aber sein Turban war weg. Er sah jünger aus, verletzlicher. Die Verwüstung breitete sich vor seinen Augen aus, und ein düsterer Schatten legte sich über seine Züge.

»Wir müssen weg«, sagte sie.

Er nickte. Als sie die Hand ausstreckte, um ihm aufzuhelfen, wies er das Angebot mit einem unwilligen Kopfschütteln zurück.

Sein halb entblößter Körper verwirrte sie. Das zerrissene Hemd bedeckte nur noch eine Schulter und gab den Blick frei auf eine bronzefarbene Haut, die sich über seine Muskeln spannte. Blut lief von einer Stirnwunde hinter dem Ohr seinen Hals hinunter.

»Die Grenzsteine«, sagte er.

Erst jetzt schien er zu bemerken, in welcher Verfassung er sich befand. Mit zusammengebissenen Zähnen zog er das zer-

---

76 Verdammt
77 Teufel

rissene Hemd über die Schulter. Dann legte er beide Handflächen auf die Erde und versuchte, sich in eine Position zu bringen, aus der es ihm gelingen könnte aufzustehen.

Bettina erhob sich und reichte ihm erneut die Hand. Wieder ignorierte er sie, und er fiel mit einem unterdrückten Schmerzenslaut zurück in seine ursprüngliche Position.

»Wir müssen weg.« Ihre Stimme hörte sich fremd und heiser an. »Weiter hinauf oder zurück zu Brenny's Garden. Sonst sterben wir.«

Er sah zu ihr hoch. Ihre Blicke trafen sich. Es war, als hätte jemand einen Vorhang zwischen ihnen zur Seite geschoben und den Weg freigemacht für das, was ehrlich und ernst war in diesem Moment. Sie befanden sich in Todesgefahr, der sie nur gemeinsam entrinnen konnten. Es war ein Pakt, den dieser Blick schloss. Einer würde sich auf den anderen stützen. So lange, bis die Gefahr vorüber war. An das Danach zu denken blieb keine Zeit.

Er hielt ihr seine Hand entgegen, und sie griff zu. Mit einem unterdrückten Stöhnen kam er auf ein Bein, strauchelte und wurde von ihr festgehalten. Sie spürte, wie seine Arme sich um sie schlossen, so wie damals in der Bibliothek, und dass die Anspannung, die sie bis hierhergetragen hatte, einer Schwäche wich, die ihr fast den Atem raubte.

Ihr Gesicht lag an seiner Brust. Sein Herzschlag und die Wärme seiner Haut waren von einer verwirrenden Intensität. Ihre Hände fanden sich auf seinem Rücken wieder und strichen, ohne dass sie es wollte, über den Schwung seiner Schultern und Hüften. Sie hörte, wie er scharf einatmete. Sein Griff wurde fester, er zog sie näher zu sich heran. So nah, dass sie spürte, wie sich seine Muskeln anspannten und sie das Gefühl hatte, in einen Sog hinabgezogen zu werden, in dem sie zu versinken drohte.

»*Priy*«, flüsterte er an ihrem Ohr.

Seine linke Hand löste sich und fuhr sanft durch ihre Haare, die verfilzt und nass vom Schweiß in ihrem Nacken klebten. Es war nicht wichtig. Nichts war wichtig, nur dieser eine, einzige Augenblick, der nie wiederkehren würde, wenn er vorüber war.

Sie hob den Kopf, weil sie ihn ansehen wollte und etwas sie dazu trieb, ihm ihren Mund anzubieten. Seine Lippen, schmal und kühn geschwungen, näherten sich. Sie spürte seinen Atem auf ihrer Haut und eine Sehnsucht, so wild und zügellos, wie sie sie noch nie gefühlt hatte. Noch nicht einmal bei Scott Ewan. Dies war anders. Nicht getrieben von kindischer Wut und spöttischer Herausforderung. Dies war echt und das Einzige, was sie in diesem Augenblick wollte.

Doch statt sie zu küssen, streiften seine Lippen nur sacht ihre Wangen. Er löste sich behutsam aus der Umarmung und nahm sie fort wie ein wärmendes Tuch. Augenblicklich fröstelte sie.

»Es geht los.«

»Was?«, fragte sie und musste erst ihre Sinne wieder beisammenhaben.

Und da hörte sie es: ein Rauschen von Ferne, das in ein Brüllen überging.

»Der Fluss holt sich das Tal.«

Entsetzt drehte sie sich um und sah in die Richtung, in der das Garden House und die Coolie Lines standen. Erst jetzt wurde ihr klar, was das bedeutete.

»Ich habe alle hinaufgeschickt«, sagte sie und hatte Angst, dass ihr die Stimme versagen würde.

Eine unsagbare Kälte kroch in ihr hoch und ließ sie zittern. Sie entdeckte Muddy weiter unten wie erstarrt in den Teepflanzen stehen, nur ihr Schweif zuckte und schlug links und rechts auf ihre Flanken. Sie registrierte die Coolie Lines am Fuß der Anhöhe und wusste, dass nichts mehr von ihnen bleiben würde.

Und sie bemerkte, wie eine Welle aus Schlamm und Wasser hinter dem Berg hervorbrach und sich rücksichtslos ihren Weg in die Tracts bahnte.

Sie hielt die Hand vor den Mund, um nicht laut aufzuschreien, als die Flut Muddy erfasste und das Pferd unter fürchterlichen Schreien in der Flut versank. Das grüne Tal wurde in Minutenschnelle von einem braunen Leichentuch bedeckt. Noch mehr Erde rutschte nach. Jacob packte sie und humpelte auf einen zerborstenen Baum zu, der sich in den Geröllmassen verkeilt hatte. Mit seiner Hilfe erklomm sie einen dicken, tragenden Ast in zwei Metern Höhe, während er sich weiter unten in den Zweigen verbarrikadierte, so gut es ging.

Die Flut umspülte den Fuß des Berges und erfasste alles, was sich ihr in den Weg stellte. Sie stieß einen gellenden Schrei aus, als die Welle auch ihren Baum erreichte und ihn schüttelte, als wäre er ein Bündel Reisig.

»Ganz ruhig!«, rief Jacob, dem das Wasser buchstäblich bis zum Hals stand.

Sie beugte sich herab und hielt ihm wieder ihre Hand entgegen.

»Versuch es! Du musst höher hinauf!«

Er packte sie, und mit ihrer Hilfe gelang es ihm, einen halben Meter weiter höher zu klimmen. Keine Sekunde zu spät, denn die nächste Flutwelle rollte heran. Holz splitterte und krachte. Ein ohrenbetäubender Lärm, ein gewaltiges Schleifen, Gurgeln und Donnern begleiteten diesen Ausbruch. Es machte fassungslos, zu welch einer Lawine sich Fluss und Berg zusammengeschlossen hatten. Vor ihren Augen rutschten Steinbrocken bergab, überschlugen sich entwurzelte Zedern, ergab sich die Erde dem reißenden Fluss, der sich wie ein Raubtier über die Ebene hermachte.

Jacob hatte sich einen Meter unter ihr in einer Astgabel in

Sicherheit gebracht. Schweigend betrachteten sie, wie Brenny's Garden Opfer dieser Verwüstung wurde. Mehr als Dreiviertel der Tracts waren geflutet, und sie hoffte inständig, dass Dahul und Juggernath alle Arbeiter aus den Coolie Lines rechtzeitig in Sicherheit gebracht hatten.

Die Welle rollte aus, das infernalische Mahlen und Schleifen ebbte ab zu einem gurgelnden Plätschern, das von den Rinnsalen kam, die die Flut zurückließ.

Vorsichtig kletterte sie herab und setzte sich neben Jacob, der auf das überflutete Land sah, als könnte auch er nicht begreifen, was sich gerade vor seinen Augen abgespielt hatte. Sie suchte die Felder nach Muddy ab, aber sie konnte sie nicht entdecken. Der Schlamm hatte alles unter sich begraben. Am Ende des Tracts, dort, wo die Welle verebbt war, hatten sich die entwurzelten Teepflanzen aufeinandergetürmt wie ein Wall.

Und in diesem Wall flatterte, so verschmutzt, dass es kaum noch zu erkennen war, ein gelbes Nachthemd mit einem roten Band.

Ohne zu wissen, was sie tat, krallten sich ihre Finger in Jacobs Arm. Sie drehte sich in die Richtung, aus der die Flut gekommen war und nun langsam abebbte, wobei sich das ganze Ausmaß ihrer Zerstörung erst noch offenbaren würde.

Etwas, das aussah wie eine sehr große Kiste, lag kopfüber im Schlamm. Vier Räder, zum Teil zerborsten, wiesen himmelwärts.

Jacob war ihrem Blick gefolgt.

»Eine Tonga«, sagte er. »Es muss sie auf der Brücke erwischt …«

Er brach ab, weil Bettina aufschluchzte. »Das ist Cecilys Kutsche.«

Und dann, als ob Konventionen und Etikette mit einem Mal wieder eine Rolle spielen würden, setzte sie hinzu: »Ich meine, Mrs Monroy.«

Er legte den Arm um ihre Schulter. Vorsichtig und bereit, ihn jederzeit wieder zurückzuziehen.

»Es tut mir so leid«, sagte sie unter Tränen. »Was ich gesagt habe. So leid.«

Er machte einen beruhigenden Laut, der seine Wirkung aber völlig verfehlte. Das heulende Elend brach sich Bahn.

»Sie war die Einzige, die ehrlich zu mir war. Und sie hat etwas gesehen, vor dem sogar ich blind gewesen war.«

»Nicht«, sagte er leise.

»Ich wollte Schaden von Ihnen abwenden. Sie sollte glauben, dass …« Sie verstummte, weil sie die Worte nicht über die Lippen brachte.

»Dass Sie niemals Ihren Ruf für jemanden wie mich aufs Spiel setzen würden.«

Sie schlug die Augen nieder und nickte.

»Warum sollte es Ihnen also leidtun, wenn es die Wahrheit ist?«

Er machte eine Bewegung und stöhnte leise auf. Aber sein Arm blieb liegen. Sie wertete das als Zeichen, dass er sie charakterlich noch nicht ganz verloren gab.

»Im Garten des Elgin Club«, sagte sie, »gibt es einen Pavillon. Das ist der einzige Ort, an dem sie sich treffen können. Paare, denen es verboten ist, ein Paar zu sein. Warum herrscht eine so große Angst davor, wenn die Liebe ihre eigenen Wege geht?«

»Weil eigene Wege schon immer etwas Gefährliches waren. Wer die Obrigkeit nicht anerkennt, stellt vielleicht noch ganz andere Dinge infrage. Zum Beispiel, was die Briten in diesem Land eigentlich verloren haben. Warum auf der ganzen Welt Völker versklavt werden, um einige wenige reicher und reicher zu machen.«

»Mache ich das auch?«

Sie sah ihn wieder an. Sein Blick war in die Ferne gerichtet, und sie folgte ihm, über die Tracts hinaus in Richtung Anhöhe. Die ganze Plantage war ein einziger verschlammter See. Sie würden ein Boot brauchen, um zurückzukommen. Oder sie mussten so lange ausharren, bis das Wasser zurückgegangen war.

»Ja«, sagte er schließlich. »Das machen Sie auch.«

»Das war das Lebenswerk meiner Großmutter. Zerstört in weniger als einer Stunde. Ich habe hier von morgens bis abends geschuftet und alles, was ich besessen habe, hineingesteckt. Ist das nichts wert? Gar nichts?«

Er zog den Arm weg und wechselte die Position, um seinem verletzten Bein etwas Erleichterung zu verschaffen. Vielleicht auch, um wieder Abstand zwischen sie zu bringen.

»Doch. Im Vergleich zu der Rechtlosigkeit ist Ihre Auffassung von Menschenwürde ein gewaltiger Fortschritt.«

»Jacob, ich kann nichts dafür, in welche Verhältnisse ich hineingeboren wurde.«

»Wir auch nicht«, gab er zurück.

Sein Gesicht verschloss sich. Er hob die Hand über die Augen und blickte hinunter ins Tal.

»Wir werden noch einige Zeit hier verbringen müssen.«

»Ja«, antwortete sie und wusste nicht, warum sie so maßlos enttäuscht war.

Was hatte sie erwartet? Dankbarkeit, dass sie ihr Leben aufs Spiel gesetzt hatte, um seines zu retten?

So wie er nun zurückgelehnt an dem Baumstamm auf der Astgabel saß, das gesunde Bein angewinkelt, den rechten Arm übers Knie gelehnt, war seine Nähe fast körperlich zu spüren. Als ob eine Hitze von ihm ausging, die sie zu versengen drohte.

Sie wandte sich ab, um ihn nicht mehr ansehen zu müssen.

Die Sonne ging unter und warf ihren Schein wie ein goldenes Vlies über das verwüstete Land. Aus dem riesigen braunen See ragten an manchen Stellen die Spitzen der Teepflanzen. Baumstämme, Hölzer und ineinander verkrallte Büsche bildeten bizarr geformte Inseln.

Nach dem Schock meldete sich die Erschöpfung. Ein leichter Wind wurde spürbar und trug den Geruch von nasser Erde und frischem Holz mit sich. Sie sehnte sich nach einem Stück Brot und einem Schluck Wasser.

Und mit dem Wind kam die Trauer. Um Cecily, um Muddy, und um die Menschen, von denen sie noch nicht wusste, welches Schicksal sie ereilt hatte. Um Brenny's Garden, der ein brauner Sumpf geworden war, auf dessen Grund Verwesung und Tod lauerten. Um das Ende ihrer Träume, um alles, was sie verloren hatte und noch verlieren würde.

Sie stand vor dem Nichts. Wie sollte aus dieser Verwüstung jemals wieder eine Teeplantage entstehen? Wie sollte sie Bigett sagen, dass seine Lieferung in den braunen Fluten des Brahmaputra untergegangen war? Noch eine Saison würden sie nicht durchhalten.

Sie dachte an die kleine Diamantbrosche, das Letzte, was ihr von Helene geblieben war. Wenn sie sie verkaufen würde, könnte das Geld gerade noch für eine Rückfahrkarte reichen. Und dann? Casper, Paula und Sabine unter die Augen treten und sagen, dass alles, was sie ihr anvertraut hatten, verloren war?

»Wir sollten versuchen, etwas zu schlafen.«

Jacob wechselte gerade mühsam die Position.

»In ein paar Stunden, im Morgengrauen, können wir versuchen, uns durchzuschlagen.«

»Wie geht es Ihrem Bein?«, fragte sie.

»Als ob ein mittlerer Felsbrocken darüber gerollt wäre«, gab er mit einem gequälten Grinsen zur Antwort.

Sie nickte, zog die Knie an und umschlag sie mit ihren Armen.

»Ist Ihnen kalt?«

Sie schüttelte den Kopf.

»So können Sie sich aber nicht ausruhen. Kommen Sie her, Sie können meinen Platz haben.«

»Schon gut«, gab sie zurück. »Ich sitze ganz ausgezeichnet.«

»Sie fallen herunter, wenn Sie die Augen schließen. Und die Cheetahs kommen schon zurück.«

Augenblicklich war sie hellwach.

»Wo?«

Er wies auf eine etwas größere Mulde, die sich ungefähr dort gebildet hatte, wo sich einmal die Grenze der Plantage befunden hatte. In den letzten milden Strahlen der untergehenden Sonne bemerkte sie eine Bewegung. Die geduckte, schleichende Gestalt einer Raubkatze auf Beutezug.

»Gut«, sagte sie und richtete sich auf.

Vorsichtig kletterte sie zu ihm. Er rückte zur Seite, und sie setzte sich auf den Platz, den er gerade freigemacht hatte. Er war nah. Beunruhigend nah.

Was zum Teufel geschah gerade mit ihr? Jacob hatte sie verlassen, quasi bei Nacht und Nebel, durch die Hintertür. Und sie war ihm gefolgt, aus reiner Sorge um sein Leben. Mehr war nicht gewesen. Und doch hatte sie das Gefühl, dass so viel Ungesagtes zwischen ihnen stand.

»Jacob«, sagte sie.

Und er, zur gleichen Zeit: »Memsahib.«

Die Luft zwischen ihnen schien zu Glas zu werden. Die Sekunden dehnten sich zur Ewigkeit. Sie hob die Hand, um ihn daran zu hindern, mehr zu sagen, da hatte er sie schon ergriffen und zwischen die seinen gebettet, ohne den Blick von ihr zu wenden. Er hob sie an seine Lippen und küsste die Innenfläche.

So zart die Berührung auch war, sie vervielfachte Bettinas Herzschlag augenblicklich. Hatte ihr bei Ewan die ungestüme

Leidenschaft jeden klaren Gedanken aus dem Kopf getrieben, stolperte sie nun sehenden Auges in ein viel intensiveres, sinnlicheres Verhängnis.

Der Blick aus seinen dunklen Augen schien sie zu verbrennen. Mit der anderen Hand umfasste er sanft ihren Nacken und zog sie zu sich heran.

Sie sollte sich wehren.

Schreien.

Wegrennen. Weg, weg, weg vor dem, was ihr gleichzeitig Angst und eine so überwältigende Sehnsucht einjagte, dass sie die Augen schloss. Sein Mund traf ihre Lippen so sanft wie die Flügel eines Schmetterlings. Dann öffnete er sie und begann ein zartes Spiel voller Verlangen und Hingabe, das sie beantwortete, als hätte sie ihr Leben lang auf diesen Kuss gewartet.

Er zog sie an sich, ohne dass sich ihre Münder voneinander lösten. Sie glitt in die Umarmung hinein, spürte, wie seine Hände ihren Rücken hinunterwanderten und sie näher an ihn heranzogen, spürte die Härte seines Körpers, die sie erschauern ließ. Ihr Keuchen mischte sich mit seinem und wurde zu einem einzigen Laut des Begehrens. Sie stand in Flammen, und statt weg, weg, weg war ihr Hirn nur noch in der Lage, mehr, mehr, mehr zu denken.

Er löste sich von ihr und zog ihren Kopf sanft an seine Brust, wo sein Herzschlag hämmerte.

»Ein Kuss«, flüsterte er. »Das war alles. Alles, woran ich denken konnte, als ich dich zum ersten Mal gesehen habe.«

Sie lag mit der Wange auf der seiner nackten Haut und wagte nicht, die Augen zu öffnen.

»Im Elgin Club war das, als du mit deinem Vater gekommen warst, um Brenny's Garden zu verkaufen.«

Sie nickte und berührte mit ihrer Hand seinen Unterarm. Sofort verhärteten sich seine Muskeln, um sich, als er bemerkte, dass sie ihn nicht fortstoßen wollte, augenblicklich zu entspannen.

»Und dann finde ich dich auf einmal halb tot in den Bergen. Ich hob dich hoch und hielt dich im Arm, leicht warst du, wie ein Vogel.«

Er beugte sich herab und küsste sie aufs Haar.

»Ich hätte dich bis ans Ende der Welt getragen.«

Sie konnte nicht anders. Ihr Mund küsste die Stelle, an der er sich gerade befand, und wanderte hoch zu seinem Schlüsselbein, bis zum kühnen Schwung seines Kinns, um endlich seine Lippen zu finden. Dieser Kuss war mehr. Er ging über in eine leidenschaftliche Umarmung, bei der jeder den Körper des anderen erkundete, soweit es die Kleider und eine letzte Grenze der Schicklichkeit zuließen. Seine Hände folgten den Linien und Schwüngen ihrer Taille, glitten zu den Hüften hinunter und strichen über Oberschenkel und Kniekehlen. Ein Stöhnen drang aus ihrer Kehle, das ihr fremd war und nicht zu der Frau gehörte, die sie bisher gewesen war.

»Du hast mich fast in den Wahnsinn getrieben«, flüsterte er. Jedes Wort war wie eine sanfte, verführerische Berührung. »Immer, wenn wir zusammen in einem Raum waren, konnte ich kaum noch an etwas anderes denken, als dieses Haar zu berühren, diesen Mund zu küssen, diese Haut auf meiner zu spüren.«

Sie erwiderte seinen Kuss und merkte, dass sie mutiger wurde, was seine Leidenschaft noch mehr zu entfachen schien. Seine Hände berührten Stellen ihres Körpers, die sie kaum selbst je zu erkunden gewagt hatte. Als sie unter ihren Rock glitten, hielt er inne.

»Wir müssen aufhören.«

Seine Stimme klang heiser.

»Ich gäbe alles, um dich zu besitzen. Aber es geht nicht.«

Bettina musste ihre sämtliche Kraft zusammennehmen, um

zu nicken. Er zog sich zurück und nahm sie in die Arme. Ein sanfter Kuss berührte ihre Schläfe.

»Verzeih mir«, sagte er. »Ich wollte das nicht.«

»Aber ich«, hörte sie sich zu ihrem eigenen Erstaunen sagen.

Sie fühlte sich so begehrt wie nie. Alles in ihr sehnte sich danach, diese von der Welt gestohlenen Stunden mit Erinnerungen zu füllen, auf die zu hoffen sie nie gewagt hatte.

»Ich wollte es. Egal, was die Leute über uns denken. Egal, wohin ...«

Sein Zeigefinger legte sich auf ihre Lippen und verschloss sie.

»Es ist nicht egal. Ich kann gehen, aber du musst bleiben, um das alles hier wiederaufzubauen.«

Etwas Kaltes, Hartes bohrte sich in ihr Herz.

»Was soll das heißen?«

»Das heißt, dass wir keine Zukunft haben. Du weißt es genauso gut wie ich. Was uns blüht, wäre ein Leben als Außenseiter, als rettungslos Verlorene. Ausgestoßen in die Schatten der Würdelosigkeit. Das werde ich nicht zulassen.«

»In Deutschland ...«

»Auch in Deutschland. Überall.«

Er sah sie an, und in seinem Blick lag die Entschlossenheit, sich durch nichts von diesem Weg abbringen zu lassen.

Sie strich sich die verklebten Haare zurück und ordnete ihre Kleider, als ob sie rückgängig machte, was gerade geschehen war. Aber das ging nicht. Damit täuschten sie sich nur gegenseitig etwas vor.

»Du gehst zu deiner Familie? Zu Frau und Kindern?«

Er stieß einen überraschten Laut aus. »Wie kommst du denn darauf?«

»Juggernath hat das gesagt.«

»Kann es sein, dass er dich vor einer Dummheit bewahren wollte? Ich habe keine Frau und auch keine Kinder.«

Sie biss sich auf die Unterlippe. Hatte sogar ihr Stallmeister geahnt, dass zwischen der Memsahib und dem Sekretär etwas geschah, das man mit allen Mitteln verhindern musste?

Er zog sie an sich. Die Umarmung war wie nach Hause kommen nach einer langen, erschöpfenden Wanderung.

»Es gibt keinen Ort auf dieser Welt, der uns gestattet, glücklich miteinander zu sein. Aber du wirst einen Mann finden, heiraten, Kinder bekommen, ein gutes Leben führen. Dein Tee wird die Welt erobern. Deine Plantage wird blühen und gedeihen. Du wirst dein Glück finden.«

Wieder ein sanfter Kuss, der sie vor Trauer und Verlangen fast um den Verstand brachte.

»Für dieses Glück, Bettina, stehe ich mit meiner Ehre.«

»Dann bleib.«

Kopfschüttelnd strich er ihr zärtlich über die Wange, und sie schmiegte sich in seine Berührung, als hätte sie ihr ganzes Leben nichts anderes getan.

»Nichts würde ich lieber tun. Aber es wäre der reine Egoismus. Ich würde dich dem Furor eines unbarmherzigen Mobs ausliefern. Noch sind es Gerüchte. Aber wenn wir auch nur einen Schritt weiter gehen, werden es Anklagen.«

Er küsste sie. Die Grenze zwischen dem, was zulässig war, und dem, was sie zugelassen hätte, er hatte sie wieder gezogen. Sie wusste, dass sie ihm eines Tages dafür dankbar sein würde und dass er mit allem, was er gesagt hatte, richtiglag.

»In welchen Zeiten leben wir?«, fragte sie leise, als er sich von ihr löste und ihr tief in die Augen sah. »Ob das jemals anders wird?«

»Nur mit Menschen wie dir.«

Die Dämmerung senkte sich herab. Das weite Land versank im Dunst der aufsteigenden Nacht. Jacob hielt sie im Arm, als die Dunkelheit kam, und er ließ sie nicht mehr los. Ein bleicher

Halbmond beschien die Stätte der Verwüstung, in der es keine Hoffnung zu geben schien – weil die Natur gnadenlos war, und der Mensch auch.

Müdigkeit, Erschöpfung und das Gefühl, diesen letzten Moment der Geborgenheit auskosten zu wollen bis zur Neige, ließen sie sich in den Schlaf sinken. Bis ein Fackelzug aus der Ferne sich langsam auf sie zubewegte und laute Rufe sie hochschrecken ließen.

Sie war allein.

Er hatte sie in die Astgabel gebettet und war gegangen.

Dahul lief an der Spitze des Zuges und rief immer wieder: »Memsahib! Memsahib!«

Mühsam kam sie auf die Beine und musste erst das Gleichgewicht wiederfinden. Dreck- und blutverkrustet, mit zerrissenen Kleidern und verwirrten Haaren und einer Trauer im Herzen, von der sie nicht wusste, ob sie sie jemals verlieren würde, richtete sie sich auf.

»Hier!«, schrie sie.

»Memsahib!«

Aufgeregte Rufe begleiteten seine Antwort.

Sie fühlte sich noch lange nicht bereit, der Welt wieder gegenüberzutreten, aber es musste sein. Vorsichtig tastete, hangelte und kletterte sie von dem Baum hinunter, bis sie wieder festen Boden unter den Füßen hatte.

Ein schnaubendes Wiehern begrüßte sie.

»Muddy!«

Die samtweichen Nüstern des Pferdes stupsten sie an. Das Pferd war verletzt und schlammbesudelt, aber es lebte.

Dann tauchte Dahuls grinsendes Gesicht auf, gefolgt von dem Sirdar und Ben, dem Kitmutgar, der so gerne ein Butler sein wollte. Alles sahen abgekämpft aus und am Ende ihrer Kräfte. Schlamm und Erde bedeckten ihre Kleider bis zur

Hüfte, manche hatten unversorgte Wunden, die nach Verletzungen aussahen, die sie sich bei dem Erdbeben zugezogen hatten.

Ein Schrei aus der Kehle eines Kindes. Wie ein Pfeil schoss Mahesh an den Männern vorbei und rannte in Bettina hinein, dass sie fast gestolpert wäre.

»Ist ja gut«, sagte sie und strich ihm über den Kopf. »Ist ja gut. Komm, wir gehen jetzt zurück.«

Er ließ nicht los. Seine Hände verkrallten sich in den Fetzen ihres Kleides, und sein kleiner Körper bebte – er weinte.

Sie sah hoch in Dahuls Gesicht, auf dem das erleichterte Grinsen erlosch.

»Was ist passiert?«, fragte sie.

Dahul wischte sich eine Träne aus dem Augenwinkel. »Juggernath und Sunima, in Waschhaus sein. Balken fall, noch mehr, alles kaputt.«

»Und?«, fragte sie atemlos vor Entsetzen.

»Beide tot sein, Memsahib. Beide tot.«

Der kleine Junge klammerte sich an ihr fest, als ob er sie nie wieder loslassen wollte. Sie schluckte.

»Und sonst? Wie sieht es aus?«

Dahuls Blick wich ihrem aus und suchte die Umgebung ab.

»Er ist fort«, sagte sie leise.

Der Vorarbeiter nickte. Ein tiefer Seufzer kam aus seiner mageren Brust.

»Memsahib, komm und seh.«

Sie nahm Mahesh an die Hand, der schluchzend und mit gesenktem Kopf neben ihr herlief, zurück in eine Zukunft, die düsterer schien als jemals zuvor.

Der zweite Anfang

Cecily wurde nie gefunden.

Man nahm an, dass ein gnädiger, schneller Tod sie ereilte und sie irgendwo viel weiter unten im Fluss ein nasses Grab gefunden hatte. Bettina schrieb an Mr Monroy einen Beileidsbrief, in dem sie den letzten Besuch seiner Frau erwähnte, bekam aber keine Antwort.

Zeit zum Trauern hatte sie nicht. Die Verwüstungen, die das Erdbeben und die anschließende Überschwemmung angerichtet hatte, waren enorm und ließen sich erst nach Tagen der verzweifelten Bestandsaufnahme erfassen.

Vier Tote waren auf Brenny's Garden zu beklagen, dazu unzählige Verletzte. Damit waren sie noch unter den Glücklichen, denn, wie Bettina von durchreisenden Handwerkern und dem Postboten erfuhr, auf anderen Plantagen hatten Beben und Flut noch katastrophaler gewütet. Ihre Entscheidung, die Leute auf die Anhöhe und ins Haus zu bringen, hatte viele Leben gerettet. Nicht alle Planter waren so klug oder so großzügig gewesen, ihre eigenen, erhöht gebauten Anwesen zur Rettung ihrer Leute zur Verfügung zu stellen.

Aber die Coolie Lines waren fast völlig zerstört. Die Räumungsarbeiten begannen sofort, und bis die Quartiere wiederaufgebaut und bezugsfertig waren, ließ Bettina die Arbeiter in und um das Haus herum campieren.

Erstaunlicherweise hatten die Pflanzen in Tract 1 und 2 die Überschwemmung gut überstanden. Nur 3 und 4 hatten schwer gelitten. Nachdem das Wasser abgelaufen war, kümmerten sich die Arbeiter zunächst darum zu retten, was zu retten war.

Jede einzelne Pflanze war wichtig. Sie brauchte drei bis vier

Jahre, bis sie vom Setzling zum Strauch gewachsen und für die Teeproduktion geeignet war. In diesen Tagen stand Bettina bis weit nach Anbruch der Dunkelheit selbst auf den Feldern und legte mit Hand an, um die Pflanzen von Schlick und Geröllresten zu befreien, geknickte Zweige abzuschneiden und sie wieder aufzurichten. Viele waren verloren, aber viele konnten auch gerettet werden.

Es war ein gespenstischer Anblick, die vielen Fackeln in den Feldern und die gebückten, hart arbeitenden Menschen. Aber jede Minute zählte.

Niemand nahm in ihrer Gegenwart das Wort *Dukh* in den Mund. Dabei wäre es eine großartige Gelegenheit gewesen, ihr das Unglück unter die Nase zu reiben. Aber es schien, als ob die Katastrophe den Fluch in etwas anderes umgewandelt hatte. Die Menschen grüßten zurück, sahen sie offen an, kamen mit ihren Problemen zu ihr. Baten sie um Rat, gaben ihr aber auch welchen. Als ob der Bann gebrochen worden wäre, als ob … Sie richtete sich auf und wischte sich mit dreckigen Händen den Schweiß von der Stirn.

Als ob sie wirklich ein Planter wäre.

Ich tue mein Bestes, dachte sie. Ich hoffe, du bist stolz auf mich, egal, wo du gerade bist.

In den folgenden Tagen kümmerte sie sich auch um die Reparatur der Lagerhäuser und ritt mit Muddy auf die Felder, um zwei ihrer vier Ochsen wieder einzufangen.

Die Teekisten für Lord Bigett hatten das Desaster gut überstanden. Einige waren zu Bruch gegangen, die meisten aber hatten in den Lagern auf den Abtransport über den Fluss gewartet, der nach dem Erdrutsch allerdings nicht mehr passierbar war. Das nächste Problem, dem sie sich stellen musste.

»Wird lang dauern«, sagte Dahul stirnrunzelnd.

Sie saß im Contor hinter dem Schreibtisch.

»Wie lange?«

»Viele Brücken kaputt. Kein Weg über Wasser, viel Baum und Holz.«

»Und was ist mit der Bahn?«

Auch die Darjeeling Himalayan Railway war in Mitleidenschaft gezogen worden. Zwar wurden die Reparaturarbeiten unter Hochdruck durchgeführt, aber keiner wusste, wann die nächste Bahn die Stadt erreichen würde.

»Keiner weiß.«

»Ich muss den Tee aber nach Calcutta bringen. Wenn Lord Bigett ihn nicht fristgerecht erhält, bekomme ich das Geld nicht. Und ohne das Geld …«

Sie brach ab. Mit Jacob hatte sie über diese Dinge reden können. Ob Dahul allerdings der richtige Ansprechpartner war, bezweifelte sie.

Und tatsächlich erwachte ein besorgtes Interesse in seinem Gesicht. »Kein Geld?«

»Doch, natürlich. Aber ich muss den Tee abliefern. Wenn wir den Fluss nicht mehr nehmen können, müssen wir ihn irgendwie anders nach Darjeeling zum ersten Zug bringen, der wieder fährt.«

Vier Stunden mit dem Ochsenkarren über Stock und Stein und sich dann um den wenigen Platz in den Güterwaggons streiten – Jacob hätte das gekonnt.

Jacob.

Immer noch war sein Name allgegenwärtig und fiel ihr hundertmal am Tag ein. Mindestens. Ein Reflex, denn wann immer eine Frage oder ein Problem auftauchte – Jacob. Und jedes Mal erneut die bodenlose Enttäuschung, dass er sie verlassen hatte.

Dabei war seine Entscheidung die einzig richtige gewesen. Wie hätten die Arbeiter reagiert, wenn herausgekommen wäre, dass es eine Liaison zwischen der Memsahib und ihrem inoffiziellen Tea Manager gab? Wie würde Dahul sie jetzt ansehen? Wie der Rest der Welt? Das hätte sie noch ertragen. Aber das Damoklesschwert von Denunziation und drakonischer Strafe, dem sie Jacob ausgeliefert hätte, wäre unverantwortlich gewesen.

Jeder Tag war erfüllt von Hunderten von Entscheidungen, die sie treffen musste. Früher hätte sie jede einzelne in Zweifel gestürzt. Jetzt blieb ihr nichts anderes übrig, als selbst die Ärmel hochzukrempeln und mit anzupacken. Nicht immer lag sie richtig. Aber sie hatte begriffen, dass der größte Fehler war, untätig zu bleiben.

»Ma'am?«

Dahul wartete auf eine Antwort.

»Morgen früh bringen wir die Kisten nach Darjeeling.«

Der Kitmutgar nickte mit leuchtenden Augen. Für ihn war klar, dass er diese Reise begleiten würde, und sie wollte ihm die Freude daran nicht nehmen.

Es gab ja schon wenig genug, das die Gemüter aufheiterte. Juggernaths und Sunimas Tod überschattete das Haus. Sie hatte noch keinen neuen Stallmeister ernannt, und bis zu einer weiteren Entscheidung war der Junge wieder im Garden House untergekommen.

Ja, es hatte zu hochgezogenen Augenbrauen bei den Dienern geführt. Und ja, sie wusste, dass auch dies ein Verstoß gegen gängige Regeln war, weiß der Himmel, wer sie geschrieben hatte. Aber der Kleine lebte auf in ihrer Nähe, und nach dem tragischen Verlust seiner Familie wäre sein Schicksal das einer ausgestoßenen Waise gewesen. Niemals hätte sie Mahesh das Joch aufgebürdet, das Arbeitssoll eines Erwachsenen zu erfüllen, so wie Shelby das verlangt hatte.

Also wurde er in einem der Dienstbotenzimmer untergebracht. Mary hätte ihn zwar mit Freuden wieder bei sich aufgenommen, aber auf eine unausgesprochene Weise hatte sich Maheshs Status verändert. In den ersten Tagen traute er sich kaum heraus. Dann aber, als er merkte, dass niemand ihn vertrieb und er allenfalls etwas zu hören bekam, wenn er im Weg herumstand, wurde er kecker. Er wich Bettina bald nicht mehr von der Seite, und es war erstaunlich, wie sehr sie sich freute, ihn zu sehen und sein gekrähtes *»Gooood morning!«* zu hören, die ersten Worte, die er auf Englisch lernte.

Bald nahm er auch die Mahlzeiten gemeinsam mit Bettina ein. Erste Übungen mit Messer und Gabel endeten in einem Gemetzel an unschuldigen Mangostücken, aber er lernte schnell und war von einer ungeheuren Wissbegier getrieben, wie sie nur Kinder hatten, die ahnten, dass sie gefallen mussten, um ihren Aufenthalt in diesem Haus nicht zu gefährden.

Bettina hätte ihm diese Angst gerne genommen, aber noch war es zu früh, mit ihm darüber zu reden. Sie wusste selber nicht, wie es für den Kleinen weitergehen sollte. Marys ebenso vorsichtiges wie diplomatisches Nachfühlen bei den Frauen in den Coolie Lines hatte ergeben, dass keine von ihnen Wert darauf legte, sich mit dem Kind eine weitere Last aufzubürden. Geld hätte die Bereitschaft erhöht. Fünf Rupien pro Woche würden das Problem lösen.

Da Bettina sich als Teil der Ursache sah und sie ahnte, dass es weit mehr als fünf Rupien brauchte, um diese Kinderseele irgendwann zu heilen, beließ sie es erst einmal bei diesem Arrangement.

Die erste Frage, die Mahesh an Bettina richtete, war: »Wohin?«

»Wohin?«, wiederholte sie ratlos.

Er sah sie aus kugelrunden, ernsten Kinderaugen an und wiederholte das Wort.

»Wohin?«

»Gute Frage«, antwortete sie. »Ich habe keine Ahnung. Aber irgendwann werden wir das wissen. Versprochen.«

Er nickte ernsthaft, als ob er verstanden hätte.

»Schmeckt es dir?«

Es gab Hühnercurry, wie immer montags, dienstags, mittwochs und donnerstags. Freitags hatte sie Fisch eingeführt, der anfangs ebenfalls als Curry auf den Tisch gekommen war.

Mahesh sah sie ratlos an. Bettina tat so, als ob sie kauen würde, und stieß dabei genüssliche Laute aus.

Dem Kleinen ging ein Licht auf, und er nickte eifrig.

»*Yes*, Memsahib!«

Ein paar Konserven wären nicht schlecht. Sie würde die Vorräte auffrischen, wenn sie in Darjeeling war. Fleisch, Bohnen, Schildkrötensuppe – schlimmstenfalls auch die, Hauptsache, es gab etwas Abwechslung auf dem Speiseplan.

Und so lief sie am nächsten Morgen hinauf zum Sattelplatz, wo bereits zwei Ochsenkarren, voll beladen mit den Teekisten, auf sie warteten. Die Frachtpapiere trug sie in einer ledernen Umhängetasche bei sich, die wohl schon viele Jahre ihren Dienst tat und noch zu Helenes und Richards Zeiten angeschafft worden war.

Sie mochte das Leder, das unter den vielen Berührungen glatt und geschmeidig geworden war. Außerdem hatten alle Trader und Planter so ein Exemplar bei sich und fühlten sich damit ziemlich wichtig. Sie legte die Tasche vorne auf die Sitzbank und umrundete in respektvollem Abstand zu den beiden angeschirrten Ochsen mit prüfendem Blick das Gefährt.

An einer Ecke war die Plane nicht richtig festgezurrt. Sie trat heran, um das selbst in die Hand zu nehmen. Das Pik Ass leuchtete ihr entgegen, eingebrannt auf der Kiste, darunter schwungvoll die Lettern BRENNY'S GARDEN.

So gerne hätte sie Helene gefragt, was es mit diesem Zeichen auf sich hatte.[78] Und nicht nur das. Immer wieder tauchte auch der Gedanke auf, wie Helene dieses Problem gelöst oder zu jener Frage gestanden hätte. Sie hatten Jahre miteinander gehabt, und sie hätte sie alles fragen können, hatte es aber nicht getan. Anderes war wichtiger gewesen. Die Bälle, die Kleider, die neuen Schuhe … ihr Leben im Teepalast kam ihr im Nachhinein vor wie verschwendete Zeit. Das einzige Mal, als sie sich aufgelehnt hatte, war töricht und unüberlegt gewesen.

Und doch konnte sie sich noch an das Pochen ihres Herzens erinnern, als sie davongelaufen war. An diese atemlose Aufregung und die fiebernde Nervosität, die dieses Abenteuer begleitet hatten. Einmal hatte sie die Freiheit gespürt, auch wenn es nur für wenige Stunden gewesen war.

Kein Wunder, dass dieser Flegel sie übertölpelt hatte. Sie konnte sich kaum noch an seinen Namen erinnern. Aber das triumphierende Lachen, mit dem er sich über die Dächer Bremens davongemacht hatte, klang ihr noch heute in den Ohren.

Das diebische Kateiker.

So hatte man sie genannt. Sie strich mit den Fingerspitzen über das eingebrannte Pik Ass. Es war an der Zeit, dass sie ihren eigenen Tee machte und ihm einen eigenen Namen gab. Kateiker, Eichhörnchen. Das klang gut. Zumindest klang es nicht mehr nach Helene.

Sie hoffte, dass ihm der Diebstahl von Helenes Uhr Glück gebracht und man ihm nicht an der nächsten dunklen Straßenecke die Kehle durchgeschnitten hatte.

Sie schauderte bei dem Gedanken und zurrte mit kräftigen Griffen die Plane über den Kisten fest. Seltsam, dass ihr diese Erinnerung immer öfter ins Gedächtnis kam.

Sie kehrte noch einmal ins Haus zurück und holte die letzten

---

78 Wer es wirklich wissen will, dem empfiehlt sich die Lektüre von *Der Teepalast.*

hundert Pfund aus dem Safe. Das war alles, was noch übrig war, nachdem sie so viele Arbeiter ausgezahlt und fast ein halbes Jahr lang die laufenden Kosten und Reparaturen bezahlt hatte. Das Darjeeling Desaster hatte fast ihre gesamten Reserven gekostet.

Schon auf dem Weg nach draußen machte sie noch einmal kehrt und lief hinauf in Helenes … in *ihr* Zimmer. Sie ging zur Wunderkammer, dem großen Schrank in der Ecke, öffnete ihn und zog die Schublade heraus, in der vor langer Zeit einmal Helenes Uhr gelegen hatte. Dort lag nun die kleine Diamantbrosche. Zehn, vielleicht fünfzehn Pfund wert. Sie hielt sie in der Hand, aber dann legte sie sie zurück und verschloss Schublade und Schrank wieder.

Das Bargeld musste reichen.

Zwei unerwartete Wiedersehen

Draußen nahm Bettina vorne neben Dahul auf dem einen Karren Platz, den zweiten übernahmen zwei grobschlächtig aussehende Kerle aus der Holzwerkstatt, die immer wieder unsichere Blicke zurück in den Schuppen warfen, wo ihre Arbeitskameraden standen und sich wahrscheinlich kichernd in die Seiten hieben.

Eine Ausfahrt nach Darjeeling mit der Memsahib, das war wohl Ehre und Herausforderung zugleich.

Anfangs war sie skeptisch über Dahuls Entscheidung gewesen, ausgerechnet diese beiden mitzunehmen. Sie schienen nicht viel mehr Ahnung vom Führen einer Gharri zu haben als die Ochsen selbst, die sich nur widerwillig in Bewegung setzten. Aber spätestens bei der ersten zerbrochenen Radspeiche wurden alle Zweifel zerstreut. Die beiden hatten alle Werkzeuge dabei und dazu noch die gebräuchlichsten Ersatzteile, sodass die Strecke bis Darjeeling einigermaßen gut bewältigt wurde.

Etwa eine Stunde bevor sie die Stadt erreichten und die beginnende Mittagshitze auf dem offenen Wagen kaum noch zu ertragen war, wurde der Weg breiter. Von überallher tauchten Wanderer auf, meist schwer beladen mit Paketen und Säcken, die sie in oder aus der Stadt trugen. Kleine Einspänner überholten sie, Frauen in bunten Saris machten ihnen Platz oder sprangen überrascht zur Seite, wenn sie sich mitten auf dem Weg zu einem Plausch zusammengefunden hatten.

Hütten tauchten auf, Garstuben, offene Grills. Es roch verlockend, und als Dahul ihren sehnsuchtsvollen Blick richtig deutete und für eine Pause anhielt, kostete sie zum ersten Mal ein Fladenbrot, gefüllt mit Fleisch, Gemüse und einer Soße, die ihr fast die Kehle verbrannte. Sie saßen im Schatten, bis die schlimmste Mittagshitze vorüber war, dann setzten sie den Weg fort. Sie wollte die Eisenbahnstation unbedingt noch vor Anbruch der Dunkelheit erreichen.

Der Verkehr wurde dichter, als zöge diese Stadt die Menschen an wie ein Magnet. Rund um die Railway Station war schließlich kein Durchkommen mehr. Lastkutschen versperrten den Weg. Auch wenn Bettina kein Bengali konnte, die Flüche und Verwünschungen von allen Seiten waren unmissverständlich. Leider halfen sie nicht, das Chaos aufzulösen. Schließlich sprang sie ab und machte sich zu Fuß auf den Weg zum Frachtbüro.

Dort erwartete sie eine weitere Schlange, die an Kistenstapeln und Säcken mit Weizen, Gerste, Kardamon und Tee bis hinaus auf die Straße reichte. Unter den Wartenden befanden sich einige Briten und die indischen Agenten von Tradern, die sich immer wieder lautstark bemerkbar machten.

»Miss Vosskamp?«

Sie drehte sich um, um den Rufer in der Menge um sie herum zu identifizieren.

»Miss Vosskamp! Was machen Sie denn hier?«

Liam Bigett tauchte vor ihr auf, das wandelnde Paradebeispiel eines englischen Gentlemans, der selbst bei dreißig Grad im Schatten nicht auf Weste, Hemd und Hut verzichtete. Den zog er nun mit einer eleganten Verbeugung und fächelte sich zugleich damit Luft zu. »Ich wähnte Sie eigentlich schon in Calcutta.«

»Leichter gesagt als getan in diesen Tagen«, antwortete sie, ohne zu wissen, warum er sie ausgerechnet in der riesigen Hafenstadt und nicht auf ihrer Plantage vermutete.

»Ja. Eine Katastrophe. Überall, wohin man kommt, nichts funktioniert, alles ist ein einziges Tohuwabohu. Wie sieht es bei Ihnen aus? Müssen wir uns Sorgen machen?«

Das Gedrängel wurde größer. Viele schoben von hinten, und vorne ging es nicht weiter.

»Es geht. Wir hatten Verluste. Aber wir werden darüber hinwegkommen. Ihren Tee konnten wir retten.«

Liam setzte seinen Hut wieder auf und ergriff ihren Arm. »Egal, was Sie vorhaben, ich erlöse Sie erst einmal.«

»Nein!«, rief sie. »Ich muss den Tee noch im Zug unterbringen!«

»Oh. Ich verstehe. Einen Moment.«

Er drehte sich um und stieß einen scharfen Pfiff aus. Augenblicklich löste sich einer der indischen Männer aus der Meute, brüllte den Umstehenden etwas zu, das wahrscheinlich mit seinem Platz in der Schlange zu tun hatte und der drakonischen Vergeltung, die jedem drohte, der ihn ihm bei seiner Rückkehr streitig machen wollte.

»Sahib?«

Liam wandte sich mit einem galanten Lächeln an Bettina. Wo hatte der Junge das eigentlich gelernt?

»Das ist Ganga. Er wird das übernehmen. Haben Sie die Papiere dabei?«

»Ja, natürlich.« Hastig suchte sie in der Umhängetasche den Ordner heraus. Einen Moment zögerte sie, die Unterlagen einfach so aus der Hand zu geben. Aber was sollte schon passieren?

Ganga griff sie sich und warf einen kurzen Blick hinein. Er war ein sehniger, fast hagerer Mann mit einem länglichen Gesicht, das eher zu einem Gelehrten gepasst hätte. Als er den Schriftzug von Brenny's Garden entdeckte, sah er kurz zu ihr auf, als ob er sich vergewissern wollte, dass diese Frau ihm gerade diese Frachtpapiere in die Hand gedrückt hatte.

»Bekommen wir die Kisten noch in unserem Waggon unter?«

»Nein, Sahib, nicht alle. Aber ich werde sehen, ob in den anderen noch etwas frei ist. – Ma'am?«

Er klappte den Ordner zu und fragte: »Wer ist Ihr Agent in Calcutta?«

Liam wandte sich ihr mit dem gleichen Interesse zu, das auch Ganga an den Tag legte. Ihr professionelles Hochgefühl zerschellte auf der staubigen Straße.

»Ich … ähm … habe keinen.«

Tatsächlich bekam Gangas Miene nun etwas Schulmeisterliches. »Das geht nicht.«

»Warum nicht?«

»Wenn Sie mir den Hinweis erlauben, Ma'am: Jemand muss die Kisten in Calcutta in Empfang nehmen und zum Schiff bringen.«

Wieder ein klassischer Anfängerfehler. Sie presste die Lippen zusammen und verkniff sich den Fluch, der ihr als Erstes in den Sinn gekommen war.

»Calcutta ist nicht Darjeeling«, fuhr Ganga fort und wendete fast genüsslich den Dolch in der Wunde. »Hier kennt jeder jeden, und niemandem würde es einfallen, Ihre Kisten als die seinen zu beanspruchen.«

»Zu stehlen«, übersetzte sie. »Meinen Sie das?«

Liam schien aufzufallen, dass das Gespräch eine nicht ganz so glückliche Wendung nahm.

»Nun«, sagte er, sichtlich bemüht, keinen Misston aufkommen zu lassen über so lächerliche Dinge wie die Rettung ihrer Jahreseinnahmen. »Wir könnten unseren Agenten bitten, ein Auge darauf zu haben. Welches Schiff haben Sie denn für die Fracht gebucht?«

Wieder wühlte sie in der Tasche. Die Order hatte Jacob noch in Auftrag gegeben. Jacob … Endlich hatte sie das Schreiben der Schiffsagentur gefunden und warf einen kurzen Blick darauf.

»Es ist ein britisches Dampfschiff, die *Majestic*.«

Warum zum Teufel hatte er nichts davon erwähnt? Wo sollte sie jetzt noch einen Agenten in Calcutta herkriegen?

»Gut.«

Wenigstens etwas schien sie in Liams Augen richtig gemacht zu haben. Aber die Erleichterung währte nicht lange. Ganga schien ein heimliches Vergnügen daran zu haben, ihre Unfähigkeit in jeder Hinsicht aufzuspüren.

»Ma'am, wer ist denn Ihr Kitmutgar, der den Transport begleitet?«

Wie nun, einer ihrer Vorarbeiter sollte mitfahren? Bevor sie sich vor den Augen ihres wichtigsten Kunden als komplett überfordert zeigte, sagte sie schnell: »Das habe ich noch nicht entschieden.«

Hoffentlich tauchte Dahul nicht ausgerechnet jetzt auf. Sie hielt große Stücke auf ihn, aber sie glaubte nicht, dass er den Herausforderungen, die so eine Reise mit sich brachten, gewachsen war. Und schon gar nicht, bei der Ankunft des Tees darauf zu achten, dass auch alle Kisten dort landeten, wo sie hinsollten.

Liam Bigett schien allerdings genug vom Geschäftlichen zu haben. Ein gewisser jugendlicher Übermut ließ ihn wieder ihren Arm nehmen, dieses Mal etwas besitzergreifender.

»Dann soll derjenige sich bei Ganga heute Abend melden. Der Zug fährt morgen früh um acht Uhr. Leider ist Darjeeling noch nicht wieder ans Telegrafennetz angeschlossen, sonst hätten Sie noch per Depesche eine Agentur in Calcutta beauftragen können.«

Er führte sie aus dem Gedrängel weg in Richtung Higher Mall. Dort ging es ruhiger zu. Nur wenige Kutschen waren unterwegs, und das Flanieren entlang der kleinen Buden und Geschäfte, die neue und gebrauchte Waren aus Europa führten, begann erst am Nachmittag.

»Würden Sie mich zu einem kleinen Luncheon in den Elgin Club begleiten?«

Sie sah an sich herab und versuchte das Bild, das sie in ihrer verschwitzten Kleidung, dem zerdrückten Hut und den dreckverschmierten Stiefeln abgab, mit dem des vornehmen Hotels in Einklang zu bringen.

»Lassen die mich denn da so hinein?«

Er hob in gespieltem Erstaunen die Augenbrauen. »An meiner Seite wird jede Frau zur Königin.«

»Aber ich muss meinen Leuten noch Bescheid geben.«

»Das macht Ganga. Sie sind mit Ihrem Wagen unterwegs? Dann findet er sie auch. Und wir können uns ganz den Genüssen eines himmlischen Blanquette de Veau[79] hingeben, das heute für einige wenige Eingeweihte zubereitet wird. Mir ist zu Ohren gekommen, dass auf ebenso verschlungenen wie verschwiegenen Pfaden ein Kalb vom rechten Wege in den Bergen abgekommen sein muss, es gilt seither als verschollen … *honi soit qui mal y pense*[80].«

»Kalb?«, fragte Bettina.

So eine Köstlichkeit hatte sie seit einer Ewigkeit nicht mehr auf dem Teller gehabt. Kühe wurden in Indien als Heiligtum verehrt, und Heiligtümer aß man nicht.

»Ich merke, Sie sind korrumpierbar.« Sein Grinsen vertiefte sich. »Und zum Nachtisch Pfirsich Melba. Es gibt Eis.«

»Eis?«

Nach dieser Ansage hätte er sie überallhin entführen können.

Es wurde eine kurzweilige Viertelstunde zu Fuß hinauf in die grünen Hügel, und dass Liam sich gegen eine Rik-Shaw entschieden hatte, machte das Vergnügen noch größer. Immer

---

79 Kalbsgulasch in heller Soße

80 Französisch: Ein Schelm, wer Böses dabei denkt.

wieder blieb Bettina stehen und bestaunte die Auslagen der Geschäfte. Sie spürte die Sorglosigkeit dieses Augenblicks, und ihr war so leicht zumute, als hätte jemand ein zentnerschweres Gewicht von ihren Schultern genommen. Dazu war Liam trotz seiner Jugend ein begnadeter und witziger Erzähler. Die Beschreibungen der letzten Teeauktionen und die Bietergefechte ließen ihr vor Lachen fast die Tränen kommen.

Bis sie Jacob sah.

Er trug einen Anzug, und trotz des Turbans ließ er ihn wie einen Fremden wirken, den sie kaum wiedererkannt hätte. Er verließ auf der anderen Seite der Straße gerade ein Geschäft für Karten, Bilder und Papier. Unter dem Arm trug er die Einkäufe, mehrere Pakete und Rollen. Eine fiel ihm fast hinunter, und bei dem Versuch, sie zurück zu den anderen zu stecken, fiel sein Blick auf das Paar gegenüber, und sein Gesicht nahm für einen ungeschützten Augenblick einen absolut verblüfften Ausdruck an.

Sie zog den Arm weg, mit dem sie sich bei Liam eingehängt hatte. Es war, als hätte ihr jemand einen Eimer eiskaltes Wasser ins Gesicht geschüttet und gleichzeitig in ihrem Herzen eine Stichflamme entzündet. Sie konnte den Blick nicht von ihm wenden, und für ein paar endlose Sekunden ging es ihm genauso. Dann hatte er sich wieder in der Gewalt, und eine ausdruckslose Maske legte sich über sein Gesicht.

»Was ist los, meine Teuerste?« Liam sah sich suchend um. »Ah, da ist ja Jacob!«

Er sah sie freudestrahlend an. »Ihr ehemaliger Sekretär, nicht wahr? Sie gehörten damit zu den am meisten beneideten Ladys von Darjeeling.«

Da erst bemerkte er ihre eisige Miene. Leider hinderte ihre verhaltene Reaktion Liam nicht daran, die Straße zu überqueren und direkt auf Jacob zuzumarschieren, der wie zur Salzsäule erstarrt stehen geblieben war. Bettina kämpfte mit dem Impuls, auf der Stelle wegzurennen. Aber dann gewann das Gefühl die Oberhand, ihm nicht zu zeigen, wie sehr sie von seinem plötzlichen Verschwinden verletzt worden war. Mühsam, als würde Sand in ihren Gelenken knirschen, setzte sie einen Schritt vor den anderen, bis sie mit steifem Rücken die beiden Männer erreicht hatte, die ein paar Worte miteinander wechselten.

»Jacob ist nun der Munshi des Planters' Club.«

Liam musste die Neuigkeit gerade von ihm erfahren haben, sonst wäre er nicht so erstaunt.

»Ach ja?«, brachte Bettina heraus.

Der Versuch, die Erinnerung an ihre Küsse zu verdrängen, scheiterte kläglich. Sie fühlte, wie all ihre Haare am Körper sich aufstellten, als wäre sie ein in die Enge getriebenes Tier.

Jacob hingegen wirkte, wenn man von den gerade verheilten Narben in seinem Gesicht absah, relativ gleichmütig.

»Mrs Vosskamp?«, sagte er und verbeugte sich knapp.

»Ich dachte, Sie wollten in die Heimat zurück.«

»Pläne ändern sich, Ma'am.«

Liam hatte sich noch immer nicht von seiner Überraschung erholt. »Erst letzte Woche war ich mit meinem Vater bei einer Dinnerparty des Clubs geladen, da wären Sie mir doch aufgefallen!«

Jacob schenkte ihm ein dünnes Lächeln. Bettina fiel auf, dass seine Hand die Rollen fester hielten, als es ihnen guttat. Ganz so spurlos ging diese Begegnung also auch an ihm nicht vorüber.

»Dinge ändern sich ebenso schnell. Mein Vertrag bei Mrs Vosskamp wäre sowieso demnächst ausgelaufen.«

Bettina hob die Augenbrauen und versuchte, so blasiert wie möglich zu wirken. In Wirklichkeit rasten die widerstreitendsten Gefühle durch Herz und Hirn. Er sah so verdammt gut aus, und die Erinnerung an seine leidenschaftliche Umarmung wollte ihr mit ihrer Wucht fast den Atem rauben.

»Tatsächlich«, rang sie sich ab. »Nun, in lästigen Vertragsdingen kenne ich mich nicht aus, wie Sie wissen.«

»Das sollten schöne Frauen auch nicht«, pflichtete Liam eilfertig bei. »Nun, müssen Sie auch ins Elgin? Dann können wir den Rest des Weges gemeinsam gehen.«

Zu Bettinas größter Erleichterung lehnte Jacob ab. »Ich bedaure, aber ich habe noch einige Dinge zu erledigen. Mrs Vosskamp? Mr Bigett?«

Er deutete eine Verbeugung an und wendete sich in die entgegengesetzte Richtung zu der, die er vor ihrer Begegnung hatte einschlagen wollen.

Liam bot Bettina wieder seinen Arm an. »Guter Mann. Und ein kluger. Bestimmt ist ihm zu Ohren gekommen, was die hiesige Gesellschaft darüber denkt, wenn Männer seines Aussehens bei alleinstehenden Damen arbeiten. Nein, um Himmels willen! Nicht, dass ich Ihnen etwas unterstelle!«

»Danke«, sagte Bettina kühl und hängte sich bei ihm ein, achtete aber auf mehr Abstand.

»Ich nehme an, sein Wechsel hat vielleicht etwas damit zu tun?«

»Womit?«, fragte sie und betrachtete im Vorübergehen die Auslage eines Hutgeschäfts, das hauptsächlich ausladende Modelle zum Schutz gegen die Sonne anbot.

»Was geredet wird«, sagte Liam leise und zog sie etwas näher an sich.

»Das interessiert mich nicht. Außerdem ist es – wie sagt man hier? – Wasser unter der Brücke[81]?«

»Haben Sie sich schon einmal überlegt, eine strategische Allianz einzugehen?«

»Eine was?«

81 Englisch: Water under the bridge – Schnee von gestern

Er sah sich um. Außer ihnen waren nur wenige Leute zu Fuß unterwegs, sodass sie keine Lauscher zu befürchten hatten.

»Sie sind ein Freigeist.« Er neigte sich dennoch nahe an ihr Ohr, sodass sie sein Atem kitzelte. »Genau wie ich. Sie stehen unter Beobachtung der Öffentlichkeit, ich unter der meines Vaters. Wir könnten dem entgehen.«

»Ich weiß nicht, wovon Sie reden.«

Sie beschleunigte ihre Schritte, was ihn dazu zwang, sich ihrem Tempo anzupassen.

»Das wissen Sie genau. Aber Sie haben recht, das sollten wir vielleicht bei einem Glas Champagner und einem guten Essen besprechen.«

Diese Drohung machte er wenig später wahr, als sie an einem Tisch im Blauen Salon saßen und von indischen Dienern des Elgin Club ein sensationelles Blanquette de Veau serviert bekamen, das offiziell unter der Bezeichnung Hühnerragout firmierte. Sie war so ausgehungert, dass sie erst nach mehreren Bissen mitbekam, dass Liam sie amüsiert beobachtete.

»1833 kam die *Tuscany* in Calcutta an.«

Er hob sein Glas mit eisgekühltem Champagner.

»Frederic Tudor, der Eiskönig aus Boston, hat mit einer verrückten Idee der Welt gezeigt, was möglich ist: zweimal über den Äquator zu segeln und Eis aus Boston nach Calcutta zu bringen. Zwar war fast die Hälfte unterwegs geschmolzen, aber es erreichten immer noch hundert Tonnen die bengalische Küste. Kühlhäuser entstanden, Restaurants hatten auf einmal ganz neue Gerichte auf der Speisekarte, Partys der Society übertrumpften sich gegenseitig mit Eiskreationen. Tudor machte eine Viertelmillion Dollar Gewinn.«

Liam leerte sein Glas in einem Zug. Bettina war vorsichtiger, sie nippte nur daran.

Außer ihnen waren nur wenige weitere Gäste im Salon. Dennoch fühlte sie sich in ihrer Aufmachung nicht wohl. Sie unterlief wieder einmal alle Standards, die man an den Aufenthalt in so einem Haus stellte. Glücklicherweise war Mr Buchanan nicht an der Rezeption gewesen, sondern ein junger Brite mit leuchtendem Sonnenbrand – offenbar erst seit ein paar Wochen im Lande und die Verhältnisse nicht gewohnt. Er hatte sie aufhalten wollen, aber dann, als er ihren Begleiter erkannte, sie mit ausgesuchter Höflichkeit in den Salon geleitet, in dem die wenigsten Gäste waren.

»Den Mutigen gehört die Welt. Sie sind mutig, Mrs Vosskamp. Sie haben meinem Vater die Stirn geboten und ihn dazu gebracht, auf ein lahmendes Pferd zu setzen, wie er das ausdrücken würde.«

»Brenny's Garden?«

Liam nickte und ließ sich nachschenken. Er wartete, bis der Diener sich wieder entfernt hatte, dann beugte er sich vor, um sie ins Visier zu nehmen.

»Ich habe das Handeln im Blut. Ich weiß, wann sich ein Einsatz lohnt und welche Ware Gewinn verspricht. Sie sind für mich ein Eisblock, Mrs Vosskamp.«

Er wartete auf eine Antwort, aber mehr als den Anblick, wie auch sie noch einen Schluck aus ihrem Glas trank, bekam er nicht.

»Sie schmelzen gerade. Verzeihen Sie die Metapher. Sie ist vielleicht nicht ganz passend, vor allem, wenn man die von dem Eisen, das man schmieden sollte, solange es heiß ist, nachschiebt.«

»Geht es Ihnen gut?«, fragte sie mit zuckersüßer Stimme.

Liam schob sich eine seiner Locken zurück, die ihm in die Stirn gefallen war.

»Natürlich. Es ging mir nie besser. Ich hatte Ihnen schon einmal den Vorschlag gemacht …«

»Und ich hatte ihn abgelehnt.«

»Ich weiß. Und ich erinnere mich auch sehr gut an den ritterlichen Einsatz Ihres damaligen Sekretärs. Haben Sie ihn deshalb entlassen, damit er Ihnen nicht alle anbahnenden Geschäftsbeziehungen aus Eifersucht zerstört?«

Sie lehnte sich entrüstet zurück. »Ich glaube, sie wissen nicht, was Sie da reden.«

»Ich weiß es ganz genau, und Sie auch. Ich mache Ihnen einen Vorschlag.«

»Ich bin nicht interessiert.«

»Hören Sie ihn doch wenigstens an! Mein Vater lässt mich nie von der Leine, aber wenn ich …«

»Nein.« Sie nahm die Serviette von ihrem Schoß und legte sie neben ihren Teller. Das Essen war fantastisch. Aber wenn der Preis dafür war, sich die Frechheiten dieses Flegels, der unter den guten Manieren lauerte, anzuhören, war er zu hoch. »Ich bin es leid, als Mittel zum Zweck angesehen zu werden. Ich will das nicht.«

»Was wollen Sie dann? Eine Liebesheirat?«

Es klang spöttisch, aber sein Blick war offen und ernst.

»Niemand nimmt Sie, Mrs Vosskamp. Niemand, wenn Sie nicht für die Vielzahl Ihrer Makel das Einzige von Wert in die Waagschale werfen, das Sie besitzen.«

»Die Vielzahl meiner Makel?«, fragte sie und zwang sich, ruhig und leise zu bleiben.

»Sie haben einer Frau den Mann ausgespannt, das vergisst hier niemand. Sie wurden mit ihm in Bremen in flagranti erwischt, auch diese Kunde hat in vielerlei Versionen unser kleines Darjeeling erreicht. Man gibt Ihnen die Schuld am Tod von Scott Ewan. Ihnen, Ma'am. Nicht dem, der ihn erschossen hat.«

Um sie herum schloss sich ein Kokon. Hinter den unsichtbaren Wänden ging das Leben weiter. Ein Ehepaar ließ sich ebenfalls das Blanquette servieren. Geschäftsleute trafen sich beim Essen und redeten über ihre Angebote. In der Ecke stand ein Diener, dessen einzige Aufgabe es war, das große Windsegel unter der Decke zu betätigen, um durch den Luftzug Moskitos zu vertreiben und die abgestandene Hitze durcheinanderzuwirbeln.

In diesem Kokon befand sie sich allein mit Liam Bigett, der gnadenlos ihre Zukunft sezierte.

»Dann kommen Sie hierher, bankrott und ohne einen Penny.«

Sie wollte widersprechen, aber schließlich entschied sie sich, dass es interessanter war, mehr über ihren Ruf zu erfahren.

»Sie übernehmen eine heruntergewirtschaftete Plantage, werfen Ihren Tea Manager hinaus und gehen eine …«

Liam brach ab und leerte erneut sein Glas. Mit einem herzhaften Ausatmen stellte er es auf den Tisch zurück. Der Diener, der am nächsten stand, wollte sich sofort in Bewegung setzen, aber Liam winkte ab. Der Mann machte auf dem Absatz kehrt.

»Sie gehen eine durch nichts entschuldbare Liaison mit Ihrem indischen Sekretär ein.«

Sie konnte fühlen, wie das Blut aus ihren Wangen wich.

»Das stimmt nicht«, sagte sie leise.

»Wissen Sie, dass es den Leuten hier egal ist, ob etwas stimmt oder nicht, solange es eine gute Geschichte ist? Danken Sie Gott, dass Jacob gerade noch rechtzeitig die Reißleine gezogen hat, sonst stünden Sie beide jetzt am Pranger.«

Um dieses Gespräch nicht länger nüchtern zu ertragen, kippte auch sie ihren Champagner in einem Zug hinunter. Er war warm geworden und schmeckte scheußlich, aber das war egal. Auch sie stoppte den aufmerksamen Diener mit einer Handbewegung. Sie waren immer noch unter sich.

»Sie sind *damaged goods*[82]. Ein Mann, der Sie nimmt, muss dafür etwas bekommen, das den Schaden ausgleicht.«

»Meine Plantage.«

»Ich würde mit dem Verkauf noch warten.«

Er legte die Hand ans Kinn und fuhr sich mit dem Zeigefinger nachdenklich unter der Nase entlang.

»Einen guten Tea Manager einstellen und hoffen, dass die nächsten Ernten nach dem Erdbeben noch irgendetwas retten. Vielleicht, das machen viele hier unter der Hand, nach dem Second Flush noch einen dritten nachschieben. Wie sieht es denn diesbezüglich bei Ihnen aus? Seien Sie ehrlich. Ich bin es auch.«

Sie atmete tief durch. »Nicht so schlimm, dass ich an einen Verkauf denke.«

»Sie können so nicht weitermachen.«

»Warum nicht?«

»Weil Sie irgendwann pleitegehen. Sie haben von dem Geschäft keine Ahnung.«

»Aber Sie?«

»Ich bin Trader und weiß, wie man ein Geschäft führt.«

Sie lehnte sich zurück und rieb das Kondenswasser von ihrem Champagnerglas.

»Ist das eine Bewerbung?«

Liam schenkte ihr ein, wie er glaubte, verführerisches Lächeln.

»Wenn ich Sie nicht heiraten kann, dann geben Sie mir wenigstens diese Chance, von meinem Vater fortzukommen und ihm zu beweisen, was ich kann.«

Als sie nicht reagierte, wurde er ernst. »Timothy Shelby wird sich Ihre Plantage zu einem Spottpreis einverleiben. Es war sein Plan, dass kein Trader Ihnen den Tee abnimmt. Zumindest keiner, der der Darjeeling Tea Association angehört.«

---

82 Englisch wörtlich: beschädigte Ware. Hier: zweite Wahl, befleckt

»Tun Sie das nicht?«

»Uns wurde nahegelegt, auf die Aufnahme zu verzichten.«

Sie wollte fragen, warum, aber dann fiel ihr Blick auf den kleinen Davidstern an seiner goldenen Krawattennadel.

»Gegen Shelby sind Sie machtlos. Sie brauchen jemanden, der nicht nur etwas vom Geschäft versteht – so wie ich, beispielsweise.«

Er reckte die Brust, und Bettina musste sich ein Grinsen verkneifen. Er wäre so gerne der große Mann von Welt, aber die vom Eifer geröteten Ohren und sein fast komisches großspuriges Auftreten ließen doch noch eine Menge Kindskopf in ihm vermuten.

»Und jemanden, der ihm im Bezug auf, nun, sagen wir: unkonventionelle Geschäftsmethoden das Wasser reichen kann.«

Er sah sie erwartungsvoll an.

»So wie Sie, beispielsweise?«, fragte sie und schenkte ihm einen Blick aus kugelrunden Augen.

Er nickte zufrieden.

»Was, wenn ich nicht darauf eingehe?«

»Dann sind Sie irgendwann weg vom Fenster. Nicht so radikal, wie Sie jetzt vielleicht denken. Aber Sie sind wie ein Stein im Schuh. Sie stören die geschäftlichen und gesellschaftlichen Abläufe. Man kann ihn eine Weile ignorieren, aber dann will man ihn loswerden.«

»Und deshalb soll ich Ihre Hilfe annehmen.«

Er lächelte sie beinahe spitzbübisch an. »Kommen Sie. Ich bin einer von den Guten. Mit mir haben Sie sogar noch Spaß.«

Sie schob den Stuhl zurück. »Ich danke Ihnen für die Einladung. Und ich werde über Ihr Angebot nachdenken. Aber ich schaffe es auch allein.«

»Auch, unseren Tee nach Calcutta zu bringen?«

»Und wenn ich ihn selbst mit dem Ochsenkarren dorthin fahren werde.«

»Das glaube ich nicht. Aber wegen Ihnen werde ich einmal in meinem Leben die Frage stellen: Wollen wir wetten?«

Und schon wieder setzte er sein gnadenloses Charmeur-Lächeln auf, während er ihr die Hand über den Tisch entgegenhielt.

»Wenn ich verliere, bekomme ich den Job als Trostpreis?«

Sie stand grußlos auf, hängte sich die Tasche um und verließ den Raum.

Henry

Der Weg in den Garten war immer noch derselbe. Der Brunnen plätscherte, die Bäume spannten ein schattiges Blätterdach, die Vögel sangen ihr Lied. War es wirklich erst ein knappes Jahr her, dass sie hier ein Telegramm gelesen hatte, das ihr Leben so verändern sollte? Dass sie Scott Ewan begegnet war, der als Erster erkannt hatte, dass sie Freiwild war?

Er hatte mit offenen Karten gespielt. Und dann, auf einmal, völlig unerwartet und aus heiterem Himmel, war mehr zwischen ihnen gewesen als ein Geschäft, aus dem beide ihren Gewinn zogen. Wenn Püsken nicht aufgetaucht wäre, wenn er nicht geschossen hätte …

Und Jacob. Mit ihm gemeinsam hätte sie Berge versetzen können. Wenn sein Ehrgefühl ihm nicht in die Quere gekommen wäre, wenn er sich nicht aus dem sinnlosen Wunsch, sie zu beschützen, auf und davon gemacht hätte. Wenn diese Welt einen Platz für sie gehabt hätte …

Wenn, wenn, wenn, dachte sie und kickte wütend ein paar Kieselsteine vom Gartenweg. Sofort tauchte einer der Diener auf und sah nach dem Rechten. Noch nicht einmal das durfte man: zeigen, wie einem zumute war. Am liebsten hätte sie sich in eine Ecke verkrochen und den Tränen freien Lauf gelassen.

»Mrs Vosskamp!«

Ein Page lief suchend den Weg entlang, in der Hand eine Kreidetafel mit ihrem Namen.

»Mrs Vosskamp?«

Sie drehte sich um. »Ja?«

Der Junge blieb in respektvollem Abstand vor ihr stehen.

»Sie werden von Mr Dahul verlangt.«

Wahrscheinlich gab es Probleme mit den Teekisten. Ohne nachzudenken sagte sie: »Warum kommt er nicht selbst?«

Der Page verzog bedauernd das Gesicht.

»Verzeihung, Ma'am. Ich bedaure sehr, aber er darf das Gelände nicht betreten. Er wartet in der Lower Mall. Ich begleite Sie gerne dorthin.«

Als sie nicht antwortete und ihn nur stumm ansah, trat er unsicher von einem Fuß auf den anderen.

»Ma'am?«

Sie sah ihn immer noch an. Er war elf, vielleicht zwölf Jahre alt. Vermutlich aus Tibet oder Nepal, wie sein breites, sonnengebräuntes Gesicht verriet. Eine kleine Stupsnase und keck blitzende Augen. Was hatten die Agenten seinen Eltern versprochen? Für wie viel Rupien hatten sie ihn verkauft, damit er in einem Haus arbeiten durfte, das seinesgleichen als Gast nicht betreten durfte?

»Ma'am?«

Sein Blick wurde unsicher.

»Was denkst du, wenn du so etwas sagst?«

Die Augen des Jungen weiteten sich ängstlich. »Verzeihung, Ma'am. Verzeihung!«

Er wusste nicht, was er falsch gemacht hatte, und deutete ihr Interesse als Kritik. Sie lächelte ihn freundlich an.

»Alles in Ordnung. Ich finde den Weg.«

Er drehte sich um und flitzte davon. Sie folgte ihm langsamer und hoffte, dass er ihre unbedachte Frage schnell vergessen würde.

Der Stall, die Pferde, der Geruch … zu viele Erinnerungen, zu viele Gefühle. Sie durchquerte die Boxengasse mit eingezogenen Schultern, als müsste sie durch einen Hagelschauer laufen, und trat hinaus auf die Straße, die sie mit der Wucht eines

Schlages in die Magengrube empfing. Der Lärm war infernalisch, das Gewimmel und Gedränge beängstigend. Aber dieses Mal war sie vorbereitet, und Dahul wartete so nahe am Hintereingang, wie es ihm die strengen Blicke der beiden Wächter erlaubten.

»Memsahib!«, rief er aufgeregt, als sie aus dem Dunkel hinaustrat in die gleißende Sonne. »Groß Unglück! Viel Blut, viel Schrei!«

Er rang die Hände, und die Verzweiflung stand ihm ins Gesicht geschrieben.

»Was ist los?«

»Die Teekisten, Ma'am, nicht gut Seil. Eine fall und fall auf … fall auf …«

»Fällt auf was?«

»Auf Mahesh.«

Bettina glaubte, sie hätte sich verhört.

»Auf wen?«

Dahul sah zu Boden. Seine Hände verkrampften sich im Stoff seines Hemdes.

»Auf Mahesh. Loch im Kopf. Viel Blut.«

Sie begriff nicht. »Was um Himmels willen ist denn passiert?«

»Mahesh versteck, will bei Memsahib sein. Hat Angst, Memsahib geh weg. Will mit Memsahib geh. Versteck auf Gharri, hinter Canister, kein Mann sehn. Dann am Bahnhof, Canister an Seil. Seil reiß. Fall Teecanister auf Mahesh.«

»Er hat sich versteckt? Auf dem Wagen?«

Dahul nickte, aber er wagte immer noch nicht, den Kopf zu heben.

»Und als die Kisten verladen wurden, ist eine heruntergefallen? Auf ihn? Und er ist verletzt?«

Wieder ein stummes Nicken.

»Wo ist er jetzt?«

»Am Bahnhof. Nicht wissen, wo Memsahib. Alle fragen. Dann Agent von Mr Bigett treffen. Agent sag, Memsahib in Hotel …«

»Wie geht es Mahesh?«, unterbrach sie den verzweifelten Mann.

Endlich sah Dahul sie an, und in seinen Augen standen Tränen. »Mahesh … sterben.«

Es war egal, dass sie die Lower Mall hinunterrannte, sich durch Menschenknäuel drängte und Passanten zur Seite stieß. Egal, dass sie fast von einer Rik-Shaw überfahren wurde und einem Reiter das Pferd scheuen ließ. Es war egal, dass sie in Löcher stolperte und ihr Rock beim Drauftreten riss. Es war egal, dass sie ihren Hut verlor und in die Bettelschale eines Mönchs trat, mehr als eine hastige Entschuldigung war nicht drin, sie musste weiter.

»Wo?«, schrie sie an einer Kreuzung, an der sich Rik-Shaws, Lastkarren und Menschen zu einem fast undurchdringlichen Knäuel verkeilt hatten.

»Geradeaus!«

Dahul keuchte hinter ihr her und beschwichtigte all jene, die sich über Bettinas rücksichtslose Art beschwerten. Sie stürzte sich todesmutig in das Gedrängel und sah, als sie auf der anderen Seite der Straße angelangt war, von weitem die niedrigen, spitzgiebeligen Bahnhofsgebäude. Flankiert wurden sie zur Straße hin von überdachten Altären indischer Gottheiten, zu denen Reisende, die sich der Darjeeling Himalayan Railway anvertrauten, wohl ein besonders inniges Verhältnis hatten. Da erst verlangsamte sie das Tempo und versuchte, gegen das Seitenstechen tief durchzuatmen. Dahul schloss zu ihr auf.

»Wo ist das nächste Hospital?«

Er zuckte mit den Schultern. »Nicht wiss, Memsahib.«

»Wohin haben sie ihn gebracht?«

»Nicht wiss, Ma'am. In Lagerraum?«

Sie biss die Zähne zusammen und schnitt einem Sulky den Weg ab. Der Fahrer konnte gerade noch ausweichen und schrie ihr wüste Verwünschungen hinterher.

Rund um den Bahnhof herrschte das übliche Gedränge. Die Bahnsteige waren einfache Veranden mit Blechdächern, die gegen den plötzlichen Regen schützen sollten, was allerdings, wie Bettina aus eigener leidvoller Erfahrung wusste, eher frommes Wunschdenken war. Hier fand sich alles ein, was auf einen Weitertransport hoffte. Reisende jedweder Herkunft, wobei wohlhabende Inder oftmals mit mehreren Dienern unterwegs waren, Händler mit allem, was man als Einzelner transportieren konnte – Getreidesäcke, Hühnerkäfige, Apparaturen, die ausgeklappt zu einem Schuhputzsessel oder einem Grillstand werden konnten. Frauen mit Körben, in denen Mangos, Gurken und Bananen lagen und die sie mit akrobatischer Anmut auf dem Kopf trugen, und im Abschnitt der ersten Klasse Briten, Deutsche, Holländer, Franzosen, mit Kisten, Kästen, Koffern, Schränken. Einer hatte sogar einen Waschtisch dabei.

Das alles sammelte sich auf dem schmalen Bahnsteig und machte ein Durchkommen fast unmöglich. Die Lagerhäuser befanden sich auf der anderen Seite der Gleise, was einen Umweg bedeutet hätte, wenn Bettina nicht kurz entschlossen die wackeligen Bretter über die Schienen gewählt hätte.

Zwei Güterwaggons standen bereit, beide fast fertig beladen. Arbeiter schleppten noch Säcke und kleinere Güter heran, um sie in die frei gebliebenen Ecken zu stopfen. Dahul wechselte ein paar Worte mit ihnen. Einer wies auf einen Bretterverschlag, in dem einige Fässer Salz auf ihren Weitertransport warteten. Es war dunkel, nur durch die Ritzen drang etwas Licht.

In einer hinteren Ecke, auf Lumpen und alte Säcke gebettet, lag Mahesh. Bleich wie der Tod, blutend, ohne Bewusstsein. Sie ging neben ihm in die Knie und legte ihre Hand vorsichtig auf seine Stirn. Sie war eiskalt.

Bettinas Kenntnisse auf medizinischem Gebiet waren mehr als beschränkt, aber sogar sie erkannte, dass dem Jungen sofort geholfen werden musste. Er hatte schon viel Blut verloren, und es sickerte immer weiter aus einer tiefen Wunde, die sich von seinem Kopf über das linke Ohr über den Hals zum Schlüsselbein zog.

»Hast du ein Tuch? Irgendetwas, mit dem ich ihn verbinden kann?«

Dahul kämpfte sichtlich mit sich. Aber dann begann er, seinen Turban abzuwickeln. Er war aus mehreren, miteinander verknoteten Tüchern gemacht, und das erste konnte er nach einigen Mühen und zerknirschten Flüchen lösen. Er reichte es ihr, und sie wickelte es vorsichtig um den Kopf des kleinen Jungen.

»Wo ist das nächste Krankenhaus?«

»Nicht wissen, Memsahib!«

»Dann frag. Irgendjemand hier wird es wissen.«

Er lief hinaus. Vorsichtig schob sie ihre Arme unter den kleinen Körper und versuchte beim Aufstehen, den Kopf des Ohnmächtigen zu stützen.

Er wog nicht viel. Leicht wie eine Feder, dieses magere Kind, das nach der Mutter auch die Großeltern verloren hatte. Es brach ihr das Herz bei dem Gedanken, dass er gerade einmal ein paar Wochen gehabt hatte, um sich von diesem Schlag zu erholen, und nun hatte ihn buchstäblich der nächste getroffen.

Warum nur war er heimlich auf den Wagen geklettert? Hatte er wirklich geglaubt, sie würde ihn verlassen und nicht mehr zurückkehren? Sie drückte ihn an sich und kämpfte gegen Tränen und heillose Verzweiflung. Den Empfindungen konnte sie sich später widmen, jetzt musste gehandelt werden.

Dahul war nirgendwo zu sehen. Sie trug das Kind vorbei an den Waggons und bekam nur aus den Augenwinkeln mit, dass die Arbeiter alles stehen und liegen ließen, um sie stumm mit Blicken zu verfolgen. Draußen auf der Straße war es noch schlimmer.

»Hospital?«, fragte sie niedergeschlagen und bekam keine Antwort. Sie wandte sich an eine Frau, die ein Kleinkind auf dem Rücken trug. »Ein Krankenhaus?«

Sie sagte nichts. Die Menschen bildeten einen stummen Kreis um sie und flüsterten sich nur gegenseitig ein paar Worte zu.

»Er stirbt!« Ihre Stimme überschlug sich. Warum wollte ihr denn niemand helfen? »Wo finde ich einen Arzt? Wo ist ein Spital?«

Niemand reagierte auf ihre Frage, obwohl sie unter den Umstehenden ebenso leise wie heftig diskutiert wurde.

»Er braucht Hilfe! Sofort! Wo finde ich Hilfe? Einen Arzt?«

Sie wandte sich direkt an die Frauen, die vom Alter her Maheshs Mütter hätten sein können. Doch auch die wichen zurück, als sie näher kam, und schlugen die Augen nieder. Was war denn bloß mit den Menschen hier los?

Der Kreis öffnete sich, und Jacob tauchte auf. Erst begriff sie nicht, was er auf dieser Seite der Stadt zu suchen hatte, war er doch in eine ganz andere Richtung fortgegangen.

»Jacob?«

»Was um Himmels willen tun Sie hier?«, herrschte er sie an.

Dann erkannte er, wen sie auf den Armen trug. »Ist das Mahesh?«

»Ja!«, stieß sie hervor, was alle Leute, die in seiner Nähe standen, dazu brachte, vor ihm zurückzuweichen, als wäre er der Leibhaftige.

Irgendetwas geschah hier, und sie wusste nicht, was.

»Jacob, bitte!«

Mit einigen bestimmenden Worten und Gesten wies er die Leute an, ihrer Wege zu gehen. Es war kein Platz mehr für verletzte Eitelkeiten und keine Zeit für das falsche, aufgesetzte Getue, mit dem sie ihre wahren Gefühle auf Abstand gehalten hatte.

»Hilf mir!«, schrie sie. »Er stirbt! Er muss sofort in ein Krankenhaus!«

»Das geht nicht.«

»Was?« Sie verstand das nicht. »Aber …«

»Er kann dort nicht hin. Er ist kein Weißer.«

Sie spürte, wie Maheshs Blut warm und klebrig ihren Arm hinunterlief. Es war, als ob er mit jedem seiner schwachen Atemzüge leichter würde.

»Dann bring mich zu einem indischen Krankenhaus.«

»Das gibt es nicht.«

»Das gibt es nicht?«

Ihr Verstand weigerte sich zu akzeptieren, was sie gerade gehört hatte. Er wollte ihr den kleinen Körper abnehmen. Bettina trat einen Schritt zurück und schüttelte den Kopf.

»Natürlich gibt es das! Was erzählst du da? Bring mich hin! Auf der Stelle!«

Er streckte die Arme aus, aber sie drückte den Jungen noch fester an sich.

»Dann sag mir, wohin sie gehen!«

»Nach Hause.« Er ließ resigniert die Arme sinken. »Heiler, Gebete, Hausmittel.«

»Mahesh ist schwer verletzt. Gebete helfen da nicht mehr.« Sie hatte Mühe, die Kontrolle über ihre Stimme zu behalten und sich ihm gegenüber wieder so förmlich zu verhalten, wie es die Höflichkeit und die Gesetze geboten. »Sie bringen mich jetzt zum nächsten Krankenhaus. Und wenn sie ihn nicht aufnehmen, werde ich die ganze Stadt …«

Sie brach ab, weil unter den Umstehenden Diskussionen begannen, die sich nicht sehr freundlich anhörten. Die Blicke, die nun auch Jacob als Advocatus Diaboli[83] zugeworfen wurden, waren alles andere als freundlich. Es brodelte. Die Menschen ließen sich nicht mehr widerspruchslos gefallen, wie sie behandelt wurden. Jeder von ihnen sah aus, als ob er nicht nur einmal die Künste eines Arztes dringend benötigt hätte, aber keinem war je erlaubt worden, einen aufzusuchen.

»Also?«

Er presste die Lippen aufeinander, aber dann gab er sich einen Ruck und wies auf die Straße hinter ihr, die einen anderen Hügel hinaufführte.

»St. Andrews. Eine anglikanische Kirche, gegründet von Salesianern, heute von Baptisten betrieben, mit einem kleinen Hospital, in dem aber nur schottische Soldaten und Teezüchter behandelt werden.«

»Und ab heute auch schwer verletzte indische Kinder.«

Sie wandte sich ab.

»Betty …«

Und blieb stocksteif stehen. Noch nie hatte sie jemand so genannt. Schon gar nicht in der Öffentlichkeit, und erst recht nicht vor Dutzenden von Zeugen.

Sie ging weiter und gab ihm nicht die Genugtuung, sich nach ihm umzudrehen. Aber er folgte ihr, und nach wenigen Schritten schloss er zu ihr auf und lief, seine Papiere unter den Arm geklemmt, neben ihr her.

»Sie haben recht«, sagte er so distanziert, als befänden sie

83 Jemand, der Argumente der Gegenseite vorbringt, ohne zwangsläufig zu ihr zu gehören.

sich wieder im Contor von Brenny's Garden. Als wäre nie etwas zwischen ihnen geschehen, das um ein Haar alle Mauern eingerissen hätte. »Es ist zum Verzweifeln. Ich sehe es jeden Tag, ich bekomme es jeden Tag zu spüren.«

»Warum tun Sie dann nichts dagegen?«

Er sah sie an, als hätte sie den Verstand verloren. »Ich lasse mir gerne die Haut in Fetzen vom Rücken peitschen. Aber ich möchte auch noch ein paar Jahre leben. Was nach dem Sepoy-Aufstand in diesem Land passiert ist, wirkt bis heute nach. – Geben Sie ihn schon her.«

Sie blieb keuchend stehen. Der Weg bergauf und das ohnmächtige Kind in ihren Armen brachte sie, so leicht Mahesh auch war, an die Grenzen ihrer Kräfte. Jacob legte die Papiere auf eine halb zerfallene Feldsteinmauer am Straßenrand und nahm ihr vorsichtig den kleinen Jungen ab.

Sie sammelte seinen Einkauf ein. Rechnungsbücher, Quittungsblöcke, Listenvordrucke ohne Eintrag. Jacob war kein Revolutionär, er war ein Kassenwart.

Aber ein sportlicher. Mit langen Schritten eilte er hinauf, während ihr vor Sorge, Angst und Sauerstoffmangel fast die Luft wegblieb.

Halte durch, bat sie inständig, bitte, bitte halte durch.

Die St. Andrew's Church war ein im gotischen Stil errichteter Bau mit schmalen, hohen Fenstern. Überragt wurde er von einem Glockenturm, der nach dem großen Erdbeben 1873 ebenso zerstört worden war wie die Kirche. Anders als in Bremen spielte der Besuch der Messe für Bettina keine große Rolle. Kaum ein Plantagenbesitzer oder Tea Manager hatte die Zeit, stundenlang für einen Gottesdienst unterwegs zu sein. Die Kirche war das Herz einer städtischen Gemeinde, nicht aber auf dem Land. Vermutlich wurden die Regeln in der Stadt auch deshalb strikter gehandhabt, weil es hier einfacher war, Sitte und Moral hochzuhalten.

Neben der Kirche duckten sich zwei niedrige Häuser, umschlossen von einer hohen Mauer und einer reich geschnitzten, hölzernen Pforte. Bettina zog an der Klingelschnur, und als sich nicht innerhalb von zwei Atemzügen die Tür öffnete, ließ sie die Glocke so lange ihr schrilles Gebimmel ertönen, bis endlich ein Riegel zurückgeschoben wurde und ein Pastor in einem langen, dunklen Gewand öffnete.

Oder besser: die Karikatur eines Pastors, der es offenbar gewohnt war, zu tief in die Flasche zu schauen. Ein mild verklärtes, wohlgenährtes Gesicht mit runden Wangen leuchtete ihnen entgegen, beschienen von einer spiegelnden Glatze. Helle, etwas verschwommene Augen erfassten, dass drei Hilfesuchende vor der Pforte standen, schienen aber keinen Zusammenhang zwischen dem schwer verletzten Kind und dem Hospital hinter dem Eingang herzustellen.

»Ja?«, fragte eine hohe Fistelstimme mit erkennbarer Abneigung, Hilfe zu leisten. »Wer will unsere Glocke zerstören?«

»Gott zum Gruße, ehrwürdiger Vater.« Bettina strich sich über die schweißnassen Haare und wischte sich dann verlegen die Hände an ihrem Rock ab. Ihre lederne Umhängetasche wog mittlerweile gefühlte dreißig Kilo. »Wir brauchen einen Arzt.«

»Für wen?«

»Für den Jungen. Er ist von einer herabstürzenden Teekiste schwer verletzt worden und hat viel Blut verloren.«

Der Priester hielt sich an der Tür fest, was ein leichtes Schwanken ausgleichen sollte. Seine kleinen Äuglein verengten sich noch mehr, als er Maheshs Verletzungen erkannte.

»In diesem Krankenhaus werden nur Weiße behandelt.«

Jacob kniff die Lippen zusammen. Sie konnte fast spüren, wie sehr es in ihm arbeitete.

»Das Kind schwebt in Lebensgefahr. Die Wunde muss genäht werden. Wenn wir nicht hineinkönnen, dann schickt jemanden heraus.«

Der Priester schlingerte mit seiner Aufmerksamkeit zurück zu Bettina.

»Das geht nicht. So sind die Vorschriften. Zutritt nur für Weiße und ihre Angehörigen.«

Blitzartig ratterten die Gedanken in ihrem Kopf, bevor sie tief Luft holte und sagte: »Er ist mein Sohn.«

Jacob zuckte zusammen. Der Priester riss Augen und Mund gleichzeitig auf, was ihm den Ausdruck eines Karpfens verlieh, der auf dem Trockenen gelandet war.

»Ihr ... was?«

»Mein Sohn. Ich bin Bettina Vosskamp, Besitzerin von Brenny's Garden. Und der Kleine ist ...«

Jacob legte kaum merklich den Kopf schief, als ob er mit mindestens ebenso großer Verwunderung auf die Fortsetzung ihres Märchens warten würde.

»Henry«, sagte sie. So hieß ihr Großvater mütterlicherseits. »Henry Vosskamp. Machen Sie die Tür auf.«

»Und das da?«

Der Priester sah zu Jacob.

»*Das da*«, sagte Bettina eisig, »ist mein Kitmutgar und nicht *das*, was Sie denken.«

»Ich denke gar nichts!«, protestierte der kleine, dicke Mann, der langsam aus seinem Rausch auftauchte und feststellte, dass er ein Problem vor der Tür stehen hatte.

»Ich hole den Abt.«

»Sie lassen uns herein!«

Bettina stieß die Tür auf, und der überrumpelte Priester brachte gerade noch seine nackten Füße in den Sandalen in Sicherheit, bevor sie mit ihren Stiefeln auf sie getreten wäre.

Sie fand sich in einem gepflasterten, von hohen Mauern umgebenen Hof, in dem einige Patienten im Schatten von Zedern saßen und interessiert zu dem Schauspiel am Eingang blickten. Eine Schwester mit Schürze und Haube in einem nicht mehr ganz blütenreinen Weiß bugsierte gerade einen Mann im Schiebestuhl über die Schwelle eines Hauses, das in einem ähnlichen Stil wie die Kirche gehalten war, aber mit kleineren Fenstern. Ein hübscher Garten umschloss das Hospital, das eher wirkte wie ein komfortables Gästehaus. Die Patienten waren allesamt Männer in mehr oder weniger beeinträchtigtem Zustand. Einige trugen Verbände, was auf Verletzungen bei handwerklicher Arbeit hinwies, andere waren sichtlich geschwächt und husteten. Schwere Fälle von Dschungelfieber, vermutete Bettina.

»Schwester?«, rief sie.

Die Frau war mindestens sechzig Jahre alt und leiblichen Genüssen offenbar genauso wenig abgeneigt wie der Pastor, der ihnen schnaufend folgte.

»Schwester Claire!«, stieß er hervor. »Rufen Sie den Abt! Diese beiden sind Eindringlinge!«

Schwester Claire arretierte den Schiebestuhl und stopfte einem schwitzenden Mann die Decke unter die Beine. Dann sah sie hoch. Ihr flaches, farbloses Gesicht ließ nicht erkennen, was sie von diesem unerhörten Vorfall hielt.

»Dieses Kind ist schwer verletzt und muss sofort zu einem Arzt!«, rief Bettina.

Jacob trug Mahesh schon zum Eingang des Krankenhauses.

»Halt!«, schrillte die Stimme des Pastors in ihren Ohren.

Die stabileren Patienten ließen die Zeitung sinken oder legten ihre Zigarre zur Seite, um dem Spektakel ihre volle Aufmerksamkeit zu schenken. Das hatte es wohl noch nie gegeben: Ein *Inder* betrat mit einem *indischen* Kind ein *britisches* Krankenhaus. Vorbereitet war man auf so einen Angriff wohl nicht, sonst würde der Pastor nicht aussehen, als ob ihn gleich der Schlag treffen würde.

»Stopp!«, rief jetzt auch Schwester Claire und setzte sich in Bewegung. Bettina folgte ihr. Der Pastor stützte sich keuchend auf die Rückenlehne des nächsten Schiebestuhls und musste erst einmal verschnaufen.

Jacob, auf der Steinstufe des Eingangs, drehte sich um. Sein Gesicht spiegelte für einen Moment den Abgrund der Verachtung, den er für dieses System übrighatte.

»Wir haben einen Notfall.«

»Es ist uns nicht gestattet, das Kind aufzunehmen. Es ist gegen die Vorschrift.«

»Wer sagt das?«, fragte Bettina mit einer Stimme, die Glas hätte schneiden können. Ihr Blick fiel auf ein kleines goldenes Kreuz, das auf dem gewaltigen Busen von Schwester Claire baumelte. »Das Gesetz oder Gott?«

»Das wissen Sie doch genau.«

Die Schwester hatte ganz klar etwas dagegen, wenn Autorität infrage gestellt wurde. Die von Gesetz, Gott oder auch ihre eigene.

»Dies ist ein Hospital für Weiße.«

»Und ihre Angehörigen.«

»Ja«, pflichtete die Personifizierung der Nächstenliebe selbstbewusst bei. »Aber …«

»Dann behandeln Sie ihn gefälligst. Er ist mein Sohn.«

Die kleinen Augen der Dame, fast verschwunden unter schweren, aufgequollenen Lidern, weiteten sich.

»Ihr was?«

»Mein Sohn. Henry Vosskamp, Brenny's Garden, Kalej Valley.«

»Wissen Sie eigentlich …«

Bevor Schwester Claire die Frage, die wohl eher eine Beleidigung werden sollte, zu Ende bringen konnte, kamen Schritte aus dem kühlen Dunkel des Hauses näher.

»Was ist hier los?«

»Gott sei Dank!« Das Kreuz machte einen Freudentanz, so sehr wogte Schwester Claires Busen. »Dr. Barnes!«

Zuerst erkannte Bettina nur zwei Brillengläser, die sich im einfallenden Licht der Tür spiegelten.

»Wer begehrt hier Einlass?«

Dann trat ein nicht sehr großer, etwas gebeugter Mann ins Tageslicht, dessen scharfe Gesichtszüge von einigen wenigen, in alle Himmelsrichtungen abstehenden weißen Haarbüscheln umrahmt waren. Sie erkannte ihn sofort: Es war der Mann, den sie im Gartenpavillon des Elgin Club zusammen mit einer Inderin gesehen hatte.

Jacob, dem das Gewicht des Jungen nicht das Geringste auszumachen schien, wollte den Mund öffnen. Aber Bettina war schneller.

»Mein Sohn braucht Hilfe.«

Dr. Barnes schickte einen Raubvogelblick zu Bettina. Irgendwo hinter den Brillengläsern tauchte die Erinnerung an eine junge Frau auf, die ihn bei einer Umarmung erwischt und nicht verpfiffen hatte.

»Ihr Sohn?«

»Ja.«

Dr. Barnes trat näher an den kleinen Patienten heran. »Er ist sehr dunkel.«

Bettina wusste nicht, woher sie die Ruhe nahm, diesen Mann nicht anzuschreien.

»Das kann in diesen Breitengraden vorkommen. Und nein, es ist nicht der Herr, der ihn hierhergebracht hat.«

Dr. Barnes Kopf ruckte nach oben und musterte Jacob.

»Sie sind doch der neue Sekretär des Planters' Club? Ich war zufälligerweise beim letzten Treffen im Elgin Club, manchmal trinken die Herren dort noch etwas an der Bar.«

»Ja, Sir«, antwortete Jacob.

»Und woher kennen Sie die Dame?«

Bettina fühlte eine unfassbare, kaum zu zähmende Wut in sich aufsteigen.

»Können wir das später klären? Mein Sohn braucht Hilfe!«

Dr. Barnes streckte die Hand aus und legte Zeige- und Mittelfinger auf die unverletzte Seite von Maheshs Hals. »Der Puls ist schwach, aber regelmäßig. Die Wunde muss genäht werden. Ich würde ihn über Nacht zur Beobachtung hierbehalten wollen. Schwester Claire, zeigen Sie Mr Jacob bitte unseren Behandlungsraum.«

Die Schwester sah nicht so aus, als ob sie dieser Anordnung gerne Folge leisten würde.

»Dr. Barnes? Sie wissen schon, dass wir das nicht dürfen.«

»Der Junge ist der Sohn einer … woher kommen Sie? Niederlande? Österreich?«

»Deutschland.«

»Einer Deutschen. Das dürfte mich legitimieren.«

»Unter Protest, Dr. Barnes!«

»Egal unter was, aber rühren Sie sich jetzt bitte.«

Schwester Claire nickte auf eine Art, die ihren gesamten Widerwillen zum Ausdruck bringen sollte, und setzte sich in Bewegung. Jacob folgte ihr.

»Danke«, sagte Bettina leise.

Dr. Barnes legte den Kopf schief und sah aus wie ein Rabe.

»Wie kommt es, dass Sie sich so für dieses Kind einsetzen, das ganz offensichtlich nicht Ihres ist?«

Sie wollte protestieren, aber er wischte ihren noch gar nicht ausgesprochenen Einwand mit einer Handbewegung fort.

»Sie können mir nichts vormachen. Der Junge ist fünf, sechs

Jahre alt, und Sie sind erst seit Kurzem hier. Ich nehme Ihre Geschichte hin, aber wenn sie die Runde macht, denken Sie sich etwas Besseres aus.«

Sie nickte und starrte auf ihre Stiefelspitzen. »Ich habe etwas gutzumachen. Nicht nur etwas, sondern ziemlich viel. Und er ist mir ans Herz gewachsen. Er ist …« Sie stockte, aber dann war es doch die Wahrheit, die sie in diesem Moment erkannte. »Er ist fast wie mein eigenes Kind.«

»Fast.«

Dr. Barnes trat ins Haus zurück und ging voran in einen breiten Flur, der ein wenig Licht von hoch liegenden, kleinen Fenstern abbekam. »Fast wird nicht reichen. Ich kann Sie gut verstehen. Das Herz ist gütig, aber das Gesetz kennt Güte nicht. Sie müssen den Jungen legitimieren. Falls es Ihnen ernst ist und Sie nicht nur von einer kurzen Anwandlung getrieben sind.«

»Sehe ich so aus, als ob kurze Anwandlungen meine Sache wären?«

Er musterte sie zum ersten Mal mit größerem Interesse. »Nein.«

Dann ging er auf eine halb geöffnete Tür zu, hinter der sich der Behandlungsraum befand. Schwester Claire hatte schon begonnen, verschiedene Instrumente zusammenzusuchen, die sie mit offensichtlicher Freude am Krach in eine Petrischale pfefferte.

Jacob hatte Mahesh auf einen einfachen Stahltisch gelegt. Der Junge war immer noch ohne Bewusstsein.

»Sie können draußen warten.«

Dr. Barnes ließ keinen Zweifel daran, dass ab jetzt er derjenige war, der das Zepter in der Hand hielt. Bettina trat kurz an den Tisch heran und hauchte dem Kleinen einen Kuss auf die Stirn. Anschließend folgte sie Jacob hinaus.

Unter einem der hohen Fenster stand eine Bank aus Holz.

Sie setzte sich, Jacob blieb stehen. Sie legte die Papiere und Rollen neben sich und streifte den Riemen ihrer Tasche von der Schulter. Dann schloss sie mit einem leisen Stöhnen die Augen und lehnte den Kopf an die kühlen Steine der Wand.

»Danke«, sagte sie leise.

»Was haben Sie vor, Mrs Vosskamp?«

Mrs Vosskamp. Sie blinzelte ihn an. Er hielt sich gerade und hoch aufgerichtet, die Hände auf dem Rücken zusammengeführt, als stünde er in ihrem Contor und wartete auf Aufträge. Es fehlte nur noch, dass er sie wieder Memsahib nannte.

»Ich weiß es nicht.« Sie kam vor und legte mit gebeugtem Rücken die Unterarme auf die Knie. Die Haare fielen ihr ins Gesicht. Irgendwann musste sie ihren Hut verloren haben. Am Bahnhof, in dem Lagerschuppen oder in der aggressiven Menschenmenge, die sie so schockiert hatte.

»Warum waren die Leute so wütend auf mich?«

Er schürzte die Lippen und sandte einen Blick hinauf zu dem Fenster über ihnen, das sein Licht in einem gebündelten Strahl auf den Boden fallen ließ und in dem kleine Staubkörnchen tanzten.

»Sie waren nicht wütend auf Sie.«

»Nein? Was dann?«

»Sie waren wütend auf das *Raj*.«

Sie nickte. Ihre Schultern waren verkrampft, sie spürte jeden einzelnen Muskel ihres Körpers. Große Schweißflecken hatten sich unter ihren Armen gebildet. Doch die Anspannung ließ langsam nach. Sie konnte kaum glauben, dass sie noch vor einer guten Stunde im Elgin Club an einem weiß gedeckten Tisch gesessen hatte.

Er wird mein Sohn. Ich werde ihn adoptieren.

Ein Gefühl, das sie durchbohrte wie ein Schwert. War das Liebe? Und wenn das Liebe war, was war dann dieses unfassbare

Sehnen, das sie für diesen Mann empfand, der sich benahm wie ein Fremder?

Jacob ging vor ihr in die Knie, und für einen Moment stolperte ihr Herz in den Wahnsinn des Gedankens, er würde ihr einen Antrag machen.

»Was wirst du tun?«, fragte er leise.

Es war, als ob seine Worte sie einhüllten, sie schützten vor dem, was die Welt sich an Grausamkeiten noch alles ausdachte.

»Ich werde es legalisieren. Mahesh, meine ich.« Sie räusperte sich.

»Dann wird er Henry?«

Sein Blick wurde intensiver, als ob er ihr auf den Grund ihrer Seele schauen wollte. Es war kaum noch auszuhalten, dieser Ansturm von Gefühlen. Sie stand immer noch unter Schock, und zu alledem kam jetzt auch noch dieses Wiedersehen, das in ihr Bedürfnisse auslöste, die sie kaum noch unter Kontrolle hatte.

»Ja. Henry Vosskamp.«

»Dir ist es ernst.«

»Das war es mir immer. Auch mit dir.«

Er hob seine Hand und legte sie an ihren Hals. Sein Daumen strich zart über die Linie ihres Kinns. Die Berührung setzte sie in Flammen, und am liebsten hätte sie ihn an sich gezogen, wenn sie sich nicht auf dem Flur eines Hospitals befunden hätten.

»Es geht nicht«, sagte er.

Sie nickte und schmiegte sich in seine Hand. Es war dieses Mal wie nach Hause kommen und vor verschlossener Tür stehen.

»Dies ist nicht unsere Zeit. In einem anderen Jahrhundert, in einem anderen Leben …«

Er zog sie an sich, und seine Lippen trafen ihren Mund. Dieser Kuss sollte nie aufhören. Sie wollte in ihm versinken und alles vergessen, was sie trennte. Die Verzweiflung, dass sie sich nie gehören konnten, brach einem Verlangen Bahn, das sie so noch nie gespürt hatte. Das mehr war als Begierde, mehr als Anziehungskraft, mehr als …

Die Tür zum Behandlungsraum wurde aufgerissen, und Dr. Barnes trat heraus. Bettina und Jacob fuhren auseinander, aber er tat so, als hätte er nicht bemerkt, bei was er sie gerade überrascht hatte.

»Der kleine Patient ist verarztet. Wenn die Wunde gut verheilt, stehen die Chancen auf eine vollständige Genesung nicht schlecht. Er wird allerdings eine Narbe behalten.«

Jacob sprang auf und trat ein paar Schritte zurück. Bettina hatte mehr Mühe, wieder die Haltung einer Lady anzunehmen. Sie stand auf.

»Danke. Kann ich zu ihm?«

»Wir werden ihn in den Krankensaal bringen. Dort können Sie ihn morgen besuchen.«

Schwester Claire kam nun auch aus dem Zimmer, ein Leinentuch in der Hand, mit dem sie sich jeden Finger einzeln abtrocknete.

»Aber heute nicht mehr«, bellte sie. »Die Besuchszeit ist schon vorbei. Unter welchem Namen soll der Junge hier geführt werden?«

Bettina straffte die Schultern und atmete tief durch. »Henry Mahesh Vosskamp.«

Die kleinen Augen der Schwester flitzten zu Jacob und dann wieder zurück zu Bettina.

»Dafür brauche ich einen Nachweis.«

»Sie werden ihn bekommen. Aber das wird ein paar Tage dauern, denn ich führe diese Dokumente nicht mit mir, wenn ich meinen Tee zur Bahn bringe.«

Schwester Claire nickte widerwillig und kehrte zurück in das Behandlungszimmer. Dr. Barnes wartete, bis sie verschwunden war, und bat sie mit einem kurzen Kopfnicken zu sich.

»Es gibt einen Advokaten in Darjeeling, der solche Angelegenheiten diskret übernimmt«, sagte er mit gesenkter Stimme. »Mr Leary. Legate, Testamente, Adoptionen. Mehr ist nicht möglich. Auch ich habe bei ihm einige Angelegenheiten geregelt.«

Bettina nickte.

Er reichte erst ihr und dann, nach kurzem Zögern, auch Jacob die Hand.

»Ich wünsche Ihnen alles Gute. Und … seien Sie vorsichtig.«

Dann wandte er sich ab und eilte den Flur hinunter.

»Ich muss in den Club«, sagte Jacob.

»Ja. Natürlich.«

»Mrs Vosskamp?«

Eine knappe Verbeugung, dann nahm er die Papiere von der Bank auf und ging davon.

»Jacob!«

Sein Schritt stockte, aber er sah sich nicht mehr um. Sie presste die geballte Faust an den Mund und biss in den Fingerknöchel, um ihre Tränen zurückzuhalten. Aus dem Behandlungszimmer drangen scheppernde Geräusche, Schwester Claire machte Ordnung.

Sie wartete, bis sie sich wieder in der Gewalt hatte. Schließlich legte sie sich die Umhängetasche über die Schulter und betrat trotz des Verbots den Raum.

Maheshs kleines Gesicht verschwand fast unter dem Verband. Er war blass wie der Tod, aber unter dem Laken hob und senkte sich seine Brust – er atmete.

Die Erleichterung ließ sie fast in die Knie gehen. Mit zitternder Hand berührte sie die Wange des Kindes, danach beugte sie sich herab und hauchte ihm einen Kuss auf die Stirn.

Schwester Claire, die gerade ein paar blutige Tupfer zum Mülleimer brachte, blieb stehen.

»Überlegen Sie sich das gut.«

»Was?«, fragte Bettina kühl und sah hoch zu dieser unbarmherzigen Frau.

»Sie verpfuschen Ihr ganzes Leben.«

»Indem ich einem Kind ein Zuhause gebe?«

Die Schwester ließ die Tupfer in den Eimer fallen.

»Indem Sie sich einen Eingeborenen an den Hals hängen. Er ist nicht von Ihnen, das sieht jeder. Trotzdem ist es Blutschande, wenn Sie ihn jetzt zu einem Deutschen machen.«

»Es ist … was?«

»Tun Sie doch nicht so. In manchen Kolonien dürfen weiße Männer Negerfrauen[84] heiraten. Aber nicht mehr lange. Das ist Rassenschande, diese Ehen werden über kurz oder lang annulliert. Und die Bastarde sind dann wieder das, was sie sind. Bastarde.«

Bettina starrte die Frau mit weit aufgerissenen Augen an.

»Was? Haben Sie den Begriff noch nie gehört?«

»Doch«, antwortete sie langsam. »Aber noch nie aus dem Mund einer Frau, die sich der Barmherzigkeit und der Nächstenliebe verschrieben hat.«

Schwester Claire wandte sich ab, um das Leintuch aufzuhängen.

»Haben Sie nicht mitbekommen, was hier während des Sepoy-Aufstands passiert ist? Das Massaker an zweihundert britischen Frauen und Kindern? Da gab es keine Barmherzigkeit und keine Nächstenliebe. Sie wurden abgeschlachtet von Wilden. Von Bestien.«

---

84 Dieser Begriff ist geächtet. Aber Ende des 19. Jahrhunderts war er leider gebräuchlich.

Die Frau drehte sich zu ihr um. Tränen schimmerten in ihren Augen.

»Meine Schwester und ihre vier Kinder waren dabei.«

»Das tut mir sehr leid.« Bettina steckte zärtlich das Laken unter Maheshs schmalen Schultern fest. »Aber im Gegenzug haben sich die Briten auch nicht gerade gentlemanlike verhalten. Tausende wurden hingerichtet.«

»Zu Recht.«

Schwester Claire wischte sich die Tränen weg. Ihre Verbissenheit kannte keine Gnade.

»Dieser Junge jedenfalls hat schon genug durchgemacht, auch durch mich. Als Henry Vosskamp wird er ein besseres Leben führen.«

»Glauben Sie das wirklich? Seinesgleichen werden ihn verachten, ihresgleichen auch. Er wird nie in Frieden leben können, nirgendwo.«

»Ja«, erwiderte Bettina so sanft, wie sie es vermochte. »Weil Menschen wie Sie es nie zulassen werden. Aber soll ich deshalb aufhören, das zu tun, was mir mein Herz befiehlt? Und die Bibel, ganz nebenbei.«

Die Schwester wollte etwas erwidern, aber dann besann sie sich, dass ihr Atem an Bettina wohl verschwendet war. Sie stapfte mit hoch erhobenem Kopf hinaus.

Bettina beugte sich noch einmal zu dem Jungen herab. Maheshs Augenlider zuckten, und dann blinzelte er sie verwirrt an.

»Mahesh! Wie geht es dir? Fühlst du dich gut?«

Sie strich ihm über die Schultern und hätte ihn am liebsten an sich gezogen.

»Memsahib ...«

Ein Flüstern, nur ein Hauch.

»Alles wird gut. Du hattest einen Unfall, und jetzt bist du

im Hospital. Mahesh …« Sie beugte sich zu ihm herab und sah ihm in die Augen. »Möchtest du bei mir bleiben?«

Er sah sie verständnislos an.

»Ich weiß, wie lieb du deine Mutter gehabt hast. Ich werde sie nie ersetzen können. Aber ich würde mein Bestes geben. Möchtest du bei mir bleiben als mein Sohn?«

»Sohn?«

»Mein Sohn. Henry Mahesh Vosskamp.«

»Henry … Mahesh Vosskamp?«, kam es mühsam zurück.

Er schien nicht zu verstehen. Aber dann stahl sich ein winziges Lächeln auf seine schmalen Lippen. »Ich Vosskamp?«

»Du bist Vosskamp. Henry Vosskamp, mein Sohn. Willst du das?«

Die müden, verschatteten Augen schienen aufzuleuchten.

»Ja, Memsahib. Henry Mahesh will.«

Die Tür wurde wieder unsanft aufgestoßen, und Schwester Claire kehrte mit zwei indischen Dienern zurück in den Raum.

»In den Krankensaal. Kein eigenes Zimmer für so einen, egal wie er heißt«, bellte sie.

Die beiden Männer nickten eifrig, aber es war ihnen anzusehen, dass gerade etwas Unerhörtes geschah. Bettina trat vom Bett zurück und nickte ihnen freundlich zu.

»Aber gehen Sie sanft mit meinem Sohn um.«

Was uns zu dem macht, was wir sind

Die Stunden bis zum Abend eilten an Bettina vorüber, als hätte jemand eine doppelt so große Öffnung in ein Stundenglas gebohrt. Sie fand Dahul, der es sich am Bahnhof mit einigen Arbeitern gemütlich gemacht hatte und gerade dabei war, seinen halben Wochenlohn in Toddies anzulegen – eine Art fermentierten Grog mit Hefe, der wenig kostete und dafür umso mehr zu Kopf stieg. Sie schickte ihn umgehend zurück nach Brenny's Garden, zusammen mit einem kurzen Schreiben an Mary, das sie noch im Garten des Hospitals an einem der Tische unter einem Magnolienbaum aufgesetzt hatte und in dem sie bat, alle Unterlagen zu Maheshs Familie zusammenzutragen und schnellstmöglich, am besten noch an diesem Tag, nach Darjeeling in den Elgin Club zu bringen.

Sie suchte Mr Leary auf, der in einem entzückenden Haus mit einer hölzernen Veranda auf einem der Hügel der Stadt lebte und der ihr zunächst einmal alles an Widrigkeiten und bösen Folgen aufzählte, die durch so eine Adoption auf sie zukommen würden. Nach zehn Minuten unterbrach sie ihn genervt.

»Das weiß ich alles. Wie lange dauert das Verfahren?«

Mr Leary war ein zarter Mann, der fast in seinem steifen Anzug verschwand. Aber er musste über eine grandiose Konstitution verfügen, die es ihm erlaubt hatte, seit über acht Jahren dieses Klima auszuhalten. Und gemeinsam mit seiner Gattin sechs Kinder in die Welt zu setzen.

»So etwas geht schnell.« Er begriff, dass Bettina sich von nichts abhalten lassen würde. »Bringen Sie einen Nachweis bei, eine Geburtsurkunde oder, falls es die nicht gibt, zwei Zeugen, die die Identität des Jungen bestätigen können. Dann kann ich das in ein, zwei Tagen zum Register bringen. Aber Sie müssen wissen, dass Sie damit eine Verantwortung …«

»Ich weiß, Mr Leary.«

»Warum kann der Junge nicht Ihr Mündel sein? Das ist nicht so verpflichtend wie eine Adoption, aber er hat denselben Lebensstandard und kann auch testamentarisch bedacht werden.«

»Weil er als mein Mündel nicht geschützt ist, wenn ich sterbe.«

Mr Leary nickte zögernd. »Sie sind sehr deutlich.«

»So deutlich wie das Gesetz. Sie sind der Anwalt, ich bin nur eine unwissende Frau. Aber auch ich weiß, dass ein Sohn und ein als solcher angenommener nicht von der Erbfolge ausgeschlossen werden kann, ein Mündel schon. Und nicht nur das.«

Sie beugte sich vor und nahm ihn ins Visier. »Er wird in keinem Krankenhaus behandelt. Er darf kein Hotel betreten, und eine britische Schule darf er hierzulande nur besuchen, wenn er mein Angehöriger ist. Ich will, dass Mahesh wie mein Sohn behandelt wird, weil er es ist. Und nicht, weil ich es behaupte. Er hat seine Familie verloren, und der Tod seiner Mutter ist meine Schuld.«

Es war nicht leicht, diese Worte auszusprechen. Leary bemerkte das, denn sein strenges Advokatengesicht wurde etwas freundlicher.

»Dann unterschreiben Sie hier.«

Er schob ihr eine Vollmacht über den Tisch und reichte ihr die Feder.

Sie tat das Richtige. Mr Leary hatte ihr versichert, dass es ähnliche Präzedenzfälle gab. Meistens waren es britische Männer, die entgegen den hier herrschenden Gepflogenheiten Verantwortung für die Frauen übernehmen wollten, mit denen sie eine Verbindung eingegangen waren. Und für die Kinder, die aus diesen verbotenen Beziehungen entstanden waren. In sehr seltenen Fällen hatten Gentlemen auch jüngere indische Männer adoptiert, was ebenso stillschweigend durchgewunken wurde. Bloß kein Aufheben machen, bloß keinen Skandal. Alles hübsch unter den Teppich kehren und verschwiegen die Schlupflöcher suchen, die noch existierten.

Er reichte ihr höflich ihre Tasche, die sie in seinem Büro abgelegt hatte, und begleitete sie noch hinaus. Sie stieg die Treppen hinunter auf die Straße und lief bergab in Richtung Bahnhof. Sie fand Ganga an einem der Waggons, die gerade beladen wurden.

»Ich habe ein Schreiben an unseren Agenten beigefügt«, sagte er, als er ihr die Frachtpapiere zurückgab. »Aber das ist natürlich keine Garantie, dass die Ware auch das Schiff erreicht. Die *Majestic*, nicht wahr?«

Bettina warf einen Blick auf die Unterlagen.

»Ja.«

»Jemand muss das Stauen überwachen. Quittieren. Und letzten Endes auch die Frachtkosten bezahlen.«

»Das sollte alles mein Tea Manager machen.«

Die Wut auf Jacob war wieder da, der sie einfach mit allem alleingelassen hatte. Daran konnte auch der Kuss im Hospital nichts ändern. Er hätte wenigstens so lange bei ihr bleiben müssen, bis diese erste wichtige Ernte nach dem Erdbeben verschifft war. Lord Bigett hatte Vertrauen in sie gesetzt, jetzt durfte einfach nichts mehr schiefgehen.

»Und wo ist er?« Ganga warf ihr einen zweifelnden Blick zu. »Wenn Sie eine solche Menge Tee ohne Begleitung losschicken, können Sie ihn auch gleich in den Hooghly kippen.«

»Ich werde fahren«, hörte sie sich sagen.

War sie verrückt geworden? In Gangas verblüfftem Gesichtsausdruck konnte sie einen ganz ähnlichen Gedanken erkennen.

»Madam, mit Verlaub, Calcutta ist ein hartes Pflaster. Spätestens im Hafen sind Sie verloren.«

Das war sie auch, wenn sie hierblieb.

»Die *Majestic* läuft übermorgen früh aus«, fuhr er fort und beobachtete mit scharfem Blick, wie die indischen Bahnarbeiter das Tor des letzten Waggons verschlossen. »Wenn ich Ihnen einen Rat geben darf, suchen Sie sich einen Agenten und dann ein anderes Schiff. Aber in der Hochsaison werden Sie niemanden finden, der noch Kapazitäten hat.«

Sie schüttelte den Kopf. »Der Tee muss in die Herbstauktion der Londoner Mincing Lane. Das geht nur, wenn er noch auf dieses Schiff kommt.«

»Dann viel Glück, Madam.« Ganga deutete eine Verbeugung an. »Unser Agent in Calcutta ist Mr Cooper von Cooper & Sons. Er wird Ihnen zumindest bei den Formalitäten helfen können.«

Sie bedankte sich und kehrte zurück zu dem Waggon. Alles in ihr sehnte sich nach einem Bad und frisch gewaschener Kleidung. Und danach, so schnell wie möglich mit Mahesh zurück nach Brenny's Garden zu kehren. Aber erst musste sie den Tee auf das Schiff nach London bringen, und sie ahnte, dass das leichter gesagt als getan war.

Erst am späten Abend hatten alle Kisten von Brenny's Garden einen Platz gefunden. Völlig erledigt kehrte Bettina in den Elgin Club zurück. Wo Mary gerade eingetroffen war und sie mit besorgten Fragen bombardierte.

Das Mädchen hatte wirklich an alles gedacht, nicht nur an die zerknitterten, hastig ausgestellten Dokumente, die die Werber ihren angeheuerten Arbeitern in die Hand gedrückt hatten, auch an Kleidung zum Wechseln und alles, was es für eine anständige Toilette brauchte.

Einer nicht sehr glücklichen Fügung war es zu verdanken, dass an diesem Abend Mr Buchanan an der Rezeption arbeitete und ihr ein winziges Gästezimmer im Trakt über den Ställen zur Verfügung stellen konnte.

»Sie reisen allein, Mrs Vosskamp?«, fragte er mit einem Unterton, als ob er von ihr nichts weniger Verwerfliches erwartet hätte.

»Mit meiner Maid Mary«, sagte sie und lächelte ihn zuckersüß an. »Vielleicht erinnern Sie sich an sie? Sie hat einmal hier gearbeitet.«

»Natürlich.«

Er sah kurz von dem Gästebuch hoch.

Mary stand ein paar Schritte entfernt mit zwei Reisetaschen. Dahul hatte den Ochsenkarren glücklicherweise in Brenny's Garden gelassen und für die zweite Fahrt in die Stadt den Sulky benutzt. Gerade wurde Muddy abgesattelt und in den Ställen versorgt.

Mary machte einen tiefen Knicks, als der Blick des Portiers auf ihr ruhte.

»Nun.« Mr Buchanan schüttete Sand auf die feuchte Tinte. »Als Ihre Maid ist ihr der Aufenthalt im Zimmer gestattet, aber nicht in den Räumlichkeiten dieses Hauses. Wenn Sie etwas brauchen, wenden Sie sich bitte an unser eigenes Personal.«

»Selbstverständlich.«

Offenbar hielt der Portier das Elgin für den besten aller Arbeitsplätze, den nur Verrückte gegen einen auf einer Teeplantage tauschten.

»Und ich muss um Zahlung im Voraus bitten.«

Ihre Hand legte sich auf die Umhängetasche. Ihre Reserven schmolzen schneller als Schnee in der Sonne. Die Frachtkosten nach London führte sie bei sich, aber viel mehr war von ihrem Geld nicht mehr übrig. Wenn jetzt noch eine Zugfahrt und mindestens zwei Übernachtungen in Calcutta hinzukamen, wurde es eng. Sehr eng.

»Ich …« Sie biss sich auf die Lippen, denn um nichts in der Welt wollte sie den Portier anbetteln.

»Im Voraus, Mrs Vosskamp.«

»Ist das so üblich in einem Haus wie diesem?«

»Es ist so üblich bei Gästen wie Ihnen.«

»Wie darf ich das verstehen?«

Er hatte nichts vergessen und nichts verziehen. Und dies war vielleicht eine der ganz wenigen Möglichkeiten, wo ein Portier es einem Gast so richtig ungemütlich machen konnte.

»Mrs Vosskamp, Vorauszahlung oder Sie suchen sich ein Zimmer in einem Dak Bungalow.«

»Der Planters' Club bürgt für sie.«

Bettina fuhr herum. Jacob hatte die Eingangshalle durchquert und den Disput unglücklicherweise mit angehört.

»Der Planters' Club?«

Mr Buchanans Augenbrauen schnellten missbilligend nach oben.

»Soweit ich weiß, ist Mrs Vosskamp kein Mitglied.«

Jacob kam näher. Während Mary ihn mit großen Augen anhimmelte und ihre Wiedersehensfreude kaum verbergen konnte, fühlte Bettina sich überrumpelt und bloßgestellt.

»Das ist auch nicht nötig. Danke.«

Mr Buchanan holte einen Quittungsblock aus einer Schublade unter dem Tresen.

»Dann wären das zehn englische Pfund, Madam. In bar. Es sei denn, der Herr zahlt für Sie.«

Es klang so neutral, wie ein Portier zu klingen hatte. Und trotzdem schwang etwas in seiner Stimme mit, was Bettina um ein Haar die Schamesröte ins Gesicht getrieben hätte.

»Das wird er nicht tun.«

»Nein. Natürlich nicht.«

Jacob kam an den Tresen und stellte sich neben sie. Sofort spürte sie seine Nähe mit einer Intensität, die ihr einen Schauer den Rücken hinunterjagte.

»Der Planters' Club übernimmt die Kosten. Stellen Sie ihm bitte die Rechnung aus, Mr Buchanan.«

In der Miene des Portiers spiegelte sich der Unmut über eine solche Bevormundung. *Er* hatte zu entscheiden, wer in diesem Hause übernachten durfte. Und nicht ein Inder, so europäisch er auch angezogen war.

»Ich werde den Vorsitzenden, Mr Plumrose, fragen, ob das in seinem Sinne ist. Es entspricht nicht dem Esprit de Corps dieses Hauses, Gäste ohne ausreichende Liquidität …«

Bettina knallte eine Zehn-Pfund-Note auf den Tresen. Ihr blutete das Herz, aber sie wollte weder Jacob noch Mr Buchanan einen Gefallen schulden.

»Ich begleiche meine Rechnungen. Immer.«

Sie hörte, wie Jacob neben ihr überrascht die Luft einsog. Aber sie sah ihn nicht an.

»Wenn das so ist …«

Der Portier strich die Banknote ein und füllte umständlich die Quittung aus.

»Danke«, sagte sie leise. »Aber ich brauche die Hilfe des Planters' Clubs nicht.«

Jacob drehte sich um, damit er nicht in Mr Buchanans Richtung sprechen musste. Die Zurückweisung nagte an ihm.

»Das ist natürlich Ihre Entscheidung. Leben Sie wohl, Mrs Vosskamp.«

Er schenkte Mary ein Lächeln, das sie verklärt erwiderte, und lief in weit ausholenden Schritten zum anderen Ende des Empfangsraums. Dort verschwand er hinter einer hohen Tür, die zu den Konferenzräumen führte.

»Bitte sehr.« Der Portier riss das Papier ab und reichte es Bettina. »Was sich diese Leute herausnehmen, ist ungeheuerlich. Ich verstehe nicht, wie man ihn zum Sekretär des Clubs machen konnte. Nun müssen wir ihn auch noch unter unserem Dach dulden.«

Sie verstaute das Papier in ihrer Tasche.

»Dann wohnt er hier?«, fragte sie erstaunt.

»Im Dienstbotentrakt. Dort, wo seinesgleichen hingehört. Aber bestimmt nicht in die Lobby dieses Hauses und schon gar nicht mit zweifelhaften finanziellen Angeboten an alleinreisende Damen!«

Offenbar glaubte er, einen gemeinsamen Feind gefunden zu haben, was seine Einstellung zu ihr schlagartig änderte.

»Garçon! Hierher!«

Er winkte einen der Diener heran und überreichte ihm den Schlüssel zu Bettinas Zimmer.

»Ich habe mir erlaubt, Sie im dritten Stock unterzubringen, in Ihrem früheren Zimmer. Als Entschuldigung unseres Hauses, weil Sie so eine Zudringlichkeit erdulden mussten. Ich hoffe, Sie beehren uns bald wieder.«

Sie schluckte. Aber dann entschied sie sich, das zarte Pflänzchen erwachender Zuneigung von seiner Seite nicht gleich wieder mit ihren Stiefeln zu zermalmen.

»Vielen Dank. Beim nächsten Mal werde ich vielleicht meinen Sohn mitbringen.«

Mr Buchanans Lächeln wurde breit. »Er ist uns jederzeit willkommen.«

»Ich nehme Sie beim Wort.«

Und damit folgte sie dem Diener und einer verdatterten Mary, der sie erst auf dem Zimmer erklären konnte, was es mit dem Familienzuwachs auf sich hatte.

»Sie wollen Mahesh adoptieren?«

Mary, die gerade Bettinas dreckige, verschwitzte Kleider einsammelte, konnte es immer noch nicht fassen.

»Geht das denn?«

Bettina, gebadet, geschrubbt, mit Kokosöl eingerieben und in einem zarten Nachthemd aus heller Baumwolle, wies vom Bett aus auf die Unterlagen, die sie auf dem Schreibtisch ausgebreitet hatten. Es waren eigentlich nur die Arbeitsverträge von Maheshs Familie, und als sie einen nach dem anderen in die Hand genommen und die Namen gelesen hatte, waren ihr die Schicksale dieser Menschen wieder so nah, als wären die schrecklichen Ereignisse, die zu ihrem Tod geführt hatte, erst gestern geschehen.

»Ich hoffe doch. Ich möchte, dass du das morgen zu Mr Leary bringst, einem Advokaten in der Queen Street. Zusammen mit Dahul, falls es Fragen zu Maheshs Identität gibt.«

Das Mädchen schluckte. »Was soll ich denn da?«

»Du sollst bezeugen, dass Mahesh der ist, für den wir ihn halten.«

Große, dunkle, ratlose Augen blickten sie an.

»Damit er ins Register eingetragen werden kann und er mein Sohn wird.«

Mary nickte. Vielleicht ging ihr durch den Kopf, welch ein Glück dieser Junge in ihren Augen haben würde, denn sie verrichtete die restlichen Arbeiten auffallend still.

»Und … Sie, Memsahib? Kommen Sie nicht mit?«

»Ich nehme morgen früh den Zug nach Calcutta, unseren Tee aufs Schiff bringen. Ich habe keinen Agenten, also muss ich mich selbst darum kümmern.«

»Allein?«, fragte Mary entsetzt. »Kann ich nicht wenigstens mitkommen?«

»Du musst mit Dahul zu Mr Leary. Es darf nichts schiefgehen, verstehst du?«

»Ja, Memsahib.«

Erst als sie die Reisetasche ausgeräumt hatte und sie sie im Schrank verstauen wollte, stieß sie einen kleinen Schrei aus.

»Oh! Das habe ich vergessen. Es tut mir leid!«

Sie hielt ihr einen braunen, zerknitterten, mit vielen Stempeln und Marken versehenen Brief entgegen.

»Der Dak Runner war da und hat das mitgebracht.«

Zögernd nahm Bettina den Brief entgegen und warf einen Blick auf den Absender.

Bankhaus Groth & Co., Bremen.

Ihr Herzschlag galoppierte. Ihre Hand zitterte, als sie das Papier glatt strich.

»Memsahib? Es tut mir leid! Ich habe mich so beeilt mit dem Packen, da habe ich ihn einfach in die Tasche gesteckt.«

»Schon gut«, sagte sie, stand auf und ging zum Schreibtisch.

Der Brieföffner lag in einer schmalen, silbernen Schale, in der das Emblem des Hotels eingraviert war. Seltsam, dass sie das nicht bemerkt hatte. All die kleinen Details: Wie die Klinge unter den Falz des Umschlags fuhr, das leise Geräusch, als sie sie durchzog, das Klirren, als sie den Öffner wieder zurücklegte und mit dem Brief zum Fenster ging.

Mary drehte ihr diskret den Rücken zu und begann noch einmal von vorne, alle Kleidungsstücke von den Bügeln zu nehmen, auf dem Bett auszubreiten und eines nach dem anderen wieder aufzuhängen.

Bettina atmete tief durch und zog einen zweiseitigen Brief heraus, geschrieben in der gestochen scharfen Contoristenschrift von Casper Groth, aber unterschrieben von Sabine Vosskamp.

Bremen, den 22. Juli 1887.

Der Brief hatte keine sechs Wochen gebraucht. Wunder der Dampfschifffahrt! Die Welt rückte immer näher zusammen.

Die *Majestic* würde nur einen Bruchteil der Zeit bis London brauchen, die die alten Teeklipper auf den Meeren verbracht hatten. Und die Post hatte sich dadurch geradezu revolutioniert. Ganz zu schweigen von dem, was das Telegrafenwesen verändert hatte.

Warum hatte Sabine also so lange mit diesem Brief gewartet? Ging es ums Geld? Musste sie das Darlehen früher zurückzahlen? Oder gab es Neues von Püsken, von Großhanns oder ihren Eltern?

Was es auch war, sie ahnte, dass nach so einem langen Schweigen nichts Gutes auf sie warten würde.

Mary sah kurz zu ihr hinüber.

»Möchten Sie einen Tee, Memsahib?«

»Ja. Danke.«

Tee war gut, in allen Lebenslagen. Sie setzte sich an den Schreibtisch, atmete tief durch und begann zu lesen.

Liebe, geschätzte Schwägerin,

verzeih, dass dieser Brief dich unvorbereitet erreicht. Gott der Herr in seiner unendlichen Güte …

Casper.

Bettina ließ den Brief sinken. Mary reichte ihr mit besorgtem Blick ein Tablett mit einer Tasse Tee, Zucker und Milch. Es war ein guter, kräftiger Darjeeling, Second Flush, mit einer erdigen Note, die ihr angenehm in die Nase stieg. Sie wartete, bis die Maid sich wieder ihrer Kleidung widmete, trank einen Schluck und las weiter.

Gott der Herr in seiner unendlichen Güte hat entschieden, deinen lieben Vater Joost zu sich zu rufen. Möge der Herr seiner Seele gnädig sein und ihm den Frieden schenken, den er auf Erden nicht mehr gefunden hat.

Bettina stellte die Tasse ab und starrte auf einen Punkt an der Wand, ohne irgendetwas wahrzunehmen.

Vater, dachte sie. Es tut mir so leid, dass ich Sie enttäuscht habe.

Mary sah besorgt zu ihr hinüber.

»Schlechte Nachrichten, Memsahib?«

»Es geht schon. Danke.«

Deine liebe Mutter sagt, der Verlust des Contors und die Schmach des Bankrotts hätten ihm das Herz gebrochen. Zudem kein Erbe ihm die Last von den Schultern genommen habe und auch Paul nicht mehr nach Bremen zurückgekehrt sei.

Paul? Die Zeilen verschwammen vor ihren Augen. Sie kniff sie zusammen, um sie besser lesen zu können.

Dies ist die zweite Neuigkeit. Mein Mann ist in New York und hat dort Arbeit, Lohn und Brot als Laufbursche in einem Teegeschäft erhalten. Der Besitzer hat eine Tochter, und diese will er ehelichen und hat mich um die Scheidung gebeten. Ich habe eingewilligt, um ihm nicht im Wege zu stehen. Ich kann ihm wohl doch keinen Erben schenken, und der Name wird mit uns untergehen, auch wenn du eines Tages mit vielen gesunden, glücklichen Kindern gesegnet sein wirst. Aber dann wirst du verheiratet sein, und du und deine Kinder tragen einen anderen Namen.

Bettina warf den Brief auf den Tisch und sprang auf. Am liebsten hätte sie mit irgendetwas geworfen, aber die Zeiten, in denen sie den Jahreslohn einer Maid einfach an der Wand zerschmettern konnte, waren vorüber.

Paul. Statt alles in seiner Macht Stehende zu versuchen, den Ruin von den Vosskamps abzuwenden, begann er einfach ein neues Leben in Amerika. Und Sabine, dieses naive Kind, willigte auch noch in die Scheidung ein.

»Memsahib?«

Sie fuhr sich mit beiden Händen über das Gesicht und versuchte, einen klaren Kopf zu bekommen.

»Mein Vater ist gestorben.«

»Das tut mir so leid!«

Mary kam zu ihr. Sie hob die Hand und wollte sie berühren, ließ sie dann aber sinken, weil ihr wohl eingefallen war, dass sie sich das in ihrer Position nicht erlauben durfte.

»Danke, Mary. Wir standen uns nicht sehr nah, aber trotzdem … trotzdem ist etwas zu Ende, unwiederbringlich. Ich wünschte, wir hätten uns noch versöhnt.«

Mary trat an den Schreibtisch und schenkte aus der Kanne Tee in die Tasse nach.

»Was auch immer es gewesen sein mag, er hat Ihnen verziehen.«

Sie reichte ihr die Tasse.

»Woher willst du das wissen?«

Das Mädchen schenkte ihr einen scheuen, liebevollen Blick.

»Weil er Sie zu dem gemacht hat, was Sie sind. Deshalb kann er gar nicht im Groll von dieser Welt gegangen sein.«

Bettina hätte gerne erwidert, dass man das nur sagen konnte, wenn man Joost Vosskamp nicht gekannt hatte. Aber dann rang sie sich ein kurzes Lächeln ab und kehrte zu dem Brief zurück.

Es waren nur ein paar Zeilen, aber Sabine hatte sich die Nachricht mit der größten Sprengkraft bis zum Schluss aufgehoben.

Untergehen wird wohl auch der Teepalast. Ich als Letzte dieses Namens in Bremen habe alles versucht. Aber das Haus wird zu Cäcilien versteigert, um die Schulden bei Großhanns zu begleichen. Obwohl Casper, Paula und ich Handel treiben und die Aktien gut stehen, fehlt uns doch das Kapital, in größerem Maß zu agieren. Niemand gibt uns Kredit. Auch wenn du dein Darlehen zurückzahlen könntest, fehlen uns immer noch zehntausend Mark.

Verzeih mir, Bettina. Ich schreibe diese Zeilen unter Tränen, aber wir müssen weiter als Schuldner leben und bitter erkennen, dass wir wohl die letzten Vosskamps sind und ein ehrenwertes Haus, einst gegründet von deiner Großmutter Helene, vergessen werden wird. Wir sind Frauen. Hätte das Haus Vosskamp einen männlichen Erben, sähe es vielleicht nicht ganz so hoffnungslos aus.

Bettina legte den Brief ab und stützte den Kopf auf ihre Hände. Mary schlich auf Zehenspitzen durch den Raum, um sie nicht zu stören.

Zehntausend Mark fehlten. Wenn alles gutging, konnte sie gerade einmal ihre Schulden an Casper, Sabine und Paula zurückzahlen. Und dann fehlte immer noch so viel Geld. Cäcilien, das war am 22. November.

Vielleicht, wenn …

»Ist alles in Ordnung, Memsahib?«

Sie musste ihre Gedanken an den losen Enden einfangen und wieder zusammenführen. Mary kam mit besorgtem Gesicht auf sie zu.

»Noch mehr schlechte Nachrichten?«

Sie faltete den Brief zusammen und steckte ihn zurück in den Umschlag. »Wie lange hat das Post Office geöffnet?«

»Ich schätze, es hat schon geschlossen.«

Vor dem Fenster legte sich bereits die Dämmerung über die Hügel der Stadt.

»Du musst gleich morgen früh ein Telegramm für mich aufgeben.«

Bettina ging zurück zum Schreibtisch und öffnete das Tintenfass. Dann holte sie einen Bogen Briefpapier aus der Schublade, nahm die Feder und schrieb nur einen einzigen Satz.

Werde zu Cäcilien mit Henry Vosskamp, dem Erben des Hauses, in Bremen sein.

Sie ließ die Feder sinken und starrte auf den Satz. Sie sollte hinzufügen: Wenn Brenny's Garden in der Mincing Lane ein Erfolg wird. Wenn Lord Bigett daraufhin auch die nächste Ernte kauft. Wenn nichts Schlimmes passiert und wir von

Erdbeben und Überschwemmungen verschont werden. Wenn ich die Passage für uns bezahlen kann. Wenn ich einen Tea Manager finde …

Sie sah auf die hingeworfenen Worte und wusste, dass sie eine Kampfansage waren. An Paul. An Großhanns. An all jene in Bremen, für die die Vosskamps nur noch ein Sinnbild von Untergang, Bankrott und Feigheit waren. Es waren verdammt viele Wenns. Sie würde jedes einzelne nacheinander pulverisieren.

»Das Telegramm geht an das Bankhaus Groth in Bremen.«

Sie faltete das Papier zusammen und schrieb die Adresse auf die Vorderseite. Dann suchte sie in der Aktentasche nach dem Geldbeutel und drückte Mary eine Pfundnote in die Hand.

»Das wird reichen. Geh zuerst zur Post und dann zu Mr Leary. Es darf nichts schiefgehen mit der Adoption. Verstehst du mich?«

Das Mädchen nickte.

»Ich verstehe. Mahesh wird Ihr Sohn, Memsahib, und ich stehe mit meinem Wort, dass nichts das verhindert. Ich werde für ihn da sein, bis Sie wiederkommen.«

»Danke.«

Tränen der Erleichterung stiegen ihr in die Augen. Sie wusste, dass es falsch war und sie Mary damit in eine unmögliche Lage brachte, aber sie nahm sie einfach in die Arme.

Augenblicklich gefror das Mädchen zu Eis. Es war, als würde sie eine Statue umarmen, ein Standbild der Unberührbarkeit, das sie gerade verletzte.

»Danke«, flüsterte sie noch einmal und ließ Mary los.

Die sah beschämt zu Boden und wusste nicht, wie sie sich verhalten sollte. Bettina auch nicht.

»Daran musst du dich gewöhnen«, sagte sie mit fester Stimme.

Mary sah nicht hoch.

»Wenn du bei mir bleiben willst, kann es vorkommen, dass ich mich bei dir bedanke. Oder dich um Rat frage. Oder dich vielleicht auch berühre.«

Das Mädchen nickte, wagte aber immer noch nicht hochzusehen. Bettina hatte immer noch die Pfundnote und das Papier mit dem Telegrammtext in der Hand.

»Hier.«

Mary nahm beides an sich und steckte es in den kleinen Beutel, den sie unter ihrem Sari trug. »Sie können sich auf mich verlassen.«

»Danke. Und nimm Mahesh, sobald es geht, mit nach Brenny's Garden.«

»Natürlich, Ma'am.«

»Und sei gut zu ihm.«

Erst als sie das Licht gelöscht und Mary sich am Fußende des Betts auf dem Kanapee zusammengerollt hatte, sagte sie: »Er braucht jeden Freund, der ihm helfen kann. Wenn ich weg bin, gib auf ihn acht.«

Mary richtete sich auf. Ihre Silhouette wurde umspielt von den wenigen Streifen Licht, das vom Garten aufs Haus und die geschlossenen Fensterläden geworfen wurde.

»Ich werde ihm ein Freund sein, Memsahib.«

»Ich danke dir«, flüsterte sie.

Und dann kamen die Tränen.

Es war ein langer, harter Tag gewesen.

Plötzlich spürte sie, wie eine Hand ihr zögernd übers Haar strich. Mary war aufgestanden und zu ihr ans Bett gekommen.

»Alles wird gut, Memsahib. Alles.«

»Auch für Mahesh?«

Marys Hand stockte. Aber dann strich sie unbeirrt weiter über ihr Haar.

»Auch für Mahesh. Sie sind da, Memsahib. Und ich bin da. Was soll ihm da noch geschehen?«

Beide wussten, dass das ein frommer Wunsch war. Aber in dieser Nacht waren sie bereit, dem Schicksal die Stirn zu bieten, auch wenn es schon beim nächsten Tageslicht wieder seine ganze grausame Seite zeigen würde.

»Sie müssen schlafen. Ich wecke Sie um kurz nach sechs.«

»Das ist gut.«

Sie streckte sich aus und wartete, bis Mary sich wieder hingelegt hatte. Aber der Schlaf wollte nicht kommen. Irgendwann wurden die Atemzüge des Mädchens regelmäßig, und Bettina erhob sich noch einmal und ging zu den geschlossenen Fensterläden.

Durch die Ritzen der Querlatten konnte sie hinunter in den Garten sehen. Es brannten nur noch zwei Feuerschalen am Anfang des Hauptweges. Die Fackeln waren gelöscht, die Diener hatten sich zurückgezogen und fanden hoffentlich auch etwas Ruhe. Über den Kristallspitzen der Berge, an einem tiefschwarzen, von einigen Wolken verschleierten Nachthimmel, leuchteten die Sterne. Andere Sterne als in Bremen und über dem Teepalast, der ihr nicht mehr aus dem Sinn ging. Zum ersten Mal seit langer Zeit dachte sie auch an Amalie, Joost, Mamsell Schwicke und all die anderen.

Auch an Püsken.

An Scott Ewan.

An …

Eine Bewegung in der Dunkelheit erregte ihre Aufmerksamkeit. Unten stand jemand auf einem der Wege, die zum Elefantenbrunnen führten. Ein Mann in Anzug mit Turban, der zu ihr hinaufsah.

Erschrocken trat sie einen Schritt zurück und drehte sich zu Mary um, die sich mit einem schnaufenden Laut von der einen auf die andere Seite rollte. Mit klopfendem Herzen trat sie wieder an den Spalt und spähte hinunter.

Jacob sah immer noch zu ihr hinauf. Über die Distanz hinweg und durch die Dunkelheit traf sie dieser Blick, der wie eine Frage war. Sie lauschte ihrem eigenen Atem und dem Ticken der Uhr auf dem Schreibtisch. Dem leisen Rascheln des Windes durch die Bäume und Sträucher. Und der Stimme ihres Herzens, die ihr riet, zurück ins Bett zu gehen.

Es war vorbei, noch bevor es begonnen hatte. Er wusste das, und trotzdem dauerte es lange Minuten, bis sie leise, knirschende Schritte auf dem Kies hörte, die sich langsam entfernten.

Zweiundzwanzig Lots

Mary brauchte länger auf der Post, als sie geplant hatten, und so hasteten sie am nächsten Morgen im Laufschritt zum Bahnhof, begleitet von einem Pagen des Hotels, der ihre Reisetaschen trug und der für sie um einen Platz in der zweiten Klasse kämpfte. Endlich kam er wieder aus dem Waggon heraus auf den Bahnsteig und führte sie zu ihrem Sitz in einem voll besetzten Abteil. Diese Fahrt würde nicht so bequem werden wie die letzte. Im Wagen saßen indische Händler und Beamte, britische Soldaten, eine Großfamilie aus Wales und zwei Schneiderinnen aus London. Zumindest behaupteten sie das und hielten die riesigen Mappen mit den Schnittmustern die ganze Zeit über fest umklammert.

Außer ihr gab es im ganzen Zug keine weitere alleinreisende Frau, zumindest keine in der zweiten Klasse. Um den neugierigen Blicken zu entgehen, igelte sie sich auf ihrem Platz am Fenster ein und starrte durch die halb blinden Scheiben hinaus auf die Straßen, während sie Darjeeling verließen und langsam in die Vororte mit den kleinen Hütten und Bungalows kamen. Nach dem Ghum-Bazar-Pass ging es für Stunden nur bergab.

In Shiliguri musste sie umsteigen, weil die Schmalspurzüge der Darjeeling Himalayan Railway nicht auf die normalen Schienen gesetzt werden konnten. Mit Argusaugen beobachtete sie, wie erneut die Ware aus- und umgeladen wurde. Gewaltige Postsäcke kamen noch dazu, doch die Anwesenheit von Beamten ließ die Sache einigermaßen geordnet ablaufen.

Sie fand natürlich keinen Platz mehr in einem Abteil und kämpfte sich in den Speisesaal durch, aber auch dort waren alle Plätze belegt. Ein Stewart schenkte ihr einen Becher Tee ein und gab ihr ein Sandwich. Sie fand eine Sitzgelegenheit auf einer stabilen hölzernen Transportbox, aus der immer wieder empörtes Gackern klang. In der Nacht bekam sie kein Auge zu, weil das Rattern des Zuges, das asthmatische Keuchen der Lok und der unbequeme Sitz jeden Anflug von Schlaf vertrieben.

Calcutta empfing sie mit brütender Hitze. Nach den kalten Nächten und dem rauen Klima in Darjeeling schlug ihr die Luft wie feuchter Dampf entgegen, geschwängert mit allen Gerüchen, die man sich in einer Stadt ohne Kanalisation nur vorstellen konnte. Die beiden Schneiderinnen verkeilten mit ihren Mappen den Ausstieg, und sie verlor so kostbare Minuten, die sie mit einem Sprint entlang des Bahnsteigs wieder aufholen musste, um beim Öffnen der Waggons dabei zu sein und sich einer Woge von schreienden, prügelnden und gegenseitig wegstoßenden Coolies entgegenzustellen.

Der Frachtbahnsteig der Sealdah-Station war umlagert von Händlern, die auf ihre Ware warteten. Säcke und Kisten mit Federn, Muscheln, Korallen und Spitze wurden abgeholt, Kamelsättel im Dutzend entladen, Stoffballen aus den Waggons geworfen. Und natürlich kam es zu Auseinandersetzungen, wenn es darum ging, wer mit der frischeren Ananas und den pralleren Orangen von dannen ziehen konnte.

Eine Kiste landete direkt vor Bettinas Füßen und zerbrach. Zu ihrem Entsetzen wand sich eine große Schlange am Boden und richtete sich züngelnd auf. Aber bevor Panik ausbrechen konnte, sprang schon ein sehniger Mann herbei und schlang das Tier behände um seine Arme, um es anschließend davonzutragen. Ein Schlangenbeschwörer, der seinen Liebling natürlich nicht zusammen mit den Passagieren hatte befördern dürfen.

Ganga, der in einem der überfüllten Abteile mitgereist war, die gar keine Klasse mehr für sich beanspruchten, und die anderen Aufseher brüllten Anweisungen in die Menge. Ochsenkarren und Leiterwagen verkeilten sich ineinander. Der Lärm war infernalisch. Bahnarbeiter brüllten auch noch ihre Sicht der Dinge in die Menge, und endlich begann so etwas wie eine geordnete Entladung der großen Kisten.

»Mrs Vosskamp?«

Ein schwitzender, leicht untersetzter Mann mit einem fast viereckigen Gesicht und blondem Schnauzbart drängelte sich durch zwei Coolies, die Teekisten zu den Ochsenkarren schleppten.

»Alfie Cooper«, schnaufte er und lüftete einen dunklen, von Schweißflecken verkrusteten Hut. »Von Cooper & Sons.«

In der Hand hielt er einen Stapel Frachtpapiere und eine handschriftliche Mitteilung.

»Liam Bigett bat mich, für Sie ein wenig nach dem Rechten zu sehen.«

»Wo ist er?«

»Wahrscheinlich schon auf dem Weg ins Hotel. Sein Schiff läuft erst übermorgen aus.«

Ein Mann mit drei Ballen Baumwolle auf dem Kopf rempelte ihn von hinten an, sodass Cooper, um das Gleichgewicht nicht zu verlieren, sich kurz auf Bettinas Schulter abstützte und anschließend wortreich entschuldigte.

»Ich bin Bettina Vosskamp.«

Sie reichte ihm die Hand und bedauerte im gleichen Moment, keine Handschuhe zu tragen, denn sie hatte das Gefühl, einen glitschigen Fisch zu ergreifen. So schnell wie möglich ließ sie seine Hand wieder los und wischte sie sich unauffällig an ihrem Rock ab.

»Ist das Ihr Tee?«

Gerade wurden zwei Kisten mit dem Pik Ass aus dem Waggon gewuchtet.

»Ja!«, rief sie.

Wo um Himmels willen sollte sie mit der Fracht hin? Dutzende abgerissene Männer schienen nur auf eine Gelegenheit zu warten, sich herrenloses Gut unter den Nagel zu reißen.

Cooper nestelte an einer Kette um seinen Hals herum und hielt schließlich eine kleine silberne Pfeife in der Hand. Ihr Ton gellte in den Ohren und ließ sofort drei Coolies herbeieilen, denen Cooper auf Bengali Anweisungen entgegenbellte.

»Was passiert denn jetzt?«

Sie spürte Panik in sich aufsteigen. Noch nie hatte sie sich in einem derartigen Durcheinander von legaler und illegaler Besitzaneignung befunden.

»Haben alle Ihre Kisten dieses Zeichen?«

»Ja.«

»Dann werden wir sie erst einmal in unser Lager bringen. Sie sollen auf die *Majestic*?«

»Ja.« Bettina öffnete ihre Aktentasche, holte die Unterlagen heraus und gab sie Mr Cooper.

Dieser überflog sie mit gerunzelter Stirn und überreichte sie ihr dann mit einem besorgniserregenden Gesichtsausdruck.

»Was ist?«, fragte sie. »Es stimmt doch alles?«

»Ja. Natürlich. Allerdings ist die *Majestic* noch nicht eingetroffen. Das ist kein Grund zur Beunruhigung und kann vielerlei Gründe haben. In den Schiffsmeldungen habe ich den Namen jedenfalls nicht finden können, aber vielleicht habe ich auch etwas übersehen.«

Cooper sah nicht so aus, als ob er jemals etwas in seinem Leben übersehen würde.

»Was kann das heißen?«

»Nun.« Er bedeutete ihr, mit einer Armbewegung zur Seite zu treten, damit sie nicht mehr als nötig im Weg stand. »Ihr Agent, wenn Sie einen hätten, würde sich mit der Reederei in Verbindung setzen. Auch verfügt ein solcher über ausreichende

Kapazitäten für eine Zwischenlagerung. Warum hat Ihr Tea Manager sich nicht darum gekümmert?«

Weil wir beide etwas begonnen haben, das sofort gestoppt werden musste, dachte sie und ballte hinter ihrem Rücken die freie Hand zu einer Faust.

»Er hat gekündigt«, brachte sie hervor. »Könnten Sie nicht ...«

»Ausgeschlossen. Ich nehme seit Längerem keine neuen Trader mehr auf. Es sind zu viele geworden, für die Tee nur noch eine Massenware ist. Zu meiner Zeit war Tee noch Gold in der Tasse. Jetzt bekommen sie das Pfund, wenn es minderwertige Ware ist, für vier Annas. Selbstverständlich kostet es in London das Fünfzigfache, aber es ist eben nicht mehr das, was es einmal war.«

Cooper verscheuchte eine Taube, die sich auf seinem Hut niederlassen wollte.

»Aber für Lord Bigett und seinen Sohn helfe ich natürlich gerne aus, so weit es in meiner Macht steht«, sagte er. »Der Lord war schon ein Kunde meines Vaters. Wussten Sie, dass er das halbe British Museum in London mit indischen Kulturschätzen versorgt hat?«

»Nein«, sagte sie tonlos.

»Auch jetzt hat er wieder zwei Altarschreine aufgetrieben, weiß der Himmel woher. Auf die müssen wir ein besonderes Auge haben. Kunst ist seine Leidenschaft, Tee sein Geschäft.«

Eine Pik-Ass-Kiste von Brenny's Garden wurde unsanft aus dem Waggon geschleudert. Ein Coolie konnte sie gerade noch auffangen.

»Lord Bigett hat die ganze Ernte gekauft«, sagte sie. »Warum kümmert *er* sich nicht um die Verschiffung?«

Cooper herrschte zwei seiner Leute an, besser auf Bettinas Kisten zu achten, und wandte sich ihr dann mit mühsam unterdrückter Ungeduld wieder zu.

»Die Trader wollen sich ausschließlich um den Handel und nicht auch noch um den Transport kümmern. Früher war das gang und gäbe, aber heutzutage liegt es in der Verantwortung des Verkäufers, die Ware an den Bestimmungsort zu liefern, den der Käufer angibt. In Ihrem Fall ist das die Mincing Lane in London.«

»Der Tee muss in die Herbstauktion.«

»Sicher. Wenn die *Majestic* eintrifft, dürfte das kein Problem sein.«

»Und wenn nicht?«

Cooper wusste die Antwort, aber er teilte sie nicht mit Bettina. Sie konnte sich zusammenreimen, was das bedeutete. Wenn der Tee nicht rechtzeitig nach London kam, würde er auch nicht en gros verkauft werden können. Das war zu Teepalast-Zeiten einige Male geschehen, und sie erinnerte sich, dass es einer mittleren kaufmännischen Katastrophe gleichgekommen war.

»Nun. Alles, was ich Ihnen anbieten kann, ist, Ihre Kisten bis morgen unterzustellen. Dann kommt neue Ware aus Assam und den Neilgherry Hills.«

Cooper stand mittlerweile wie auf glühenden Kohlen neben ihr. Irgendwie musste er sich aus dieser Verpflichtung ihr gegenüber befreien.

»Bis morgen?«, fragte sie entsetzt. »Und dann?«

»Es tut mir leid, dass ich Ihnen nur in diesem begrenzten Umfang helfen kann.«

In ihren Augen musste eine solche Hilflosigkeit zu erkennen sein, dass er immerhin einen mitfühlenden Blick aufsetzte.

»Nehmen Sie mit der Reederei Kontakt auf und bestehen Sie auf einem anderen Schiff. Immerhin haben Sie einen Vertrag. Falls dieses noch Staukapazitäten hat, ist die Reederei verpflichtet, Ihnen diese zur Verfügung zu stellen. Viel Hoffnung kann ich Ihnen nicht machen, denn Sie werden nicht die Einzige sein.«

Sie sah ratlos hinunter auf die Blätter, die sie in der Hand hielt. »Und wo finde ich sie?«

Cooper, mit den Augen und Gedanken ganz bei seinen eigenen Kisten, wandte sich ihr zerstreut zu.

»Im Great Eastern Hotel in der Council House Street, wo Sie hoffentlich auch absteigen. Es ist das einzig nennenswerte Haus nach britischen Maßstäben. Jede Agentur, auch meine, hat einen Arbeitsplatz in der Lobby, und in den umliegenden Straßen haben die großen Reedereien ihre Dependancen. Ich weiß nicht, zu welcher von ihnen die *Majestic* gehört, das müsste im Vertrag stehen. Alle steigen im Great Eastern ab, bis sie eine angemessene Unterkunft in Calcutta gefunden haben. Wo ist Ihr Gepäck?«

Es war, als ob in dieser brütenden Hitze jemand einen Kübel mit eiskaltem Wasser über ihr ausgegossen hätte. Die Taschen lagen noch im Zug. Wobei das eher ein frommer Wunsch war und meilenweit von der Realität entfernt. Die Waggons waren schon von den nächsten Reisenden in Beschlag genommen worden, und irgendjemand würde sich nun über zwei Reisetaschen mit Kleidern und Unterwäsche freuen.

»Ist es Ihnen gestohlen worden?«, fragte Cooper fassungslos. »Wo ist eigentlich Ihr Diener? Ihre Maid?«

»Ich habe Sie schon seit Längerem nicht mehr gesehen«, antwortete Bettina wahrheitsgemäß und versuchte sich an einem hilflosen Augenaufschlag.

»Das kann doch nicht wahr sein!«, polterte Cooper. »Sie haben sich mit Ihrem Gepäck auf und davon gemacht! So kann ich Sie nicht ins Great Eastern lassen. Ganga?«

Der Vorarbeiter verließ seinen Posten an der Ladeluke des Waggons und kam zu ihnen.

»Schick einen Boten zu meiner Frau. Mrs Vosskamp hat ihr gesamtes Gepäck verloren – und ihre Dienerschaft.«

Ganga nickte.

»Sie soll etwas zusammensuchen.« Ein kurzer, prüfender Blick auf Bettina. »Was man so braucht für, nun ja, Sie wird schon wissen, was.«

»Selbstverständlich.«

»Acht Annas, das müsste für diesen Botengang reichen.« Cooper griff in seine Westentasche und holte ein paar Münzen hervor. »Zehn Pennys in unserer Währung. Dafür haben Sie einen aufmerksamen Diener für einen Tag. Behalten Sie ihn bis zum Abend, vielleicht kann er Ihnen noch nützlich sein.«

Er drückte Ganga die Münzen in die Hand. Mit einer Verbeugung schritt der Mann zu jener Ecke des Bahnsteigs, in der sich die Verlierer des Tages zusammendrängten und hofften, doch noch einen Auftrag zu erhalten.

»Vielen Dank, Mr Cooper«, piepste Bettina.

»Nichts für ungut, Mrs Vosskamp. Wir müssen in diesen Breiten zusammenhalten, nicht wahr? Natürlich könnten Sie im China-Viertel oder im Rhada Bazaar etwas finden, aber warum Geld ausgeben, wenn meine Frau sich jede Woche etwas schneidern lässt?«

Er lüpfte seinen Hut.

»Ich muss mich nun leider von Ihnen verabschieden und wünsche Ihnen alles Gute. Wie gesagt, bis morgen Mittag sind Ihre Teekisten bei uns sicher. Dann müssen Sie entweder ein anderes Lager oder am besten schon ein Schiff gefunden haben. Ich empfehle mich.«

Sie machte einen kleinen Knicks. »Danke, Mr Cooper.«

Er setzte den Hut wieder auf und keilte sich, laute Befehle ausrufend, durch das Gedränge zu den Waggons.

Calcutta

Das Great Eastern war schon von weitem zu erkennen. Nicht nur, weil der dreistöckige Bau sich sanft gerundet an die Straßenecke schmiegte und die hohen Säulen der Fassade etwas Palastartiges gaben, sondern auch, weil sich vor ihm Dutzende von Gharris aufgereiht hatten, eine farbenfroher und prächtiger als die andere. Bei näherem Hinsehen allerdings waren die Pferde, die diese Wagen ziehen sollten, in einem erbarmungswürdigen Zustand. Die meisten von ihnen waren aus Australien importierte Waler, aber es befanden sich auch einige Burma-Ponys unter ihnen. Eigentlich waren das kräftige, robuste Tiere, die auch in Darjeeling eingesetzt wurden. Aber Calcutta war kein gutes Pflaster für sie.

Während die Kutscher in bunten Gewändern fast genauso prächtig herausgeputzt waren wie ihre Wagen, stachen die Knochen der Tiere aus dem struppigen Fell hervor, und kaum eines hatte in der Hitze einen Wassereimer in der Nähe. Bettinas Herz brach fast bei diesem Anblick, denn ihre friesischen Wurzeln waren unlösbar verbunden mit einer großen Tierliebe.

Es war Mittagszeit, und die Sonne stach unbarmherzig vom Himmel. Es gab keinen Schatten in der Stadt und bis auf die Parks kein Grün, keine Bäume. Die Einheimischen zogen sich in Hauseingänge zurück, die Kutscher legten sich in den Schatten unter ihre Wagen, ihre Palkees, und wer keinen Platz fand, um der Hitze zu entgehen, ruhte sich einfach auf der Straße aus. Die Luft flimmerte wie in einem Backofen. Sogar die weißen Wände der Gebäude reflektierten eine Glut, die Bettina kaum noch aushalten konnte.

In Darjeeling war es auch heiß gewesen, sehr heiß sogar. Aber es gab dort die kühlen Nächte und sogar Wochen, in denen es richtig kalt war und sogar Schnee fiel. Calcutta am Mittag aber war eine Gluthölle, in die man sich nur mit Sonnenschirm und Hut wagen sollte – beides Accessoires, die Bettina nicht bei sich hatte. Bis sie das Great Eastern Hotel erreichte, war sie durchnässt vom Schweiß, als wäre sie gerade einer der vielen Badestellen am Fluss entstiegen.

Ein Page sah sie kommen und riss die Tür für sie auf. Vielleicht hielt er sie für einen schon im Haus residierenden Gast, vielleicht für einen Besucher, aber keinesfalls für einen Neuankömmling, weil sie bis auf ihre Umhängetasche kein Gepäck mehr bei sich hatte. Mit letzter Kraft schleppte sie sich in die Lobby, wies die Angebote von wartenden Tagelöhnern ab, die sich ihr als Diener anboten, und ließ sich auf eine Bank neben einen Mann fallen, der über der *Calcutta Times* seinen Mittagsschlaf hielt.

Er schreckte hoch und stand auf, als er das derangierte Äußere seiner neuen Sitznachbarin erkannte, um sein Heil in der Flucht zu suchen. Ein indischer Diener glitt heran und reichte ihr einen Becher Wasser, den sie in einem Zug hinunterstürzte. Der Schweiß brannte in ihren Augen, aber es half auch nicht viel, ihn wegzuwischen. Sie fragte nach den Waschräumen und hängte sich, kaum dort angekommen, an den Wasserhahn, um den schlimmsten Durst zu stillen. Dann wusch sie sich das Gesicht und strich sich die Haare zurück, die genauso nass waren wie der Rest von ihr.

Ein Blick in den Spiegel ließ sie entsetzt zurückfahren. Sie sah aus, als hätte sie drei Nächte auf der Straße verbracht. Staub und Schmutz hatten Spuren in ihrem Gesicht hinterlassen, die Haare waren ein zerzaustes Krähennest. Viel konnte sie an diesem Zustand nicht ändern. Allerdings beschäftigte das Hotel wie alle guten Häuser eine Maid, die sich um die Toilette der weiblichen Gäste kümmerte. Von ihr bekam sie einen Kamm und ein weiches Handtuch aus Baumwolle. Kämmen und säubern, mehr konnte sie im Augenblick nicht tun.

Immerhin waren ihre Lebensgeister wiedererwacht. Den Hunger verdrängte sie, es gab Wichtigeres zu erledigen. Zurück in der Lobby des Hotels sah sie die vielen kleinen Tische, an denen Männer miteinander im Gespräch vertieft saßen. Auf jedem stand ein Schild mit dem Namen der Agentur, die von den Herren vertreten wurde.

Mit einem höflichen Gruß trat sie an den ersten Tisch heran. Der Mann, offenbar irischer Abstammung, denn sein spärliches Haar war flammend rot und sein längliches Gesicht von Sommersprossen übersät, sah überrascht hoch.

»Ich suche einen Agenten, der sich um meine Ware kümmert, bis sie verladen wird.«

Der Mann starrte sie an.

»Verstehen Sie mich?«

Er sah hastig nach links und rechts, aber es gab keinen Zweifel, Bettina redete mit ihm.

»Ähm. Ja? Bitte?«

»Können Sie mir mit meiner Fracht helfen? Ich muss sie unterbringen, bis mein Schiff in Calcutta ankommt.«

Der Mann rückte seinen Binder zurecht. »Ich bedaure. Ich bedaure zutiefst, Ma'am. Wir verkaufen keine Tickets.«

»Ich will kein Ticket. Ich brauche einen Lagerplatz für meinen Tee, bis er nach London verschifft wird.«

»Für Ihren Tee?«

Bettina unterdrückte einen ärgerlichen Seufzer. Ihr lief die Zeit davon. Wenn sie jedes Mal erklären musste, dass ihre Absichten dieselben waren wie die von jedem anderen Trader, würde sie Wochen brauchen.

»Ja«, antwortete sie und versuchte, freundlich zu bleiben.

»Brenny's Garden aus Darjeeling. Zweiundzwanzig Lots. Gebucht auf die *Majestic*.«

»Die *Majestic?* Oh. Ich verstehe.«

Er rutschte auf seinem Stuhl herum.

»Was verstehen Sie?«

»Die *Majestic* … sie liegt noch in Rangoon. Maschinenschaden. Bis die Ersatzteile aus London eintreffen, kann das Wochen dauern.«

Sie angelte sich den nächststehenden Stuhl und ließ sich, sehr zum Missfallen des Agenten, auf ihm nieder. Aus den Augenwinkeln bekam sie mit, dass die anderen Herren an ihren Tischen die Zeitungen sinken ließen oder ihre Kundengespräche unterbrachen und zu ihnen hinübersahen.

Der Ire beugte sich ein wenig vor und senkte die Stimme.

»Deshalb werden Sie in ganz Calcutta keinen einzigen freien Staumeter mehr bekommen. Aussichtslos. Sie sind nicht die Erste, die verzweifelt nach Lagerplatz oder einem Ersatzschiff sucht. Die Reederei ist Mortimers, und die haben schon seit heute früh die Läden heruntergelassen und geschlossen.«

Er wies mit dem Kopf hinaus auf die Straße.

Bettinas Hand legte sich auf die Umhängetasche mit den Papieren.

»Aber sie müssten doch für einen Ersatz sorgen!«

»Sollen sie ein neues Schiff bauen? Ein anderes kapern? Solche Unannehmlichkeiten passieren. Wer ist denn Ihr Agent?«

»Ich habe keinen«, antwortete sie.

»Ah. Nun. Das hätte mich auch gewundert.«

Der Ire lehnte sich zurück und verschränkte die Arme.

»Ich kann Ihnen nicht helfen. Und die anderen in diesem Raum auch nicht. Vielleicht außerhalb des English Quarters in Strand, aber dort würde ich nur in höchster Verzweiflung suchen und schon gar nicht eine Lady hinschicken.«

Bettina hatte sich schon lange abgewöhnt, sich als Lady zu betrachten. Deshalb fragte sie: »Was ist denn da?«

»In den Kidderpore Docks legen die kleineren Schiffe ab. Kaum eines weiter als bis Singapore, aber ab und zu doch auch solche, die sich die hohen Gebühren in den Docks nicht leisten können. Dort haben sich auch viele Einheimische niedergelassen, die mit Leuten wie Ihnen ihr Geld verdienen, von denen ich aber eindringlich abraten will.«

»Warum?«, fragte sie, obwohl sie die Antwort wusste.

»Weil noch nicht mal ein gestandener britischer Trader dort seinen Fuß hineinsetzt. Er schickt seinen Kitmutgar, und das auch nur in absoluten Notfällen. Mylady?«

Er musste ihr angesehen haben, dass sich dunkle Gedanken in ihrem Kopf formten.

»Tun Sie das nicht, egal, wie verzweifelt Sie sind. Wo ist Ihre Ware jetzt?«

Sie riss sich zusammen. »Bei Cooper & Sons.«

Ein Page kam auf sie zu und blieb in respektvollem Abstand stehen.

»Cooper & Sons kann ich nur empfehlen.«

»Ja«, sagte sie und stand auf. »Vielen Dank.«

Der Page traute sich, einen Schritt näher zu kommen.

»Mylady? Sie werden an der Rezeption verlangt.«

Wenn Mr Buchanan schon der Inbegriff des Portiers gewesen war, dann stand Bettina nun seinem Meister gegenüber. Mr Fitzgerald hatte das Gesicht eines Hasen, den Blick eines Falken und den Stolz eines Pfaus. Die Uniform saß wie angegossen, und er brauchte noch nicht einmal die Stimme zu erheben, schon wurden seine Befehle ausgeführt.

Er ließ Bettina ein paar Minuten warten, bis er endlich geruhte, sie anzusehen und nach ihrem Begehr zu fragen.

»Man sagte mir ...«

»Ach so, ja«, schnitt er ihr das Wort ab.

Er hatte die Hand noch nicht in Richtung der breiten Treppe gehoben, da trat auch schon ein weiterer Page auf sie zu.

»Darf ich Mylady daran erinnern, dass Einheimischen der Zutritt untersagt ist? Und Arrangements wie das Ihre nur von Hotelgästen getroffen werden dürfen?«

»Ich weiß ehrlich gesagt nicht, was Sie meinen«, gab sie in dem süßlich sanften Ton zurück, der sich gegenüber besserwisserischen Männern am meisten bewährt hatte.

»Wenn Mrs Cooper sich nicht der Mühe unterzogen hätte, Ihrem Kitmutgar eine schriftliche Note an mich weiterzugeben, wäre er gar nicht erst über die Schwelle gekommen. Also – möchten Sie ein Zimmer?«

Mrs Cooper ... gerade rechtzeitig fiel ihr ein, dass der Agent versprochen hatte, einen der Tagelöhner vom Bahnhof zu seiner Frau zu schicken, um ihr mit den wichtigsten Dingen auszuhelfen, die sie in ihrem Zustand benötigte.

»Darf ich zunächst mit ihm sprechen?«

Mr Fitzgerald ließ diese Zumutung erst einmal im Raum stehen.

»Ja, ich nehme ein Zimmer«, sagte sie schnell.

Irgendwo musste sie sich waschen und umziehen.

»Mit Ihrem Gatten?«

Mr Fitzgerald öffnete das Gästebuch und griff zu einem Bleistift, dessen Spitze er mit der Zunge befeuchtete.

»Ich reise allein. Mrs Vosskamp. Bettina Vosskamp.«

Der Bleistift schwebte ein paar Sekunden in der Luft, bevor er abgesetzt wurde.

»Ich befürchte, dass wir alleinreisenden Damen ...«

»Mein Mann ist auf der *Majestic*. Das Schiff liegt in Rangoon und kann wegen eines Maschinenschadens nicht weiterfahren.

Er hat mich gebeten, für ihn einige Botengänge in Calcutta zu unternehmen.«

Die Falkenaugen des Portiers fixierten sie. Sie hielt diesem Blick stand, und endlich nahm er den Stift wieder auf.

»Mrs Vosskamp.«

Das Mrs betonte er auf eine Weise, die durchaus nahelegen konnte, dass er ihr kein Wort von ihrer Geschichte glaubte.

Wenig später bezog sie ein Zimmer im zweiten Stock, und als es klopfte, stand ein Junge mit einer prall gefüllten Stofftasche vor ihr. Er war kaum zwölf Jahre alt, begrüßte sie mit dem üblichen Salaam, den vor der Stirn zusammengelegten Handflächen, stellte sich als Nathaniel vor und dass sie ihn nun an ihrer Seite hatte bis nach dem Abendessen.

»Nach Dinner«, bekräftigte er in einem gut verständlichen Pidgin-Englisch. »Dann geh. Acht Annas gut Geld, aber ich gut Arbeit.«

Sie bat ihn, vor der Tür zu warten, und eine Stunde später hatte sie sich in eine akzeptable englische Lady verwandelt, deren Kleid nur ein wenig in der Taille kniff. Mrs Cooper hatte ihre Größe, war aber um einiges schmaler in der Leibesmitte. Vielleicht trug sie noch ein Mieder unter dem Kleid, was in städtischen Kreisen durchaus noch üblich war. Bettina hatte sich diese Eitelkeit angesichts des Klimas längst abgewöhnt.

Es roch gewaschen und ein wenig nach Lavendel und Patschuli. Ein zarter Baumwoll-Mousseline in einem sanften Vanillegelb, einer Farbe, die sie sich niemals freiwillig ausgesucht hätte. Aber ein Blick in den Spiegel überraschte sie. Ihre Haut hatte trotz aller Vorsichtsmaßnahmen eine für Bremer Verhältnisse fast unanständige Bräune angenommen, die von dem Kleid zum Leuchten gebracht wurde.

Sie fand Nathan vor der Tür, wo er es sich wie die anderen persönlichen Diener der Gäste dieser Etage bequem gemacht und schon erste Freundschaften geschlossen hatte. Er schien ein pfiffiger Bursche zu sein, und obwohl er sich in ihrer Gegenwart unablässig verbeugte, auch nicht sonderlich von ihrem Status beeindruckt. Sie hätte es schlechter treffen können.

Er hatte sein eigenes Essen mitgebracht, ein gefülltes Brot, das er hastig in einer der Taschen seines weiten Gewands verstaute und dann aufsprang, um ihre Befehle entgegenzunehmen.

»Ich brauche ein Schiff.«

Nathan kam aus der dritten Verbeugung hoch und musterte sie mit einem unergründlichen Blick. Er war barfuß wie alle Diener im Haus, und für einen Tagelöhner am Bahnhof sah er, so mager er auch war, ziemlich ordentlich aus.

»Ein Schiff, Memsahib?«

Sie schaute den Gang entlang, erst in die eine, dann in die andere Richtung. Er führte über eine Galerie, von der aus ein prächtiges Treppenhaus aus Marmor hinunter in die Halle des Hotels abging. Außer ihnen befanden sich nur zwei weitere Kitmutgars in der Nähe, aber weit genug entfernt, um nicht zu hören, welchen Auftrag sie diesem Jungen gab.

»Kennst du die Kidderpore Docks?«

»Ja, Ma'am«, kam es vorsichtig zurück. »Nicht gut. Viel dunkel, viel Dreck.«

»Aber viele Schiffe.«

Nathan nickte. »Viel Schiff, ja.«

»Ich brauche eines für zweiundzwanzig Lots Tee nach London.«

»London?«

»Zweiundzwanzig Lots. Morgen.«

»Morgen?«

Vielleicht verstand er sie ja nicht.

»Ich muss morgen meinen Tee nach London verschiffen und brauche dafür Platz auf einem Schiff«, wiederholte sie langsam.

»Gut«, antwortete Nathan und holte etwas aus seiner Tasche, das aussah wie eine Nuss. Hoffentlich keine Betelnuss. Er steckte sie in den Mund und zerkaute sie, wobei er den Kopf ein wenig auf die Seite legte und einem interessierten Zuschauer das Gefühl gab, er würde nachdenken.

»Kannst du für mich in den Docks herumfragen?«

»M-hmm.«

»Hast du verstanden?« Langsam ging ihr die Geduld aus. »Sonst gehe ich selber.«

Nathan riss die Augen auf, hob die Hände und schluckte so hastig, dass er die Nuss wohl in den falschen Hals bekam und schrecklich zu husten anfing. Bettina rannte in ihr Zimmer und kam mit einem Glas Wasser zurück, das sie dem Jungen reichte. Der leerte es keuchend und nach Luft schnappend und reichte es ihr schließlich zurück, nachdem er sich den Mund mit dem Ärmel seines Hemdes abgewischt hatte.

»Ma'am nicht Kidder geh. Nicht gut Platz für Lady.«

»Ich weiß«, sagte sie mit mühsam unterdrückter Ungeduld. »Deshalb schicke ich dich ja.«

»Ma'am Geld haben?«

War das eine Fangfrage?

»Nicht viel«, antwortete sie. »Kaum genug für das Hotel. Ich bin ein Planter, keine Lady.«

Ohne es zu wollen, fiel sein Blick auf ihre dreckigen Stiefel. Das Kleid war nur knöchellang, weshalb das spröde, graue Leder und die Flecken gut zu sehen waren.

»Wenn der Tee nicht nach London kommt, habe ich gar keines mehr. Auch nicht für meine Leute.«

Er nickte, aber sie war sich nicht sicher, ob er verstand. Doch dann grinste er sie an.

»Nathan Schiff find, Tee auf Schiff, Nathan London geh.«

»Du willst nach London?«

Wieder verbeugte er sich zu einem Salaam. »Für Mylady aufpass kein Mann Tee stehl. Nathan gut aufpass. Sehr gut.«

»Wir reden darüber, wenn wir ein Schiff haben.«

Er kam hoch, ein überglückliches Strahlen im Gesicht. »Nathan geh, Schiff schon da!«

Damit rannte er mit seinen nackten Füßen zur Galerie, bevor er sich besann und stoppte und die andere Richtung nahm.

»Treppe groß nicht für Kitmutgar«, rief er ihr zu und flitzte den Gang bis zum Ende, wo er hinter einer Tür verschwand – offenbar der Dienstbotenaufgang.

Bettina kehrte in ihr Zimmer zurück und ging ans Fenster. Vor ihr lag die Council House Street, bevölkert von Fußgängern, deren Gewänder in allen Farben des Regenbogens leuchteten. Die Schlange der Kutschen reichte um den ganzen Block herum, und weiß gekleidete Damen und Herren mit ausladenden Hüten und Sonnenschirmen stiegen ein und aus. Gegenüber lag das Government House, der Himmel bevölkert von Tausenden von Tauben. Am Seiteneingang herrschte Hochbetrieb. Schneider brachten die bestellten Kleider, Boten gaben Pakete ab und holten sich gleich neue Order, Bäcker verschwanden unter kunstvollen Gebirgen aus Brot, das sie auf dem Kopf trugen.

Ein Junge boxte sich durch das Gedrängel und rannte hinaus auf die Straße. Ohne sich umzusehen, lief er davon in Richtung Maidan und bog nach hundert Metern um die Ecke.

Nathan hatte verstanden, dass jede Minute zählte.

Ein Schiff, ein Schiff!

Bis zur Rückkehr des Jungen verbrachte sie die Zeit damit, die Unterlagen noch einmal zu sichten und der Niederlassung der Reederei einen Besuch abzustatten. Sie lag tatsächlich nur einen kurzen Fußmarsch entfernt, in einer Seitenstraße, in der sich vor allem Schiffsmakler, Ticketverkäufer und Agenturen niedergelassen hatten.

Mortimers sah von außen seriös und vertrauenerweckend aus. Der Name war mit goldenen Lettern auf schwarzes Glas gemalt, und die Fenstergitter waren kunstvoll geschmiedet. Ein prachtvoller Löwenkopf aus Messing hielt einen Ring im Maul, doch niemand im Inneren der Niederlassung reagierte auf ihr Klopfen.

Sie trat ein paar Schritte zurück und betrachtete die Fassade des zweistöckigen Hauses. Die verschlossenen Fensterläden signalisierten eindeutig: keiner zu Hause. Wütend betätigte sie den Klopfer erneut, aber im Haus rührte sich nichts.

»Das hat keinen Zweck.«

Sie fuhr herum.

Auf der anderen Seite der engen Straße war ein Mann hinausgetreten. Ein *Babu*, wie die Einheimischen genannt wurden, die in Regierungsbüros oder Geschäften mit britischem Management arbeiteten. Sie kleideten sich europäisch und umgaben sich selbst mit einer Aura von Würde und Wichtigkeit, um sich von ihren Mitmenschen, die nicht in so einer bedeutsamen Position gelandet waren, zu unterscheiden.

Dieser Herr trug Ärmelschoner und einen Kneifer auf der Nase, durch den er sie missbilligend ansah.

»Keiner mehr da.«

»Wo sind sie denn?«, fragte sie und kam näher. »Ich habe einen Vertrag mit Mortimers. Da können sie doch nicht einfach so verschwinden!«

Der Mann zuckte mit seinen schmächtigen Schultern. Er war das Sonnenlicht nicht gewohnt, denn er blinzelte sie mit zusammengekniffenen Augen durch seine Gläser an.

»Die *Majestic*?«

»Ja«, sagte sie wütend.

»Die werden wieder aufmachen, wenn das Schiff im Hafen liegt. Vorher hat es keinen Zweck.«

»Sie müssen mir eine Ersatzfahrt besorgen!«

Der arme Mann konnte nichts für die verzweifelte Lage, in der sie sich befand. Genauso sah er das auch, denn er machte kehrt und wollte in sein Büro zurückkehren. Eine Ticketagentur, die sich auf Passagierschiffe spezialisiert hatte.

»Aber was soll ich denn jetzt machen?«

Immerhin war er freundlich genug, sich noch einmal zu ihr umzudrehen.

»Sie sind nicht die Einzige. Gestern kam die Nachricht hier an, und seitdem hat man Mortimers die Räume eingerannt. Jetzt läuft die Herbstflotte aus, da kriegen Sie noch nicht mal mehr eine Mausefalle unter. Ich kann Ihnen drei Passagierkabinen erste Klasse auf der *Swan Princess* anbieten.«

»Danke.«

Er tippte sich an seine Schirmmütze und verschwand im Haus.

Der Nachmittag kam, und mit ihm erwachte die Stadt. Im Restaurant des Great Eastern wurde für den Tee eingedeckt, und Bettinas knurrender Magen erinnerte sie daran, dass sie seit dem Sandwich im Zug nichts mehr gegessen hatte. Statt sich an einen der Tische zu setzen, holte sie sich für einen Anna ein gefülltes Fladenbrot an einem der Stände, die rings um das

Hotel und den Regierungspalast aufgebaut waren. Hühnchen mit einer roten Würzpaste, die ihr noch vor ein paar Monaten die Kehle verätzt hätte, an die sie sich aber mittlerweile einigermaßen gewöhnt hatte. Trotzdem verspeiste sie ihre Mahlzeit hustend und mit Tränen in den Augen, bevor sie wieder auf ihr Zimmer ging und zum gefühlt dreißigsten Mal ihre Barschaft zählte.

Sie brauchte zehntausend Pfund, am besten das Doppelte, um damit nach Bremen zurückzukehren und den Teepalast aus Großhanns' Klauen zu reißen.

Ob Liam wirklich ein Tea Manager werden konnte? Seine Bemerkung ging ihr nicht mehr aus dem Kopf. Sie brauchte jemanden, der Leuten wie Shelby die Stirn bieten würde. Biss hatte er, und wenn er mit diesen albernen »Seht her, ich bin ein Mann!«-Mätzchen aufhören würde, könnte er vielleicht sogar genau der Richtige sein.

Es klopfte, und sie hatte kaum die Tür geöffnet, als Nathan schon an ihr vorbei in den Raum stürmte und sich mitten im Zimmer verbeugte.

»Memsahib! Drei Schiff! Platz für zweiundzwanzig Lots!«

Sie schloss die Tür.

»Drei Schiffe?«

Die Erleichterung war so groß, dass sie erst jetzt merkte, unter welcher Anspannung sie gestanden hatte.

»Ja, Memsahib. Drei Schiff, gut Schiff. Zwei sofort Tee wollen, eins nicht wollen. Skipper sag, erst Memsahib sehen.«

»Gut. Langsam.« Sie ging zu dem kleinen Tisch vor dem Fenster und setzte sich. »Zwei können die Fracht sofort aufnehmen? Was wollen sie dafür?«

»Tausend Pfund, Memsahib.«

Nathan war anzusehen, dass solche Beträge für ihn weitab von jeder Vorstellungskraft lagen. Für Bettina auch, aber das konnte sie ihm natürlich nicht sagen. Vielleicht gelang es ihr, den Preis noch etwas herunterzuhandeln, aber alles in allem war es eine niederschmetternde Nachricht. Sie hoffte, dass die Reederei einen Teil übernehmen würde, schließlich hatten sie einen Vertrag. Aber es konnte genauso gut sein, dass Mortimers seine hübsche Tür nie wieder öffnen würde.

»Und der dritte?«

»Kein Preis sag. Memsahib sehen.«

»Er will mich sehen? Wieso denn?«

Nathan nickte und kam etwas näher. »Ich sag, Tee von Mrs Vosskamp nach London muss. Er sag, nicht glaub.«

»Er glaubt dir nicht?«

Nathan nickte eifrig.

»Und er will erst mit mir verhandeln, wenn er mich sieht?«

Natürlich. Ein zwölfjähriger indischer Junge war für einen Kapitän nicht der richtige Verhandlungspartner.

»Hat er wirklich keinen Preis genannt?«

Nathan schüttelte den Kopf. »Nein, Ma'am. Sag, Mrs Vosskamp bring.«

»Mich … bringen?«

Das klang abenteuerlich. Um nicht zu sagen gefährlich. Aber ein Blick in das vom Übereifer glühende Gesicht des Jungen bestätigte ihr, dass sie sich weder verhört hatte, noch dass ein Missverständnis vorlag.

»Nein.«

Sie trommelte mit den Fingern auf die Tischplatte.

»Wie heißt das Schiff?«

Nathan dachte angestrengt nach. Schließlich gestand er: »Nicht wissen. Kein Englisch Wort. Ander Wort.«

»Hm.«

Sie hatte eine Menge ungewöhnliche Dinge getan, seit sie Bremen verlassen hatte. Aber sogar ihr war klar, dass sie sich nicht schutzlos am frühen Abend in ein verrufenes Viertel in Calcutta begeben würde, nur um der unverschämten Forderung des Kapitäns eines Seelenverkäufers nachzukommen.

»Kannte er meinen Namen? Weiß er, wer ich bin?«

Vielleicht war es jemand, dem sie einmal im Elgin Club begegnet war. Oder der von ihr gehört hatte. Aber wie sollte ihr Ruf bis nach Calcutta gedrungen sein? Darjeeling lag zwei Tagesreisen von der Küste entfernt.

Nathan war ganz offensichtlich überfragt. Er hatte den Auftrag erfüllt und war überaus erfolgreich gewesen. Die Enttäuschung, dass das nicht ganz reichen würde, nagte an ihm.

»Wie lange stehst du noch in meinen Diensten?«

»Bis nach Dinner, Memsahib.«

Sie wusste, dass die Arbeitszeiten von Kitmutgars klar umrissen waren.

»Ich spät anfang, kann spät aufhören.«

»Nein.« Sein Angebot war großzügig, aber bestimmt wartete irgendwo in dieser Stadt eine Mutter darauf, dass ihr Sohn nach Hause kam und Geld mitbrachte.

Sie holte ihren kleinen Beutel aus der Tasche, in der sie die Rupien und Annas aufbewahrte, und zog ein Geldstück hervor. Das drückte sie ihm in die Hand.

»Geh noch einmal in den Hafen. Sag dem Kapitän, er soll zu mir kommen, wenn er ein Geschäft erwartet.«

Nathan nickte eifrig und ließ den Anna in einer seiner Taschen verschwinden. Dann beeilte er sich, zur Tür zu kommen und riss sie auf.

»Oh! Memsahib?«

»Ja?«, fragte sie.

»Ich wieder Name wissen. Name Schiff!«

»Und?«, fragte sie ungeduldig.

»Misante.«

»*Misante?*«

Nathans Stirn zog sich kraus.

»Nein. Verzeih Ma'am. *Kissante*!«

»*Kissante*«, wiederholte sie fragend.

Eine weit entfernte Ahnung von etwas, an das sie sich vielleicht erinnern sollte, klopfte von irgendwoher in ihrem Kopf an.

»Bist du sicher?«

Nun war er fast schon verzweifelt. »Nein. Nein! Nicht *Kissante.* Verzeih Ma'am, nicht wissen!«

Sie kam auf ihn zu und ließ ihn nicht aus den Augen. »War es vielleicht … *Krisante?*«

Er lächelte so breit, dass sein Mund fast von einem Ohr zum anderen reichte.

»Ja! *Krisante!*«

Und rannte davon.

Das Kateiker

Bettina hatte sich an den verwaisten Tisch des irischen Agenten gesetzt und ließ die Drehtür des Great Eastern Hotels nicht aus den Augen. Obwohl klar war, dass Nathan mindestens eine Stunde brauchen würde, bis er die Nachricht überbracht hatte, und dann noch einmal dieselbe Zeit für den Rückweg, hatte sie es in ihrem Zimmer nicht mehr ausgehalten.

Krisante.

Es konnte ein Zufall sein.

Ein dummer, kleiner Rechtschreibfehler. Es musste nichts, rein gar nichts bedeuten. Aber warum zum Teufel wollte der Kapitän dann mit ihr persönlich verhandeln?

Ihre Gedanken wanderten zurück zu einem kalten Tag vor vielen, vielen Jahren. Zurück zu dem Moment, in dem hinter ihrem Rücken die Tür des Teepalasts zugefallen war und sie auf der Straße gestanden hatte mit nichts als einem unbändigen Willen, nach Indien zu kommen, und einer gestohlenen Uhr. Im Deckel ein Smaragd umschlungen und gehalten von aus Gold geschmiedeten Blüten einer Chrysantheme.

Finn hatte den Namen nicht aussprechen können, und das passierte bestimmt einer Menge Leute, die das »N« verschluckten. Schließlich war ja nicht jeder ein Botaniker.

Ihre Unruhe stieg mit jeder Drehung der Tür, die dann doch nur neu eintreffende Gäste oder Rückkehrer von einem Ausflug zu den Eden Gardens oder den etwas außerhalb liegenden Sieben Teichen entließ. Die Teestunde war nahtlos in die Dinner-Zeit übergegangen. Man zog sich um, die Frauen zeigten ihre Kleider und ihren Schmuck, und die Herren zeigten ihre Frauen. Ein kleines Orchester hatte sich auf einem Podium im Parlour niedergelassen, einem öffentlichen Raum vor dem Restaurant, in dem man sich ungezwungen treffen und auf den Abend einstimmen konnte. Von dort flogen die Melodien hinaus in die Halle. Stephen-Foster-Songs wie »Ah! May The Red Rose Live Alway« wechselten sich ab mit Bellini- und Donizetti-Melodien, Strauss-Walzern und Gassenhauern wie »Take Back The Heart« oder »Home Sweet Home«, das gerne aus voller Kehle mitgesungen wurde.

Das Great Eastern war nicht nur das erste Haus am Platze, sondern auch das, in dem sich am Abend *tout Calcutta* traf. Der Ansturm von Hungrigen und Zerstreuungssuchenden machte es schwer, den Eingang im Blick zu behalten. Aber die Zeit verging, die Halle und das Parlour leerten sich wieder. Viele saßen nun im Restaurant, aber immer noch kamen und gingen Gäste.

Und es roch so gut nach Braten, Brot und Pies. Gerade als Bettina kurz davor war, sich ein Sandwich zu bestellen, drehte sich die Tür erneut und beförderte mit Schwung einen hochgewachsenen Mann ins Foyer, der sofort alle Blicke auf sich zog.

Sein braun gebranntes Gesicht wurde dominiert von einem Paar blauer Augen, die den Raum mit einem Blick erfassten. Die dunklen Haare trug er schulterlang und im Nacken zu einem Pferdeschwanz gebunden. Sein Havelock[85] war ebenfalls aus Leder und über die Jahre so blank gewienert, dass man sich fast hätte darin spiegeln können. Ganz im Gegensatz zu seinen Stiefeln, die an den Nähten bereits aufplatzten und vom Salzwasser gegerbt und ausgebleicht waren. Die Ärmel seines Leinenhemdes hatte er aufgerollt, sodass erschreckende Tätowierungen auf den kräftigen Unterarmen zu sehen waren. Um seinen Hals trug er Ketten aus Muscheln und Silber und am Gürtel eine silberbeschlagene Pistole.

85 Ärmelloser Mantel

Sein wiegender Gang und die unbezähmbare Kraft, die er ausströmte, ließ die Frauen verstummen und die Männer in Habachtstellung gehen. Es war, als hätte ein Pirat ein Schiff geentert mit der Absicht, alle Anwesenden an der Rah aufzuknüpfen.

Durch die weit geöffnete Tür des Parlour drangen noch ein paar Takte Musik, dann verklangen auch sie in einer Dissonanz. Mr Fitzgerald, der Fels in der Brandung hinter seinem Tresen, war beim Auftritt dieses Mannes zur Salzsäule erstarrt.

Sie erkannte ihn sofort.

Der Piratenblick erfasste Bettina und ließ sie nicht mehr los. Es war, als ob die Luft zwischen ihnen zu glühen begann und die Jahre verbrannte, die seit ihrem letzten Wiedersehen vergangen waren. Ohne ihn aus den Augen zu lassen, stand Bettina auf. Unwichtig, dass alle in dieser Halle sie ins Visier nahmen und ein leises Tuscheln anhob. Unwichtig, dass neue Gäste in der Drehtür stehen blieben und abwarteten, was sich zwischen diesen beiden jetzt abspielen würde. Mechanisch setzte sie einen Schritt vor den anderen, und als sie die Hälfte des Abstands hinter sich gebracht hatte, breitete sich ein Lächeln auf dem Gesicht des Mannes aus, und er öffnete die Arme.

»Bettina Vosskamp!«, rief er mit einer Stimme wie ein Reibeisen. »Das diebische Kateiker aus Bremen!«

Sie erreichte ihn, holte aus und gab ihm eine schallende Ohrfeige, die bis hinaus auf die Straße zu hören sein musste. Eher erstaunt als erschrocken taumelte er zwei Schritte zurück und hielt sich die Wange.

»Was zum Teufel …«

Sie holte wieder aus, aber dieses Mal war er schneller und fing ihre Hand noch in der Luft ab. Dann zog er sie zu sich heran.

»Ist das deine Art von Wiedersehensfreude?«

Sein Griff war eisenhart. Eine schwielige, raue Hand, und sie biss die Zähne zusammen, um vor Schmerz nicht aufzuschreien.

»Meine sieht anders aus.«

Er küsste sie vor allen Leuten mitten auf den Mund. Außer sich vor Wut drehte sie ihren Kopf weg und versuchte, sich aus seinem Griff zu befreien.

»Du mieser, hinterhältiger Verräter!«, zischte sie.

»Ich habe dich auch vermisst«, lachte er und zog sie mit einem Ruck wieder an sich. »Bettina Vosskamp. Mädchen aus dem Teepalast. Das wurde aber auch Zeit, dass du dich endlich hier blicken lässt.«

Die Musik setzte ein, die Drehtür drehte sich wieder, die Menschen nahmen ihre Gespräche miteinander auf und hatten vermutlich für die nächsten Minuten nur ein Thema. Mr Fitzgerald kam hinter dem Tresen hervor und lief auf sie zu mit einer Miene, die nichts Gutes verhieß.

»Lass uns hier verschwinden«, raunte Finn an ihrem Ohr. »Ich habe Hausverbot.«

Der Portier winkte gleich ein halbes Dutzend Diener heran.

»Das ist Erregung öffentlichen Ärgernisses!«, trompetete er.

Finn ließ sie los und deutete eine Verbeugung an. »Nicht doch. Ihre Gäste wurden noch nie so gut unterhalten.«

»Mrs Vosskamp!« Mr Fitzgeralds nahm eine ungesunde, hochrote Farbe an. »Dieser Herr ist ein stadtbekannter zügelloser Rauf- und Trunkenbold!«

»Komm.« Wieder griff Finn nach Bettinas Arm. »Sag mir, was du zu sagen hast, aber vielleicht nicht hier.«

Damit zog er sie zu der Drehtür und bugsierte sie hinaus auf das breite Trottoir. Erst dort gelang es ihr, sich loszureißen.

»Du hast mich bestohlen!«, schrie sie.

Die Kutscher in den Gharris wurden aufmerksam. Passanten

blieben stehen oder machten einen weiten Bogen um sie. Aber auch das war egal. Sie hatte so viel Wut und Enttäuschung zum letzten Mal gespürt, als Großhanns ihnen den Teepalast weggenommen hatte. Und Finn war nichts anderes als die Piratenausgabe des Wucherers.

»Du hast mich den Gendarmen überlassen und dich auf und davon gemacht! Du hast mich ausgelacht und mich einfach zurückgelassen! Als eine Diebin habe ich dagestanden, die bei Nacht und Nebel verschwinden wollte!«

Sie holte tief Luft, aber Finn sah sie nur an mit einer Mischung aus Verständnislosigkeit und Mitleid. Sie wusste nicht, was schlimmer war.

»Aber das warst du doch«, antwortete er. »Du hast die Uhr gestohlen, und du wolltest mit mir bei Nacht und Nebel verschwinden. Am frühen Morgen, um genau zu sein.«

»Weil du mich dazu angestiftet hast!«

»Nicht doch.« Er bemerkte, dass sie langsam zur Unterhaltung der gesamten Council House Street wurden, und wollte sie wieder am Arm greifen.

Mit hasserfülltem Blick wich sie der Berührung aus.

»Willst du es abstreiten?«, giftete sie.

»Nein.«

Er stieß einen kurzen Pfiff aus, und der Besitzer der nächsten Kutsche stieg aus und öffnete eilfertig den Verschlag.

»Ich denke, wir haben ein paar Dinge zu klären, die zwischen uns stehen.«

Er wies mit einer Handbewegung und einer eleganten kleinen Verbeugung, die sie ihm niemals zugetraut hätte, auf den Verschlag.

»Oh ja.« Sie raffte den Rock ihres Kleides. »Unter anderem, was du mit meiner Uhr gemacht hast.«

»Der Uhr deiner Großmutter.«

Wütend funkelte sie ihn an. »Was hast du mit ihr gemacht?«

»Genau das wollte ich dir zeigen.«

Sie zögerte. Aber es gab genug Zeugen, die mit Argusaugen beobachteten, wer sie gerade entführte.

»Gut«, sagte sie zähneknirschend. »Und dann reden wir darüber, was du mir schuldest.«

Er grinste sie fast unverschämt an. »Darauf warte ich seit über zehn Jahren.«

Kaum hatte die Kutsche das britische Viertel verlassen, umfing sie die Stadt wie ein lärmendes, farbenfrohes, erschreckendes Schauspiel. Das kleine Gefährt holperte und ruckelte über Straßen, die kaum noch so zu nennen waren. Die Massen von Menschen, die ihnen entgegenkamen und sich an ihnen vorbeidrängten, waren für Bettina fast noch beängstigender als das Gewimmel am Bahnhof. Dazu kam, dass die Sonne langsam hinter den Dächern verschwand und die kurze Abenddämmerung einsetzte, die vielleicht in den Parks oder an den Sieben Teichen romantisch sein konnte, für den Großteil der Einheimischen aber die Zeit war, in der den eigentlichen Geschäften nachgegangen wurde.

Läden öffneten ihre Türen, Holzkohlefeuer wurden entfacht. Fremde, eigenartige Musik erklang, vermischt mit Rufen, mit denen Marktschreier ihre Waren anpriesen. Die Luft roch nach Gewürzen, Rauch und fauligem Abwasser.

»Portugiesen waren die Ersten, die im sechzehnten Jahrhundert den Hooghly als Handelsweg entdeckten«, rief Finn ihr zu.

Ein kleiner Affe sprang in den Wagen, bleckte die Zähne und fauchte Bettina an, die mit einem Schrei zurückfuhr. Finn brüllte dem Besitzer, der mit ausgestreckter Hand neben dem Wagen herlief, etwas zu, worauf dieser das Tier wieder einfing und laut zeternd seine Belohnung verlangte.

»Die Stadt profitierte vom Handel. Wohlhabende Händler siedelten sich an und katholische Priester. Der Boom dauerte fast fünfzig Jahre, und einige der Steinhäuser sind noch erhalten. Dann kamen die Franzosen, die Holländer und die Engländer. Und die da.«

Sie fuhren an einer hohen, roten Mauer vorbei, in die ein imposantes Portal eingelassen war. Kunstvoll verzierte Säulen flankierten die Mauerbögen bis hoch zu einem flachen Dach.

»Der Sitz der Britischen Ostindien-Kompanie, der größten Macht, die die Weltmeere je gesehen haben. Calcutta wurde nach London zur wichtigsten Handelsstadt der Welt. Heute ist das alles Geschichte.«

Ein weiteres Schlagloch, das sie fast aus dem Wagen hob. Finn legte seine Hand auf ihre Schulter, zog sie aber glücklicherweise weg, als sie wieder sicher saß.

Die Gebäude wurden größer und schmuckloser und pressten das Leben zwischen ihnen immer enger zusammen. Stellenweise war kaum noch ein Durchkommen. Händler verkauften Stoff gleich ballenweise und Kaffee und Getreide nur noch in Säcken. Gewürze leuchteten in bunten Farben, getrocknete Kräuter und Wurzeln hingen in dicken Strängen von den Querstangen der kleinen Stände und Verschläge. Dazwischen wuselten Last- und Wasserträger umher, Kunden, Boten, Ratten, Arbeiter, Kinder. Gerade durchquerten sie ein Viertel, in dem Eisenwaren verkauft und hergestellt wurden. Klingen wurden geschliffen, metallisches Hämmern dröhnte in Bettinas Ohren.

Und trotzdem fürchtete sie sich nicht. Sie war nur wütend, unfassbar wütend.

»Hier am Fluss wird gelebt, gefischt, geboren und gestorben. Während die Europäer den Handel mit Jute, Baumwolle, Indigo und Tee beherrschten, sind die Bengalen immer noch die wahren Herren des Flusses. Für sie ist er heiliges Wasser, genau wie der Ganges. Wer an seinem Ufer stirbt, dem wird die Gnade der *Moksha* zuteil, der spirituellen Erlösung von der Wiedergeburt.«

Noch bevor sie sich wundern konnte, woher Finn das Wort spirituell kannte, geschweige denn, es auch dem Zusammenhang entsprechend zu nutzen, stieß er einen weiteren Pfiff aus.

Der Kutscher nickte, ohne sich umzudrehen, und bog in eine schmale, dunkle Seitengasse ein. Hier ging es kaum noch voran. Der kleine Wagen blieb mitsamt dem Pferd einfach in der Menschenmasse stecken.

»Komm«, sagte Finn.

Er steckte dem Mann ein Geldstück zu und stieg aus. Immerhin drängte er sich schnell genug auf die andere Seite, um sie beim Aussteigen in Empfang zu nehmen.

»Wo sind wir?«

»Nicht weit von den Docks.«

Er nahm ihre Hand und zog sie einfach mit sich. Anders als in der Innenstadt machte ihnen kaum jemand freiwillig Platz. Bettina erkannte in den Augen der Einheimischen Skepsis bis hin zu offensichtlicher Ablehnung. Als ein Mann ihr wütend etwas hinterherschrie, antwortete Finn auf Bengali. Ein beißender Brandgeruch mischte sich in die Luft.

»Wohin gehen wir?«

»Zum Ufer.«

»Und was riecht hier so entsetzlich?«

Er schenkte ihr einen kurzen, prüfenden Blick und entschied, dass er ihr die Wahrheit zumuten konnte.

»Die verbrannten Leichen.«

Sie blieb stehen und griff sich an die Kehle. Finn sah sie besorgt an.

»Es ist eine Abkürzung.«

»Über die Ghats[86]?«, fragte sie entsetzt.

Natürlich hatte sie davon gehört. Und auch davon, dass dieser entsetzliche Brauch, zusammen mit männlichen Toten auch gleich die Witwen zu verbrennen, verboten worden war.

Aber dass etwas verboten war, hieß nicht, dass es nicht mehr geschah.

»Hier entlang.«

Er bog um die Ecke, und sie befanden sich am Ufer des Hooghly. Breite Steintreppen führten ins Wasser, in dem die Menschen sich wuschen, während in Sichtweite die Scheiterhaufen brannten. Das Licht der Flammen erhellte das Dunkel, das nur an wenigen Stellen von Fackeln durchbrochen wurde. Das Gedränge wurde zu den Stufen hin immer dichter, aber die Richtung, die Finn nun einschlug, führte weg von dieser Gemengelage aus täglicher Verrichtung und religiösem Ritual. Die Masse strömte immer noch zum Fluss, aber sie schlugen sich in die entgegengesetzte Richtung durch und kamen langsam zu dem Teil des Ufers, der in der Nähe der Docks liegen musste.

Erst waren es kleine Flöße und Boote, dann größere Segler und schließlich respektable Schiffe, die an dieser Stelle des Hooghly River festgemacht hatten.

»Hier ist es nicht so teuer wie in den Queen's Docks«, sagte Finn und ging nun nicht mehr vor ihr, sondern neben ihr her.

Er überragte sie immer noch um Haupteslänge. Und genauso, wie sie ihm damals vertraut hatte, war sie ihm auch jetzt gefolgt. Er könnte ihr an jeder Ecke die Kehle durchschneiden, und niemanden würde das kümmern.

»Dann kannst du dir also keinen Platz dort leisten?«, fragte sie mit einem giftigen Unterton.

86 Gemauerte Stufen ins Wasser. Werden zum Baden genutzt, aber auch zum Verbrennen der Leichen.

»Ich könnte, aber ich will nicht. Reich wird man nicht von dem, was man einnimmt. Sondern von dem, was man nicht ausgibt.«

»Also bist du reich.«

Seine Augen funkelten in der Dunkelheit. »Reich an Träumen und Erfahrung. Und du?«

»Ich? Ich habe weder das eine noch das andere. Und auch kein Geld. Aber das ändert sich ja gerade. Du schuldest mir was.«

»Wollen wir darüber nicht an Bord reden?«

Sie spähte über das Ufer und die vielen Masten, die sich wie ein Wald vor dem Nachthimmel erhoben. Die Straße wurde breiter und war flankiert von zwei- bis dreistöckigen Lagerhäusern auf der einen und flacheren Baracken mit runden Dächern auf der anderen.

»Falls wir dort jemals ankommen.«

Er trat einen Schritt zur Seite und machte einen angedeuteten Kratzfuß.

»Wir sind schon da. Voilà, die *Krisante*.«

Bettina starrte auf ein etwas mitgenommenes, aber immer noch imposantes Dampfschiff, das am Ende eines breiten Kais unweit der Zugbrücke parallel zum Ufer lag. Ein gewaltiger Schornstein ragte mittschiffs empor, links und rechts flankiert von zwei Masten. Kleinere Boote waren direkt neben ihm vertäut, als würden sie an der eisernen Bordwand Schutz suchen. Der rege Lastverkehr zwischen ihnen ließ allerdings mehr darauf schließen, dass sie Waren an Bord hatten, die nun auf der *Krisante* gestaut wurden.

»Das ist dein Schiff?«

Besitzerstolz leuchtete in Finns Augen und ließ die kleinen Fältchen noch tiefer erscheinen.

»Ja. Nicht ganz. Ein Teil davon. Aber ein nicht unerheblicher. Und in ein paar Jahren gehört sie mir ganz. Hier entlang.«

Er führte sie an aufgerollten Tauen, Stapeln von Kisten und Säcken, brennenden Öltonnen und jeder Menge Holz- und Eisenschrott, der von einigen Kindern nach Verwertbarem durchsucht wurde, zur Gangway. Ein Offizier nahm Haltung an und brüllte:

»*Welcome aboard, Capt'n!*«

»Du bist also der Kapitän«, stellte Bettina mit einem Blick auf seinen Aufzug fest. »Und du wolltest, dass ich alleine hierherkomme, um mit dir über meine Fracht zu verhandeln?«

»Wer konnte denn wissen, wie abgebrannt du bist?«, gab er zurück und betrat die Gangway.

Bettina betete, dass der Offizier kein Plattdeutsch verstand, in das sie immer wieder hineinrutschten.

»Abgebrannt?«, fauchte sie.

Er streckte ihr die Hand entgegen, aber sie ignorierte die Geste und setzte vorsichtig den Fuß auf das schartige Holz.

»Würdest du sonst ohne Agenten in dieser Ecke nach einem Schiff suchen lassen? Der Kleine ist übrigens pfiffig.«

»Nathan?«, fragte sie, marschierte an ihm vorbei und kletterte an Deck.

Dort wartete sie, bis er ebenfalls oben angekommen war.

»Keine Ahnung, wie der Junge heißt. Immerhin war er in der Lage, sich den Weg zu merken. Ich hoffe, das kannst du auch.«

Noch bevor sie ihn fragen konnte, ob das sein Ernst war, brach er in Lachen aus.

»Du müsstest dich sehen! Als ob ich dich allein wieder ins Hotel zurücklassen würde!«

Er wurde ernst.

»Für was hältst du mich eigentlich?«

»Für einen Dieb und Betrüger.«

»Nun, ja. Das hatten wir ja schon.«

»Ich kann es nicht oft genug sagen.«

Er wies auf eine Tür in einem Aufbau an Deck. »Nach dir.«

Mit hoch erhobenem Kopf marschierte sie voran, musste ihn aber beim Passieren des niedrigen Sturzes gleich wieder einziehen. Eine hölzerne Treppe führte hinab in einen schmalen Gang, von dem mehrere Türen abgingen.

»Links. Die Messe. Dort können wir reden.«

Sie drehte den Knauf und trat ein in ein relativ kleines Zimmer, das fast ganz von einem runden Tisch und acht Stühlen eingenommen war. In den Regalen standen Bücher und nautische Geräte, auf dem Tisch lagen mehrere zusammengerollte Seekarten.

Finn brüllte etwas in den Gang, trat dann ebenfalls ein und schloss die Tür. Er entzündete mit schlafwandlerischer Sicherheit zwei Petroleumlampen und blieb dann mit verschränkten Armen stehen.

»Setz dich.«

Sie nahm auf dem Stuhl Platz, der am weitesten von ihm entfernt stand und von dem man am Tag durch ein Fenster hinaussehen konnte. Der Abend war angebrochen, und bis auf einige schimmernde Lichtreflexe war nichts zu erkennen.

Er zog ebenfalls einen Stuhl zu sich heran und ließ sich schwer auf ihn fallen, sodass das zarte Möbel mit einem empörten Knarzen auf diese Belastung reagierte.

»Wollen wir reden? Oder möchtest du vorher noch etwas über mich loswerden, das du noch nicht erwähnt hast?«

Sie presste die Lippen aufeinander und schwieg.

»Gut. Was brauchst du?«

»Stauraum für zweiundzwanzig Lots Tee nach London. Wir hatten ihn auf die *Majestic* gebucht, aber sie liegt fest und wird wahrscheinlich für Wochen nicht manövrierfähig sein.«

Er nickte und legte die Unterarme auf den Tisch. Jemand klopfte. Ein Schiffsjunge trat ein mit einem Tablett, auf dem eine Weinflasche, eine Wasserkaraffe und zwei Zinnbecher standen. Er stellte es auf dem Tisch ab und verschwand wieder.

Finn schob das Tablett zu ihr hinüber. Obwohl ihre Kehle wie ausgedörrt war, rührte sie nichts an.

»Dank Mr Cooper konnte ich den Tee bis morgen zwischenlagern«, fuhr sie fort. »Wenn ich bis dahin keine andere Lösung gefunden habe, kippe ich ihn in den Fluss. Eine Calcutta Tea Party. Vielleicht wird ein Feiertag daraus.«[87]

Finn nickte.

»Was kannst du zahlen?«

Sie beugte sich vor. »Nichts. Sag du mir lieber, was du bereit bist, mir für den Raub von damals zurückzugeben. Vielleicht dieses Schiff? Es gehört mir. Du hast es von dem Smaragd gekauft, den meine Großmutter aus Indien mitgebracht hat. Er muss verdammt wertvoll gewesen sein. Was hast du dafür bekommen? An wen hast du ihn verramscht?«

Ruhig, redete sie sich zu. Ruhig bleiben. Ihre Stimme würde sonst ins Hysterische abgleiten, und das war das Letzte, womit sie ihn unterhalten wollte. Offenbar amüsierten ihn ihre Anschuldigungen, denn er lehnte sich zurück, ließ einen Arm entspannt über die Stuhllehne baumeln und streckte die Beine aus.

»Ich dachte, diesen Teil hätten wir hinter uns.«

»Nicht, solange du deine Schuld nicht beglichen hast!«

»Gut. Du willst also dieses Ding zurück, diese …« Er nahm sich Zeit, um seinen Versprecher von damals noch einmal so richtig auszukosten. »Krisante.«

»Ich nehme auch das Schiff«, gab sie zurück. »Was ist so etwas wert? Fünftausend Pfund? Zehntausend? Ich bin ein

87 Bettina spielt auf die Boston Tea Party an, bei der 1773 im Bostoner Hafen Tee vernichtet wurde, als Ausdruck des Widerstands gegen die britische Kolonialpolitik.

großzügiger Mensch. Nach dem Verkauf werden wir den Erlös teilen. Halt, nein. Teilen wäre vielleicht zu viel. Immerhin war es mein Smaragd. Mein Gold. Meine Uhr. Du bekommst ein Viertel. Nein. Das ist nach all den Jahren immer noch zu viel. Du bekommst nichts. Gar nichts.«

Er nahm mit einem ungeduldigen Seufzen den Arm herunter und schenkte sich einen Becher Wein ein.

»Und was wird in der Zwischenzeit aus deinem Tee?«

Sie griff den zweiten Becher und ließ sich von ihm einschenken. Sie brauchte Alkohol, um dieses Gespräch zu überstehen. Der Verrat fühlte sich an, als wäre er erst gestern geschehen. Sie hatte nicht gewusst, wie tief dieser Vertrauensbruch in ihr begraben gewesen war, dass er sie nach dieser Zeit noch mit solcher Wucht traf.

Und dann Finn. Immer noch dieses unverschämte Grinsen im Gesicht, immer noch der Junge. Spöttisch, unverschämt und trotzdem jemand, in dessen Nähe man sich selbst mit den verrücktesten Träumen sicher fühlte.

Bis er einen stehen ließ und das Weite suchte.

»Gute Frage.« Sie leerte den Becher in einem Zug. »Selbstverständlich wirst du ihn nach London bringen, so schnell wie möglich. Währenddessen kontaktiere ich deinen Reeder und kläre die Formalitäten.«

»Ich habe keinen.«

Sie stellte den Becher ab und sah ihn erstaunt an.

»Das Schiff lief mal unter der P&O, der Peninsular and Oriental Steam Navigation Company. Es war eingesetzt auf der Linie London-Madras-Colombo-Calcutta. Dann fingen sie an mit dem Transpazifikdienst von Australien nach Kanada. Das wollte ich nicht, war mir zu kalt. Ich hab den alten Kahn gekauft, aber, wie gesagt, er ist erst zur Hälfte abbezahlt. In fünf Jahren gehört er mir. Zumindest der Schrott, der er dann ist.«

»Aber … geht das denn?«

»Ohne Reederei? Warum liege ich wohl an dieser letzten, rattenverseuchten Ecke der Docks? Ich habe Angebote. Die Strick Line wollte mich haben, die General Steam, die Union Steam Ship Company.« Er hob ablehnend beide Hände. »Aber ich bin lieber mein eigener Herr. Ich bin vogelfrei. Der Gewinn ist um einiges höher, der Verlust natürlich auch, wenn etwas schiefgeht. Du gehst ein Risiko mit mir ein.«

»Ist ja nichts Neues.«

Er musterte sie intensiv. »Stimmt«, sagte er, und seine Stimme klang mit einem Mal wieder heiser.

»Komm mit.«

Er stand auf und nahm eine der Lampen an ihrem Henkel hoch.

»Wohin?«

»Das wirst du gleich sehen.«

Sie folgte ihm hinaus in den Gang. Die Tür, die er öffnete, lag schräg gegenüber und führte in einen kleinen Raum, in dem jeder Millimeter Platz genutzt war. Offenbar war er sein Reich. Ein schmales Bett, ein kleiner Schreibtisch vor dem Fenster. Regale bis unter die niedrige Decke. Bücher, Karten, eine geöffnete Seemannskiste mit seiner persönlichen Habe, an der sie sich gleich das Schienbein anstieß.

Der Wein wärmte ihren nüchternen Magen und schien die Ecken und Kanten ihres Gemütszustands abzumildern. Es roch nach Brackwasser, Lampenöl und dem scharfen Barbieralkohol, und es rührte sie, als das wenige Licht auf eine Schüssel mit Seifenwasser fiel, in dem jede Menge Bartstoppeln schwammen. Also hatte er sich rasiert, bevor er sich zu ihr in die Stadt aufgemacht hatte.

»Der Boy sollte hier mal aufräumen«, brummte er und schob die Schüssel mit dem Fuß unters Bett.

Dann stellte er die Lampe auf dem Schreibtisch ab und zog eine Schublade auf. Er wühlte darin herum und brachte schließlich einen kleinen Gegenstand hervor, eingewickelt in einen speckigen Lederlappen. Diesen reichte er ihr.

Mit spitzen Fingern nahm sie ihn entgegen. Er lag schwer in der Hand. Sie hob die eine Ecke an, dann die andere, und etwas Glänzendes tauchte auf. Rund, golden, mit einem riesigen Smaragd in der Mitte und eingefasst in ein von Meisterhand gefertigtes Bukett aus Chrysanthemenzweigen.

Ihre Knie gaben nach. Ohne zu fragen, setzte sie sich auf das ungemachte Bett und starrte auf die Taschenuhr ihrer Großmutter. Sie konnte nicht sprechen, keine Worte dieser Welt hätten ausdrücken können, was sie empfand.

Finn wartete. Als nichts kam, setzte er sich neben sie. Schließlich räusperte er sich.

»Ich wollte sie verkaufen. Viele, viele Male. Aber immer, wenn es so weit war, habe ich noch einen allerletzten Anlauf genommen, es ohne sie zu schaffen.«

Sie rührte sich nicht und konnte den Blick einfach nicht von diesem kleinen runden Ding abwenden.

»Ich bin in Bremerhaven an Bord eines Kornschiffs. Dann habe ich von der Pike an auf einem Klipper gelernt. Ich habe nicht gespielt und nicht getrunken. Also nicht so wie andere, die alles in den Häfen auf den Kopf hauen. Ich habe jeden Penny gespart, eisern. Ich wollte eines Tages zurückkommen und sie dir zurückgeben. Wirklich. Ich schwöre es.«

Als weder eine Antwort noch eine Reaktion kam, redete er weiter.

»Erst war es nur ein kleines Boot. Dann ein größeres. Irgendwann kamen die von P&O auf mich zu. Offizier auf einem Steamer. Aber ich wollte mein eigenes Ding durchziehen. Nach ein paar Jahren hatte ich genug, um diesen Kahn zu kaufen. Er hat einiges auf dem Buckel, aber er ist gut in Schuss, und ich muss noch eine Weile fahren, bis ich ihn bezahlt habe. Aber das habe ich ja schon gesagt.«

Er brach ab, und zum ersten Mal war Unsicherheit in seiner Stimme zu hören.

Sorgfältig legte sie die Ecken des Lederlappens wieder über das Kleinod und hielt es in der Hand. Sie schloss die Augen, und sie sah sich wieder im Chrysanthemenzimmer des Teepalasts, wo ihre Großmutter ihr Mut gemacht hatte, es mit der ganzen Welt aufzunehmen.

»All die Jahre«, sagte Finn mit belegter Stimme, »hab ich es mir vorgestellt. Nach Bremerhaven wollte ich fahren und dann zu dir kommen und sie dir zurückgeben. Sie hat einmal Schiffbruch erlitten, aber ich hab sie in London richten lassen. Sie funktioniert immer noch.«

Das Gefühl wollte nicht mehr warten. Es war zu lange eingesperrt gewesen. Es brach sich Bahn in einem ungeheuren Schmerz, Tränen schossen ihr in die Augen. Lautlos tropften sie an der Nase hinunter auf das Lederpäckchen, das ihre Hand umklammerte. Sie gab keinen Ton von sich, aber sie weinte sich die Seele aus dem Leib.

Dann spürte sie, wie Finn seinen Arm um sie legte und sie an sich zog. Irgendwann strich er ihr durch die Haare und drückte ihr einen Kuss auf den Scheitel. Sie wusste nicht, wie lange sie so nebeneinander, miteinander saßen, bis sie endlich die Tränen aus dem Gesicht wischte und geräuschvoll die Nase hochzog.

»Den Teepalast gibt es nicht mehr.«

Sie konnte spüren, dass Finn seinen Kopf wandte und sie prüfend ansah.

»Und das Contor auch nicht mehr. Wir sind bankrott. Mein Vater ist gestorben, meine Mutter ist nach Hamburg zurückgekehrt als Dienstmagd ihrer Mutter. Mein Bruder hat sich nach

Amerika abgesetzt und seine Frau alleine zurückgelassen, die durch seine Schuld gelähmt ist.«

Ihre Hand umschloss die Uhr, als ob sie ihr Kraft geben würde, um das gesamte Versagen ihrer Familie zu gestehen.

»Alles, was ich habe, ist eine kleine Teeplantage in Darjeeling. Es ist mein erstes Jahr, und wenn der Tee nicht rechtzeitig nach London kommt, ist alles vorbei.«

Sie spürte, dass Finn nickte. Ein paar seiner Haare, die sich aus seinem Piratenzopf gelöst hatten, kitzelten ihre Wange.

»Ich bringe deinen Tee nach London. Ich verspreche es dir. Warum bleibst du nicht an Bord und kommst mit?«

»Das geht nicht.«

»Warum nicht?« Er nahm den Arm hinunter und sah auf die gegenüberliegende Wand. »Würde es dir dein Mann verbieten?«

»Ich bin nicht verheiratet.«

Hatte er schon immer so ein Profil gehabt? Eine klare, hohe Stirn, dunkle Brauen, strahlende Augen, eine herrische Nase und ein schmaler, scharf geschnittener Mund über einem kräftigen Kinn. In diesen Mund stahl sich nun ein Lächeln.

»Ich auch nicht«, sagte er, ohne ihren Blick zu erwidern, aber genau wissend, dass sie ihn musterte.

»Aber ich habe ein Kind«, sagte sie und war gespannt, wie er auf diese Eröffnung reagieren würde.

Die Brauen schnellten nach oben. Er drehte den Kopf und sah sie mit erstaunten Augen an.

»Wie …?«, fragte er und korrigierte sich sofort. »Also, nicht wie. Wie wissen wir ja. Oder?«

Sie schluckte und versuchte sich nicht anmerken zu lassen, dass ihr im Gegensatz zu ihm auf diesem Gebiet einschlägige Erfahrungen fehlten.

»Aber … wie?«

»Das ist eine lange Geschichte.«

Sie verstaute die Uhr in ihrem Geldbeutel und stopfte ihn zurück in ihre Tasche. Er hatte ihren Traum gestohlen, und nun holte sie ihn sich zurück. Aber der Traum hatte sich verändert in all den Jahren. Das Märchen war verblasst. Die Wirklichkeit hatte nichts mehr mit dem zu tun, was sich kleine Mädchen ausmalten.

»Wir haben Zeit. Bleib zum Essen.«

Sie nickte, und als er aufstand, folgte sie ihm.

Es gab, was sonst, ein Hühnercurry, und abgesehen davon, dass sie kaum etwas schmeckte und sich nur ein paarmal die Tränen wegwischen musste, hielt sie sich wohl gar nicht so schlecht.

Sie aßen in der Messe, in die alle paar Minuten ein Offizier platzte und von Finn in die Kombüse geschickt wurde. Nachdem sie diesen Gang überlebt hatte, brachte der Schiffsjunge einen Teller mit Mangos, Ananas und Bananen und eine Flasche Port. Sie sprachen darüber, wann die Kisten am nächsten Tag geholt und verladen werden würden. Finn versprach hoch und heilig, dass er persönlich dafür sorgen würde, dass sie die Mincing Lane rechtzeitig erreichen würden.

»Lord Bigett hat mir eine Schuld gestundet, bis der Tee verkauft ist. Davon hängt ab, ob er für die nächste Saison mein größter Kunde bleibt.«

Finn entkorkte die Flasche. Er hatte den Havelock abgelegt, was ihn erstaunlicherweise zivilisierter wirken ließe, stünde sein Hemd nicht auf halbem Weg zum Bauchnabel offen und präsentierte den Betrachtern nicht eine braun gebrannte, haarige Männerbrust. »Dann trägst du also das ganze Risiko.«

»Früher hatten die Handelshäuser eigene Schiffe«, entgegnete sie. »Aber das wurde irgendwann zu teuer. Und als Teeproduzentin kann ich mir das erst recht nicht leisten. Grundsätzlich ist der Gedanke, sich mit einem Skipper zusammenzutun, nicht schlecht. Aber im Moment zahlt der Käufer dafür, dass er seine Ware geliefert bekommt, und dafür muss ich geradestehen. Egal wie.«

Finn forderte sie auf, ihr Weinglas zu leeren, damit er ihr den Port einschenken konnte.

Die Petroleumlampen tauchten die Messe in ein warmes Licht. Dazu brannten noch Kerzen, was überaus romantisch stimmen konnte, wenn es unter Deck nicht so unerträglich warm und stickig wäre.

»*Wir* könnten uns zusammentun«, sagte er.

Bettinas Hand mit dem Weinglas stockte auf halbem Weg. Er tat so, als würde er das nicht bemerken, und streckte den Arm mit der Flasche einfach etwas weiter aus. Der Port war tiefrot und schimmerte wie flüssiger Rubin.

»Zweimal im Jahr Calcutta-London, und ich mache dir einen guten Preis. Dann brauchst du keinen Agenten und hast deinen Stauraum sicher.«

»Ich werde darüber nachdenken.«

Von Männern, die sich mit ihr zusammentun wollten, hatte sie die Nase gestrichen voll. Er schien zu spüren, dass sich Widerstand in ihr regte.

»Wir gehen rauf.«

Dankbar für die Unterbrechung stand sie auf und folgte ihm hinauf aufs Achterdeck. Dort ging sie an die Wandung des Schiffs und sah auf den Fluss und die Stadt. Offene Feuer erhellten die Straßen, unendlich viele Fischerboote kreuzten hin und her, kleine Lampen an ihren Hecks. Auf der Zugbrücke herrschte ebenfalls noch ein reges Kommen und Gehen. Ein leichter Wind trug den Geruch des Hafens mit sich, Tang, Teer, faules Wasser, toter Fisch, aber glücklicherweise nichts mehr von den Feuern der Ghats.

Finn stellte sich neben sie. Er hatte die Flasche unter dem

Arm, aber die Gläser in der Messe gelassen. Die paar Matrosen, die sich noch achtern herumtrieben, schickte er weg. Dann schob er eine Taurolle unter dem nächsten Mast an und setzte sich auf sie, mit dem Rücken an das schartige Holz gelehnt.

Bettina wandte sich von dem Anblick ab und schlenderte zu ihm hinüber. Ihre Wut auf ihn war verschwunden und auch die Unsicherheit, die sich bei ihr angesichts seiner Verwandlung zum Mann eingestellt hatte. Es lag am Wein, vermutlich. Oder daran, dass sie sich noch an die Kinder erinnerten, die sie einmal gewesen waren.

Sie ließ sich neben ihm nieder und lehnte sich ebenfalls an den Mast. Ein paar Meter weiter brannte eine Laterne und schickte einen schwachen Schein zu ihnen hinüber, in dem die Schatten die Oberhand behielten.

»Erzähl mir, wie du nach Darjeeling gekommen bist.«

Es war nicht einfach, diese Zeit in ein paar Sätzen unterzubringen. Sie begann mit Helenes Tod und der ersten Reise, fuhr fort mit Joosts Bankrott, unterschlug Scott Ewan und halbierte dadurch Püskens Bösartigkeit, die sie aber immer noch in giftigsten Farben schilderte. Sie sprach von dem Pakt mit Sabine und dem kurzen Glück, als die Vosskamps für ein paar Stunden gerettet schienen.

Glücklicherweise hatte Finn genug damit zu tun, bei den Namen und Abläufen nicht durcheinanderzugeraten, sodass ihm einige leere Stellen in ihrer Schilderung nicht auffielen. Er war empört, als sie Püskens widerwärtige Art schilderte, und voller Mitgefühl, als sie von Sabines Sturz und den Gründen erzählte, die dazu führten.

Nach dem dritten Schluck aus der Flasche war sie beim Hurenball zu Bremen angelangt. Dieser Teil gefiel ihm besonders.

»Paula?«, fragte er nach. »Aus der Ostertorvorstadt?«

»Ja. Du kennst sie?«

Er streckte die Beine aus und sah in den Himmel, der von Rauch und Wolken getrübt war und keinen einzigen Stern zeigte.

»Nun, flüchtig.«

Sie stieß ihm in die Seite. »Wie, flüchtig? Paula kennt man nicht flüchtig. Man kennt sie, oder man kennt sie nicht.«

Er drehte sein Gesicht zu ihr. Im Halbdunkel spürte sie den Blick, den er auf sie richtete. »Ich kannte mal eins von ihren Mädchen. Flüchtig.«

Irgendetwas brachte sie dazu, sich ihm zuzuwenden. Konnte es sein, dass ausgerechnet hier, an Bord eines abgehalfterten Steamers in Calcutta, an der Seite eines Mannes, den sie schon als Kind gekannt hatte, etwas in ihr zum Vorschein kam, von dem sie gar nicht mehr wusste, dass es existierte? Etwas … Frivoles?

»Wie flüchtig?«, flüsterte sie.

Sein Mund war keine Handbreit mehr von ihrem entfernt.

»Kaum der Rede wert«, antwortete er.

Ihr Herz schlug bis zum Hals. Die Sekunden dehnten sich endlos. Dann setzte er die Portweinflasche an den Mund und trank. Sie drehte sich wieder zur Seite und verschränkte die Arme. Eine leichte Brise kam auf und ließ sie frösteln.

»Und was ist mit dir?«, fragte sie.

Er hob den Zeigefinger der Hand, die immer noch die Flasche umklammerte.

»Du bist noch nicht fertig.«

»Hm. Casper, Paula und Sabine haben ihr Letztes zusammengelegt und mir so ermöglicht, nach Darjeeling zu kommen. Es gab ein paar nicht so schöne Dinge am Anfang. – Und ein paar schöne«, setzte sie hinzu.

»Wer ist der Vater deines Kindes?«

Sie blinzelte zu ihm hinüber. »Ich weiß es nicht.«

Seine Nasenlöcher blähten sich, das war die einzige Reaktion. Er rückte nicht ab von ihr und begann auch nicht mit moralischem Gerede.

»Und du?«, fragte sie. »Du warst doch bestimmt auch kein Heiliger. Schon gar nicht, wenn du Paula und ihre Mädchen kennst.«

Er stellte die Flasche auf dem Boden ab. Das Schiff bewegte sich nur ganz leicht in der Strömung des Flusses.

»Nein, das war ich nicht. Und um ehrlich zu sein, ich habe keine Ahnung, ob irgendwo von mir ein Sohn oder eine Tochter existiert. Vielleicht ist es so, aber dann haben ihre Mütter andere Wege gefunden als eine öffentliche Brandmarkung.«

»Ist es das. Ein Brandmal.«

Sie spürte einen kleinen Stich. Vielleicht dachte er doch genauso wie alle anderen.

Finn beugte sich nach vorne und legte die angewinkelten Arme auf den Knien ab.

»Für Pfeffersäcke und Moralapostel? Ja. Und wenn du dich weiter fragst: für mich nein. Nur dass du nicht weißt, wer der Vater ist, an den Gedanken müsste ich mich erst mal gewöhnen.«

»Er ist noch sehr klein. Aber schon jetzt ist es so, dass seine Hautfarbe für einige Menschen ein Problem ist.«

»Er ist halb weiß, halb …?«

»Ja«, sagte sie knapp.

Finn hob die Hand und rieb sich damit über das Kinn. »Du hast Courage«, sagte er schließlich. »Nur wenige Männer stehen zu ihren Kindern, die sie mit einer Inderin gezeugt haben. Und du bist eine Frau und sogar noch ledig. Gleich zwei Tabus auf einmal, die du verletzt.«

»Ich bin auch die einzige Plantagenbesitzerin in Darjeeling.«

»Das wird dir eher verziehen als ein dunkelhäutiges Kind. Weißt du, was das für dich heißt? Und für ihn?«

Sie nickte. Es war ein Fehler gewesen, ihm von Henry zu erzählen. Sie hatte ihre Uhr zurück, er sollte ihren Tee nach London bringen, und ihre Wege würden sich vielleicht erst wieder in weiteren zehn Jahren kreuzen. Es war keine schöne Einsicht, aber sie sollte sich langsam daran gewöhnen.

»Du bist mutiger als ich«, sagte er. »Du hast ihn nicht im Stich gelassen, so wie ich dich. Ich wünschte, ich könnte es. Das Richtige machen. Damals fühlte ich mich wie der König der Welt. Aber später habe ich mich dafür geschämt, wie ich dich behandelt habe.«

Sie zuckte mit den Schultern und angelte nach der Flasche.

»Ich war ein reiches, verwöhntes Gör, das dir deine Schnapsidee mit Indien geglaubt hat. Du hattest alles Recht der Welt, mich übers Ohr zu hauen.«

»Nein«, sagte er und nahm ihr die Flasche ab. »Das hatte ich nicht.«

Er hob die Hand und legte sie sanft in ihren Nacken. Dann zog er sie an sich und küsste sie, und sein Kuss schmeckte nach Portwein, Ananas, Tabak und der Sehnsucht nach einem Paradies, das nie existiert hatte und aus dem sie dennoch vertrieben worden waren.

Sie hatte die Augen geschlossen und öffnete sie erst wieder, als er sich zurückzog und seine Hand zärtlich zu ihrer Wange wanderte und dort liegen blieb.

Er war nah bei ihr. Sie spürte seinen Atem auf ihrem Gesicht und das Kratzen, das seine nachwachsenden Bartstoppeln auf der zarten Haut ihrer Lippen hinterlassen hatte.

»Ich habe auf dich gewartet«, sagte er mit leiser Stimme. »Ich habe die Hoffnung nie aufgegeben, dass wir uns einmal wiedersehen. Ich dachte, eines Tages hörst du von einem Schiff mit einem seltsamen Namen, und du wirst wissen, wo du mich findest.«

Es fühlte sich so anders an, ganz anders als mit Scott Ewan oder Jacob. Er wollte weder ihre Teeplantage noch schreckte er vor dem Gedanken zurück, dass sie ein uneheliches Kind von einem indischen Vater hatte, von dem sie offenbar noch nicht einmal den Namen kannte. Und genau das war das Problem.

Eine eiskalte Hand griff nach ihrem Herzen. Er hielt sie für jemand anderen, für eine Frau, die mit allen Wassern gewaschen war und offenbar ein zügelloses Leben führte. Vielleicht war es genau das, was er wollte? Wenn sie schon wahllos Kinder in die Welt setzte, warum nicht eine unverbindliche Nacht im Hafen von Calcutta?

»Schau mich nicht so an«, sagte sie und drehte den Kopf weg.

Aber sein Griff zwang sie sanft, sich ihm wieder zuzuwenden.

»Wovor hast du Angst? Vor jemandem, der dich seit einer Ewigkeit um Verzeihung bitten wollte?«

Er ließ die Hand sinken.

»All das hier habe ich nur durch dich. Wer weiß, was aus mir geworden wäre, wenn ich Bremen nicht verlassen hätte. Ich habe immer für zwei geschuftet, für dich und für mich.«

»Hör auf.«

»Aber es stimmt! Ich habe dich nie …«

»Hör auf!«, rief sie wütend. »Was wird das? Wir haben uns wiedergetroffen, ja. Aber ich habe nie, nie an dich zurückgedacht. Ich habe nach vorne geschaut, nicht zurück. Und du auch. Wenn du jetzt etwas anderes glaubst, bist du verrückt.«

Er schüttelte den Kopf und stieß ein schnaubendes Geräusch aus, das fast ein Lachen hätte sein können.

»Warum, glaubst du, trägt mein Schiff diesen Namen?«

Damit nahm er ihr buchstäblich den Wind aus den Segeln.

Er sagte die Wahrheit. Trotzdem sah sie ihn ungläubig an und erkannte in seinen Augen, dass sie ihn nicht verletzt, sondern eher amüsiert hatte.

»Zugegeben. Die Wahrscheinlichkeit, dass wir uns wiedersehen würden, war ziemlich gering«, sagte er. »Aber ich hatte all die Jahre das Gefühl, dass ich verdammt noch mal dein Leben mitleben musste. Ich habe die Welt gesehen und so viel erlebt, während du in Bremen lebendig begraben warst. Ich hatte ja keine Ahnung, was aus dir geworden ist. Ich bin so ...«

Er suchte nach Worten.

»Ich bin so stolz auf dich.«

»Auf mich?«

»Dass du es trotzdem geschafft hast, der Welt die Stirn zu bieten. Mein Gott, Bettina!«

Er zog sie zu sich heran und küsste sie so stürmisch, dass sie nach Atem ringen musste, als er sie wieder losließ.

»Versprich mir, dass wir uns wiedersehen. Ich will dich kennenlernen, und dein Kind. Was ist es eigentlich? Ein Mädchen oder ein Junge?«

»Ein Junge.«

»Wie alt?«

»Ich glaube fünf Jahre.«

Er zog die Augenbrauen zusammen und sah sie fragend an.

»Das ist eine andere Geschichte«, sagte sie und spürte, wie ihr leicht ums Herz wurde. Keine Schwüre, keine Versprechen. Kein Zusammentun und doch nur den eigenen Vorteil suchen. Keine Lügen.

»Du wirst sie erfahren, versprochen. Wann fährst du das nächste Mal nach London?«

Er lehnte sich zurück an den Mast. »Mitte Oktober.«

»Und danach?«

»Zurück nach Calcutta.«

»Könntest du …«

Sie stockte. Es war zu viel verlangt. Sie hatten sich gerade erst wiedergefunden. Sie kannten sich nicht, auch wenn es sich anfühlte, als hätten sie die verlorenen Jahre einfach übersprungen.

»Könnte ich was?«, fragte er und sah sie interessiert an.

»Ich muss nach Bremen. Der Teepalast wird Ende November versteigert. Mit Helenes Uhr kann ich ihn zurückbekommen. Ich werde sie verkaufen müssen, aber ich glaube, sie wäre damit einverstanden.«

Er nickte. »Und dann?«

»Dann werden Sabine und Casper ihn übernehmen und dort nicht nur das Handelshaus Vosskamp leiten, sondern auch die erste Hurenbank der Welt gründen.«

Finn riss die Augen auf. »Eine Hurenbank. Kann ich mitmachen?«

Sie lachte und boxte ihn in die Seite. Er fing ihre Hand ein und küsste sie wieder. Es war so leicht, so unfassbar gut und schön. Sie hatte noch gar keine Zeit gehabt mit dem Wünschen anzufangen, aber wenn es etwas gäbe, dann das: dass es so bliebe. Dass es vielleicht werden würde. Dass es etwas Gutes sein könnte, eines Tages, irgendwann, vielleicht jetzt.

»Und du?«, fragte er, als sie sich wieder voneinander lösten, ihr Atem sich beruhigte und ihr Herz nicht mehr so rasend klopfte.

»Ich bleibe in Darjeeling. Mein Sohn soll der erste indische Tea Manager werden.«

Er grinste. »Vielleicht will er ja auch ein Skipper sein. Und der erste indische Kapitän eines britischen Steamers. Er ist jederzeit auf meinem Schiff willkommen, Bettina. Was würdest du dazu sagen? Was soll er werden?«

Sie dachte nach.

»Ein Vosskamp.«

Finn wurde schlagartig ernst. »Das wird er. Bei dieser Mutter …«

Und dieses Mal küsste sie ihn. Ihre Hände glitten über seine Schultern und seine Brust hinab zu seinen Hüften. Er stöhnte auf, um sie im selben Moment fester an sich zu ziehen und ihren Mund mit einer Leidenschaft zu erforschen, die sie so noch nicht gekannt hatte. Sie wusste, dass sie, würden ihre Hände noch tiefer gleiten, ihn an Stellen berühren würde, an die sie noch nicht einmal denken durfte.

Und trotzdem tat sie es. Sein ganzer Körper spannte sich an, und die Freude, die Ursache dieser Reaktion zu sein, war überwältigend.

»Nicht …«

Sein Flüstern an ihrem Ohr ließ sie in Flammen stehen.

»Soll ich aufhören?«, fragte sie erschrocken.

»Nein.«

Er lachte leise, stand auf und zog sie mit sich hoch.

Irgendwo fiel ein Blecheimer um, und der Klang schneller Schritte auf nackten Sohlen entfernte sich.

»Nicht hier.«

Er umfasste wieder ihr Gesicht und sah sie an, als ob er in ihrem Blick ertrinken wollte.

»Ich würde Mrs Vosskamp gerne die Lagerkapazitäten meines Schiffs zeigen. Was würde Ma'am davon halten?«

Es war schwer, aus diesem Schwebezustand zurück auf die Planken der *Krisante* zu kehren. Aber er hatte recht. Sie musste ihren schlechten Ruf ja nicht noch durch die Schaffung von Tatsachen bestärken.

»Das würde mir gefallen.«

Seine Hände fuhren durch ihre Haare und wanderten den Rücken hinunter.

»Gut. Und im November kehren wir zusammen nach Bremen zurück und zeigen es den Tagenbaren, was Diebe und ungehorsame Mädchen gemeinsam erreichen können. Aber vorher …?«

Er zog ihre Hand an die Lippen und küsste sie. Es war eine Frage, und alles in ihr war bereit, sie mit Ja zu beantworten.

»Vorher?«, fragte sie mit einem Lächeln, in dem sich noch ein Hauch von Unsicherheit verfing.

»Vorher hätte ich noch einiges mehr zurückzugeben«, sagte er leise.

Er legte den Arm um sie, nahm die nächste Laterne vom Haken, und gemeinsam verließen sie das Deck.

Epilog

New York, East Harlem, 2. Juni 1888

Er rannte, als wären Teufel hinter ihm her.

Sprang über die Löcher in den Trottoirs, brachte beinahe einen Brezelverkäufer zu Fall, schob, als die Gottesdienstbesucher die Holy Trinity Episcopal Church verließen, die Entgegenkommenden einfach zur Seite und schlug sich zur First Avenue durch, Richtung Kips Bay, wo der East River am Ende der Straßenschluchten verheißungsvoll in der Sonne glitzerte.

Wie er diesen stinkenden, ratternden, lärmenden, dreckigen Moloch hasste.

Erst als er die Stufen zum Eingang des Bellevue Hospitals erreichte, verlangsamte er seine Schritte. Richtete die Krawatte. Klopfte sich den Staub von der Jacke, spuckte auf sein Taschentuch und fuhr damit über die Schuhe. Dann richtete er sich auf und sah auf das gewaltige Backsteinmassiv, eines der ältesten Krankenhäuser Manhattans, und nahm gleich zwei Stufen auf einmal.

»Paul!«

Carol hob müde den Kopf vom Kissen und strahlte ihn an. Ihr Vater saß auf einem Stuhl neben ihrem Bett und setzte das Monokel auf, um seinen ungeliebten Schwiegersohn von oben bis unten zu mustern.

»Hast du etwa in diesem Aufzug das Geschäft betreten?«

Ryan O'Sullivan achtete penibel auf das Auftreten seiner Angestellten. Er kam noch aus einer Zeit, in der man den Kunden die Ladentür aufhielt und ihnen die Einkäufe nach Hause lieferte. Dinge, die Paul als Erstes abschaffen würde, sobald er am Ruder war.

Er nahm den Hut ab, beugte sich über Carol und hauchte ihr einen Kuss auf die pausbäckige Wange. »Wo ist er?«

»Sie bringen ihn gleich.«

»Ist er gesund?«

Carol grinste. »Alles dran.« Und flüsternd setzte sie hinzu: »Ein strammer Bursche für ein Siebenmonatskind.«

O'Sullivan stand auf und griff nach seinem Gehstock.

»Komm mit raus.«

Draußen im Flur steckte er sich eine Zigarre an und trat ans Fenster. Von dort aus reichte der Blick weit über das andere Ufer des Flusses hinaus, wenn der dichte Rauch aus den Industrieanlagen ihn nicht vernebeln würde.

Paul schloss sorgfältig die Tür hinter sich und stellte sich neben ihn.

»Nun. Du weißt, was ich von dir halte.«

Paul sagte nichts. Die Meinung seines Schwiegervaters ließ sich weder durch Argumente noch durch Leistung ändern. Er war der Nichtsnutz, der sich als Lieferjunge an die Tochter eines geachteten Kaufmanns herangewanzt hatte und sich rücksichtslos anschickte, die Geschäfte zu übernehmen.

Womit O'Sullivan zweifelsfrei recht hatte.

»Aber ich muss den Tatsachen ins Gesicht sehen. Also wirst du in die Geschäftsleitung wechseln. O'Sullivan & Vosskamp.«

Das Gesicht des Mannes verschwand fast hinter einer Wolke von Zigarrenrauch.

»Danke, Vater.«

»Nenn mich nicht so. Ich bin es nicht und werde es auch nie sein.«

Ohne ein Wort des Abschieds drehte er sich um und ging davon.

O'Sullivan & Vosskamp. Paul grinste in sich hinein. Warte es ab, alter Mann. In einem Jahr steht nur noch Vosskamp auf deinem Ladenschild.

Eine Schwester mit einem Säugling auf dem Arm kam auf ihn zu.

»Mr Vosskamp?«

Vorsichtig reichte sie ihm das Bündel. Ein runzliges, rosiges Gesicht. Ein winziges Händchen. Rosige Lippen, die sich leicht öffneten.

Mein Sohn, dachte er und konnte sich nicht sattsehen an diesem Wunder. Die Schwester eilte davon. Er wiegte das Kind sanft in seinen Armen und fühlte, als würde sich gerade ein Schlüssel in ihm drehen und jemand sein Herz aufschließen.

Alle Mühe, alle Entbehrungen hatten sich gelohnt. Jeder Verrat, jede Lüge auch. Eine neue Ära würde beginnen, eine neue Zeit. Mit neuen Helden, neuem Geld und neuen Karrieren.

Und einem alten Namen.

Er drehte sich zum Fenster um. »Schau, das ist Manhattan. Hier bist du geboren. Aber eines Tages wirst du zurückkehren und unser Erbe zurückholen.«

Der Kleine schmatzte ein wenig und schien wenig interessiert an diesen Aussichten. Paul kehrte zurück zu seiner Frau und legte ihr das Baby in die Arme.

»Wie wollen wir ihn nennen?«, fragte sie.

»Nach meinem Großvater, Henry«, sagte er. »Henry Vosskamp.«

Weitere lieferbare Bücher von Elisabeth Herrmann im Goldmann Verlag:

Das Kindermädchen. Kriminalroman
Versunkene Gräber. Kriminalroman
Die siebte Stunde. Kriminalroman
Die letzte Instanz. Kriminalroman
Totengebet. Kriminalroman
Requiem für einen Freund. Kriminalroman
Das Dorf der Mörder. Kriminalroman
Der Schneegänger. Kriminalroman
Zeugin der Toten. Thriller
Stimme der Toten. Thriller
Schatten der Toten. Thriller
Der Teepalast. Roman

(alle auch als E-Book erhältlich)